劉操南（1917.12.13—1998.3.29）

（1956年8至10月攝於故鄉無錫）

對人民文學出版社 1964 年版的《紅樓夢》整套書用紅、藍兩色墨筆作批注。

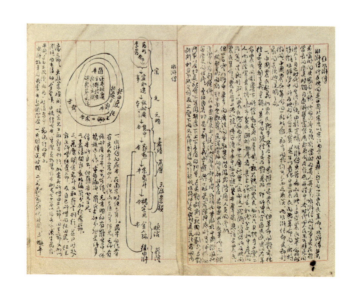

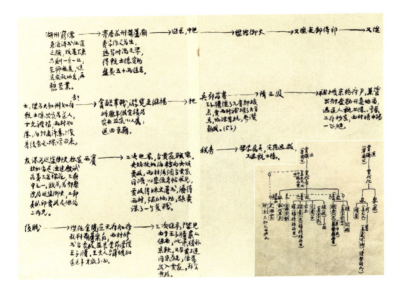

《小说论丛》手迹原稿

1978 年 10 月赴濟南參加全國文科理論研討會，與恢復高考後進入山東大學學習的兒文涵相聚於趵突泉。

照片由劉操南先生之子劉文涵教授策劃編制

受　浙江大學文科高水平學術著作出版基金　　資助
　　中央高校基本科研業務費專項資金

劉操南 全集

小說論叢

劉操南 著

浙江大學出版社
ZHEJIANG UNIVERSITY PRESS

目 録

《三國演義》之屬

《紅樓夢》之屬

興化施彥端非錢塘施耐庵辨
——《施氏家簿譜》中傍書"字耐庵"三字係後人竄入論

此文寫好後擱了許久,但我感覺目前提出來,似乎還有它的現實意義。

1982 年 4 月 17 日,我應江蘇省社會科學院邀,赴興化、大豐及大豐白駒鎮、興化施家橋,參加施耐庵史料文物參觀、考察與座談,接觸到:《興化縣續志》《清理施讓殘墓文物及繼續調查施耐庵史料報告》、民國七年抄本《施氏家簿譜》、民國十七年《申報》胡瑞亭《施耐庵世籍考》、民國二十六年忠文所抄祖堂木榜及《施讓地照》《施奉橋地券》與《施廷佐墓誌銘》等史料原件、複製品、排印本及磚刻實物。

關於"施彥端是否即施耐庵"這一議題,會上意見紛歧,有肯定的,有懷疑的。張志岳先生(哈爾濱師範大學)主張前者。他參觀文物後,落筆揮毫,朗吟詩篇《一九八二年春應邀來興化參觀施耐庵文物展覽敬題》:

> 梁山演出英雄譜,直筆龍門有稗官。啓後承先民意在,索求何憚路漫漫。

> 傳說自容存議論,遺碑今喜辨蟲魚。曾孫世系分明在,

莫道施公是子虛。

我主張後者，亦曾勉和《興化座談即興》：

> 多重史案積如山，書缺有間欲斷難。若問施公傳《水滸》，此心猶在信疑間。①

會上言及：史家信以傳信，疑以傳疑，與其過而信之，不如疑而存之。興化施彥端，子孫綿延。其名見於出土銘券文字，此信以傳信也；然與纂修《水滸傳》作者施耐庵聯繫，疑點尚多，未敢率爾下斷，此疑以傳疑也。至於民間傳説，予以尊重，爲另一事矣。

今就議題，粗供鄙見，祈請方家同道正之。

一、信以傳信

《施氏家簿譜》56 頁，紅紗粗繩裝訂。面底有蠹眼，水跡斑爛，遍及各頁。長 24.5 公分，寬 13.2 公分。封面居中書：“設其上裔”，扉頁題籤“《施氏家簿譜》”，中央頂格書：“中華民國柒年桃月上旬 吉立”，左側書：“十八世釋裔滿家字書城手録於丁谿丈室”，右側書：“國貽堂”。譜中首載：《施氏長門譜序》，爲“乾隆四十二年歲次丁酉桂月中澣，第十四世孫封敬序”；次爲《故處士施公墓誌銘》，“景泰四年歲次癸酉二月乙卯望日壬寅吉日立”，“淮南一鶴道人楊新撰”，“里人顧蘩書”，“陳景哲蒙丹”；次爲施氏世系，自“第一世祖彥瑞公”修至“第十七世諱 字萬全”，凡 233 人。

滿家爲第十八世孫。第十七世兩條中第一條爲：

> 第十七世諱 字真全 樹生公長子元配許氏 生恒

---

① 以上三詩見《白駒詩鈔》，江蘇省鹽城市文化局編。

遠　僧滿家

此譜爲滿家手抄,其侄施俊傑於 1981 年 12 月 9 日捐贈大豐縣"施辦",[①]爲"施氏各譜中最早、最嚴謹、最完整、豐富的本子"。[②]

譜序施封稱《施氏長門譜》,序云:

> 族本寒微,譜系未經刊刻,而手抄家録,自明迄清,相延不墜。繼以雷夏、甘濤二公,纂修增訂,料應詳備無遺。雷夏公没,譜傳康候,康候傳聖言。奈何遭家不造,聖言被禄而因銷亡。維時未有繼述之人,封係長門,出自文昱公之裔。訪諸耆老,考諸各家實録,亟從而修輯之。迄於今,廢墜已久。蓋闔族之譜,難以考證。惟長門之譜,尚屬可稽。自文昱公以後,分派支别,秩然有序。誠恐日復一日,又將遠而易失,謹爲序次略跡,藏諸一家,以候(俟)後之有志者,從而蒐輯之云爾。

雷夏、甘濤爲第十一世孫;康候、聖言爲第十二世及第十三世孫;聖言家遭回禄,譜因銷亡。這譜是"第十四世諱封,字三祝"所編。第二世施讓生七子:文昱、文顥、文曄、文晊、文暉、文昇、文鑒。第三世列文昱等七人。文昱生芸晵、芸士。第四世列芸晵一人。芸晵生孟蘭。第五世列孟蘭一人。孟蘭生詠棋。第六世列詠棋一人。詠棋生德潤、德照、德履。第七世列德潤等三人。據此《施氏家簿譜》實爲第三世"文昱"長房一支,因稱《施氏長門譜》。

這譜所載楊新《墓誌銘》、譜系,徵之出土《地照》《地券》及《施廷佐墓誌銘》若合符節,信而有徵,偶有失誤,無關宏旨。今將論證,試述如次:

---

①　見《大豐縣文史資料第三輯　施耐庵研究》第 13 頁。
②　見《大豐縣文史資料第三輯　施耐庵研究》第 29 頁。

1.1962 年 6 月 27 日,中共興化縣委宣傳部趙振宜等同志去施家橋採訪,於社員陳大祥家發現施讓墓的《地照》方磚一塊,文爲:

> 維
>
> 大明景泰四年二月丁卯朔,越有十五日壬寅,祭主施文昱等伏緣父母奄逝,未卜塋墳,夙夜憂思,不遑所厝。遂令日者擇此崗……①

《照》中施文昱爲施讓之子,彥端之孫。文昱兄弟七人,長子,爲父母立《照》。文昱領銜,故云等。此《照》立於"景泰四年歲次癸酉二月朔,越有十(編者注:應作'十有',原文如此。)五日壬寅。"與《施氏家簿譜》世系所列,楊新《墓誌銘》所述:"處士施公諱讓,字以謙","先公彥端","生子七人,長文昱,字景隴(譜作朧),次文顯,字景順"等,"景泰四年歲次癸酉二月乙卯望日壬寅吉立"悉符。景泰四年癸酉(1453)爲明景帝景泰四年。

2.1981 年 11 月 9 日,大豐白駒公社三隊社員王學松同志捐贈"施辦"《施奉橋地券》磚一方,券文 397 字,立券時間爲萬曆四十七年(1619)。文爲:

> 今據
>
> 大明國直隸揚州府高郵州興化縣白駒場街市住奉
>
> 聖阡塋葬父,建立券文。孝子施應昌等洎家眷屬,即日上千(干)洪迫(造),所申情旨,投詞伏爲券,因明故先考施公奉橋。存日陽年五十一歲丁卯相三月二十二日戌時建生大限不禄,卒於

---

① 見《清理施讓殘墓文物及繼續調查施耐庵史料報告》,複製本。大豐縣《施耐庵文物·史料調查報告》第 5 頁所引:祭主誤作癸主,夙夜誤作夙祖,不遑誤作不逞,遂令誤作遂今,吉堪誤作古堪。

萬曆四十五年十二月初七日丑時身故,供柩於堂……
……

萬曆四十七年歲次己未季冬月庚午吉旦　立券

《券》中述及"孝子施應昌等","明故先考施公奉橋"。《施氏家簿譜》第九世首條爲:

明
邑庠生　第九世諱　　字奉橋　古泉長子
朝

翊
元配葛氏　生　明
惟
第十世諱　　字翊明　奉橋公長子
元配楊氏　生雷夏　甘濤

應昌不見於譜。爲奉橋之子,又屬領銜,疑爲翊明小名。翊即翌,《爾雅·釋言》:"翌,明也。"與應昌義實相宜。此《券》與《譜》,相得益彰。

3.1978 年秋興化縣新垛公社施家大隊社員施慶道、施慶滿等同志發現《施廷佐墓誌銘》。文爲:

施公諱○字廷佐○○○○○○○祖施公元德於大元○○生(曾)祖彥端……生祖以謙,以謙生父景○……
嘉靖歲甲申仲冬壬申月朔○葬於白駒西……①

公諱翔,字廷佐,祖籍姑蘇。生高祖公元德,字大元。

---

①　見《處士施公廷佐墓誌銘》校録,施耐庵文物史料參觀考察座談會,1982 年 4 月 23 日。

生曽祖彦端……生祖讓，字以謙，生父文昱，字述元。

……

嘉靖歲甲申仲冬壬申月。①

《施氏家簿譜》："第一世始祖彦端公"，"第二世諱讓字以謙"，"第三世諱文昱字景朧"，"諱文顥字景順"，"諱文曄字景明"，"文昳字景華"，"文暉字景清"，"文昇字景陽"，"文鑒字景昭"。"第四世諱　字芸晫，景朧公子"。廷佐當爲第四世。廷佐，《譜》中未列。《銘》中"以謙生父景〇"，此"景〇"疑爲景朧下一弟"景〇"字。《長門譜》不載景朧以下次子芸士及侄芸霞、芸觴、芸恭、芸靖、芸鋐、芸芳、芸祥於第四世。廷佐諒非文昱公長房，因未列入。《銘》文雖多磨滅，世系與《譜》，不謀而合。

4. 1978 年 9 月 10 日白駒小學教師楊宜官同志捐贈"施辦"施子安"殘碑"一方，上鎸"施子安"篆文三字。子安世系，《譜》中歷歷可考：

1 彦端—2 讓—3 文昱—4 芸晫—5 孟蘭—6 詠棋—7 德潤—8 古泉—9 奉橋—10 惟明—11 湯升—12 子安②

綜此四事，可覘《施氏家簿譜》的可靠性。《譜》中偶有失誤，如：第十世"良臣"誤"良田"，將"田"改作"臣"，恐不顯，旁重書"良臣"。生德卿。第十一世"德卿"作"得卿"。第十一世"康候""建候""定候""裕候""傷候""五候"，"候"俱疑"侯"字之誤。元商生葛邦、葛慶。第十二世作"萬邦""萬慶"。"第十二世諱　字裕候，元甫公次子，元配陳氏，生美亮、美公、美臣。"但"第十三世諱，字美臣，裕候公三子"，"第十三世諱，字美如，裕候公四子"。

---

① 見《施耐庵文物·史料調查報告》第 3 頁，曹晉傑於 1979 年 8 月記錄。
② 序號原在人名上——編者。

6

第十二世裕侯祇三子,長次美亮、美公或無後,但何增美如四子?"第十三世諱,字汝耀,生晉碻","第十四世諱,字啓疆,汝耀長子","第十四世諱碻,汝耀公次子",疑作"諱晉,字啓疆","第十四世諱,字魁楚,堯璽公子","第十四諱,字英富,有賢公子","第十四世諱,字進,有龍公子",第十三世無堯璽、有賢與有龍三公。"第十四世諱,字復如,堯章公子",第十三世無堯章公。可見中有失誤,然不害其譜系的可靠性。

二、疑以傳疑

《施氏家簿譜》可靠,但若謂此譜可用以"證實施彥端即施耐庵,著《水滸》等內容在乾隆前即已存在,並爲研究施耐庵家世生平提供了可靠材料",①則殊不足信。

其關鍵性問題爲:譜系第一條:

字耐庵

第一世　始祖彥端公　元配季氏　申氏生讓

論者即據"字耐庵"三字,坐實"施彥端"即"施耐庵",即著《水滸》的施耐庵。我認爲:證據不夠充分,説服力不大。"字耐庵"三字,書於"公　元配"旁,不在公字下占行格。全譜233人,字無旁書者,側行小字,俱占行格。②此"字耐庵"三字,如何理解?慎思明辨,值得探索。願提三事,略抒鄙忱。

1. 譜系列十七世,233人。其中有諱有字者,除第一世暫不計外,31人;諱下無名而有字者201人。計:

①　見《大豐縣文史資料第三輯·施耐庵研究》第29頁,《施氏家簿譜》(長門譜)考評。

②　見上書《書影》。

世系	人數	諱下無名有字	有諱有字
2	1		1
3	7		7
4	1	1	
5	1	1	
6	1	1	
7	3	3	
8	3	3	
9	7	7	
10	13	13	
11	24	22	2
12	40	36	4
13	54	47	7
14	58	50	8
15	10	8	2
16	7	7	
17	2	2	
(總計)	232	201	31

自第二世至第十七世 232 人中，31 人有諱有字，占 31/232 ＝ 0.1336；201 人諱下無名有字，占 201/232 ＝ 0.8663。此事如何理解？章培恒先生曾作解釋：

在這裏必須說明一下《施氏家簿譜》中世系表的體例。根據它的體例，"諱"和"字"是嚴格地加以區別的，如果祇知"字"而不知"諱"，也一定寫個"諱"字，下空二格。現舉數例如下："第二世諱讓字以謙"，"第三世諱文昱字景朧"，"第四世諱□□字芸晫"，（"諱"字下原空兩格，下同——引者）"第五世諱□□字孟蘭"。以下也都是這種體例。①

這 201 人，占 86％ 强，修譜者都祇知字而不知名（諱）嗎？一般知名而不知字，是正常的；反之，知字而不知名是少見的。這譜修至十七世，諒有不少生人入譜。這些生人及其父祖也都祇知字而不知名嗎？手錄這譜的人——滿家，"雙手捧着這部親手抄錄的家譜，流着淚對其胞兄恒遠說：'哥，我要走了，這個留給後代吧。'"②這兄弟兩人譜上有名：

> 第十七世諱　　字真全　樹生公長子
>
> 元配許氏　生恒遠　僧滿家

滿家對譜感情很深，是位孝子賢孫，難道連自己父親的名也不知道嗎？修譜時忘了，何不建議添入或補寫嗎？

譜的"體例"，我想：章先生弄錯了。譜中有：有名有字的，有單有名的。不是每人都是有名有字的，201 人和 31 人一樣，都是有名有字，而前者是忘了他名，祇知他字的。譜中對於：有名有字和單有名的這兩種情況，是有個方式對待的。這是譜的"通例"。

方式之一：有名和有字的，名作諱，字作字。如：

> 　　　　顥　　暉
>
> 第二世諱讓，字以謙……生文昱文旺文鑒
>
> 　　　　曄　　昇

---

① 見章培恒《施彥端是否施耐庵》，《大豐縣文史資料第三輯·施耐庵研究》第 50 頁。

② 見《大豐縣文史資料第三輯·施耐庵研究》第 13 頁。滿家生於光緒十五年(1889)，1959 年死於蘇州司徒廟；這份家譜施恒遠一直珍藏着，直到 1922 年臨終時，付與其子施俊傑。

"讓"是名,稱"諱";"以謙"是字稱"字"。文昱、文顥、文曄、文暏、文暉、文昇、文鑒弟兄七人,父前子名,都是名。七人都有字:景朧、景順、景明、景華、景清、景暘、景昭,第三世這樣寫着:

> 第三世諱文昱,字景朧。
>
> 第三世諱文顥,字景順。
>
> 第三世諱文曄,字景明。
>
> ……

文昱、文顥、文曄都是名,子代尊其先人,避稱爲諱。單有名的,子孫移其名,作字行,如:

<pre>
                          照
   第六世諱   字詠棋……生德潤
                          履
</pre>

詠棋是第五世施孟蘭之子,原爲名。第六世於諱下空兩格,詠棋移於字下,作字行。德潤、德照、德履爲詠棋所生三子,皆爲子名,三人無字。第七世便這樣寫着:

> 第七世諱   字德潤
>
> 第七世諱   字德照
>
> 第七世諱   字德履

"名以字行",實爲施氏子孫抒其孝敬先人微意。因此,諱下空格,並非不知其名,而是名作字用。

方式之二。上代有字的,用字,稱某某公。如:

> 第三世諱文昱,字景朧,以謙公長子,元配陸氏,生芸睹、芸士。

以謙乃第二世施讓的字,上代無字的,以名代字,稱某某公。如:

第四世諱	字芸晤，景朧公子，元配季氏，生孟蘭。
第五世諱	字孟蘭，芸晤公子，元配夏氏，生詠棋。
	照
第六世諱	字詠棋，孟蘭公子，元配陳氏，生德潤。
	履
第七世諱	字德潤，詠棋公長子，元配吉氏，生古泉。

其中景朧爲字，芸晤、孟蘭、詠棋皆是名以字稱。循此可見施譜通例。通例既明，可知許多人單有名，少數人有名和字，（與）《施氏長門譜序》云："祖本寒微"，這一情況是符合的。

從通例看，"始祖彥端"，疑屬單有名者，名以字行，故稱"彥端公"。"第二世諱讓，字以謙"，尊其先考，因曰："彥端公子"。第三世文昱兄弟七人皆有名有字，至第四世芸晤單有名，因作："第四世諱　　字芸晤，景朧公子。"根據《處士施公廷佐墓誌銘》提供資料，彥端父爲元德。如爲始祖，譜系可能書作："第一世祖元德公……生彥端；第二世諱　　字彥端。"今彥端爲始祖，書"彥端公"爲簡潔。此"彥端公"與第二世、第三世"彥端公""以謙公"例實相通。據此內證，疑"彥端公"旁"字耐庵"三字爲附加。

2.楊新《故處士施公墓誌銘》云："施公諱讓，字以謙"。"先公彥端"，"生子七人：文昱，字景朧（朧）；次文顯，字景順；次文曄，字景明；次文旺，字景華；次文暉，字景清；次文昇，字景暘；次文鑒，字景昭"。楊新與施讓爲姻親，施讓之子景華、景清俱出楊氏，自悉施氏家事。銘中於讓及文昱等兄弟七人，俱題名字，何以徑稱"彥端公"？如彥端有字，應稱其字，如稱其名，應述其字。豈楊新於彥端爲祇知字而不知名者？此知彥端實爲單有名者，故楊新稱之曰"彥端公"。

3.《處士施公廷佐墓誌銘》云："施公諱〇字廷佐"，"（曾）祖彥端"，"生祖以謙，以謙生父景〇"。據《施氏家簿譜》"以謙"爲第二世讓的字。"景○""景"下一字磨滅,然可知爲第三世文昱兄弟景朧中某之字。此見銘文尊重名字,與譜同。何以此銘亦是袛云"彥端"? 是知"彥端"亦爲名以字行,"彥端"爲單有名也。如字"耐庵",銘文應稱"(曾)祖耐庵",庶合人子之禮。

4.《施讓地照》云:"施文昱等伏緣父母奄逝",《施奉橋地券》云:"孝子施應昌","先考施公奉橋"。文昱、應昌俱爲名,出土文字孝子其名。奉橋於第八世,是施古泉長子爲名,於第九世爲施應昌父,譜中爲"字奉橋",名以字行。循此通例,子孫稱始祖"彥端公",實亦名以字行,有相通處。

綜此四事,疑"彥端公"旁"字耐庵"三字爲附加,爲贅瘤,非虛言也,有實證矣。

三、附加由來

《施氏家簿譜》外,又有《施氏族譜》。前爲乾隆四十二年丁酉(1777)第十四世孫封修,後爲咸豐五年乙卯(1855)第十四代施垮修,兩譜修輯中隔78年。

"字耐庵"三字疑爲附加,《施氏族譜》始明言耐庵。陳廣德《施氏族譜序》云:"白駒場施氏耐庵先生","無愧乎耐庵之精於文"。施垮《施氏宗祠建立紀述》云:"吾族始祖耐庵公,明初自蘇遷興,後徙居白駒場。""羅列各房木主,定爲春秋禮典"。祠堂列施耐庵神主,寫:

　　　　　　考　公耐庵府君
　　元辛未進士始祖　施　　　　　　　　之位

姙　　門季太儒(孺)人①
申

《施氏族譜》與《施氏家簿譜》譜系有出入，但爲一祖綿延。《施氏家簿譜》及出土《銘》與《券》始祖俱題彥端，《施氏族譜》於《序》於《述》俱稱耐庵。這點不同，亦是一關鍵性問題，值得探索。

兩譜俱載楊新所撰《故處士施公墓誌銘》，文字亦有出入，但可斷爲源於一文，中有涉及彥端與耐庵者，不同處亦爲關鍵問題，今將兩譜所載迻録如次：

> 處士施公，諱讓，字以謙。鼻祖世居揚之興化，後徙海陵白駒，本望族也。先公彥端，積德累行，鄉鄰以賢德稱。生以謙，少有操志。續長，克承家業。父母以孝，兄弟以敬，朋友以信，人無間焉……
>
> 《施氏家簿譜》

> 處士施公，諱讓，字以謙。鼻祖世居揚之興化，後徙海陵白駒，本望族也。先公耐庵，元至順辛未進士，高尚不仕。國初，徵書下至，堅辭不出。隱居著《水滸》自遺。積德累行。鄉鄰以賢德稱。生以謙，少有操志。續長，先承家業。父母以孝，兄弟以友，朋友以信，人無間焉……②
>
> 《施氏族譜》

其不同處，如何正確對待？章培恒先生於此議論甚精："《族譜》所收楊文確有後人竄入"，"關於施耐庵的二十八字之爲竄入也就更無疑義"。恕我不恭，爲節篇幅，簡述如次：

> 《施氏家簿譜》中楊新文，祇三句話："先公彥端，積德累

①　見《〈水滸傳〉資料彙編》，朱一玄、劉毓忱編，百花文藝出版社。

②　手稿"國初……自遺"一段文字下原有着重號，現略去——編者。

行,鄉鄰以賢德稱。"

有的同志認爲:自"元至順"至"自遣"二十八字原文被滿家删掉了。從出世觀點看:滿家爲親者諱云云。按佛家"慈悲",《水滸》宣揚殺人放火,可說滿家不滿。但"高尚不仕","徵書下至,堅辭不出"等語,從出世觀點看,爲什麼要删呢?《施氏家簿譜》上,滿家寫着:始祖:"元朝辛未科進士",假如《墓誌銘》中確有,爲什麼要删呢?可見所謂滿家删了云云,是説不過去的。

會不會漏抄呢?滿家抄寫此譜家族觀念强烈,豈有始祖光榮歷史(元朝進士,朝廷徵聘)粗心大意漏了?《施氏族譜》楊文:"先公耐庵",滿家抄作"先公彦端"。"耐庵"滿家不忌。(譜下記有"字耐庵")若原文有,删除或漏抄二十八字,"耐庵"不會改作"彦端";故此多出的二十八字,當爲後人竄入。《水滸》作者施耐庵是家喻户曉的。爲使主語跟其竄入的"隱居著《水滸》"語呼應,遂把"先公彦端"改爲"先公耐庵"了。

《族譜》楊文:"生子七:長文昱,字景朧,文學;次文顯,字景順,國學生;……"滿家抄本無"文學"及"國學生"。《施氏家簿譜》原注有"邑庠生""廪膳生""國學生"等,而文昱、文顯世系表中無此記載。原文若有,滿家抄時實無删除之理。施封也不會不將他們的這種身份記入世系表中。所以,當是抄本《族譜》竄入,目的是抬高祖先的地位。

據此,可進一步證明抄本《族譜》楊文確有後人竄入文字。

上文所述關於施耐庵的二十八字之爲竄入也就更無疑義。因此,從這二十八字來證實施彦端即《水滸》作者施耐庵是不妥當的。①

章先生宏論，足破所謂滿家諱言《水滸》而删漏了的謬說。《施氏家簿譜》云："先公彥端，積德累行，鄉鄰以賢德稱。"與其子："克承家業，父母以孝，兄弟以敬，朋友以信，人無間焉。"義通，有其内在邏輯關係。《施氏族譜》云："隱居著《水滸》自遣。"《水滸》發憤書也，倡言：亂自上作，官逼民反，風高放火，月黑殺人。與《故處士施公墓誌銘》贊其子"讀書尚禮，邪僻不干於心，出處不卑其志，理亂不聞，黜陟不預。忘形林泉之下，娱情詩酒之間"。性情不合，如何見其"克承家業"？《水滸》一書，明清藏書家著録及書籍署名少有言《水滸》者。《七修類稿》稱《宋江》，《百川書志》稱《忠義水滸傳》，《西湖遊覽志餘》《少室山房筆叢》《續文獻通考》《稗史彙編》《學政全書》咸稱《水滸傳》。《也是園藏書目》稱《舊本羅貫中水滸傳》，《古今書刻》稱《都察院刊水滸傳》，《寶文堂書目》稱《郭勛刊水滸傳》，巴黎國家圖書館藏明刊本稱《忠義水滸全傳》，日本日光晃山慈眼堂藏本稱《忠義水滸志傳評林》，萬曆容與堂本稱《李卓吾先生批評忠義水滸傳》，即金人瑞删本亦稱《水滸傳》。孫楷第先生《中國通俗小説書目》卷六《説公案》中所列皆稱《水滸傳》《水滸志傳》或《水滸全傳》。至清後期則有簡稱《水滸》者，邱煒萱《菽園贅談》云："相傳施耐庵撰《水滸》時，憑空畫三十六人於壁。"楊新爲明景泰人，怎能獨標《水滸》？實見後人竄改知識之陋。

施垈建立施氏宗祠，重訂族譜，始提耐庵爲始祖。楊新銘文，彥端奪目，遂加點竄。"先公彥端"改爲"先公耐庵"，諒始此時。"羅列"木主學銜功名，疑亦遂加彩飾。如始祖題：

---

① 見《大豐縣文史資料第三輯・施耐庵研究》第47、48兩頁。

考　公耐庵府君

元辛未進士始祖　施　　　　　　　　　之位

姒　門季太儒（孺）人
申

考　公景龍府君

明文庠生三世祖　施　　　　　　　　之位

姒　門陸太孺人

考　公雲曙府君

明禮部儒四世祖　施　　　　　　　之位

姒　門李太孺人

考　公孟蘭府君

明恩貢生五世祖　施　　　　　　　之位

姒　門夏太孺人

雲曙未知是否即芸暗，兩者有筆誤處。文庠生、禮部儒士及恩貢生等銜《家簿譜》未見，諒如章先生論"抬高祖先"之處，疑亦始於此時。

　　據此，《施氏家簿譜》中"字耐庵"三字附加。始祖眉端上書："元朝辛未科進士"，論者多辨其僞，幾成定論。① 疑亦爲附加。附加由來，蓋受《施氏族譜》影響。附加之時，上限疑在施埁重修《族譜》之後，下限當在滿家抄録《家簿譜》之前，即自咸豐五年（1855）至民國七年（1918），中歷63年。所以言在滿家抄録之前

---

① 　劉冬先生《施耐庵生平探考》，力主此議，未知近已放棄否？劉文見《中華文史論叢》，1980年第4輯。

者，根據《江蘇省公安廳刑事科學技術鑒定書·結論》："'字耐庵'三字與《施氏家簿譜》字跡爲同一個人所寫。"

（原刊《水滸爭鳴》第 5 輯，1987 年 8 月）

編者説明：劉録稿附記云："手稿注明：'初稿於 1982 年 5 月 1 日；修改於 1983 年 10 月 5 日。'此文發表時三起三落，時間拖了三年，最後，由於不以爲然者提不出反駁理由，終於祇能通過發表。問世以後，經第四屆全國《水滸》學術討論會上專家組評議，授予優秀論文獎。由《水滸爭鳴》編委會、湖北省《水滸》研究會授予獎狀，時間爲 1987 年 12 月 4 日。"然原刊文較之手稿有所刪略，文字及格式亦有錯誤。這次收入全集，編者（陳飛）參考手稿，酌加補充和改正，並按統一體例調整格式、注釋等。手稿原題：《興化"施彦端"即錢塘"施耐庵"歟？——〈施氏家簿譜〉中傍書"字耐庵"三字辨》。手稿最後云："族譜木主之外，更有所謂'木榜文'，文多誤記，類於傳説，録之以供探索（下録'木榜文'全文）"，現從略。

《水滸傳》的成書與作者施耐庵考辨

《水滸傳》的成書，有其演變與發展的過程。惜乎，歷史文獻記敘不詳。爰分三點，予以探索，提供同好，冀予正之。一、《水滸傳》的成書由臨安瓦肆起家；二、《水滸傳》的作者，明清人的著錄以及今人的爭議；三、興化施彥端與《水滸傳》作者錢塘施耐庵掛鈎的由來考辨。前兩者前人、今人論述較多，易臻共識；後者今人尚有爭議。故於後者，詳考辨之。

一、《水滸傳》的成書由臨安瓦肆起家

中國"說話"，或稱説書，歷史悠久。《墨子·耕柱篇》云："能談辯者談辯，能説書者説書，能從事者從事。"荀子有《成相篇》。《漢書·藝文志》："成相雜辭十一篇"，大約託於瞽矇諷誦之詞。周代已有瞽人向婦女説唱詩詞之例。1963 年，四川郫縣宋家林在東漢磚室墓中出土了三件説唱俑的陪葬物。兩件保存完整，侈口張目，十分傳神。説明漢代民間説唱已臻繁榮。

佛教傳入中國。隋唐時期叢林俗講興起，敷衍佛經，搬演史傳，盛行於長安、洛陽。都講梵誦與中國曲藝結合，流入民間，孳乳衍變，成爲講唱文學。北宋建都汴梁，淺斟低唱，講唱文學進一步發展。宋孟元老《東京夢華録》卷五"京瓦伎藝"所敘，内容

十分豐瞻。

南宋建都臨安，臨安即今杭州。成爲全國政治、經濟與文化的中心。城市繁榮，工商業發達。由於市民階層的壯大與愛好，統治階級爲了點綴升平，給以青睞，説話事業從而形成高潮，盛況空前。表現爲：一、説話場所普遍。《夢粱録》述京都就有瓦子二十三處。《都城紀勝》述衆安橋旁的北瓦子，"有勾欄一十三座"。二、自《武林舊事》等書所記考查，説話人有名可稽者達119人，較北宋爲多。《醉翁談録》稱藝人"幼習《太平廣記》"，"首攻歷代史書"，"博覽該通"。"蓋小説者，能講一朝一代故事，頃刻間捏合。"擅於口頭創作。三、口頭創作題材廣泛，内容豐富。分四家數：小説、講史、説經、商謎。《醉翁談録》涉及故事名目凡107種。靈怪、煙粉、傳奇、公案、朴刀、杆棒、神仙、妖術外，猶有發跡變泰、士馬金戈之事。有時根據需要，編寫本地新聞軼事，也爲重要内容。

《水滸》故事，源於街談巷語，藝人吸取以爲營養，發展爲長篇話本。南宋晚期，杭州人周密在《癸辛雜識續集》中輯録龔聖與《宋江三十六人贊》及其序文。藝人演唱小説，根據《醉翁談録》的記録，演唱《水滸》故事的有：《石頭孫立》屬於公案；《青面獸》爲朴刀局段；《花和尚》《武行者》爲杆棒之序頭。南宋藝人演唱《水滸》故事，它的内容今難得知。但結合龔聖與《贊》，後世傳説，或可推測一二。例如：武松《贊》道：

> 行者武松；汝優婆塞，五戒在身。酒色，財氣，更要殺人。

讀《水滸傳》的，怎樣去理解武松的"酒色財氣"呢？清艾衲居士《豆棚閒話》中有"水滸鱗爪"内容。説武松是化名。他殺了人，逃到少林寺，要求出家爲僧。主持適在松下練功，問他姓名。他

指武爲姓,指松爲名。主持收他,法名"五戒"。武松原是山東博
興縣小清河畔清河鎮李家莊人。是個惡少,尋釁打架爲樂。乳
名李伴子。人稱:李棒子、李霸、李元霸。拜師後,要他幹好事。
他入山打死了一隻傷害人畜的猛虎,除了一個無惡不作、霸占人
妻的惡霸。被霸占的是一個賣煎餅的老婆。煎餅後人說成"炊
餅",炊餅是南方點心。武松在少林寺,不守戒規,吃酒吃肉,打
架鬧事,旋被主持打發。雲遊途中,行俠仗義,爲弱者伸冤報仇。
(參見《水滸傳中的懸案》,王珏、李殿元著,四川人民出版社
1994年版)這可窺見"武行者"的當初形象;同時,也可例示說明
水滸人物故事是有其演變與發展過程的。《水滸傳》中或是留着
影子,或有痕跡,可見其是一脉相承的。

　　水滸人物由個別軼事組織成長篇故事,被記錄下來,納入
《大宋宣和遺事》,這就成爲《水滸傳》的初步雛型了。魯迅在《中
國小說史略》中說:"其書或出於元人,抑宋人舊本,而元時又有
增益,皆不可知。口吻有大類宋人者,則以抄撮舊籍而然,非著
者之本語也。"《大宋宣和遺事》"抄撮舊籍";其中《水滸》故事諒
爲宋元"說話"的底本。楊志賣刀、晁蓋等智取生辰綱、宋江殺閻
婆惜、宋江得天書、受招安和三十六人征方臘等書路與輪廓,基
本上已爲《水滸傳》所繼承與發展了。

　　《水滸》故事從南宋開始,吸取街談巷語,在瓦肆勾欄裏不斷
地創造和發展,進而錄爲話本;從口頭創作到書面讀物是說話表
演藝術家、書會才人以及元代劇作家的許多無名氏的集體創作。
說話藝人重在表演,而書會才人工作之一是給話本添詩加詞,幫
助書商"纂修""參訂"潤色,使之得以問世。所以,《水滸傳》的成
書過程,實是由於瓦肆、勾欄,或稱茶坊或茶館起家的。

　　現在的《水滸傳》,已成爲文學名著;但不論它的簡體、繁本
哪一系統的本子,其中都有着記錄說話這一痕跡,讀者稍稍細心

閱讀是隨處可見的。這就是《水滸傳》出於藝人口頭創作強有力的内證啊！例如：

> 引首"試看書林隱處"，"再聽取新聲曲度。"
>
> 説話的，柴進因何不喜武松？
>
> 休道是兩個丫鬟，便是説話的見了，也驚得口裏半舌不展。
>
> 説話的，那人是誰？便是吳學究所薦的江州兩院押牢節級戴院長戴宗。
>
> 説話的，卻是什麽計策，下來便見。
>
> 説話的，田虎不過一個獵户，如何就這般猖獗？
>
> 看官：牢記話頭，仔細聽着。且把王慶自幼至長的事表白出來。
>
> 看官聽説，這回話都是散沙一般。先人書會留傳，一個個都要説到，衹是難做一時説。慢慢敷衍關目，下來便見。看官衹牢記關目頭行，便知衷曲奥妙。
>
> 話説如何？衹説這三個到任，別的都説了絶後結果？

這類話書中不勝枚舉，説明口頭演説與書面記録不是一個人。"説話的"與"看官聽説"口氣有異，可能也非一人所道。今日就我所知道的：説書有説整部的，也有説其中若干回的，又有跳説前後某若干回的。許多回書藝人所説又常相互交叉或重迭的。他們常説：各先生各傳授，各先生各開導。内容自然有同有異，或出或入。他們偶藏腳本，也有這種情況。因此《水滸志傳評林》題："中原貫忠羅道本名卿父編集"。《忠義水滸傳》："施耐庵集撰""羅貫中纂修"。高儒《百川書志》注録《忠義水滸傳》一百卷題："錢塘施耐庵的本，羅貫中編次。"屬於同一類型的書，或是指同一本書，而有"編集""集撰""纂修"或"的本""編次"等不同詞彙的題署、記述出現，諒是在這樣的寫作環境下產生的。

《水滸傳》的創作，包涵着許多無名作家的貢獻，當歸功於群衆。但這不等於說：施耐庵、羅貫中在這裏不起作用；而且應該說他們所起的作用是偉大的。他們在從口頭創作成爲書面讀物，成爲文學名著的過程中起着關鍵性的作用。沒有他們就不成爲"的本"和"編次"。這些書祇停留於口頭，事過境遷，很可能用藝人的話說"沉掉了"！這是十分可惜的。上海著名評話表演藝術家唐耿良先生在另一著名彈詞表演藝術家嚴雪亭先生追悼會上說：最爲遺憾的是沒有將他的《楊乃武與小白菜》這部書記錄下來，現在是無法補償的了！同時，記錄可以或簡或詳，精益求精。口頭創作與書面語言，有統一處，也有差異處。文學創作不是話怎麽說，文就這麽寫的。《水滸傳》原屬演出，列入"書林"，成爲文學名著。裁冰剪雪，施耐庵、羅貫中的作用與貢獻也是不能抹煞的。譬之釀造，口頭創作如米。作家整理，不能爲無米之炊，卻能煮之爲飯，釀之爲酒。酒則或淡或醇，檔次不同，未易一概而論，一刀切之。故藝人與作家，其於創作，合之則雙美，離之則兩傷矣。

二、《水滸傳》的作者，明清人的注錄
以及今人的爭議

《水滸傳》由臨安瓦肆起家，"說話"演變而來，到明嘉靖年間，《水滸傳》的著作問世了。首先記述這書的作者的，則有高儒《百川書志》六史部野史注錄云：

　　《忠義水滸傳》一百卷，錢塘施耐庵的本，羅貫中編次。

王圻《續文獻通考》卷一七七《經籍考》傳記類注錄云：

> 《水滸傳》羅貫著。貫字貫中,杭州人,編撰小說數十種,而《水滸傳》敘宋江事,奸盜脫騙機械甚詳。

郎瑛《七修類稿》二三注錄云:

> 《三國》《宋江》二書,乃杭人羅本、貫中所編。予意舊必有本,故曰編。《宋江》又曰:錢塘施耐庵的本。

明李卓吾評本《忠義水滸傳》一百卷容與堂刻本卷首題:

> 施耐庵集撰、羅貫中纂修。

書名《宋江》諒沿藝人習稱。南宋稱演《水滸》故事為:石頭孫立、青面獸、花和尚、武行者。龔聖與贊三十六人,概括地稱《宋江三十六人贊》,可供參考。《忠義水滸傳》諒為著作題稱。明傳世繁本多署此名。20世紀70年代,上海圖書館發現兩張《水滸傳》殘頁。書口題《京本忠義傳》,專家鑒定,此刻較已發現者為早。論者或以為此書先稱《忠義傳》,後加"水滸"二字,成《忠義水滸傳》;或謂書口節約忠義兩字。

作者下署:"的本""編次""編撰""予意舊必有本,故曰編""施耐庵的本""集撰""纂修"。諸辭耐人尋味。"編次""編撰""集撰""纂修"似意此書原有所本,為其"編輯"潤色。遵循中國古代初期章回小說成書過程,編輯一詞可能具有兩種內容:一是喻為對藝人演出情節的編纂;一是喻為將已吸取的書面文字作品的編纂;同時,兩者又可兼而有之。《百川書志》述"施耐庵的本",而羅貫中"編次"之。《續文獻通考》《七修類稿》云:《水滸傳》或稱《宋江》為羅貫中"編撰""所編",提法稍有不同,義或類此。《七修類稿》竟說:予意舊必有本,故曰編。於《宋江》又曰:錢塘施耐庵的本。可見羅貫中所編的,當是採納施本於內。李卓吾容與堂本題:"施耐庵集撰,羅貫中纂修"。"集撰""纂修"與

"的本""編次"涵義亦有差別,卻可相通。可能由於傳聞異辭,署詞遂有出入而已。總的説來,《水滸傳》諒是先有"施耐庵的本",而後羅貫中汲取,予以"編次"的。明李贄對於《水滸傳》的成書,總提"施羅二公"(見《忠義〈水滸傳〉序》)是能説明問題的。

明人高儒、王圻、郎瑛對《水滸傳》作者提出"施羅";同時又述兩位都是杭州人或錢塘人。施耐庵是錢塘人。錢塘即是杭州。這見《水滸》故事自南宋臨安瓦肆演出,形之筆墨,迄於《水滸傳》成書,與杭州説話是緊密聯繫的。南宋臨安又爲全國印刷出版業的中心。人文薈萃,著述如林。話本小説也隨着刊行、流傳,作出它應有的貢獻。流風遺韻,元明猶存。《水滸傳》容與堂本即刊於杭州。不過,高儒、王圻、郎瑛説施羅二公都爲杭州人,羅貫中根據明賈仲明《録鬼簿續編》記載則爲太原人,《水滸志傳評林》則署:"中原貫忠羅道本名卿父編集",爲中原人(中原或謂東原,羅爾綱考即山東東平州)。羅貫中原籍未必杭州,後來居住或者定居杭州。兩人的生活與時代,則感文獻不足。羅貫中的記載稍實,稍有綫索。《録鬼簿續編》云:

> 羅貫中,太原人,號湖海散人。與人寡合。樂府隱語,極爲清新,與余爲忘年交。遭時多故,天各一方。至正甲辰復會,別後又六十年,竟不知其所終。

"至正甲辰"爲元惠宗二十四年,公元 1364 年,越四年爲 1368 年戊申,元亡明興,爲朱元璋洪武元年。羅貫中與賈仲明爲"忘年交"。賈仲明年青時與羅貫中"復會",一別六十年健在,而貫中當已謝世。仲明壽登耄耋,設仲明 80 歲左右撰《録鬼簿續編》,其時貫中已"不知其所終"。至"至正甲辰復會",爲 1364 年。其時賈仲明至少在 20 歲左右,羅貫中在 40 歲左右。宋亡於 1279 年,宋趙昺祥興二年,元興於 1271 年,元世祖忽必烈至元八年。

1279 年離 1364 年爲 85 年，羅貫中如生於宋亡之時，此時難與賈仲明會，仲明撰簿不會"又六十年，竟不知其所終"。明田汝成《西湖遊覽志餘》謂："錢塘羅貫中本者，南宋時人。"羅貫中當爲元末明初人。所謂："南宋時人"者當屬傳聞誤記。賈仲明與羅貫中"復會"，悉其所長，述其爲"太原人"，事屬可信。王珏、李殿元，謂：其時小說作者之名都由書商代署。羅貫中可能爲出版商。四海流浪，故號湖海散人。雜劇盛行北國，話本則在南天。由於業務特點，遂由太原，東平而杭州洽稿。於東平得識淄川賈仲明，"復會"而被寫入《録鬼簿續篇》中。（見《水滸傳中的懸案》）出版商，出書易，其編撰小說數十種（見《續文獻通考》及《西湖遊覽志餘》），可得理解。《水滸傳》源於説話記録，記録可能多本。"施耐庵的本"，符合需要，羅貫中遂"編次"之。施耐庵可能爲書會才人。王利器謂：庵這種號，是説書藝人喜歡用的一個號。遂引《武林舊事》"説經渾經"人有余俟庵、嘯庵、借庵、保庵、戴悦庵、息庵、戴忻庵；"小説"人有俞住庵、陳可庵。《夢梁録》"説參請"人有寶庵、管庵等爲例。這是一種推測。今蘇州彈詞名家王異庵也以庵爲號的。

　　清代，周亮工《因樹屋書影》敘及《水滸傳》的作者謂："相傳爲洪武初越人羅貫中作，又傳爲元人施耐庵作。"又説："定爲耐庵作，不知何據？"又説："近金聖歎自七十回之後，斷爲羅所續，因極口詆羅，復僞爲施序於前，此書遂爲施有矣。"卻無新的論證。《水滸傳》的作者仍沿舊説爲羅貫中與施耐庵。

　　自明迄於清初數百年來對於《水滸傳》的作者行誼尚未見有傳記式的詳細記述。近世遂有關於施耐庵的"墓誌""族譜"和"小史"等資料的湧現。謂："施彥端，字耐庵"，"元至順辛未進士"。（見《施氏家簿譜》，即《長門譜》。）他的著作有：《志餘》《三國志演義》《隋唐志傳》《三遂平妖傳》《江湖豪客傳》（即《水滸》）。

他的卒年爲：“蓋公歿於明洪武庚戌歲。”（見淮安王道生《施耐庵墓誌》。）他的家族和行誼：“吾族始祖耐庵公，明初自蘇遷興，後徙白駒場。”（見清咸豐五年施垺《施氏宗祠建立紀述》）“耐庵公原籍蘇吳楚水錢塘人也。庵公先公長卿公，生庵公第三，諱子安字耐庵公。元辛未科進士，抽遷至淮安府。原配卞老孺人咠室。令庵公錢塘爲官。一徵未滿，庵公懸印棄官歸里，不合當道權貴。”（見《木榜文》）“施耐庵，白駒場人，與張士誠部將卞元亨相友善。士誠初繕甲兵，聞耐庵名，徵聘不至。士誠造其門。”“耐庵遜謝，以母老妻弱，子女婚嫁未畢辭之，因避去。其孫述元，應士誠聘。”（見袁吉人《耐庵小史》）施耐庵有軼詩兩首：《寄顧逖》與《贈魯淵、劉亮》；《施耐庵遺曲》一套《秋江送別即贈魯淵（道原）劉亮（明甫）》（見手抄本《雲卿詩稿》後面，傳爲施耐庵的兒子施讓所抄）。這些資料存在着不少問題。學者紛紛尋繹內證，徵引史實，予以探索辨僞考訂，有的予以解釋回護。信之者認爲：江蘇省大豐縣白駒鎮的施彥端，就是浙江省錢塘（今杭州市）的施耐庵，就是《水滸傳》的作者；疑之者認爲：施彥端不等於施耐庵，更不等於《水滸傳》的作者。由於缺乏過硬論證，興化施彥端即作《水滸傳》的錢塘施耐庵說，學者大多數是認爲此說難以成立，站不住腳的。

關於這一論爭，拙曾發表兩文以抒所見。一爲：《興化施彥端非錢塘施耐庵辨—〈施氏家屬譜〉中傍書“字耐庵”三字係後人竄入論》，發表於《水滸爭鳴》第 5 輯，武漢大學出版社。馬成生《水滸通論》第三章：《水滸》的作者（三）關於《長門譜》中的“字耐庵”三字：“由這些內證看來，‘字耐庵’三字實爲竄入”若干議論，簡述拙見，惜未注其出處。這是不應有的疏漏。二爲：《興化施彥端與施耐庵史料考辨》，發表於《水滸研究與欣賞》第 2 輯，浙江水滸研究彙編。後又續書一題：興化施彥端與《水滸傳》作者錢塘施耐庵掛鈎的由來考辨,下文詳之。

三、興化"施彥端"與《水滸傳》作者"錢塘施耐庵" 掛鈎的由來考辨

怎樣正確對待江蘇興化和大豐多年來發現的關於"施耐庵文物史料"呢? 我曾發表過兩篇文章。意猶未盡,續草此篇。爰分五段述之:(一)問題的提出,(二)成爲懸案,(三)材料審核,(四)掛鈎考辨,(五)還其本來面目。是否有當,學術是非,將愈辨而益明也。

(一)問題的提出

1982 年 4 月 18 日至 25 日,我應江蘇省社會科學院邀,追隨國内部分《水滸傳》研究工作者 16 人詣興化、大豐及大豐白駒鎮、興化施家橋參加施耐庵史料文物參觀、考察與座談。會上提出"施彥端是否即施耐庵"這一議題,意見紛歧,討論熱烈。有的肯定,有的獻疑。張志岳兄主張前者,醮墨揮毫,即席賦詩云:

> 梁山演出英雄譜,直筆龍門有稗官。啓後承先民意在,索求何憚路漫漫。

> 傳説自容存議論,遺碑今喜辨蟲魚。曾孫世系分明在,莫道施公是子虛。

愚則識解遲鈍,未敢苟同,勉詠一絶,以示芻蕘之意云:

> 多重史案積如山,書缺有間欲斷難。若問施公傳《水滸》,此心猶在信疑間。

認爲:書面和地下文物史料,需要綜合分析,正確對待;信以傳信,疑以傳疑。慎思明辨,反復研究,率下斷語,未敢盲從。與其過而信之,不如疑而存之。興化白駒施彥端,見於譜牒墓銘,子

孫綿延。丁口日繁,相延不墜。

> 施元德—施彦端—施讓—施文昱—施延佐—……

施氏家乘,譜系昭然;此當信以傳信也。然議者以"施彦端與《水滸傳》作者施耐庵掛鈎",族譜似有所綴,卻有竄改、附會之嫌,疑點不少,缺乏過硬證據;此當疑以傳疑也。隨意發言,恐失武斷。

(二)成爲懸案

"施耐庵文物史料"發現後,消息、論文多次見於報刊、學報,引起社會上和學術界的重視,被稱爲"施耐庵熱"。1982 年 8 月 21 日至 23 日,首都學術界召開了一次"首都施耐庵文物史料問題座談會",歐陽健同志記録整理問世,題爲《首都施耐庵文物史料問題座談會發言紀略》,原載《理論研究》,1982 年第 6 期,江蘇古籍出版社《施耐庵研究》予以轉載。會上鄧紹基先生主持會議,首敍緣起,後述結語:

> 1979—1981 年,在江蘇興化、大豐發現了新材料,如《施廷佐墓誌銘》《施氏長門譜》,磚刻上講到施彦端,《長門譜》也有字耐庵,報刊發表了報導,引起了學術界的重視,使爭論進一步展開了。江蘇省社會科學院邀請了一次調查活動,但也有爭論;爭論的中心還是施彦端是否就是施耐庵。
>
> 根據到目前爲止的材料得出施彦端就是《水滸》作者施耐庵的確鑿看法,確鑿結論,恐怕還有困難,還有不少疑點,希望大家努力,把疑點攻破。如果確實解決了這個懸案,是一件有價值的事。

會上有 29 位教授、專家圍繞着"施彦端是否就是施耐庵"這個"爭論的中心"發言,實事求是,各抒所見。

總的來説,可以歸納爲兩點看法。一是:信爲家乘。大家認爲:江蘇省大豐縣白駒鎮確有施氏宗祠。第一世祖爲施彦端。施家橋有施氏祖塋和他的一支,子孫綿延。興化縣和大豐縣發現的文物資料,如清咸豐四年(1854)修的《施氏族譜》、民國七年(1918)滿家手錄的《施氏家簿譜》《施讓地照》《處士施公廷佐墓誌銘》等"出土的文物都是真的,族譜除了第一世彦端字耐庵之外,都是真的"。(王俊年)"就這些全部材料説明:元末明初施家有五代人,生活在這個時期,可以證明譜系的準確性。"(李修生)"看了一些材料,證明有一族姓施的人,很久年代了"。二是:存在問題。這些家乘並不能"確鑿"證明施彦端就是《水滸傳》的作者施耐庵。大家認爲:"施彦端是否就是施耐庵","就是《水滸》作者施耐庵","確鑿結論恐怕還有困難,還有不少疑點。"(鄧紹基)"怎麼聯繫施耐庵,我覺得很費事。家譜字耐庵是後加的,始祖都忘了,怎麼隨隨便便?"(周紹良)"難的是怎麼和施耐庵掛上鈎?"(金申熊)"彦端、施讓、文昱是存在的,但怎樣與《水滸》掛起鈎來,目前拿不出確鑿的證據。"(徐放)"可以證明譜系的準確性,還沒有與《水滸》搭上橋。"(李修生)"症結的問題:怎麼説施耐庵?"(王俊年)"中心問題是:彦端、耐庵,《水滸傳》的關鍵,要證明彦端就是耐庵,確有問題。"(侯敏澤)"施彦端與施耐庵有什麼聯繫? 我想不通。"(陳新)"困難還是掛鈎上。"(廖仲安)"需要繼續收集材料,繼續進行研究。"(蔡美彪)"目前存疑。"(張政烺)"現在下結論,爲時過早。"(王利器)"説懸案基本上解決,還可以商榷,有可能解決,但目前寧可採取比較慎重的態度。"(金申熊)"如果確實解決了這個懸案,是一件有價值的事。"(鄧紹基)"還要費點力。"(王利器)所謂"掛鈎就是意味着一樣東西掛到另一樣東西上去。例如兩節火車聯繫起來。這樣掛好了的也會脱開的。現在考慮怎麼掛上鈎啊? 可掛不上,這就成爲懸案。從科研角度看,不一定要怎麼考慮? 考慮的應該是實事求是啊!"

(三)材料審核

那麼,怎樣解決這個懸案呢?我們衹有從客觀提供的材料出發,作較爲周密細緻的具體分析。自然掌握的材料愈多愈好,需要繼續發掘,但也不能等待。根據已經掌握的材料,可以作出初步的探索。

從興化和大豐所已提供的材料,可以分爲三組。這三組材料前兩組是書面的,後一組是地下出土的。前兩組從書面形成的時間來講:第一組在先,是第一手的;可靠性強。第二組在後,是根據當時的需要,對第一組材料,進行增訂的;有些地方不是很過硬的。第三組材料是地下出土的,最可靠的,真實性強。根據第三組材料是可以用以檢驗第一組和第二組兩組材料在關鍵性的史實與問題上的孰是孰非的。第一組材料主要爲:國貽堂本民國七年(1918)桃月上旬施氏十八世孫施滿家手抄的《施氏家簿譜》(以下簡稱《家簿譜》)。此《譜》爲施氏傳世"總譜"中的"支譜",即施彥端長房的一支,又稱《長門譜》。此譜內有乾隆四十二年丁酉(1777)桂月中澣施氏第十四世孫施封撰的《施氏長門譜序》(以下簡稱《施封序》)。明景泰四年癸酉(1453)二月乙卯望日淮南一鶴道人楊新撰的《故處士施公墓誌銘》(以下簡稱《楊新銘》)和施氏第一世始祖彥端公至第十七諱□字萬全的譜系。自第三世文昱起長房至第十七世譜主諱字配偶和父字、子名注錄二十頁半,天頭並書科應。第二組材料主要爲:《施氏族譜》(以下簡稱《族譜》)。此《譜》內有清咸豐四年甲寅(1854)處暑後二日賜進士出身誥授奉直大夫戶部主事陳廣德撰的《施氏族譜序》(以下簡稱《陳廣德序》),咸豐五年乙卯(1855)二月施氏第十四世孫施垹撰的《施氏宗祠建立記述》(以下簡稱《施垹記述》)和《施氏世系》。《施氏族譜》以外,還有懸於宗祠的施氏第十六世孫施占鼇詣淮南府考證施耐庵遺跡,從道光二十四年

(1844)寫至咸豐二年(1852)而完成的《木榜文》和大豐縣白駒鎮施家舍施姓所立的施耐庵神主等,可以作爲施氏道咸之際如何修訂宗譜的參考。第三組材料主要爲地下出土的《施讓地照》《處士施公廷佐墓誌銘》(以下簡稱《施廷佐銘》)《施奉橋地券》和《施□橋地券》等。這三組材料,第三組材料與第一組材料譜主稱謂符合,而與第二組材料譜主稱謂不同。第一組材料存在一些問題,中有竄入之嫌。此問題爲《長門譜》第一行"字耐庵"三字爲乾隆丁酉(1777)撰譜以後竄入。竄入緣由,須作考辨。第二組中有附加之辭。此附加之辭爲施氏譜系中的始祖施彥端與施耐庵聯繫起來,即《族譜》中之多於《家簿譜》字者。此爲本文中的主要問題,更須審核考辨。第三組中有辨認之歧。由於《施廷佐銘》"損傷嚴重,字多磨滅",辨認之時,便見紛歧,亦須分辨説明。這三組材料都存在着認識問題,所以或多或少地需要做些去僞存真的工作。這裏逐組擇要進行論證:

第一組《施氏長門譜》第一行:

字耐庵

第一世始祖彥端公　元配季氏　申氏生讓

這"字耐庵"三字在譜中首頁首行不占行格旁書。何以旁書?劉世德兄《施耐庵文物史料辨析》中云:

> 發現"字耐庵"三字不是正文,而是添寫在行側的。字形比正文小,墨色較正文淡而浮,筆跡似與正文不同,當非一人所寫。這不能不令人懷疑到,它們是在民國七年(1918)以後竄入的。

但據:《江蘇省公安廳刑事科學技術鑒定書》的"檢驗"和"結論"爲:

　　"字耐庵"三字與《施氏家簿譜》字跡爲同一個人所寫。

説明"字耐庵"三字，非滿家抄譜以後的人所羼入。但此問題，依然存在。何滿子兄《施耐庵之謎》中云：

　　但這一過録乾隆四十二年(1777)序本《施氏長門譜》，也有可疑之處兩點。一、在始祖彦端公一行左側行間，注有"字耐庵"三字，同行書眉上又有"元朝辛未科進士"七字。這兩行内容都不見於譜前所載《故處士施公(讓)墓誌銘》對彦端的敍述中，如果不是過録人釋滿家(字跡與抄本同)所加，也至少是所據以過録的本子於乾隆四十二年(1777)以後所加入。但由於找不到乾隆序的原件，無法臆斷。

何兄提出兩點懷疑："字耐庵"三字和"元朝辛未科進士"七字，俱不見於《楊新銘》中，作爲旁證。目光犀利，有説服力。此問題也，愚就譜中稱謂通例，獲得内證，悉此傍書三字確係後人竄入。文見《水滸爭鳴》第五輯中。茲録其要，以省閲者翻檢之勞。

　　　　　　　　　　字耐庵
　　第一世　始祖彦端公　元配季氏　申氏生讓　論者每據"字耐庵"三字，坐實施彦端爲施耐庵，即著《水滸傳》的施耐庵。此議可商？"字耐庵"三字，出於"公　元配"旁，不在公字下占行格。全譜 233 人，字無旁書者，側行小字，俱占行格。此"字耐庵"三字，如何理解？值得探索。原就四事，略貢鄙忱。

　　1.譜系列十七世，233 人。其中有諱有字者，除第一世暫不計外，31 人；諱下無名而有字者 201 人。自第二世至第十七世 232 人。31 人有諱有字，占 31/232＝0.1336；201 人諱下無名有字，占 201/232＝0.8663……

　　譜中有：有名和字的，有單有名的。不是每人都是有名和字的……譜中對於:有名和字、和單有名的這兩種情況是有個區別對待的。這是譜的"通例"。

方式之一:有名和字的,名作諱,字作字。如:

顥　暉

第二世諱讓,字以謙……生文昱文旺文鑒

曄　昇

讓是名,稱諱,以謙是字稱字。文昱、文顥、文曄、文旺、文暉、文昇、文鑒弟兄七人。父前子名,都是名,七人都有字:景朧、景順、景明、景華、景清、景暘、景昭,第三世這樣寫着:

第三世諱文昱,字景朧。

第三世諱文顥,字景順。

第三世諱文曄,字景明。

……

文昱、文顥、文曄都是名,子代尊其先人,避稱爲諱。單有名的,子孫移其名,作字行。如:

照

第六世諱　　字詠棋……生德潤

履

詠棋是第五世施孟蘭之子,原爲名,第六世於諱下空兩格,詠棋移於字下,作字行。德潤、德照、德履爲詠棋所生三子,皆爲子名。三人無字,第七世便這樣寫着:

第七世諱　　□字德潤

第七世諱　　　字德照

第七世諱　　　字德履

"名以字行",實爲施氏子孫抒其孝敬先人微意。因此,諱下空兩格。而移名稱字;並非不知其名,而是名作字用。

方式之二。上代有字的，用字，稱某某公。如：

第三世諱文昱，字景朧，以謙公長子。

元配陸氏，生芸晫、芸士。

以謙乃第二世施讓的字。上代無字的，以名代字，稱某某公。如：

第四世諱　　字芸晫，景朧公子，元配季氏，生孟蘭。

第五世諱　　字孟蘭，芸晫公子，元配夏氏，生詠棋。

照

第六世諱　　字詠棋，孟蘭公子，元配陳氏，生德潤。

履

第七世諱　□字德潤，詠棋公長子，元配吉氏，生古泉。

其中景朧爲字，芸晫、孟蘭、詠棋皆是名以字稱。循此可見施譜通例，通例說明，可知施氏十七代中許多人祇有名而無字，少數人有名和字；這蓋由於多數人未入學之故。《施氏長門譜》云："族本寒微"，這一情況是符合的。

從通例看，"始祖彥端"，諒屬單有名者，名以字行，故稱"彥端公"。"第二世諱讓，字以謙"，尊其先考。因曰："彥端公子。"（如字耐庵，循通例當曰：耐庵公子。據此內證，可知"字耐庵"三字，非乾隆丁酉施封修譜時原狀，而爲其後之人竄入。）第三世文昱兄弟七人皆有名和字，至第四世芸晫單有名，因作；"第四世諱　字芸晫，景朧公子。"根據《處士施公廷佐墓誌銘》提供資料，彥端父爲元德。如爲始祖，譜系可能書作：第一世祖元德公……生彥端。第二世諱　字彥端。今彥端爲始祖，書"彥端公"爲簡潔。此"彥端公"與第二世、第三世"彥端公""以謙公"例實相通。據此內證，可知"彥端公"旁"字耐庵"三字爲附加無疑。

2. 楊新《故處士施公墓誌銘》云："施公諱讓，字以謙。"

"先公彥端","生子七人：文昱，字景朧；次文顥，字景順；次文暐，字景明；次文旺，字景華；次文暉，字景清；次文昇，字景暘；次文鑒，字景昭"。楊新與施讓爲姻親，施讓之子景華、景清俱出楊氏，自悉施氏家事。銘中於讓及文昱等兄弟七人，俱題名字，何以竟稱"彥端公"？如彥端有字，應稱其字；如稱其名，應述其字。豈楊新於彥端爲祇知字而不知名者？此知彥端實爲單有名者，故楊新稱之曰：彥端公。

3.《處士施公廷佐墓誌銘》云："施公諱□字廷佐""（曾）祖彥端"，"生祖以謙，以謙生父景□"。據《施氏家簿譜》以謙爲第二世讓的字。"景□"景下一字磨滅。然可知爲第三世文昱兄弟景朧中某之字。此見銘文尊重名字，與譜同。何以此銘亦是祇云"彥端"？是知"彥端"，亦爲名以字行。彥端爲單有名也。如字耐庵，銘文應稱（曾）祖耐庵，庶合人子之禮，不應棄字而直題名也。

4.《施讓地照》云："施文昱等伏緣父母奄逝"，《施奉橋地券》云："孝子施應昌"，"先考施公奉橋"。文昱、應昌俱爲名，出土文字父前子名。奉橋於第八世，是施古泉長子爲名，於第九世爲施應昌父，譜中爲"字奉橋"，名以字行。循此通例，子孫稱始祖：彥端公。實亦名以字行，有相通處。

綜此四事，知施彥端有名無字，而名以字行。此例尋繹家譜。施於地照，若合符節；徜字耐庵，便見抵牾。可知旁書"字耐庵"三字爲竄入，如贅瘤，非虛言也，有實證矣。

那麼，這"字耐庵"三字是何時竄入的呢？下文將綜合論之。道光、咸豐之際施氏擴建宗祠，將施耐庵與施彥端掛鈎，合二而一。並於祖堂羅列神主，奉祀耐庵，稱爲始祖。施氏長門一支參加祭掃，孝子賢孫受此影響，以爲始祖施彥端即施耐庵，從而參考《族譜》附加"字耐庵"三字，初未意爲竄入也。彥端始祖自明初以迄清代咸豐近五百年，史跡模糊，誰復知其有名無字，不合通例，非考辨之士，蓋亦不加深思。嗣後家簿譜流傳，如滿家者，忠實原譜，照本過錄，完全可以理解的。

第一組《家簿譜》施氏中《楊新銘》首段云：

> 處士施公，諱讓，字以謙。鼻祖世居揚之興化，後徙海陵白駒，本望族也。先公彥端，積德累行，鄉鄰以賢德稱。生以謙。少有操志。續長，克承家業。父母以孝，兄弟以敬，朋友以信，人無間焉。……

此銘清咸豐時施垚修訂《族譜》予以採錄，文字卻有出入。

> 處士施公，諱讓，字以謙。鼻祖世居揚之興化，後徙海陵白駒，本望族也。先公耐庵，元至順辛未進士，高尚不仕。國初，徵書下至，堅辭不出。隱居著《水滸》自遺。積德累行，鄉鄰以賢德稱。生以謙，少有操志，續長，先承家業。父母以孝，兄弟以友，朋友以信，人無間焉。……

增加："元至順"以下至"自遺"二十八字，亦將"先公彥端"，改爲"先公耐庵"。下文亦有詳略。《家簿譜》中《楊新銘》原文爲：

> 生子七人：長文昱，字景朧；次文顥，字景順；次文暉，字景明；次文旺，字景華；次文暉，字景清；次文昇，字景暘；次文鑒，字景昭。文暉、文暉不幸早世；而文昱等皆有能聲，達理家各（務）熾盛愈舊。

《族譜》中《楊新銘》文爲：

> 生子七：長文昱，字景朧，文學；次文顥，字景順，國學生；次文暉，字景明；次文旺，字景華；次文暉，宇景清；次文昇，字景暘；次文鑒，字景昭。文暉、文暉不幸早逝；而文昱皆有能聲，□理家務，熾盛逾舊。

這些改動和詳略的差異,如何正確對待?有人則以爲這是滿家過錄《家簿譜》時刪去的。章培恒先生認爲不是這樣。以爲:"《族譜》所收楊文有後人竄入","關於施耐庵的二十八字之爲竄入也就更無疑義"。章文議論精闢,節錄如次:

> 《施氏家簿譜》中楊新文,祇三句話:"先公彥端,積德累行,鄉鄰以賢德稱。"

> 有的同志認爲:自"元至順"至"自遣"二十八字原文被滿家刪掉了。從出世觀點看:滿家爲親者諱云云。按佛家"慈悲",《水滸》宣揚殺人放火,可說滿家不滿。但"高尚不仕","徵書下至,堅辭不出"等語。從出世觀點看,爲什麼要刪呢?《施氏家簿譜》上,滿家寫着:"元朝辛未科進士",假如《墓誌銘》中確有,爲什麼要刪呢?可見所謂滿家刪了云云,是説不過去的。

> 會不會漏抄呢?滿家抄寫此譜家族觀念強烈。豈有始祖光榮歷史(元朝進士,朝廷徵聘)粗心大意漏了?《施氏族譜》楊文:"先公耐庵",滿家抄作"先公彥端"。"耐庵"滿家不忌。(譜下記有"字耐庵")若原文有。刪除或漏抄二十八字,"耐庵"不會改作"彥端";故此多出的二十八字,當爲後人竄入。《水滸》作者施耐庵是家喻户曉的。爲使主語跟其竄入的"隱居著《水滸》"語呼應,遂把"先公彥端"改爲"先公耐庵"了。

> 《族譜》楊文:"生子七:長文昱,字景朧,文學;次文顥,字景順,國學生;……"滿家抄本無"文學"及"國學生",《施氏家簿譜》原注有"邑庠生""廩膳生""國學生"等,而文昱、文顥世系表中無此記載。原文若有,滿家抄時實無刪除之理。施封也不會不將他們的這種身份記入世系表中。

> 據此,可進一步證明抄本《族譜》楊文確有後人竄入文字。上文所述關於施耐庵的二十八字之爲竄入也就更無疑

義。因此,從這二十八字來證實施彥端即《水滸》作者施耐
庵是不妥當的。

從此可知第一組材料《家簿譜》的譜系和《楊新銘》文中始祖爲施
彥端,並無關於施耐庵爲始祖的記述。"字耐庵"三字和自"元至
順"至"自遣"二十八字爲後人竄入。"先公耐庵"亦爲後人竄改。
以此作爲施彥端即爲施耐庵的證據,是完全站不住腳的。

那麼這二十八字和先公耐庵是何時竄入和修改的呢? 愚以
爲也是咸豐施氏修訂《族譜》時搞的。

第三組材料:關於《施廷佐銘》"施耐庵文物史料考察報告"
介紹此銘云"正面爲墓誌,背面爲墓銘。正文十九行,行二十一
字至二十三字不等。共約四百餘字。墓誌銘的出土後未及時徵
集保管,損傷嚴重,字多磨滅"。可辨認的大約有一百六十餘字:

> 施公諱□字廷佐□□□□□□□祖施公元德於大元
> □□生(曾)祖彥端會元季兵起播浙(遂)家之及世平懷故居
> 興化(還)白駒生祖以謙以謙生父景□……

———— ———— ———— ————

———— ———— ———— ————

———— ———— ————

> 嘉靖歲甲申仲冬壬申月朔□葬於白駒西□(落)湖

銘中"字廷佐"下磨滅之字,何滿子兄《施耐庵之謎》謂:"疑當作
'興化白駒人也。'""播浙(遂)"三字,"浙"字辨認時字跡模糊。
"氵"旁清晰,"扌"字歪斜,"斤"字僅存,其下筆劃不顯。"浙"字
乃當時諸專家學者憑着字形意補所認。1982 年 4 月 25 日在揚
州萃園晚上舉行總結"座談會"時,議之深夜,愚曾提出,且云:苦
余視力欠佳,敦請諸公明察,反覆核認,俱以爲然;並請寫入《紀

要》,以昭鄭重。《紀要》簡略,未能詳述。後於山東菏澤開水滸
學討論會時,在小組會上與朱一玄等暢聚,述及此事,大家回憶,
猶在耳目。劉世德兄詣興化復按此銘,亦云:"銘上'播浙'二字
字跡模糊,難以確認。"這三字劉冬先生認爲"□流蘇",並説:
"'流'字三點水旁清晰,右邊不清晰。"並不認爲是"浙"字。黃霖
同志在《宋末元初人施耐庵及"施耐庵的本"》文中因説:

> 劉(冬)先生腦子裏始終深信施耐庵原籍蘇州,故把一
> 個不清楚的"遂"字識成"蘇",而當其他同志知道施耐庵有
> "錢塘"人的説法,就把"流"字識成了"浙"。這幾個字究竟
> 當識什麽,我是大有疑問的。其實,即使就是一個"浙"字,
> 難道單憑此就能説施彦端即是"錢塘施耐庵"嗎?
>
> (江蘇古籍出版社《施耐庵研究》212頁)

胡小偉在《新發現的"施耐庵文物史料"中的新疑點》(見《水滸爭
鳴》特輯47頁)中説:

> 銘文中第二行"會元季兵起播□□家之"中"播"字以下
> 二字俱損,前一字僅存約三分之一。有的同志判讀爲"浙",
> 認爲是施彦端曾播遷到浙江的重要根據,但也有同志判讀
> 爲"流",認爲僅僅説明他曾播流在外,雖然祇有一字之差,
> 區別卻較大。……就斷言這位施彦端"跟明人記載的作《水
> 滸》的那個錢塘施耐庵可以掛起鈎來的","年代與地望亦均
> 吻合",顯然還不足使人信服。

鹽城師專趙伯英、李奇林同志在《施彦端非施耐庵》文中云:"播
浙"謂"浙""疑是'淮'字"。(見《水滸爭鳴》特輯55頁)章培恒先
生云:

> 在舉行座談會之前,已有其他同志看到這一墓誌銘,並

把這三字讀爲"□流蘇"。

　　經我們仔細辨認,被作爲"□"的乃是"播"字,且相當清晰。被作爲"蘇"的,乃是"遂"字,因爲此字上雖有不少傷痕,但放在陽光下辨認,其原有的筆劃仍可看得出來。至於"浙"字,除了左邊三點清晰外,中間的"扌"及右旁"斤"的上半也可辨認。且其上一字"播"及下一字"遂"既皆確定無疑,此字當爲地名,再參以字形,其爲"浙"也是肯定的。

　　　　　　　　　　　　　　　　　　(《復旦學報》1982 年第 6 期)

不過"淮"亦地名,尚可考慮。原件無恙,可復按也。倘從"浙"字,與"錢塘"聯繫起來,與"錢塘施耐庵的本"聯繫起來,聯想過多,應該說是不恰當的!

　　(四)掛鈎考辨

　　施氏"族本寒微,譜系未經刊刻,而手抄家録"。傳至第十一世孫施雷夏、施甘濤始"纂修增訂"。後遭火災,記述中斷。乾隆四十二年(1777),第十四世孫施封修譜時,"蓋闔族之譜(總譜),難以考證;惟長門之譜;尚屬可稽。自文昱公以後,分派支別,秩然有序"。民國七年(1918)施滿家所録《施氏家簿譜》實爲總譜之名。其中曾列《施氏長門譜序》。此《長門譜》卻爲支譜。乾隆施封修譜之時,施氏尚示建立宗祠。

　　乾隆戊申(1788),施氏第十三世孫施文燦、第十三世孫施美如始就第十二世孫施奠邦宅"改建"祠堂。"規模草創,未成厥功。"文燦、美如、奠邦相繼謝世。這時離乾隆丁酉(1777)施封修《長門譜》時中隔十一年。道光十六年丙申(1836)施氏第十四世孫施垹會同第十五世孫施金、施永昌和施永茂向族人議捐"建造",這時離乾隆丁酉(1777)已五十九年。延至咸豐二年壬子(1852)施垹"任勞任怨","勸諸同族,量力輸捐。設大門,建祖堂,置祭田";至咸豐五年乙卯(1855)經過四載的經營,祠堂落成。於是"羅列各房木主,定爲春秋祀典"。自道光十六年(1836)至咸豐五年(1855)中間經過十九年,施氏宗祠纔修建完成。施垺在這修建祠堂過程中做了三件大事。一是"建祖堂""羅列各房木主,定爲春秋祀典。"二是"考訂族譜"。三是設置祭田。爲了"考訂族譜",施氏做過一些調查工作,這工作做得是很粗率的。當時民間淮安、蘇州、錢塘有着關於施耐庵的民間傳說。族中公議第十五世孫施永茂命子第十六世孫施占鼇"至淮安府"採訪。占鼇詣"袁公林甫府門",自稱是"庵公(指施耐庵)後裔",爲"寫庵公遺跡存後裔可觀",特來"詢其家祖庵公遺跡"。袁公便"喚後裔吉人,倍(陪)鼇公步達庵公書室",據占鼇説,從道光二十四年(1844)寫到咸豐二年(1852年,即施垺擴建宗祠"建祖堂"之年。)花了八年時間,成《木榜》一文,"懸卦(掛)祠堂"。這篇《木榜》文字,結構粗疏,辭不達意,白字連篇,施垺爲國學生,並未以之採入譜中。但嘉其云"庵公後裔",與所訂《族譜》始祖爲耐庵公意符合,因以懸於宗祠。

"考訂族譜,建立祠堂。"爲了"光紹祖澤",孝子賢孫一般總要對於先祖世系及其光榮事跡,做些纂輯工作。例如:武嶺蔣氏修譜時,蔣介石主持,由沙孟海纂修。主要工作之一就是"追查先系"。"首先起草《先系考》一篇。"

《左傳》載:"凡、蔣、邢、茅、胙、祭,周公之胤也。"蔣氏是周公之後,沒有問題。舊譜祇追溯到五代時始遷明州的蔣光、蔣宗霸父子。由此逆推上去,中世紀一大段世系,問題就多。我根據借集的各地蔣氏家譜,並參證地方志乘,逐步追查。最後由寧海龍山一支找到綫索,更從臨海、黄巖、仙居諸譜及鄞縣橫山譜、奉化峨陽譜參互校核,居然得到衘接。雖然如此,畢竟年代太遠,或有未可盡信,故於各人名下注出據某書或某譜,以明責任。至於宜興、天台及臨海諸譜詳載西周以來一連串的世系名爵完整無缺,我以其"於史無證",概不採用。

施氏修譜建祠,自然也是首先重視到這一點。施垮深知民間有着關於施耐庵的傳說,旁搜遠紹,徵引"種種遺說",遂於《族譜》,增入"施氏爲先賢施子之常之裔",但其譜系,荒遠難稽,祇能付之闕如,一言表過。即考他族譜系,恐也難以説清。又自聽聞:錢塘、蘇州、淮安三處有施耐庵傳說。囿於條件,舍遠就近,公議占龜去"淮安府"採訪。採訪所得,雖有施耐庵的遺説,卻與施彥端毫不相干。又悉:"吾興氏族,蘇遷爲多。"地方上傳説。陳廣德遂據施振遠口述記之:"白駒場施氏耐庵先生,於明洪武初由蘇遷興化。"此事明《楊新銘》中未述,祇是口頭傳說,並無文獻足徵,即以訂譜也是不過硬的。

施氏譜牒:《長門譜》修於乾隆四十二年(1777),《族譜》修於咸豐四年(1854)。兩譜之修相距七十七年。譜系一脈相承,内容自有異同。施垮修訂《族譜》是以《長門譜》爲底本的。陳廣德謂施垮"勤於譜事,寶藏《支譜》於家",此《支譜》即指《長門譜》。陳廣德序引及楊新之銘,並敘其所未及者。即此一端,可窺兩譜關係。趙振宜、張丙鈄、施恂清《〈施氏族譜〉考略》(見《施耐庵研究》137頁)關於兩譜異同已予研究,指出:

(1)都是以原《長門譜》爲祖本,都收録了楊新所撰的《故處士施公墓誌銘》;(2)族譜世系基本一致,特別是十世以前的世系幾乎完全相同。所不同的是:(1)《乾隆譜》抄本中,用的是施封作的《譜序》,《咸豐譜》抄本中,用的是陳廣德撰的《譜序》,並增録了施垮的《建祠記述》;(2)《咸豐譜》抄本所録楊新作《故處士施公墓誌銘》中,"先公彥端"變成了"先公耐庵",多出了"元至順辛未進士……隱居著《水滸》

自遣"等話。1952年考察小組發現這個抄本時，就有人指出這裏"有後人竄入之嫌"。

這兩本宗譜所列譜系，基本符合。所不同的，關鍵性的問題，牽涉到本文所要考辨的議論。即爲：施彥端是否即爲《水滸傳》作者施耐庵？《家簿譜》代表施氏自明初以迄清乾隆四十二年的原始記載和看法，也即代表第一組材料的看法：施氏"鼻祖世居揚之興化，後徙海陵白駒"。"第一世始祖彥端公"。《族譜》根據《家簿譜》修訂，增加了一些新的家乘和看法。代表着第二組材料的看法，道咸之際的新說：認爲"吾族始祖耐庵公，明初自蘇遷興，後徙居白駒場"。"白駒場施氏耐庵先生，於明洪武初由蘇遷興化，復由興化徙居白駒場。"這兩種家乘不少地方是相互抵觸，實際是無法統一的。

就籍貫論：一說"世居"；一說"蘇遷"。究竟白駒鎮施氏自鼻祖直至施彥端是世居在興化；還是施耐庵爲始祖，從蘇州遷徙來的呢？

就始祖論：一說"施彥端"；一說"施耐庵"。究竟這是毫不相干的兩個人，施氏輕描淡寫地把他倆掛在一起，混爲一談；還是原爲一人呢？

這個問題，看似複雜，綜合起來研究，能夠得到解決的。首先，我們先來分析一下，《族譜》這些新說，根據何在呢？《木榜》一文，施氏化了八年時間寫成的。懸於祖堂，是施族公認的。可是它的內容，能過硬嗎？《木榜》文的內容可分四點述之。

1.《木榜》文說：施耐庵原籍是："蘇吳楚水錢塘人也。""蘇吳楚水錢塘"六字，如何理解？原籍祇能一處？怎說：蘇吳、楚水、錢塘？"蘇吳"諒指蘇州。《陳廣德序》說："白駒場施氏耐庵先生，於明洪武初由蘇遷興化，復由興化徙居白駒場。"復說："施氏之自蘇施家橋來遷，即場之田廬復名以施家橋。"陳序是根據施振遠所談撰寫的。《施垛記述》亦云："吾族始祖耐庵公，明初自蘇遷興,後徙居白駒場。"他們的根據可能就是出於這些依稀影響之談吧。"楚水"何指?是否即指楚州,亦即淮安。民間有其傳說,施氏由是委託占鼇去"淮安府"採訪吧。

《木榜》文說:耐庵先公長卿,生耐庵第三,諱子安,字耐庵。施氏宗祠碑文或者由是因有"施子安"殘石?王道生《施耐庵墓誌》遂云:"公諱子安,字耐庵"歟?又云:施耐庵爲"元辛未科進士","原配卞老孺人"。然與《族譜》爲季氏、申氏不合。

2.施氏建祠時,族舉施永茂子施占鼇去"淮南府"採訪。從道光二十四年至咸豐二年寫成《木榜》。懸之祖堂。此與《施垈記述》道光十六年會同族侄施永茂倡議建祠,至咸豐二年"族人輸捐","設大門,建祖堂,置祭田"。和《木榜》文述及"獻錢二百貫","獻地五十畝"諸事可以相互配合。

3.《木榜》又寫占鼇詣淮安府袁林甫翰林院拜謁。自述欲建庵公祠堂,寫其遺跡。袁公便喚後裔吉人領往參觀耐庵書齋和貫中寓所;並告耐庵著《水滸傳》至75回時,朱元璋下旨逮京。時年五十四,居獄七載。獄中寫《封神榜》,劉伯温見之上奏。耐庵釋歸,閉門著述。稿成,門人羅貫中校對,年七十五卒。耐庵柩遷,不知所之?書齋尚在淮安西門城內土地祠後。占鼇回答:耐庵柩已遷白茅鎮(即白駒鎮)西十八里施家三橋。耐庵三子,字柳橋。

4.交代《木榜》民國二十六年施忠文在祖堂讀書時所見。榜上寫着庵公始祖遺籍。木榜分置東西,都是寫抄。施占鼇書並撰。咸豐壬子(1852)季春月立。主堂西之木榜則云:道光二十四年建。

這是道光、咸豐之際,施占鼇在淮安府採訪之記,語多不經。中共江蘇鹽城市委曹晉傑、朱步樓兩同志於《學術研究必須實事求是、除假求真》(見《水滸爭鳴》第五輯64頁)一文中揭之:

> 我們編查歷次修纂的《淮安府誌》《山陽縣誌》,清代祇

有乾隆三十年，有個拔貢姓袁，叫袁淑。道光、咸豐年間，就沒有姓袁的中過舉、做過官，根本沒有叫袁林甫其人的，更談不上有什麼"皇封翰林院府門"。至於"後裔吉人""庵公書室"，則全是有意編造。

又如：榜文中說：清咸豐二年，袁林甫和他的兒子袁吉人還帶施占鼇去參觀施耐庵教書的房子和羅貫中的寓室。試問元末明初至咸豐二年相隔四百多年，袁林甫、袁吉人的壽能活得這麼長嗎？

施耐庵"居獄七載。獄中寫《封神榜》，劉伯温見之上奏，耐庵釋歸"。民間多處有此傳說。不知《封神演義》約成於明隆慶、萬曆間（1567—1620 年 8 月），日本内閣文庫藏明萬曆間蘇州舒載陽刻本，為傳世最早刻本，題"鍾山逸叟許仲琳編輯"。《封神演義》俗稱《封神榜》，成書離明初約 200 年，元末明初施耐庵怎能寫，劉伯温如何得見？傳說往往經不起覆核。1982 年 4 月 21 日，施耐庵史料文物考察團至大豐白駒鎮。座談會上有老人還說："施耐庵寫《水滸》坐牢，又寫《封神榜》，人以為狂，由是免罪。"此說與《木榜》文合，推波助瀾，不知以訛傳訛也。

這可說明《木榜》所記淮安府的耐庵傳說是信口開合的。《族譜》據此"考訂"，能有多少科學性呢？施占鼇到淮安府採訪，自稱"庵公後裔"，可見他是帶了框子去的，這個根據又何在呢？拜見袁公，詢問"家祖庵公遺跡"卻無一言涉及"彦端"。這樣採訪，與白駒鎮的始祖彦端有什麼關係呢？採訪内容實際上和施彦端完全是兩人啊。《族譜》怎能牽强附會妄說："彦端字耐庵"呢？

《家簿譜》中明《楊新銘》說："鼻祖世居揚之興化，後徙海陵白駒。"《木榜》文說："耐庵公原籍蘇吳楚水錢塘人也。"可見《家簿譜》中之施彦端，與《木榜》文中之施耐庵判為兩人。《家簿譜》譜系："第一世始祖彦端公元配季氏 申氏。"《木榜》文中："庵公先公長卿公，生庵公第三，諱子安字耐庵。""原配卞老孺人㐀室。"元配一爲季氏、申氏,一爲卞氏;又見彥端與耐庵原非一人。

施氏修譜,爲了"光紹祖澤",卻把施耐庵和施彥端掛起鈎來。《族譜》中第一世寫成這樣:

<pre>
        第一世   第二世
  彥端字耐庵(行一)→ _____ _____
    元配季氏   _____ _____
    繼配申氏
</pre>

從而大豐縣白駒鎮施家舍施姓所立神主,也就寫成這樣款式:

<pre>
              考　公耐庵府君
  元辛未進士始祖   施   之位
              妣　門季太孺人
                  申
</pre>

可是也有遵循舊制,沒有改的。例如:興化縣老籲區幸福鄉施家橋所立神主施寶寬仍是這樣題着:

<pre>
          彥端公
    施氏始祖   之位
          季　氏
</pre>

可是施垮修訂《族譜》盛稱"耐庵公"爲"吾族始祖"。《木榜》懸於祖堂,中列始祖以下十二世神牌,在這氣氛下,《族譜》隨着"有不少竄改和妄增"(見何滿子《施耐庵之謎》,《施耐庵研究》160頁)也就可以理解。"建祖堂,置祭田","羅列各房木主,定爲春秋祀典"。每歲祭掃馨香膜拜,子孫印入腦際。在興化縣新垛(大營)公社施橋大隊這一支,漸漸淡忘始祖彥端,而衹知耐庵。"這裏的居民百分之八十以上都姓施,而且世代供奉施耐庵爲自己的祖先。"(歐陽健《關於〈水滸〉作者施耐庵之我見》,《施耐庵研究》

349 頁)"每年清明前二日","到施耐庵墳上祭祀"。關於祭田，施氏子孫説是："老祖(施耐庵)傳下來的(分明是咸豐時置,怎會是明初傳下來的),關照這二十四畝作爲祭田,其餘照分。"(鄒延喜、王同書《關於施耐庵的墓田及祭祀傳統的調查報告》,《施耐庵研究》120 頁)傳聞失實,這也是可以理解的。

《家簿譜》和《族譜》存在着矛盾;那麼,那一種可信呢? 何滿子兄曾云:

> 《施氏長門譜》比較認真可信。
>
> 它並不會誇耀宗族、祖先如可光彩,序文坦率地説:"族本寒微,譜系未經刊刻。""闔族之譜難以考證。惟長門之譜,尚屬可稽。"這番話也證明了咸豐陳廣德序本《施氏族譜》並無刻本根據,實係據《長門譜》擴充而成。

是有識見的。可是,施垲把施耐庵和施彥端早已掛起了鈎,一直影響到今天。怎樣來正確對待這個問題呢? 這就要衷心地感謝興化縣和大豐縣給我們提供了新的材料。出土的明《處士施公廷佐墓誌銘》,幫助我們獲得新證來解決這一問題了。

《家簿譜》首先提出施氏"鼻祖世居揚之興化,後徙海陵白駒"。這是施氏自明初以迄乾隆年間一致遵從的。那麼《施廷佐銘》這個明代地下文物,怎樣反映這件事呢?

> (高)祖施公元德,於大元□□生(曾)祖彥端,會元季兵起,播浙(遂)家之。及世平,懷故居興化,(還)白駒。

施彥端"會元季兵起",播遷外出。不問播下之字爲"浙"爲"淮"或其他? 一個"播"字就可説明問題,他在"故居興化"外出。後來"世平","懷故居興化,(還)白駒"。一"懷"字,一"(還)"字。前後呼應。播遷外出,待到世平,去國懷鄉,就返家了。故居原是"興化"。這段文字是很清楚地反映着施氏是世居在興化的。

可是《族譜》怎樣來交代這個問題呢？

　　陳廣德《序》云："白駒場施氏耐庵先生，於明洪武初由
　蘇遷興化，復由興化徙居白駒場。"

　　《施垪記述》云："吾族始祖耐庵公，明初自蘇遷興，後徙
　白駒場。"

《族譜》所云之事，倘若根據江蘇鹽城地委曹晉傑、大豐縣朱步
樓、張袁祥《施耐庵史料文物新考》（見《水滸爭鳴》特輯，32 頁）
在施家橋的"口碑"整理，說得更爲翔實。

　　施耐庵原籍蘇州閶門外施家巷，是孔夫子七十二弟子
　之一施之常的後裔。唐朝末年，施之常的後人來蘇州爲官，
　在此定居，到施耐庵這一代，已傳了十五世。

可是從《施廷佐銘》所寫施彥端的"播""懷""還"三字所反映的事
跡來看，和施耐庵"自蘇遷興"完全對不上號，而且是矛盾的，施
彥端和施耐庵怎麼會是一人？《施廷佐銘》與《家簿譜》兩者所寫
卻是若合符節的，這就説明這兩者的記述是正確的。《施廷佐
銘》是今日出土的明代文物，《家簿譜》大部分是明代記述傳至清
乾隆時的書面材料，屬於親歷、親見、親聞的第一手記錄，它的史
料價值是遠遠超過《族譜》的。《族譜》是離開始祖施彥端約近五
百年後依據民間傳説和《家簿譜》而增訂的。增訂之時，缺乏刻
本根據，可靠性很成問題。民間傳説有隨意性和變異性，所謂"自
蘇遷興"之説，看來也是姑妄言之而已。《施廷佐銘》是在施家橋
附近出土的，而這《新考》的傳説也是在施家橋收集的。可見明初
之事，中歷六百餘年，這傳説早已不能反映它的原始面貌了。

　　《家簿譜》云："始祖彥端公。"《楊新銘》云："先公彥端。"《施
廷佐銘》云："（曾）祖彥端"。這三者完全符合。施彥端有名無
字，前文已作考辨，故悉稱爲彥端。《族譜》卻云："施氏耐庵先

生"(《陳廣德序》)、"吾族始祖耐庵公"(《施垡記述》),此事又與《施廷佐銘》相左。

《家簿譜》云:"始祖彥端公。"譜敘始祖不必列述其父。此"彥端公"諒爲明時施氏創譜時書。《施廷佐銘》云:"(高)祖施公元德,於大元□□生(曾)祖彥端",廷佐距曾祖彥端不過四代,是時譜尚未立。舊制薦祖輒爲五代。所謂:"君子之澤,五世而斬。"《施廷佐銘》上書"(高)祖施公元德",合於古制。於此亦見《施廷佐銘》與《家簿譜》相符。《木榜》則書:"庵公先公長卿公,生庵公第三,諱子安字耐庵。"又見傳聞失實。

由此可見,蘇遷之施耐庵決非世居興化之施彥端。《施廷佐銘》出土,得一堅強有力之佐證矣。這個懸案從而可以解決。"彥端字耐庵",這是施垡修訂《族譜》虛加之辭。那麼,咸豐時把這鉤掛上,實事求是,今日應該可以把它脱鉤了。

(五)還其本來面目

興化施彥端與《水滸傳》作者混爲一談,用"彥端字耐庵"掛鉤過渡,這是施氏一族之言,歷史文獻上卻絶無這一記載。

《水滸傳》作者施耐庵最早見於明人著述,關於他的生平卻是記録很少。明人筆記注録的有:

> 明郎瑛《七修類稿》:"《宋江》又曰:錢塘施耐庵的本。"
>
> 明高儒《百川書志》:"《忠義水滸傳》:一百卷。錢塘施耐庵的本,羅貫中編次。"
>
> 明胡應麟《少室山房筆叢》:"元人武林施某所編《水滸傳》,特爲盛行。"

版本注録的有:

> 明高陽李氏百回本及容與堂李卓吾評百回本題:"施耐庵編輯。"

明熊飛館刊《英雄譜》本題:"施耐庵集撰,羅貫中纂修。"

明《忠義水滸傳》題:"施耐庵集撰,羅貫中纂修。"

明天都外臣序本《水滸傳》一百卷一百回題:"施耐庵集撰、羅貫中纂修。"

日本內閣文庫明雄飛館合刻《英雄譜》本題:"錢塘施耐庵編輯。"

明李卓吾評《忠義水滸全傳》一百二十回題:"施耐庵集撰、羅貫中纂修。"

明金人瑞刪定《水滸傳》七十回題:"東都施耐庵撰。"

(參考孫楷第《中國通俗小說書目》)

通過這些著錄,意味着施耐庵確有其人。但肯定施耐庵不等於說施耐庵即施彥端;更不是說施彥端爲《水滸傳》的作者。反之,否定施彥端爲施耐庵,也不等於說:否定施耐庵其人。

白駒施氏虛言施彥端字耐庵,從而吹嘘其爲《水滸傳》的作者。這裏再從一事檢驗:古人稱謂,經常名字並舉,不是祇說姓名。例如:羅本貫中,著錄常見,何以著錄中絕未見有書作:"施彥端耐庵"者?如:郎瑛《七修類稿》二十三著錄《三國》《宋江》二書,"乃杭人羅本貫中所編"。《忠義水滸志傳評林》作者題款:"中原貫中羅道本名卿父編輯。"《續文獻通考·經籍考》著錄:"《水滸傳》羅貫著,貫字貫中,杭州人。"《西湖遊覽志餘》記述:"錢塘羅貫中本者,南宋時人。"《三國志通俗演義》明嘉靖壬午大字本,題:"後學羅本貫中編次。"《三國志傳》明萬曆壬辰余氏雙峰堂刊本題:"東原貫中羅道本編次。"其他作者,這類例證,可謂不勝枚舉。何以彥端耐庵,不見一條,如何取信於人?

施耐庵在民間確有許多傳說。這些傳說也是需要考辨一下。始於何時?爲明人之說,清人之說抑爲近人之說?它的內容能否反映六百年前施耐庵與施彥端的確切關係?說得翔實可靠,有根有據,經得起檢驗呢?

道光、咸豐之際,施氏修訂《族譜》,是得據傳説,把施彦端與施耐庵掛起來,宣傳他是《水滸傳》的作者。可是,修譜者忘了近五百年前的施彦端是世居在興化,而這施耐庵是從蘇州遷來的。這個矛盾是無法統一的。近年有人多次在施家橋採集民間傳説,與出土的明代《施廷佐銘》核對也是矛盾的。這就説明這些傳説是難以作爲信史的。

《水滸傳》自金人瑞聖歎貫華堂本《第五才子書施耐庵〈水滸傳〉》問世後,社會上一般讀的都是這金本,從而郭勛家所傳之本《忠義水滸傳》和李卓吾評本《忠義水滸傳》等《水滸傳》本子漸見淹没。金聖歎和施耐庵就爲人民所樂道,特別是在江南和江北地區與説書業發達的地方——蘇州,民間傳説從而紛起。這些傳説諒是相互影響没有多少歷史根據的,是清人之説吧。施氏修譜正在盛道施耐庵著作《水滸傳》的時候;由是,他們把他攬入譜中,引以爲榮是很自然的。有人説《水滸傳》是禁書,讀它是要殺頭的。哪有人會引以爲榮呢? 這不見得! 請看下面所引這兩條道、咸之際寫下的文字吧。

> 耐庵之有《水滸傳》也,盛行海隅。上而冠蓋儒林,固無不寓目賞心,領其旨趣;下而販夫皂隸,亦居然口講手畫,矜爲見聞。

(清古月老人《蕩寇志序》)

> 《水滸》一書,施耐庵先生以卓識大才,描寫一百八人,盡態極妍。其鋪張揚厲,似著其任俠之風,而摘伏發奸,實寫其不若之狀也。然其書,無人不讀,而誤解者甚夥。

(清徐佩珂《蕩寇志序》)

那時社會上人"上而冠蓋儒林","下而販夫皂隸","矜爲見聞",

"無人不讀",哪個人的頭是看了《水滸傳》而被殺的呢?

關於施耐庵的民間傳說,徐放兒《再次調查有關施耐庵歷史資料的報告》(見《明清小說研究》第四輯,中國文聯出版公司)寫了洋洋三四萬言。他在蘇南、蘇北奔走地方五十餘處,接觸多方人士二百餘人,報告中除重復《族譜》舊說外,沒有提出過硬的新的例子,說清施耐庵就是施彥端;大多數祇是就施耐庵說施耐庵,而所說的和施彥端是沒有什麼關係的。有的說:"彥端、彥明、彥清三兄弟都是從蘇州閶門逃來江北的。"(75頁)有的說:"施耐庵兄弟三人。他是老二,名叫彥明,字耐庵。"(74頁)這些傳說沒有說施耐庵原是世居興化的。有的說:"耐庵公本來是淮陰人。"(78頁)有的說:"施耐庵是鹽城人。"(80頁)有的說:"施耐庵是江陰人。"有的說:"施耐庵在江陰,據說先在花山云亭南四里名叫詳巷夏家教書,而且時間較長。第二次是在楊舍區塘市鄉大瑤窟陶家。最後纏到祝塘大宅里徐家。"(89)頁)這些傳說中的施耐庵和興化的施彥端是不見有絲毫關係的。傳說紛紜,都沒有說在點子上。調查人徐放因說:

> 我 1952 年 9 月 13 日去蘇北,在蘇北廣大地區,走了很多地方,聽了很多傳說,這些傳說一代一代傳下來,不能說一點根據也沒有。我們也無妨根據傳說肯定施耐庵實有其人,但嚴格說來,一定要坐實,我不敢說。……江陰我們也去了,吳鵬恩那副對聯就是我們發現的。蘇南、蘇北的傳說是兩個樣子,不完全一致,徐家是個大的家族,施耐庵在他家教書,造反等等,看來是有志圖王。和許恕(澄江書院山長)有交往,爲許氏族譜寫過序。彥端、施讓、文昱是存在的,但怎樣與作《水滸》掛起鈎來,目前拿不出確鑿的證據。
>
> (江蘇古籍出版社《施耐庵研究》191 頁)

可見這些傳說，即使"肯定施耐庵實有其人"，卻没有任何"確鑿的證據"説明施耐庵即施彦端。綜諸論述，斯知興化施彦端非錢塘施耐庵也。

古籍記載，失實之事習見；何況家譜？從而辨僞成爲專家之學。舉例來説：《古文尚書》較今文多出二十五篇，孔穎達爲作《正義》，疑經惑古如劉知幾，未言其僞，蒙混了多少學者。清閻若璩出，撰《古文尚書疏證》八卷，引經據古，一一陳其矛盾之故，古文之僞於是大明。《施氏族譜》有其失誤，爲之糾謬發覆。家譜辨誣，視若小事；然而涉及小説著名作家，不得不反復鑽研，鄭重對待。慎思明辨，理當如是。倘蒙教所不逮，企予望之。學術是非，愈辨愈明。

（原刊《杭州曲藝評論五集》，1995 年 6 月）

編者説明：本文據原刊及打印稿録編，原題《〈水滸傳〉的成書與杭州"説話"》，今題爲編者酌擬。

《水滸傳》作者施耐庵籍貫考辨提要

《水滸傳》由臨安瓦肆起家，"説話"演變而來，到明嘉靖年間，《水滸傳》的著作問世了。首先記述這書的作者的，則有：

高儒《百川書志》六史部野史注録云：《忠義水滸傳》一百卷，錢塘施耐庵的本，羅貫中編次。

王圻《續文獻通考》卷一七七《經籍考》傳記類注録云：《水滸傳》羅貫著。貫字貫中，杭州人，編撰小説數十種，而《水許傳》敘宋江事，奸盜脱騙機械甚詳。

郎瑛《七修類稿》二三注録云：《三國》《宋江》二書，乃杭人羅本、貫中所編。予意舊必有本，故曰編。《宋江》又曰：錢塘施耐庵的本。

明李卓吾評本《忠義水滸傳》一百卷容與堂刻本卷首題：施耐庵集撰、羅貫中纂修。

書名《宋江》諒沿藝人習稱。南宋稱演《水滸》故事爲：石頭孫立、青面獸、花和尚、武行者。龔聖與贊三十六人，概括地稱《宋江三十六人贊》，可供參考。《忠義水滸傳》諒爲著作題稱。明傳世繁本多署此名。20世紀70年代，上海圖書館發現兩張《水滸傳》殘頁。書口題《京本忠義傳》，專家鑒定，此刻較已發現者爲早。論者或以爲此書先稱《忠義傳》，後加"水滸"二字，成《忠義水滸傳》；或謂書口節約忠義兩字。

作者下署："的本""編次""編撰""予意舊必有本，故曰編"。
"施耐庵的本"。"集撰""纂修"。諸辭耐人尋味。"編次""編撰"
"集撰""纂修"似意此書原有所本，爲其"編輯"潤色。遵循中國
古代初期章回小説成書過程，編輯一詞可能具有兩種内容：一是
喻爲對藝人演出情節的編纂；一是喻爲將已吸取的書面文字作
品的編纂；同時，兩者又可兼而有之。《百川書志》述"施耐庵的
本"，而羅貫中"編次"之。《續文獻通考》《七修類稿》云：《水滸
傳》或稱《宋江》爲羅貫中"編撰""所編"，提法稍有不同，義或類
此。《七修類稿》竟説：予意舊必有本，故曰編，於《宋江》又曰：錢
塘施耐庵的本。可見羅貫中所編的，當是採納施本於内。李卓
吾容與堂本題"施耐庵集撰，羅貫中纂修"。"集撰""纂修"與"的
本""編次"涵義亦有差別，卻可相通。可能由於傳聞異辭，署詞
遂有出入而已。總的説來，《水滸傳》諒是先有"施耐庵的本"，而
後羅貫中吸取，予以"編次"的。明李贄對於《水滸傳》的成書，總
提"施羅二公"（見《忠義水滸傳序》）是能説明問題的。

明人高儒、王圻、郎瑛對《水滸傳》作者提出"施羅"；同時又
述兩位都是杭州人或錢塘人。施耐庵是錢塘人。錢塘即是杭
州。足見《水滸》故事自南宋臨安瓦肆演出，形之筆墨，迄於《水
滸傳》成書，與杭州説話是緊密聯繫的。南宋臨安又爲全國印刷
出版業的中心。人文薈萃，著述如林。話本小説也隨着刊行、流
傳，作出它應有的貢獻。流風遺韻，元明猶存。《水滸傳》容與堂
本即刊於杭州。不過，高儒、王圻、郎瑛説施羅二公都爲杭州人，
羅貫中根據明賈仲明《録鬼簿續編》記載則爲太原人，《水滸志傳
評林》則署："中原貫忠羅道本名卿父編集"，爲中原人（中原或謂
東原，羅爾綱考即山東東平州。）羅貫中原籍未必杭州。後來居
住或者定居杭州。兩人的生活與時代，則感文獻不足。羅貫中
的記載稍實，稍有綫索。《録鬼簿續編》云：

羅貫中，太原人，號湖海散人。與人寡合。樂府隱語，極力清新，與余爲忘年交。遭時多故，天各一方。至正甲辰復會，別後又六十年，竟不知其所終。

"至正甲辰"爲元惠宗二十四年，公元 1364 年，越 4 年爲 1368 年戊申，元亡明興，爲朱元璋洪武元年。羅貫中與賈仲明爲"忘年交"。賈仲明年青時與羅貫中"復會"，一別六十年健在，而貫中當已謝世。仲明壽登耄耋，設仲明 80 左右撰《録鬼簿續編》，其時貫中已"不知其所終"。至"至正甲辰復會"，爲 1364 年。其時賈仲明至少在 20 歲左右，羅貫中在 40 歲左右。宋亡於 1279 年，宋趙昺祥興二年；元興於 1271 年，元世祖忽必烈至元八年。1279 年離 1364 年爲 85 年，羅貫中如生於宋亡之時，此時難與賈仲明會，仲明撰簿不會"又六十年，竟不知其所終"。明田汝成《西湖遊覽志餘》謂："錢塘羅貫中本者，南宋時人。"羅貫中當爲元末明初人。所謂"南宋時人"者當屬傳聞誤記。賈仲明與羅貫中"復會"，悉其所長，述其爲"太原人"，事屬可信。王珏、李殿元謂：其時小說作者之名都由書商代署。羅貫中可能爲出版商。四海流浪，故號湖海散人。雜劇盛行北國，話本則在南天。由於業務特點，遂由太原，東平而杭州洽稿。於東平得識淄川賈仲明，"復會"而被寫入《録鬼簿續篇》中。（見《水滸傳中的懸案》）出版商，出書易，其編撰小說數十種，（見《續文獻通考》及《西湖遊覽志餘》）可得理解。《水滸傳》源於說話記録，記録可能多本。"施耐庵的本"、符合需要，羅貫中遂"編次"之。施耐庵可能爲書會才人。王利器謂：庵這種號，是說書藝人喜歡用的一個號。遂引《武林舊事》"說經渾經"人有余俟庵、嘯庵、借庵、保庵、戴悦庵、息庵、戴忻庵；"小說"人有俞住庵、陳可庵。《夢粱録》"說參請"人有寶庵、管庵等爲例。這是一種推測。今蘇州彈詞名家王異庵也以庵爲號的。

　　清代,周亮工《因樹屋書影》敘及《水滸傳》的作者謂:"相傳爲洪武初越人羅貫中作,又傳爲元人施耐庵作。"又説:"定爲耐庵作,不知何據?"又説:"近金聖歎自七十回之後,斷爲羅所續,因極口詆羅,復僞爲施序於前,此書遂爲施有矣。"卻無新的論證。《水滸傳》的作者仍沿舊説爲羅貫中與施耐庵。

　　自明迄於清初數百年來,對於《水滸傳》的作者行誼尚未見有傳記式的詳細記述。近世遂有關於施耐庵的"墓誌""族譜"和"小史"等資料的湧現。謂:"施彦端,字耐庵""元至順辛未進士"(見《施氏家簿譜》,即《長門譜》)。他的著作有:《志餘》《三國志演義》《隋唐志傳》《三遂平妖傳》《江湖豪客傳》(即《水滸》)。他的卒年爲:"蓋公殁於明洪武庚戌歲。"(見淮安王道生《施耐庵墓誌》)他的家族和行誼:"吾族始祖耐庵公,明初自蘇遷興,後徙白駒場。"(見清咸豐五年施垚《施氏宗祠建立紀述》)"耐庵公原籍蘇吳楚水錢塘人也。庵公先公長卿公,生庵公第三,諱子安字耐庵公。元辛未科進士,抽遷至淮安府。原配卞老孺人喬室。令庵公錢塘爲官。一徵未滿,庵公懸印棄官歸里,不合當道權貴。"(見《木榜文》)"施耐庵,白駒場人,與張士誠部將卞元亨相友善。士誠初繕甲兵,聞耐庵名,徵聘不至。士誠造其門。""耐庵遜謝,以母老妻弱,子女婚嫁未畢辭之,因避去。其孫述元,應士誠聘。"(見袁吉人《耐庵小史》)施耐庵有軼詩兩首:《寄顧逖》與《贈魯淵、劉亮》,《施耐庵遺曲》一套《秋江送別即贈魯淵(道原)劉亮(明甫)》(見手抄本《雲卿詩稿》後面,傳爲施耐庵的兒子施讓所抄)。這些資料存在着不少問題。學者紛紛尋繹内證,徵引史實,予以探索辨僞考訂,有的予以解釋回護。信之者認爲:江蘇省大豐縣白駒鎮的施彦端,就是浙江省錢塘(今杭州市)的施耐庵,就是《水滸傳》的作者;疑之者認爲:施彦端不等於施耐庵,更不等於《水滸傳》的作者。由於缺乏過硬論證,興化施彦端即作

《水滸傳》的錢塘施耐庵説，學者大多數是認爲此説難以成立的，站不住腳的。

（原載《浙江文學志》，中華書局 2001 年版）

試論《水滸傳》的成書及其簡、繁兩種版本系統的關係

本文提出關於：一、《水滸傳》的成書源流；二、《水滸傳》簡、繁兩種版本系統的關係兩點，從而說明其所存在的問題；是否有當，祈請專家讀者正之。

一

關於《水滸傳》的成書過程，茲先列表明之。

1120—1127—1279（北宋宣和二年庚子—南宋—宋亡）

"街談巷語"—"瓦肆演唱"—"文人畫贊"

（見宋羅燁《醉翁談錄》有《石頭孫立》《青面獸》《花和尚》《武行者》諸節目，宋周密《癸辛雜識續集》有《宋江三十六人贊》）

1271—1368—1644（元代—明代—明亡）

筆記小說中綴錄—雜劇演唱—藍本—簡本—繁本。

筆記小說中綴錄（見元無名氏《大宋宣和遺事》）

雜劇演唱

（見元雜劇有《黑旋風雙獻功雜劇》《同樂院燕青博魚雜劇》

《梁山泊黑旋風負荆雜劇》《大婦小妻還牢末雜劇》《爭報恩三虎下山雜劇》《魯智深喜賞黃花峪雜劇》等。）

藍本——
（書會才人，藝人爲演唱、授徒備忘所用的記録的提綱或話本。）

簡本祖本——
（傳本未發見，諒已淹没，其中當有致語。）

簡本古佚刻本——
（《水滸志傳評林·水滸辨》中云："《水滸》一書坊間梓者紛紛。"）

舊本羅貫中《水滸傳》二十卷——
（明英宗正統至明世宗嘉靖間，即 1436—1566 年間的《水滸傳》本。）

京本增補校正全像《忠義水滸志傳評林》二十五卷——
（中原貫中羅道本名卿父編輯，後學仰止余宗雲登父評校，書林文臺余象斗子高父補梓，明萬曆甲午刊本，1594 年。）

《水滸傳》二十卷——
（明崇禎間雄飛館與《三國》合刻爲《英雄譜》，1628—1644 年。）

《忠義水滸傳》十卷——
（東原羅貫中編輯，書林文星堂梓行。《漢宋奇書》本與毛本

《三國演義》合刻，自此本出。）

自"簡本祖本"出，《水滸傳》形成簡、繁兩個系統的版本。從
藝人腳本衍變發展成爲文學名著。

郭武定重刻本——
（嘉靖時郭武定重刻羅書，删去古本羅氏致語"燈花婆婆等
事"，增删潤飾，成爲繁本系統《水滸傳》的祖本。）

《忠義水滸傳》一百回本——
（前署錢塘施耐庵的本，羅貫中編次。即明嘉靖時武定侯郭
勛家所傳之本。《野獲編》所謂：武定侯郭勛於世宗朝，號好文多
藝，能計數。今新安所刻《水滸傳》善本，即其家所傳。前有汪太
函序，託名天都外臣者。1522—1566年。）

天都外臣序本《水滸傳》一百卷一百回——
（題施耐庵集撰，羅貫中纂修。首載天都外臣（汪道昆）序。
明翻嘉靖本。）

李卓吾先生批評《忠義水滸傳》一百卷一百回——
鍾伯敬先生批評《忠義水滸傳》一百卷一百回——
李卓吾評《忠義水滸傳》一百二十回——
（題施耐庵集撰，羅貫中纂修。首李贄序，楊定見小引。次
《宋鑑》《宣和遺事》摘録，發凡，水滸忠義一百八人籍貫出身。改
百回本第一回前半篇爲引首。此爲楊定見改編本，即百回本，增
二十回田虎、王慶兩事，爲一百二十回。與文簡事繁本略同，文
字略予潤色。）

金人瑞删定《水滸傳》七十回——

（明崇禎舊刊貫華堂大字本，七十五卷。題東都施耐庵撰。首列金人瑞僞撰施耐庵序一篇，次爲金人瑞序三篇，第三篇序署撰時爲崇禎十四年，〔1641〕，正傳七十回，楔子一回。）

《水滸傳》是取材於北宋末以宋江爲首的一次農民起義的民間傳說故事而寫成的小說。宋王稱《東都事略》曾引侯蒙上書說及："宋江以三十六人，橫行河朔、京東。官軍數萬，無敢抗者，其材必過人。不若赦過招降，使討方臘以自贖，或足以平東南之亂。"宋江起義故事可歌可泣，從而很快成爲民間傳說。宋周密《癸辛雜識·續集》引龔聖與《贊》就說："宋江事見於街談巷語"，"士大夫亦不見黜"。這些"街談巷語"爲民間藝人所掌握，放進他的生活體會和他所接觸到的群眾的看法，加以虛構、誇張，在瓦肆中演說，成爲早期的水滸說話。早期說話，已早湮沒，但其節目，在宋羅燁的《醉翁談録》中尚有記述。《水滸》故事，播爲"小說"，傳入文人耳中，遂予書面論贊。龔聖與曾說："余然後知江輩真有聞於時者，於是即三十六人，人爲一贊，而箴體在焉。"他對宋江的行事，認爲於"盜賊"中"能出類而拔萃"者，因贊宋江"不假稱王，而呼保義；豈若狂卓，專犯忌諱"。宋江"不假稱王"，自甘"呼爲保義郎"。這是符合於當時統治階級的要求的。據《宋史·職官志》載：保義郎在宋武官階中居五十二階中的第四十九階，是官卑職小的。《揮塵餘話》稱："時有甄陶者，奔走公卿之前，以善幹事，大夫多使令之，號甄保義。"曾慥《高齋漫録》云："近年貴人僕隸……稱保義，又或稱大夫。"宋江甘居"保義"，這就形成《水滸傳》和其所塑造的宋江形象的特定內容。這一調子，在《水滸》故事的洪流中是一直流傳着的。《水滸》故事在民間得以廣泛流傳,這點是起着保護作用的。

《水滸》故事是在民間藝人手中茁壯長大的;它是在茶館中起家的。宋元之際,元無名氏所寫的《大宋宣和遺事》,中間就曾涉及《水滸》故事。情節生動,這是當時水滸説話的簡録,也就成爲後世水滸話本的雛型。這裏摘録一節如下:

> 先是朱勔運花石綱時分,差着楊志、李進義、林冲、王雄、花榮、柴進、張青、徐寧、李應、穆横、關勝、孫立十二人爲指使,前往太湖等處,押人夫搬運花石。那十二人領了文字,結義爲兄弟,誓有災厄,各相救援。李進義等十名運花石已到京城;祇有楊志爲在潁州等候孫立不來,在彼處雪阻。那雪景如何? 卻是:
>
> 亂飄僧舍茶煙濕,密酒歌樓酒力微。
>
> 那楊志爲等孫立不來,又值雪天,旅途貧困,缺少果足,未免將一口寶刀出市貨賣。終日價無人商量。行至日晡,遇一個惡少後生,要買寶刀,兩個交口廝爭。那後生被楊志揮刀一斫,祇見頸隨刀落。楊志上了枷,取了招狀,送獄推勘。結案申奏文字回來,太守判道:
>
> 楊志事體雖大,情實可憫。
>
> 將楊志誥劄出身,盡行燒毀,配衞州軍城。
>
> 斷罷,差兩人防送往衞州交管。正行次,撞着一漢,高叫:"楊指使!"楊志抬頭一覷,卻認得孫立指使。孫立驚怪:"哥怎憑地犯罪?"楊志把那賣刀殺人的事,一一説與孫立。道罷,各人自去。那孫立心中思忖:"楊志因等候我了,犯着這罪。當初結義之時,誓死厄難相救。"祇得星夜奔歸京師,報與李進義等知道楊志犯罪因由。這李進義同孫立商議,兄弟十一人往黃河岸上,等待楊志過來,將防送軍人殺了,同往太行山落草爲寇去也。

　　從這記載來説,符合説話情景,諒爲當時説話的記録,被《遺事》作者吸收進去的。這裏,《遺事》作者未必將藝人所説盡行摘録;但從這段所寫的人物和書路來看卻已成爲早期《水滸傳》的雛型。後世的简本和繁本系統的《水滸傳》,以及近代、當代的"水泊梁山"的評話可以説是與這基礎一脉相承的。從文字藝術的表現來説,《遺事》中所寫的,如:"見路旁垂楊掩映,修竹蕭森,未免在彼歇涼片時。"這樣的景物描寫。"未吃酒時,萬事俱休;纔吃酒時便覺眼花頭暈。看見天在下,地在上。都麻倒了,不省人事。"這樣的人物心理描寫,故作驚人之筆。"張大年問:'那八個大漢,你認得姓名麼?'花約道:'爲頭的是鄆城縣石碣村住,姓晁名蓋,人號喚他做鐵天王。'"這樣的對話等,悉是藝人説話口吻。這種特色上溯宋的話本,下窺後世演義,是不難尋求出它的承上啓下的綫索來的。

　　元代是雜劇興起和發展的時代。這時《水滸》故事搬上了舞臺。從這側面可以窺測它的歷史衍變。《黑旋風雙獻功雜劇》寫宋江上場時道白云:

> 某,姓宋名江字公明,綽號順天呼保義。幼年曾爲鄆州鄆城把筆司吏,因帶酒殺了閻婆惜,……送配江州牢去。……有我八拜交的哥哥晁蓋,……救某上山,就讓某第二把交椅坐。哥哥晁蓋,三打祝家莊身亡,衆兄弟拜某爲頭領。某聚三十六大夥,七十二小夥,半垓來小僂羅,威鎮梁山,寨名水滸,泊號梁山。縱橫河港一千條,四下方圓八百里。東連大海,西接濟陽,南通鉅野、金鄉,北靠青、齊、兗、鄆。有七十二道深河港,屯數百隻戰艦艨艟。

這是作者將起義的根據地,從太行山移向梁山泊了,人員從三十六人擴大爲三十六大夥,七十二小夥,半垓來小僂羅。這時若有

《水滸傳》的腳本看來也會這樣鋪張的，這就與明代的《水滸傳》
有些具體而微了。

元明之際，《水滸傳》就有藍本、簡本出來。其中有着"賦、
贊"。這"賦、贊"藝人是在説正書或在説書中插進，作爲渲染氣
氛和刻畫人物用的。簡本系統傳刻本之一的《忠義志傳評林》卷
三就載《百字令詞》云：

> 天下（丁）震怒，掀翻銀海，散亂珠箔。六出奇花飛滾
> 滾，平填了山中丘壑。皓虎顛狂，素麟猖獗，掣斷珍珠索。
> 玉龍酣戰，鱗甲滿天飄落。誰念萬里關山，征夫僵立，縞帶
> 沾旆腳。色映戈矛，光摇劍戟，殺氣橫戎幕。貔虎豪雄，偏
> 裨驍勇，共與談兵略。須拼一醉，看取碧空寥廓。

《評林》上欄《評令詞》云："詞中句語有嬌嬌（矯矯）意味，非文人
不能作此。"繁本系統傳刻本之一的《忠義水滸傳》説：這爲大金
完顔亮所作。賦贊的創作，這中間當時有文人插手寫的。杭州
評話温古社老藝人陳國昌先生告我：杭州貢院，清時三年會試一
次。會試後，有些落第秀才感到没顏面回鄉，從而流落會館，有
的就爲藝人撰寫賦贊謀生度日。余幼時在家鄉無錫，也曾見過
文人撰寫"開篇""唱篇"售與評彈藝人取酬的。《評林》卷一有詠
大蟲云：

> 毛披一帶黄金色，爪路（露）銀鈎十八隻，睛如閃電尾如
> 鞭，口似血盆牙似戟。伸腰展臂勢狰獰，擺尾摇頭聲霹靂。
> 山中狐兔盡潛藏，澗下獐麂皆斂跡。

我又聽過：楊州評話王少堂老先生説"武松打虎"時，他就會吟誦
此賦，祇是字句略有出入而已。藝人演説，先盤書路，穿插情節，
是不用本本的。賦贊都是早已熟讀的。許多藝人多數是家中藏
着本本的。初學評話就背賦贊，作爲基本功的。藝人演説《水

65

滸》故事發展到元明時代，趨於成熟，熱愛這一行當的就把它摘録下來，初是作爲背忘或傳徒之用的。這樣一來就從而出現了水滸雛型的藍本。這種藍本，藝人並不是把它作爲著作來看的；所以並不署名，也不一定衹有一種本子，也可能會有多種本子的。本子多了爲了便於分别，在本子上有的就注上某某"的本"。這某某"的本"，這就是説這個本子是某某演説或傳授的本子。這些本子囿於當時藝人或書會才人的文化水平和寫作條件，文字往往粗疏，或者"語不繕完"的。這樣，社會上未必重視；但藝人用以謀生，敝帚自珍，或者不肯輕易示人，把它珍藏起來的。

藍本出來，説話藝術在書會中就有了交流，文字和情節隨着加工與提高，簡本系統的祖本也就從而形成。這裏所説的簡本是指後來在社會上被加工潤飾而成爲繁本而説的。簡本出後，文字雖屬粗疏，但在社會上有些人看來，是一種新的文字樣式，受到歡迎，從而流覽起來。由於受到社會上一些人的歡迎，從而有人爲了分卷、分回、增删和潤飾，做了許多有利於閱讀的工作。《水滸傳》屬於説話，説話中有雜有歌唱的，因而也可稱爲詞話。明錢希言《戲瑕》云：

> 詞話每本頭上，有請客一段，權做個德勝利市頭回。此政是宋朝人借彼形此，無中生有妙處。遊情泛韻，膾炙千古，非深於詞家者，不足與道也。微獨雜説爲然，即《水滸傳》一部，逐回有之，全學《史記》體。文待詔諸公，暇日喜聽人説宋江，先講攤頭半日，功父猶及與聞。今坊間刻本是郭武定删後書矣。郭故跗注大僚。其於詞家風馬，故奇文悉被剗薙，真施氏之罪人也。

這裏所説"施氏"當指簡本《水滸》中的一本的作者，實指《水滸》中的簡本中的一本。説話分回，録成腳本成爲本本。"請客一

段"，專稱就是致語。杭州解放初期，藝人陳國昌先生說《水泊梁
山》和《岳傳》，余聆其說。他在演說正書之前，總是吟誦唐詩或
千家詩一首；或是說一個故事，用以引導茶館中人靜默下來聽
講。這怕就是錢氏說的"請客一段"。書會才人把它錄入腳本，
在簡本中就是"致語"。郭武定在整理《水滸》時，可能認爲這與
正書無涉，因而刪去，錢氏因說"攤頭"和"無中生有妙處"悉被
"刪"去，說明郭氏對於說話，實爲"詞家風馬"。"詞家"意爲"說
話"。郭武定刪後的本子，即爲繁本。

　　簡本問世，日爲社會上人歡迎，書商從而紛紛翻刻。《水滸
志傳評林》首頁《水滸辨》云："《水滸》一書坊間梓者紛紛。偏像
者十餘副，全像者止一家。"三槐堂刻本則"省詩去詞"。簡本翻
刻，成爲簡系統。今可稽者：《也是園藏書目》著錄：舊本《羅貫
中〈水滸傳〉》二十卷。就是屬於這個系統。

　　簡本文字粗疏，被潤飾後，漸趨淘汰。明萬曆甲午(1594)余
象斗校評的《京本增補校正全像忠義水滸志傳評林》二十五卷成
爲簡本中的僅存的較早本子。此本中國早已失傳。日本日光慈
眼堂藏一部，文學古籍刊行社據以照相底影印出版。款式分上、
中、下三欄。上欄評語，中欄插簽，下欄正文。《評林》本後，明雄
飛館刊《英雄譜》本：《水滸傳》二十卷。此本日本內閣文庫藏本
題："錢塘施耐庵輯"。又藏《漢宋奇書》本《水滸傳》，題"東原羅
貫中編輯"。這兩本俱屬簡本系統的本子。

　　簡本系統的本子流傳以後，郭勛翻刻；並予整理、潤飾，成爲
繁本。晁瑮《寶文堂目·子雜類》於《忠義水滸傳》外，別出《水滸
傳》，注云：武定板。於《三國通俗演義》下注云：武定板。此武定
板，疑爲簡本。明沈德符《野獲編》云："武定侯郭勛，……今新安
所刻《水滸傳》善本，即其家所傳。前有汪太函序，託名天都外臣
者。"此善本卻爲繁本。明袁無涯《忠義水滸全書發凡》云：

古本有羅氏致語，相傳燈花婆婆等事，既不可復見；乃後人有因四大寇之拘而酌損之者，有嫌一百二十回之繁而淘汰之者，皆失。郭武定本即舊本，移置閻婆事，甚善；其於寇而去王、田而加遼國，猶是小家照應之法。

……

舊本去詩詞之繁蕪，一慮事緒之斷；一慮眼路之迷，頗直截清明。

明錢希言《戲瑕》又云：

今坊間刻本，是郭武定刪後書矣。……胡元瑞云："二十年前所見《水滸傳》本，尚極足尋味；今爲閩中坊賈刊落，遂幾不堪覆瓿。更數十年，無原本印證，此書將永廢矣。"然則元瑞猶及見之。徵余所聞，罪似不在閩賈。

清周亮工《因樹屋書影》云：

故老傳聞：羅氏爲《水滸傳》一百回，各以妖異語引其首。嘉靖時，郭武定重刻其書，削其致語，獨存本傳。金壇王氏《小品》中亦云："此書每回前各有楔子，今俱不傳。"予見建陽書坊中所刻諸書，節縮紙板，求其易售，諸書多被刊落。此書亦建陽書坊翻刻時刪落者。

郭勛或組織班子，整理簡本，刪其"致語"，即"燈花婆婆""權做個德勝利市頭回""攤頭"或"引首詩詞"等；其刪"致語"與坊賈爲了省料省工；郭勛則從文學着眼，嫌其結合不緊，不必攬入正文。刪的對象是差不多的。簡本中原有宋徽宗所稱"四大寇"："山東宋江、淮西田虎、河北王慶、江南方臘。"郭勛鑒於抗元，四寇中刪去征田虎與王慶而加征遼。簡本經過郭勛潤飾，成爲文學名著，亦爲《水滸傳》繁本的祖本。

繁本百回本流傳,楊定見又採簡本征田虎與征王慶各十回,成一百二十回本。此二十回未經郭勛潤飾,文字拙劣。繁本系統明代刊本中主要的今有一百回本和一百二十回本兩種。一百回本:自第八十三回至第九十回寫征遼。一百二十回本:自第九十一回至第一百一十回寫征田虎與王慶。

繁本系統今傳《忠義水滸傳》二十卷一百回殘本,爲明嘉靖間武定侯家所傳刻本。《天都外臣序本〈水滸傳〉》一百卷,一百回本,題施耐庵集撰,羅貫中纂修。首列明萬曆十七年己丑(1589)天都外臣(汪道昆)序。李卓吾評本《忠義水滸傳》一百卷,一百回本。明萬曆間容與堂刻本。鍾伯敬《忠義水滸傳》一百卷,一百回本,明末四知館刻本。《忠義水滸傳》不分卷,一百回本,明末大滌余人序刻本,李玄伯排印本。李卓吾評《忠義水滸傳》不分卷,一百回本,明清間芥子園刻本。《忠義水滸全傳》不分卷,一百二十回本,題李卓吾評,明末楊定見增編,袁無涯刻本。《忠義水滸傳》不分卷,一百二十回本,明清間鬱鬱堂翻刻楊定見本。《第五才子書》七十五卷七十回本,明清間金聖歎評,貫華堂原刻本。1954年人民文學出版社《水滸全傳》本,此本以天都外臣序刻本爲底本,參以郭勛本殘卷、容與堂本、芥子園本、鍾伯敬評、楊定見本、貫華堂本等七種本子校勘。

二

《水滸傳》版本,存在問題,尚未解決,即簡本系統與繁本系統兩者間的關係如何?所謂簡本、繁本,鄭振鐸的解釋:簡本指"羅氏原本未加放大,或依據原本而並不放大的幾個本子而言"。繁本指"如郭本之增潤羅氏原本,放大二三倍的幾個本子而言"。簡本系統本子可指:巴黎藏本《忠義水滸全傳》,日本藏本《忠義水滸志傳評林》、雄飛館刻《水滸傳》一百十回本、漢宋奇書本《忠義水滸傳》一百十五回本等存世的傳刻本。這些本子都刻於福建，又稱閩本。繁本系統本子可指：容與堂刻李卓吾評本《忠義水滸傳》、四知館刻鍾伯敬評《忠義水滸傳》、大滌余人序刻《忠義水滸傳》、芥子園刻李卓吾評《忠義水滸傳》。這些本子都是百回本，無征田虎、王慶二十回，又稱文繁事簡本。繁本系統另有兩個特殊的本子。一爲楊定見採取和改寫簡本的征田虎、王慶二十回插入繁本中成一百二十回；一爲金人瑞删定本，取繁本系統本削爲七十回本。爲了便於研究，簡本以文學古籍刊行社影印日本日光慈眼堂所藏《忠義水滸志傳評林》爲代表；繁本以人民文學社排印本《水滸全傳》爲代表。這裏選錄同一情節，以作比較，進而論其成書的先後。

> 一別梁山音信耗，百種相思，腸斷何時了！燕子不來花又老，一春瘦的腰兒小。薄倖郎君何時到？想自當初莫要相逢好！着我好夢欲成還又破，綠窗但覺鶯聲曉。

> 燕青唱罷，好似黃鸝弄巧聲聲囀，餘韻悠揚。天子甚喜，命交再唱。燕青拜伏奏曰：“臣粗謳俗調，恐不足聖聽。”天子曰：“於樂閒者，何妨之有？”燕青遂再唱《減字木蘭花》一曲。道是……

> 燕青唱罷，天子失驚，閒（問）卿何故有此曲？燕青大哭，拜在地下。奏曰：“臣有迷天之罪，不敢上奏。”天子曰：“赦汝無罪。”燕青奏曰：“臣自幼流露山東，路經梁山泊去，被擄上山，住了二年。今日方得脫身，走回京師。雖見姊姊，誠恐被人拿捉，難以分説？”李師師曰：“望陛下做主！”天子笑曰：“既你是李行首兄弟，誰敢拿你！”

《評林》第十六卷

　　一別家山音信杳，百種相思，腸斷何時了！燕子不來花又老，一春瘦的腰兒小。薄倖郎君何日到？想自當初莫要相逢好！着我好夢欲成還又覺，綠窗但覺鶯聲曉。

　　燕青唱罷，真乃是新鶯乍囀，清韻悠揚。天子甚喜，命教再唱。燕青拜倒在地奏曰：「臣有一隻《減字木蘭花》，上達聖聽。」天子道：「好，寡人願聞。」燕青拜罷，遂唱《減字木蘭花》一曲。道是：……

　　燕青唱罷，天子失驚。便問：「卿何故有此曲？」燕青大哭，拜在地下。天子轉疑，便道：「卿且訴胸中之事，寡人與卿理會。」燕青奏道：「臣有迷天之罪，不敢上奏。」天子曰：「赦卿無罪，但奏無妨。」燕青奏道：「臣自幼飄泊江湖，流落山東，跟隨客商，路經梁山泊過，致被劫擄上山，一住三年。今日方得脫身逃命，走回京師。雖然見的姐姐，則是不敢上街行走。倘或有人認得，通與做公的，此時如何分說？」李師師便奏道：「我兄弟心中，祇有此苦，望陛下做主則個！」天子笑道：「此事至容易！你是李行首兄弟，誰敢拿你！」

《全傳》第八十一回

　　這段文字簡、繁版本系統不同，情節相符，文字稍有出入。細細分辨，《全傳》優於《評林》。燕青唱曲，初是隱瞞身份，不便直說「一別梁山」，《全傳》改稱「家山」爲是。「耗」字近於口語，「杳」則爲書面語。「赦汝無罪」，「赦汝」改爲「赦卿」，比較符合天子的説話口吻。這數句字數相同，遣詞用字意義卻有軒輊。「臣自幼流露山東，路經梁山泊去，被擄上山，住了二年。今日方得脫身，走回京師。雖見姊姊，誠恐被人拿捉，難以分說？」意思完整，祇是文太質樸，缺乏韻味。《全傳》改爲：「臣自幼飄泊江湖，流落山東，跟隨客商，路經梁山泊過，致被劫擄上山，一住三年。今日方得脫身逃命，走回京師。雖然見的姐姐，則是不敢上街行走。倘或有人認得，通與做公的，此時如何分說？"說得入情入理，庶見神完氣足，有感染力。就此一例，可以看出這是繁本作家潤飾簡本，而非簡本作者刪改繁本的。可惜這個客觀事實，今日學者卻有兩種截然不同的解釋。一說：繁本是在簡本基礎上潤飾、提高、發展出來的；一說：簡本是由繁本刪改形成的。前說鄭振鐸、魯迅主之。鄭云：

> 這一百回的郭本《水滸傳》，與羅氏的原本是大差其面目的。他將羅氏本的文句完全加以改造、潤飾。淺的改之爲深；陋的改之爲雅；拙的改之爲精妙；粗笨的改之爲雋美；直率的改之爲婉曲。特別是遣辭用句上，幾乎和羅本完全改觀。……他直將一部不大有情致的《水滸傳》改成一部生龍活虎似的大名作了。……所謂簡本，當然不是坊賈刊落，而是原本如此。

魯迅云：

> 一百十五回本《忠義水滸傳》……惟文詞蹇拙，體制紛紜，中間詩歌，亦多鄙俗，甚似草創初就，未加潤色者，雖非原本，蓋近之矣。

> 若百十五回簡本，則成就殆當先於繁本，以其用字造句，與繁本每有差違。倘是刪存，無煩改作也。

後說王古魯、孫楷第主之。鄭振鐸並翻前說云：

> 我們認爲：最沒有價值的是那些"文簡事繁"的閩本。它們求"文簡"的結果，把百回本的原文，刮去了肌肉，榨出了血液，祇留下一副枯骨架子，作品便完全被損壞了。明代的胡應麟說過："余二十年前所見《水滸傳》本，尚極足尋味。

十數載來，爲閩中坊賈刊落，止録事實；中間游詞餘韻，神情
寄寓處，一概删之。遂幾不堪覆瓿。"這個批評是很對的。

王氏對此深爲贊許：

> 鄭序對《水滸》看法是有進步的，他一反過去《水滸傳》
> 的演化中"簡本决不是繁本所删節"的主張。這種勇於矯正
> 自己意見的態度，纔是真正研究學術的態度。

孫於所編《日本東京所見小説書目》暢發此議。認爲《評林》"不
依原書"，"實多删略"，正如明胡氏所言"止録事實，游詞餘韻，神
情寄寓處，一概删之"，提出"詩詞之删略""正文之删略""節目之
省並"三事證之。

> 所以知其爲删略而非祖本者，以語不繕完明之。如八
> 卷"宋江吟反詩"篇記宋江自語云："我生在山東，出身雖留
> 得一個虛名，且今三旬之上，功名不就，父母兄弟幾時相見？
> 不覺淚下。睹物傷情作《西江月》詞。喚酒保筆硯寫向粉
> 壁，以記歲月。"姑無論其文之簡拙不成句，改原文"學吏出
> 身"爲"出身雖留得一個虛名"，此尚成何語？試從原文勘
> 之，則知其省其所不能省，不當省，斷斷乎爲無知書賈之所
> 爲無疑。卷九記假李逵剪徑事，通行本謂李逵有感於公孫
> 勝之請假歸籍省母，因亦請假下山。此則略去李逵請假一
> 段，逕接入且説李逵來到沂水縣西門外，一簇人看榜，則語
> 爲無根。他如十卷之解珍、解寶越獄篇，事爲異軍突起，故
> 百回本於此有説話人解釋一段，此亦略之。十一卷插翅虎
> 枷打白秀英篇，記説唱諸宮調事，亦縮減文字，此一段記勾
> 欄情況在《水滸》爲絶妙之文，今則不可得見矣。十五卷燕
> 青智撲擎天柱篇，無唱貨郎兒之語，就當時記憶所及，匆匆
> 籀讀，所得已如此數，其餘文字，當可類推。胡應麟不堪覆

瓿之言,爲不謬矣。

　　每則標目,與百回本比較,則所省者爲:"梁山泊好漢劫法場,白龍廟英雄小聚義。"(百回本四十回,此併於潯陽吟反詩篇)"還道村受三卷天書,宋公明遇九天玄女。""假李逵剪徑劫單身,黑旋風沂嶺殺四虎。"(百回本四十二回、四十三回,此併於宋江智取無爲軍篇)……蓋文字既省,則標目亦不得不省併也。

前說認爲:簡本"文詞蹇拙",近於"草創";繁本文句"深""雅"和"雋美",實緣作家根據簡本"改造、潤色"而成。我認爲是符合於《水滸傳》自藝人口頭創作,録爲脚本,發展爲文學名著的創作過程的。中國章回小説自茶館起家的類多有此過程。《水滸傳》如此,《西遊記》亦然。祇是《西遊記》無人注意其簡本改寫爲繁本的過程而已。余將於另文述之。後說認爲:簡本爲福建書賈削改繁本所成。我謂此說實是一種誤解,此説扞格不通,不符事實,是站不住脚的。

　　今將孫氏提出的在簡本中出現的現象,分條羅列而討論之。

　　1. "語不繕完",如:"出身雖留得一虚名",此尚成何語? 斷爲書賈"省其所不能省,不當省"。

　　2. 脱節,"則語無根",如"略去李逵請假一段,逕接入且説李逵來到沂水縣西門外"。

　　3. 解珍、解寶越獄,繁本有"説話人解釋一段,此亦略之"。

　　4. 插翅虎枷打白秀英,記説唱絶妙之文,亦縮減文字。

　　5. 燕青智撲擎天柱,無唱貨郎兒語。

　　6. 百回本第四十回,"梁山泊好漢劫法場,白龍廟英雄小聚義"併入"潯陽樓宋江吟反詩"。

　　7. 百回本第四十二回:"還道村受三卷天書,宋公明遇九天玄女。"第四十三回:"假李逵剪徑劫單身,黑旋風沂嶺殺四虎";

併入"宋江智取無爲軍"。

上列七條和《評林》原文核對,有兩條是孫氏沒有仔細檢閱弄錯的。2條說:李逵見公孫勝回籍省母,不禁放聲大哭,急欲回家取娘。未略"請假"一段,進入沂水縣。7條說:百回本第四十二回:"還道村受三卷天書,宋公明遇九天玄女。"《評林》寫於卷九三十六回:"宋江智取無爲軍,張順活提黃文炳"中。第四十三回:"假李逵剪徑劫單身,黑旋風沂嶺殺四虎。"《評林》九卷第十一頁下半頁,第十二頁上半頁以原藏底片遺失,形成缺頁。這缺頁中當有內容,決非空白。其中諒有回目三十七回:"假李逵剪徑劫單身,黑旋風沂嶺殺四虎。"與前三十六回,及後三十八回:"錦豹子徑逢戴宗,病關索街遇石秀"正接。孫氏疏忽沒有察覺,卻說:第四十三回併入"宋江智取無爲軍","非是"。這是他自己弄錯的,不能提出此例作爲簡本"非是"的理由。七條減了兩條,剩下五條,用來說明簡本是由繁本刪削而成,這也難於成立的。繁本作者是嫻習說話這一行當的;因而簡本"語不繕完",他就不得不加以補充和潤飾了。《評林》卷八第三十五回云:

> 吳用便向晁蓋耳邊說曰:"妙計!可暗傳下號令,與衆人知,休要誤了日期。"衆好漢得了將令,各各拴束下山,奔江州來。

> 戴宗扣着日期,回到江州。當廳遞了回書。

《全傳》第四十回作:

> 吳學究便向前與晁蓋耳邊說道:"這般,這般,如此,如此。主將便可暗傳下號令,與衆人知道。祇是如此動身,休要誤了日期。"衆多好漢得了將令,各各拴束行頭,連夜下山,望江州來,不在話下。

> 說話的,如何不說計策出?管教下回便見。且說戴宗

扣着日期，回到江州，當廳下了回書。

這裏繁本添了"説話的"表書，可以説明繁本作者是嫻習於説話這行當的；反之，這卻難以懲此吃煞他是不繁"説話"，而用以確證簡本是由繁本删改而成的。簡本時見"語不繕完"，這倒不一定是出於從繁本删改；而是簡本原來如此的。我和藝人是多年打過交道的，也有一些整理的經驗。在六十年(二十世紀六十年代)杭州曲藝界"翻箱底"時，看過不少稿子，感到藝人演説熟練；可是寫的東西，有的縮寫，有的沒有寫出，脱枝脱節，"語不繕完"，"尚成何語"，是隨處會碰到的，能説他們的"本本"，都是從繁本削改來的嗎？這些"本本"，倒是可以潤飾爲繁本的。我寫《武松演義》，是在書場裏聽後，回來撰寫的。在書場裏祇零零碎碎地記下一些，有的不記，記下的話都有"語不繕完"的。要"繕完"沒有時間，也沒有這本領啊。回到家裏見縫插針，安排時間，纔慢慢地細描細寫把它纂成小説的。分回目時，對仗一時也未見工整，有的在定稿時纔修改好。我上課時，同學筆記，有時抽查，也常見有"語不繕完"的情況的。自覺講課還有條理，話是説通的。爲什麼學生筆記會如此呢？原因之一，是時間匆忙啊！孫氏於此，不知他有體會否？就我所知，有些研究評話的人還沒有聽過説書的，那就自然在這一方面説不上有什麼體會了。《水滸傳》由簡而繁，鄭振鐸還又説道：

> 這位改作者的功績，實較馮夢龍之改《平妖》，改《列國》，褚人獲之改《隋唐》爲更偉大。假使《水滸傳》沒有這位大作家的改作，則其命運，其聲價也不過止於《三國志演義》而已。決不會夠得上第一流的偉大作品之列的。

這也説明評話是經常受到"改作"的。版本"删繁爲簡"之説，發自明胡應麟。胡氏之説有其特定內容；這與今人所説的繁

本删爲簡本内涵是不同的,不可混爲一談。胡氏目擊閩賈"刊
落"《水滸》的"游詞餘韻",這是事實。但所删的是指其中的"致
語"和"詩詞"之類。關於這點:簡本,繁本都曾這樣删的。被删
之後,簡本還是簡本,繁本還是繁本。與今人所説:繁本删爲簡
本是兩碼事。《評林·序》頁上欄《水滸辨》云:"省詩去詞,不便
觀誦。今雙峰堂余子改正增評。有不便覽者芟之,有漏者删之。
内有失韻詩詞欲删去,恐觀者言其省漏,皆記上層。"可窺萬曆甲
午余象斗雙峰堂刊簡本時,"梓者紛紛",刻本多有"省詩去詞"
的。胡氏之説,迨指此事。此事繁本亦然。周亮工云:"嘉靖時,
郭武定重刻其書,削其致語,獨存本傳。"這可證明繁本也是删削
致語的。倘説胡氏之意是説將整部繁本中的文字上的"游詞餘
韻"删去,成爲簡本。我看這是一種誤解。真是這樣,胡氏便是
説了外行話。他的話有時也不能信以爲然。如云:

> 余偶閲一小説序,稱施某嘗入市肆,紬閲故書,於敝楮
> 中得宋張叔夜禽賊招語一通,備悉其一百八人所由起,因潤
> 飾成此編。
>
> 見《少室山房筆叢》

《水滸傳》自然不是"施某"紬閲故書,見了張叔夜擒賊招語一通,
潤飾而成的。真的這樣,招語中何嘗"一百八人所由起"呢? 胡氏
轉述信之,可見他是書齋文人,不瞭解茶肆書場的情況。

關於簡本系統與繁本系統的關係,我主前説。今復擺事實、
講道理,闡述如次:

1. 從回目同異上看:

簡本《評林》與繁本《全傳》回目十九相同;所不同者,簡本文
字除誤刻外,率皆拙劣對仗不穩,繁本作者從而感到需要進行修
改。如:

林冲山寨大併夥	晁蓋梁山尊爲王
閻婆鬧鄆城縣	朱仝義釋宋江
鄆哥報知武松	武松殺西門慶
母夜叉坡前賣淋酒	武松遇救得張青
晁天主夢中顯聖	浪裏白跳水報冤
東平誤陷九紋龍	宋江義釋雙槍將
羽箭飛石打英雄	宋江棄糧擒壯士
黑旋風殺死王小二	四柳村除姦斬淫婦
小七倒船偷御酒	李逵扯詔謗朝廷

繁作寫作：

林冲水寨大併火	晁蓋梁山小奪泊
閻婆大鬧鄆城縣	朱仝義釋宋公明
鄆哥大鬧授官廳	武松鬥殺西門慶
母夜叉孟州道賣人肉	武都頭十字坡遇張青
托塔天王夢中顯聖	浪裏白跳水上報冤
東平府誤陷九紋龍	宋公明義釋雙槍將
沒羽箭飛石打英雄	宋公明棄糧擒壯士
黑旋風喬捉鬼	梁山泊雙獻頭
活閻羅倒船偷御酒	黑旋風扯詔謗徽宗

就第一條論："林冲山寨大併夥，晁蓋梁山尊爲王。"山寨對梁山，重了山字。大併夥與尊爲王不對。繁本改爲："林冲水寨大併火，晁蓋梁山小奪泊。"對仗工整，文從字順。可見簡本質率，而繁本予以潤色。能否倒過來說：書賈爲了省料省工，刪改繁本？簡本爲夥，繁本作火，俱爲七字，省於何有？就第八條論："黑旋風殺死王小二，四柳村除姦斬淫婦。"祇湊字數，不成對聯。繁本改爲："黑旋風喬捉鬼，梁山泊雙獻頭。"六雀五燕，分量勻稱。簡

本拙劣，能說書賈省料，刪改繁本嗎？正如魯迅所說："倘是刪存，無煩改作。"

2. 從引首詩詞及正文中引文看：

《評林》與《全傳》所存引首詩詞及正文中引文十九相同；所不同者：繁本對簡本作了潤色。

甲．簡本："去時三十六，回來十八雙；若還少一隻，定是不還鄉。"《宣和遺事》作："來時三十六，去後十八雙；若還少一個，定是不還鄉。"可見簡本是承襲宋元以來舊說。繁本寫作："去時三十六，回來十八雙；縱橫千萬里，談笑卻還鄉。"勝於"若還少一隻，定是不還鄉"。並於後文一百一十九回宋江征方臘後剩將三十六員出詩四句："宋江三十六，回來十八雙；內中有四個，談笑又還鄉"呼應。繁本於此詩後增《山寨賦》，簡本所無，諒爲潤飾時所加。

乙．今錄一詩，簡本、繁本字數相同，繁本文字典雅，簡本"蹇拙"。這裏祇見潤飾，並無刪改。今以簡本爲底，錄繁本改筆於上，相互比勘，其理自見。

　　　　久伏北溟裏　海運　　　　　　　　　居
　　大鵬出涸潛林莽，激怒搏風九萬里。丈夫按劍晦藜萊，

　　　　　鷹揚起　　縣官
　　時間談笑揮鋒芒。宋皇失政群臣妒，天下黎民思樂土。壯哉

　　　　八　　　任俠施　　　　　意氣
　　一百入英雄，布義行仁聚山塢。宋江忠義天下稀，學究謀略

　　人中奇　折馘擒俘俱　　披堅執銳盡健
　　□□□。□斬俘擒貔虎將，提兵生致麒麟兒。艨艟戰艦環

79

<small>劍戟短兵</small>
湍瀨，弓弩餞刀布山寨。三關隊伍大森嚴，萬姓聞風俱膽碎。

<small>惟誅國蠹去　　　　　只爲忠貞同曒日　遂令</small>
去邪除佞誅貪殘，替天行道民盡安。宋江矢心如鐵石，天使

<small>天　降　　　　　朱鷺　鉦　黃御</small>
降詔來梁山。東風拂拂征袍舞，彩袖翩翩動鐘鼓。皇封玉

<small>遠相頒　紫泥錦綺仍安撫</small>
酒紫泥宣，帛綺珠郡賜山主。承恩將校舒衷情，焚香再拜朝

<small>屯梟騎</small>
玉京。天子龍顏動喜色，諸侯擊節歌升平。汴州城下排兵隊，

<small>嘉　盡</small>
一心報國真加會。書歸廊廟佐清朝，萬古千秋尚忠義。

丙．再錄一詩，簡本"詩曰"，繁本改作"鷓鴣天"。簡本"今猛烈士焉猙獰"，繁本改爲"人猛烈，馬猙獰"；簡本"高峰"，繁本改爲"高風"，確有點鐵之功。不存在簡本刪改繁本問題。今以簡本爲底，錄繁本改詞於上，兩者的關係，可以迎刃而解。

鷓鴣天
詩曰：

<small>風</small>
千古高峰聚義亭，英雄豪傑盡堪驚。智深不救林冲死，

<small>人　，馬</small>
柴進焉能撞大名。今猛烈士焉猙獰，相逢較藝論專精。展開

縛虎屠龍手，來戰移山跨海人。

上列兩例，可以説明繁本作家不滿簡本"蹇拙"進行潤飾；卻難證明書賈爲了省料省工，而删改繁本的。

3. 從細節描寫看：

今以簡本爲底，録繁本改筆於其前後，以"（　）"别之。兩者較讀：是看繁本潤飾簡本，還是簡本删改繁本，也可看得一清二楚。

（説話當時）薛霸把（把字點去，改爲雙手舉起）棍（來）望林冲腦（袋）上（便）劈下來。（説時遲，那時快。薛霸的棍恰舉起來，）衹見松樹（背）後，大喝（大喝點去，改爲雷鳴也似）一聲，跳出一個（胖大）和尚（來）。回（回點去，改爲唱道：）酒家在林子裏聽你多時！（兩個公人看那和尚時，穿一領皂布直裰褲）提起禪杖，（輪起）來打兩個公人。林冲（方纔閃開眼）看時，卻（卻點去，加認得）是（魯）智深。（林冲）連忙叫曰："師兄，不可下手。（我有話説。）魯智深（聽得，）收住禪杖。（兩個公人呆了半晌，動彈不得）。林冲曰（曰點去，改爲道）："非幹他兩個事，盡是高太尉使陸謙（謙點去，改爲虞侯）分付他（兩個公人，要）害我。（他兩個怎不依他。你若打殺他兩個，也是冤枉。）"

就這例子，可以説明簡本近於説話記録，"薛霸把棍"，"林冲看時"説話衹需如此，其餘動作，藝人表演，不需口説，茶肆聽衆，耳濡目染，自然明白。但這説話，成爲文學作品，就將藝人的表演動作描繪進去，成爲："話説當時薛霸雙手舉起棍來"，"林冲方纔閃開眼看時"。閲讀起來，更能引人入勝。這種情況，對話本再創作時是經常出現的。我寫《武松演義》時通篇做過這樣的修改工作。若將稿本印出就可看出這樣的簡、繁關係。我寫其他演義,也常出現這情況。藝人説話節奏快,"林冲看時",説得有聲有色,眼睛隨着睜開。聽衆爲之動容,"寸舌吾魂寄,疑逢柳敬亭"。寫成小説,需要綜合描寫:"林冲方纔閃開眼看時"。這也説明:口頭創作與書面文學有統一處,也有區別處。所以書場説書、聽書,往往説得生動,聽者動容;録下來看卻是斷斷續續,不甚貫串,需要潤飾加工,方能引人入勝,就是這個道理。因此《水滸傳》的成書是潤飾簡本,而非删改繁本,是事有必致、理有固然的。

4. 從繁本所無的內容看:

郭勛所刻的百回本屬於繁本。這本中"於寇中去田、王",即征田虎、征王慶二十回書。這二十回書,繁本無,簡本有。在《評林》本中爲自"宿太尉保舉宋江,盧俊義分兵征討"至"公孫勝馬耳山請神,宋公明東鵞嶺滅妖"十八回書。這十八回書文字"塞拙",和其他各回書一樣,這就可以旁證簡本原來面目就是這樣的,不是從繁本删改而形成這樣子的。這十八回書"語不繕完""尚成何語"也是時時遇到的。那麼,怎麼可以把這現象委之於書賈爲了省料省工删改繁本而形成的呢? 這十八回書文字"塞拙",這裏也舉一例明之。如:

> 宋江傳令,教排戎行隊伍,簇擁回朝,高唱凱歌。滿城父老,拜接大駕入朝,文武拜舞已畢。宋江上殿拜奏:乞請我主,明降將士卸甲見帝,卻是上裝上殿。聖旨交將士不要卸甲,暫時朝見。

這樣的文字如説删改繁本,從哪個繁本删改的呢? 這個繁本没有,那麼書賈到哪裏去找根據呢?

5. 從簡本系統、繁本系統的刻本看:

簡本《水滸傳》潤飾提高成繁本後,形成兩個系統各自翻刻。明容與堂刊本《忠義水滸傳》一百回屬於繁本,明余氏雙峰堂刊本《忠義水滸志傳評林》屬於簡本，明袁無涯刊本《忠義水滸全傳》一百二十回又屬繁本。由於各自翻刻，簡本《評林》卅九回"楊雄醉罵潘巧云"中有詩曰："送暖偷寒起禍胎，壞家端的是奴才。請看當日紅娘事，卻把鶯鶯哄得來。"下云：後學仰止余先生觀到此處，有詩爲證。詩曰："潑婦淫心不可提，自送溫存會賊黎。光頭禿子何堪取，又約衷情在夜時。若無石秀機關到，怎改楊雄這路迷。碎骨分骸須多載，後君看罵割心遲。"文字也差。這詩在前面所述的兩個繁本中都是沒有的。假說：簡本從繁本刪改而成，何以繁無簡有？這自然是由於詩拙，潤飾時把它刪了。

綜合五事，繁出於簡，兩者關係，較然明白。可是今日大多數人還主後說，這就需要提出討論了。孫楷第先生是篤信己說的，他曾有書致張國光先生云：

> 水滸簡本繁本先後問題，把二本文字比較一下，就可知道。明朝嘉靖年間，李中麓（開先）作《詞謔》，引崔銑、唐順之、王慎中、陳束之言，謂《水滸傳》"委曲詳盡，血脉貫通"。如果他們在正（乾）嘉間看的《水滸傳》是像萬曆間刊本《水滸志傳評林》這一類的《水滸傳》，便是把語不繕完、文理欠通的書說成是"《史記》而下便是此書"的好書，豈非咄咄怪事。

李開先所讀《水滸》，在《詞謔》中，未述版本。其時繁本已出，豈必定看："像萬曆間刊本《水滸志傳評林》"？孫云"如果"，自屬疑辭。然則，此議似爲無據！倘讀繁本："委曲詳盡，血脉貫通。""《史記》而下，便是此書。"李氏從而贊歎，完全可以理解。然則，就此一事如何說明簡、繁"先後問題"。《評林》雖在武定本後，但早於武定本的簡本，早已問世，祇是今已失傳而已。武定本的繁本不妨其之美，史誠多見。李贄在明容與堂刻《水滸傳》第十三回中亦嘗論之。他說："《水滸傳》文字，形容既妙，轉換又神。如此回文字，形容刻畫周謹、楊志、索超處，已勝太史公一籌。至其轉換到劉唐處來，真有出神入化手段。此豈人力可到？定是化工文字，可先天地始，後天地終也。不妄不妄!"這麼看來，孫氏"咄咄怪事"之議，祇是空談而已。

（原刊《水滸研究與欣賞》第 1 輯，浙江水滸研究會編，1988 年）

《水滸》故事的演化

　　《水滸》是一部以北宋末年農民起義爲題材的長篇小説。這部小説祇反貪官，不反皇帝，歌頌了以宋江爲首的搞修正主義的投降派，是一部宣揚投降主義的反面教材。

　　關於北宋末年的這次農民起義，在南宋時一些私家著述裏有所記載。如王稱《東都事略》、李埴《皇宋十朝綱要》、李燾《續資治通鑑長編》、徐夢莘《三朝北盟會編》，以及江應辰、張守等人的文集中，都約略提及。在元代官修的《宋史》中也有記載。如《徽宗本紀》：“宣和三年二月，淮南盗宋江等犯淮陽軍，遣將討捕。又犯京東、江北，入楚、海州界，命知州張叔夜招降之。”在張叔夜、侯蒙等傳也有記載。至於宋江投降後征討另一支農民起義隊伍方臘的事，在楊仲良《續資治通鑑長編紀事本末》和《林泉野記》（北盟會編引）等著作中也有記載。

　　這次農民起義，很快在文學藝術中得到反映：説書藝人在市井間説唱，畫家畫成畫，戲劇家編成戲曲，最後由口頭創作成爲案頭讀物，成爲長篇小説。隨着不同時期階級鬥爭和民族鬥爭形式的變化，經過越來越多的封建文人之手。在《水滸》故事中，宋江搞修正主義，向統治階級投降，替統治階級賣命、鎮壓農民起義的因素越來越強烈。到了小説《水滸傳》乃集大成，寫出了投降的全過程，研究這個故事發展過程，對於評論《水滸傳》這部反面教材是很有意義的。

唐宋以來，城市中說書風氣盛行。南宋時杭州說書分爲小說、說經、講史、合生四家。小說又分多類。宋末羅燁《醉翁談錄》記載說書題目，《水滸》故事有：石頭孫立（公案類）、青面獸（朴刀類）、花和尚和武行者（均爲杆棒類）。當時階級鬥爭激烈。農民"終歲勤動，妻子凍餒，求一日飽食不可得"（方臘語）。他們的不滿情緒和對反抗者的嚮往、要求在文藝中有所反映。可惜當時沒有文字記錄傳下來。

南宋時期，民族矛盾、階級矛盾日益激化。《水滸》故事也流行起來。畫家爲之作畫、題贊。南宋遺民周密在《癸辛雜識續集》中記載了龔開的《宋江三十六人贊·序》中說："宋江事見於街談巷語，不足采著。……人爲一贊。"知在龔開前，李嵩已爲《水滸》故事作過畫。李是杭州人，做過南宋光、寧、理三朝的畫院待詔，是一個宮廷畫家。在宋江起義後不久，以御用畫家身份，畫農民起義爲題材的畫，而不爲"士大夫"見黜，爲統治階級所接受。那麼，這作品之所顯示的階級內容是可以想見的。

李嵩之後，龔開又爲作畫題贊。開字聖與，淮陰人。理宗時爲兩淮制置司官。他能畫馬、畫人物、山水、花卉，"卷後必題詩，或贊跋"。他贊宋江"立號既不僭侈，名稱儼然，猶循軌轍"。這是說：宋江不反對皇帝（不僭侈），遵循封建規範。宋江稱"呼保義"。保義是近似"貴人僕隸"的保義郎的簡稱。呼保義就是自命爲保義郎，即自命爲統治階級鷹犬或爪牙。開贊他"不假稱王"，這和方臘"自號聖公"相反。晁蓋稱"鐵天王"，開貶他爲僭位，貶他爲"頑鐵鑄汝"。貶斥晁蓋、贊揚宋江，可見這支農民起義隊伍中有真、假革命之分。

到了元代，《水滸》故事進一步發展，材料有擬話本《宣和遺事》和元雜劇中水滸戲。

　　《宣和遺事》中《水滸》故事有大段記敘。如楊志賣刀殺人，晁蓋劫生辰綱，宋江送信、晁蓋脫逃、宋江殺閻婆惜、九天玄女授三十六人名單的天書、三十六將往朝東嶽、張叔夜招降、宋江征方臘封節度使等。與贊比較，情節發展。贊的活動區域在太行山區，事與梁山濼聯繫起來，根據地擴大。消極落後因素增強，叛變情節出現。晁蓋地位不斷被貶低，到三十六人中最後一位。宋江提高爲元帥，三十六上。"天書付天罡院三十六員猛將，使呼保義宋江爲帥。""廣行忠義，殄滅奸邪。"即發揚統治階級的"忠""義"，"殄滅奸邪"方臘。贊中宋、方對舉。事中"遣宋江收方臘"，反革命有功，受封節度使。統治階級改變農民起義性質已很明顯了。

　　元雜劇中，據《錄鬼簿》《續錄鬼簿》《太和正音譜》等著錄，水滸戲約在卅種左右，現存五六種，即康進之《李逵負荊》、高文秀《雙獻功》、李文蔚《燕青博魚》、李致遠《還牢末》、無名氏《三虎下山》等。從這幾出戲看，起義的聲勢越來越浩大。根據地擴大、鞏固，"寨名水滸，泊號梁山。縱橫河港一千餘條，四下方圓八百里。……有七十二道深河港，屯數百隻戰艦艨艟；三十六座宴樓臺，聚百萬軍糧馬草"；隊伍"三十六大夥，七十二小夥，半垓來小僂儸"，領袖從三十六發展到一百零八人。小說創作提供基礎，宋江叛徒嘴臉更加顯露。事敢劫掠不義之財，戲中則多是幫丈夫捉姦，替香客保鏢，殺幾個假冒梁山招牌的強盜，最多是碰一下"衙內"的霸道作風。亮出了"替天行道"的旗號。豎起"忠義堂"，"忠義堂高搠杏黃旗，一面上寫着替天行道宋公明"。說什麼"我不向梁山泊裏東路，我則拖的你去開封府的南衙"。把根據地與清官衙門並舉，都是替天行道、爲民除害的，混淆對立的階級界綫。替天行道的強盜與清官站在同一陣營，必然與不替天行道的"強盜"對立。"則俺那梁山泊上宋江，須不比那幫源洞裹的方臘"。界綫多麼清楚！元人詩文集中宋江："爲人勇悍狂俠"，戲中變爲"仁義長厚"的孔孟之徒。事中呼保義宋江，變爲順天呼保義了。蒙古貴族統治集團入主中原後，分人民爲四等，蒙古人最尊，色目人次之，黄河以北漢人又次之，以南漢人最下，受壓迫最深，反抗也最激烈。水滸戲作者大都北方人，入元都做新朝的官吏。至元十三年臨安淪陷，十六年陸秀夫背趙昺投海，南宋政權覆滅。十七年高文秀爲溧水縣主腦，李文蔚做過江州路瑞昌縣尹，作品中必然會反映出他們的立場觀點。《元史·刑法志》中規定"諸妄撰詞曲，誣人以犯上惡言者處死"，"諸亂製詞曲爲譏議者，流"。在這種嚴厲的鎮壓下，真實反映農民起義的作品，自然不易保存下來。

元明之際，小説《水滸傳》已成書。作者眾説紛紜。有說羅貫中作，有說施耐庵作，有說施作羅編，有說施作羅續。魯迅認爲"簡本撰人，止題羅貫中，……比郭氏本出，始著耐庵，因疑施乃演爲繁本者之託名"。施生平事跡不可考，傳說與張士誠部將卞元亨"友善"。羅的生平，在《續錄鬼簿》有些記載，傳說"有志圖王者"，"不遇真主"，乃"傳神稗史"作小説。原本現未發見。明初至嘉靖一百六七十年間，有無水滸刊本不得而知。武定侯郭勛刊刻後，不同刊本紛紛出現。分繁簡兩種，它們的序刻者、評點者、出版者，大都是修政者。錢希言《戲瑕》説："今坊間刻本，是郭武定删後書矣。"說明郭勛本刊刻時做過改動。李卓吾門人楊定見、蘇州出版商袁無涯也都"復爲增定"，"稍有增加"，"删削訛謬"。福建出版商余象斗也聲稱"改正增評"。郭本開始增加"征遼"。(郭本今不可見，天都外臣序本是郭本較忠實的翻刻本，有征遼故事，楊定見説：郭本中增加"征遼"部分)萬曆廿二年前後，余象斗先刻《水滸全傳》，再刻《水滸志傳評林》，增平田虎、王慶兩部分。萬曆四十二年，楊定見、袁無涯在郭本(百回本)基礎上,吸收余本的田、王部分,改寫成一百二十回本《水滸傳》。

這些刪減增補,擴大了贊、事戲的反面傾向,突出忠義,完成對投降的全過程的描敍。對革命派領袖晁蓋不斷貶低,屏於一百零八將外,深怕他"托膽稱王",讓他"歸天及早"中箭身亡。對投降派宋江的美化不斷加強,從呼保義、順天呼保義,又叫及時雨;成爲孝義黑三郎,集封建道德於一身,成爲典型的孔孟之徒。遺事祇鎮方臘,小說中又增加征田、王,更顯出他對王朝竭力效忠的叛徒醜態。

從不同本子中,可看水滸中投降主義內容不斷增加的。余本王慶寫得光明磊落,慷慨激昂。他的開罪,是不肯平白將總管之職讓給高俅恩人柳世雄。楊本寫他從小不孝父母,長大好色,被配淮西,"因姦吃官司"。宋江討伐,師出有名,爲民除害。山寨賦外臣本"總兵主將,山東豪傑宋公明",和許多首領並提。"施謀運計,吳加亮號智多星","打軍器須是湯隆,造砲石全憑凌振"等等。未提晁蓋。楊本"在晁蓋恐托膽稱王,歸天及早;唯宋江肯呼群保義,把寨爲頭"。外臣本"休言嘯聚山林,真可圖王霸業",楊本"休言嘯聚山林,早已瞻依廊廟"。效忠王朝,心情迫切,宣揚階級調和。

明代宦官專權,特務橫行,農民揭竿起義,封建文人宣導忠義有利於統治階級根本利益。明嘉靖時人高儒最早著錄此書的《百川書志》標出《忠義水滸傳》。外臣序:"有俠客之風,無暴客之惡。"李卓吾序:"有忠有義"。"身居水滸之中,心在朝廷之上。一意招安,專圖報國,卒至於犯大難成大功,服毒自縊,同死而不辭,則忠義之烈也。"大滌余人"水滸惟以招安爲心,而名始傳,其人忠義也。之所殺好貪淫穢,皆不忠不義者也"。袁無涯"水滸而忠義也,忠義而水滸也"。不可分割。樣板:殺"不忠不義"的強盜。兩事:鎮壓與招安。

明清之際，關外滿族統治集團窺伺，關內農民起義風起云湧。崇禎十四年正月二十日，李自成破洛陽，張獻忠二月五日破襄陽，明王朝震恐。鬥爭激烈，地主階級代言人金聖歎於二月十五日完成對《水滸》的刪改之作，刪去後半部，説起義農民"狼子野心，正自信你不得"。魯迅："也就昏庸得可以。"（《文教資料簡報》南師院陳美林，37、38頁）

宋史中記載宋江三處：一、《徽宗本紀》；二、《侯蒙傳》；三、《張叔夜傳》。

野史筆記中，南宋汪應辰《文定集》卷二十三説：河北劇賊宋江者，肆行莫之禦，既轉略京東，徑趨沭陽……。元代陳泰《江南曲序》説：宋之爲人勇悍狂俠，其黨如宋者三十六人。王稱《東都事略》卷八説：宣和三年五月丙申（三日）宋江就擒。徐夢莘《三朝北盟會編》卷五十二引《中興姓氏奸邪録》説：宣和二年，方臘反睦州，陷温、台、婺、處、杭、秀等州，東南震動。以（童）貫爲江浙宣撫使，領劉延慶、劉光世、辛興宗、宋江等軍二十餘萬往討之。

1939年陝西府谷縣出土《宋故武功大夫河東第二將折公（可存）墓誌銘》説："宣和初……方臘之叛，用第四將從軍"，"臘賊就擒，遷武節大夫，班師過國門，奉御筆捕草寇宋江，不逾月繼獲，遷武功大夫"。銘文："俘臘取江。"

從不同的記載中，偏偏採用了宋江投降征方臘的説法，加以渲染、歌頌，這是由於他們地主階級政治立場和宣揚投降主義的創作意圖所決定的。

編者説明：本文據手稿録編，另有一段手稿云：

《水滸》故事源於街談巷議，通過瓦肆、茶館中的説話藝人説唱演出，從而發展起家。民間説唱初爲口頭創作。説唱藝人和爲藝人服務的才人漸有組織。兩者結合、交流,說唱說話由而錄爲話本。話本傳之於世,付之梨棗,以便傳授或供人流覽,引起文人注意,好事者爲之加工潤色。由簡趨繁,由淺入深。思想性與藝術性獲得發展與提高。《水滸》故事說唱、說話初爲個別、分散的英雄故事,逐漸結構形成長篇。長篇平話成爲書面讀物,是一定歷史階段的産物,非一時一人之作。在其發展過程中,有人文化水平較勝,掌握材料較多,而有心於此事業者,出而爲之執筆。形成長篇的書面紀述,蔚爲風氣。就《水滸傳》說:就有"的本"(意爲某人紀録或編纂的真本)"集撰""纂修"(幾種說唱、說話或幾種紀録本子參考過後編纂起來)諸詞。施耐庵就是《水滸傳》的過書過程中較早紀録成本或"集撰"和"纂修"的人。他是屬於較早的;但非最早,亦非最後,而是中間偏早的。其較後者爲羅貫中。《水滸傳》的雛型,諒有幾種没有題名的本子。施編較有特色且較他本爲優,從而爲人稱頌。故於刊刻之時,題曰"的本"。然其爲本,亦曾參考他本,故曰:"集撰",或曰:"纂輯"。又爲文人學者注意,從而爲之注録。

《水滸傳》的主要情節結構

有人認爲《水滸傳》的結構不是有機的結合，是由各個零星細節綴抽起來的。我認爲不太妥當。我覺得《水滸傳》的結構是有着有機的聯繫的。且讓我們從書中的情節說起吧：

王進自從東京逃出後即引出了史進；由史進提到了少華山，以後又引起了魯智深。接着寫拳打鎭關西、大鬧五臺山、桃花山，之後又回到東京大相國寺。之後又寫林冲的故事：林冲被高俅所害，從太嶽廟、白虎堂、野豬林、火燒草料場，直寫到林冲上梁山。接着又寫出楊志賣刀，又寫楊志押送生辰綱，失事後上了二龍山。中間的生辰綱事件寫到劉唐、吳用、阮氏三傑、公孫勝、白勝七星齊會，智取了生辰綱。事後他們就走奔到石碣村，也齊上了梁山。接着又引出了宋江的故事。宋江放了晁蓋，坐樓殺惜後就逃到柴進莊上，結識了武松。下面就寫武松上景陽岡打虎，陽穀縣殺嫂，獅子樓下殺西門慶，路過十字坡，到了孟州府，在孟州府結識了施恩。於是醉打蔣門神，大鬧飛雲浦，血濺鴛鴦樓，夜走蜈蚣嶺，到了孔家莊與宋江重新相會。於是武松就上二龍山而去。宋江亦離了孔家莊來到了清風寨。路上經過了清風山、清風鎭，就出了大鬧青州的場面。出了秦明、黃信、花榮、鄭天壽、燕順、王英、呂方、郭盛、石勇。他們由宋江推薦，上了梁山。宋江則回家，回家後又被發配江州。路過了梁山，宋江願意再到江州去。路上又過了揭陽嶺、揭陽鎮、潯陽江，到了江州，題了反詩。中間又提到戴宗傳假書，路上假信事發，各路英雄劫法場，救了宋江，又齊集在白龍廟，智取了無為軍。宋江取了無為軍又曾回家，帶了家眷回到梁山。下面又寫到李逵下山，殺四虎，引帶了朱富、李雲同上梁山。接著又寫到戴宗下山，在飲馬川遇楊林，在薊州又碰到楊雄、石秀，後來二個又在翠屏山上殺嫂，引出了時遷，又寫了火燒祝家莊，一打祝家莊，二打祝家莊，八義鬧登州，三打祝家莊。這樣，李應、扈三娘、樂和、杜興等四人上了梁山。接著又寫雷橫、朱全上梁山。也寫李逵打死了殷天錫，柴進又失陷高唐州，梁山眾英雄攻打高唐州，公孫勝鬥法破高廉，柴進就上了梁山。下面又寫呼延灼、韓滔、彭玘、凌振來征梁山，梁山又大破連環馬，把韓滔、彭玘、凌振等拿住，三人也上了梁山。接著寫白虎山、二龍山、桃花山這三山英雄齊集了打青州，三山上的英雄又都上了梁山。下面又寫魯智深尋史進，到少華山，魯智深、史進二人失陷於華州。梁山軍隊即攻華州，鬧了西嶽華山。梁山軍隊回來時，路上經過了芒碭山，收了樊瑞、項充、李袞。梁山軍隊回來的路上，又寫段景住盜馬，這匹馬又給施文公搶去，於是梁山軍隊就打曾頭市，晁蓋就中箭。要報晁蓋的一箭仇，吳用就設計賺玉麒麟，騙盧俊義上梁山，又救回。結果，盧俊義被捉，梁山英雄就兵打大名府（北京）。這邊在打大名府，東京就派了關勝來征梁山。這邊又收了關勝。於是就智取大名府。打下大名府後再打曾頭市，又打東平府、東昌府。接下去又大鬧東京，寫一百零八將受招安。招安後又征遼，征遼後又征田虎，又征王慶，征方臘。

《水滸傳》總的故事情節大概如此。這些故事，我們概括起來，用說話藝人的俗語來說：寫魯智深的故事叫魯十回，寫林沖鬥爭的故事的稱為林十回，寫生辰綱事件的叫楊十回，寫武松的故事的叫武十回,寫宋江的故事又稱宋十回,寫楊雄、石秀等故事的又稱石十回,以後又寫高唐州,寫呼延灼上梁山,打青州,鬧華山,寫一打曾頭市,一打大名府,關勝伐梁山,二打大名府,二打曾頭市,三打曾頭市,大鬧東京,三次招安,征方臘等。

上面這些情節說明了什麼問題呢?

說明《水滸傳》所寫的是中國北宋末年,以宋江爲首的一次轟轟烈烈的農民革命。它烘托出當時農民革命運動的産生、滋長、發展及覆亡的全部過程。而就《水滸》故事的整個結構來看,就正是這個封建社會的現實生活的真實反映。我們從故事情節的總的思想情況來看,《水滸傳》是從封建統治階級的内部矛盾的分化寫起,寫王進、林冲等受官府陷害,後來被迫上梁山,爭取他們參加了革命隊伍。以封建社會内農民革命的情況來看,幾乎都是從個別的鬥爭漸漸轉爲集體鬥爭的。例如寫武松故事就是這樣。先是描寫一個人,上了二龍山后就變成了集體。又寫零星革命團體也如此,先從分散寫起,後來又漸漸聚攏。於是個別的革命者逐漸組織起來了,零星的革命團體也逐漸地聯合起來了,由分散到集體。又尋找了封建統治階級力量最弱的地域——梁山,作爲根據地。又從對敵的鬥爭裹取得了武裝起義的物質條件,這就是生辰綱事件了。這樣一來,就發動了戰爭,由打家劫舍而發展爲攻城略池,通過運動,分化敵人,吸收人才。如打高唐州、鬧華州、打大名府等,起初這些人物在書上都是個別鬥爭,通過運動後纔慢慢地、一個個、一起起地上了梁山,在革命發展過程中,英雄們都在反暴政的旗幟——替天行道——統一起來,所以梁山漸漸聚集了一百零八將,這樣一來,就把農民革命的武裝鬥爭推向了高潮。而梁山受封建統治階級的招安是整個故事的一個轉折點。最後,這支梁山的農民革命軍終於爲封建統治階級所利用,被派去和另一支農民武裝革命部隊——

方臘的軍隊相鬥,統治階級就毒辣地用這個方法來讓兩支宏大的革命鬥爭的隊伍自相殘殺,使兩支農民起義軍的實力對消了,最後,使這次革命總歸於失敗。

下面我們可以通過《水滸》故事的具體例證來說明問題:

《水滸傳》中突出地寫了像柴進那樣的舊王孫,更多地寫了王進、林沖、楊志、秦明這一些人物。這些人物應該都是屬於趙宋封建統治階級內部的人物。除了王進外,這些人先後都上了梁山。《水滸傳》一開始便寫王教頭私走延安府。雖然王進没參加革命隊伍。但他受封建統治者的傾軋與迫害是很顯然的。林沖官職不小,是個東京八十萬禁軍教頭,可是他也不能安安穩穩做他的官。因爲他有個美麗的妻子。高俅看中了他的妻子,林沖就從此多災多難,一直受高俅的迫害。從白虎堂到草料場,受盡了千災萬難。最後終於逼使他殺死了陸虞候,由柴進介紹,上了梁山。那楊志是一天到晚夢想着封妻蔭子的。起初是失陷了花石綱而丟了官,後來無意中殺了一個潑皮而被發配充軍,他撞見了梁中書,卻還想向上爬。結果,由於人民的反剝削的鬥爭力量起來,在鬥爭中,他失敗了。這就迫使他扭轉了服務的方向,上二龍山參加了革命隊伍。在革命實踐中,楊志亦終於認識了過去的愚迷,認爲"梁山是天下第一好事"。秦明曾說:"生是大宋人,死是大宋鬼。"他是十分忠於大宋皇朝的,可是當他看到自己的妻子被慕容知府殺了時,同時又感激宋公明的義氣,亦就死心塌地參加了鬥爭。柴進在江湖上聲望很高,經濟情況也很好,他對被壓迫者是同情的。曾說:"遮莫做下十惡大罪,既到敝莊,就不用擔心,不是柴進誇口,任他捕盜官軍,不敢正眼兒覷着小莊。便殺了朝廷命官,劫了庫府的財物,柴進亦敢藏在莊裏。"他的行動對革命工作是起着掩護與聯絡作用的,是符合人民革命的要求的。柴進的這種行動顯然是與統治階級對立的,因而最後他亦被統治階級所陷害，在高唐州九死一生，爲梁山英雄救出，就此亦開始走進了農民革命的隊伍。從這裏可以看出，《水滸傳》它是注意統治階級内部矛盾的分化而争取一些有正義感的、受迫害的、善良的、富有鬥争性的義士參加革命隊伍的。《水滸傳》的寫林十回就包涵這現實意義在内。

《水滸傳》並不是一開始就寫大敵鬥争的。星星之火，可以燎原。它是從零星的、個別的鬥争掀起來的。個別的革命者逐漸地組織起來，零星的革命團體逐漸聯合起來，從一個個人的個別鬥争寫起，從一個個小團體的小鬥争寫起，結果呢？這些人又集合在一起，展開了較大的鬥争。最後終於團結了一百零八位頭領。涓涓之水，匯入大海。又如魯十回，寫魯智深的鬥争。寫他拳打惡霸鎮關西鄭屠，以後又經歷了許多事情，做了不少俠義之事，在東京大相國寺做了一名管菜園的和尚。爲了在野豬林飛救林冲，最後連大相國寺的和尚也當不成了，他就走上了二龍山寶珠寺。再說武十回中寫武松的鬥争亦是一樣的。武松與惡霸鬥争後亦上了二龍山，與魯智深、楊志、曹正、施恩、張青、孫二娘七人聚義。這也說明開始時是各各分散的，這樣一來，就開始形成了一個小的革命團體。像這樣一種小的革命團體，在那時的農村中，原來是有許多的，像少華山、桃花山、清風山、對影山等這些革命團體都各自在進行着鬥争，但通過一些實際鬥争，這些個別的人、個別的團體就逐漸聯合與組織起來。例如通過江州劫法場，幾乎把四十回以前的主要人物都集中在一起了。通過三山聚義打青州，又把少華山、二龍山、桃花山三山的英雄都合併上了梁山。這裏我們可以看出《水滸傳》的鬥争情節，從個別零星到聚集，這說明了由個別的革命者逐漸組織起來，由個別零星到聯合行動，走向集體這一問題的。

農民革命興起來了，零散的英雄好漢逐漸集中、組織起來了。於是尋找統治階級的統治力量最弱的地區來建立根據地，來掀起更大的鬥爭，這就是梁山泊興起的由來。比如，清風山是集合着一夥英雄好漢的，但是當他們感到受青州宋兵的威脅，於是商量"此間小寨，不是久戀之地"。宋江便提出梁山泊來。於是大家都聚集一起，投奔梁山泊去。這革命根據地建立以後"山寨十分興旺，感得四方豪傑望風而來"。革命發展的速度就加快了。農民革命往往是白手起家的，他們在革命發展進程中，首先是從統治階級内部——從敵人那裏奪取資財，作爲武裝自己的物質條件。例如生辰綱的鬥爭。劉唐把這生辰綱打劫得的金珠寶貝作五六擔裝了，挑上梁山，用來修築寨棚、打造軍器、槍刀弓箭、衣甲頭盔，準備迎敵官軍。例如大鬧青州，智取無爲軍，就奪取了黄文炳的"從前酷害良民，積攢下許多家私金銀"。又例如三打祝家莊，以及破高唐州、破青州，都將所得金銀財寶、倉庫銀糧用來充實山寨軍用，在戰鬥中壯大自己。

　　農民革命掀起來了，例如從打家劫舍發展到攻城略池，《水滸傳》中就寫了三打祝家莊、打高唐州、打青州、打大名府這些戰鬥場面。在中國歷史上，農民革命發展的道路，常常是從鄉村打到城市，陳勝、吳廣從大澤鄉起義，洪秀全從金田村起義，以後纔攻打城市的。《水滸傳》所寫的農民革命發展的道路正符合了這一個歷史的真實性，所以《水滸傳》所根據的生活内容是深刻而廣闊的。當農民革命之火燃起後，封建統治階級開始亦想撲滅它，因此《水滸傳》寫了呼延灼伐梁山，關勝伐梁山。招安是這一革命發展的轉折點，最後梁山的農民革命是受了統治階級的利用，被騙去征方臘，使革命終於歸爲失敗。

　　根據上述諸情況，所以我們這樣説，《水滸傳》的故事結構是透過一層社會現象的描繪，來反映中國封建社會裏的主要矛盾——農民階級與官僚地主階級的矛盾。同時也正是反映了北宋末年農民革命運動的全部發展過程。所以，我們有理由說，《水滸》的結構是有機的。

　　編者説明：本文據代抄稿録編，稿末有"一九五九.八.三.杭州"字樣。

《水滸傳》隨筆

一

《水滸傳》所寫的是中國北宋末以宋江爲首的一次轟轟烈烈的農民革命，但它的現實意義卻並不局限於此。透過對這一社會現象的描繪，反映中國封建社會裏的主要矛盾，即農民階級與官僚地主階級的矛盾。作者歌頌了農民階級的鬥爭與勝利。

柴進的行動是符合於革命人民的要求。他的行動對革命工作，是起着掩護與聯絡作用的。梁山泊最早的開創人王倫與杜遷，曾投奔過他的莊上，多得他的資助。林冲鬧了滄州之後，官府畫形圖影到處懸賞捕捉，最後在他掩護下，安全混出了關，投奔梁山泊。武松在清河縣鬧出亂子，宋江殺死閻婆惜，也都是到他的莊上。以後李逵等常到他莊上接腳。柴進的事業，實際就是梁山泊事業的一部分。柴進這種行爲，他的立場顯然是與封建統治階級對立的。因而他家藏的誓書鐵券也失去了作用，被統治階級陷害，在高唐州九死一生，爲梁山泊英雄救出，正式轉入農民革命隊伍（參考高陽《水滸人物論・小旋風柴進》）。

《水滸傳》並不是一開始就是寫大的鬥爭的。"星星之火，可以燎原"，是從零星的個別的戰鬥掀起來的。個別革命者逐漸組織起來；零星的革命團體逐漸聯合起來；從一個人的個別鬥爭寫起；從一個小團體的小鬥爭寫起；結果，這些人又集合在一起，展開了較大的鬥爭，終於團結了一百零八位頭領。例如：一開始不久便寫魯智深的鬥爭，他拳打了鎮關西惡霸鄭屠。此後，他經歷了許多事情，做了不少俠義的事，在東京大相國寺做一名管菜園的和尚。爲了在野豬林飛救林冲，高俅倚勢把他趕出大相國寺，他走上了二龍山寶珠寺。後來，楊志、武松、曹正、施恩、張青、孫二娘都相繼上山，這樣便組成一個小團體。農村中原來有許多小團體的，如少華山、桃花山、清風山、對影山，他們各自在進行着鬥爭。通過一些鬥爭，這許多個別的人、個別的團體，逐漸聯合與組織起來。如通過江州劫法場幾乎把四十回以前的主要人物都集中在一起了。

零散的英雄好漢，逐漸集中組織起來了，於是尋找統治階級統治最弱的地域建立根據地，來掀起更大的戰鬥。清風山好漢商量："此間小寨，不是久戀之地。"宋江便提出梁山泊來。根據地建立以後"山寨十分興旺，感得四方豪傑望風而來"。革命就很快發展。

在這農民革命發展的過程中，首先他們從敵人手裏奪取資財，來武裝自己。比如生辰綱的鬥爭"劉唐把這生辰綱打劫的金珠寶貝，做五六擔裝了"。挑上梁山，用來修理寨棚，打造軍器、槍刀弓劍、衣甲頭盔，準備迎敵官軍。大鬧江州，智取無爲軍，奪取了黃文炳的"從前酷害良民，積攢下許多家私金銀"。三打祝家莊，以及破高唐州、破青州，所得"金銀財賦""倉庫錢糧"，都用來充實山寨軍用。在戰鬥中壯大自己。至於對老百姓是秋毫無犯，正如揚子江旁一位老丈說的："他山上宋頭領，不劫來往客人，又不殺害人性命，袛是替天行道。"

農民革命掀起來了，從三打祝家莊起，打高唐州、打青州、打大名府，最後大鬧東京，由農村推向城市。《水滸傳》所寫的農民革命的發展道路，這是合乎中國農民革命的發展規律的。中國歷史上的農民革命自陳勝、吳廣的大澤鄉起義到洪秀全金田村起義，都走這樣的路徑，這可見《水滸傳》所概括的生活內容是深刻與廣闊的。打高唐州、打青州、打大名府，從表面現象看，似乎僅僅爲了救一二個。爲了救柴進而打高唐州，爲了救孔明、孔賓而打青州，爲了救盧俊義、石秀而打大名府，但它的現實意義並不局限於此，這袛能從故事發展的綫索來看。這些戰鬥的社會原因與農民革命的發展是緊密聯繫着的。

《水滸傳》中又常常通過鬥爭，通過運動，分化敵人，吸收人才。例如通過清風寨事件吸收秦明、黃信；三打祝家莊拆開李家莊、扈家莊與祝家莊的聯盟，吸收李應和扈三娘；通過打青州吸收呼延灼；打大名府吸收索超。這些本來都是爲統治階級服務的。但是他們內部有矛盾，梁山泊便去擴大這矛盾，終於分化敵人，打垮敵人，並吸收了人才，壯大了自己的隊伍。

《水滸傳》中孕育着不少人民間的農民社會主義思想，平均主義是屬於這種思想的範疇之中的。梁山泊英雄反對"損不足以奉有餘"的人之道，而要代以"損有餘，以補不足"的天之道。由而他們歌頌智取生辰綱的反剝削運動："取非其有官皆盜，損彼盈餘盜是公，計就袛須安穩待，笑他寶擔去匆匆。"追求着大秤分金銀，大碗吃酒食，劫富濟貧，同做好漢，在反暴政的替天行道的旗幟下團結起來。

二

怎樣説《水滸傳》所寫的戰鬥是農民革命呢？

中國農民起義和農民戰爭雖然基本上是農民，但參加的人不一定都是農民。《水滸傳》中，雖然農民出身的頭領並不多；但從《水滸傳》所反映的革命性質、革命利益與革命對象看——作者歌頌農民階級的鬥爭與勝利，揭露官僚地主階級的醜惡面目，這一戰鬥應該是屬於農民革命中的。在中國封建社會裏，農民革命的對象，往往是專制主義的皇朝，革命口號往往是反暴政。《水滸傳》強調"官逼民反"，所謂"兀自與大宋皇帝做個對頭"，就是如此。因此在革命農民的影響下，——"農夫背上添心號，漁父舟中插認旗"。所發動起來的群衆，就不祇限於農民，也不祇包括手工業工人、城市貧民、鄉村無產者；而是包括更多的人，爭取其他不同階層出身的人，小作坊主、知識分子、中產階級以及從統治階級內部所分化出來的人士，統一起來，共同戰鬥。

智取生辰綱，是整個水滸戰鬥的序幕，是水滸英雄、趨向組織，趨向團結的萌芽。作者是重力來描寫的。

這一戰鬥從表面看是吳用扮飾七個棗子客人和一個挑酒的來進行的。這一布置似乎並不很難，但吳用與晁蓋商議卻説得十分鄭重："宅上空有許多莊客，一個也用不得"，"便是保正和劉兄十分了得，也擔負不下這段事"。這是有它的道理的。

從整個《水滸傳》所寫農民革命的發展過程看，這七八個人是這一革命鬥爭的基本核心組織，是農民階級第一次與官僚地主階級作鬥爭，從敵人手裏搬取物資作爲發動武裝鬥爭的反剝削鬥爭。就這樣説，這七八位英雄，就不是偶然的烏合之衆，而是一定的現實社會革命力量的概括與反映。由而這七八位英雄所代表的階級與階層也就近於水滸更多人物的縮影。

晁蓋是鄆城縣東溪村的開明地主。他雖是保正，但並不同於一般甘心做統治階級爪牙的保正。"平生仗義疏財，專愛結識天下好漢。"他是有助於革命而且積極勇敢參加革命的。吳用是知識分子，東溪村的私塾教師。他不滿於趙宋的黑暗統治，以及廣大人民的水深火熱的痛苦的生活，期待適當的時機走上反抗的道路。公孫勝是一位道士，自幼好習槍棒，學好武藝多般，善於呼風喚雨、駕霧騰雲，有條件參加革命。蘇州人氏。宗教家在中國歷史上的農民革命中往往起極大作用的。農民是比較分散的，不容易組織起來。宗教與秘密結社則往往給農民起義以組織的條件。宗教迷信是起源人類對自然的無知，歷史上的統治階級也曾一貫利用宗教迷信來作為麻痹人民的武器，削弱人民的反抗鬥爭意識。但在反抗的群眾中，對宗教則予以不同的解釋和運用；他們借宗教的預知與神力，作為起義的一種號召及戰鬥的一種鼓舞力量。《水滸傳》創造公孫勝這一人物形象，真有它的深刻歷史意義的。劉唐，是江湖好漢，祖籍東潞州人氏。他的鬥爭性是強烈的，政治嗅覺也高，痛恨統治階級的貪婪，同情被剝削、壓迫而苦難的人民。阮小二、阮小五、阮小七是石碣村漁民。他們痛恨官府的欺壓，贊賞王倫、林冲等人不怕天、不怕地、不怕官司的英雄反抗行為，革命是他們多年期望。這三兄弟"義膽包身，武藝出眾，敢赴湯蹈火，同死同生，義氣最重。"有崇高的革命英雄品質。石碣村"和梁山泊一望不遠，相通一脉之水"。生辰綱事發，官軍追捕，吳用主張"一齊都奔石碣村三阮家裏去"，繼續戰爭；接着"那裏一步步近去便是梁山泊。"吳用説三阮撞籌（入夥），這問題從它的本質意義講，實際上就在發掘農民階級的力量。白勝是黃泥崗東十里路安樂村的一名閒漢。農村無產者。這七八個人，來自各方，組織起來，展開鬥爭。這鬥爭是整個梁山鬥爭不可分割的一部分。這也就初步地可以說明參加梁山革命鬥爭的不衹是農民而是把各種成份的人統一起來的。全部《水滸傳》一百零八頭領和不少小嘍囉的組成，也可作同樣的看法與分析，衹不過情勢更爲複雜曲折而已。

《水滸傳》寫農民革命是從統治階級的內部矛盾分化寫起的——從汴京的殿帥府寫到農民革命的根據地梁山，指出這些統治階級內部受壓迫、排擠的善良分子的出路，爭取他們參加革命。在封建社會裏，統治階級的內部矛盾是貫徹始終的，從農民階級看，統治階級的內部矛盾，經常是農民革命的有利條件。利用敵人的分化，使自己的隊伍很快壯大起來。同時社會動盪，在統治階級的崩潰過程中，是有一些人物參加或傾向於農民革命的。這些人物的行爲是含有人民性的。《水滸傳》創造了像柴進、林冲、楊志、秦明等一流人物。這類人物的出現，是合乎當時社會發展的變動關係的，合乎這一歷史客觀真實的。從創作方法上看，這是《水滸傳》光輝的現實主義手法的體現。《水滸傳》雖然較多地寫了這一方面，官逼民反，鋌而走險；但另一方面也寫了人民的自發鬥爭，生辰綱鬥爭這就是很好的範例。這兩方面在書中是相互結合着的。比如說八義鬧登州。解珍、解寶，是被逼越獄，殺毛太公一家；鄒淵、鄒潤就是自發地早已參加鬥爭的。

《水滸傳》寫英雄的集合，似乎是注意到通過一定的關係的。個別的人隨便上梁山好像舉不出來的。例如：林冲上梁山是通過柴進舉薦。武松上二龍山是由於張青、孫二娘的介紹。楊林是戴宗引進的，而楊雄、石秀又是戴宗、楊林所聯絡的。白龍廟許多英雄的集合又是與宋江有關係的。

　　《水滸傳》中，宋江所起的組織作用是極大的。前階段寫宋江的聚義工作，通過他的廣泛的社交來進行的。後階段寫宋江的吸收工作，通過一些運動來爭取。所以《水滸傳》寫林冲、武松等人大都是一個人單獨寫，而寫宋江，由於他有多面的接觸，有時便是與許多人一起來寫了。從這裏也可説明宋江在梁山泊地位之所以重要。

　　在《宣和遺事》中，宋江殺了閻婆惜是很快上梁山的，《水滸傳》中把宋江這一上山過程拉得比較長了。這一方面自然是在寫宋江走上農民革命的曲折道路；但同時，也是側面地反映出宋江在農民革命產生、發展的過程中所起的組織、聯繫作用。《宣和遺事》中祇寫三十六個人分幾批上梁山，而《水滸傳》中要寫一百零八人上梁山，情勢是不同了。

　　《水滸傳》寫宋江殺惜後，有三個地方好去。一是柴進莊上，二是花榮處，三是孔太公莊上。這三處路途間隔很遠，他都一一去了。在花榮處出了事，大鬧清風寨。之後，他初意要上梁山去的。但作者又寫石勇寄書一節，家庭拖後腿，他中途折了回來，之後，下獄、發配。在充軍道上，經過梁山，他卻不願落草，甘心做犯人，經過揭陽嶺、潯陽江，最後到達充軍目的地江州。在江州題反詩，闖禍要斬。最後被梁山好漢劫法場上山。

　　在這漫長的旅途中，宋江經歷些什麼事呢？在柴進莊上等三處，先後會晤柴進、孔明、孔亮，結識武松；糾合花榮、秦明、黃信、燕順、王英、鄭天壽、呂方、郭盛、石勇等上梁山。在揭陽嶺，他結識李俊、李立。在揭陽鎮，他結識薛永、穆弘、穆春。在潯陽江，他結識張橫。到江州，他結識戴宗、李逵、張順。白龍廟聚義張順等九人；晁蓋等十七人和戴宗、李逵共二十九人，都是在他的號召下聚集攏來的。

　　《水滸傳》中是特別強調義這一字的。而宋江的義也是特別提出的。宋江的義，這可以説是他做組織工作的優好條件。當然義的作用，不僅於此。義是被壓迫階級中滋長出來的美德，與統治階級的欺詐虛偽的假仁義是對立的。宋江對被壓迫者的同情，由而他自然能接受義的美德。他常幫助人——送錢，這是他同情被壓迫者與人之間的關係的必然結果，也是義——即所謂仗義疏財的一種表現。宋江有這樣優良的革命者的品質，所以他能結識天下好漢。他的組織工作是做得好的。這也就説明《水滸傳》是注意到英雄好漢們的凝聚、團結的力量的。

《水滸傳》寫在發展着的農民革命的隊伍中，內部不是没有障礙的。作者是大膽地提出了這內部的矛盾，並用鬥争方式克服了這矛盾。整頓隊伍，使農民革命獲得更好的發展。

王倫是梁山泊的開創者。他在農民革命發展的過程中起過一些作用的。但革命發展到相當階段的時候，他成了發展的障礙。柴進曾對林冲説：梁山泊"那三個好漢，聚集着七八百小嘍囉，打家劫客，多有做迷天大罪的人，都投奔那裏躲災避難。他都收留在彼"。林冲到梁山泊時，"關前擺着刀槍、劍戟、弓弩、戈矛，四邊都是檑木砲石"。這是與王倫、杜遷、宋萬三人的開闢經營是分不開的。王倫敢於抗拒官兵，與官府對立，是可以肯定的。但他對於革命思想不堅定，當客觀情勢發展了，他感覺控制不了。因此，氣量狹窄，不願它再發展。這便成了阻礙發展的力量。東京八十萬禁軍教頭林冲到來，他不歡迎，冷淡他。這就使江湖上期待於革命的好漢，頗爲不滿。作者曾通過阮小二、曹正、楊志的嘴反映了這意見。

這一矛盾，自然是急須解決的。林冲火併王倫，梁山泊義士尊晁蓋，就是這一矛盾發展與解決的必然結果。有人認爲這是單純地寫林冲的報復行爲，林冲的烈性、吳用的陰謀，這論點是錯誤的。

《水滸傳》中寫林冲火併王倫，又曾寫魯智深杖擊鄧龍，都是說明了這問題。晁蓋代王倫當山寨之主後，並不"打家劫客"，"祇是招賢納士，每日操練人馬，連贏數次官兵"。這就說明晁蓋是不同於王倫的。

這一矛盾解決，接着梁山泊很快從七八百小嘍囉發展三五千軍馬。從晁蓋到宋江，不斷地發展，這是符合農民革命的要求的。

三

招安是《水滸》故事發展的轉折點。

《水滸傳》是寫北宋末以宋江爲首的一次農民革命的產生、發展及其覆亡的全部過程。方臘，他是始終不屈服的。但《水滸傳》寫宋江這一農民革命的失敗樣式不同於方臘。這一差異，我感覺應該從具體的歷史情況中去求得回答。

《水滸傳》在某些方面說，是帶有歷史性的小說，是由某些真人真事的民間傳說衍變發展出來的。帶有歷史性的小說，有些方面它是會根據或照顧歷史人物的活動，來描寫事件的發生、發展和結局；它不能不恰當地"虛構"人物和事件。宋江投降，歷史上可能是事實，以後他的革命失敗。那麼水滸中出現宋江受招安，這是有它的理由的。這裏作者並不需要改變故事情節，作者祇需通過這一情勢的變化，來表現他的看法而已。

　　宋史　卷三百五十五　張叔夜傳"江乃降"

　　東都事略　卷一百八　張叔夜傳"江乃降"

　　十朝綱要　卷十八"江出降""六月辛丑、辛興宗、宋江破賊上苑洞"

　　北盟會編　卷五十二　引中興姓氏奸邪錄："宣和二年方臘反睦州……以貫爲江浙宣撫使，領劉延慶、劉光世、辛企宗、宋江等軍二十餘萬往討之。"卷二百十二引林泉野記：
"宣和二年方臘反……光世遣諜察知其要險,與楊可世遣宋
江並進,擒其僞將相送闕下。"

皇宋通鑑長編紀事本末 卷一百四十一："宣和三年四
月戊子,初童貫……分兵四圍,包幫源洞於中……王渙統領
馬公直并裨將趙明、趙許、宋江,既次洞後。"

（詳見余嘉錫《宋江三十六人考實》）

從這些史料看,宋江受招安,以後並爲統治階級利用去征剿方
臘,大概是可以確定的。由而在早期《水滸傳》説《宣和遺事》書
中是這樣記述的。

> 有那元帥姓張名叔夜的,是世代將門之子,前來招誘。
> 宋江和那三十六人歸順朝廷,各受武功大夫誥敕,分往諸路
> 巡檢使去也。因此三路之寇,悉得平定。後遣宋江收方臘
> 有功,封節度使。

《水滸傳》的最初本子,現在是看不見了。故事輪廓,應該與這相
近。魯迅先生説："疑在郭本所據舊本之前,當又有別本,即以平
方臘接招安之後,如《宣和遺事》所記者,於事理始爲密合。"這推
測是正確的。

《水滸傳》中寫宋江受招安,這是不足爲奇的。問題是《水滸
傳》從怎樣的角度來反映以後的情勢變化。

征遼在早期《水滸》故事中是没有的,但《水滸》故事在民間
傳説中卻很快地便與征遼的故事結合起來。魯迅先生説："然破
遼故事慮亦非始作於明。"這意見也是正確的。宋江受招安與征
遼事相結合,它的意義與一般的向統治階級投降便不同了。

宋代外患嚴重,抗戰是當時人民的要求。當時宋金民族矛

盾已尖銳化。《北盟會編》卷一百二十上有這樣的記載：

> 濱州葛進作亂，殺官吏，劫財物……屯於濱州，與其衆皆面刺十字。曰"永不負趙王，誓不捨金賊"以示衆。

當民族矛盾大於階級矛盾時，起義軍是願意與統治階級合作的。在中國歷史上，經常有異族入侵，因此許多次的農民革命便不可避免地與民族鬥爭結合起來。這給農民革命以更深刻的内容。南宋洞庭湖的楊麽，北方的忠義社，明代的李自成，南明的農民起義軍等都或多或少地能夠做到這一點。《水滸傳》寫宋江受詔征遼，這不僅説明人民對宋江受招安的看法不同，而且是更深刻地反映中國農民革命的特徵的。《水滸傳》征遼一段中，記遼國侍郎來行賄宋江。宋江嚴詞拒絶，凜然不可犯。認爲："君從大遼，此事切不可提。""若背正順逆，天不容恕，吾輩當盡忠報國，死而後已。"更多地顯示了水滸英雄的民族自豪感。

征遼以後，水滸全傳本有征田虎、征王慶二十回書。（自九十一回至一百十回）顯然這二十回書，是中途另本插進去的。百二十回書割掉了這二十回，故事是很完整的。加進這二十回，在内容上有很多是有衝突的。比如，羅真人授公孫勝八字真言："逢幽而止，遇汴而還。"暗示公孫勝在征遼後回汴梁時，回山修道。這裏並無隨征田虎、王慶的事。後來加進了征田虎、王慶的事，公孫勝在隨征田、王後回山，便與真言不合。七十八回寨言水滸賦："施恩報國，幽州城下殺遼兵；仗義興師，清溪洞裏擒方臘。"八十一回詩："二十四陣破遼國，大小諸將皆成功；清溪洞裏擒方臘，雁行零落悲秋風。"一百十九回宋江上表："幽州城下殺遼兵，清溪洞裏擒方臘。"以及一百二十回太史哀挽："一心征臘摧鋒日，百戰擒遼破敵年。"都祇提征遼、征方臘，沒有征田虎、征王慶故事。四十二回九天玄女娘娘法旨原作"遇宿重重喜，逢高不是凶，北幽南至睦，兩處見奇功"。楊定見本因爲插入征田虎、征王慶的事，與法旨不符合，於是就把末兩句改爲"外夷及内寇，幾處見奇功"。這都是插入的痕跡。

水滸全傳中詩詞韻語分量占得相當多，這二十回卻是比較稀少，而且拙劣，風格不統一。這也可以證明這二十回書是在中途插入的。

這二十回書，也是書會中人與説話人添造出來的。

說話的，柴進因何不喜武松。

休道是兩個丫鬟，便是説話的見了，也驚得口裏半舌不展。

說話的，那人是誰？便是吳學究所薦的江州兩院押牢節級戴院長戴宗。

說話的，卻是什麼計策，下來便見。

看官聽説，這回話都是散沙一般。先人書會留傳，一個個都要説到，祇是難做一時説。慢慢敷演關目，下來便見。看官祇牢記關目頭行，便知衷曲奧妙。

話説如何祇説這三個到任，別的都説了絶後結果，爲這七員正將，都不厮見着。先説了結果，後這五員正將……還有厮會處，以此來説絶了。

這些都是説話人的口吻，寫腳本的人偶而把它保留下來。征田虎、征王慶二十回書中也有這痕跡。

說話的，田虎不過一個獵户，爲何就這般猖獗？

看官牢記話頭，仔細聽着，且把王慶自幼至長的事表白出來。

杭州説書，水泊梁山，一脉相承，是許多代藝人口耳相傳下來的。一般説水滸宋江受招安後，直接征方臘。因爲征遼，關子與岳傳相重，所以略去。征田虎、征王慶原是一説。所以我感覺今後刻水滸應取百回本，全傳中删去這二十回是比較好的。

征遼後，《水滸傳》接着宋江去征方臘。我感覺《水滸傳》寫宋江征方臘依然是寫得好的。這裏至少顯示出兩個問題。一是説明統治階級手段是陰狠毒辣。農民革命當它放棄了鬥爭，向統治階級妥協時，是找不到出路的。農民革命的力量是無比的，祇有當他們的力量自相抵消時，那就很可怕了。這樣就必然會走上毀滅的道路。一是啓示人民接受這一失敗的經驗教訓，指出農民革命不斷鬥爭的正確方向。

《水滸傳》是這樣寫的。宋江受招安後，他的廉價天真的想法，是並没有實現的。"蔭子封妻，共享太平之福。"相反的，趙宋統治者不斷地布置，給他一系列的迫害。

宋江放棄他的梁山根據地後，樞密院馬上就想調散他的兵力。

> 賺入京城，將此一百八人盡數剿除。然後分散他的軍馬，以絕國家之患。

> 端的要如此，我們祇得再回梁山去。

因爲條件還没有成熟，生怕發生事故。這樣便同意他們去征遼。征遼後命令他們去征方臘。實力取消後，那麼宋江的——藥酒一杯，悲劇事故已早注定了。其餘衆弟兄們，圖個"囫圇屍首，便是强了"。

作者曾借東京百姓的眼中，來悼惜這支革命武裝部隊的削弱與毀滅。

第一番宋江等初受招安，穿御賜紅綠錦襖子，懸掛金銀牌面，入城朝見。百姓"扶老挈幼，迫路觀看，如睹天神"！

第二番破遼之後，披袍掛甲，戎裝入城朝見。

第三番太平回朝，襆頭公服，入城朝覲。"東京百姓看了，祇剩得這幾個回來，衆皆嗟歎不已。"這批判意義是大的。

我們從《水滸傳》所寫的英雄們的在招安前後的情緒、氣氛來看，這又是一個強烈的對照。宋江等在梁山泊時，大吹大擂，充滿樂觀愉快的情緒。

> 山前花，山後樹，俱各萌芽。洲上蘋，水中蘆，都回生意。穀雨初晴，可是麗人天氣。禁煙纔過，正當三月韶華。

這是何等風光。宋江初受招安時，正懷着幻想，還有一度興奮。

> 六六雁行連八九（三十六、七十二、指一百零八弟兄），祇等金雞消息（指宋徽宗下詔招安）。

可是這幻想，不久被事實撞得粉碎。征遼以後，便蒙上一層陰雲，宋江內心世界十分淒涼。

> 訴不盡許多哀怨，揀盡蘆花無處宿。

這是客觀現實的反映。以後衆弟兄離散死亡，連一接二，宋江不時傷感。

> "如花零落"，"心中好生鬱鬱不樂"，"心中煩惱，快快不樂"，"大哭一聲，默然倒地"，"不由我不傷心"，"心中大憂，嗟歎不已"，"不由人不傷感……誰知到此漸漸凋零，損吾手足"，"不由我連心透骨苦痛"，"眼淚如泉"，"淚如雨下"，"痛哭"，"默上心來，各不喜歡"。

這些描寫在梁山泊上時是沒有的。

梁山英名蓋世，昏憒的統治階級是無力抵禦的。一敗高太尉，再敗高太尉，三敗高太尉，可是當農民革命的力量自相抵消時，那情況就不同了。在征方臘時，《水滸傳》作者一方面把梁山泊英雄仍作爲正面人物處理，但同時另一方面仍是歌頌方臘的鬥爭，至死不屈，並沒有一員降將。相反的，水滸英雄卻從此凋零。

> 梁山泊勳業到今，已經數十餘載，更兼百戰百勝。去年破大遼時，不曾損折了一個弟兄。今番收方臘，眼見挫動銳氣，天數不足。

雖然作者由於個人及歷史的局限，把這"損兵折將"，說成天數，實際是反映方臘的戰鬥是有一定的力量。

作者最後又創作"混江龍太湖小結義"一回，積極地指出他們應當接受這一失敗的教訓，繼續鬥爭。小結義可以說是大結義的縮影，赤須龍費保，捲毛虎倪雲，太湖蛟卜青，瘦臉熊狄成，這四弟兄與李俊並沒有跟宋江東京去做官。他們卻繼續在江湖尋訪豪家，保持不妥協的精神，散布革命種子，等待時機，繼續戰鬥。

《水滸傳》寫出了以宋江爲首的這一農民革命的產生、發展，以及覆亡的全部過程，始終是站在人民立場上來反映這一問題的，故事十分完整。自從金聖歎腰斬水滸後，征遼、征方臘若干回書，便不爲一般人所重視，這錯誤應當及時糾正的。

編者説明：本文據油印稿録編。劉録稿附記云："估計撰於二十世紀五十年代中期。"

"聖手書生"蕭讓

　　《水滸傳》是一部描寫農民革命戰爭的小説。這部小説非常深刻地反映了農民與地主官僚階級的對立，反映了封建社會的主要矛盾。一百零八將，這一革命集團是可以作爲反封建、反貪污的統一戰綫來看的，由於作者緊緊掌握現實主義的創作方法，客觀地反映現實社會，善於從階級意識去描寫人物的立身行事，這些人物又都出身於不同的階級或階層中，今天我們來分析批判一下，從這裏可以獲得相當的經驗教訓。

　　聖手書生蕭讓，在《水滸傳》中是不頂重要的角色，地文星第十名，三十九回中作者不過用寥寥二千餘字來説明他。這一淡淡的形象，作爲個別的人來説，是不算重要的。但由於作者深入生活、反映生活，《水滸傳》是從人民的現實生活中攝取出來的，所以蕭讓這一形象是有他一定的普遍性與典型性的。從蕭讓身上我們可以找出某一階級或階層的共同特徵。小資産階級出身的知識分子，軟弱、動搖，有超階級思想，純技術觀點。蕭讓在某些方面是可以説明這一問題的。

　　《水滸傳》中有兩個秀才：一是鄆城縣人鄉學先生智多星吳用；一便是蕭讓，濟州人，因他善寫諸家字體，人喚他做聖手書生。蕭讓在秀才這一集團中，有他的代表性的，梁山泊爭取他，有他的用處。秀才談秀才，且看吳用對他的介紹：

> 小生曾和濟州城內一個秀才做相識，那人姓蕭，名讓，
> 因他會寫諸家字體，人都喚他做聖手書生，又會使槍弄棒，
> 舞劍輪刀。

蕭讓的真實本事，是寫得一筆好字，特別是模仿當時"天下盛行四家字體，是蘇東坡、黃魯直、米元章、蔡京四家字體"，爲了這樣，吳用要爭取他，費了五十兩銀子騙他上山，僞造蔡京私函，便於營救江州待決的宋江。至於後者，祇看他和金大堅兩人"倚仗各人胸中本事，挺着杆棒"鬥不過一個王矮虎，便可知道他的體力和武技，不過爾爾。這一點，蕭讓自己也承認"山寨裏要我何用？我兩個手無縛鷄之力，祇好吃飯"。"小生祇會作文及書册，別無可用"。

徹底瞭解蕭讓的是智多星吳用。

第一：吳用瞭解秀才們愛錢，於是派戴宗僞裝嶽廟的打供太保，拿了五十兩銀子做安家費，估計蕭讓見了銀子，必然高興願往。第二：吳用瞭解秀才怕死，於是派矮腳虎王英中途截擊。當"蕭讓告道，小人兩個是上泰安州刻石鐫文的，又沒有一份財賦，止有幾件衣服"，矮腳虎卻喝道："俺祇要你兩個聰明人的心肝下酒。"於是這自稱"手無縛鷄之力"的秀才，也祇好打上"五七回合"，接着是必然的被俘。第三：吳用瞭解秀才們要面子，講交情。在蕭讓和金大堅（稱爲中原一絕，開得好石碑文，剔得好圖書玉石印記，綽號玉臂匠的金石工匠。）被俘後，經過杜遷對蕭的一套卑詞"吳軍師一來與你相識，二乃知你兩個武藝本事，特使戴宗來宅上相請"勸他"上山入夥，共聚大義"。便承認"我們在此趨侍不妨"。第四：吳用瞭解秀才們要"全性命，保妻子"。在蕭讓等被俘上山的翌晨，便通知他親自去接家眷。蕭讓看到一家老小都安抵梁山，自然唯命是聽，坐了一把交椅。

上了梁山，蕭讓擔任的職務，是行文走檄做文書工作，忠義堂

石碣受天文,這塊石碣有人説:是宋江的旨意,吳用的計謀,預先埋下的碑文自然是蕭讓寫的。秀才肚子深沉,這點秘密是守得住的。這件事,對梁山的領導與組織是起一定的作用的。所以吳用説:"山寨裏亦有用他處。"他所憑藉的本事,依然是"作文及書册"。至於他是否"手無縛鷄之力",在梁山看來,是無足輕重的。他的"杆棒"也恐怕和吳用的銅練一樣,作爲小孩子的玩具而已。

在蕭讓秀才心理中,大概始終是個人主義觀點,除"全性命,保妻子"之外,革命的熱忱是不多的。他既非被人"迫上梁山",也不是真正認識到革命的必要性。倘若不中吳用的巧計,也許永遠不作上梁山的打算,上了梁山之後,儘管寫的是"替天行道"的字樣,但可能是蘇東坡體,也可能是蔡京體。蔡京雖然在梁山泊若干出身於農民和無産者的頭領心目中是敵人,但蔡京是當時的大書家,蕭讓曾煞費苦心模仿過蔡京的字體。他和蔡京之間,沒有什麼"冤家對頭"的仇恨。實際上蔡京的文藝政策是爲統治階級服務的,但他那時理會不了這許多。這樣宋江被招安後,蕭讓便被蔡太師請爲"門館先生",而此後蕭讓在《水滸傳》中便沒有一些記録,就可以懂得。

蕭讓是隨遇而安的,隨時保衛自己,當然他嘴上不會這樣説的。在梁山,當他行文走檄的時候,他可以痛斥蔡京是奸臣、權相,罪不容誅。蕭讓當了蔡京的門館先生之後,倘若蔡京要他痛斥梁山,他也必將欣然從命。蕭讓這一類型的人物,祇憑技術觀點,可能爲人民服務,也可能做封建統治階級的幫閒或幫凶。

一般説來,"秀才"之所以爲"秀才","秀才造反"之所以"三年不成","文人"之所以"無行",通過這絢爛的形象,我們知道在本質上是有他階級的限制的。小資産階級出身的知識分子,有兩面性。秀才們的革命主要是被動的,不是主動的,秀才們是善於妥協和動摇的。他們在某種形勢下可以依附某一階級,隨時會轉移變換。清詩人龔定庵説得好，"吟到恩仇心事湧，江湖俠骨已無多"。今詩人田漢也説"殺人無力求人懶，千古傷心文化人"。對於蕭讓這一類型，可能是最妥善的描寫與批判。

《水滸傳》是封建社會下的產物，思想性是受它時代的限制的，進步性也受它的限制的。梁山泊的組織中，還不懂掌握組員的思想情況，給以改造。數千年封建統治形成了這一階層，秀才有技術、要吃飯，有他的作用與要求，祇要觀點、立場改變，在新社會中還是起一定的作用的，舊的蕭讓需要批判，新的蕭讓正有他輝煌的前途。

編者説明：本文據油印稿録編。劉録稿附記云："估計撰於二十世紀五十年代中期。"

關於"烏龍院"

近來同藝人王永卿整理《水滸傳》的宋十回書。整理這書必然牽涉到烏龍院。現在想談談一些我的感想和體會，希望能得到同志們的幫助與指教。

一、歷來都把閻惜姣作爲一個蕩婦來處理，我把她寫成原來是好的，以後受了張文遠的引誘，逐漸腐化起來了，最後纔腐蝕，變爲蕩婦的。二、寫宋江自從義釋晁天王後，在政治上就受着一連串的迫害。就是沒有劉唐下書，宋江在鄆城縣也是待不下去的。現在我想談談這個故事情節的安排：

閻惜姣同她母親閻長氏以及父親三個人，原是河南人氏，在家鄉連遭饑荒，生活不下去，三人於是到山東鄆城縣來投親。路上經過一個叫善人村的地方，遇到了一個惡霸。那惡霸想霸占閻惜姣，惜姣不從。而她父親也出來講理。結果被那惡霸打了一拳，當場昏去，惡霸卻管自跑掉。閻惜姣就把父親抬到鄆城縣招商客店。到了店裏，父親病重。去訪親卻偏又不遇。由於經濟困難，無力醫治父親，父親憂憂鬱鬱，就病死於招商客店。閻惜姣很痛惜父親的亡故，又因父死無錢來買棺收斂，未殯葬父親。於是閻惜姣就代替她母親在身上插了一個紙標，在鄆城縣街上走走。紙標上寫"願意賣身葬父"。但從早到晚沒一個人來過問。因爲，大家都知道她的父親是被惡霸所打。大家知道，如果化錢買了閻惜姣，結果定是不穩當的，要被惡霸奪去，所以無人過問。而這惡霸，一方面是吝嗇的，同時也知道無人敢與他作對，不會有人去買惜姣的，所以惡霸也樂得故意靜候，待閻惜姣把父葬了。心想那時喪事一過，閻惜姣也自然會屬於他的。就在這樣的情況下，有人同情閻惜姣的身世，便暗暗告訴她，不如倒去看看宋江。這人仗義施財，廣為方便。這樣，閻惜姣就去看宋江。宋江就出錢葬了她的父親，並付了房金。事後，母女二人又來見宋江，表示願從宋江。宋江當即表示已有妻子，意欲不納。閻惜姣苦苦哀求。因為惜姣清楚，若宋江不收，自己必然仍為惡霸所占。怎能嫁於殺父仇人？俗語説："殺人須見血，救人須救徹。"鑒於此，宋江欲收了。但宋江的家庭不同意，宋江的親友都不贊成。都説她們是過路人，不瞭解具體情況。但宋江同情她，最後還是同居了。又由於宋江家裏的人不同意，所以他就在鄆城縣的地方，典了一個烏龍院住下。夫妻感情倒也很好。閻惜姣想報父仇，常和宋江説起。宋江説："我是個小小的書辦，要打這惡霸有何力量？我娶你也已冒了極大的風險。因為惡霸見我在鄆城縣為人正直，有點名聲，所以知我娶你而不敢來尋事。"宋江又對惜姣説："要報父仇，祇能等待。"閻惜姣問："怎樣等法？"宋江説："這裏去不到一百里，有個地方叫梁山。這上面的英雄如一朝義旗一舉，天下亂紛紛，宋室的江山可能也要變呢。而其兵必過鄆城縣，那時你的父仇豈非不報亦自報了？"閻惜姣聽得，亦就暫擱了此事。

　　自從宋江放走晁天王後，鄆城縣要破生辰綱案件。而人非但抓不到，連贓也查不出。因為，人固然是上了山，連財也都已挑上梁山。這情況，由鄆城縣知縣時文彬回報了梁中書，梁中書又報與東京的宰相蔡京。蔡京得訊大怒，定要破這案件。東京的公文一道道地落下來，直到時文彬身上。這分量很重。這鄆城縣知縣翻来覆去地從各方面打探、研究、考慮後,懷疑到晁蓋爲什麼早不逃遲不逃,剛逃在要捉他的時候。心想這定有人通風報信。從這根綫索上,就懷疑到宋江身上。但無證據,又不便把宋江捉來拷打。因爲,宋江的名望很大。這樣,知縣就想出一個辦法,叫張文遠在暗中來監視宋江,來尋覓證據。如有物證,當可逮捕法辦。如宋江一入獄,此案即可按綫索而破。而當時張文遠是衙門裏的押司,宋江也是押司。這兩個人是同事,但張文遠年輕一些,宋江年老一些;張文遠這時不過二十幾歲,而宋江已是四十幾歲。又因爲宋江是老於公事的,而張文遠受了時文彬的囑咐就設法來拉攏宋江,親近宋江。表面上因爲是宋江年紀大些,所以就拜宋江爲師,向宋江學習一些衙門的法則,而骨子裏卻在嚴密監督宋江。張文遠也知道宋江是夜住烏龍院的,所以張三郎有時也到烏龍院來。張文遠有一次表面上是向宋江請教一件疑案,請宋江同往酒樓喝酒。在談話中,宋江顯得很老練,一句話都探不出來。這樣弄來弄去,約有半月光景,張文遠仍一點得不到面目。

於是,張文遠就想從閻惜姣那裏去找門路。心想,如宋江有疑,閻惜姣是一定會知曉的。這樣,等宋江到衙門去辦公時,張文遠就來到烏龍院,因爲他算是宋江的學生,路過此地,推說口渴,要借杯茶喝爲名而到了裏面。由於他是宋江的學生,所以閻惜姣是認識他的。張文遠本當僅僅是爲打探消息而來的,但見了閻惜姣後,思想上就有變化。因見惜姣長得甚美,便起霸占之念,同時也想刺探宋江情況。他心想:"若宋江之情刺探出來,則宋江必被捕,而這樣,他就可霸占閻惜姣。同時,霸占了閻惜姣後,反過來也可以刺探出宋江的真情來。"這樣想,所以在談話中,張文遠顯得很輕薄,所以閻惜姣對張文遠的印象很壞,管自中途上樓去了。張文遠討了個沒趣,也出了烏龍院。晚上,宋江回來,閻惜姣就對宋江説明:張文遠不是個好人,叫宋江以後少親近他。宋江説曉得。以後張文遠又來烏龍院。第一次是下人開的,閻惜姣不知道;第二次又把惜姣騙開了門。再以後,閻惜姣總是在門内,要問清來者纔開了。所以張文遠連走了三四天,都是碰壁而歸。這樣,張文遠又想了個花樣:等閻媽媽出門買菜後,就去結識媽媽。張文遠買了一匹繭綢送給閻媽媽。這樣,閻媽媽受過幾次禮後,往來往來,就對張文遠發生好感,便也時常在閻惜姣面前説上幾句好話。以後張文遠又來,但閻媽媽卻開了門。之後,又經過了一段時間,閻惜姣終究年輕,經不起花言巧語的引誘,就慢慢地和張文遠好了起來。以後又發生了姦情。兩個發生姦情後,日久外邊沸沸揚揚,都在説"前邊走了宋公明,後邊跟了張三郎",來取笑宋江。説閒話的一多,也自然傳到宋江的耳中。宋江自然也不快。有一天,張文遠先到烏龍院,宋江也來了。張文遠就忙躲到床下。閻惜姣就坐在凳上,似理不睬的。宋江走上樓後,閻惜姣就冷言冷語的,想把宋江轟走。宋江見了,便説:"無怪大姐,人家要有三言二語。"閻惜姣問:"什麼話?"宋江最後説出她與張文遠通姦事。閻惜姣也回答道:"無怪人家也要説你私通梁……"宋江聽了很吃了一驚。後來惜姣改口説:"人家説你私通良家婦女。"宋江這纔平静下來。雖然没説甚話,但從面部表情看,閻惜姣心中早已明白。這樣,宋江出了烏龍院後,張文遠即從床下出來,與閻大姐商量,恐宋江真通梁山。因爲閻惜姣回憶起以前宋江在回答她報父仇之辦法時,曾對她提起梁山,而且口氣是很傾慕於那面的。這樣張文遠與閻惜姣就商定:一個在外邊訪,一個在裏面探,這樣兩人纔能在將來做長久夫妻。那宋江自從出了烏龍院後就從不再回烏龍院了。閻惜姣問張三郎,此事怎麼辦?張文遠就叫了閻媽媽去請。隔了幾天後,晁蓋就叫劉唐帶了金銀書信到鄆城縣來找宋江。

宋江在酒樓上碰到了劉唐，接了劉唐的書信，收了一半的金銀，放在招文袋裏。正待要回衙門去，路上就遇着了閻媽媽。閻媽媽不管三七二十一就把宋江硬拖到烏龍院去。宋江因見媽媽拖拖拉拉的不成體統，就被迫回到烏龍院去，耽擱了一夜。明日一早去衙門時，偏偏把這招文袋失落在閻惜姣的床上。宋江到晚上想起，就趕回烏龍院來。見信已不在袋內，知已被惜姣拿去，就與惜姣爭執了起來。宋江為了滅掉信件，所以結果就殺了惜姣，又在惜姣身上搜出晁蓋的信，就當即在火上燒掉。閻婆惜要把宋江扯進縣城去，宋江在半途就走歸家去。閻婆惜就告宋江。宋江就此逃難出去。當時這件案子，一般性的情況人們都已知道，是覷姦殺姦，而時文彬是要找宋江的罪證，結果還是沒有找到，所以這案子結果是沒破的。又拖了一些時候，時文彬始終對上級稟報不出，所以後來就被革官辦罪。

宋江逃出郓城縣後，就到了柴進莊上，後又到了孔家莊，到了青風山，大鬧了青風寨。經過了這一過程，後來宋江見知縣已換，心想自己不過是覷姦殺姦，而且殺的是個小妾，在那個時候，宋江知道是沒有死罪的。再加上得到了封父親的書信，所以宋江就回了郓城縣。哪知宋江纔回郓城縣，就被張文遠撞見。自從宋江離家後，時文彬很賞張文遠，就提升了他坐了宋江原來的位置。衙門內一切公事都屬他管。現在見宋江回來，一方面是挑撥媽媽再告，另一方面是要把宋江當作政治犯來辦。因為後任知縣不明細況，問了張文遠。宋江就給知縣捉來，押在監裏。張文遠找出舊案，想找他的罪孽，以便就地處決。於是張文遠就在書房裏思量。最後想到宋江刺殺閻惜姣，披頭散髮，混身是血……忽然一陣風過，在燭火搖晃前，閻惜姣就出現了。張文遠一嚇便跌倒訣，此後就神經失常，昏昏沉沉，生了幾個月的病，就死了。因為張文遠已不能審這細情，新知縣就作為覷姦殺姦處理，把宋江發配江州。宋江聽到張文遠已死,就哈哈大笑,甘願充軍。

這書爲什麼改?我有兩個用意:第一,如完全寫閻惜姣是個蕩婦,那末宋江爲什麼要娶惜姣?而且這樣,對宋江的名譽就不好,若把宋江也寫成是個嫖院的,那麼從宋江是個農民革命的領袖,在江湖上素來仗義,號稱爲及時雨這個角度來看,就不應該有這方面的表現。所以,照我這樣寫,就成爲同情閻惜姣而出力襄助,這樣一寫,就同宋江的英雄形象符合了。雖然,一個人在生活道路上由好人變爲壞人這也是可能的。第二,過去寫宋江不過是放走晁蓋後,就無甚事,可見是晁蓋派了個劉唐下書,所以纔引起了殺惜等事。若劉唐不下書,宋江不去烏龍院,就好像是偶然的事。事實上,從宋江放走晁蓋後,即使沒有劉唐下書,也會發生這類事的。因爲,官府在時時刻刻地注意着宋江。不過,劉唐這樣一來,更促進了事件的暴發,這是有他的必然性的。張文遠這人,過去也寫他勾引閻惜姣,現在我把他寫成與政治問題結合起來。這樣,就加强了書的思想內容。所以這樣一來,烏龍院這一節書就體現了政治上的鬥爭。當然,也糾纏了些男女問題,但那是次要的。這樣寫入整個《水滸傳》裏去,就比較恰當。

編者説明:本文據代抄稿録編,末署:"一九五九年八月十二日於杭州大學。"

論《武十回》

　　中國小説,是從茶館起家的;《水滸》也是如此。《水滸》故事,最早是街談巷議,經過藝人採用,在瓦肆中演説,纔發展起來。宋元之際,説話事業發達,有些藝人或書會才人就將説話記錄下來,作爲説話備忘或傳授學徒之用。這是《水滸》最早的腳本。後來經過潤色,從而形成了簡本《水滸》。簡本《水滸》經人翻刻,流傳開去,變成案頭讀物,再經潤色增改,成爲繁本《水滸》,進而成爲文學名著。《水滸》成爲文學名著後,書面上的《水滸》故事,是定型了。但《水滸》故事,在評話口頭上還是繼續不斷地發展的。《水滸》在有些人看來,認爲是單純的作家作品。其實,衹是評話《水滸》的一個果實而已。《水滸》與評話衹是口頭創作與書面創作不同而已,素材是一脉相承的。

　　《水滸》所寫的是北宋末以宋江爲首所領導的一次農民革命;但它的典型意義,並不局限於歷史事實,而是廣闊地反映了中國社會不少歷史時代的農民革命歷史特點及其生活真實的。《水滸》寫出了這一革命的産生、發展及其覆亡的全部過程;但《水滸》是怎樣來安排這些情節,怎樣把生活真實轉化爲藝術真實?是可以作一些探索的。

　　這裏,我們以《水滸全傳》作爲底本來説吧。第一回是楔子,從第二回到第十一回,評話分爲《魯十回》與《林十回》。這段書是在寫封建統治階級内部的矛盾與分化。從第十二回到第二十二回,評話分爲《楊十回》。這段書是寫人民的、自發的、反剝削的鬥爭。從第二十三回到第三十二回,這十回書寫:武松打虎,陽穀縣遇兄,殺嫂殺西門慶,發配孟州經十字坡,醉打蔣門神,大鬧飛雲浦,血濺鴛鴦樓,夜走蜈蚣嶺,經孔家莊,上二龍山。評話分爲《武十回》。這段書中塑造了武松的英雄形象;同時,也顯示了他的生活道路。反對惡霸贓官,從鬥爭中武松揚棄了對封建統治階級的幻想,從而走上了二龍山,最後又上了梁山。這就具體地反映了農民革命是由分散的個別鬥爭,而後走向集體的戰鬥的。

《水滸》的結構,是包藥包式的。包藥包是一包包地包起來,又一包包地綜起來的。每包都有自己的面目。各包間又有關連,輕重加減,君臣相配。有先煎,有後食。煎成一盞藥,是一整體,目的和任務是相同的。魯、林、楊、武故事以及以後的宋,都是小包,綜成第一大包。此後到《三敗高俅》綜成第二大包。受招安綜成第三大包。這三大包,總寫這一革命的産生、發展及其覆亡的全部過程。《水滸》的這樣結構是與評話業務的特點密切有關的。藥包式的結構,可分可合,這樣就便於聽衆分聽或全聽。因而《水滸》每一大回書,綜合起來是整體的不可游離的一個部分,是有機的、聯繫的;分開來,又是完整的,是有相對的獨立性的。有人説《水滸》是没有什麽結構的,十分鬆散,這話實在是没有什麽道理。

由此,我們就可理解:《武十回》在《水滸》中是一個重要的環節,是不可游離的一個部分;單獨抽出來,又是十分完整。有它相對的獨立性的。

《武十回》主要是塑造武松的英雄形象及其生活發展道路。

《景陽岡武松打虎》第一節書,出場就十分精彩。這裏就顯示了英雄性格的穩健、倔强、機智和勇敢。武松是城市平民,飽受社會冷淡欺凌,因而具有强烈的反抗性。他是與縣中機秘相争,一拳把那厮打得昏沉,纔逃避在外。由於思念哥哥大郎,武松自河北滄州,回歸山東清河縣來。路過景陽岡,在鎮上吃了十八碗好酒。仗着酒興,一路上岡來。店家告訴他說:岡上有虎,他自不信。直至上岡看到廟前縣府的"印信榜文",方知端的有虎;但怕"須吃店家恥笑,不是好漢,難以轉去"。這顯示武松性格的穩健與倔强。武松與虎搏鬥,不提防把哨棒猛打在樹上,哨棒斷做兩截。武松並不慌張,就勢卻把那大蟲頂花皮肐搭地揪住,一按按將下來,把腳亂踢,偷出右手來,起拳猛打。這可看出武松的機智與勇敢。

這一節書,在揚州書中,有了新的發展。概括説來:武松這日來到景陽鎮,衹見市容蕭條,人影悄悄。説者隨加表書,點出虎災。把聽衆視綫拉開去,從景陽岡出大蟲。商旅不行,直到陽穀縣出榜文,獵户受累。武松進店飲了一十八碗酒,帶醉上岡。店家趕來,説有大蟲。武松不信,及至看了榜文,知是事實,看看手中哨棒,思量與虎未曾較手,不要哥哥未見,卻給老虎吃了,不是耍處,便想回來。走了幾步,自怨自艾,既想店家談及老虎屬害。晨間有個苦孩子,熬不過生活,前來打柴。給老虎咬了。好似聽得風中傳來他媽的哭聲。想到這裏,不再走了。回轉身來,想不如把虎除了,回家與哥哥談談。哥哥聽了也自歡喜。"明知山有虎,偏向虎山行。"用"烘雲托月法",寫虎災,實際是寫虎威。用"草蛇灰綫法"處處點染武松武植弟兄情分。寫店家眼中所見,是寫武松的外形不凡;寫路上武松所想,是寫他的内心,品質高貴;由表及裏,由粗及細,從各個不同角度,來刻畫武松形象。景陽鎮中已把老虎與武松矛盾雙方的形勢擺開來。寫老虎的屬害,也寫武松的不凡。使聽衆感到這樣的武松纔能打得這樣的老虎。環環入扣,寫景陽鎮實是爲景陽岡服務的。處處點染弟兄情分,寫景陽岡又是爲陽穀縣服務的。"未見其人,先聞其聲",武大郎未出場,聽衆已很熟悉了。武松打了老虎,藝人接着贊歎一番:

> 膽大藝高武二郎,挺身直上景陽岡;醉來打死山中虎,
> 從此威名四海揚。

給人以不可磨滅的印象。戲劇出場,稱爲亮相,塑造一個英雄人物,説幾句抽象的贊語,是解決不了問題的,必須通過他的英雄行動來表現的。這就是武松的亮相。武松今天打了山中猛虎,明日就要打人間猛虎,這裏起得有聲勢。小説結構是:鳳頭、豬肚、豹尾,起結要精彩,内容要豐富。這就是《武十回》的鳳頭。

武松打了猛虎,縣令賞識他,就參他在本縣做了都頭,專在河東水西緝捕盜賊。這時擺在武松面前的有兩條道路:一條是爲封建統治階級服務;另一條是爲農民革命服務。武松是願走前者的。陽穀縣賺了好些金銀寶貝,想差人送上東京,要選個有本事的心腹人前去,就想到了武松。武松護送這擔禮物,前赴東京,忠心耿耿完成了任務;縣令當即賞了一錠大銀,十分器重。但矛盾就在這裏發生了。武松回到陽穀縣。瞭解到嫂嫂潘金蓮倒向惡霸西門慶的懷抱之中,謀害了他的哥哥武大郎。"父兄之仇,不共戴天。"武松站出來鬥爭,是正義的。《水滸》作者曾通過王婆、鄆哥、何九叔的嘴來説明西門慶勾結官府妄作非爲,官府是縱容他的。武松雖爲官府效勞,但縣令考慮到西門慶與武松的兩種力量的輕重時,就放棄了武松。武松與西門慶的鬥爭,原是採取合法的鬥爭:衙門呈狀。縣令卻説:"但凡人命之事,須要屍、傷、病、物、蹤五件俱全,方可推問得。"把狀子批駁了。這裏

可以看出惡霸的凶殘，和官府的醜惡是統一的。武松堅持正義，祗有拿出自己的力量來。"既然相公不准所告，且卻又理會。"迫使武松與西門慶作你死我活的鬥爭；於是靈前殺嫂，在獅子樓鬥殺了西門慶。武松犯了人命投案，落了發配孟州的命運。這可看出武松的英雄的正義行爲，與惡霸的凶殘、官府的醜惡發生矛盾，使武松在爲統治階級服務的道路上發生了波折。

武松發配，路經十字坡，通過一番鬥爭，結識了張青、孫二娘。張、孫勸他棄暗投明，上二龍山與魯智深相聚入夥。武松卻是願往孟州牢城營去的。這說明武松在陽穀縣雖受了些懲處，對官府的醜惡本質還是認識不足的。由於這樣，他纔自行投案，發配來孟州的。

武松到了孟州，《水滸》在這裏，安排了一節武松反行賄的鬥争。安平寨是孟州府的牢城營。武松一到，就有罪徒來說殺威棒的厲害，喚他在差撥面前，送些好處。武松卻說道："我小人身邊，略有些東西，若是他們硬問我要時，一文也沒。"無絲毫畏懼之情。《水滸》中爲什麼要插進這樣一段細節描寫呢？這是突出武松的不妥協，隨時準備着作鬥爭的大無畏的精神。陽穀縣中，在武松面前，出現了惡霸、贓官，武松站起來鬥爭，受到懲處，但在武松的心靈上有沒有受到創傷呢？沒有，武松的堅強性格依然。現在，武松到了孟州城中，在他面前，又有惡霸、贓官出現了，而且較陽穀縣中更爲凶殘，這就要武松有更大的毅力，來迎接這新的戰鬥。這新的戰鬥，較在陽穀縣時更爲艱巨。因此，安平寨中給武松的形象重新塑造一番。用藝人的話說是"愛打不平"；"你壓倒我的頭上，就同你拼！"在反惡霸、反贓官面前，總是爭取主動的。武松有這樣一種性格，生發開來，纔會醉打蔣門神，大鬧飛雲浦，血濺鴛鴦樓。

武松與差撥鬥爭，牢營城中卻是另有情勢的。施恩受了惡霸蔣門神的欺凌，被奪去了快活嶺，正想結交英雄報復。施恩久慕武松打虎的威名，今日相見，天緣湊巧，自然祇有款待的份兒，哪有怠慢之禮？施恩在他父親管營那兒，説了幾句，矛盾轉化了。武松的戰鬥的矛頭，很快轉向惡霸蔣門神的身上了。蔣門神依仗了張團練的惡勢，霸占了施恩的快活嶺，武松是最恨這等不明道德的人，痛打了蔣門神。這一反霸鬥爭看來是勝利了。快活嶺原是施恩的，武松發配到孟州，就聽人説："被這蔣門神仗勢豪強，公然奪了，白白地占了他的衣飯。"因道："你衆人休猜道是我的主人。他（施恩）和我並無干涉。我從來祇是打天下這等不明道德的人！我若路見不平，真乃拔刀相助，我便死了不怕！"這可説明武松打蔣門神，不是爲了受了施恩的款待。幫助弱者來反抗強者，"路見不平，拔刀相助"是正義的。蔣門神跑了，這矛盾是否真的解決了呢？《水滸》在這裏，又盡情地揭露惡霸與贓官是同一鼻孔出氣的。惡霸的凶殘，是赤裸裸地擺着的，一看便知；贓官的表現，那就不同了，較爲隱蔽與狡猾，一時是難以覺察。武松遇見惡霸，就鬥倒他。但在他面前出現了贓官，武松就顯得認識不足了。武松在這樣的敵人面前，鬥爭的經驗是不足的。但贓官醜惡的伎倆，最後還是蒙不住武松的眼睛的。這使武松發出更大的憤怒，掀起了一場更爲激烈的新的戰鬥，從而揚棄了他對統治階級的幻想，走上了農民革命的道路。孟州城的張都監、張團練，遠較陽穀縣令陰狠。因而，這場戰鬥又是十分曲折與複雜的。

　　蔣門神逃出快活嶺後，暗中便囑託張團練買通孟州守禦兵馬都監張蒙方，來陷害武松。張蒙方就大施伎倆，表面上待得武松極好，要武松做親隨梯己人。武松就跪稱謝道："蒙恩相抬舉，小人當以執鞭墜鐙，伏侍恩相。"這可看出武松對統治階級還是有幻想的。他光明磊落，坦率地替都監捉賊。心想："都監如此愛我,又把花枝也似個女兒許我。他後堂内裏有賊,我如何不去救護?"都監卻撕下臉來,一聲說:"拿將來!"把他當賊辦了。就算偷了些金銀吧,那也不是死罪。張蒙方卻是輕罪重辦起來,喚人把武松捆倒。"那牢子獄卒,拿起批頭竹片,雨點地打下來"。又將他押"在大軍裏","將他雙腳晝夜匣着,又把木杻釘住雙手。那裏容他些寬鬆"。這分明不是盜竊的刑罰。生活的煎熬,促使武松理會:"叵耐張都監那厮,安排了這般圈套坑陷我!我若能夠挣得性命出去時,卻又理會。"看清了贓官的嘴臉。武松在再度發配的道上,就能先發制人,殺死了公差和蔣門神派來的走狗,大鬧了飛雲浦。又向蔣門神的徒弟身上,奪取了刀,連夜進城,跳進都監後園。"心頭那把無明業火高三千丈,沖破了青天。右手持刀,左手又開五指,搶入樓中",把那張都監、張團練和蔣門神一齊殺死在鴛鴦樓上。從獅子樓到鴛鴦樓,武松的反霸鬥爭,在《水滸》的筆下是一步步地深化的。作者是用發展的觀點,來寫武松的英雄鬥爭的。

出孟州城,武松第二次到了十字坡。張青、孫二娘又介紹他上二龍山去。武松卻說:"大哥也說的是。我也有心,恨時辰未到,緣法不能湊巧。今日既是殺了人,事發了沒潛身處,此爲最妙。大哥,你便寫書與我去。祇今日便行。"水到渠成。武松斬斷了爲統治階級服務的道路,決意走上爲農民革命服務的道路上去了。

《武十回》塑造了武松的英雄形象,顯示了武松的生活道路,作者是把他放在一定的鬥爭環境中來寫的。在武松面前,不斷地有惡霸與贓官出現,這是人民所最痛恨的。武松對官府,初時認識不足,容易接受他們的"好意"。終於,官府自己把僞善的面目撕破了,使武松割斷了幻想,轉而走上另一新的、正確的道路。這樣描寫,不是簡單化的,是有人物自己的愛憎與取捨的,有他的社會鬥爭内容,是有血有肉的。例如:武松在飛雲浦上提刀四顧,躊躇半晌,寫他的内心矛盾與考慮,十分深刻。武松一個念頭,竟奔回孟州城來,這是武松思想上的勝利。武松必然是有這勝利的。現實迫使他下這決心,連夜進城,殺死張都監、張團練、蔣門神,血濺鴛鴦樓。這不僅是發出了武松胸中這口惡氣,也是反映當時人民的心願;曲折地體現了人民與統治階級的鬥爭與反抗,是有極大的現實教育意義的。

武松上了二龍山,是他在革命的道路上大大地跨前了一步;自然這不等於説,武松這時對革命已有足夠的認識了。還有他的提高過程。武松初時,還是有些暫避風雨之意。武松在孔家莊時,曾向宋江説道:"天可憐見,異日不死,受了招安,那時卻來尋訪哥哥未遲。"宋江回答道:"兄弟既有此心歸順朝廷,皇天必佑。"這可看出一個英雄的思想改變,有它的歷程,不是一觸即發的。武松在革命鬥爭的過程中,思想是有顯著的變化。武松未上二龍山時,對宋江説:"如得朝廷招安,一槍一刀,博得個封妻廕子。今後青史上可留得一個好名。"但上了梁山,直到宋江想受招安。武松卻大嚷道:"今日也要招安,明日也要招安去,冷了弟兄們的心。"民間口頭傳説:"宋江戴紗帽,梁山活倒糟!"武松是十分不同意的。梁山受了招安,武松祇得隨着宋江下江南來。宋江征了方臘,武松卻並未再隨宋江回東京去。武松説道:"哥哥造册,休寫小弟進京。"祇在六和塔中出家。這是説明武松最後與統治階級還是割斷幻想的。農民革命在歷史上一時還尋找不到勝利之路,武松的悲劇,是表現着歷史性的悲劇。

《水滸》寫英雄的逼上梁山,可以分爲三種類型。一類英雄是屬於社會較下層的,對統治階級鬥爭性強,妥協性少,沒有什麼幻想的。這類英雄,直起直落,受統治階級的迫害可能較少,上梁山的道路卻是嶄捷,如李逵。一類英雄是屬於社會上層的,鬥爭性强,吃趙宋統治者的苦也多,上山的道路比較迂緩曲折。不是人民力量起來促使他們内部分化,是不會扭轉他的生活方向的,如盧俊義、秦明等。一類英雄是屬於中間階層的。他們對統治階級有一定程度的幻想,也有一定程度的鬥爭,如林冲、武松等。一個人的生活動向是與他的家庭出身、文化教養、社會地位、思想影響、性格特點相互關聯着的。武松不同於李逵——李逵對統治階級一向是深惡痛絕的。但也不同於林冲——林冲對統治階級是採取逆來順受的態度的。武松是"文來文對,武來武對"的。可以受了蒙蔽,被統治階級"抬舉",也可以轉而與之作堅決的鬥爭。《水滸》塑造的人物是"不相犯"的,即是没有重復的典型。條條道路通梁山,作者就是通過這些人物的英雄行爲,來鼓舞人民起來鬥爭、參加革命的。《武十回》是很好的一篇革命的教科書。

《武十回》是《水滸》中的一個精彩篇章。但不等於説《武十回》是盡善盡美了。宋元時代的《武十回》,在今天各地的評話中是一脉相承的,不是説再不能繼續與發展了。社會不斷在發展,那麽反映時代聲音的文學,水漲船高,不可能是没有發展的。民間文學是有變異性,它總是會隨着時代的發展,不斷以嶄新的面目出現。這裏,我想概括地談談關於十字坡、快活嶺、孔家莊的三個情節。

甲、十字坡

《水滸》中寫十字坡江湖上對它有幾句流言:"大樹十字坡,客人誰敢那裏過?肥的切做饅頭餡,瘦的卻把去填河。"因此有人對張青、孫二娘開黑店、賣人肉饅頭是不理解的;説這太凶狠了。其實,這是需要作具體分析的。張青在《宣和遺事》中是花石綱事件受迫害者之一。在《水滸》中,寫張青受了光明寺僧的迫害，因與光明寺僧鬥争，殺了寺僧，燒了寺院，流浪江湖，以後纔來十字坡的。母夜叉孫二娘，十分悍潑，專一剪徑，學她父親本事，非等閒人。這説明這兩人都是身受舊社會的迫害，而是有着强烈的反抗性的。張青、孫二娘開黑店，賣人肉饅頭，看來是不太人道的；同時，他們殺的人也是有錯殺的。因而江湖上對他們是有些不諒解的。武松是個斬頭瀝血的人，聽了這流言，就不樂胃，自然要打店了。但這裏也是包含着一些誤解，流言祇是流言而已。武松進一步瞭解張青、孫二娘"不是等閒的人"，誤解就消除了。矛盾統一，打店就變爲結拜。原來這店是有三種人不殺的。一是雲遊僧道；二是江湖上行院妓女之人；三是各處犯罪流配的人。爲什麼呢？這三種人不殺是有道理的。流配僧道，多有英雄在内。魯智深不是拳打了鎮關西，逼得無路可走，在五臺山出了家嗎？林冲也是配犯。這一現象，在當時是較爲普遍的。妓女衝州撞府，陪盡小心，在舊社會中是被損害、被侮辱的，不應給以同情？那麼，他們要殺是什麼人？方向不很清楚嗎？武松殺了都監衙門，孫二娘不是翹着母指，在贊歎嗎？這就是他們的不等閒處。《水滸》中，常常稱酒店爲"做眼酒店"，酒保爲"做眼英雄"。"做眼"兩字，聽來很有味道。這是説：他們在農民革命掀起、發展的過程中是起聯絡江湖和刺探統治階級消息的作用的。張青、孫二娘在十字坡開酒店，卻與二龍山頭領魯智深、楊志、曹正早有聯繫，他們自己也是隨時可以上山入夥。朱貴在李家道開酒店，更是梁山的耳目了。張青、孫二娘的開黑店，除做眼外，實際也是破壞封建統治的秩序，不與統治階級同流合污的一種表現。

農民革命看來是較爲散漫的，這是包含着一些錯覺與誤解，實際完全不是這樣子。從《水滸》中所反映的看來，組織是嚴密的，林冲上梁山，是柴進推薦的。青風山、白龍廟衆英雄的上梁山，都是宋江推薦或聯絡的。梁山根據地形成後，戴宗下山，以訪公孫勝爲名，實際是物色和聯絡江湖英雄。梁山此後又從各個運動中吸收人才。在《水滸》中，江湖英雄上梁山都不是隨隨便便的。他們的上梁山，都是通過一定的關係的。武松上二龍山，是拿了張青、孫二娘的薦書去的。從這一意義説，武松上孟州府，先寫他經過十字坡，以後殺了都監衙門中人，重回十字坡來；是與林冲上滄州，先經過柴進莊上，風雪山神廟後，又回到了柴進莊上，得了薦書，混出關去，有同一用意的。

十字坡這節書，在蘇州書中有很大的發展。孫二娘父親受官府陷害而死，張青勸説孫二娘，欲報父仇，且暫等待。"那時千軍萬馬過鄆城，宋室江山要換主人。"因而在此十字坡開設做眼酒店。武松發配經此。差役到來，調戲孫二娘，孫二娘用蒙汗酒與他倆飲了。武松到來，寬待他；不給他喝。説出什麼三賣三不賣，引出誤會，而打店的。誤會消解，相互結幫。較《水滸》的描寫，就更有説服力了。

乙、快活嶺

《水滸》中寫施恩在快活嶺的經營，有着這樣的一段描寫的："小弟此間東門外，有一座市井，地名喚作快活嶺。但是山東、河北客商們，都來那裏做買賣。有百十處大客店，三二十處賭坊、兑坊。往常時，小弟一者倚仗隨身本事，二者捉着營裏有八九十個棄命囚徒，去那裏開着一個酒肉店。都分與衆店家和賭錢兑坊裏，但有過路妓女之人，到那裏來時，先要來參見小弟，然後許他去趁食。那許多去處，每朝每日，都有閒錢，月終也有三二百兩銀子尋覓，如此賺錢。"看來施恩在快活嶺的買賣經營，剝削是很重的，而且是有超經濟的剝削。武松幫助施恩，奪回了快活嶺。書中又有這樣的描寫："自此施恩的買賣，比往常加增三五分利息。各店家並各賭坊、兑坊，加利倍送閒錢來與施恩。施恩得武松爭了這口氣，把武松似爺娘一般敬重。施恩自此重新霸得孟州道快活嶺。"我們自然不能單純地用階級觀點來要求武松，當用歷史唯物主義的觀點來看這問題的。施恩那樣的經營，當時說來，還是合法的。而蔣門神依仗官勢，聚集狐群狗黨，霸占快活嶺是非法的。武松幫助施恩，打了蔣門神，奪回快活嶺還是正義的。但問題就在這裏了，從施恩與蔣門神鬥爭的矛盾性質來看，似乎可以說是一霸鬥一霸的。蔣門神是惡霸，施恩似乎也有些惡霸氣息的。施恩占着快活嶺，《水滸》稱爲"霸着""重霸"，也是剝削人民的，祇是較蔣門神稍爲輕微而已。這就反映宋元那個時期裏，藝人創作這一節書的思想水平。當時的群衆聽這一節書，可能是還感覺不到有多少問題，也就反映了那時期人的思想局限。施恩與蔣門神的矛盾性質，是與武松的反蔣門神的鬥爭的正義性的發揮密切地結合着的。隨着社會的發展，人民覺悟的提高，這一節書在近代藝人的再創作中，就有了發展。杭州的傳統節目就是這樣寫的。書中突出了蔣門神的惡霸形象。施恩是個十分善良的人，文縐縐的。施恩有個哥哥，喚作施達。這人喜愛拳棒。蔣門神原是金華那邊來的拳棒教師，打賣街拳。施達愛他的本領高強，拜他爲師。行教三年，蔣門神看快活嶺可賺錢，遂向施家借取白銀三千兩，開設酒館、戲館、賭館、妓館和拳館。爲了圖賴此錢，暗中又謀害施達性命，施恩義憤填膺，意欲替兄報仇。向官府控告，官府是與蔣門神狼狽爲奸的，必然翻在他的手中。兩人較手，施恩哪裏打得過他。施恩要反抗鬥爭，這樣就請出了武松。這樣寫，蔣門神是個十足的惡霸，而施恩是善良的人。施恩替兄報仇、反霸，是十分正義的。矛盾的性質就變了。武松原是在陽穀縣替兄報仇的，今來孟州府，聽到施恩說出這樣一段話來，自然是十分同情他；願意"路見不平，拔刀相助"。在宋元時代，一位英雄，幫助弱者來打強者不失爲俠義的行爲。《水滸》這樣來處理快活嶺還是好的,但《水滸》故事,在民間不斷流傳,藝人一代代地説下來,歷元、明、清以至今天,人們在痛恨蔣門神,同情施恩,總覺得以一霸來反一霸,這樣的鬥爭,它的意義是不大的。隨着人民覺悟的提高,人民的思想感情在作品中更多地概括和反映進去,這樣就促使蔣門神與施恩之間的矛盾性質改變了,情節結構隨着也有了發展。這矛盾性質就衍變爲善良的受迫害者的反抗壓迫者的鬥爭了。這是人民群衆願望的體現,是人民的疾惡揚善的精神的發揚。這一衍變,可以説是社會發展、人民力量抬頭的結果和標幟。從創作來説,它的思想内容是大大地提高了一步。這裏也可看出《水滸》故事在民間是沿着現實主義的創作道路在繼承與發展着的。

丙、孔家莊

一個英雄人物,有他自己的習性,或者説有些脾氣,這是不足爲怪的。《水滸》中寫武松是有些蠻氣的,有時就不問對象,忍不住氣,就使起性來。《水滸》寫武松在孔家莊與孔亮的糾紛,就帶有這樣的色彩。概括説來,武松到一個酒店喝酒,看到青花甕酒和鷄肉之類,十分饞涎。店家因是人家自帶來的,不便賣與他。武松就跳將起來,把那店主人打了踉蹌,孔亮看了不服,跳身起來,指着武松罵。我們看這節書,很難説武松是正義的。它的思想意義是不大的。這節書,在近代的流傳中,思想内容就有所發展。概括説來,武松聽説官府在畫圖形捉他,把百姓騷擾得不得了,武松因想早日上二龍山去,好讓官府知道。這日到了一個鎮上,祇見内屋廳上,燈燭輝煌,擺着豐盛筵席招待公子孔亮。店家道:"這公子莊上養着兩百隻獵狗。每年冬季是要出來打獵的,鎮上不堪其苦,請出這四位老丈向他懇情,可否少放些狗出來。孔亮卻説:'要貼錢一月兩百兩。'大家拿不出這許多錢,再三懇求,孔家不肯退讓。目下是第三次請客了。"店家説話,孔亮已經看見，心頭不樂。店家送菜進去，一言不合，孔亮出手就打。武松憤憤不平，竄跳進去，還打孔亮。武松與孔亮的矛盾就揭開了。

武松的俠義性格，塑造得更爲完整了。顯然，武松的怒打孔亮是正義的。這樣的再創作分量是較《水滸》要重許多了。

武松的俠義故事，在民間流傳已有一千年左右了。宋本《醉翁談録》中就載有《武行者》的書目。宋周密的《癸辛雜識》及宋元間的《宣和遺事》都有關於武松的記述，羅貫中、施耐庵就總結了宋元間的武松故事，根據那時的條件，把書的思想內容與藝術表現推到了高峰。但這高峰並不是等於説已經盡善盡美，後世再也不能繼承與發展了。民間文學和作家文學不同，它不是定型的，是集體的創作，是隨着社會的發展，而不斷地發展的。能發展纔能繼承，能好好地把近代的武松故事記録下來，加工潤色，經過一定歷史階段的培植、滋長，是可能再出現新的高峰的。那一定是後來居上的。好自爲之，就是看我們自己而已。

（原刊《水滸爭鳴》第二輯，1983年）

編者説明：本文據原刊並參油印稿、打印稿録編。劉録稿附記云："此文從1959年8月至1983年8月《水滸爭鳴》第二輯刊載，中間修改多次，有抄寫稿、向建校36周年獻禮稿、油印稿、講座稿，還有《通俗文藝論叢》（北嶽文藝出版社1986年）等版本，字數不相同，內容大致同。"

從民間口頭創作到《武松演義》

　　章回小說《武松演義》增訂本，浙江人民出版社出版（1980年1月新一版，以下簡稱《演義》），這書是我勾錄茅賽雲同志的評話演出，再創作而成的。小說素材基本上源於杭州評話"武十回"，但由於茅賽雲說的武十回書，從武松回陽穀縣銷差，靈前殺嫂開始，打虎、遊街諸回，衹是簡單地表幾句，因此這部分的素材，是從前輩藝人王少堂先生的揚州評話"武十回"吸取過來的。

　　評話"水滸"是我國民間文學寶庫中的一份寶貴遺產。我們應該給以珍視和研究，使之推陳出新，古爲今用，成爲人民的精神食糧。《演義》就是試將評話再創作成章回小說的一個嘗試。但把書場演出的評話改爲書面讀物，對於素材的取捨，人物性格的刻畫，故事情節的安排，藝術手法的運用和文字語言的洗煉等等，需要根據不同的特點，重新加以考慮。因此，傳本《水滸》、民間"評話"和小說《演義》所傳、所說、所寫的"武十回"三者比較起來，它們所顯示的思想內容、藝術境界和現實意義也就有些不同。這裏，先分三點試談一下。

一、民間評話與水滸

我國的民間文學是豐富多彩的。關於民間文學，人們一般重視神話傳說、民間故事、民謠、民歌等，但把視綫擴大開來，評話這樣的曲藝應該也是屬於民間文學珍惜之列。

評話的鄉土生活氣息濃厚，一直深受群衆的歡迎。唐宋以來，說唱藝術發達，說話人在瓦肆、茶館、集市、廟會中演出，有時記錄下來，幫助記憶，便於發揮和傳授學徒。這種本子稱爲話本。因爲評話是民間的口頭創作，有變異性。說話人今天這樣說，明天就可那樣說了；這個場子這樣說，換個場子那樣說了。從歷史發展角度看，反映時代聲音的口頭創作，它的思想內容是不斷水漲船高的。評話聽衆在鑒賞評話藝術時，常會根據他們的生活經歷和認識水平，對書中人物、情節進行剖析和評價。藝人在演說中也會遵循聽衆的要求和願望，結合自己的文化素養和創作經驗，不斷改編和摻入新的東西。武松故事，南宋以來八百餘年，一直在民間廣泛流傳，說話藝人反復演出，世代相傳。記載宋代說話伎藝的《醉翁談錄》杆棒類中已有“武行者”的節目。當時演說內容，難以盡悉。但從《癸辛雜識・續集上》所錄龔聖與作《宋江三十六人贊》上，尚可探索一二。“行者武松”贊云：“汝優婆塞，五戒在身。酒色財氣，更要殺人。”武松是一位優婆塞（梵語音譯，意爲未出家的男性佛教徒），不守五戒，突出不守殺戒。武松鬥爭性強。武松“好酒”，不守酒戒。這在《水滸》中有所反映。武松在打虎、打蔣門神和打孔亮前都喝過大量的酒。武松開打，是仗酒壯膽的。武松“好色”，不守色戒。南宋說話中是否有這些情節，難於斷定。評話中有說和尚採花的，但說正面人物，特別是塑造英雄形象，群衆不很歡迎。《水滸》中寫矮腳虎王英好色，揶揄他的缺點，這個人物並不高大。早期民間傳說武松有妻賈氏，《水滸》中已無痕跡可尋。《水滸》寫武松是個頂天立地的好漢，絕不近女色。潘金蓮戲叔，武松嚴詞呵斥。武松"好財"，不守財戒。傳說記述，也無痕跡。武松任性使氣，在《水滸》中表現尚多。如二十三回，武松在柴進莊上，"性氣剛，莊客有些顧管不到處，他便要下拳打他們"。在三十二回，武松"叉開五指"，"把店主人打個踉蹡"，這些都顯示了他的江湖習氣。但武松這"氣"，逐漸演變成為"俠氣"。從這"五戒"來看，武松的形象塑造，在故事流傳中，不斷有所揚棄，有所發展。到繁本《水滸》出，武松故事基本上定型下來，人物形象也有了一個飛躍。武松故事定型後，民間口頭創作，並沒有被《水滸》所替代或限制，而是繼續發展。到了近代，武松故事又有一個飛躍的發展。如將《水滸》中的"武十回"與評話中的"武十回"相比，將會發覺《水滸》不免顯得筆墨粗獷，人物形象勾勒簡單，細節渲染不足。因此，如將評話武松精雕細作，再創作成章回小說，內容可能比《水滸》豐富，武松形象也會飽滿得多。《水滸》在封建社會中苗長，難免沾上一些封建主義的灰塵，評話也是如此。如《水滸》中所寫的"招安之說"與"宋江服毒自殺"，魯迅先生在《中國小說的歷史的變遷》中指出，就是受着時代的影響。"其中招安之說，乃是宋末到元初的思想，因為當時社會紛亂，官兵壓制平民，民之和平者忍受之，不和平者便分離而為盜。盜一面與官兵抗，官兵不勝，一面則擄掠人民，民間自然亦時受其騷擾；但一到外寇進來，官兵又不能抵抗的時候，人民因為仇視外族，便想用較勝於官兵的盜來抵抗他，所以盜又為當時所稱道了。至於宋江服毒的一層，乃明初加入的，明太祖統一天下之後，疑忌功臣，橫行殺戮，善終的不多，人民為對於被害之功臣，表同情起見，就加上宋江服毒成神之事。這也就是事實上缺陷者，小說使他團圓的老例。"評話聽衆中有很多是小市民，藝人有時爲了迎合他們，演説中不免夾雜着一些庸俗低級或迷信的東西。如果不加剪裁、潤飾，不僅思想性會受到局限，而且文字嚕囌，藝術感染也將大大遜色。"武十回"中武大郎兩次鬼魂出場，雖是寫武大郎死不瞑目，做鬼也要復仇。但如過於渲染，不作正確處理，那將會獲得相反的效果。

二、《武松演義》對《水滸》及評話"武十回" 的繼承與發展

《水滸》自然是不朽的文學名著。但所寫的武松故事，不能説已經盡善盡美，是個頂峰，再也不容許繼承與發展了。關於"武十回"書，這裏提出一些問題討論一下。武松醉打蔣門神，施恩義奪快活嶺一節，《水滸》是這樣介紹施恩在快活嶺的經營的：

> 小弟此間東門外，有一座市井，地名喚做快活嶺。但是山東、河北客商們，都來那裏做買賣。有百十處大客店，三二十處賭坊、兑坊。往常時，小弟一者倚仗隨身本領，二者捉着營裏有八九十個棄命囚徒，去那裏開着一個酒肉店，都分與衆店家和賭錢兑坊裏。但有過路妓女之人，到那裏來時，先要來參見小弟，然後許他去趁食。那許多去處，每朝每日，都有閒錢，月終也有三二百兩銀子尋覓，如此賺錢。

可以看出：施恩在快活嶺不僅經營買賣，而且仗勢剝削人民，可稱一霸。武松幫他奪回快活嶺，但它的實質，祇是表現了剝削階級内部"大魚吃小魚"的鬥争。正如《水滸》二十九回目所標的："施恩重霸孟州道。"蔣門神、施恩兩個都有霸氣，祇是施恩的剝

削比蔣門神稍輕一點而已。在《演義》中突出蔣門神惡霸形象，而施恩是一個十分善良的人，文縐縐的，施恩的哥哥施達，喜愛拳棒，拜蔣門神爲師。蔣門神看快活嶺可以賺錢，向施達借銀三千兩，開設酒館、戲館、賭館、妓館和拳館。爲了圖賴此銀，暗害施達性命。施恩悲憤填膺，意欲替兄報仇，衙堂控告，深知蔣門神同官府勾搭，狼狽爲奸，必然翻在他的手中。兩人交手，施恩鬥不過他，因而請出武松。施恩替兄報仇，反霸，完全是正義的。武松仗義勇爲，爲民除害，打倒蔣門神，真是大快人心。這一情節的演變，體現了人民群衆的願望，也使武松形象更爲高大起來。

特別《演義》中的細節描寫，也曾注意人物的身份、性格及其内心世界，進行了一些改寫。在評話《武松》中"打虎"的酒店一節，有着巨幅描寫。這段描寫可以說是一幅生動的社會風俗畫。藝人對當時的市井世態，風俗人情，說得惟妙惟肖，活龍活現。店中出現三個人物：小老闆、小二和老東家。小老闆和小二爲了武松酒錢餘額爭吵起來，被寫了數千字。武松會酒賬四錢五分，卻信手撚出一兩五錢多一塊銀子。小老闆看客人醉了，以多報少，說一兩還欠一分。武松問銀是多還是少？小老闆說："稍微多些。"武松說："多就算了，賞給小二吧！"小二聽着歡喜，連忙道謝。小老闆與小二就爭吵起來。小二知道這塊銀子不止九錢九分，說道："客家說的，餘多的賞了把我哩。你這個東家不派領賞，該派我們小二領賞呀！客人剛纔吃了四錢五，這塊銀子九錢九。你把這塊銀子直接給我，我呐，就把這四錢五分銀子酒賬給你。"小老闆說道："你這人太嚕囌了！我告訴你。嘿，這塊銀子九錢九，客人吃了四錢五，餘多的賞了你。嗯，找個五錢四賞給你，不是一樣子嗎？"一個說："啊！不，不，不，不，你把這塊銀子給我，我找了給你！"一個說："你找我，我找你，還不是一個說法！"兩人各懷鬼胎，各爭便宜，爭個不休。最後，老東家來打圓場。小二肯去追回武松，多餘的銀子就歸小二。小二貪圖銀子，便追武松，卻被武松推了一跤，受了重傷。幸虧老東家和善，把銀子賞了小二。小二回家養傷，卻將銀兩花光了。這段細節描寫，聽者往往捧腹。但這"書外書"究竟有多少現實意義，值得考慮。

《演義》中注意刻畫小老闆的膽小貪財。"岡上出了猛虎，膽子就更小了。白天拉屎撒尿不敢出門。晚上，前門上閂，後門加鎖，還要小二替他守夜。睡着不放心，睏不好，白天就打瞌。店裏生意清淡，且有小二照顧，小老闆原是好到房裏去睡，但怕有客人來，小二趁機撈錢，放心不下。祇好抱着錢筒，伏在帳桌上。忽聽武松一聲笑，"嚇得他溜到桌子底下，渾身不住地發抖，覺得天昏地暗，日月無光了。心想：這遭完了。緊抱錢筒，死不放手"。小老闆見武松喝得醉時，一方面怕吃武松的拳頭，一方面利慾熏心，尋思渾水摸魚，暗示小二酒中摻水。棺材裏伸手，死要錢。武松醉後出門，劉老頭責問，明知岡上有虎，客人出門，爲何不加攔阻？小老闆着慌，既怕醉漢被老虎吃了，陽穀縣來查問，吃罪不起；又怕醉漢回來，把這房子燒了，酒旗撕了。這些描寫表現小老闆自私自利，唯利是圖。店小二表現兩樣。當劉老頭提醒武松要上岡時，"急得直捶頭"，罵自己"該死"，"怎麼把老虎傷人的事忘了"。店小二拔腳就追，小老闆還想攔時，店小二説道："人家性命要緊！"這樣描寫把店小二的善良性格顯示出來了。

渲染老虎凶猛，一般都用誇張手法。但用這一手法有個原則，應從事物的真實性出發，掌握它的本質，科學地加以誇張。出於意料之外，卻在情理之中。否則，藝術效果就不能使人相信。

評話《武松》對於老虎的誇張，看來有些脱離實際，弄得稀奇古怪。

與其説是運用誇張手法，還不如説把它神化了。神則神矣，但人家不敢相信這是人間的一隻猛虎。這虎"嗎啊一"一聲,凡人武松二十四根肋骨怕是吃不消的。這隻老虎祇好擺進"靈怪"書中,讓天神天將前來降伏。這樣誇張會衝淡作品的真實感。

《演義》描寫虎威,注意做到"誇而有節":

> 那老虎從洞裏爬將出來,望着皎潔的月亮,肚子正餓,恨不得把那月亮一口吞了。兩腳一伸,背脊一拱,躥跳出來,一聲咆哮,震得山鳴谷應。野草慌忙點頭,滿山的紅葉,好像都被震上了天空。偌大的一片荒草,被虎翻躥過去,一下子全踩平了。……

> "吼!"又是一聲咆哮,像晴天裏起個霹靂,震得那山搖地動。……

> 它身如犀牛,頭如笆斗。兩耳豎,兩眼突,眼如銅鈴,閃閃發光。張着大口,扯開四爪,翻撲過來。……

這樣描寫似乎可將這老虎的凶狠的形象、貪婪的神態、躥跳的凶勁和咆哮的聲音,再現在讀者眼前,使人有些不寒而慄。這不是一般的野獸,而是一隻凶猛異常的吊睛白額大蟲。

三、關於武松形象的塑造

藝人說書,一般說武松經過景陽鎮時,是作爲武松上景陽岡的一個過程來寫的。武松在鎮上喝酒,重點放在"三碗不過岡"的細節描寫,突出一個"酒"字。武松喝醉了酒,酒壯人膽,上景陽岡去打死了這隻斑爛吊睛白額猛虎。《演義》寫武松經過景陽鎮,點子注意放在擺開矛盾。一面寫虎災,顯示老虎的凶猛;一面寫武松的高大,暗示他的能爲。造成讀者懸念:這樣一隻猛獸,祇能由這樣一個英雄來打。旗鼓相當,一廝鬥,確實緊張,好看煞人。武松上景陽岡去就是解決這個矛盾。景陽鎮擺開矛盾，景陽岡解決矛盾。那麼，寫景陽鎮實爲寫景陽岡服務的，兩者有着內在的邏輯關係。從這角度看，就老虎一面寫：武松一到景陽鎮，"祇見券洞門中間攔着丈許高的一道木柵門，隔柵望去，鎮上冷冷清清，人影悄然。"便寫虎災："這景陽鎮是行旅要道，原是熱鬧所在。祇因岡上出了猛虎，人就不敢居住來往。有錢的，逃到城裏去了；……有三種人家，生活最苦。一是莊戶人家，自從岡上出了猛虎，白天祇有兩三個時辰可以下地幹活，還得結伴而去。這樣，莊稼就荒了不少。一是開店的，客商聽說岡上出了猛虎，都寧願辛苦兩條腿，寬些路，繞道而過，這鎮上生意頓時冷落了。一是獵戶。……陽穀縣主假意對百姓仁愛，不問情由，命令他們限期捕獲。到期繳不了差，上大堂去領受一頓板子，打得皮開肉綻。"接着寫鎮上人的怕虎："岡上出了猛虎，膽子就更小了。白天拉屎撒尿不敢出門。""豬、牛、羊不知被它吃了多少！過往客商也吃了好幾個，莊稼人多有咬傷的"等。就武松一面寫：武松一進酒店，便寫他的高大，一聲大笑。小老闆耳門裏祇覺像雷炸一般，"以爲房子塌了，慌得向帳桌下鑽去"。店小二看這客人"坐着比別人站着還高"，尋思：怪不得他的笑聲這樣洪亮。於是寫武松吃酒吃肉：把大盤牛肉，二十幾個鹵蛋、大盤饅頭都裝下肚去，又喝了十八碗酒，碗都堆了一桌子。武松乘着酒興，踏上岡去。一路寫他的心裏活動，内心世界。"那麼就旋身去尋那老虎吧。自覺跟有武藝的人交手，有些經驗。老虎沒有見過，怎樣開打呢？看看手中的哨棒，搖搖頭，想這太不得手了，玩得不好，性命送了。千里迢迢回家拜望哥哥，哥哥沒有遇見，先喂了老虎！這麼一想，武松又躊躇了。"這時武松"忽聽哭聲隨着風聲，一陣陣飄過來。山風呼呼地吹着，白楊樹嘩啦啦、嘩啦啦地響着。暮色之中還看得出山神廟旁堆了幾堆新墳。武松想着自己是苦出身的,如果能把這虎打了,也算是除了一害。想到這裏,武松忽然覺得渾身是勁。銀牙一咬,緊握哨棒,嘴裏喊着:"倒要會會這隻大蟲!"噠、噠、噠直向岡頂奔去。刻畫武松形象高大,暗示這樣一位好漢,定能打得這樣一隻斑斕猛虎。

從前藝人說書,對於武松的形象塑造,除手勢表演外,口頭上一般祇簡單地說:看來一身英雄氣概。這種缺乏具體描繪,而在不同場合裏又經常重復地說,就顯得雷同和缺乏變化。《演義》再創作時,我考慮武松肖像在不同場合、不同人物的視綫中,應有不同的反映。"山東東平府清河縣人氏,姓武名松,排行第二。長得肩闊腰圓,體格魁梧,眉如刷漆,目似朗星,鼻若懸膽,牙如排玉。江湖上因他武藝高強,相貌英武,與二郎神相仿,稱他爲灌江口武二郎。"這是江湖上對武松總的贊美。"這人身軀凜凜,相貌堂堂。一雙虎目似寒星,兩條劍眉如刷漆。胸脯橫闊,有萬夫難敵之威風;意氣軒昂,有千丈淩雲之壯志。"這是陽毅縣主在看武松,因而使他心中自忖:"際此亂世,人才難得,不是這個大漢,怎地打得這隻猛虎? 他如能做俺的心腹,在俺縣下,大有用處。"武松在潘金蓮看來,觀感不同,又是一種想法:"身材凜凜,相貌堂堂。思想:一母所生的兄弟,二郎卻是這般高大壯健。""堂堂一表人才,打虎遊街,何等威風。弟兄相逢,奴家門前也頓時熱鬧、顯煥起來,人家再不敢輕覷半點。左思右想,月老這根紅綫竟是繫錯了,奴家這段姻緣,應在這裏。"潘金蓮陡起淫邪之念。"身有魁岸之容,面無風塵之色","精神飽滿,器宇軒昂"。這是惡霸西門慶、蔣門神以及蔣門神的歹徒們眼中的武松。這批傢伙看着武松,尋思:來者決非尋常之輩,萬不可小覷於他。不免暗自吃驚,幾分膽怯霎時襲上眉頭,甚至神志恍惚,坐臥不安。武松在周侗看來:"雙眸直竪,遠望處猶如兩點明星;兩拳緊握,近覷時好似一雙鐵錘。腳尖飛起,深山虎豹失精魂;

拳頭落時，窮谷熊羆皆喪魄。"思量這人拳腳穩健。可以練習武藝。武松在施大鵬看來："祇見武松生得虎背熊腰，精神萬倍。心裏暗暗稱贊：景陽岡打虎英雄，果然名不虛傳。"心中盤算：這人定能替他兒子施達報仇，打倒蔣門神，奪回快活嶺。這樣不同的描繪和烘托，武松的形象就豐滿多了。

武十回書，"虎起龍落"。打虎是武松亮相，表演武松的鬥爭性就從打虎開始。武松今日打了山中猛虎，明日便打人間猛虎。在武松面前，陽穀縣出現贓官、惡霸；孟州城又出現了贓官、惡霸，一處比一處厲害。武松打西門慶和蔣門神這兩扇門，是從個別鬥爭開始的。上了二龍山，便轉入參加集體的鬥爭了。武松在江湖上流浪，沾染到一些江湖習氣，也受封建統治階級思想的侵襲，願爲統治階級服務。但武松的本色，是路見不平，即拔刀相助。他的性格與官府的醜惡，是水火不相容的。因此，他終於在願爲統治階級服務的道路上分裂出來，而奔向農民革命。武松發配孟州，第一次經十字坡時，孫二娘勸他："倘肯落草時，推薦上二龍山寶珠寺入夥如何？"武松這時對統治者還存有幻想，就婉言謝絕説："這倒不必。俺不向孟州府投案，成爲逃犯，這很不好。在孟州守法三年，光陰迅速，罪滿可以回歸山東。"孫二娘看他没有"落草"意圖，也就不多談了。待武松大鬧飛雲浦、血濺鴛鴦樓後，再到十字坡時，孫二娘薦他上青州二龍山去"安身立命，建功立業"。武松就五體投地，樂意聽從。在這時刻，《演義》安插了《孫家店再晉英雄酒》半回書，承上啓下。用現代話説：就是對武松過去的行事來一總結，對他今後提出新的要求。使武松的認識提高一步，從而使他在農民革命的戰鬥中起的作用更大。孫二娘爲武松斟了一盞酒，祝賀武松："早上二龍山，振興山寨，救民水火，做一番驚天動地大事業。"武松驀地感從中來，悲憤填膺，仰天長籲，並不接酒。自覺可算得一名英雄好漢，今日卻要遮三掩四，喬裝打扮，好不慚愧人也。孫二娘怕武松受不起挫折，撐不住氣。這天翻地覆的事，如何能擔當得起？因而冷笑一聲，反問請教武松，怎樣好算英雄好漢？把武松打虎、殺嫂、殺西門慶、打蔣門神、奪快活嶺、殺都監衛門諸事細細地掂量一番。孫二娘指出："祇管要出胸中那口恨氣，怎能拯民水火，除暴安良？"武松聽了，仰天大笑。孫二娘便説江湖上所謂英雄好漢之事，囑他："不棄爲嫂一言，滿飲此杯。"武松離席謝過，舉杯一飲而盡。此後武松牢記孫二娘的言語行事。武松"夜探蜈蚣嶺"，剪除鐵腳頭陀李二僧，飛天蜈蚣王道士；在雙日鎮打孔明；風格、境界比前提高了一步。這樣，武松邁開腳步，在雪天中行走，曉行夜宿，趕趕行程，與魯佛爺比武，上二龍山安身立命去了。

《演義》在民間評話的基礎上，進行再創作，祇是一個嘗試，提供一些從民間素材創作小説的借鑒。

我們國家民間的口頭文學十分豐富，祇要我們不去束縛自己的手腳，解放思想，破除迷信，一定可以創作更多的符合於我們時代需要的作品。

（原刊中國民間文藝研究會浙江分會編

《民間文學研究文集》，1982 年 7 月）

編者説明：本文據原刊和打印稿、代抄稿録編。

聽陳國昌開講《水泊梁山》後

不久以前,在(杭州)鏡春園茶館聽了陳國昌開講的"水泊梁山""武十回"一段,我感覺内容十分豐富精彩,陳老先生的說書是有它的藝術特點的。這裏我粗淺地提出幾點。

詩詞駢文韻語的運用

陳老先生說書,醒木一拍,先念古風或詩詞一首,謂之開篇。聲音較輕,而後接着說正文,聲音漸漸響朗起來。滔滔不絕地說下去。說到山水景物,要描寫一下;說到人物出場,要刻畫一下;說到開打,要形容一下;往往念誦一段駢文韻語,配合手勢,邊念邊演,動作快捷,精簡有力。譬如武松在孟州府,施恩二公子款待他。武松不明所以,反覺沉悶。施福施壽領他遊園,武松過迴廊,走曲橋,接着有一段駢文韻語描寫園中景致。說到火燒逍遙館時,用一段駢文韻語來描寫火勢。人物出場,各人的衣飾、氣派都不同,也先念誦一段駢文韻語來描寫一番。開打場面,騰跳蹦踵,邊演邊說,也都通過說一段駢文韻語來表現。書說到相當時候,場面闊大,頭緒紛紜,需要收縮一下。群山繚繞,百川歸海,有時用一兩聯話,承上啓下,來收縮轉折。說到凝重的時候,有時吟詩一首,使聽衆注意力集中。詩詞辭句,典雅曉暢,比知識分子所用的書面語活潑得多。書中運用的散文也起一定作用。譬如武松打戲館,臺上演金沙灘救主一出,武松看不懂,動問老丈。老丈告以薛平貴生平事蹟,用散文語說出。言簡意賅,短短幾分鐘,足抵一篇傳記;武松向張都監追述經過時,都是大處落墨,氣勢壯闊,疏密得體,適可而止。書不從頭,話不囉嗦。我感覺多量的而又適當的運用詩詞駢文韻語來說書的,這可以說是杭州大書的優良傳統,是杭州評書的特點之一。《水泊梁山》這部書,是杭州許多代藝人的心血結晶。從內容看,是與郭勛本《水滸傳》有血緣的。我們應尊重這一成就。

人物錯綜呼應,有條不紊

一般認爲《水滸傳》的結構比較鬆散,"武十回""宋十回"等等好像是一節節接上去的。實際"水滸傳"的結構並不是這樣。陳老先生說的這一部《水泊梁山》,人物出現,有明場,有暗場,揮手而去,彈指即現,十分靈活。譬如"武十回"中,重點說武松,但書中牽涉的人不少,前後是有機地組合着的。譬如武松在獅子樓與西門慶廝殺,插入當時觀眾的描寫,引出施恩和胡正卿、秦明;武松轉配青州,路過十字坡,插入石勇。快活嶺逍遙館前添說賣拳人薛永,接着塑造蔣門神的許多教師形象。最後蔣門神出場,夾寫河北田虎、淮西王慶,遙應後水滸情節。武松被張都監陷害,插說秦明派黃信來孟州捉拿張都監、張團練、蔣門神。不曉他們這時已被武松殺死。黃信找武松不着,回青州。這時秦明已上梁山。這件公事就此脫案。這些情節,看似枝葉,但處理得好,人物錯綜發生關係,使水滸結構複雜化。一部書,拆得開,拼得攏,緊密在一起,形象又十分完整。所以這一部《水泊梁山》,是郭本《水滸傳》的進一步的發展,應該是同樣或更加重視的。

隸事用語典雅

說書用口頭語，但同時也用成語、經書語。用成語、經書語，這在陳老先生書中是較多的。從這裏我們可以推見過去評話的寫作風範以及說書用語的衍變。譬如武松隨同施福施壽遊山，一路上碰到許多犯人在拉石車。武松問他們，犯人說："官廳老爺，你福氣好。這叫朝內無臣莫做官，手內無珠莫托盤。你是有福之人人服侍，我們是無福之人服侍人。正是素富貴行乎富貴，素貧賤行乎貧賤，素患難行乎患難。"又如施恩遙見金毛太歲、溜汪汪等在飛雲浦，勸武松不要去，武松說："兄弟，不入虎穴，焉得虎子。明知山有虎，扮作採樵人。我是一定要去的。"書中有時插進一些東西。譬如，武松打賭館時，插說骨牌，無異一篇骨牌賦；武松三上逍遙館，大和尚來吃齋，運用許多佛語，刻畫大和尚暗中吃葷，深刻細緻；接着說和尚、風水、醫生、秀才、遊客五人行酒會；蔣門神開拳館，羅列十八般武器，背誦如流；薛永賣拳頭，賣膏藥，醫種種瘋症，說一套江湖術語，這些似乎是玩意，實際是更廣闊地反映了那時社會的生活面，也豐富了聽眾的知識。

深刻的思想內容

陳老先生的書中，有許多是《水滸傳》書中沒有的，但改添得好。武松大鬧飛雲浦、血濺鴛鴦樓後，逃到十字坡。間中與孫二娘談論英雄好漢："孫二娘問武松是不是英雄好漢。武松想英雄好漢，我總好算了。二娘說，二叔那麼你說說看。武松說了許多，自逃到柴進莊子上一樁樁說起，'路過景陽岡，人稱三杯不過岡，我飲了一十八杯酒。三拳兩腿，打死斑斕猛虎。算不算英雄,道不道好漢?'二娘説:'二叔,我問你,你打虎,是爲了猛虎是岡上一大害,奮不顧身,爲民除害;還是喝酒醉了,人無害虎意,虎有傷人心。你是爲了保全性命,不得不打個?"武松一想倒是個,"二嫂那麼我上東京,闖高俅府,討回公文。算不算英雄,道不道好漢?""二叔,那更差了。你上東京,上不爲國,下不爲民。怎算英雄好漢!"武松一想是的,"那麼,二嫂還有……"武松一椿椿説下去,都給孫二娘批駁了。這一碗英雄酒武松倒喝不落去。武松心中十分氣悶,説:"人未要學的。不是生而知之,要學而知之。總要做英雄好漢纔是。"孫二娘最後説出一番道理,勸他上二龍山落草,做個英雄好漢。這一段對話,分量極重,用現在話説,就是對武松的往事作一番分析,在武松人生道路上是一個轉折點,這就説明陳老先生書的内容深刻。深刻的思想内容通過生動、具體的形象來表現。這可以説是思想性與藝術性的結合。

　　杭州説書有它光榮的傳統,成就極高。可是在今天還没有得到應有的重視。自然,今天一般對於曲藝的看法與前幾年不同了。但應該説,重視得還不夠。就説書論,一般祇從文娱及教育宣傳的角度來看它,還没有提高到從文藝創作及文化遺産這一角度的高處來重視它。我感覺向陳老先生學習,是可以學到許多東西的。我們應十分尊重這一份文化遺産。

　　　　　　　　　　　（原刊《杭州日報》,1956 年 12 月 11 日）

　　編者説明:本文據原刊和手稿録編,手稿末括號内有"十月四日寫"字樣。

談王永卿說《水滸》

去年冬天，我在（杭州）喜雨臺聽了兩次王永卿先生說的《水滸》，覺得他說的書對話精練、形象鮮明、氣勢雄渾、流暢自如，在思想內容和藝術特點方面都有相當高的價值。

這兩次書，一次是說安道全治宋江蜈蚣發背，一次是說史文恭磚硯擊金侗。治蜈蚣發背這一情節，安插在梁山泊攻打大名府戰役的中間，二打之後，三打之前。這時正是梁山泊整頓隊伍，準備掀起更大戰役之時。由於寨主宋江忽罹嚴重外症，傳令收軍，由大名府急還梁山。梁山弟兄都關懷着宋寨主病，冒着危險請醫撮藥把宋江的病治好。為了讓宋江靜心療養，一些弟兄與宋寨主閒談拉呱，散步遊玩。接着舉行梁山弟兄婚事，又為梁山眷屬長輩舉行壽筵。大家歡天喜地，不覺過了百日。宋江病體已愈，精神振旺，接着操練水軍，定了將級。這時，恰當臘月初旬。劉唐、李逵下山閒散，見梁山泊居民忙着分水、送福，家家歡樂，準備過年。在水泊邊，見幾隻船上滿掛花燈，感覺有趣，就借兩盞提上忠義堂來。宋江、吳用知悉這燈船將開往大名府趕節，遂定計送燈為名，混入城中，三打大名府。這一節書，正面寫宋江之病，實際卻是寫梁山泊精誠團結，弟兄們愛戴寨主，赴湯蹈火，皆所不辭；同時寫梁山泊內部的樂觀氣氛，梁山泊居民的和平生活。

關於梁山泊的歡樂氣氛，《水滸傳》中祇有淡淡幾筆描寫。如：

> 山前花，山後樹，俱各萌芽。洲上蘋，水中蘆，都回生意。穀雨初晴，可是麗人天氣。禁煙纔過，正當三月韶華。

"喜笑而來，鼓舞而去。"這自然是寫得好的。在杭州書中，卻說得更具體、細緻，通過生活細節表現出來，還反映了梁山泊居民"路不拾遺，夜不閉戶"的風氣。宛如一幅封建社會裏農民的烏托邦社會圖畫。這是杭州書的獨特成就。陶潛的桃花源詩及記，膾炙人口，因爲它反映了人民的意志願望。桃花源中："男女往來種作"，大家勞動；"黃髮垂髫，並怡然自樂"，從老到小都很快樂；"春蠶收長絲，秋熟靡王税"，勞動成果不受剝削，真是人民的樂園。我們聽杭州書這段説話，也不輸於讀桃花源詩及記的。這種社會，正是當時人民所嚮往的。在宋人話本中，像"馮玉梅團圓"，就已有農民社會主義思想。"無糧同餓，得肉均分。"這平均主義思想就是屬於這種思想範疇之內的。在《水滸傳》中肯定了這種思想，而且有許多方面的發展。而在杭州書中，這種思想表現更爲深刻、廣大，有較多的成就。所以這一節書，作爲故事情節講，還不是重要的關節，但就思想內容説，卻是不可缺少的部分。接着寫劉、李看花燈，回忠義堂，轉出吳用、宋江定計掀起戰役。信筆寫來，水到渠成，珠走玉盤，圓轉自如。寫梁山泊便轉出大名府，真有手揮五絃，目送飛鴻之妙。

史文恭磚硯擊金佴，寫在曾莊總崩潰——百將擒文恭之前。史文恭用吊虎入巢之計，引誘梁山英雄到曾莊，用地雷火炮，想把他們連同曾莊百姓一齊燒死。那時玉皇大帝知悉，便將硯瓦打下，天空中霎時濃雲密布，大雨如注，火中且現金橋，救出曾莊百姓及梁山英雄。史文恭這樣狠毒，梁山營中商議對策，到山上去搬九節銅轟大炮來。史文恭的老師金侗爲了救曾莊百姓，便來見梁山義士凌振，要他把炮退回山寨。凌振慨然允諾。金侗又去看望他的徒弟林冲，面約如能説得史文恭前來歸順梁山，梁山不能再記一箭之仇，須要保其性命。林冲也遵命了。金侗於是轉入曾莊。史文恭得悉老師到來，知他可能阻攔其事，心中頗不樂意，但也得發令分三批排隊相迎。金侗見了史文恭，稍説了幾句，史文恭便勃然色變，後來勸史歸順梁山。説以當今豺狼當道，不如歸順梁山、待他日招安，清理朝綱，再爲國家出力。史文恭認爲方今四大寇作亂，正宜與天子分憂，豈可從賊。言語不合，史文恭最後打老師一硯瓦。這一節書，寫史文恭的頑固狠毒，梁山泊義士的渾厚仁義。林冲用兵起先是看史文恭師弟兄情誼，退讓再三；矛盾無法統一，逐布置百將擒文恭，把他活捉。史文恭的思想作爲，與官僚地主階級是相通的，有它的典型意義。這裏通過金侗與史文恭的對話，不特鮮明地塑造了一正一反的兩個人物形象，而且説明了史文恭與梁山泊的矛盾鬥爭，就是當時官僚地主階級與農民階級的矛盾鬥爭的具體體現。史文恭站在官僚地主階級的立場是頑固的，所以金侗雖以關愛徒弟的善良心腸去説服他、感化他，反被打了一硯瓦。這不是偶然的。金侗的話自然有它時代的局限性。在封建社會裏生長的人，往往希望有好皇帝，這也是真實的。杭州書中加進了這一節，使梁山泊英雄的正義鬥爭寫得更豐富了。

由林十回、武十回、宋十回、石十回等較爲個別分散的鬥爭，到轉爲三打祝家莊、打高唐州、打青州等較爲集體的大規模的戰爭，打曾頭市是水滸戰役中最大的。在打曾頭市中，加進這一節書，是可以加重梁山泊的正義戰爭的宣傳力與説服力的。因此，這一節書，在書中又是占着相當重要的地位。

杭州水滸書，自林十回到大破杭城止，我曾接觸過一些，感覺了不起。杭州書在肯定傳本《水滸傳》的主題外，還有很大的發展。這書，在杭州四十餘種書中是發展較多的一種。就情節結構說，也琢磨得更細緻，安排得更集中。思想性、藝術性也有不少提高。這一成就，是多少代藝人的心血結晶，應該加以應有的重視。

（原刊《杭州日報》，1957 年 4 月 7 日）

編者說明：本文據原刊和手稿錄編。

《水泊梁山》簡介

　　《水泊梁山》，章回小說體之創作。四十二回，四十萬字。素材吸取民間傳說，評話藝人說話，參考故書雅記，積若干年之深思熟慮，反映時代精神，寓教於樂，融合而再創作之。三易其稿，歷數十年，迄於皓首，庶得寫定。

　　嘗作《水滸傳演義》百四十回，此爲其中核心部分。以便於問世，抽出其中四十二回，先行出版。

　　書寫宋江放走晁天王後，梁山正在掀起一番驚天動地的大事業。江湖上綠林英雄盛稱宋江大德。"及時雨"威名，震於四海。宋江由是備受趙宋官府猜忌逼害。梁山弟兄眷念宋江，晁天王使劉唐下書，書落烏龍院，宋江坐樓殺惜，流浪江湖。初去孔家莊，繼來清風山、清風寨。受劉高逼害，清風山義士搭救。宋江指揮嘍軍，抵禦黃信、秦明，大鬧清風山，顯其軍事才能。江南方臘準備起義，瞻仰宋江義氣、膽識、才幹，意欲聘爲軍師。宋江念父還鄉，便遭發配，方臘追踵前來山東。宋江路經梁山，晁天王梁山弟兄苦留，宋江願去江州守法。發配路上，揭陽鎮、揭陽嶺、孔家莊、潯陽江結識各路英雄。潯陽江上與潯陽天子及諸英雄結拜，來至江州，結識戴宗、李逵、張順。方臘跟蹤一路來至江州。一日，宋江在潯陽樓頭，倚欄感慨萬千，臨風灑淚；方臘適至樓上，意欲斯會，一吐款曲。方臘覩狀，驟思宋江前過梁山時，晁天王苦留未允。自覺交誼當不及晁天王，聘爲軍師，非尋常

事,豈得魯莽。乘興而來,興盡而歸,不免悵惘。方臘酒樓躊躇一
陣,瀏覽江景,巡視之下,見壁間有題詩板,觸景生情,玩誦板上詩
詞,以詩言志,即興題詩,落樓而去。宋江覿此客官磊落,不覺詫
異,便來尋詩。詠誦之餘,卻駭此詩針對宋江而作,語多微詞。宋
江激動,以詩酬之。江雨欲來,宋江返寓。江州伴讀師爺黃文炳
適來避雨。黃與宋江有隙,見宋江詩,套着宋江筆跡,便與改詩,
宋江由是被冤下獄。戴宗偽傳梁山泊書,事發。江州知府立斬宋
江、戴宗。梁山及潯陽江各路英雄,劫法場,大鬧江州。宋江上了
梁山,與眾弟兄一同替天行道,指揮三打祝家莊戰役,凱旋回山。

此後三打高唐州、呼延灼伐梁山諸書作爲續書繼續出版。
《水滸傳》中人物,前書如:林冲、魯智深、武松、楊志,諸英雄一個
個寫,稱爲短靠書。宋江書四十二回,則諸英雄人物環繞着宋江
寫,寫其組織領導才能。此後寫三打祝家莊、三打高唐州、呼延灼
伐梁山、關勝伐梁山、三打大名府、三打曾頭市寫戰役,稱爲長槍
書。宋江書爲兩者的過渡書,革命的階段性不同,寫作筆法亦異。

水滸英雄之上梁山,各人環境不同、性格不同、經歷不同,故
上梁山方式亦不同。有的慷慨仗義,有的稱霸一方。在與宋江
結識之中,受到宋江熏陶,人物素質多有所提高與轉變。

宋江三十六人故事,源於街談巷說。故事見於書面,初被記
爲《大宋宣和遺事》。嗣有簡本,初作爲藝人說話腳本,繼有文人
加工潤色,成爲繁本,成爲文學名著。但民間傳說,仍在不斷發
展。今日又到一個新的階段,當有人出來予以總結。"欲窮千里
目,更上一層樓。"此爲歷史發展必然,亦爲人民願望。余撰《水
泊梁山》,實爲《水滸傳》長河中之一滴一勺,應自歷史角度觀點
視之,非割斷歷史而僅成爲一孤立之小說作品也。

編者說明:本文據手稿錄編。

《水滸傳》再創作散記

關於《武松演義》

北宋宣和年間，徽宗恣情酒色，不理朝政。蔡京、童貫、高俅、楊戩專權。貪官污吏惡霸橫行，人民處於水深火熱中。武松挺生草莽，結交綠林好漢。路見不平，拔刀相助。格殺贓官惡霸，爲民除害。

《武松演義》二十萬言，寫其在上梁山前的鬥爭經歷。從陽穀縣替兄報仇，殺嫂鬥慶開始，起解經十字坡，與張青、孫二娘打成相識，晉孟州，結識施恩，威震安平寨，醉闖快活嶺，獨打蔣門神；張正方設計陷害，大鬧飛雲浦，血濺鴛鴦樓。孟州府三搜十字坡，喬扮行者，混進虎牢關；上蜈蚣嶺剪除凶僧惡道；孔家莊與宋公明弟兄相會；打上二龍山與魯智深、楊志、曹正、張青、孫二娘、施恩七星聚會止。約當於《水滸全傳》第二十六回至第三十二回。

這書是杭州評話傳統節目。茅君賽雲在杭州中正街雀兒茶園和賣魚橋米市巷茶園演出時，時往聆聽，斷續兩遍。退而記述，結合自己體會，而再創之。茅君演說，余剔其素材，予以藻飾，而補綴其賦贊焉。

或曰：《水滸傳》爲家喻戶曉之作。施羅兩公振翰於前。泰岱華嶽,高不可逾。這書就可以不寫了。答曰:施羅之作,距今已五六百年矣。吾儕所處的時代,不同於前,杭州《水滸》故事,得無有隨社會發展而發展者乎?余喜聽蘇州、揚州書垂十數年矣。然亦賞杭州書"武十回"的"離版離目",循現實主義道路發展也。此書於繼承傳統中,時寓近代色彩、時代精神焉。如快活嶺一般,改變施恩與蔣門神矛盾的性質,扶正重塑施恩形象,擴大蔣門神惡勢,寫其做賊心虛,暴戾狡猾。環繞着主題思想,對情節、場面鋪張雕琢,從而進一步顯示武松的英雄與鬥爭的正義性。斯知此書之成,諒有其可取處也。這書草創於丁酉春,越一年而成,稿凡五易。寫定,敬以此為國慶十周年獻禮焉。

　　一九五九年一月無錫劉操南識於杭州道古橋杭州大學

　　北宋宣和、政和年間,徽宗道君皇帝在位,恣情聲色,不理朝政。蔡京、高俅、楊戩之徒,壅塞朝廷。遍地貪官污吏,刮盡民脂民膏。惡霸仗勢橫行,百姓處於水深火熱之中。武松生於草莽,平生仗義,結交綠林好漢。路見不平,拔刀相助。專殺賊官惡霸,為民除害。武松演義,乃闡述武松上梁山前的鬥爭經歷,從武松打虎開始,先打山中猛虎,再打人間猛虎。在陽穀縣替兄報仇,殺嫂鬥西門慶。起解經十字坡,與張青、孫二娘打成相識。入孟州結識施恩,威震安平寨,醉鬧快活嶺,獨打蔣門神,張正方設計陷害,大鬧飛雲浦,血濺鴛鴦樓,孟州府三搜十字坡,喬扮行者,混進虎牢關,上蜈蚣嶺剪除凶僧惡道,孔家莊與宋公明相會,打上二龍山與魯智深、楊志、曹正、張青、孫二娘、施恩七星聚會止。相當於《水滸傳》第二十六回至第三十二回。

　　此書是民間藝人茅賽雲同志與余根據杭州傳統節目記錄改編而成。杭州武十回書是一優秀傳統節目,循着現實主義道路發展,於承繼傳統之中寓有近代色彩。如快活嶺一段,改變施恩與蔣門神的矛盾性質。扶正施恩,擴大蔣門神惡勢。寫蔣門神做賊心虛,暴戾狡猾,環繞着主題思想,對情節場面作生動、細緻之描寫,更顯武松之英勇鬥爭的正義性。此書草創於丁酉春,越一年而成稿凡五易。茅君曾在杭州解放街雅園、米市街阿堂茶園演説水滸。武十回書每晚説兩小時,分四段説,連説十七八日。余從頭至尾,聽過兩遍。

一九五九年一月劉操南識於杭州松木場杭大宿舍

茅賽雲《武松演義》沒有"打虎遇兄""戲叔"情節,祇是表書,一言帶過。增訂本是我吸取蘇州書、揚州書補(加工創作);其中賦贊,又融化昆曲、《金瓶梅》改編添入。"鴛鴦樓""飛雲浦""西門慶""何九叔"等(以及)所見潘金蓮之賦贊,悉由我補。有人誤解是杭州書,絕非事實。

(關於)稿費:茅説經濟困難,由我出條向東海(出版社)借300元,後入我的賬上。稿酬平折,茅得1500元,我得900元(1200＋300＝1500,1200－300＝900)。第二次增訂,我補寫四回,全文潤色。得稿費200元,贈100元予茅。

茅在解放路,解放前稱中正街或新民路,雀兒茶會演説,説《水滸》;後移在米市巷茶館,我前後去聽兩遍,退作筆記,陸續撰寫。費時八月,改寫三遍。

(據劉録稿附記:此段文稿"1995年年底住浙一醫院時寫,出院帶回"。括號內文字及標點符號為編者擬加。)

作者從事民間口頭創作研究,垂數十年。曾就評話藝人書場演説,默識強記,就其書路,粗勒輪廓,細節抽寫,保持語言風格,予以提煉,塑造人物形象,提高其思想境界,再創作之,成《武松演義》。

此書"虎起龍落",即從武松打虎開始,至武松上二龍山落草,告一階段,成功地塑造武松這位反抗者的英雄形象。獨具匠心,安排了一連串的引人入勝的矛盾衝突。故事情節,時起時伏,騰挪跌宕,變化多端。其中以"景陽岡打虎""大鬧快活嶺"和"血濺鴛鴦樓"爲最突出。"打虎"一段,運用烘雲托月手法,渲染虎威與武松的英雄形象,展開矛盾,步步深入,就像磁鐵般地吸引讀者。"快活嶺"一段,作了重重鋪墊。一方面,武松闖酒館、搶賭館、打戲館、鬧拳館,處處退卻,敵退我進,步步緊逼,引得歹徒惡霸性起,惹出一場惡鬥。"鴛鴦樓"一段,刻畫人物性格,由表及裏,由粗及精;從而揭露張正方的兩面派性格。樓廳和鴛鴦樓兩場格鬥,象聲敷色,形神畢肖,讀者仿佛身臨其境。語言保持民間口頭文學優點,通俗、生動、細膩、傳神。書中詩詞曲賦,流暢清新,饒有詩情畫意。

關於《水泊梁山》

水泊梁山的故事家喻户曉。梁山英雄在評話表演藝術家演出中龍騰虎躍,在億萬人民心中永存。作者劉操南先生爲杭州大學古籍研究所教授,擅長於章回小説創作。

《水泊梁山》書寫:宋江放走晁天王後,梁山水寨興旺,正在掀起驚天動地的大事業。江湖上盛稱山東及時雨宋公明的大德,受到官府的猜忌。劉唐下書,宋江坐樓殺惜,從此流宕江湖。還鄉發配,結識各路英雄,來到江州。江南方臘仰慕宋江威名,策劃起義,意欲聘爲軍師。跟蹤前來,相聚於潯陽樓上,題詩言志。宋江詩爲江州伴讀師爺黄文炳所改,受誣下獄。開斬之日,梁山、潯陽江、揭陽嶺、揭陽鎮各路英雄前來搭救，大鬧江州。宋江上了梁山，指揮三打祝家莊。祝家莊破，凱旋回山。此書所寫爲作者《水滸傳演義》之核心部分，餘書續待問世。書路與《水滸傳》統一，而內容益見豐瞻。故事曲折，情節起伏跌宕，變化多端，語言生動詼諧，雅俗共賞，較爲成功地塑造了宋江及其周圍英雄好漢的形象。兩者比勘，可窺其提高與發展之跡。爲閱讀與研究《水滸》故事者提供重要讀物。歡迎訂購，幸勿交臂失之。

關於《武十回》《宋十回》《石十回》

《武松演義》虎起龍落。打虎開書，上二龍山落。中間插寫武松在孔家莊與宋江重逢，旋即分手。武松上二龍山，《水滸傳》接寫宋江去清風寨，寫宋江大鬧青州道，推薦秦明等弟兄上梁山。自回鄆城發配潯陽江，大鬧江州。各路英雄前來搶劫法場，然後宋江集合弟兄上梁山。相當《水滸傳》32—42回。情節有所發展。《宋十回》後，寫戴宗下山，聯絡楊雄、石秀，打破祝家莊，稱《石十回》。又打高唐州、青州，打大名府，收盧俊義上山，稱《盧十回》。

《武十回》《宋十回》《石十回》是書中幾個重要環節。農民起義總是從個別鬥爭，發展爲集體鬥爭，從分散的小集團走向大集團。《武十回》塑造武松英雄形象；同時顯示他的生活道路，從一刀一槍，想博一個封妻蔭子，被迫走上農民革命道路。《宋十回》寫農民革命根據地找到後，掀起革命高潮，需要有人做聯絡和組織工作，領導他們，宋江就當了這樣的一個角色。因此，他所到之處結拜，顯示了這意義。"及時雨"綽號，是他江湖上有着威望的反映，給他有利的條件，來做一工作；同時，這裏寫了他的思想變化和生活道路。我的《宋十回》，使他通過革命鬥爭實踐，逐步克服了他的忠義思想，砍掉了他的投降路綫，而顯示了他的軍事才能、組織和教育的才能，增強了他的號召力量，使宋江的形象更爲高大起來。《宋十回》中寫宋江，是把許多英雄圍攏來，緊圍着來寫的。到白龍廟英雄小聚義，聚義工作告一段落。宋江上了梁山就做休整工作，造梅花宛子城，充實武裝力量，迎接更大的戰鬥。梁山不久便和附近的惡霸地主武裝發生矛盾，展開鬥爭，三打祝家莊。接着攻城略池，三打高唐州、打青州等。震撼統治階級，他們不甘心死亡，於是殘酷反撲、鎮壓，先是命關勝伐梁山，次是呼延灼伐梁山，接着童貫、高俅親自出馬，討伐梁山。都把他們打得落花流水、狼狽不堪。整理傳統節目，須用脫胎換骨法，推陳出新，原書情節改而不改，動而不動，纔能使讀書聽於無聲、觀於無形，書似未改而實已改了。清風山一節，宋江爲了爭取秦明，用了一計，但藝人說得有些過火了。宋江毒計陷害秦明，秦明滿門受戮，秦明受到的刺激太大；之後，宋江也感到内疚，叮囑兄弟不能把這計告與秦明知道；否則，軍法從事。這有損於宋江形象。現在改爲突出青州官府内部矛盾，顯示慕容公報私仇，性格手段毒辣陰狠。青風山弟兄對秦明是繳槍不殺的，十分優待秦明。秦明上山以後，思想逐漸轉變，不再認爲：生爲大宋人，死爲大宋鬼。宋江在梁山相見時問他，他說：在山別有一天，另有一色。心情舒暢。秦明在青州一氣之下，患了吐血之症，病常發作，破了青州，出了氣，秦明病也好了。書中前後有着呼應。

關於《青面獸楊志》

此稿纂修，胡、徐與弟三人有約。稿費分折：胡四成，弟四成，徐一成，磁帶紙張及請人謄錄費用一成。此一成由弟負責，已費四五百元。徐錄音、翻譯亦辛苦，但是技術性的。胡書爲基礎，乃炊之米；否則，不肯吐出。口頭纂成書面，須有大量增删潤色工作；否則，達不到出版水平。此稿改過三遍，謄清兩次。不少內容，是重新再創作的。所以，亦取四成。這事大家樂胃。藝人認爲没有我的纂修，不可能成書，書就沉了。徐也高興，可掛個名。我得素材，可展所長，再創作之。過去寫書，尚無錄音，是去書場聽後寫的，較爲費力。今節約時間，但與錄音翻譯，略予改動不同；那類評話，讀者頗感吃力，社會上已不歡迎，影響訂購。

編者説明：以上幾段手稿片段，原無題，現集爲一組，酌擬標題。據劉録稿附記：關於《青面獸楊志》中的"胡"，爲説書藝人胡天如；"徐"，爲徐鍾穆。印象中此書早在二十世紀八十年代中期就已完成，卻到 1991 年纔在黄山書社出版。

附録：

1991 年 3 月 25 日給彦威師函中提：

邇來又撰《水泊梁山》章回小説廿五萬言，爲擬撰《水滸演義》中之一部分。生撰此書，非僅供茶餘飯罷墨客騷人娱樂，實欲寓教於樂，一瀉寒士坎坷，胸中之塊壘，與耿介之孤憤耳。自念塵世，茫茫人寰，憫我者什一，笑我者千百。孤燈獨對，不覺淚潸潸然矣。

《三國演義》簡介

一、《三國演義》的版本

現存的《三國志通俗演義》的最早的刊本是嘉靖本，有弘治甲寅（甲寅爲明孝宗弘治七年，公元一四九四）庸愚子（金華蔣大器）及嘉靖壬午關中修髯子（關西張尚德）的兩篇序。〔這個本子，近人誤認爲弘治本，這是由於嘉靖壬午（壬午爲明世宗嘉靖元年，公元一五二二）的序被抽去之故〕這個刻本，凡分二十四卷，每卷十節，共二百四十節。每節有一標目，目皆單句，句有七字。如"劉玄德斬寇立功"，"諸葛亮一氣周瑜"等，是最早的形式。

此後關於《三國演義》的刊本很多。明本今所見者已不下十餘種，見孫楷第所編《小說書目》。到清康熙時，毛宗崗用金聖歎改《水滸》《西廂》的方法，就舊本大加改竄。自此以後，一切舊本就不再流行,衹有毛本通行了。毛字序始,清初江蘇長洲人。①

二、《三國演義》的作者

羅本名貫中,別號湖海散人,祖籍太原,或云錢唐人(見明郎瑛《七修類稿》)。大約生於元至正(至正元年,1341年,辛巳)間,到明永樂(永樂元年,1403年,癸未)時還健在(《續錄鬼簿》)。性孤高,長於樂府、詞曲,有《宋太祖龍虎風雲會》《三平章死哭蜚虎子》《忠正孝子連環諫》雜劇三種。他所編的小說有數十種,曾寫了《十七史演義》。今存者《三國志通俗演義》外,尚有《隋唐志傳》《殘唐五代史演義》《三遂平妖傳》等。不過現存的小說,多經後人增損,已經不是本來面目了。

三、三國故事的演變

《三國演義》的作法是排比陳壽的《三國志》和裴松之的《注》,再加推演而成。三國故事的演變,可分三個時期:一是歷史故事的時期;二是民間傳說的時期;三是歷史與傳說綜合的時期。這三個時期,是相互聯繫着的。如果沒有陳壽的《三國志》和裴松之的《注》,與民間流傳的《三國志平話》,羅貫中就不可能寫出這樣氣魄雄偉、結構複雜、人物生動的小說。然陳壽的《三國志》與後來的《三國志平話》,如果沒有羅貫中的加工與再組

① 宗崗自云,曾得古本,予以評刻。上載《聖歎外書》。毛宗崗評訂《琵琶記》,評改《三國演義》,實際是和其父聲山合作。毛綸字德音,又字聲山。中年失明,父子合作評訂《琵琶記》,評改《三國演義》。綸口授大意,子落筆成文。事見《第七才子書序》與《總論》,又見《花朝生筆記》。

合,《三國志》也不過是枯燥無味的歷史書,《三國志平話》也不過是幼稚淺陋的話本而已。

現在,我們依照上面所說的三個時期來敘述:

(一)歷史故事的時期,這是指《三國志》的成書至裴松之的成《注》,約百四五十年的期間而言。這時期關於三國的著述,據裴注引的,不下二三十種。這時裴氏的搜集工作,對羅貫中來說,是非常有益的。因爲陳壽《三國志》的本文,所有人物的面目都是差不多的,而裴注卻不同,他從各種有關的雜書裏,搜集了不少資料,給每個人物以一種特殊的面目。例如曹操,在陳壽筆下,一點也看不出他奸詐陰險的行爲。裴注引證了《魏書》、吳人《曹瞞傳》、習鑿齒《漢晉春秋》、孔衍《漢魏春秋》、孫盛《異同雜語》,以及《魏武故事》等不下二十餘種書,把曹操的行爲態度、嗜好、志氣與心理,都給我們一個明朗的輪廓,尤其是所引《曹瞞傳》,更能繪出曹操的個性。

陳壽《三國志》的本文,雖沒有繪出重要人物的性格,然它的評語,卻是羅貫中描寫人物時的依據。① 這些具體的歷史素材,給羅貫中以不少的幫助。

(二)三國故事,很早就流行於民間。李商隱《驕兒詩》:"或謔張飛胡,或笑鄧艾吃。"可見唐時已有人以三國人物爲談笑資料。到了宋朝,因爲"說話"之風很盛,說"三分"與說"五代史"已成爲專科。可惜宋人的"說三分"話本,現在不傳。到了元朝,講三國故事的更多了。雜劇一方面,據《錄鬼簿》與涵虛子載的劇

---

① 例如:"先主之弘毅寬厚,知人待士,蓋有高祖之風,英雄之器焉。及其舉國託孤於諸葛亮而心神無貳,誠君臣之至公,古今之盛軌。""關羽、張飛皆稱萬人之敵,爲世虎臣。羽報效曹公,飛義釋嚴顏,並有國士之風,然羽剛而自矜,飛暴而無恩。"

目中，如：王曄的《臥龍岡》，朱凱的《黃鶴樓》，關漢卿的《單刀會》等，就有十多種。現在能看到的，祇有《單刀會》《博望燒屯》《連環計》《隔江鬥智》《王粲登樓》及《關雲長義勇辭金》六種。在此六種中，最令人注意的是諸葛亮已變成了一位足智多謀的軍師，而關羽已成了一位神。在平話方面，祇有一部《三國志平話》現在還可以見到。這書大概是沒有經過文人潤飾的元代民間的作品。

　　從裴松之的《注》，到《三國志平話》的刊行，幾乎九百年，都是民間製造三國故事的時期。民間的傳說，時代愈久，離事實愈遠。《三國志平話》的出現使三國故事已大部分成了神話。如張飛持劍殺龐統，不料殺的是一條狗；關公守滑榮路（華容道），曹操以情懇之，不聽，忽天空起了雲霧，曹因之得脫。雖然如此，但《三國志平話》依然不失爲民間傳說的結晶，它將第一、二兩期的零星故事，都集中起來了。不過缺乏系統，又沒有結構，非加以適當的剪裁不可。羅貫中所做的，就是這種剪裁工作。

　　（三）《三國志平話》雖不是一部傑作，然是一座很好的骨架。羅貫中的綜合工作，就在利用這座完美的骨架；而以歷史的事實，加上自己的豐富的想像，來創造出一部宏偉的歷史小說。第一，他進行了去疵的工作，把《三國志平話》中的荒誕不經的故事，加以削除或修正。第二，他進行了加工工作，增強史事，擴大篇幅。第三，他進行了一番潤色，他運用藝術的手腕，完成了他的剪裁工作。到此，三國故事纔定型化，以後，毛宗崗雖也加以修訂，這已經是枝節問題，無足輕重了。

　　《三國演義》全書的結構也是很好的。它從桓靈時的災異敘起，由十常侍弄權而轉入黃巾起義始；以孫皓降晉，東吳滅亡終。歷時恰近一百年。（漢靈帝中平元年"祭天地桃園結義"起，終於晉武帝太康元年"王濬計取石頭城"。首尾凡九十七年。公元

184 年至 280 年）實在是一部百年戰爭史。全書一百二十回，諸葛亮死時，已寫了五十年，占一百零四回書，其餘五十年，祇十六回書。諸葛亮未出山以前，共寫了三十七回書，其中特寫劉、關、張；諸葛亮出山之後的二十七年，卻占六十八回書，這是全書的精華所在。

歷史小説，處處以史實爲主，處處爲史實所拘束，無從展運作者的想像與穿插。現在流傳下來的一系列的歷史小説，大都缺乏想像力與創造力。羅貫中的《三國志通俗演義》卻不同，他運用了生花妙筆，把三國故事寫得非常生動，截長補短，移花接木（張翼德怒鞭督郵，原係劉備的事，羅貫中爲了要描寫張飛快人快事，便移到張飛身上。華容道釋曹的改寫突出關公的義氣）。在故事的安排上，我們可以看出羅氏的小説天才。從《三國志平話》和《三國志通俗演義》的對照裏，我們不能不驚異羅氏想像力的豐富與創造力的雄偉。

四、《三國演義》的思想性

《三國演義》是我國古典文學作品中最大規模寫封建王朝内部的矛盾的。它描寫了漢朝末年魏、蜀、吳三個統治集團之間的矛盾和鬥爭。從藝術上説，基本上是一部現實主義的作品。幾百年來，三國故事受到了中國廣大人民的熱烈歡迎。爲什麽人民會喜愛《三國演義》呢？這是因爲，雖然三國故事所表現的内容無非是封建統治階級内部的傾軋和衝突，但通過他們之間的矛盾和鬥爭的生動的描繪，人民獲得了不少歷史知識、政治策略、軍事技術、論辯方法乃至所謂"爲人處世"之道等等常識。人們歡迎它，反映出他們要求主宰歷史、參預政治等等的願望，也反映出他們對於真理和道德的關懷。他們甚至把《三國演義》當作了生活教科書，因爲這部小說教育他們樸素地去分辨正義和邪惡、好人和壞人。《三國演義》生動地刻畫了許多有吸引力的人物，這些人物都具有强烈的人民性，他們身上那些可貴的性格，直到今天，也還值得我們喜愛。這些人物，像諸葛亮、關羽、張飛，他們的勇敢和智慧是被表現得十分動人的，而勇敢和智慧正是中國人民所引爲自豪的共同性格。

《三國演義》是描寫三國時代封建王朝内部的複雜、尖鋭的鬥爭，以及表現那個時代的英雄人物的歷史小説。它的基本思想，也即是《三國演義》對於三國時代的矛盾鬥爭所表現的擁護誰、反對誰的態度。

《三國演義》所記述的事情，絶大部分根據陳壽的《三國志》和裴松之的《注》，但它有着鮮明的傾向性，即歌頌蜀漢。歌頌蜀漢方面的英雄人物，否定和蜀漢相對立的曹操，對於孫權則肯定其和蜀漢的聯合，又否定其和蜀漢的對立，這種傾向是《三國演義》思想性的集中表現。因此，《三國演義》的基本傾向，表現了三個思想。一、對於"義"這一道德品質的歌頌；二、人民對於"聖君賢相"的理想，對英雄的贊美，其中包含了愛國主義的思想成份；三、表現了民族意識的正統觀念。羅貫中曾經參加過張士誠所領導的反對元朝統治者的起義，所以《三國演義》所表現的"義"的歌頌，對"聖君賢相"的理想和强烈的民族意識，這和羅貫中的思想情況是一致的。

在《三國演義》所表現的這三個思想中，最主要的、在人民中影響最大的是前兩個思想，特別是對於"義"的歌頌，在《三國演義》裏表現得最爲有力，同時也最富於人民性。

雖然《三國演義》明顯地帶着歷史的限制性，它所表現的思想還屬於封建主義的思想體系，甚至也可以爲封建統治者所接受，但基本上《三國演義》所表現的思想是有人民性的，是和產生

《三國演義》那個時代的人民的思想、願望相一致，並在一定程度上表現了當時人民的思想願望的。正因爲如此，《三國演義》纔會在人民中間如此廣泛、如此長久地流傳；劉、關、張的事蹟纔會家喻户曉，諸葛亮的名字纔會被當作智慧的最高象徵，而曹操則被當作惡人的典型。這一切都說明了《三國演義》所表現的思想是深入人心的，爲人民所接受的。我們應該認識《三國演義》所受歷史限制的一面，但更主要的，我們應該闡明《三國演義》所表現的思想的人民性的一面，這對於我們理解這部偉大的古典名著，是十分必要的。

正統思想是《三國演義》主題思想的重要組成部分。它的正統思想有三種來源：一是三國歷史本身原有的正統思想。因爲"漢家天下"的思想在當時歷史上是存在的。例如袁紹討董卓便以"匡扶漢室"爲名，曹操"挾天子以令諸侯"，自己誇耀"有功漢室"。自稱"中山靖王之後"的劉備，也以正統爲標榜；二是《三國演義》所受於封建主義歷史觀的影響。正統思想是封建主義歷史觀的一部分，《三國演義》是歷史小説，它又是封建社會中的作家寫的，不免要宣傳正統思想。在這方面影響《三國演義》最大的是朱熹的《通鑑綱目》。《三國演義》的有些回目簡直就是《通鑑綱目》的"書法"；三是《三國演義》本身發展過程中經歷着人民群衆的生活鬥爭，正統思想從此取得了實際内容。因爲，正統思想可以針對異族侵略者的政權而提出。《三國演義》的發展過程經過了北宋到明初的三百多年，這三百多年正是漢族人民遭受各個外族征服侵略的時期。在這種情況下激起廣大漢族人民的民族自救要求，因而在"興復漢室"的聯想下，把劉備所代表的"漢家政權"，作爲漢族政權的象徵。"尊漢"的正統思想乃寄託了漢族人民"還我河山"的願望。同時，士大夫階層在民間"興論"影響之下也借擁護劉備所代表的漢家政權來發洩尊漢的民族感情。愛國詩人陸游有"得建業倅鄭覺民書,言虜亂,自淮以北,民苦徵調,皆望王師之至"一詩,開頭便說"邦命中興漢,天心大討曹",可爲佐證。尤其在蒙古統治者征服中國以後,一部分民間作家,編寫話本、雜劇,通過藝人來反映人民的感情、傳達共同的民族意識。這時三國故事,更被突出地當作"人心思漢"的題材來使用。《三國演義》中"尊漢"思想及其形象的形成,實際上包含着這樣的生活鬥爭。這些部分正是全部三國故事的現實主義精神所在的部分。《三國演義》的正統思想中健康的一面,是從反抗異族侵略的現實鬥爭中提取出來的。在這一面上它和統治階級所宣揚的正統思想,有着本質上的區別。

歷史唯物主義告訴我們:"在每個時代中支配階級之思想便是支配着思想,即是這個階級,是社會之支配的物質的勢力,同時是社會之支配的精神的勢力。"(馬、恩同著《德意志意識形態》)中國過去是一個長期的專制主義國家,因此,也就產生了最濃厚的正統思想。正統思想就其本身來說是封建性的,但廣大民衆的生活鬥爭則賦予這種思想所緣以表現的作品以更深刻的意義和內容。就以"忠奸"之別,原來也屬於統治階級的道義系統,基本上起着維護封建的作用,但廣大民衆則用以區劃禍國殃民和比較廉正的兩類行爲,伸張自己的裁判。在抗禦外侮的鬥爭中宣傳"尊漢";同時,也就貶斥着媚敵投降的小朝廷。這樣,《三國演義》表明了自身是封建社會的產物,但也更表明了自身是廣大民衆生活鬥爭的產物,因而是值得重視的。

《三國演義》既然以蜀漢爲正統,這個大前提一決定,那曹操和孫權的面貌,當然和正史要有距離了。由於魏蜀的接觸較多,故寫曹操的奸雄,正可以加強我們對劉備的同情。其實,在《三國演義》出現以前,人民對曹劉的看法,就已經如此,如北宋時《東坡志林》載:

> 王彭嘗云:塗巷中小兒薄劣,其家所厭苦,輒與錢,令聚
> 坐聽説古話,至説三國事,聞劉玄德敗,顰蹙眉有出涕者。
> 聞曹操敗,即喜唱快,以是知君子小人之澤,百世不斬。

可見在北宋時,説話人口中的劉備,已經是正面人物,曹操已經
是反面人物。羅貫中使讀者的同情集中在劉備身上,這和民間
的傳説是分不開的。《三國演義》是直接繼承了民間流傳的三國
故事的傳統的。《三國演義》推崇蜀漢的傾向,也和這些民間的
三國故事一脉相傳。但是《三國演義》並非如士大夫所説的完全
是宣傳正統思想,也並非對劉氏皇室的同情或惋惜;《三國演義》
使我們受到感動的主要是劉、關、張的義氣,諸葛亮的智謀、忠誠
以及他的出師未捷身先死的悲劇的結局。

當然《三國演義》在肯定劉備和蜀漢,否定曹魏等方面,表現
了一定程度的正統思想。這固然是作者羅貫中的封建世界觀的
限制,但也不僅僅表現了簡單的封建正統思想,我認爲《三國演
義》之所以尊蜀漢爲正統,有着兩個原因:

第一,由於《三國演義》繼承了北宋以來民間三國故事肯定
劉備的傳統,因而羅貫中對劉備及蜀漢的肯定更爲"突出"。這
是有歷史關係的。

第二,《三國演義》的作者羅貫中是元代末年人,在羅貫中的
時代,劉備已經被社會公認爲三國時代的正統了。其原因正如
紀昀所説:

> ……高宗以後,偏安江左近於蜀,而中原魏地全入於
> 金,故南宋諸儒乃紛紛起而帝蜀。(《四庫全書總目》卷四
> 五)

這種帝蜀思想,正表現了一種民族意識。南宋人民承認趙宋的
偏安是正統,實際上就是否定侵略者金民族在中原的統治。元

代是異民族統治時代，元代人民的思想是直接繼承了宋代的，所以羅貫中在《三國演義》中所表現尊崇劉氏的正統思想。其中是包含着愛國主義的思想成分的。

封建正統思想，我們應作具體分析，其中所包含這種愛國主義思想，卻是應該加以肯定的。

五、《三國演義》中的結義及主要人物的分析

《三國演義》是一部現實主義的歷史小說，它有很高的藝術性與相當深刻的政治批判的意義，其中大量豐富的歷史材料並根據民間文藝、稗官野史的資料，加上作者的創作加工，創造了一大批封建統治者的典型，一大批忠臣勇將的典型。它又集中表現了中國古代封建軍閥混戰時期的政治、軍事鬥爭的本質及面貌，集中地表現了幾個卓越的政治鬥爭的範例及重大戰例。它一開頭就是桃園三結義是有歷史根據的。陳壽《三國志·關羽傳》記劉、關、張三人的關係説：

> 先主於鄉里合徒衆，而羽與張飛爲之禦侮……先主與二人寢則同床，恩若兄弟，而稠人廣坐。侍立終日，隨先主周旋，不避艱險。

《費詩傳》載費詩勸關羽道：

> 且王與君侯，譬猶一體，同休等戚，禍福共之，愚爲君侯不宜計官號之高下，爵祿之多少爲意也。

在《三國演義》整部書中，幾乎都着力描寫了這種"譬猶一體，同休等戚，禍福共之"的義的關係。在元刊本《三國志平話》裏已經有了桃園結義一段，《三國演義》繼承了民間三國故事的傳統，保存了民間三國故事的精神，而且在許多地方都誇大和強調了劉、

關、張的義氣。如關羽辭曹操和華容道義釋曹操等，都在突出地寫關羽的義。關羽在《三國演義》裏所以成爲最受讀者尊敬的人物，正因爲《三國演義》是把他當作"義"的化身來寫的。義不僅是人與人之間的始終不渝的忠誠，而且也包括恩怨分明的態度。在這方面，羅貫中是很着力描寫的（如華容道）。義在封建社會裏，是屬於人民的道德品質。義是人與人之間的始終一貫的信任，是相互之間的無私的援助和同情。在封建制度壓迫下的人民，正是靠義這一道德品質來建立自己的互相關懷、互相幫助的關係的。正是靠着義來團結自己，以抵抗封建統治階級的迫害的。特別是封建社會的農民起義，更必須以義作爲團結群眾的中心（如水滸聚義）。這種崇尚義的道德品質的風氣，在中國長期封建社會，一直在民間保存着。義被人民當作主要的道德標準。羅貫中一方面寫劉、關、張的如何"義氣"，另一方面特別描寫曹子建七步成詩與曹丕即位後逼死曹熊的兩段故事來互相對照，說明親兄弟不如結拜兄弟，使得讀者加深了印象，把義字也突出來了。

在人物方面，曹操的狡猾奸詐，袁紹的驕庸凶殘，劉備的假仁假義，董卓的驕橫愚魯，劉璋的懦弱無能……相當深刻地揭露了封建統治者的本質，特別是曹操與劉備的典型，是《三國演義》作者羅貫中的光輝成就。

曹操與劉備都有新興統治者的許多主要特點——政治目光較遠大，有巨大的政治陰謀，善於籠絡幹部，使用人才，排斥異己；極端的自私自利，但懂得爭取民心，培植自己的人望（此點劉比曹強，離樊渡漢水時領百姓同行，就是一例），勇於冒險，機警多變（此點曹比劉強）；曹劉二人的政治鬥爭，由於條件不同，性情剛柔互異，因而表現出來的也大不相同。《三國演義》是以劉備作爲正面人物，曹操作爲反面人物來處理的（此單就小說中的曹操來說）。

看《三國演義》的人，沒有人不厭惡曹操。早在這部小說成書之前，北宋的時候，小孩子們聽講三國故事，就"聞曹操敗，即喜唱快"。後來民間更有許多有趣的傳說：一個木匠看完三國，痛恨曹操。後來他看"捉放曹"的戲，突然跑到戲臺上一斧子把曹操劈死；又有人讀《三國演義》，把書中曹操兩字全部挖掉。這些事固然可笑，但可以說明曹操這個人物給予讀者印象是多麼深刻！也就是說，作者塑造這個人物非常成功。

人們爲什麼這樣恨曹操呢？在《三國演義》裏可以找到答案，曹操被作者描寫成爲一個"有權謀，多機變"的"奸雄"。他多疑善忌，口是心非，奸詐凶惡，損人利己；反動統治階級欺詐殘暴的特性，通過他一生的言語行動，集中地表現出來了。而這樣的特性，與人民大衆的利益是水火不相容的。曹操自己說過："寧使我負天下心，不使天下人負我。"這是他一生的"行動指南"。人們憎恨他（的原因）也就在這裏。

曹操出身於權宦貴族的家庭，是一個遊蕩無度的花花公子，從小就很詭詐。他的叔父管他，並告訴了他的父親曹嵩，他便"心生一計"：

> 見叔父來、詐倒於地，作中風之狀。叔父驚告嵩，嵩急視之，操故無恙。嵩曰："叔言汝中風，今已愈乎？"操曰："兒自來無此病，因失愛於叔父，故見罔耳。"嵩信其言，後叔父但言操過，嵩並不聽。因此，操得恣意放蕩。

他用出賣叔父，欺騙父親的代價，換取了自己"遊蕩無度"的利益。作者在曹操一出場時就寫這件故事，說明他"損人利己"（擅長）欺詐的性格。隨着他的經歷和地位的變化，這種性格也一天天地發展起來（如殺呂伯奢全家及夢中殺人事）。

最突出的例子是：曹操在官渡和袁紹相持不下，軍糧已盡，萬分緊急的時候表現出來。這時袁紹的謀士許攸，因不能得袁紹信任，夜半投奔曹營。曹操聽說許攸來了，就大做作一番。"不及穿履，跣足出迎"，"遙見許攸，撫掌歡笑"，"攜手共入，操先拜於地"。並說："公乃操故友，豈敢以名爵相上下乎？"這些行動，在曹操無非要表示待人至誠。可是等到許攸問曹操的軍糧還有多少時，《三國演義》的作者卻有一段精彩的描寫：

> 攸曰："公今軍糧尚有幾何？"操曰："可支一年。"攸笑曰："恐未必。"操曰："有半年耳。"攸拂袖而起，趨步出帳曰："吾以誠相投，而公見欺如是，豈吾所望哉？"操挽留曰："子遠勿嗔，尚容實訴：軍中糧實可支三月耳。"攸笑曰："世人皆言孟德奸雄。今果然也！"操亦笑曰："豈不聞兵不厭詐。"遂附耳低言曰："軍中祇有此一月之糧。"（第三十四回）

曹操又是"附耳"，又是"低言"，這樣總該是真情實況了吧，但許攸卻大聲曰："休瞞我，糧已盡矣！"操愕然曰："何以知之？"一直到許攸拿出被袁紹截留的曹操親筆寫的告急信之後，他纔懇切地請求許攸告訴他"良策"。作者用了很簡練的文字，從兩人對話時的神情、動作和語言裏，活活畫出曹操的一副奸詐面孔。

曹操打張秀時，"民因兵至，逃避在外，不敢刈麥"。他向老百姓討好。告"村人父老"曰：

> 大小將校，凡過麥田，但有踐踏者，並皆斬首，軍法甚嚴，爾民勿得驚疑。

誰知事不湊巧，田裏忽飛起一鳥，曹操所騎的馬兒見了，闖入麥田。他於是裝模作樣，要拔劍自殺，最後想出一個辦法，"割髮""代首"。

曹操又非常機智，例如刺董卓：

> 恰待要刺，不想董卓仰面看衣鏡中，照見曹操在背後拔刀，急回身問曰："孟德何爲？"時呂布已牽馬至閣外。（第四回）

這樣千鈞一髮的時候，他卻說："操有寶刀一口，獻上恩相。"輕輕一白，變仇爲恩，化險爲夷。這種欺詐，也是構成曹操整個性格不可缺少的一個因素。

欺詐和殘暴是剝削階級階級性的主要內容，也是剝削階級壓榨人民的重要手段。二者貫穿在曹操一生的行動中。我們在曹操身上，可以看見統治階級的醜惡形象。

《三國演義》中劉備的形象就不同了。劉備在名義上雖然說是"中山靖王之後"，而實際上是家貧，"販履織席爲業"的一個手工業者。他開始他的事業活動時，就抱定"上報國家，下安黎庶"的決心。他在徐州就爲百姓所擁戴。他在新野，百姓對他就有"新野牧，劉皇叔，自到此，民豐足"的歌頌。可見劉備的寬仁愛民，知人善任，是歷史上的事實；儘管劉備這種作風可能是爲了自己的事業而裝出來的一套"機謀"，然而這種作風仍然合乎封建社會人民對皇帝的願望。在封建社會中，統治階級能夠在一定程度內瞭解人民的願望，部分地滿足了人民的要求，這個統治者就爲人民所擁護、歌頌；反之，就被人民所唾棄、反對。這種人民共同的愛和憎的心理，就是《三國演義》作者筆下對書中人物愛和憎的基礎，也就是他被人民愛好的重要原因。

更重要的是《三國演義》創造了正面典型諸葛亮的形象。諸葛亮不僅是人民理想中的"賢相"，而且是人民理想中的英雄。一直到現在，在人民中間，諸葛亮都是智慧與謀略的代名詞。

諸葛亮是《三國演義》的中心人物，從第三十八回隆中決策開始，一直到第一百零四回"隕大星漢丞相歸天"，他都是故事的中心。他的計謀成爲故事發展的主要綫索。諸葛亮在《三國演義》裏顯得如此重要，當然由於他在歷史上本來是重要人物。他的卓越的政治遠見和才能，不僅對劉備締造蜀漢的事業起着決定性的作用，而且他的吳蜀聯合抗魏的主張，也對構成三國形勢起着巨大的作用。而《三國演義》也按照人民的想法，給諸葛亮加上了許多民間色彩，把諸葛亮當作一位人民理想中的英雄來歌頌。《三國演義》出力寫諸葛亮的忠誠和智慧，甚至採用壓抑周瑜（第四十四回至第五十回赤壁之戰）、壓抑魯肅、壓抑司馬懿及其他一切的英俊來提高諸葛亮的地位，使讀者的注意力都集中到諸葛亮身上。《三國演義》又寫出了諸葛亮的"軍師"的形象，這種半神仙式的軍師的典型，實在是民間的創造，早在《三國志平話》裏，諸葛亮已經是一位穿着八卦衣的軍師了。而《三國演義》之所以要強調他的軍師才能的一面，我想和羅貫中所處的時代有關的。在那個時代裏，民族矛盾一直是尖銳的，抵抗異民族的侵略，一直是中國人民最迫切的要求，因此他的武略的一面就必然被強調。《三國演義》特別歌頌諸葛亮的武略是表現着一定的民族意識的。

此外，如寫關羽的剛強義烈、張飛的忠誠戇直、趙雲的英勇忠直、黃忠的老當益壯，都相當出色。羅貫中是盡自己的力量來創造選定人物的性格，而這些英雄形象都在一定程度上培養了中國人民的優秀品格。

在政治鬥爭與戰爭的描寫方面，諸葛亮渡江到東吳以後，統一戰綫工作方面的利用矛盾，爭取友方，戰役的組織與實施的精密，周全與緊湊，都是其他歷史小說所不能比擬的。而整部書中類似的政治鬥爭和戰例很多，也就無怪百代以下的許多政治人才、軍事人才都曾從中得到補益。梁山泊好漢們的誓言"生不同生，死必同死"，朱武對史進講的"雖不及關、張、劉備的義氣，其心則同"，都是有意地模仿"桃園結義"的行動。明末蜀人金公趾爲李定國說《三國演義》，定國大爲感動，後來努力報國，殉身緬甸（《小腆紀年》卷十八）。這是李定國受了三國人物及戰例的決定性的影響的一個例子。清兵入關以前，因尊崇劉、關、張故事，甚至把《三國演義》作爲開國方略之用。在清朝勃興過程中，受《三國演義》的影響非常深遠。清朝統治者出力地捧這一部書，清初把它譯成滿文，主持譯事的范文程（與洪承疇齊名的漢奸）因此得到了鞍馬銀幣的賞賜。清朝統治者看得很清楚，他們認爲要學漢語，《三國演義》比什麽書都強。而太平天國初期領袖之一洪大全就是"趨步孔明用兵"，以"孔明"自居的。在過去，人民和統治階級作鬥爭，結成秘密會社的時候，也往往以"桃園結義"作爲團結的榜樣。而《三國演義》裏所講的戰略戰術的原則，成功和失敗的道理，也常常成爲農民戰爭中的指導原理，就是我們現代人，讀了《三國演義》經過批判分析也能從而瞭解古代的政治、軍事狀況，懂得鬥爭與聯合的錯綜複雜的關係，並作爲我們鍛煉辯證的思想方法的參考。

當然，把《三國演義》當作歷史讀是不行的，因爲小説是經過創作加工的。它臆造了一些情節，改變了一些人物的真實情況。同時，《三國演義》也有它的缺點，如過分強調個人的作用，強調主觀努力的作用，謀略等，甚至涉及迷信，虛造不可能的情節。（當然水鏡先生也曾歎息"孔明得其主，不得其時"，就是說主觀的能力不能改變三國鼎立的形勢。）但整個看來，三國對諸葛亮的謀略強調過甚，而對他的偶爾失敗，往往歸合於天命等。讀《三國演義》，我們當然不會去接受封建皇權正統思想及迷信非科學思想，但個人英雄主義及主觀主義的影響，是可能有的，我們應該注意防止。

另外，《三國演義》裏的矛盾，大都是統治階級之間的矛盾，諸葛亮利用矛盾取勝的方法，祇能給我們以一定的啓發，決不能用這些方法機械地來衡量現在的階級鬥爭。

編者説明：本文據排印稿録編。

《三國演義》中的諸葛亮形象

　　《三國演義》中的諸葛亮形象與《三國志》中歷史人物諸葛亮，有其血肉聯繫，但也有藝術塑造上的差別。這裏所分析的是《三國演義》中的諸葛亮。諸葛亮這一歷史人物通過民間評話藝人的藝術創造和書會才人羅貫中及文人毛宗崗的生花妙筆的點染，成爲人民智慧的化身，已經家喻户曉，深入人們的思想意識之中。

　　《三國演義》中的諸葛亮可分前後兩期。前期的諸葛亮是左右當時天下大勢合久必分的大政治家、大軍事家的光輝形象；後期的諸葛亮則在分久必合的問題上就有失策。我們對這人物形象進行初步分析，鑒往知來，也許對待今日的現實問題，有着一定的借鑒作用。

　　分析諸葛亮這一人物形象，我們可以先從他的《誡子書》中的兩句話，進行探索。

　　　　非淡泊無以明志，非寧静無以致遠。

什麼是諸葛亮的"志"呢？這"志"就是他的治國平天下之"志"；結合當時的形勢就是他的"恢復漢室"之志。什麼是他的"遠"呢？"恢復漢室"，不能目光短淺，需要"高瞻遠矚"，"遠矚"的"遠"，這就是他的遠。

　　那麼，這個"志"怎麼"明"呢？這個"遠"怎麼"致"呢？他的回答是"淡泊"，是"寧靜"。先釋"淡泊"，什麼是諸葛亮所謂的"淡泊"呢？他的意思是：個人對待"名利"，需要"淡泊"。這樣個人淡泊，纔能"明志"，突出治國。諸葛亮這一認識，是很高明的。這不僅是他的認識，而且是他的品德涵養，是他的素質。古人說：壁立千仞，無欲則剛。這也可說是中國文化的優良傳統；也可說是儒家主張的"內聖外王"之道的精萃。假使，治國爲了做官，弋取名利，以權謀私，那就無法辦好政治，怎能以身作則？不淡泊，又如何明志，次說"寧靜"。"寧靜"字面上的意思就是說：辦事不要急躁，或者說不要激動。那麼，什麼是諸葛亮所謂的不急躁，而寧靜的內涵呢？這點要與他好爲《梁甫吟》這件事聯繫起來理解。《梁甫吟》是二桃殺三士的故事。諸葛亮處在封建社會裏，他是讀書通其大義的。歷史上的事他看得多了。譬如說：越王勾踐臥薪嘗膽，是個開國英明之主；可是這個越王，可以共患難，而不可以共安樂。越被吳擊破，困守會稽。文種獻計越王，賂吳太宰嚭，得免亡國。勾踐歸國，君臣刻苦圖強，終於滅吳。勾踐卻聽讒言，賜劍文種令其自殺。范蠡也自放於江湖。所以諸葛亮處此亂世，出處進退，需要等待。孔子所謂："待沽。"不能急躁，而要寧靜。所以淡泊纔能明志，寧靜可以致遠。

諸葛亮有着"明志"之心，所以，他在襄樊一帶，爲有識之士激賞。水鏡先生（司馬徽）就揄揚他"伏龍鳳雛，二人得一，可安天下"。徐庶也願薦舉他。"明志"說明諸葛亮是願意出山的，希冀出山的。什麼是他的"寧靜"呢？那是他看當時政治舞臺上，可以逐鹿中原的，有着四個政治集團：曹操、孫權、劉表和劉備。曹操在他看來，也和在襄荊之士看來，是名爲漢相，實爲漢賊。曹操不會看得上諸葛亮；"良禽擇木而棲"，諸葛亮也看不上曹操。孫權據有江東，祇圖保父兄所創之業而已，不足以寄恢復漢室之大業。劉表目光短淺。他看劉備雖是"孤窮"，卻有志恢復漢室，而他又爲帝胄之裔。所以，他是願意侍奉的。因此，他在"待沽"。是"寧靜"而後能"致遠"啊！

現在劉備來了，諸葛亮三顧而後出山。爲什麼諸葛亮三顧而後出山呢？是他在考驗劉備嗎？是他在搭架子？分析三顧的人很多，劉備三顧，真如《出師表》中所説："三顧臣於草廬之中，諮臣以當世之事，由是感激！"但從《三國演義》所寫，還另有東西所在。寫得所虛，卻是虛中有實，寓實於虛。這個實看出了諸葛亮的"志"與"遠"；但被一般人滑過去，很少人能看出來了。

我們看吧，這三顧是：第一顧在夏秋之夜，第二顧在大雪紛飛之際，第三顧在春暖花開時節。時間不算長，也不算短啊，經過半年。當時劉備盼望諸葛亮出山是焦急的，爲什麼會拖這麼久的時間呢？這卻還有一個道理。第一顧時，童子回答，諸葛亮實是到四川雲遊去了。諸葛亮真的單純地去四川旅遊嗎？這恐未必。三顧之時，諸葛亮與劉備草堂相見。倏忽就取出地圖一幅，説明天下三分。這鼎足之勢如何建立？步驟是有個根據地，借荆州，就進川，去取益州。這樣纔興。那麼，諸葛亮要瞭解一些、掌握一些四川的情勢。他去四川雲遊不是做這工作嗎？第二顧時，諸葛亮已從四川返歸，可是他又出門。哪裏去呢？近一些了，就在襄樊附近。爲何去呢？諸葛亮一出山后，便與（曹操之將夏侯惇）交戰，埋設火攻。這些地理情況，山川起伏，一下子就能瞭解了嗎？可是説句笑話，他估計得比電子電腦還準確。那怎麼能的呢？這不是他早做準備，有了調查研究嗎？第三顧時，他在家中，高臥未起，爲何呢？有些倦嗎？他出山時，帶了許多火攻等物和機械。這都是他早做準備的，不少是他在家中自己製造的。這樣看：諸葛亮的出山，就是要從"明志"和"致遠"兩個角度進行理解，看到他在做這準備工作。那麼，這樣來認識他，就深刻了，他的形象也更顯得飽滿了。

這樣,隆中一對,劉備理解,因而高興地説:孤之有孔明,猶魚之有水也。那麽,諸葛亮豈是一味空談,真像張飛所説,是一不切實際的牛鼻子道人呢?

當然,張飛是没法瞭解或者説還不瞭解諸葛亮的。他怎麽瞭解呢?這就需諸葛亮做出幾件事來,給人家看看。那人家纔會心服,張飛也就五體投地了。諸葛亮有了這樣思想準備、工作準備,自然,曹操派了十萬大軍,由夏侯惇率領前來,諸葛亮也就能夠從容應付,這不也就叫做"淡泊以明志,寧静以致遠"嗎?

我想:我們讀了這三顧茅廬,應該有所啓發嗎?有的人祇想劉備到來,自己卻並没有做任何的準備。那麽,你出了山,怎麽辦呢?西瓜皮滑到哪裏,就到哪裏嗎?那麽,我説:有愧於劉備的三顧的。你既不"明志",也無"致遠";並不"淡泊",祇是"躁急"。這種人話説得再好,徒有虚名,削尖了頭去鑽。不論你戴着什麽桂冠。左右逢源,官官相護。歷史是無情的,這種人誤盡蒼生,會受到應有的譴責的。

編者説明:本文據手稿録編。

關於《諸葛亮傳》及《隆中對》

　　《諸葛亮傳》見於陳壽《三國志·蜀書》卷第五,《隆中對》是《諸葛亮傳》中的一部分。

　　東漢末年,統治階級腐化墮落,統治集團內部矛盾日深。宦官與外戚爭權,互相殘殺,政治黑暗,人民無法生存,到了人相食的地步。公元184年掀起了黃巾大起義,次年各種農民運動風起雲湧,地主階級爲了保護其階級利益,對農民軍進行了殘酷的鎮壓;起義軍在官軍與各地的地主武裝部隊的聯合鎮壓之下,不久被擊潰了。統治階級,仍是紛爭不已。各地的武裝勢力,各據一方,形成軍閥割據的局面。外戚勾結外援,召袁紹、董卓進京,對抗宦官。董卓廢少帝、立獻帝、大肆燒殺。各州郡推紹爲盟主,發動討卓的大混戰。董卓被殺後,混戰局面益發劇烈。曹操據兗州、豫州(山東西南和河南);袁紹據冀州、青州、並州(河北、山東東部北部、山西);袁術據揚州(長江下游、淮水下游);劉表據荊州(湖北、湖南);孫策據江南(長江下游以南),孫權繼之;劉焉據益州(四川),劉璋繼之;劉備初無一定的根據地,輾轉依附曹操、袁紹與劉表。曹操利用"挾天子以令諸侯"的優勢,擊潰袁術、袁紹。劉表病死、劉表之子劉琮投降,進兵南下,聲勢浩大。劉備用諸葛亮計說服孫權,聯合抗曹,敗曹操於赤壁,使曹操不再興兵南下。劉備乘機取了四川,建立根據地,形成鼎足之勢。

至魏、蜀、吳三國相繼爲晉所滅，有數十年之久。這一時期，各國領袖都招攬人才。諸葛亮是當時傑出的人物，卓越的政治家。他有政治識見、軍事才能、外交策略、經濟措施，分析天下形勢，理論結合實際；他是能融合儒家、法家、兵家諸家思想而付之實踐的，預見性很強。在蜀"開府治事"賞罰嚴明，節儉可風，使蜀國政治上保持一定程度的清明，"軍資所出，國以富饒"。發展生產，得到人民的擁護。蜀國的興起，與諸葛亮所起的作用，是分不開的。自然，諸葛亮有濃厚的正統思想，看到劉備是"皇室之冑"，便有好感；他所發動的各次戰爭，是爲恢復劉氏的政權，其實質是屬封建統治集團内部的鬥爭。諸葛亮的正統思想，對後世也有一定的影響；但廣大人民對諸葛亮的崇拜，並非是爲了他是扶劉抗曹的忠臣，而是把他作爲智慧的結晶與化身來看待的。《諸葛亮傳》就是記載這一卓越的政治家的一篇優秀的歷史散文，《隆中對》是《諸葛亮傳》中一個重點描寫的部分。

《諸葛亮傳》的主要内容，可以分成十四節：一、先敘諸葛亮的家世。諸葛亮父親諸葛珪，做過太山郡丞，死得很早。諸葛亮幼時依叔父諸葛玄爲生。二、初步介紹諸葛亮的志向與交遊。諸葛亮"躬耕隴畝"，看不慣當時軍閥的紛爭，置漢政權於不顧；又不滿當時名士之出處不得其所；因而高卧隆中，靜觀時變。他有着自己的政治抱負，"每自比於管仲、樂毅"。三、寫劉備三次拜訪諸葛亮。諸葛亮縱論天下大勢，就是課本上節選的《隆中對策》。四、寫劉表的兩個兒子琦、琮的矛盾，諸葛亮爲琦劃策。劉琮投降曹操，劉備向南奔逃。五、寫諸葛亮説服孫權，劉備與孫權聯合敗曹操於赤壁。六、寫劉備收江南，諸葛亮爲軍師；劉備入川，諸葛亮鎮守成都，"足食足兵"；劉備即帝位，諸葛亮爲丞相。七、寫劉備將死，囑諸葛亮輔位劉禪。八、寫劉備死後，諸葛亮的内政。九、寫亮上《出師表》，決定北伐。"攘除奸凶，興復漢室。"十、寫諸葛亮率軍攻祁山,失利。十一、寫諸葛亮復出散關,糧盡而還;亮再出祁山,以木牛運糧,又屯田於渭濱,亮病死了,年五十四。十二、寫諸葛亮遺命薄葬,追述亮的巧思和文集。十三、寫蜀亡,魏將鍾會對諸葛亮的崇敬。十四、作者陳壽對於諸葛亮的評議。

《隆中對》是上面所敘的第三節。劉備先提出"漢室傾頹,奸臣竊命,主上蒙塵。孤不度德量力,欲信大義於天下"。除奸興漢的問題,諸葛亮總論天下及將來形勢,逐層分析,加以解答。第一,分析矛盾的主要方面。曹操比不上袁紹,"名微而衆寡",卻把袁紹滅了,這是由於曹操懂得"人謀"(指屯田與破格用人之類)。現在曹操"擁有百萬之衆",把漢獻帝抓在手裏,結論是:"此誠不可與爭鋒。"第二,分析次要的矛盾。孫權仗父兄餘威,"據有江東",地形險要,長江足以自守。而且親賢任能,據基穩固,"國險而民附,賢能爲之用"。想消滅他也不容易,根據矛盾的主次,是應聯合的,結論是:"此可與爲援,而不可圖也。"劉備與孫權聯合抗曹,這是基本政策,但與孫權聯合,對抗曹操,自己要有根據地。第三,說根據地的尋找。荊州四通八達,"北據漢沔,利盡南海,東連吳會,西通巴蜀",是兵家必爭的地方。劉表"貌儒雅,而心多疑忌","有才而不能用,聞善而不能納"。兩個兒子,又在內鬨,"其主不能守"。結論是:"此殆天所以資將軍。"荊州是可以取的,但荊州是四戰之地,祇能做外衛,不能做根據地的。第四,說靠近荊州的益州(四川)。從山川險阻,說到物產豐富,"高祖因之,以成帝業",來打動劉備;然後點明現狀,劉璋暗弱無能,張魯迷信設教,不愛人民,"劉璋闇弱,張魯在北,民殷國富,而不知存卹"。所以"智能之士,思得明君"。說明他們的地位不穩固,有可乘之機,可取之勢。第五,推測將來形勢。劉備有他的有利條件,"帝室之冑信義著於四海。總攬英雄,思賢

如渴"。有威信,有群眾,有號召力。得了荆州、益州,如能"保其
嚴阻,西和諸戎,南撫夷越,外結好孫權,内修政理",政事與軍事
結合,穩紮穩打,就有力量可與曹操爭鋒。等到時機成熟,分兩
條路出兵攻魏,一條是進攻心臟,由南陽到洛陽,"命一上將,將
荆州之軍,以向宛洛"。一條是攻其頭腦,由漢中到長安,"將軍
身率益州之眾,出於秦川"。早有布置,使能有持無恐,立於不敗
之地。結論是:民心歸附,"百姓孰敢不簞食壺漿,以迎將軍"。
這樣就"霸業可成,漢室可興矣"。劉備所提出的"除奸興漢"的
要求,有政治與軍事上的保證,就能達到了。第一、第二是對天
下大勢的分析,找出矛盾的主次,分別對待,決定策略;第三、第
四是説自己根據地的建立,創造條件,自力更生,發奮圖强,纔能
與强敵爭勝,聯合友邦,解決矛盾。第五是説進取,最後解決矛
盾。諸葛亮這番話,從實際出發,提高到理論上來分析,然後得
出解決矛盾的方法,預見性强,説服力大,劉備因此就認爲很對
了。不禁説道:"孤之有孔明,猶魚之有水也。"此後蜀國所發生
的實際變化,取荆州,取成都,取漢中,取襄陽,平南蠻,内修明政
治,外結好孫權,治國方針都是在這精神指導下進行的。祇可惜
關羽失策,丟去荆州,破壞了聯吳的政策,使西蜀陷於被封鎖的
地位,諸葛亮六出祁山,終於無所成就,但就從這裏,更可以看出
《隆中對》的正確性了。

(原刊《杭大函授》,1961 年 1 月)

編者説明:本文據原刊收録,原刊署名:"盛静霞 劉操南"。

劉備與諸葛亮“君臣之交”說略

東漢獻帝建安十二年，曹操率領大軍八十萬南伐荆州，追擊劉備。《三國志·魏書·武帝紀》說：“王師首路，威風先逝，百城八郡，交臂屈膝。”“議者皆望風畏懼。”大有席捲南北、一統中國之勢。東南形勢發生急劇的變化。劉表、劉琮父子準備“舉州以附曹公”。江東孫權，文臣議降，武將主戰，舉棋不定。以張昭爲首的東吳保守庸臣認爲：今曹公無敵於天下，長江天險已與我共，勢力衆寡，不如迎降。劉備屯兵新野，卻在惶遽，“欲南濟江，”遠奔蒼梧。評話中多次講說張昭、顧雍、虞翻、步騭、薛綜議降：“降怎麼沒有理？人說曹操挾天子以令諸侯。天子既受其挾，諸侯就不能不受其令。加之曹操這一次領兵南下，其名極順，天子賜他白旄黃鉞，有專征伐之權，拒曹公如拒漢天子。我們江東不過以長江爲險隘，曹操這一次南下，得了兩湖，占據上江，他由上至下，是個順行；我們在下游，衆寡懸殊，其勢難敵，所以參謀等勸主公不如買靜求安，暫先歸降，好再圖後計，以使江東六郡七十九縣生靈免遭塗炭。”劉備欲奔蒼梧，評話中也有觸及。諸葛亮回答魯肅，曾說：“魯大夫，武昌這個地方，我主祇是暫且立足，早晚另有他圖。”魯肅問去何所？諸葛亮道：“蒼梧太守吳臣，來信請我們主公到蒼梧去。”

三顧茅廬，劉備請出了早熟的政治家諸葛亮，拜爲軍師。風雲突變,組成東南抗曹統一戰綫。赤壁一戰,打敗曹操,改變南北力量的對比,牽動中國歷史由軍閥割據和混戰急劇地轉變爲三國鼎立的局面,分土爭雄,競争着國家的統一。諸葛亮出山,就劉備說,使劉備崛起荆州,是劉備政治生活的轉折點,被曹操打得潰不成軍的皇室後裔,成爲未來的帝王。就諸葛亮說,使志自清高,躬耕隴畝的隱士成爲未來的丞相。《三國志》對於劉備之聘諸葛亮十分贊歎:"君臣相遇,可謂希世一時","誠君臣之至公,古今之盛軌也。"唐宰相裴度《蜀丞相諸葛亮武侯祠堂碑銘並序》說:"洎乎三顧而許之以驅馳,一言而定其機勢。"王夫之《讀通鑑論》也說:"談君臣之交者,競曰先主之於諸葛。"看法是一致的。

當時劉備的情况是:中平年間參加剿滅黃巾起義,旋即捲入北方群雄混戰。仗着漢室後裔,仗義疏財,與衆同甘共苦,取得領袖地位。久歷沙場,在北方角逐二十餘年,竟是一事無成,敗走新野,潰不成軍。劉備聘了諸葛亮六七年間,聯絡東吳,奪取赤壁抗曹勝利,據有荆、益兩州,遂成鼎足三分之勢。劉備憑何眼力來識別諸葛亮的?

諸葛亮足智多謀,自比管樂。曹操挾天子以令諸侯,軍事實力強大,有奪取統一中國之勢。諸葛亮不爲曹操集團所吸引,認爲"操爲國賊","決不北向,委身曹氏"。諸葛亮到江東,東吳輔臣張昭"曾薦亮於孫權","亮不肯留"。這事在評話中也有反映,周瑜與魯肅商議:"諸葛如能歸降江東","周某請吳侯即刻升堂,把文武大衆傳齊,我願將寶劍交出,請諸葛亮執掌帥印,周某聽他調用"。魯肅因請諸葛瑾遊説。諸葛亮見了胞兄説道:"想你我的祖宗都叨食漢禄,多受國恩,沒有一個受孫氏的恩典,今兄長在江東祇一幕賓耳。想我主劉備,堂堂中山靖王之後,孝景皇帝陛下玄孫,當今天子按譜賜爵的皇叔,兄長何不棄江東歸降我主。在上可以立功報效朝廷,以盡爲臣之道,了卻祖宗的遺念;在下你我弟兄共扶一主,終朝相處,不亞伯夷、叔齊,這是公私兩便之事,有義有情,兄長何樂而不爲之?"諸葛亮又不受近在咫尺"號稱八俊,又招求儒士"的劉表的厚聘,入其幕府,而是當"輒拒塞,未與處畫"。

當時曹操雄心意圖:第一步是消滅劉備,併吞荊州;第二步是征服孫權,奪取江東,從而統一南北。這兩步的關鍵在於奪取荊州,消滅劉備。這時孫權"擁軍在柴桑,坐觀成敗"。劉備爲着抗曹圖存,需要聯合劉表與孫權,據有荊州的地盤與軍需,尤需運籌帷幄、出謀劃策的理想軍師,扭轉敗亡的局面。宋葉適在《習學記言序目》中說:"劉備與關羽、張飛、糜竺、簡雍,流轉南北,自壯至老,殆絕資身之策,而亮教以取荊益,然後卒成天下三分。"這見解是很深刻的。操軍南下,迫使荊州人民和荊州地主階級各派政治集團,作出抉擇,需要强有力的領導集團,阻擊曹操。諸葛亮身遭軍閥混戰之苦,抱着"興復漢室"的決心,躍出茅廬,大顯身手,正是實現管樂之志的難得形勢。諸葛亮在曹操、孫權、劉表、劉備四個政治集團中獨選力量最小、首當其衝、敗亡在即的劉備,也有其深刻的內容。

諸葛亮的隆中策就是圍繞着和針對着曹操及其南伐荊州這一軍事行動而設計的。第一策是聯絡東吳,擊敗曹操,奪取荊州,作爲戰略地盤;第二策是進取益州,南撫夷越,西和諸戎,依仗荊蜀天府之國,土肥糧足,地勢險要,外聯東吳,以爲後援,建立鞏固的蜀漢政權;第三策是內修政治,富國强兵,然後師出伊洛、秦川,出祁山北伐,進取中原興復漢室,實現中國統一。概括地說是:聯絡孫權,奪取荊、益,北伐中原,消滅曹魏。諸葛亮的隆中策,從提出到實踐,這一方針戰略始終不移。但他不向荊州的統治者漢室的後裔劉表進獻,目光卻投向沒有立錐之地的劉備。諸葛亮的識見,豈常人所能理解?

這時中國地主階級有四個政治集團,曹操、孫權、劉表、劉備為各集團的代表人物。

曹操出身於世家宦族。父親曹嵩官至太尉。"少機警有權數。"二十歲舉孝廉,博覽群書,文學、兵書造詣尤深。注過《孫武十三篇》及撰《兵法提要》。剿黃巾,誅董卓,滅袁氏,擁帝遷都。一憑他的雄才大略,渾厚的政治勢力;二憑"推心以待智謀之士"。曹操有個智囊團,為其知識外庫。東漢末年,桓靈失政,群雄割據,廝殺混戰。袁紹四世三公,地跨並州、冀州、青州、幽州,卻為曹操擊敗,統一黃河流域。這為什麼?曹操懂得招賢納議。知人之長,盡士之謀。袁紹憑老資格,剛愎自用。漢獻帝從長安逃歸洛陽,末路窮途,孤家寡人,可是政治上號召潛力尚在。袁曹雙方俱有謀士獻策。迎立獻帝,這篇文章該做。謀士沮授勸紹:迎大駕安宮鄴都,然後挾天子以令諸侯,畜士馬以討不庭。沮授目光如炬,一路擊中要害,可謂妙計上策,袁紹祗當是耳邊風。曹操謀士毛玠也提出:奉天子以令不臣,修耕植、畜軍資的建議,曹操聽着吃驚,連連稱贊,以為樹基建本的大計。並採荀彧的補充意見:奉迎天子都許。部署工作迎獻帝至於許昌,包圍起來。從此獻帝成為曹操手掌中的傀儡,可以挾天子以令諸侯。在那群雄割據的年代裏,取得合法地位。爭奪戰中,師出有名。曹操調兵遣將,冠冕堂皇,站在主動地位,順利得多。官渡之戰,袁曹兩方實力懸殊,曹操必須以少勝多,以弱勝強。曹操採取郭嘉的建議,趁袁紹北擊公孫瓚時,東擊呂布。曹操取了呂布,穩定南方,祛除後顧之憂。可以集中兵力,與袁紹在官渡決戰。若是袁紹早與呂布聯絡,成為羽翼,那就受害不淺。袁紹待人外示寬和,內存忌刻。曹操明達不拘,唯才是用。王夫之說:"孟德智有所窮,則荀彧、郭嘉、荀攸、高柔之徒左右之,以算無遺策。"從而取得領袖地位,割據一方,挾帝自重。可是荊襄之士對於曹操飛揚跋扈，衹是由於權術。諸葛亮、徐庶、孟達、石韜、司馬徽、龐德都罵"操爲國賊，權爲竊命"，"以興微繼絶克復爲己任"。信奉正統，擁護漢室，痛恨軍閥黑暗政治，反對曹操割據一方，思借漢室人物，實現安定統一的封建秩序。曹操集團站在諸葛亮的對立面，諸葛亮自然不會"委身曹氏"。

孫權一仗江東物饒國險，二襲父兄二世餘蔭及其個人才幹。兄長孫策臨終時説："舉江東之衆，決機於兩陣之間，與天下爭衡，卿不如我。"孫策死時，已打下獨霸江東、割據自保的初步規模。但至孫權，衹是採取守勢。興復漢室，統一中國，又患師出無名。諸葛亮在東吳，自"不肯留"。

劉表是東漢名士，號稱"八俊之一"。漢獻帝初平元年出任荆州刺史。興學校，修禮樂，招收儒士，雍容文義。胸無大志，不曉軍事，衹圖自保一方。關東諸軍討伐董卓，表示參加，卻是坐觀成敗。官渡之戰，袁紹求援，口頭答允，並不發兵。缺乏政治卓識、政治才能；衹想漁人之利，實際一無所得。王夫之説："表雖有荆州，而隔冥阨之塞，未能北向以争權。"現在曹操削平袁紹、袁術、呂布、張綉、陶謙，平定東北少數民族烏桓之亂，北方統一，乘勝南下，併吞荆州，聲稱和江東孫權"會獵於吳"。荆州首當其衝。從地利看，荆州是中南、西南地區的政治、經濟重心，南北交通的軍事咽喉。官渡之戰，劉表手下謀士韓嵩、劉先指出："豪傑併争，兩雄相持，天下之重，在於將軍。"諸葛亮説："荆州北據漢沔，利盡南海，東連吳會，西通巴蜀"，可以"據之以成帝業"。表有雄心，可據以成天下三分，勤王問罪，以圖天下。但表内則兩子劉琦、劉琮"素不輯睦，陰規圖計"；外則"軍中諸將又各有彼此"。荆州前途，勢如墜卵。劉表衹知"中人以下自全之策"，不知自負"兵戎之任"，卻思以"詩書禮樂之虛文"，"保土安民"，譬之緣木求魚，怎能如願以償。諸葛亮因説："此足士大夫遨遊之去處。"同時，劉表爲人，"雖外貌儒雅，而心多疑忌"。劉備投靠，並不重用。兩次建議襲許，並未採納。招兵買馬，重整旗鼓，卻受猜忌。"有才不能用，聞善不能納。"空有荊州這塊戰略地盤。諸葛亮瞭若指掌，怎會借劉表倚持天下之重的荊州，與之"處劃"，獻其隆中之策，以一施展其政治才能呢？

劉備呢，出身微賤，"不甚樂讀書"。兵將不足，沒有先天的政治、軍事勢力可以依藉；但"少有大志"，"折而不撓"，"弘毅寬厚，知人待士"。以忠義團結左右，能與群衆同甘共苦。顛沛流離，寄人籬下之時，然壯志不衰，敗而不餒。組成一支隊伍，取得一方政治領袖地位。敗而復起，散而復聚。在艱辛曲折的發展過程中，不嗜殺百姓，善待部下士卒，贏得政治上的榮譽和聲名。在北方群雄混戰的二十年中，進取無成，栖栖惶惶，但終不爲曹操所滅。被操打敗，南奔荊州，依附劉表，謀求"興復漢室，翦除國賊曹操"之志，未尚消泯。劉備是漢室後裔，提出："漢賊不兩立，王業不偏安"，頗得人心。王夫之《讀通鑑論》因説："蜀漢之義正，魏之勢强，吳介其間，皆不敵也。"在小農經濟爲基礎的封建社會裏，正統觀念地主階級便於用以籠絡人心，以爲奪取政權的有力武器。這點在農民起義猶常顯其威力。第一次農民起義陳勝、吳廣起義猶仗"秦王公子扶蘇"發難。西漢末年綠林、赤眉起義，提出"反莽復漢"的口號。"興復漢室"這點諸葛亮以及襄陽名士如徐庶、龐德、司馬徽等都是這樣主張的。"一出爲輔，處必以正。"由劉備爭衡天下，興復漢室，這是名正言順的。

軍事方面：關羽、張飛、趙雲都是勇將。關羽、張飛驍勇，堪稱萬人之敵，爲世虎臣。關羽"策馬刺顏良於萬衆之中，斬其首還"。威震華夏，逼得曹操議遷許都。若論忠義，劉備、關羽、張飛恩若兄弟，誓同生死。曹操曾譽之爲"事君不忘其本，天下義士"。張飛保駕劉備，在長阪坡：二十騎，據水斷橋，使數萬曹軍，無敢近者。趙雲一身是膽，在長阪坡穿過千軍萬馬，多次衝殺，回護後主，不辱使命。"義貫金石，忠以衛上。"這些事諸葛亮是深悉的，有敬愛之忱。

劉備集團有其弱點。劉備出身微賤，靠大商人麋竺"奴客二千，金銀貨幣，以助軍資"起事。關羽、張飛是涿郡遊民，趙雲是下級吏，麋竺是商人。簡雍、孫乾官"從事中郎"，屬文筆小吏，所以難得統治階級上層政治集團和强大地主勢力的支持；不過易得中小地主與庶族地主的擁護與同情，與廣大群眾有着社會聯繫。劉備讀書不多，雖有大志，在南征北戰的發展過程中，缺少卓識遠見，制定政治方針與策略，没有固定地盤。初是"往奔青州公孫瓚"，繼依"徐州牧陶謙"，"又歸曹操"，"再歸袁紹"，"敗奔荆州依附劉表"，思想利用軍閥力量，打倒軍閥，打敗曹操。以期完成統一戰爭。祇是亂打一通，敗後各處依附，没有安身立命之地。劉備與孫策、曹操幾乎同時登上政治舞臺，左衝右突，南北征戰，卻不能稱霸一方。劉備麾下，戰將不多，文才奇缺。關羽、張飛忠義英勇有餘，謀略不足。劉備十五歲向同郡大儒盧植問學，學問不深。劉備與曹操比，政治才能不及。曹操麾下運籌帷幄，出謀劃策者衆。郭嘉、荀彧、程昱都是智囊。劉備從起兵開始，對形勢就缺乏明確認識，提不出一套政治方針，軍事戰略，組成文武領導班子。那麼"掃除寇難，靖匡王室"，將成空中樓閣。故而求賢若渴，牢記心頭。

諸葛亮山東琅琊郡人，避亂南下，十七歲隱居於南扼江漢，西屏川陝的戰略要衝的襄陽隆中，静觀時代風雲。目睹軍閥割據，驕橫殘殺，戰亂頻繁，生靈塗炭。因謂："苟全性命於亂世，不求聞達於諸侯。"實是不甘與軍閥同流合污。隱逸山林，養志樂道，過着躬耕田園的生活，卻是少有逸群之才、管樂之志。身遭流離顛沛之苦，目睹人民橫遭屠戮之慘，企待輔佐明主，結束混戰,做個統一戰爭的管、樂、肖、曹人物。故而隱居隆中,實是刻苦學習,研習經史,調查研究,各地遊學,結識社會名流,抨擊黑暗統治,抒發志向,決心幹一番事業。"窮則獨善其身,達則兼善天下。""淡泊明志,寧靜致遠。"

諸葛亮客居荆州,結識沔南大名士龐德公,襄陽大名士黃承彥。兩公俱"盛德之人,南州士之冠冕"。亮至其家,"獨拜床下"。同窗徐庶、石韜、崔州平、龐統。常相分析時政,研討國情。博覽群書,諳習韜略。目睹人民苦難,哀念蒼生。以隱逸為名,不與軍閥合污。荆襄一帶有着廣泛的影響,形成社會群衆勢力。當地人民稱之為"臥龍""鳳雛""水鏡""龐公""名士""南州士之冠冕";而諸葛亮為其代表人物,佼佼者。劉備三顧茅廬,實由於徐庶、司馬徽的揄揚推薦。"未見其人,已聞其聲。"諸葛亮的隆中策,不僅是其個人天才創作,亦為這一集團智慧的結晶,反映着共同的政治理想。諸葛亮自是學識淵博,見解深刻,有其卓越的政治的組織的才能。由於其政治理想,反映着人民的願望,人咸欽佩敬重,因而:"人稱臥龍,名震荆襄。"

劉備三顧茅廬,豈為偶然?劉備時年四十九歲,久歷征戰,皇室後裔;諸葛亮年二十七歲,山林隱逸,名不見經傳。劉備為有相當影響的政治領袖。曹操曾說:"天下英雄,唯使君與操耳。"袁紹、陶謙、劉表傾向敬重,"以上賓之禮"待之。郭嘉、荀彧、程昱、魯肅、周瑜都贊"有英雄之志","甚得衆心,終不爲人下,不如早圖之。"三顧茅廬,劉備主動,慧眼識英雄,說明劉備眼力過人。並云"欲信大義於天下,而智術淺短",請教"計將安出?"這不僅說明劉備謙和,且有自知之明。三顧之時,"恩若兄弟,誓同生死"的關羽、張飛再三阻攔,置之不顧;諸葛亮三次擋駕在所不計。隆中一對,劉備歎曰:"孤之有孔明,猶魚之有水也。"劉備愛才如命,求賢若渴之心,躍然紙上。三顧茅廬可見劉備的決心。諸葛亮思想深處，政治理想，"興復漢室"，統一中國，基本上與劉備一致，又感於劉備有着自知之明，寬厚待士，有用人的政治才能、卓識與風度，故而中心感激，毅然出山。在古人說，這是君臣大義。在今人講，處理領導與被領導關係，實有值得學習與借鑒之處。自是以後，諸葛亮奉行君臣大節，春秋大義，"兩朝開濟老臣心"，親督三軍，披荆斬棘，表現出堅定的信念、雄偉的氣魄、頑强的毅力。崛起荆州，建安十三年孫、劉聯盟，赤壁抗曹。六七年間建立蜀漢政權。獻身遂志，輔助王業，終至病死五丈原。"鞠躬盡瘁，死而後已。"可謂：事君典範，能致其身。實際也是爲着國家民族的統一，奮戰一生。人民群衆因而高度贊揚，廣泛傳誦，寫下光輝的一頁。

編者説明：本文據手稿録編。原無標題，今題爲編者酌擬。

《三國演義》所寫的戰爭

　　《三國演義》是長槍書，擅於描寫軍事戰爭。它所寫的軍事戰爭，如《官渡之戰》《赤壁之戰》《六出祁山》《七擒孟獲》表現了作者的宏偉構思，給讀者以深刻的印象。《三國演義》寫軍事戰爭，注意到軍事戰爭與政治鬥爭的關係。毛主席説：戰争是流血的政治。這是《三國演義》描寫軍事戰爭的特色。

　　《三國演義》寫戰爭是有層次地進行的。小説在寫戰爭的同時，注意刻畫人物形象，細節描寫，戰爭場面，色彩斑斕，使人看了不倦。

　　《三國演義》在寫戰爭中同時寫了人物，其他小説寫戰爭，往往祇寫具體的戰爭過程。拿刀拿槍，大戰三百回合，表面緊張。三國從戰爭中寫人物，突出人物性格。今舉《赤壁之戰》爲例。43～50回確定三國鼎立的形勢。寫人物、戰爭準備、過程，正文卻很少。

　　（手稿此處有戰争路綫圖，略）

　　火燒新野後，劉備敗走，曹操領八十萬大軍，號稱百萬，孫權不到六萬，劉備不到二萬。孫劉如不聯合，勢必一舉擊敗，聯合可能抵抗。聯合關鍵，在於孫吳。當時孫權猶豫不決，文官投降，武將主張抵抗。孫權本人有膽有識，不願投降，但能否勝利，沒有把握。諸葛亮跑到柴桑，拜見魯肅。魯肅忠於孫權，不願投降,老實人缺少辦法,教諸葛亮不要把曹操兵多將廣告訴孫權。諸葛亮感到孫權非尋常人,見了孫權就激他投降。孫權回問劉備,亮說劉備乃堂堂帝胄,豈肯投降。孫權聽了惱火,但問題沒有解決,就召周瑜。周瑜也忠於孫權,且有抵抗辦法,有手段。諸葛亮去見周瑜,瑜對肅說投降,魯肅反對,諸葛亮冷笑。周瑜用心是威嚇劉備,從而爭取領導權。諸葛亮明白,說話激他,說不必戰,也不必降,祇需小舟一葉,把大小二喬送去就好了,並引《銅雀臺賦》爲證。周瑜聽了跳了起來,大罵曹操老賊。周瑜年少氣盛,諸葛亮利用他的弱點,激起他的主戰心,忘了威嚇劉備。於是魯肅、周瑜同諸葛亮去見孫權。周瑜指出曹操弱點,長江天險,北軍不習水戰,可以守戰。孫權下了決心,拔劍把桌子砍了一角。要打,孫、劉必須聯合,問題還未完全解決。接着孫、劉的關係微妙複雜,既聯合,又摩擦,雙方慢慢改變。周瑜有識有謀,但有忌嫉心。孫權表面上下決心,還怕寡不敵衆。周瑜夜見,權說出心裏話,瑜說曹軍實際祇廿多萬,孫權決心纔下。諸葛亮早已料到。周看諸葛亮計謀高人一籌,把諸葛亮留着,終是東吳一患,於是暗下殺亮之心。周派諸葛帶關、張去燒曹糧食,祇有一千人,想借曹操來殺他。魯肅從中調和,認爲這樣對吳不利。魯問一千人怎用?亮誇我什麼戰都能。魯肅把話傳與周瑜,周瑜生氣,不要諸葛亮去了。周瑜仍想殺他,最有名的是"草船借箭"。

《三國演義》寫戰爭,重點擺在寫戰爭的指揮者、決策者,人物與人物之間的關係,不放在寫打仗。鬥智更容易顯示人物的智慧。周瑜連用三計,"反間計""苦肉計""連環計"。蔣幹自負而愚蠢,想勸說周瑜,卻盜了假書,上當殺了張、蔡。黃蓋假裝投降曹操。曹操在這三計下,不是愚蠢,而是狡猾。殺張、蔡他覺察中計卻晚了。連環計有人說:東吳用火攻如何?曹說:冬天祇有西北風，沒有東南風，想不到諸葛亮會借東風。曹操橫槊賦詩，有自滿情緒。四十八半回，好像與故事無關，卻不可少，説明驕者必敗。一半寫刀光劍影，還是在寫人物。周瑜的才華，諸葛亮的神機妙算，東吳將官的相互幫助，曹操的自作聰明，關公的義氣。

《三國演義》寫大小戰爭，不一般化，不雷同。有的一刀砍於馬下，有的大戰三百回合，比氣力。顏良連殺二將，曹操激關羽。關羽驕傲耐不住，一馬衝去，顏良措手不及。文醜半路追來，關羽大喝，賊將休走，戰未三合，繞河而走，馬後一刀，斬於馬下。

寫戰爭複雜多樣，變化多端，偶然因素，與必然發展交織起來寫。顏良不知道赤兔馬快是偶然因素，殺了顏良，下馬割了他頭，再上馬而走，不寫殺了顏良就走。祇是寫關羽如入無人之境，毫無顧慮。細節描寫顯示人物性格。寫戰爭用火十多次，不一樣。赤壁之戰最生動。博望坡、盤蛇谷、上方谷、濮陽、猇亭。博望坡，狹路，兩旁蘆葦，秋天，趙子龍誘引夏侯惇入此，有利火攻。盤蛇谷打孟獲，藤甲軍刀槍不入，坐藤過河。諸葛亮引入崤谷，設有橫木。藤甲軍大意。山上推下石望斷路。上方谷打司馬懿，誤認柴草爲糧，後逢大雨得脱。吸引人。

編者説明：本文據手稿録編。

《三國演義》所寫"失街亭，斬馬謖"一役略議

　　《三國演義》中的諸葛亮人物形象，在民間傳説中，藝人和作家根據歷史人物的素材，按照藝術規律，豐富其細節描寫，這個形象就不斷發展塑造成爲人民智慧的化身。

　　可是諸葛亮的治蜀和出師祁山在戰略和戰術上是有他的失誤的，可資借鑒。

　　諸葛亮入蜀後，没有把培養人才擺到一個重要的地位，放到議事日程上來，這不能不説是一個失誤吧！這暫不議。

　　這裏，就《三國演義》第九十五回"馬謖拒諫失街亭，武侯彈琴退仲達"和第九十六回"孔明揮涙斬馬謖，周魴斷髮賺曹休"兩回來議一議吧。這兩回書，京劇稱爲"失、空、斬"。是贊賞諸葛亮在軍事失意時的機智與軍紀嚴明的。

　　當時荆州已失，和吳政策已被關羽、劉備破壞；諸葛亮治蜀，積廿一年的修養生息，撫南蠻和吳。根據地祇有四川，地盤最小，給養不足。所以諸葛亮的六出祁山，勞師襲遠，是以攻爲守，還是失策，值得探索。諸葛亮心勞力絀，秋風五丈原，一命歸天。"志在出師表"，爲他的"鞠躬盡瘁，死而後已"精神感動，肅然起敬，這是對的。但使蜀國傷了元氣，失吳而亡，恢復漢室，急於求成，不能不使後之讀者，於中獲得教訓的。

　　六出祁山，應可説是蜀漢存亡的關鍵。初出祁山，蜀方勝

利。諸葛亮連得三郡，孟達爲其內應。司馬懿説："諸葛亮兵在祁山，殺得內外人皆膽落。今天子不得已而幸長安。""孟達一舉，兩京休矣。"二出諸葛亮就失利。司馬懿若擒諸葛亮，則蜀亡可待。街亭爲漢中咽喉，秦嶺西的一條要路，司馬懿料定諸葛亮要從這裏進軍，諸葛亮也料定："司馬懿出關必取街亭，斷吾咽喉之路。"司馬懿遂派張郃親自出馬，諸葛亮乃任馬謖。

諸葛亮聞司馬懿出關，大驚。此時，魏延主張從子午谷出兵，逕取長安。諸葛亮生平用兵不行險，因而沒採納他的意見。派趙雲出箕谷，以爲疑兵。逢魏兵，或戰或不戰，以驚其心。令姜維兵出斜谷，自己由斜谷取郿城。那麽，諸葛亮此際怎樣來布置守街亭呢？如何委任將領？

諸葛亮未能開帳議事，而是採取慣用的"激將法"，讓人自告奮勇。問道：誰敢引兵去守街亭？馬謖參軍就站出來報告，這該説是很好的。諸葛亮未予鼓勵，卻是潑下涼水，再激説道："街亭雖然小可之地，干係有泰山之重；倘街亭有失，吾大軍皆休矣。"諸葛亮深知："此地奈無城郭，又無險阻，所守之極難。"深懷憂慮，何嘗不是；但對馬謖爲其負責，理當語重心長道之，使其懂得分量之重；馬謖祇是受激，心不平靜。於是自誇：某自幼熟讀兵書，頗知兵法；豈一街亭不能守耶？諸葛亮再説："司馬懿非等閒之輩，更有先鋒張郃之勇智謀過人，乃魏之名將，恐汝不能敵之。"馬謖失其理智，大言不慚便道："休道司馬懿、張郃，便是曹叡親來，有何懼哉。若有差失，乞斬全家。"馬謖説這些話，實是諸葛亮逼出來的，或者説，諸葛亮對馬謖看這問題沒有引導好啊！馬謖就這樣立下了軍令狀。看來街亭之守，責任分明都在馬謖身上，但諸葛亮就是這樣處理這個問題嗎？

諸葛亮便喚王平來，託以重任，告以按兵下寨必當要道之處。安營既畢，便畫四至八道地理形狀圖本來我看，商議行事，所守無危，則是取長安第一功也。

看來諸葛亮對守街亭的安排，周至詳細。但深辨之。諸葛亮委馬謖出任，理應獎勵，使之興慰。下寨安營之道，自當先與說明，使之開竅，心中有譜。倘不理會，或是固拒，再囑王平，以爲補救。豈可對於馬謖，一味刺激，不作任何交代；而將布防對策，授與王平、高翔、魏延；復囑趙雲、鄧芝各引一軍，出箕谷以爲疑兵。這使馬謖用兵，心中無數。既不知己，亦不知彼。怎能完成任務？諸葛亮的另綫布置，足使部下分歧。馬謖安能統一指揮，做到指揮若定，從容裕如。諸葛亮即有妙策，馬謖亦難以貫徹。

馬謖自是一個"教條主義者"，對問題固看不清楚，認識又提不高，祇知固執己見。在諸葛亮的憤激之下，因笑曰："丞相何故多心也？"不聽王平勸告："參軍差矣，若屯兵當道，築起城垣，賊兵縱有十萬，不能偷過。今若棄此要路，屯兵於山上，倘魏兵驟至，四面圍定，將何策以保之。"祇是主觀行事，搬出教條嚇人："汝真女子之見。兵法云：'憑高視下，勢如破竹。'若魏兵到來，吾教他片甲不回！"王平再駁，馬謖執拗自大。認爲他是主帥："丞相諸事，尚問於我，汝奈何相阻耶？"王平於是分兵自去下寨。星夜稟告孔明。王平與馬謖不和，王平宛如在打小報告。

司馬懿看得清楚，探知馬謖守山，因笑馬謖：徒有虛名，乃庸才耳。孔明用如此人物，如何不誤事？孔明見了王平所呈圖本，拍案大驚。曰："馬謖真匹夫，坑陷吾軍。"街亭之失，斬了馬謖，同時，"自貶三等"。

諸葛亮對於街亭之守，在《三國演義》寫來、讀者看來非常細緻，周密布置戰役。馬謖立了軍令狀，諸葛亮並不完全信任他的能力，派王平做他助手，知其"謹慎"，囑"下寨必當要道之處"，便畫"圖本來我看"。還派高翔帶一萬兵去屯街亭東北到柳城，再派魏延去街亭右面。對敵人警惕性強，戰略布置周到。馬失街亭，諸葛亮"自貶三等"，勇於認過。看來街亭之失，祇是馬謖之罪，諸葛亮祇是用人不當，具體布置，未見一失。不知諸葛亮行事，亦有失誤。大敵當前，諸葛亮在這關鍵性的問題上，可不議事，説明謀略。用兵之道，自操勝算，何不先向馬謖説明、交換意見？囑王平打小報告，實非良策。王平與馬謖認識不能統一，行軍用兵，怎會戮力同心？俗云：用人不疑，待人以誠。諸葛亮於馬謖不信任；而於王平吐以肺腑。兩人感受不一，便易發生分歧。諸葛亮對王平所言，正可向馬謖説，榮辱與共，何用保密？軍令狀是馬謖立的，敗了殺馬謖的頭，勝利當屬馬謖的功。諸葛亮垂直領導王平，説與策略，許以取了長安第一功是王平的，似亦欠妥。以此諸葛亮"自貶三等"，自知失誤，亦見其有自知之明的。

編者説明：本文據手稿録編。

唐耿良説《三國演義》源流

杭州大學中文系主講元明清小説的教師，爲配合元明清小説教學和研究，敦請上海評彈團副團長、著名蘇州評話"三國"表演藝術家唐耿良先生講學與演出。講題：蘇州平話"三國"的沿革和發展。演説"孔明草船借箭"和"張飛三闖轅門"。唐先生辨章學術，考鏡源流，議論宏富，識見精闢。於張燈時分演出，刻畫人物，叱咤風雲，傳神繪色，聽者聚精會神，或張口結舌，或哄堂鼓掌，不能自已，歎爲觀止。譽爲藝術上乘，傳爲上庠佳話，錢塘盛事。其述"三國"演説沿革，敘述如次：

《全相平話三國志》，魯迅先生認爲："詞不達意，粗具梗概而已。"此著距今已六七百年，爲當時説話藝人的底本。瓦舍演出有許多東西藝人臨場發揮；因此，實際演説當較話本豐富得多。元末明初，羅貫中《三國志通俗演義》本出。凡二十四卷，二百四十則。此著比起平話本來，内容有了很大發展，添入了一些正史資料，削去許多荒誕不經的東西，對民間説書藝人的口頭創作作了纂修。記事跨度較大，從漢獻帝中平元年（184年）到三國統一（280年），凡九十七年。人物衆多，頭緒紛繁。材料豐富，情節曲折。緊緊抓住主要人物和主要矛盾，給以敷敘、開展，脈絡分明，環環入扣。組織嚴密，結構謹嚴。在社會上影響很大。諸葛亮成爲智慧的化身，爲廣大人民群衆所喜見樂聞。據記載説：

張獻忠營帳中常常備有"三國""水滸"，把它作爲帳中通俗的"孫子兵法"。太平天國起義軍中也學習過"三國"的戰術。《三國志通俗演義》傳到清康熙時，蘇州毛宗崗毛氏父子將此著作了修改、潤色與點評，成爲社會上的通行本。

蘇州平話"三國"，是從羅本、毛本"三國"發展起來的。小說定型，迄今無甚變動，平話發展很大。如我說"三國"，擇取自39回"博望坡軍師初用兵"到第50回"諸葛亮智算華容"這一大段。每回要講二三個鐘頭，共六十回。我的先生唐再良，教時祇五萬字，到我手裏就擴大爲一百二十萬字。記錄下來，人家據此推演，還要不斷發展。平話是多少代藝人的心血結聚，在不斷修改中豐富的。它是群衆的集體創作。《三國志通俗演義》小說，是敷衍正史，是對正史的虛構。平話又是敷衍小說，是對正史的虛構，是虛構的虛構。例如"草船借箭"，正史上並無記載。羅書中祇半回。到了我們手裏，就成爲三回書。張飛與諸葛亮的矛盾，羅本中祇有一句，就是張飛說劉備"哥哥何不使水去"，在我們平話中卻撰出"張飛三闖轅門"三回書。

聽了唐先生的講學，我們深深地理解到從口頭文學到書面文學，再到口頭文學的不斷發展，《三國演義》的成書和說話與小說的關係等，從說話到書本，從書本返到說話，相互推進發展的關係。

編者説明：本文據手稿録編。唐耿良先生這次來杭大，時在1983年3月。另有尤抄稿《上庠的佳話 錢塘的光彩——記唐耿良來杭大的講演》，5000餘字，刊《古今談》1996年第三期，此略。

《紅樓夢》概説

一、《紅樓夢》的作者

《紅樓夢》作者曹雪芹,名霑,字夢阮,號雪芹,約生於清雍正元年癸卯(1723),卒於乾隆二十七年壬午(1763),年約四十歲。他的祖先扈從清代統治者征戰,博得宮廷寵倖,成爲一時望族。康熙二年,清廷在江寧設織造衙門,第一任官就由曹雪芹的曾祖曹璽擔任。嗣後祖父曹寅、父輩曹顒、曹頫,父子兄弟相襲,做了六十五年。有時還兼任蘇州織造和兩淮鹽政。曹賈一代是曹家全盛時期。康熙五次南巡,四次把江寧織造署作爲行宮。江寧織造是内務府的肥缺,也是皇帝的近倖,實際上是享有特權的一個封建階層。這官的職務是替皇帝採辦宮廷所需的衣料、裝飾和日常用品,實際卻是代理清王朝控制江浙的絲織工商業,成爲封建皇室掠奪財富的代理人;同時又是監視地方政治動態的耳目。曹家世襲這個官職,成爲典型的官僚世家,他們憑藉這種勢力,圈買土地莊園,擁有廣大土地和衆多莊丁。指定莊頭,負責收租,對農民進行殘酷的掠奪和剝削,曹家就依靠收租剝削,過

着吃、喝、穿、玩的豪華生活。這就成爲曹雪芹寫作《紅樓夢》中
描寫賈家貴族生活的基礎。

康熙皇帝死後，兒子雍正用陰謀手段上臺。清朝統治集團
内部的爭權奪利的鬥爭十分尖銳。雍正爲了鞏固他的統治權，
殘酷壓迫他的兄弟輩，消滅異己的政治勢力，培植新黨羽。曹家
因與上層統治集團的爭奪有牽連，成爲被打擊的重要對象。雍
正六年，曹頫免職，那時曹雪芹約四歲。次年曹家被抄，南京的
房屋全部没收。名義是虧空庫銀，實質則是政治打擊。"富貴流
傳，已歷百年"的曹家，很快歸於没落。雍正十三年，曹頫離開金
陵，家遷北京，那時曹雪芹約十一歲。乾隆接位，起用曹頫爲内
務府員外郎。曹家有些復興，不久又遭一次打擊。在曹雪芹二
十歲左右，曹家便一敗塗地。

曹家藏書甚富，善本書就有三千多種。曹寅負責《全唐詩》
的刊刻，又曾選刊《棟亭十二種》。當時名士許多是他家的座上
客。外賓來華，不少與織造衙門打過交道。江南庭園建築，姹紫
嫣紅，流風遺韻，這些曹雪芹都有所聽聞。

曹雪芹少年經歷過一段繁華的貴族生活，家遷北京，情況大
變。晚年住在北京西郊，依靠賣畫和親友幫助生活。曹雪芹生
活於封建社會開始走向最後崩潰的轉折時期，親身體驗了統治
集團内部劇烈的政治鬥爭和家庭的激變。先是賴着"天恩祖德"
過着"飫甘饜肥"的生活；但他並未頹廢消沉，《紅樓夢》正是他在
極端困苦的環境下寫成的。"蓬牖茅椽，繩床瓦灶，並不足妨我
襟懷"。他是嚴肅地、積極地堅持着他的創作活動的。

曹雪芹出身於封建官僚大家庭，但不同於一般的紈綺子弟，
早年他在皇家的右翼宗學裏供職，卻是鄙棄世俗，嘯傲詩酒，刻
苦自勵，戛戛獨造。他的朋友敦誠寫詩贊他：

……愛君詩筆有奇氣，直追昌谷披籬樊。當時虎門數

晨夕，西窗剪燭風雨昏。接䍦倒著容君傲，高談雄辯虱手捫……

高談雄辯，不同凡響。朋友贊他："詩追李昌谷。"推崇他："知君詩膽昔如鐵，堪與刀穎交寒光。"張宜泉復用唐代畫家閻立本的故事，吟詩頌他："苑召難忘立本羞。"拒絕過皇家畫苑的召聘，更可看出他的性格高傲，蔑視權勢。弱冠以後，曹雪芹僑居北京西郊，"饔饗有時不繼"，使他有機會接觸到一些窮苦無告的農民，看到在貴族生活圈子裏所看不到的東西，從而使他逐漸認識到當時農民生活的艱辛，以及天災人禍帶給他們的深重災難。

曹雪芹是在"衡門僻巷"的境遇下寫作《紅樓夢》的。當時心情，可能把它作爲官僚家庭的挽歌來寫的。他惋惜着貴族地主的不可挽救的命運，充滿着留戀、感傷、哀悼、怨恨的氣氛；同時，又有他自己的憧憬。他不滿意於官僚地主階級生活的腐化與醜惡；卻又熱愛書中像賈寶玉、林黛玉那樣有着叛逆性格的人物。曹雪芹愈是追求他的理想，便是愈加憎恨壓在這些人物頭上的封建勢力；從而大膽對這制度存在的懷疑。這就使他的作品，不僅真實地攝寫了現實，而且曲折地反映了社會的新生力量。

曹雪芹是一個有着反對封建正統思想的知識分子。一部《紅樓夢》就是他的世界觀的結晶。在《紅樓夢》中表現出他濃厚的反儒學的傾向，對於孔孟之道和程朱理學，提出了大膽的懷疑和批判。他的朋友經常把他比作魏晉時的阮籍，說他"羹調未羨青蓮寵，苑召難忘立本羞"。這就說明他不願與那些當道的豪門權貴同流合污。在《紅樓夢》中，曹雪芹無情地鞭撻那些黑暗和污穢的同時，還熱烈歌頌他所理想的人物，並且把這兩者加以對照。曹雪芹無愧爲封建社會的黑暗和罪惡的"熱烈的抗議者、憤激的揭發者和偉大的批評家"。

當然，曹雪芹畢竟還是封建階級的文藝家，他對封建社會的批判不可能超脱時代和階級所給予他的限制。他不懂得封建階級之所以必然没落的真正原因，也不可能找到解决社會危機的真正的出路，以致祇能用因果輪迴的宿命觀點加以解釋，同時還不時流露出對舊日繁榮的眷戀之情。所謂"看來字字皆是血"，實際他是流着眼淚爲本階級唱挽歌的。在《紅樓夢》中，曹雪芹寫出四大家族由盛而衰的歷史。他是希望他們驚醒過來。他的思想核心，可用"補天"兩字概括，即補封建制度之"天"。曹雪芹的"補天"思想，歸根結底，表明他仍然是一個封建階級的改良派，而不是新興的階級力量的思想先驅。他的世界觀，雖然對儒家持批判的態度，但從根本上來説，並没有超越儒、釋、道三家的範圍。在《紅樓夢》中，固然可以看到他的叛逆思想，但是他對集中代表着封建制度的皇帝和君權，並不否定；也不否定作爲封建社會的基礎的土地制度。他雖然同情下層人民的生活貧困，但對於農民起義完全採取敵視的態度。曹雪芹用他的有力的現實主義的筆觸，寫出了腐朽没落的封建階級無可挽回的歷史命運，爲我們留下了一份寶貴的文化遺產。

曹雪芹寫作《紅樓夢》，他説："於悼紅軒中，披閲十載，增删五次，纂成目録，分出章回。"設計組織好了，再分回寫的。這是符合一般章回小説的寫作過程的。但在曹雪芹生時，祇有稿本前八十回抄本流傳。每册四回，共二十册，題名《石頭記》。其餘零稿，或者正在寫作、潤色之中，或者因爲有着"關礙"，没有傳抄，而擱庋家中。不幸曹雪芹急病死亡，零稿没有廣爲流傳而易於散失。曹雪芹死後二十餘年，就有一位現在還未查出姓名的作者，出而續寫。這人看來見過零稿。嗣後，高鶚又根據這個本子補寫，並且把它刊刻出來。這時《石頭記》並改名爲《紅樓夢》。

無名氏續書，高鶚補書基本上按照曹雪芹的意圖寫的。前後雖然有些乖誤，筆調基本上是一致的。《紅樓夢》便於閲讀，和續書、補書的成功是分不開的。但就高鶚來説，他的生活經歷、社會地位、精神世界以及藝術才能和曹雪芹大不相類。例如：高鶚站在封建衛道者的立場上，硬要給賈家以一個"家道之興""蘭桂齊芳"的結局。賈寶玉出家了，不但被封爲"文妙真人"，而且居然披着大紅猩猩氊來向賈府跪拜，這種腐朽的正統觀念和拙劣之筆，就使後四十回某些部分在很大程度上削弱了原書的思想性和藝術性。

高鶚，字蘭墅，別號紅樓外史。乾隆五十三年戊申舉人。乾隆六十年乙卯進士，授內閣中書。嘉慶四年由內閣侍讀選江南道監察御史。嘉慶十八年升刑科給事中。著有《吏治輯要》《蘭墅文存》《蘭墅十藝》等書，傳於世。

二、《紅樓夢》的時代背景

"一定的文化是一定社會的政治和經濟在觀念形態上的反映。"《紅樓夢》產生於十八世紀中葉清朝乾隆時期。清王朝是中國封建社會的最後一個王朝，乾隆時期又正是這一王朝由盛而衰的一個轉折時期，因而也是幾千年的中國封建社會走向最後崩潰的轉折時期。這時封建主義的經濟基礎已經徹底腐朽，新的資本主義生產關係的萌芽正在復蘇和發展。尖銳的階級鬥爭，必然在蘊蓄着新的更大規模的農民革命的風暴。

《紅樓夢》所反映的時代，農民所受的剝削是十分慘重的。封建統治階級的租税，商業資本和高利貸的盤剥都壓在他們頭上。土地大部分操控在官僚地主階級手裏。《紅樓夢》第五十三回寫烏進孝向賈府納租，可以作爲例證。在一個大荒年裏，黑山村烏莊頭就送去大米一千石，各色豬一百隻，羊八十隻，柴炭三萬三千斤，鷄、鴨、鵝各二百隻，乾蝦二百斤，雜魚二百斤，鱘魚二

百條,熊掌二十對……外賣粱穀、牲口各項折銀二千五百兩。接
管人賈珍還皺眉地説道:"我算定你們至少也有五千銀子來,這
夠做什麼的?"賈府像這樣的莊子不知有多少個。老管家周瑞曾
對賈政説:"奴才在這裏經營地租莊子,銀錢收入,每年也有三五
十萬往來。"可見農民所受剥削的慘重。《紅樓夢》中所寫的賈
府,不是一般的封建官僚地主,而是清代特有的滿洲貴族地主。
黑山村烏莊頭所繳的,不是普通地租而是滿洲貴族所特有的"莊
田"或"官莊"制度下的地租,莊丁由莊頭管理,没有人身自由。
《紅樓夢》裏所寫的烏進孝,是賈府的狗腿子,黑山村的二地主。
他所進奉的這些東西,看來驚人,但從田奴那裏剥削的,不知超出
多少,給他中飽去了。當時田奴正是處在水深火熱之中。這裏揭
録《清經世文編》卷35所載康熙時大官僚孫嘉淦所寫的《八旗公
産疏》一文,就可看見當時田奴的血淋淋的痛苦生活的一斑。

　　查我朝定鼎之初,雖將民地圈給旗人;但仍係民人輸租
自種。民人自種其地,旗人坐取其租。一地兩養,彼此相
安,從無異説。至近年以來,則旗民往往因欠租奪地,互控
結訟。其弊皆起於取租之旗奴,承租之莊頭,攬租之地棍。
小民欲治良田,必積二三年之苦工。深耕易耨,加以糞治。
田甫就熟,而地棍生心,遂添租挖種矣。稍有爭執,即以民
霸旗地告官矣。莊頭取租,多索而少交。田主受其侵盜,佃
户受其侵漁。甚且今年索取明年之租。若不預完,則奪地
另佃矣。另佃必添租。挖種業添租,租銀既重,逋負必多。
一遇歉收,棄地而逃,並少租亦不得矣。旗人不能出京,多差
家奴下屯,莊頭、地棍聲色哄誘,飲博相從,所收之租,隨手花
去,則又探次年之租矣。至於次年,無租可索,而懼主責懲,
則以佃户抗租爲詞矣。今年張甲,明年李乙。至小民以爲租
已預交,旗奴以爲並未收取,遂至互訟不休矣。田主苦於欠

租,雖有地而無利;民人苦於另佃,求種地而不得。而於中取
利,華衣鮮食者,皆莊頭、地棍之家。剝良民以養奸民,甚可
惜也。

孫嘉淦當然是站在大官僚地主階級的立場說話的,但從他的話
裏也可看出當時田奴過的是牛馬不如的生活,莊主卻騎在他們
頭上作威作福。方苞曾說:"吾家親屬及僕婢近四十人,常役上
農夫百家,終歲勤動以相奉給。"《紅樓夢》中所寫的賈府,遠比方
家闊綽。真正不知道要幾千家幾萬家農民的血汗來"供養"他
們。兩極生活如此懸殊!哪裏有壓迫,哪裏就有反抗,這就必然
加速封建經濟的解體。

這時的商業資本在清王朝一面支持、一面控制下活動。商
人與官府勾結,共同剝削農民與手工業者。商業資本的活躍,促
使統治階級的生活腐化。伴隨而來的是城市生活呈現畸形發展
的景象。政權操縱在滿洲貴族手裏,他們充作清朝統治者耳目,
爲統治者效勞,統治者自然也籠絡他們。《紅樓夢》中寫賈府年
終祭祀可向光祿寺領費,就是滿洲貴族所享的特權。這種特權
促使官場中出現了無窮無盡的貪贓枉法,與經濟上的高利貸剝
削,從而使封建經濟推向總崩潰。

但另一方面,由於清代統治者實行滿洲貴族與大官僚、大
地主專政,土地大量集中,階級分化更加激烈。高利貸和商業資
本十分活躍,都市繁榮,手工業爲了市場而生產,農產商品化加
快,國內市場擴大,國外貿易興盛,西方資本主義勢力乘機插入。
在這歷史條件下,從封建經濟體系內部苗長出來的資本主義因
素,日漸萌芽。因而在上層建築領域內,宗法封建社會的思想和
制度日益腐朽僵化,它不僅阻擋不住人民群眾的反封建潮流,而
且在封建階級內部,也激發起各種叛逆思想。例如:清朝統治者
大力提倡宋明以來代表封建正統思想的程朱理學;可是,清代反

理學的思潮比以往任何時代更爲發展。曹雪芹就是一個反封建正統、反程朱理學的勇敢的思想家,《紅樓夢》就是在這樣的時代背景下産生的。

三、《紅樓夢》中反映着四大封建家族的衰亡

馬克思、恩格斯在《共産黨宣言》中指出:"到目前爲止的一切社會的歷史都是階級鬥争的歷史。"

《紅樓夢》所描寫的以賈府爲中心的四大封建家族由盛而衰的歷史,就是一定歷史轉折時期的封建社會的寫照。我們正可以把《紅樓夢》當作封建社會末期的一部"百科全書"史來看,從而瞭解什麼是封建社會。不讀《紅樓夢》我們就不懂得封建社會。《紅樓夢》裏所寫的賈府,看來好像是詩禮簪纓之族,鐘鳴鼎食之家。花柳繁華地,温柔富貴鄉。有着高級的文化修養。賈母、賈政、王夫人對待人家客客氣氣的,積善積德。這種看法實質上是階級調和論的反映。我們撕去這層温情脉脉的紗幕,就可看見他們的驕奢淫佚的生活正建築在對農民的殘酷的掠奪與剥削上。他們既是大貴族、大官僚,又是大地主、大高利貸者。上通朝廷,中結官府,魚肉人民,無惡不作。這一小撮封建統治者是那樣的專橫凶殘,血淋淋地壓迫着廣大的勞動人民。榮、寧兩府,就是宗法、封建社會的一個縮影。在那圍墻之內,幾十個主子統治着幾百個奴才,一面是主子們的荒淫無恥、勾心鬥角;一面是奴隸的痛苦呻吟、挣扎反抗,階級鬥争尖鋭地進行着。而在圍墻之外,《紅樓夢》雖没有那麼寫,實際上是有着更廣大的勞苦大衆在向他們控訴和反抗鬥争,逼得他們無路可走。所謂"水旱不收,盗賊蜂起",這兩句概括的話,就透露了這個消息。他們的精神世界又是那樣的空虚和腐朽。因而四大家族看來都是經

過一段短暫的"花團錦簇"的日子之後,很快就"樹倒猢猻散",呈現出一片破敗的景象。《紅樓夢》就是這樣藝術地向人們展示了封建社會已經腐爛透頂及其滅亡的總的歷史趨勢。從而使人們理解到封建社會的官僚地主階級必然沒落、瓦解、崩潰,這是符合於社會發展的歷史規律的。

賈府是當時的王親國戚,封建統治階級的核心人物,與史、王、薛三大封建家族有着血肉聯繫。《紅樓夢》第四回中有張《護官符》寫道:

> 賈不假,白玉爲堂金作馬。
>
> 阿房宮,三百里,住不下金陵一個史。
>
> 東海缺少白玉床,龍王來請金陵王。
>
> 豐年好大雪(薛),珍珠如土金如鐵。

從這俗諺口碑中可以看出賈、史、王、薛四大封建家族的聲勢煊赫。賈、史、王是所謂的"公侯之家",薛家是"家中有百萬之富"的大皇商。聯繫書中所寫來說,他們不僅有着驚人的財富,而且與封建官吏相互勾結,世交親友遍天下。橫行霸道,作威作福。小鄉宦之子,可以隨便打死,逍遙法外,對勞動人民的殘酷迫害,更可想見。地方官吏,濫用權力,欺壓群衆,把大事化小,小事化無。在這《葫蘆僧判斷葫蘆案》的簡短的故事中,卻已暴露了不少封建社會的醜惡面貌:惡主豪奴的飛揚跋扈,拐子壞人的販賣人口,皇商官僚的買婢蓄妾,扶鸞請仙的封建迷信,官官相護的罪惡行徑,等等。同時,就在這樣腐朽透頂的封建社會裏,透露了隨處充滿着人民的反抗與鬥爭。最後,賈雨村利用因果報應的謬論,掩蓋醜惡的現實,爲統治階級開脫罪責。這裏集中反映了封建統治機器的腐敗和黑暗,以及封建意識形態對於維護封建統治階級所起的作用。在這回書中,觸及了封建社會許多本質問題,有助於我們理解《紅樓夢》全書的社會意義,可以說是閱讀《紅樓夢》的一個綱要。

《紅樓夢》寫四大封建家族,側重在寫賈府。《紅樓夢》寫豪門賈府的五代,一步步趨向没落,政治上都到了山窮水盡的地步。賈府第一代是賈演、賈源。他們滿手沾着人民的鮮血,創下"基業"。第二代是賈代善、賈代化。這兩兄弟襲了爵,終身過着剝削寄生的生活。第三代所寫的是賈敬、賈赦、賈政兄弟三人,都是庸碌無恥之輩。賈敬衹知道燒丹煉汞;賈赦是既庸復昏,貪暴殘忍;賈政假貌偽善,頑固愚蠢。第四代、第五代這些少爺、孫少爺們,如賈珍、賈璉、賈瑞、賈蓉、賈薔之流,都是"偷鷄戲狗"的"下流種子"。

《紅樓夢》寫這賈府的五代,重點放在第三代開始。"君子之澤,五世而斬。"這一家族的政治權力與經濟的再分配,快要完了。"外面的架子雖没很倒,内囊卻也盡上來了。"生活腐朽,精神世界的空虛,已到極點。賈敬冷清清地住在元真觀裏修道。他的修煉,不是勘破紅塵;相反的,不滿於生命的短暫,想吞吃金丹,來消滅死的恐怖,長生不老。結果自討苦吃,白白斷送性命。賈赦最懂得官場的醜惡伎倆,明白統治階級所謂"仁義道德",不過是騙人的鬼話。所以恣情妄爲,赤裸裸地做出許多殘忍的事來。他平生做過兩件得意的事。一是:逼死丫頭鴛鴦。鴛鴦反抗做他的小妾,他就惡狠狠地示威說:她這一輩子也跳不出他的手掌心。最後,賈母一死,鴛鴦"無所逃於天地之間",衹好自盡。二是:陷害石呆子,爲了想得他家藏的二十多把古扇,就串通京兆尹賈雨村誣說他拖欠官銀,弄得人家傾家蕩產。賈政自以爲"端方正直",平日道貌岸然。林如海誇他"爲人謙恭厚道","禮賢下士,濟弱扶危";但所來往的不過是賈雨村之流。賈蟠打死人,照樣徇情枉法。在江西糧道任上,聽憑手下胡作非爲,自己也陷於貪污。賈政一面受清客的擡捧，一面抓"庫管""倉頭""買辦"和"莊頭收租"。他對莊頭的收租盤剝，牢放心上，屢呼賈璉嚴辦。收入短虧，不夠揮霍，不住頓足。所謂道貌岸然，無非想在意識形態方面做些工作，力求挣扎，以挽救其本階級的垂死没落的命運而已。這些人是當時官僚地主階級的核心人物，實際無非都是跨在人民頭上形形色色作威作福的民賊、蠹蟲而已。第四代第五代這些紈絝子弟，過的更是荒淫無恥的生活。"今日會酒，明日觀花。聚賭嫖娼，無所不至。"作者借焦大的嘴痛罵他們："那裏承望到了如今，生下這些畜牲來。每日偷鷄戲狗，爬灰的爬灰，養小叔子的養小叔子。"甚至像探春那樣的人也憤憤地说："自古髒唐臭漢，何況咱們這宗人家。"所以賈府決不是像他們自己吹噓的，什麼"詩禮之家"，而是罪惡之家；什麼慈善之家，而是剝削之家。小說中又曾通過烏莊頭的納租描寫，顯示出他們的生活來源於剝削，並從而顯示出這種生活已經動搖。

賈府的驕奢淫佚的生活，正是建築在對農民的殘酷的掠奪與剝削上。賈府的驕奢淫佚的生活情景，在《紅樓夢》中隨處可見。我們如把前面舉的烏莊頭烏進孝納租的一張單子和從書中不夠完全的統計出來的賈府人員的單子比照，就可看出當時兩極生活的懸殊。《紅樓夢》中涉及的男女有四百四十八人。生活在賈府中有姓名可見的有三百餘人。統治者不過二三十人，侍候他們的男女卻各約有一百四十餘人。以怡紅院爲例，伏侍寶玉的人就有二十八人。

丫鬟十五人：	襲人	晴雯	檀雲	麝月	碧痕	秋紋
	茜雪	綺霞	四兒	小紅	佳蕙	墜兒
	定兒	柳五兒	春燕			
童兒六人：	茗煙	掃紅	鋤藥	墨雨	雙瑞	壽兒
僕人六人：	李貴	王榮	張若錦	趙亦華	錢昇	

伴鶴

乳媽一人：李嬷嬷

就丫鬟來説，襲人、晴雯是賈母特意調撥給寶玉的。檀、麝、碧、秋是大丫頭，其餘是小丫頭。他們做些什麽工作呢？大丫頭無非伏侍寶玉照照鏡子，點點御香，倒茶添飯，盥沐穿衣。三更半夜，有時還在胡鬧。小丫頭則在室外搧搧爐子，剪剪花草。有時就是飽暖思淫欲，幹些無聊之事，童兒則承值書房，外出時跟隨跟隨。僕人則做些粗雜活，説兩句湊趣話兒。這一大串人團圈兒侍奉着寶玉。像襲人那樣一個人一月的月錢，比那時農村的塾師一年的束脩還多。我們再看看乾隆時代保存下來的一張賣身契紙，對照賈府的罪惡行徑，正是觸目驚心。無數農民的血汗，餵養着這些寄生蟲，魯迅先生曾借狂人的口，對封建社會歷史作了宣判："我翻開歷史一查，……仔細看了半夜，纔從字縫裏看出字來，滿本都寫着兩個字'吃人'！"通過有關賈府等的描寫，《紅樓夢》中顯示的封建社會的全部本質，也可以概括爲兩個字："吃人"！

讓我們放眼世界。歐洲資產階級分子是從封建社會產生出來的。世界市場的發現，對資本主義生產方式的發展起了很重要的作用。一四九二年，哥倫布發現新大陸。由是西歐的資產階級都到美洲做生意，把美洲作爲殖民地，作爲銷售市場。一五八六年，葡萄牙人迪亞斯作"繞過非洲的航行"，經過好望角；從而把印度、中國作爲資本主義的市場。

新市場的發現與擴大，促進了手工業的發展。隨着手工業不能滿足需要，引起了工業革命。從十八世紀七十年代英國開始，發展到西歐其他國家。資產階級逐漸成了經濟上的統治者，相應的伴隨着政治上的成就。

回顧我國，鄭和在 1405—1433 年七次下西洋，前後共歷二十八年。南到爪哇、斯魯馬益(今印尼),中經蘇門答剌、錫蘭,橫渡昆崙洋、西洋,西到非洲東岸的木骨都束(即索馬里的首都摩加迪沙)、不剌哇和麻弗,寫下與亞非各國友好關係史輝煌的一頁,帶去大批絲綢、瓷器和銅鐵器等,深受當地人民的喜愛。中國的造船業著稱於世,海外貿易頻繁。到了曹雪芹所處的時代,資本主義生產關係萌芽,但是還是封建社會。中國過去並没有建立過資產階級統一的民族國家。這是什麼原因? 值得深思!

馬克思、恩格斯在《共產黨宣言》上説:"資產階級在歷史上曾經起過非常革命的作用。""不斷擴大產品銷路的需要,驅使資產階級奔走於全球各地。它必須到處落户,到處創業,到處建立聯繫。"毛主席在《中國革命和中國共產黨》上指出:"自給自足的自然經濟占主要地位。農民不但生產自己需要的農產品,而且生產自己需要的大部分手工業品。地主和貴族對於從農民剝削來的地租,也主要地是自己享用,而不是用於交換。"賈府"從農民剝削來的地租",祇是"自己享用",絲毫没有用於再生產,祇是揮霍浪費,入不敷出,坐吃山空。這裏可以看出像賈府那樣的大官僚、大地主階級的極端反動性,嚴重地阻礙着社會的發展。它的没落、衰亡、崩潰的歷史命運不是很清楚地擺着嗎?

四、《紅樓夢》中幾個主要人物

賈寶玉 賈寶玉出身於封建官僚地主階級。他是一個紈袴子弟,剝削階級的烙印很深。他生活在大觀園中,過着豪華生活。他曾寫過一組春夏秋冬四時即事詩。這裏挑選《夏夜即事》和《冬夜即事》兩詩中各四句來,就可見其生活和思想意識的一斑。《夏夜即事》云:"窗明麝月開宫鏡,室靄檀雲品御香。琥珀杯傾荷露滑,玻璃檻納柳風涼。"丫鬟麝月幫他照照宫鏡,檀雲幫他點點御香。他手裏拿着琥珀杯，把荷花露倒進咽喉覺得很滑潤。身子靠在玻璃窗下的檻上，讓楊柳枝頭的好風陣陣吹來，凉爽無比。《冬夜即事》云："女奴翠袖詩懷冷，公子金貂酒力輕。却喜侍兒知試茗，掃將新雪及時烹。"嚴冬雨雪，夜已深了，三更時分，不知爲了什麼？賈寶玉還是沒有睡成。丫鬟穿着翠袖，單衣薄片地侍奉他，心裏總是有些情緒吧？賈寶玉披着金貂，擁着錦衾，乘着酒興，欣賞侍兒掃雪烹茶。這裏所反映的豪門貴族的奢侈生活，不是很清楚嗎？"翠袖"與"金貂"之間的階級差異，何等鮮明！賈寶玉過的完全是公子哥兒的剝削寄生生活，他眼前的舒暢——"酒力輕"，正是建築在人家的痛苦——"詩懷冷"上的。不過《紅樓夢》中所塑造的賈寶玉的形象，他的思想意識是隨着賈府統治階級的內部矛盾，以及家庭奴隸的抗爭的、現實的鬥爭生活，而有所發展與變化的。賈府內的現實的鬥爭生活，不少實際也就是當時社會上的階級鬥爭的曲折的反映和縮影。賈寶玉就在這樣的生活感受中，逐漸覺察到所謂下層人物——丫鬟的品質優美和處境悲慘。她們有些則是力圖掙脱奴役迫害的命運而起來抗爭。賈寶玉在一定程度上是接近、同情和支持她們。同時，他又是不滿意於統治階級的人物——封建家長，思想僵化，生活庸俗、腐化、墮落和道德敗壞，荒淫無恥，爲所欲爲。這樣使他與本階級的當權派產生裂痕，隨着鬥爭的深入，不斷地擴大。賈寶玉原是四大家族中的一員，他是有繼承榮國公"世澤"的資格的，這樣就使他從四大家族中逐漸游離出來。賈政就是不喜歡賈寶玉的。他們父子之間，在思想上和行動上，經常就發生衝突和搏鬥。賈政要寶玉按着封建的正統規範去做人，用禮教來束縛他，用宋明理學來武裝他的頭腦，要他走封建家長給他安排好的鞏固封建統治和衛護封建家族利益的生活道路；寶玉却不願意做這樣的人，走這樣的路。賈政要用封建的正統規範來索縛他，寶玉卻要反抗這種索縛。事實真是如此，賈政是一位忠貞而頑強的衛道者。他為了維護本階級的利益，作垂死的掙扎，以挽救其沒落的命運，做出儼然"君子在位"的風範。賈政沒有高舉巍科，因而把希望寄託在兒子的身上，盼望他能榮宗耀祖，世澤不替。寶玉卻是根本蔑視八股科舉，把幹這種勾當的人罵為"國賊""祿蠹"。賈政要寶玉"先把四書一氣講明背熟"，寶玉卻說除明明德外無書，是編造出來的。在賈赦看來名宦世家，"原不必寒窗燈火，祇要讀些書，比人略明白些"，多見見世面，常與士大夫來往，要博一官半職，也非難事。寶玉卻是："素日就懶與士大夫諸男人接談，又最厭峨冠禮服，賀吊往還等事。"寶釵勸他在功名上打個主意，被他搶白一場。"好好的一個清淨潔白女子，也學的沽名釣譽，入了國賊祿蠹之流。"賈府是軍功起家的，他卻大罵"武死戰"是個"鬚眉濁物"。"何如不死的好？"賈府對於家庭奴隸以及社會上的小人物，常是橫加迫害。賈赦陷害過石呆子。王熙鳳弄權鐵檻寺，貪取賄銀，無辜害死一對青年男女。誘騙尤二姐，弄得她吞金自盡。晴雯被王夫人殘暴地逐出大觀園，終於抱屈而死。賈寶玉對她寄予同情，深為憤慨。在《芙蓉女兒誄》裏，寶玉哭訴晴雯的冤屈，慘遭迫害。"既懷幽沉於不盡，復含罔屈於無窮。高標見嫉，閨幃恨比長沙；貞烈遭危，巾幗慘於雁塞。"把晴雯的遭遇，比之於賈誼，比之於鯀。他更憤怒地痛罵襲人和王夫人說："毀誣奴之口，討豈從寬；剖悍婦之心，忿猶未釋！"這樣的提法，在封建社會裏，無疑是十分大膽和尖銳的。林黛玉寄人籬下，對賈府的淫亂腐朽，極為不滿。她不肯向黑暗污濁的現實低頭，和賈寶玉的生活理想相同，賈寶玉給以支持，心心相印。賈寶玉、林黛玉的叛逆性格在當時是有着反封建的進步意義的。

恩格斯在 1859 年給雯·拉薩爾的信中說道："您的《濟金

根》完全是在正路上；主要人物是一定的階級和傾向的代表，因而也是他們時代的一定思想的代表，他們的動機不是從瑣碎的個人欲望中，而正是從他們所處的歷史潮流中得來的。"我們覺得《紅樓夢》中所寫的主要人物之一的賈寶玉可以根據恩格斯給菲·拉薩爾的話對他進行分析的。賈寶玉出生於資本主義因素正在萌芽的歷史潮流中，封建地主階級瀕於沒落崩潰的前夕。賈寶玉鄙棄"仕途經濟"，成爲封建大家庭的不肖兒孫。他厭倦那種生活，渴望呼吸一口新鮮的空氣。這完全是那歷史潮流所促成的。地主階級在新興的時候，也是起着進步的作用。不過到了那個時候，對於維護這一階級利益的一切制度及其思想意識，就像寶玉那樣的人也就加以懷疑和咒詛了。

賈寶玉的思想雖是多少受了民主主義思潮的影響，畢竟還是從舊的脱胎而來的。賈寶玉並不高明。他不滿意於封建的正統思想，抨擊儒家經典，但他醉心於《南華經》，主張毀滅情意，消極避世；他所搬運的武器還是舊的、落後的。他不願意走賈政所指示的那條所謂正道；但他自己也找不到正確的道路。他懷疑封建制度，咒詛和抨擊封建制度，但他不知道，看不到代替封建制度的將是怎樣的一種社會制度。出家不能說是出路，祇能説是一條斜路、一條迷路。這時中國社會資本主義生產關係雖已萌芽，但是還是封建社會。自然賈寶玉談不上有可以依附資產階級的條件，更談不上作爲新興階級力量的先驅人物。他的世界觀是封建主義的。因而在賈寶玉的思想意識中，封建思想還是十分濃厚的，不時是占着主導地位的。元妃省親，他照樣賣力恭寫應制詩，粉飾太平。胡説："一畦春韭熟，十里稻花香。盛世無饑餒，何須耕織忙。"把水旱饑饉的農莊美化成桃花源。農民起義，他更誣衊，罵爲流寇。"明年流寇走山東，强吞虎豹勢如蜂。"大肆吹噓幫凶屠手林四娘婢嬿將軍的忠義。在男女問題上，賈寶玉的色情觀念較重。他曾逗引金釧，被王夫人攆了出去，弄得金釧羞憤自盡。玉釧同情姐姐屈死，不滿寶玉。寶玉卻趁玉釧不得已侍奉他的機會，又來逗引玉釧，把人家的痛苦，作爲自己的笑料。這顯然是統治階級、剝削階級踩躪人、玩弄人的本性流露。對於"抄揀大觀園，逐司棋，別迎春，悲晴雯"，他是不滿主子的凶殘和同情奴才的不幸的。但是事到臨頭，在主要問題上總是不敢挺身而出，慷慨陳辭。根本談不上揭露矛盾，解決矛盾。相反的，他在無可奈何中，把它一一納之於宿命。從而否定現實，追求精神解脫。從個別到一般，從感性認識到理性認識，賈寶玉認爲塵世一切都是虛幻，認不得真。從此傳情入色，自色悟空。跟着一僧一道，出家去了。希冀脫離太虛幻境，超凡入聖，跑入真如福地。從哲學唯心主義墮入宗教唯心主義的深淵。它的教育意義，祗是起着麻痺人民的作用。爲統治階級所利用。賈政就說寶玉是"下凡歷劫"，朝廷賞他一個"文妙真人"的道號。這些可說都是封建性的糟粕。過去有人稱讚寶玉出家，是反抗的一種形式，這就混淆了精華與糟粕的原則界綫。

林黛玉 林黛玉住在大觀園的瀟湘館裏。她寫過一首《葬花詞》。詩中曾說："青燈照壁人初睡，冷雨敲窗被未温"，"質本潔來還潔去，不教污淖陷渠溝"。這是她的生活的自我寫照，感情的自我抒發。我們從她的生活現象和人生態度中，可以試作一些分析。

林黛玉原是一個没落的"清貴之家"的女兒。父母亡故，她像浮萍似的飄流到外祖母的家中。林黛玉是不屬於四大家族成員中的。賈府是一個淫亂腐朽、骯髒險惡的封建家庭。她寄人籬下，卻不仰人鼻息。林黛玉對賈府的黑暗污濁是看不慣的，格格不入的。什麼皇親國戚，在林黛玉看來，不過是臭男人而已。因而她自矜自重，小心戒備。"孤高自許，目無下塵。"但是她對賈寶玉的不願與峨冠博帶的士大夫往還,否定科舉八股,憎惡仕途經濟,是支持的。林黛玉、賈寶玉兩人有着共同的生活憧憬。在這"一年三百六十日,風刀霜劍嚴相逼"的艱苦環境下,林黛玉始終以自己的真率、熱情、鋒芒,反抗人家的侵襲,追求自己的理想,直至死亡。林黛玉寫過一組詩,題爲《五美吟》。在《西施》詩中,她惋惜西施跑入吳宮,卻贊美東施終身在農村勞動。在《明妃》詩中,她歎息明妃的不幸遭遇,從而呵責漢王的輕視婦女,玩弄婦女;而所謂畫工的過錯則是不足道的。在《紅拂》詩中,她贊美紅拂獨具慧眼,敢於私奔叛逆,痛罵"權重望崇"的官僚楊素"屍居餘氣"——像一具死屍霸占在那裏,死人多了口氣。這些顯示了林黛玉對於人生的看法,不是牢守着封建的正統觀點的。這裏也就透露了林黛玉對於被壓迫者受苦難者是有所同情和支持的。同時,也可看出林黛玉多少有着蔑視和詛咒維護封建制度的思想意識與行爲的,她嚮往於那時還是可望而不可即的個人自由的。

林黛玉寄居賈府,賈母是她的外祖母,照理賈母是會照顧她的。毛主席教導我們:"世上決沒有無緣無故的愛,也沒有無緣無故的恨。"賈母對待林黛玉確是如此。賈母初時確也疼愛林黛玉的,但賈母對於她有她的看法和要求。當賈母發現林黛玉"心裏有別的想頭",認爲"白疼了他";便用封建禮教的觀點摒棄了她。最後林黛玉死,賈母看也不去看她。林黛玉死,實際可以説是賈母逼死的。賈母不愛黛玉,正好説明林黛玉是有着叛逆的性格的。在那個歷史時代中,這種叛逆性格,蘊含着民主性的內容,是起着反封建的進步作用的。

但林黛玉出身於沒落的官僚地主家庭,畢竟是個貴族小姐,嬌生慣養。賈雨村是她的老師,從小就受着封建思想的侵襲。在她的氣質中有着不少封建統治階級的思想毒素。在林黛玉的生活和鬥爭中，她一面承受着以賈母爲首的封建統治勢力的侵襲和干擾；一面又經歷着自己內心强烈的思想鬥爭。她要從這樣的雙重苦難中解放出來，這是不容易的。因而她表現爲："無事悶坐，不是愁眉，便是長歎。且好端端的，不知爲了什麽常常便自淚不乾的。"在那個時代條件下，她當然没有參加勞動、艱苦磨練和思想改造的機會和認識，這個矛盾因而也就不可能獲得解決。隨着賈府的衰亡，日益尖鋭起來。林黛玉愈來愈愁苦，身體也就更壞。最後，她抱着一絲幻想，離開人間。林黛玉的性格，如和晴雯相比，晴雯的性格卻是那樣的開朗、堅强，敢笑敢罵。這種差異，實質是兩種不同階級的階級本能的表現。林黛玉的悲劇，正是她的時代性和階級性的深刻的體現。

在《紅樓夢》中，有着不少關於林黛玉思想感情和愛情生活的抒述與描寫，是屬於那個時代、那個階級的特有表現。例如："意綿綿靜日玉生香"，"瀟湘館春困發幽情"，"錦囊收艷骨"，"冷月葬詩魂"，這些情節，與勞動人民的思想感情是格格不入的。我們必須從認識上劃清界綫，加以批判和揚棄。

薛寶釵　薛寶釵是屬於另一類型的人物。她是封建制度的維護者，她是塗着脂粉的"禄蠹"；她的生活態度和林黛玉基本上是對立的。

薛寶釵出身於皇商之家，哥哥是"金陵一霸"。薛家是《紅樓夢》所寫的四大家族之一，薛家與王家、賈家有着裙帶關係。薛寶釵初到大觀園時，看來，"品格端方"，"容貌美麗"，"行爲豁達"，"隨分從時"，博得衆人稱贊。隨着時間的增長，在她美麗外衣下隱藏着的封建主義的醜惡伎倆逐漸地顯露出來。這個少女常常流露出極端的虛僞、滑頭和世故。說話從來不肯實事求是，祇是花言巧語。元妃從宫裏送來一個燈謎，她心裏明明覺得"並無甚新奇"，但"口中少不得稱贊，祇說難猜"。她善於奉承、迎合,媚上欺下。賈母替她做生日,叫她點戲,她深知賈母喜愛,就投其所好,這樣"賈母更加喜歡"。她的虛僞甚至發展到冷酷無情、調排人家的地步。她聽了小紅、墜兒的私話,使個"金蟬脱殼"的法子,把禍水濺到林黛玉的身上。金釧兒慘死,她反安慰王夫人説她不是賭氣投井,大概是在井旁玩兒,失足掉下去的。不是這樣,"縱有這樣大氣性,也不過是糊塗人,也不爲惜"。待要争奪寶玉奶奶的地位,她深深懂得決定他倆婚姻的不是自己而是封建家長。她見了寶玉反自矜飾,經常卻在寶玉的周圍下功夫。特別是在賈母、王夫人等面前討好,不惜投靠王熙鳳,拉攏襲人。甚至伺機捕捉情敵林黛玉的弱點,橫腰截劫,用封建禮法來制服她;還要兩面派的手法,對林黛玉病體表示關懷,説了不少知心話。

薛寶釵的這些醜惡伎倆是有她的思想主導着的,那就是頑固的封建主義世界觀。薛寶釵寫過一首《柳絮詞》,這裏反映了她的心聲。

> 白玉堂前春解舞,東風捲得均匀。蜂圍蝶陣亂紛紛,幾曾隨逝水,豈必委芳塵。
> 萬縷千絲終不改,任他隨聚隨分。韶華休笑本無根。好風憑借力,送我上青雲。

這首詩雖名詠物,實是言志。薛寶釵把她的生活理想:"好風憑藉力,送我上青雲。"向上爬,通過對柳絮的看法而體現出來。在污穢的賈府大觀園中,"蜂圍蝶陣",環境複雜,鬥争尖鋭。她自覺應付裕如,總有辦法。薛寶釵對這樣淫亂齷齪的現實生活是滿意的。她懂得既生活在這個現實中,就得適應這個現實,抓緊這個現實,從而占有這個現實。因而"拿定主意,不干己事不開口,一問搖頭三不知","尊上睦下","小惠全大體"。在《柳絮詞》

中,恰好反映了薛寶釵的生活感受和生活態度。薛寶釵經常説,
"女子無才便是德",這是在宣傳封建的奴才思想。她規勸寶玉
要熱心"仕途經濟";自己到京卻是爲了報名待選,覓個才人贊善
之職,認爲這是她的光榮出路。看來,薛寶釵比之王熙鳳、王夫
人似乎性格和態度好些,不是面目可憎。這也難説,這點實際是
由她所處的地位和所受的文化教養決定的。她讀了些書,懂得
些柔術,又是沒有出閣的閨女,借住在親戚家裏,還沒有搶到權,
這就使她的性格不能充分地表露出來。薛寶釵做了寶玉奶奶以
後,態度就兩樣了,她就是要説就説嘛。賈寶玉發現與他"百年
好合"的不是"志同道合"的林黛玉時,尋死作活,薛寶釵就"堂堂
皇皇"説了一篇大道理來訓誡他。她説出三件事來,一是老太太
八十多歲的人了,雖不圖你的誥封,至少巴望"你成了人"!二是
太太一生的心血精神,撫養了你,三是説她自己,"雖是薄命,也
不至於此","你便要死,那天也不容你死的"!這話説得多少厲
害!不會輸與王夫人和王熙鳳,"那天"還不是封建主義之天,封
建統治階級主宰的象徵。因此,在薛寶釵的性格裏,不僅表現了
她的個性;同時,也反映了沒落地主階級的共性,我們必須指出
與批評。

五、《紅樓夢》中所寫的鴛鴦自經

在《紅樓夢》中,是怎樣寫鴛鴦自經的呢?

鴛鴦是榮國府中賈母的丫頭,一個家庭奴隸。賈母有着鴛
鴦、鸚鵡、琥珀、珍珠等九個丫頭侍奉,還是不夠滿足。賈母看
着:鴛鴦做事認真,"裏頭外頭,大的小的","不忽略一件半件",
而且一無要求,不指着"要衣裳去","要銀子去",忍受着剝削。
看來這個丫頭,投合"主子的緣法",正好用她"伏侍幾年"。

這樣看來，鴛鴦那時在賈府中似乎是暫時做穩了奴隸的。但她做穩了沒有呢？從實質上看，她是仍是沒有人身保障的！

賈赦是賈母的大兒子，榮國府中的一個奴隸主，人家稱他爲大老爺。這個傢伙懂得官場伎倆，恣情妄爲，做盡壞事。他有一妻一妾，遠遠還不能填充他的欲壑。他瘋狂地想掠奪鴛鴦，做他的新姨娘、小老婆。可是，他很清楚這時賈母正需要她伏侍，怕的老太太"不給"，做兒子的，哪敢"拿草棍兒戳老虎的鼻子"，賈赦有着這層顧慮，心中自是盤算：硬做不好。於是唆使老婆邢夫人，先去誘騙鴛鴦，讓鴛鴦隨和了；於是，纔向賈母請示。那時，賈母就不好再説"留"了。這樣預計，賈赦認爲："這就妥了。"這是他的陰謀詭計。

邢夫人就行動了，點頭瞬目地向鴛鴦的臥房走了過來。一見鴛鴦，忙來拉拉她的纖手，嘴裏忙着道喜。説是老爺看中你了，"就封你作姨娘，又體面，又尊貴"。"這一來，可遂了你素日心高智大的願了；又堵一堵那些嫌你的人的嘴。""好吧！快，跟了我回老太太去！"出乎意外，鴛鴦卻不理睬。邢夫人看着鴛鴦並不願意，於是幌着手指出主子、奴才兩者命運是截然不同的，用來打動鴛鴦。

> 若果然不願意，可真是個傻丫頭了。放着主子奶奶不做，倒願意做丫頭！三年兩年，不過配上個小子，還是奴才。你跟我們去……過一年半載，生個一男半女，你就和我並肩了。家裏的人，你要使喚誰，誰還不動？現成主子不做去，錯過了機會，後悔就遲了！

邢夫人要鴛鴦趁這機會，趕快改變階級地位和階級關係。有這改變，鴛鴦就可有了一切。誰説邢夫人"稟性愚弱"！這番話説得是很厲害的，話卻説在點子上的。在榮國府中我們可以看出等級制是十分嚴峻和複雜的。賈赦與邢夫人、嫣紅的身份不同；鴛鴦與鸚鵡、琥珀的等級也有差別。賈赦與鴛鴦的關係，是主子與丫頭、統治者與被統治者的關係，也即奴隸主與奴隸的關係。邢夫人的話道出了這個本質問題，一面是宣揚統治者的威力，要鴛鴦抓住機會，改變關係，從此也可作威作福；一面又在宣揚封建禮教的等級制，消除鴛鴦平時的不滿情緒。

鴛鴦的頭腦卻是清醒的，邢夫人的話自然是聽明白的；可是，她與她是沒有共同語言的。鴛鴦心中自然盤算，怎樣對付她呢？因此，"低了頭，不發一言"。這也可說是沉默的抗議吧！邢夫人沒趣，祇得搭訕着走了。鴛鴦看透了賈赦的醜態，是極端蔑視他的。心中早已決定："別說大老爺要我做小老婆，就是太太這會子死了，他三媒六證的娶我去做大老婆，我也不能去！"鴛鴦想着：這事想和府裏、園中的姐妹——平兒、襲人談談。

平兒、襲人和鴛鴦的階級地位是相同的，可是各人的世界觀和性格是不同的。於是，鴛鴦就來和平兒、襲人兩人談了。兩人表面上看都是同情她的，幫她出些點子；可是，實質上卻是在取笑她的。一個說道："你祇和老太太說，就說已經給璉二爺了，大老爺就不好要了。"一個說道："叫老太太就說把你已經許了寶二爺了；大老爺也就死了心了。"這些是什麼話，真是豈有此理！哪裏是替鴛鴦着想，分明是調侃她啊！平兒、襲人兩人的靈魂早已墮落，平兒是璉二爺的通房，襲人和寶二爺是半開了臉的。璉二爺、寶二爺正是她們兩人所要追求的，正想改變一下地位呢，自然利令智昏，說出這樣不知羞恥的話來了。這兩個十足的奴才，早已忘本，迫得鴛鴦尖銳地批評她們："你們自以為都有了結果了，將來都是做姨娘的！"一語戳破了這兩個臭皮囊。

可是鴛鴦這樣的抗拒，賈赦從此就罷手了嗎？鴛鴦是賈府的世代奴隸，爸爸、媽媽、哥哥、嫂嫂都是奴隸。鴛鴦一生下來，封建社會就給予她以這個命運,這是明擺着的。可是,中國有句古話:"民不畏死,奈何以死懼之。"鴛鴦是知道的,衹有誓死反抗。她説:"牛不喝水强按頭嗎? 我不願意,難道殺我的老子娘不成!"思想上做了準備。"到了至急爲難,我剪了頭髮做姑子去;不然,還有一死。一輩子不嫁男人,又怎麽樣?"在賈赦的淫威下,"不嫁男人","做姑子去",這一權利鴛鴦還是爭不到的。那麽,最後衹有抱着犧牲的決心勇敢地去戰鬥了。

誘降無效,賈赦果然又耍一手。囑咐兒子賈璉把鴛鴦的爸爸金彩從南京抓來,給以壓力。賈璉回説:金彩已是"痰迷心竅",死活未知,娘是聾子。賈赦没法,便又威脅鴛鴦的哥哥和嫂嫂,許她許多好處。軟硬兼施,鴛鴦卻是咬定牙齒,絶不答允。賈赦伎窮,露出猙獰面目,暴跳如雷地叫囂道:

> 就説我的話:"自古嬋娥愛少年",他必定嫌我老了,大約他戀着少爺們,多半是看上了寶玉。——衹怕也有賈璉。若有此心,叫他早早歇了,我要他不來,以後誰敢收他? 這是一件。第二件,想着老太太疼他,將來外邊聘個正頭夫妻去。叫他細想:憑他嫁到了誰家,也難出我的手心;除非他死了,或是終身不嫁男人,我就服了他! 要不然時,叫他趁早回心轉意,有多少好處。

在封建社會中,"君臣之義,無所逃於天地之間"。賈赦對他的家庭奴隸,也有他的天羅地網。惡勢臨天,鴛鴦並没被嚇倒,找到適當場合,她就針鋒相對地宣布她的戰鬥決心。

> 方纔大老爺越發説我"戀着寶玉",不然,要等着往外聘,憑我到天上,這一輩子也跳不出他的手心去,終久要報仇。——我是横了心的,當着衆人在這裏,我這一輩子,别説是寶玉,就是寶金、寶銀、寶天王、寶皇帝,横竪不嫁人就

完了。就是老太太逼着我，一刀子抹死了，也不能從命！

就在榮國府的社會環境下，擺在鴛鴦面前的命運：賈母需要鴛鴦伏侍，賈母在世一日，鴛鴦受她使喚，便有一日生存的權利；賈母一死，她就沒有這個權利了。那麼，難道賈母真的在保護她嗎？不是的，她祇是爲了要她伏侍使喚而已。我們祇看，賈母生前、死時，並無遺言交代給以鴛鴦優惠保護，就可明白了。賈母一死，魔掌自然很快地伸過來了。

鴛鴦明白，這時"不是要叫他們掇弄了麼？"鴛鴦單槍匹馬，敵強我弱，抵抗不了，快要被俘的時候，祇有勇敢地犧牲，"倒不如死了乾凈"，寧爲玉碎，不爲瓦全。豈有他法？鴛鴦之死，是被逼的，又是主動的。是奴隸的自尊，足以自豪的。鴛鴦之死，是賈赦的血債。愛恨分明，對鴛鴦之死，我們懷着無限的敬意與悲憤。

鴛鴦之死，在階級社會裏，不同的人卻有不同的看法。我們對於《紅樓夢》所寫鴛鴦的死可有兩點分析：

1. 在《紅樓夢》後四十回中寫鴛鴦之死，插進一個細節。鴛鴦在自經時，看見秦可卿跑來，和她說話。秦可卿說她原在警幻宮中，管風情月債，降臨塵世，當爲第一情人。今已看破，超出情海，歸入情天。償了宿孽，現在要把鴛鴦補入，替她掌管。細味這話，豈有此理！把秦可卿與鴛鴦兩個不同身份、不同品質的人混爲一談了。鴛鴦於是疑問："怎麼算我是個有情的人呢？"秦可卿道：情字並非專指淫欲。"喜怒哀樂未發之時，便是個性；喜怒哀樂已發，便是情了。"鴛鴦有這"喜怒哀樂""未發之情"的"真情"，沒有"看破"，沒有"超出"；所以鴛鴦需要"懸梁自盡"，"歸入情司"做秦氏替身，補了這缺。這一解釋十分有毒。一是實質上混淆了"淫欲"與"真情"的界綫，認爲一概都應拋棄，所謂"看破""超出"。一是用以解釋鴛鴦自經的原因，不是由於賈赦的迫害；而是從此可以獲取懺悔的機會，超凡入聖，掩蓋了塵世的階級矛盾,把人引到斜路上去了。這是十分錯誤的。

佛教是宣揚這個道理的。釋迦牟尼在菩提樹下,獨坐冥想,獲得無上正覺。認爲人生極苦,涅槃最樂。一個人已得的生命和享受,不能長保是苦,未得的不能取得更苦。業是苦的正因,煩惱是苦的助因。如果斷絶業與煩惱,苦果也隨着斷絶,修行者就從輪迴中解脱出來。《紅樓夢》把這"風月之情",已發、未發之情,統統説是"孽障所牽",鼓吹"沈酣一夢終須醒,冤孽償清好散場",這是有意無意地在麻痹人民,散布消極因素,是很不應該的。秦可卿的説教,見於《紅樓夢》第一百一十一回。這是高鶚的續作或補作,是否尚有曹雪芹的散稿在内,弄不清楚。但這裏所顯示的思想内容,與前太虚幻境裏所反映的基調是合拍的。曹雪芹同情鴛鴦之死,但是没法解決這個矛盾,特別是高鶚封建思想是較爲濃厚的;因而對待問題,滑到了唯心主義哲學的泥坎中去,乞靈於宗教,是完全可以理解的。

2.鴛鴦之死,是賈赦的罪證。這條人命到了賈政嘴裏被説顛倒了。賈政稱讚鴛鴦:"是殉葬的人。"他着實地嗟歎着説道:"好孩子,不枉老太太疼他一場。"恭敬地上了三炷香,作個揖,囑咐將她的棺材,跟着老太太一同殯送,以全她的心志。小一輩的都該向她行個禮兒。事實是否是這樣呢?《紅樓夢》第四十六回寫過鴛鴦是受賈赦逼害的,這是爲寫第一百十一回她自經的伏筆。這第一百十一回是怎樣寫她自經的呢?鴛鴦尋取舊日所剪頭髮,揣入懷中。這就是形象地顯示着呼應前文。這些事賈政一概不知道嗎?不是的,賈政祇是從賈家對丫頭的"恩澤"、丫頭對主子的"感德"上做文章。説什麽鴛鴦殉主,"不可作丫頭論",把她作爲丫頭的表率,藉以美化榮國府而已。丫頭對她"該行個禮兒",向她效法。《紅樓夢》的回目也是題着:"鴛鴦女殉主登太虚",恰好反映這種看法。《紅樓夢》問世以後,用這觀點贊美鴛鴦的，頌她殉主是"死有重於泰山"的人也很多，這是爲宣傳封建主義服務的。這種贊美實際上是糟蹋鴛鴦了，我們是不能贊同的。

六、《紅樓夢》中所寫的金釧兒投井

金釧兒投井，是王夫人的一樁罪行，寶玉應負主要責任。

金釧兒、玉釧兒是白老媳婦的兩個女兒，出身貧苦。姐妹兩人是王夫人房中的丫頭。這條命案是怎樣發生的呢？

一天盛夏，午睡時間，寶玉走進王夫人的房中，王夫人在涼床上睡着，金釧兒坐在旁邊替她捶腿。寶玉輕輕地走到跟前，摘她的耳墜子。金釧兒睜眼看時，寶玉悄悄笑道："就睏的這麼着！"金釧兒抿嘴一笑，擺手叫他出去，仍合一眼。寶玉戀戀不捨，掏出一丸香雪潤津丹來，塞在她的嘴裏。上來拉手，悄悄地笑道："我和太太討了你，咱們在一處吧？"金釧兒不答。寶玉又道："等太太醒了，我就說。"金釧兒睜開眼，將寶玉一推。笑道："你忙什麼？金簪兒掉在井裏頭，有你的衹是有你的。"衹見王夫人翻身起來，照着金釧兒臉上就打了個嘴巴，指着罵道："下作小娼婦兒！好好的爺們，都叫你們教壞了！"寶玉見王夫人起來，早一溜煙跑了。王夫人便叫："玉釧兒，把你媽叫來，帶出你姐姐去。"金釧兒忙跪下哭道："我再不敢了！太太要打要罵，衹管發落，別叫我出去，就是天恩了！我跟了太太十來年，這會子攆出去，我還見人不見人呢！"可是她的請求，頂什麼用。在王夫人的盛怒下，金釧兒衹得含羞忍辱地走了。

金釧兒是有缺點的，她打趣過寶玉。"抿嘴一笑"，說了句逗趣的話。這點小事，這個天真爛漫的小姑娘，招致了飛來橫禍。賈寶玉說得嘴響，"等太太醒了，我就說。"可當一座泰山壓到金釧兒頭上時，他卻"一溜煙跑了"。撒屙不揩屁股，多麼臭啊！王夫人慣於踐踏、欺凌奴才，抄檢大觀園，一下就斷送了幾條人命。
這分明是寶玉的過錯，引誘於她；王夫人仗勢欺人，倒打一耙。
輕輕地給金釧兒按上一個罪名："好好的爺們，都叫你們教壞
了！"金釧兒跟了王夫人十來年，這個奴隸也沒有做穩了的。金
釧兒被攆出了大觀園，將是怎樣地生活呢？自感恥辱，哭天抹
淚，沒人理會，不得已祇好氣憤着投井死了。這裏正好暴露出賈
府的氣焰，壓迫家庭奴隸多麼殘酷啊！

　　這條命案掀起了不小的波瀾，可是很快這風就吹過去了。
人間何世，這是怎樣的一個社會嗎？這條人命是王夫人一手造
成的。那麼，她怎樣來排除她的罪責呢？王夫人表演起來：坐在
房內垂淚，寶釵走來；她點頭歎道："你可知道一件奇事？——金
釧兒忽然投井死了！"寶釵道："怎麼好好兒的投井？這也奇！"
王夫人道："原是前日他把我一件東西弄壞了，我一時生氣，打了
他兩下子，攆了下去。我祇說氣他幾天，還叫他上來，誰知他這
麼氣性大，就投井死了，豈不是我的罪過！"王夫人說得多輕飄
啊，多漂亮啊，多圓滑啊！我看見不少會辦事的人，掌權的人，有
這一手啊！寶釵聽了，笑道："姨娘是慈善人，固然是這麼想；據
我看來，他並不是賭氣投井，……失了腳掉下去的。……豈有這
樣大氣的理？縱然有這樣大氣，也不過是糊塗人，也不爲可惜。"
王夫人點頭歎道："雖然如此，到底我心裏不安！"寶釵笑道："姨
娘也不勞關心。十分過不去，不過多賞他幾兩銀子發送他，也就
盡了主僕之情了。"寶釵又是多麼善於奉承啊，在她嘴裏，哪裏會
說出半個是非事；祇是設法開脫罪責，爲王夫人塗脂抹粉而已。
王夫人於是賞了金釧兒母親幾件簪環，五十兩銀子，吩咐："請幾
家僧人念經超度他。"金釧兒的母親還磕了頭謝了出去。

　　這是一件奇事嗎？王夫人垂淚，念着："豈不是我的罪過！"
可以說明她"是個寬仁慈厚的人"嗎？賞給金釧兒母親信銀、簪

環，可以説明她對下人的憐惜嗎？問題怕不是這樣簡單吧！這怕有着藉以消除丫鬟們對她的不滿和反抗的意思在內吧！利用恩賜的幌子，來鞏固她們的統治而已。

寶釵説話是和王夫人一鼻孔出氣的。寶釵笑道:姨娘"十分過不去，不過多賞他幾兩銀子發送他，也就盡了主僕之情了"。於是她又拿出自己的幾件衣服陪贈。哭説:這"也就盡了主僕之情"。我想:寶釵的陪贈，衹是個現象吧！哪裏真的是對金釧兒的同情與憐恤？真的如此，那她爲着金釧兒的受迫害，哭還來不及，還能笑嗎？實質問題是:爲了掩蓋命案，討好王夫人，要弄圓滑的手腕而已。

金釧兒投井，這風吹到賈政耳朵裏去了。賈政又是怎樣對待呢？驚疑問道:"好端端，誰去跳井？我家從無這樣事情。自祖宗以來，皆是寬柔待下。"於是賈環悄悄地向他説道:"寶玉哥哥，前日在太太屋裏，拉着太太的丫頭金釧兒，強姦不遂，打了一頓，金釧兒便賭氣投井死了。"話未説完，把個賈政氣得面如金紙。大叫:"拿寶玉來！""也免得上辱先人，下生逆子之罪！"賈政不暇喝問寶玉在外流蕩優伶，表贈私物；在家荒疏學業，逼淫母婢。喝命:"着實打死！"奪過板子，狠命地又打了十幾下。衆門客來勸，説道:"問他幹的勾當，可饒不可饒！""明日釀到他弒父弒君，你們纔不勸不成？"

賈政緣故暴跳如雷，大打出手？是爲寶玉"逼淫母婢"，氣憤着金釧兒的受到糟踏與逼害嗎？當然不是的。在榮國府中，一個家庭奴隸的死，算什麼呢？有個奴才老婆子説過:"跳井讓他跳去。""有什麼不了的事呢？老早的完了，太太又賞了銀子，怎麼不了事呢？"賈府幹出這樣的事，不知有多少呢。鳳姐兒貪取賄銀三千兩，幾句話平白地就害死了一對青年男女兩條性命。一個小丫頭的死，會擺在心上嗎？充其量拿出些臭錢，小恩小惠地賞賜一些就完了；還要撈過"慈善"的聲名。

賈政訓誡是從衛道的眼光，站在封建統治階級立場來説話的。"逼淫母婢"是封建禮教所不容許的。賈政看來這是"上辱先人，下生逆子"，與他維護禮教和爲鞏固封建統治服務是相矛盾的。發展下去，"釀到他弑父弑君"，那就不可救藥了。真如賈政自己説的："祇爲寶玉不上進，所以時常恨他，也不過是'恨鐵不成鋼'的意思。"他纔笞撻寶玉的。

金釧兒投井，寶玉是闖禍人。那麼，寶玉是怎樣對待這個問題的？在這慘案發生以後，《紅樓夢》中出現了這樣一個細節。回目題爲《白玉釧親嘗蓮葉羹》。寶玉對待這條命案，把它作爲引子，從金釧兒身上牽綫搭橋，引玉釧兒的身上去；而是懷着喜劇的心情來處理這個問題的。這不教人十分氣憤吧！細節是這樣寫的：

> 寶玉受傷以後，卧在怡紅院中，王夫人喚玉釧兒送蓮葉湯去。寶玉見了玉釧兒，便想起他姐姐金釧兒來，又是傷心，又是慚愧；想和玉釧兒説話。玉釧兒爲了姐姐金釧兒，實因寶玉而死。心中惱恨，不去理他。哭喪着臉，連正眼也不看寶玉。寶玉祇是不吃，問玉釧兒道："你母親身上好？"玉釧兒滿臉怒色。半日，方説了一個好字。寶玉便覺没趣。半日，祇得又陪笑問道："誰叫你替我送來的？"玉釧兒道："不過是奶奶太太們！"寶玉知道他是爲金釧兒的原故，待要虛心下氣哄他，又見人多，不好下氣的，因而便尋方法，將人都支出去，然後又陪笑問長問短。玉釧兒先雖不欲理他，祇管見寶玉一些性氣也没有，憑他怎麼喪謗，還是温存和氣，自己倒不好意思的了，臉上方有三分喜色。寶玉便笑央道："好姐姐，你把那湯端了來，我嘗嘗。"玉釧兒遞湯。寶玉故意説："不好吃。""一點味兒也没有，你不信嘗一嘗，就知道了。"玉釧兒果真賭氣嘗了一嘗。寶玉笑道："這可好了！"玉

釧兒聽說，方解過他的意思，原來寶玉哄他喝一口，便說道："你既說不喝，這會子說好吃，也不給你喝了。"寶玉還是祇管陪笑央求要喝。

金釧兒做了寶玉調笑的犧牲品，寶玉在王夫人前幫她說過一言半辭沒有？金釧兒哭天抹淚，沒人理會，人家還可說。寶玉就可這樣淡然處之嗎？玉釧兒是她的妹妹，看得清楚。情關骨肉，自然懷着滿腔悲憤。寶玉不自內疚，卻趁玉釧兒侍奉他的機會，虛心下氣，百端哄騙，又來逗引玉釧兒。玉釧兒送蓮葉湯，寶玉故意不吃，還有心思哄她先嘗一口，然後陪笑央求着要喝。這不僅揭示了寶玉的色情狂；及時也表演了他把下女的痛苦作為自己笑料的醜惡本質。真是荒蕩之至。大家認為：寶玉尊崇女性。尊崇還是玩弄，需要具體分析。寶玉在玉釧兒前做工夫，這不僅是玩弄；而且從而消除玉釧兒對他的不滿和喪謗。就這事上，我們對這寶玉紈綺習氣的一面，可以看得深透一些，莫為他罩上的一層溫情脉脉的面紗蒙蔽了。

有人說：寶玉是十分惦念金釧兒的。《紅樓夢》中有着描寫：在金釧兒忌日，寶玉穿着素衣，跨馬跑了七八里路，到了一個所在，稱為水仙庵。寶玉在水仙庵的井臺上，焚起香來，含淚向金釧兒陰魂施了半禮，以慰不了之情。這可說明寶玉對待金釧兒感情篤厚懇摯了吧？我看未必。公子哥兒失了玩物，還不是要夢寐求之嗎？怕寶玉是懷有這樣痛惜之情的？不信，祇看玉釧兒對這一事的反映就可理解了。寶玉回府，玉釧兒獨坐廊下垂淚。一見寶玉來了，便長出了一口氣，咂着嘴兒說道："噯！鳳凰來了！快進去吧。再一會子不來，可就都反了。"寶玉陪笑道："你猜我往那裏去了？"又是陪笑，又說你猜。這那哪可以看出他對金釧兒有什麼篤厚、懇摯之情呢？玉釧兒所以把身一扭，也不理他，祇管拭淚。寶玉祇得快快地進去了。到了花廳上，見了眾人真如得了鳳凰一般。賈母問他哪裏去了,他是"不了情暫撮土爲香"去了。可是他軟弱得不敢吐半個字,卻是推説到北静王那裏去了。玉釧兒看破寶玉的這一套,不理睬他,給他頂撞"嗳!鳳凰來了"!不是沒有道理的。這是對寶玉辛辣的諷刺,這一方面寶玉是應受到譴責的。我和朋友談過這事。那人説:大家認爲寶玉是反封建的典型的叛逆人物,你不是這樣分析的。我説:祇對口徑,不作具體分析,是不符實事求是精神的。研究學問是不能採取這種態度的!

七、賈寶玉、林黛玉戀愛的悲劇意義

《紅樓夢》中所寫賈寶玉,林黛玉的戀愛是一個歷史悲劇,作者曹雪芹看來是明確地意識到的。在《紅樓夢·十二支曲》中有兩曲——《終身誤》和《枉凝眉》,寫道:

【終身誤】

都道是金玉良緣,俺祇念木石前盟。空對着,山中高士晶瑩雪;終不忘,世外仙姝寂寞林。歎人間,美中不足今方信:縱然是齊眉舉案,到底意難平。

【枉凝眉】

一個是閬苑仙葩,一個是美玉無瑕。若説没奇緣,今生偏又遇着他;若説有奇緣,如何心事終虚話?一個枉自嗟呀,一個空勞牽掛。

一個是水中月,一個是鏡中花。想眼中能有多少淚珠兒,怎禁得秋流到冬,春流到夏!

這兩支曲子説明作者明確地認識到薛寶釵與賈寶玉的結合,賈寶玉是不滿意的;而賈寶玉和林黛玉的戀愛是一個悲劇。那麼,這個悲劇的原因何在? 如何理解這個悲劇的歷史意義?"都云作者癡,誰解其中味?"曹雪芹早已點出。我們衹能根據自己的理解和水平作一些探索而已。

探索這個問題,我們先從賈寶玉所處的生活環境說起。《紅樓夢》開始,作者就借冷子興的口把榮、寧兩府的現狀介紹給讀者。"如今外面的架子雖沒很倒,內囊卻也盡上來了。"養的兒孫,竟一代不如一代了!"當日寧國公是一母同胞弟兄兩個。寧公居長,生了兩個兒子;寧公死後,長子賈代化襲了官,也養了兩個兒子:長子名賈敷,八九歲上死了,衹剩了一個次子賈敬,襲了官。如今一味好道,……幸而早年留下一個兒子,名喚賈珍,因他父親一心想作神仙,把官倒讓他襲了。……這位珍爺也生了一個兒子,今年纔十六歲,名叫賈蓉。……衹一味高樂不了,把那寧國府竟翻過來了。……再說榮府……自榮公死後,長子賈代善襲了官,娶的是金陵世家史侯的小姐爲妻,生了兩個兒子:長名賈赦,次名賈政。如今代善早已去世,太夫人尚在。長子賈赦襲了官,……惟有次子賈政,自幼酷愛讀書,……皇上憐念先臣,……賜了個額外主事職銜,叫他入部習學;如今現已升了員外郎。這政老爺的夫人王氏,頭胎生的公子名,叫賈珠。十四歲進學,後來娶了妻,生了子,不到二十歲,一病就死了。第二胎生了一位小姐,生在大年初一,就奇了。不想隔了十幾年,又生了一位公子,說來更奇。一落胞嘴裏便銜下一塊五彩晶瑩的玉來,還有許多字跡,你道是新聞不是?"是一個沒落的官僚大地主世宦人家。

《紅樓夢》主要從賈府的第三代開始寫,賈寶玉是生在第四代。這時的賈府已快到了"好一似食盡鳥投林,落了片白茫茫大地真乾净"的後繼無人的境地了。中國有句古話:"君子之澤,五世而斬。"在封建社會裏,一家豪門世族傳了五代,他的政治權力和經濟的再分配就已到了盡頭了，這差不多成爲一條規律。俗話說的："做官一蓬煙，種田人家萬萬年。"這也反映了人民的看法和願望。但是這些衰敗沒落的豪門世家是不甘心他們的死亡的。不肯退出歷史舞臺，要作垂死挣扎。賈敬襲官是"屍位餘氣"。兒子賈珍、孫子賈蓉"祇一味高樂不了"，都是"下流種子"。榮國府呢？賈赦襲官，是個荒淫無恥之徒。兒子賈璉也是一樣，除了壓詐、剝削、腐化、墮落，什麼都説不上。剩下的是員外郎賈政和他兒子寶玉這一支了。賈政是個封建主義的衛道者，力圖挽回敗局，感到自己的本領有限，於是十分注意他的繼承人。自己仕途上不得意，便把希望寄託在兒子身上，十分迫切。他的企求，恰如清客所恭維的："雛鳳清於老鳳聲。"可是寶玉不能答允他的要求，繼承他的志向。這樣父子之間產生了矛盾。賈政對於寶玉，初是"恨鐵不成鋼"的憤恨，一旦發作，成爲激烈的搏鬥。隨着鬥爭情勢發展的深入，在賈府大家庭中，就無形中分裂成爲兩個陣營。賈政、賈母、王夫人、王熙鳳、薛寶釵、襲人等爲一方；賈寶玉、林黛玉、晴雯等爲一方。還有許多人雖不必去劃，但大多數人是屬於前者這一方的。屬於寶、黛這一方的是極少數的。賈政要寶玉按着封建的正統規範來做人，要他走封建家長給他安排好的鞏固封建統治和衛護封建家族利益的生活道路；寶玉卻不願意做這樣的人，走這樣的路。賈政要用封建的正統規範來索縛他，寶玉卻要反抗這種索縛。那時的封建勢力，看似日落西山，還是龐然大物，一時還不會倒。不是東風壓倒西風，就是西風壓倒東風。這樣兩種思想，兩個陣營的矛盾、衝擊和鬥爭，連奴才襲人也看清楚。襲人就是利用這種矛盾，上竄下跳。她一面勸誡寶玉："祇在老爺跟前，你別祇管批駁誚謗"，"亂說那些混話。凡讀書上進的人，你就起個名字叫做祿蠹。又說祇除明明德外無書，都是前人自己不能解聖人之書，便另出己意混編纂出來的。這些話，怎怨得老爺不氣，不時時刻刻的要打你。"一面尋找機會，跪到王夫人面前，向王夫人告密獻策。在王夫人想：假使寶玉通過襲人的從旁誘導，把他的生活態度，扭轉過來，"規引入正"，那是榮、寧二公死在地下都很快慰的。所以另眼看待襲人，提升她的地位，給她的月錢和姨娘的待遇一樣。但是寶玉呢，浪子並沒回頭；相反的，初進大觀園時，"倒也十分快意"。隨着三四年的生活搏鬥，寶玉逐漸從這種生活中游離出來，更向他所追述的理想生活發展。於是賈政癱瘓了，色荏內屬的王夫人也就顯出黔驢技窮了。賈政、王夫人及其僕從們雖是對寶玉作了多次激戰，可是沒有獲得戰果。自然是不會死心的。賈家"子孫雖多，竟無可以繼業者"。"嫡孫寶玉"總是榮府第四代的一個主要繼承人，這是擺定的。這樣，在賈政、王夫人這個陣營中，隨着不能扭轉寶玉，而又對寶玉抱着"略可望成"的迫切心理，進一步注意到寶玉的配偶問題，也即挑選兒媳婦的問題。兒子是自己生定的，媳婦卻完全可以根據自己的標準和要求選擇的。擇媳問題，在"蜂圍蝶陣亂紛紛"的賈府中，看來眼花繚亂，實質卻是一清二楚的。家族除外，假使從寶玉的周圍人物——金陵十二釵中去物色，和寶玉談得上戀愛或婚姻的，祇有四人。即是：妙玉、史湘雲、林黛玉和薛寶釵。妙玉是檻外人，與寶玉似有逗情，談不上這個問題。剩下三人，林黛玉與賈寶玉有着戀愛關係，史湘雲和薛寶釵與賈寶玉是可以結爲婚姻的。在《紅樓夢》中，曹雪芹或高鶚寫林黛玉和賈寶玉的戀愛都顯得很出色。例如：第二十六回：曹雪芹寫賈寶玉的戀愛黛玉，細膩勻貼，寫心傳神：

> 說着，便順腳一徑來至一個院門前。看那鳳尾森森，龍吟細細，正是瀟湘館。寶玉信步走入，祇見湘簾垂地，悄無人聲。走至窗前，覺得一縷幽香，從碧紗窗中暗暗透出。寶玉便將臉貼在紗窗上看時，耳內忽聽得細細的長歎了一聲，

道："每日家,情思睡昏昏!"寶玉聽了,不覺心内癢將起來。再看時,祇見黛玉在床上伸懶腰。寶玉在窗外笑道:"爲什麼'每日家情思睡昏昏'的?"一面説,一面掀簾子進來。

第九十八回:高鶚寫林黛玉的殉情而死,也是生花妙筆:

> 紫鵑忙了,連忙叫人請李紈,可巧探春來了。紫鵑見了,忙悄悄的説道:"三姑娘!瞧瞧林姑娘罷!"説着,淚如雨下。探春過來,摸了摸黛玉的手,已經涼了,連目光也都散了。探春、紫鵑正哭着叫人端水來給黛玉擦洗,李紈趕忙進來了。三個人纔見了,不及説話。剛擦着,猛聽黛玉直聲叫道:"寶玉!寶玉!你好……"説到"好"字,便渾身冷汗,不作聲了。紫鵑等急忙扶住,那汗愈出,身子便漸漸的冷了。探春、李紈叫人亂着攏頭穿衣,祇見黛玉兩眼一翻。嗚呼!
>
> 香魂一縷隨風散,愁緒三更入夢遥!當時黛玉氣絶,正是寶玉娶寶釵的這個時辰,紫鵑等都大哭起來。……大家痛哭了一陣,祇聽得遠遠一陣音樂之聲。側耳一聽,卻又沒有了。探春、李紈走出院外再聽時,惟有竹梢風動,月影移墙,好不凄涼冷淡。

寫得多麼真切動人!寶、黛的戀愛,歷史地對待這個問題,該怎樣地分析和評價呢?那個時代和社會給予黛玉的命運,紫鵑説得很清楚:

> 公子王孫雖多,那一個不是三房五妾。今兒朝東,明兒朝西。娶一個天仙來,也不過三夜五夜,也就丢在脖子後頭了。甚至憐新棄舊,反目成仇的。老娘家有錢有勢的還好些。若姑娘這樣的人……也祇是憑人去欺負罷了。

真如恩格斯在《家庭、私有制和國家的起源》中所寫的,那時"大量財富集中於一人之手，也就是男子之手，而且這種財富必須傳給這一男子的子女，而不是傳給其他人的子女"，爲此，"根本沒有妨礙丈夫的公開的或秘密的多偶制"（《馬克思恩格斯選集》第四卷 71 頁）。林黛玉就是不滿和反抗這種歷史所給予她的命運，因而熱烈地追求寶玉。但在那個時代，她的周圍的人是怎樣看待這個問題呢？賈母看了黛玉的病後說："這心病也是斷斷有不得的。"惜春是同情黛玉的苦境的，卻說："林姐姐，我看他總有些瞧不破，一點半點兒都要認起真來，天下事那裏有多少真的呢？"自然林黛玉的認真、追求，是有時代的進步意義的，但是無疑的是充滿着歷史的悲劇性的。

史湘雲和薛寶釵都與賈寶玉有結爲婚姻的條件。《紅樓夢》中是這樣寫的："因麒麟伏白首雙星"，"賈寶玉奇緣識金鎖"。這兩位姑娘都是忠忱地擁護封建制度，並願爲貴族的家族利益效勞的。史湘雲勸過寶玉道：

> 如今大了，你就不願讀書去考舉人進士的，也該常會會這些爲官做宰的人們，談講講些世途經濟的學問，也好將來應酬事物，日後也有個朋友。讓你成年家祇在我們隊裏攪的出些什麼？

薛寶釵更會饒舌：

> 做了一個男人，原該要立身揚名的。誰象你一味的柔情私意，不說自己沒有剛烈，倒說人家是祿蠹。

在賈寶玉的耳朵裏，祇有林黛玉"從來"沒"說過這些混賬話"；否則，他早"和他生分了"！這就十分尖銳地反映了兩種截然不同的生活態度。史湘雲和薛寶釵比較起來，史湘雲爽直，說話有時是有口無心的，薛寶釵卻是頑強地反映着她的堅強的意志的。這在抉擇她倆婚姻問題者人看來是了然於心的。這就本質地決定了關於寶玉婚姻問題上兩人的糾葛，史湘雲祇是不占重要位置的一個插曲與配角而已。

這樣在這爭奪寶玉夫人的問題上，剩下的祇是林、薛兩人了。林和賈有着戀愛關係，所謂：木石前盟；薛和賈有着婚姻問題，所謂：金玉良緣。我們從賈府的兩大陣營的分判來看：賈府當權派是一定要把賈府這份基業，政治特權和經濟上的再分配的特權繼續維持下去，處處爲它階級利益服務。因此，不論賈母、賈政、王夫人、王熙鳳以及宮中的元春都是頑强地從這觀點出發來捏造和選擇他們的繼承人的，希望寶玉能乖乖地走維護家族利益的道路；可是，看來已經不能如願以償了。這也無可奈何。那麼，選擇寶玉夫人，更不能放棄這種要求了。因此，擺在他們眼前的兩位姑娘，林與薛，自然是選薛而棄林了。襲人深悉於此，便稱贊道："果然上頭的眼力不錯！這纔配的是。"

《禮記·哀公問》記孔子之言曰："(婚姻)合二姓之好，以繼先聖之後，以爲天地宗廟社稷之主。"這話道出了封建婚姻的本質問題；反過來説：不是合二人之好的。寶玉、黛玉兩人心心相印，終於一個發瘋，一個歸天；而寶玉、寶釵"心不同兮媒勞"，倒是結合了。關於這個問題，恩格斯在《家庭、私有制和國家的起源》中説得十分透徹：

> 在整個古代，婚姻的締結都是由父母包辦，當事人則安心順從。古代所僅有的那一點夫婦之愛，並不是主觀的愛好，而是客觀的義務；不是婚姻的基礎，而是婚姻的附加物。現代意義上的愛情關係，在古代祇是在官方社會以外纔有。
>
> 對於騎士或男爵，以及對於王公本身，結婚是一種政治行爲，是一種借新的聯姻來擴大自己勢力的機會；起決定作用的是家世的利益，而決不是個人的意願。在這種條件下，關於婚姻問題的最後決定權怎能屬於愛情呢？

《紅樓夢》所寫的賈府是屬於官方社會之中的，而賈、林的戀愛卻在官方社會之外的。"金玉良緣""起決定作用的是家世的利益"，正是一種"政治行爲"，"木石前盟"卻是"個人的意願"，"不是婚姻的基礎"；那麼，在封建勢力尚是頑强地存在的時候，林、賈的愛情怎會不是悲劇結束呢？這悲劇的本質也就在於此。《紅樓夢》是寫賈府這一世官之家的没落的，把賈、林的愛情和薛、賈的婚姻的爭奪作爲主要的綫索來寫，相互映襯，這是有它的深刻的社會的現實意義和歷史意義的。

八、《紅樓夢》中的消極因素

毛澤東同志在《中國革命和中國共產黨》中指出：

> 中國封建社會內的商品經濟的發展，已經孕育着資本主義的萌芽，如果没有外國資本主義的影響，中國也將緩慢地發展到資本主義社會。

曹雪芹生於十八世紀的乾隆時期。這時中國的新、舊兩個社會頻於交替，即封建主義的舊制度在瓦解，資本主義在萌芽，在曹雪芹的生活感受中，既具有新生事物的某些性質，又不可避免地遺留着古老社會的深刻烙印。恩格斯在《共產黨宣言》意大利文版的《序言》中論述但丁道：

> 封建中世紀的終結和現今資本主義時代的開端，是以一位偉大的人物作標誌的，這就是意大利人但丁，他是中世紀的最後一個詩人；同時又是近代的最初一個詩人。

曹雪芹可以說是中國新的思想萌芽的第一個作家，他是文學戰綫上的啓蒙主義者。

《紅樓夢》的主要內容：以賈、林的愛情悲劇爲主要綫索，通過對這清代封建貴族世家生活的描寫，反映封建制度的腐朽及其衰亡的命運。《紅樓夢》在揭露封建統治的殘暴、封建禮教的虛偽的同時，還熱情歌頌在封建重壓下的具有民主主義的思想傾向。

在《紅樓夢》中，描寫着賈府十年左右的生活，深刻地反映着當時的社會現實。少數人窮奢極欲，揮金如土；多數人饑寒交迫，民不聊生。作者對官僚巨族、地主豪紳欺壓平民、草菅人命，高利貸剝削以及他們的精神空虛、道德敗壞都有或多或少的揭露，特別是對封建貴族家庭中的奴婢的悲慘遭遇和具有叛逆思想的青年受到摧殘，進行控訴。透過這"風月繁華"的大觀園，散發着霉爛氣和血腥氣。在這陰慘的背景中，塑造了敢於向封建勢力抗爭的人物如鴛鴦、晴雯等，加深了對封建制度的批判。在《紅樓夢》中，作者有暴露，有歌頌。它暴露封建地主階級統治的罪惡，歌頌在這風雨如磐的暗夜，家庭奴隸不屈的抗爭，以及在這陣營中分化出來的具有民主主義思想人物的叛逆。傾注了作者的熱情。

但在肯定《紅樓夢》的同時，我們必須看到他的局限。曹雪芹自然還不可能徹底擺脫那時占着統治地位的唯心主義思想的侵蝕和索縛。儘管他對封建制度的腐朽醜惡有所揭露；但不可能運用歷史唯物主義觀點去分析，指出代替它的將是怎樣一種制度。因此，贊揚它主題思想進步的同時，必須認識它消極的一面。曹雪芹憤慨着：封建制度的腐朽，寫出來想一"醒同人之目"；同時，又竭誠要補封建之"天"，從而發出"無才補天"的感慨。"一技無成，半生潦倒。"他被官方社會排擠出來，懷才不遇，憤憤不平。

曹雪芹在生活感受中意識到：封建社會真有天傾地陷之勢，而新生的小人物不屈抗爭，又都成爲悲劇。他設法理解這個社會發展的規律，認清這個方死將生的時代，但他仍想解釋這個問題，這就在不知不覺中，陷入了哲學唯心主義和宗教唯心主義的泥淖。曹雪芹認爲舊社會、舊事物的滅亡，新社會、新事物的生長是由超自然、超階級的"天命"控制着的。他借賈雨村的口說出"天地生人"、天資天賦的謬論來了。

> 若大仁者，則應運而生，大惡者，則應劫而生。運生世治，劫生世危。堯、舜、禹、湯、文、武、周、召、孔、孟、董、韓、周、程、張、朱，皆應運而生者；蚩尤、共工、桀、紂、始皇、王莽、曹操、桓温、安禄山、秦檜等，皆應劫而生者。大仁者修治天下，大惡者擾亂天下。清明靈秀，天地之正氣，仁者之所秉也；殘忍乖僻，天地之邪氣，惡者之所秉也。

將一部階級鬥爭史，說成超階級的"正氣"與"邪氣"的相互消長了。

曹雪芹在現實生活中感受最深的是："閨閣中歷歷有人。"他把這些姑娘安置於大觀園中，"編述一集，以告天下"。這些姑娘面貌不同。有的屬於統治階級陣營的，是封建制度的擁護者，但是終於爲這封建社會所吞滅。就在她們忘乎所以的時候，葬送了她們自己。有的是從統治階級陣營中游離出來的，帶着叛逆的性格，追求她的理想，社會給予悲劇性的命運。有的處於僕從與奴才的地位。有的忍氣吞聲，甘受壓迫，可是毫無前途。有的懂得鑽營奉迎，企圖一朝登天，改變地位。城府極深，貪生怕死，但也没有結果。有的不願爲奴才，做一個勇敢的奴隸，敢於抗爭，死不屈服。"心比天高，身爲下賤。風流靈巧招人怨。"結果橫遭慘死。在曹雪芹的現實生活中，没有遇到一個勝利的女性。封建社會吞滅了值得尊敬的人，也吞滅了鄙卑可憎的人。這裏他並没有怎樣加以區別對待，而是一概予以同情、感傷。他給這些姑娘的遭遇，概括爲一副對聯：

> 厚地高天，堪歎古今情不盡；
> 癡男怨女，可憐風月債難酬。

把她們的名册置於"癡情司""結怨司""朝啼司""暮哭司""春感司""秋悲司"和"薄命司"中。他錯誤地認爲：這些姑娘的命運是超自然、超階級的天所賦予的宿命——紅顏薄命所注定的，没法違拗的。這不教人太遺憾了嗎？於是，他借玄學和禪宗的學説來作解説，以彌補自己和人家心理上所産生的這種缺陷，作爲慰藉。

在哲學唯心主義中，有的説：自然現象和社會現象是感覺的複合，假的不是真的；有的是相對的，像一個環的無端，没有一定的標準，因而無所謂是非。塵世一切原是苦的，七情六欲是苦的根本，人生於世祇是歷劫而已！

曹雪芹受了這種思想影響，在《紅樓夢》中虛構了一個太虛幻境，在"離恨天之上，灌愁海之中"。似遠實近，不即不離。把賈府"上中下三等女子的終身册籍"，卻擺在内。這幻境的牌坊上還題着一聯道：

> 假作真時真亦假，無爲有處有還無。

這聯的涵義在説：我們所處的世界一切都是假的、無的。你如把這假的當作真的，無的當作有的，這就弄顛倒了。會把真的説成假的，有的説成無的。太虛一詞，出於佛典。《菩提心論》上説："如太虛空湛然常寂。"意思是：浩浩宇宙是虛空的，無爲無物的。真是這樣嗎？我説不是的。

唯物主義者對時空的理解是這樣的：

> 世界的真正的統一性是在於它的物質性。
>
> （恩格斯《反杜林論》）

正如物或物體不是簡單的現象，不是感覺的複合，而是作用於我們感官的客觀實在一樣，空間和時間也不是現象的簡單形式，而是存在的客觀實在形式。世界上除了運動着的物質之外，什麽也没有，而運動着的物質祇有在空間和時間之內纔能運動。

（列寧《唯物主義和經驗批判主義》）

時間、空間和物質運動是不可分開的。時間、空間是物質運動的根本條件，物質運動有着客觀現實性，不是人類主觀認識的産物，不是感覺的一種形式。物質運動祇有在時間和空間中纔能進行。曹雪芹把時空看成太虛，説是假的、無的，是夢是幻，即是現象，爲感覺的複合。這樣來看時空、宇宙，物質運動就不存在了。這就顯示了他否定現實世界的虛無主義的看法。

那麽什麽是真的、有的，《紅樓夢》第一百十六回中寫寶玉失玉後到一個地方，牌上寫着"真如福地"，兩邊也有對聯道：

假去真來真勝假，無原有是有非無。

這個世界倒是真的、有的。這回書雖是高鶚的續筆，看來與曹雪芹也合拍的。真如一詞，也出佛典。《成唯識論》説："真謂真實，顯非虛妄。如謂如常，表無變易。謂此真實，於一切法，常如其性，故曰真如。"《探玄記》説："不壞曰真，無異曰如。"意思是説："這個世界是真實的、不變的。現實世界是虛妄的，而這個理想境界是真實的。"

那麽，這兩個世界怎樣聯繫的呢？

中間有個橋梁，就是在《紅樓夢》中經常穿插、渲染的"歷劫入世""超凡入聖"。就是：先到這個現實世界來經歷一番。吃諸般苦，回轉頭來，否定這個世界。"喜笑悲哀都是假，貪求思慕總因癡。""因空見色，由色生情，傳情入色，自色悟空。"覺悟過來，就能"超凡入聖"，跑到那個境界中去。

　　《紅樓夢》中所寫鴛鴦之死就是例示地指引這條道路。鴛鴦生活在大觀園裏，册子卻在太虛幻境；最後，靈魂跑進真如福地，在"樓閣高聳、殿角玲瓏"下"影影綽綽"地生活了。

　　鴛鴦在賈府中，備受迫害，終於自盡。在自經前，《紅樓夢》中描寫，蓉大奶奶，警幻仙姑的妹妹——秦可卿前來探望，自説：原在警幻宮中，管着風情月債，降臨塵世，當爲第一情人。今已看破風情，超出情海，歸入情天。卻少一個替代，找她來補。鴛鴦驚疑，秦氏卻説："喜怒哀樂未發之時，便是個性，喜怒哀樂已發，便是情了。"鴛鴦"歸入情司"。經過磨練，纔能"看破""真情"，即"喜怒哀樂""未發之情"，最後跑入"真如福地"去了。此中詭謬，是顯而易見的。

　　《紅樓夢》中寫寶玉悟禪和出家，這例子也是突出的。《紅樓夢》第二十二回，記一次演戲：魯智深醉打山門。寶釵贊賞那支《寄生草》曲詞極妙：

> 漫揾英雄淚，相離處士家。謝慈悲，剃度在蓮臺下。没緣法，轉眼分離乍。赤條條，來去無牽掛。那裏討，煙蓑雨笠捲單行？一任俺，芒鞋破鉢隨緣化！

這曲宣揚魯達受戒，從此過着自由自在生活。全是歪曲。寶玉聽了，拍膝搖頭，稱賞不已。戲看完後，受了小的刺激，不禁大哭，寫下一偈道：

> 你證我證，心證意證；是無有證，斯可云證。無可云證，是立足境。

黛玉認爲："無可云證，是立足境。"還未盡善，於是再續兩句："無立足境，方是乾净。"這偈大意爲：

> 你的論證，我的論證，我們所能臆想的種種論證，都是

不存在的。這纔可説是論證。没有可説的論證，這是最上的境界。

黛玉續的兩句，説得更爲澈底。"這樣的境界，纔算乾净。"寶玉否定論證，實即取消是非的界綫和否認思想意識的存在。運用哲學上的相對主義，否定真理，否定現實。這種學説是從玄學和禪宗襲取來的。《莊子·齊物論》是宣傳這種泯滅是非的相對主義詭辯的。

> 道隱於小成，言隱於榮華。故有儒墨之是非。以是其所非，而非其所是。欲是其所非，而非其所是，則莫若以明。
> 物無非彼，物無非是。自彼則不見，自知則知之。故曰：彼出於是，是亦因彼。彼是，方生之説也。雖然，方生方死，方死方生，方可方不可，方不可方可。因是因非，因非因是。是以聖人不由，而照之於天，亦因是也。是亦彼也，彼亦是也；彼亦一是非，此亦一是非。果且有彼是乎哉？果且無彼是乎哉？彼是莫得其偶，謂之道樞。樞始得其環中，以應無窮。是亦一無窮，非亦一無窮也。故曰：莫若以明。

莊子以爲：道理被小有成就的人隱蔽，言論被浮誇的人隱蔽，因此纔有儒家、墨家的是非。他們都肯定自己所認爲是的，而否定自己所認爲非的。要想肯定他們所非的，而批判他們所是的，則不如説：没有是非，没有彼此。物是没有不做爲彼的，没有不做爲此的。從那一面看，看不見這一面；從這一面看，看不見那一面。自己知道的就知道；不知道的就不知道。所以説：彼出於此，此亦因彼，兩者相對的。彼此關係，好像物象初生的情況。既然這樣，恰在發生，恰在死亡；恰在死亡，恰在發生；恰説那樣，恰就這樣；恰説那樣，恰就這樣。因而有認爲是的，就有認爲非的；有認爲非的，就有認爲是的。所以聖人否認這個道理，卻從宇宙的本然來判斷。根據這種情況，這就是彼，彼就是這。彼有彼的是非，此有此的是非。果然有彼此的區別嗎？果然沒有彼此的區別嗎？消除彼此的對立，叫做道樞。道樞就像中空的環子一樣，可以應付無窮變化。是的變化是無窮的，非的變化也是無窮的。所以説：對待是非、彼此，則不如説，沒有是非，沒有彼此。

　　賈寶玉的思想領域是受了這種思想影響的。他喜讀《南華經》的，欣賞那：

> 巧者勞而智者憂，無能者無所求。飽食而遨遊，泛若不繫之舟。

因而，他碰到不如意事，不起抗爭，而是認爲這是巧者、智者自尋煩惱，不如逃避，追求精神自由爲妙。莊子宣揚唯心主義哲學，佛教則是發展得更爲高度的唯心主義哲學。哲學唯心主義和宗教唯心主義兩者是一脉相承的。寶玉好讀《南華經》，也喜談禪。"已得環中理，聊爲樹下吟。"不滿足於《逍遥遊》説的："至人無己，神人無功，聖人無名。"而追求更高的，那就鑽入"真如福地"了。

　　寶玉的思想意識，也反映着曹雪芹的思想意識。《紅樓夢》中因而就不時出現了一僧一道跑來渡引寶玉。寶玉原是"大荒山無稽崖青埂峰下"的一塊"通靈寶玉"，被那茫茫的人士，渺渺真人攜入紅塵，讓他造劫歷世。原是"天不拘兮地不羈，心頭無喜亦無悲"，經歷"粉漬脂痕污寶光，房櫳日夜困鴛鴦"，最後是"沈酣一夢終須醒，冤債償清好散場"。在真如福地逗覽一番，便能看到那一群女子都變作鬼怪形象。和尚便説："世上的情緣，都是那些魔障！祇要把歷過的事情細細記着，將來我與你説明。"寶玉跟着一僧一道，口裏唱着：

> 我所居兮，青埂之峰；我所遊兮，鴻蒙太空。誰與我逝兮，吾誰與從？渺渺茫茫兮，歸彼大荒！

回到青埂峰下，歸號去了。作者認爲："方知石兄下凡一次，磨出光明，修成圓覺，也可謂無復遺憾了！"誰説《紅樓夢》中没有虚無主義的思想呢？這種思想也是成爲一綫串在裹邊的。

編者説明：據劉録稿附記，本文原爲杭州老年大學講稿(1986年)。引文據人民文學出版社《紅樓夢》(1957年版、1964年2月第三版)核對。

賈寶玉的煩惱

一、前言

　　日本厨川白村曾經說過：文藝創作，是苦悶的象徵。這話說得極好，深深地把握着文藝作家的心理。

　　曹雪芹的寫《紅樓夢》，正是表示曹雪芹在現實壓迫下的苦悶！曹雪芹，在賈寶玉的身上，寄託了他自己的對現實的憤懣、反抗，對人生的悵惘、迷惑！

　　中國兩千年來的社會，為禮教所控制，黑暗無光。多少英俊有為的青年，在忠君孝親的號召下，喪失了志氣，多少紅燈下的少女，在貞節牌坊下，葬送了青春。兩千年來，禮教統治下，有多少革命思想，英雄事業，給他悄悄地毀滅了！

　　曹雪芹不勝禮教統治的重壓了，以自己最大的痛恨、最深的憤怒，他咆哮了！寫出了七十餘萬言的《紅樓夢》，來發抒他的胸臆。

　　不過曹雪芹是一個文藝作家，他有舊社會缺陷的感覺和反抗的情緒，他卻不是個社會革命家和思想家，所以他不知道舊社會黑暗的原因和改革的方案。讀《紅樓夢》的人，感覺曹雪芹一方面處處在否認舊社會，一方面卻處處在同情舊社會。在《紅樓夢》裏，曹雪芹透露了一些對禮教統治的猛烈攻擊的消息，但這點很不容易為人發覺，恐怕是這個緣故。

無疑地，曹雪芹的理想，寄託在《紅樓夢》主角賈寶玉的身上，可是認識賈寶玉的，總以爲寶玉是個花花公子，沒有靈魂的，愛與女子厮混的頑物，卻不知寶玉倒是個消極的革命青年，有識見、有氣節，不與社會妥協的血性分子。

讀者或者有些不信，這篇文章正要向你説明這點意思。

二、反忠論

儒家説：殺身成仁，捨生取義。他的意思，本是勉人追求真理，雖犧牲其庸亦何傷；他的流弊，卻變爲鞭策青年、保衛帝王的一姓一家的天下。

"一將功成萬骨枯"，在枯骨堆上，築起將軍的勳業來，賈寶玉曾給予猛烈的攻擊：

> 那些鬚眉濁物，祗聽見……武死戰……是大丈夫的名節，便祗管胡鬧起來……疏謀少略的，他自己無能，白送了性命。（第三十六回）

迂腐騰騰的屍諫，賈寶玉也曾露骨地給以批評：

> 那文官……念兩句書，記在心裏，若朝廷少有瑕疵，他就胡彈亂諫，邀忠烈之名，倘有不合，濁氣一湧，即時拼死……

如果你平庸的話，對時局沒有意見，或是不敢批評時局，説一句公道話的勇氣也沒有，那你怎麼能説寶玉是個花花公子呢？

三、反功名

正心，誠意，修身，齊家，治國，平天下，是儒家行政的步驟；學而優則仕，仕而優則學，是儒人生活的縮影。政教合一的主張，本是含有一部分真理。

可是，他的流弊，也很顯然，變爲過去大多數文人，終身活動在被統治階級想法跳入統治階級的過程中，他們唯一的手段，是十年窗下，咿唔咕嘩，做書蠹！搖頭擺尾，寫八股文。言稱三皇，行比堯舜，講大話，搭虛架子，用讀書來做做官的敲門磚。

這就是所謂取功名！所謂榮宗耀祖，顯親揚名！

那麼賈寶玉對功名，是什麼態度呢！

虛僞的襲人，曾經撒嬌地向寶玉遊説：

> 第二件，你真喜讀書也罷，假喜也罷，衹在老爺跟前，或在別人跟前，你別衹管批駁誚謗，衹作出個喜讀書的樣子來……凡讀書上進的人，你就起個名字，叫做祿蠹，又説衹除明明德外無書，都是前人自己不能解聖人之書，便另出己意混編纂出來的，這些話，怎怨得老爺不氣。（第十九回）

> 可惜！寶玉，"終是不讀書之過。"（第十七回）

> 潦倒不通庶務，愚頑怕讀文章，行爲偏僻性乖張，那管世人誹謗。……可憐辜負好韶光，於國於家無望。

似乎，不很知道孝道，用用功，圖一官半職，上慰賈母，下樂寶釵。

寶玉的思想中，好像根本就沒有功名的觀念，寶釵也曾經好好地勸導他，在功名上打個主意，倒轉而給寶玉搶白一場：

> 好好的一個清净潔白女子，也學得釣名沽譽，入了國賊祿蠹之流！（第三十六回）

甄寶玉是寶玉平日傾心的人，同名、同貌、同年。當兩人相識之下，甄寶玉説什麼的：

弟少時不知分量，自謂尚可琢磨，豈知家遭消索，數年來更比瓦礫猶賤，雖不敢說歷盡甘苦，然世道人情，略略的領悟了好些。世兄是錦衣玉食，無不遂心的，必是文章經濟，高出人上。

家君致仕在家，懶於酬應，委弟接待，後來見過那些大人先生，盡都是顯親揚名的人，便是著書立說，無非言忠言孝，自有一番立德立言的事業，方不枉生聖明之時。也不致辜負了父親師長養育教誨之恩。（第一百十五回）

文章經濟，爲忠爲孝，入了祿蠹之流，怎不使寶玉動氣地說："不意視弟爲蠢物，所以將世路的話來酬應。"（第一百十五回）惋惜着"證同類""失相知"了。

四、不應酬

寶玉並不是傳大觀園衣缽的人物，名分上，賈寶玉有傳大觀園衣缽的資格。

要傳大觀園的衣缽，最低限度，得多見見世面，多和士大夫來往來往，那麼門路多了，人事一通，博一官半爵，也非難事。

無奈賈寶玉計不及此：

素日本就懶與士大夫諸男人接談，又最厭惡峨冠禮服賀吊往還等事。（第三十六回）

大觀園"策士"鳳姐，九月初二日生日，那天，照例，寶玉該去湊湊熱鬧，賀賀親姊姊的壽，也博得個賈母歡喜，盡盡孝心，不枉賈母平日"肉呀""心肝兒呀"的疼愛，纔是。

哪裏知道，寶玉"別具神思"呢！

賈府上，熱烘烘地慶祝鳳姐兒生日時，寶玉偷偷地，帶了個書童焙茗，從大觀園角門溜了出去——這就有失體統——到冷清清的地方，耍了大半天，害得賈母牽腸掛肚的，差點兒急出大病來，難怪賈母要大發雷霆：

> 你……也不說一聲兒……私自跑了，這還了得。（第四十三回）

簡直要請賈政執鞭庭訓呢！

五、崇自然

其實，"天不怕，地不怕"，寶玉也是個大膽人物，賈政又哪在他眼裏呢？

《紅樓夢》大家都看過，當還記得賈元春才選鳳藻宮時，賈政大觀園試才題對那一段故事吧！

> （賈政）引眾人步入茆堂裏面，紙窗木榻，富貴氣象，一洗皆盡，賈政心中自是歡喜，卻覷寶玉道，此處如何。

這時候慣於迎合主人脾胃的賈政門客，"都忙悄悄的推寶玉，教他說好"。你道寶玉湊湊他老子的興頭嗎？沒有！寶玉說：

> 不及有鳳來儀多矣！（第十七回）

賈政自然不高興了，寶玉卻還要嘴硬：

> 但古人嘗云天然，此二字不知何意。（第十七回）

居然款款而談，發了一大堆議論，大有訓父之意。

> 此處置一田莊，分明是人力造作而成。遠無鄰村，近不負郭，背山山無脉，臨水水無源，高無隱寺之塔，下無通市之

橋……爭似先處有自然之理,得自然之趣。(第十七回)

"父前唯諾"(《論語》),寶玉膽敢在賈政面前,大談"天然",怎不招賈政生氣,喝命"扠出去"呢!

六、信佛道

說到這裏,關於寶玉的思想體系,已經給我們略露靈光。讀者也許要問:賈寶玉這樣大膽的離經叛道,從思想、行爲上,表示了對忠效的抗議,那麼賈寶玉正面的對現實,有什麼理想沒有呢?有的。

賈寶玉有他自身的理想國!

在這點上,賈寶玉不僅有破壞,而且有建設。

賈寶玉跳出了大觀園思想,卻投身於佛道的懷抱中了——那正是異端邪說。

我們別以爲寶玉翻開四書來讀:"細按起來,似乎不很明白。"(第八十二回)以爲寶玉低蠢無能,其實寶玉志不在此!《南華經》纔是寶玉喜歡讀的建國大業的大文章。

不信我們可以讀寶玉摹擬續寫《莊子·胠篋篇》的一段文章。

> 焚花散麝,而閨閣始人含其勸矣,戕寶釵之仙姿,灰黛玉之靈竅,喪滅情意,而閨閣之美惡,始相類矣。彼含其勸,則無參商之虞矣;戕其仙姿,無戀愛之心矣;灰其靈竅,無才思之情矣。彼釵玉花麝者,皆張其羅,而邃其穴,所以迷惑纏陷天下者也。(第二十一回)

寫來極有意味!

寶玉又嘗與黛玉談禪,記得吧?有一次,林黛玉問賈寶玉説:

> 寶姐姐和你好,你怎麼樣?寶姐姐不和你好,你怎麼
> 樣?寶姐姐從前和你好,如今不和你好,你怎麼樣?今兒和
> 你好,後來不和你好,你怎麼樣?你和他好,他偏不和你好,
> 你怎麼樣?你不和他好,他偏要和你好,你怎麼樣?(第九
> 十一回)

寶玉呆了半響,忽地古里古怪的,打了句禪話:

> 任憑弱水三千,我祇取一瓢飲!(第九十一回)

於是巧竅的林黛玉,也打起禪語來了。黛玉道:

> 瓢之漂水,奈何?(第九十一回)

寶玉道:

> 非瓢漂水,水自流,瓢自漂耳。(第九十一回)

黛玉道:

> 水止珠沉,奈何?(第九十一回)

寶玉道:

> 禪心已作沾泥絮,莫向春風舞鷓鴣。(第九十一回)

黛玉道:

> 禪門第一戒,是不打誑語的。(第九十一回)

寶玉道:

> 有如三寶。(第九十一回)

寶玉用禪語來表達他心中隱隱約約愛黛玉的情緒,可以說
是寶玉潛伏在異端的佛道戰壕裏的一種表現,也可以說是不滿
現實的一種苦悶的象徵。

七、爲女性服務

當然，賈寶玉是個畸形發展的人，他心中老是呆想着，"天地靈淑之氣，祇鍾於女子，男兒們不過是些渣滓濁沫而已"。（第二十回）

說到這裏，也許有人要問：賈寶玉既是信仰道佛的學說，怎的不去深山冷屋裏去參悟禪機，倒來大觀園女人淘裏厮混呢？

問得正好！

賈寶玉在舊社會裏什麼都不敢肯定，就是這一點，還不能擺脫，那就是爲女性服務，是寶玉唯一的人生觀。

讀者還記得，壬子年的冬天，大觀園裏下了一夜的雪，寶玉穿着一件茄色哆羅呢狐狸皮襖，罩着一件海龍小鷹膀褂子，束了腰，披上玉針簑，戴了金藤笠，登上沙棠屐，忙忙地往蘆雪亭去。那大觀園內的喬松疏竹，都似妝在玻璃盆內，大觀園變成琉璃世界。寶玉走過山坡，還聞着一陣寒香，回頭看見櫳翠庵的十數紅梅，如胭脂一般，映着雪色，顯得分外精神。

在雪天的蘆雪亭裏，有着穿着鳧靨紅裘的鳳姐、李紈、香菱、探春、李綺、李紋、岫煙、湘雲、寶琴、黛玉、寶釵等十一位女子，他們不畏風寒，正有雅興！終於不會寫詩的鳳姐兒，想出一句"昨夜北風緊"的粗話，接着十位，湊成了一首三十五韻，七十句的排律。寶玉在這種場合，總是裝得才思苦厄，老實的李紈，結果倒反罰以一個"訪妙玉乞紅梅"的雅事呢。

寶玉吃了黛玉遞過來的一杯酒，暖暖肚，冒着雪，到櫳翠庵乞梅去，一回兒，笑欣欣地擎了一枝紅梅，回到蘆雪亭來，丫鬟接了，把它插入美女聳肩瓶中，寶玉微微地喘氣着笑道：

你們如今賞罷！（第五十回）
剩水殘山無態度，被疏梅料理成風月。（辛稼軒詞）

真是一幅極好的畫圖呀！畫圖的主人，是寶玉，是諸女，是雪梅，是自然，寶玉在畫圖中陶醉了。

假使有人要問，寶玉一生最感愉快的事，那我就說寶玉在櫳翠庵採梅回來，走進蘆雪亭一眼看見許多姐妹的那一刹那。因爲這一刹那，寶玉的靈敏中，已達到爲女性服務的最高峰。

八、情的意態

所以寶玉有他的個性，委實色得可以：

看到了丫頭嘴唇上的胭脂，準會有失身份地"姐姐、妹妹"亂叫一陣，要求舔着吃！

史湘雲洗了臉，翠縷拿殘水要潑，寶玉倒"就勢兒洗了"。（第二十一回）還千妹妹、萬妹妹地央告史湘雲，要她"打幾根辮子"。無怪小丫頭翠縷要撇嘴笑了：

> 還是這個毛病兒。（第二十一回）

寶玉在情的意態上，確實有獨到的境界：

有一次，寶玉倦着想睡，秦可卿領他到了一個上房，看到了"燃藜圖"，寶玉"心中便有些不快"，看到了一副對聯：

> 世事洞明皆學問，人情練達即文章。（第五回）

寶玉簡直像看到了敵人一般地叫起來："快出去！快出去！"看到了唐伯虎畫的"海棠春睡圖"，寶玉就樂了，看到對聯：

> 嫩寒鎖夢因春冷，芳氣襲人是酒香。（第五回）

看見案上設着武則天當日鏡室中設的寶鏡，……一旁擺着趙飛燕立着舞的金盤，盤內盛着安祿山擲過傷太真乳的木瓜，……寶玉樂開啦：

這裏好！這裏好！（第五回）

"不諳人情愛鎖夢"，寶玉深入情的意態中了！

九、富幻想

當然，寶玉是可愛的，天真、多情、有趣味、有境界，對人生是特別有興會的。

賈府上，歡天喜地地做"孫行者大鬧天宮"的戲文，寶玉倒想：

> 素日這裏有個小書房，內曾掛着一軸美人，畫的很得神，今日這般熱鬧，想那裏自然無人，那美人也自然是寂寞的，須得我去望慰他一回。（第十九回）

這種場合，寶玉又怎樣富於幻想，不合現實，叫人覺得嗤然可笑，又覺得藹然可親呢！

十、情場失意

在女人淘裏胡鬧一陣，可是，賈寶玉在真正的戀愛對象的追求上，顯然是碰壁的。多傷心！

賈寶玉歡天喜地地結婚了，打開面巾來看時，百年好合的不是同調的林黛玉，而是大觀園文化承繼人薛寶釵，沒有看錯，是薛寶釵！不是夢境，是薛寶釵！

這一下，寶玉絕望了，也就是寶玉夢醒的時候了。

林妹妹丟了，這罪惡世界，有什麼留戀呢！

> 心不同兮媒勞，恩不甚兮輕絕！（湘夫人）

沒有給賈府盡盡孝道，寶玉要拋棄現實了。

嘴裏念着阿彌陀佛，丟下了年輕的寶釵、年老的賈政，背着不孝的罪名，光着頭，赤着腳，披着一領大紅猩猩氈的斗篷，跟着一僧一道，在茫茫的雪天裏，向渺渺茫茫兮大荒境去了。

寶玉去了，在微微的雪影裏，還留着他的足跡。

十一、尾聲

社會，遠遠地望去，好像築着一垛厚厚的墻。聰明的人，他會掉過頭來，不去碰壁。

中國有多少現實失意的人，都走上逃避現實的路，或是遁跡空山，或是隱身文藝，來擺脫他們的苦悶，發洩他們的哀怨。不過更聰明的人說，理想國得建築在人間，而不在天上；在現在，而不在將來。文學是要積極的、健康的，而不衹是消極的。

也許有人要笑，蒼蠅的力量太小，他不知道那塊透明的玻璃，有多少硬度，碰破了頭也沒用。

不過列子告訴我們愚公移山的故事，也許把墻衝開了，就成一條路。

賈寶玉去了，他唯一的遺訓，是教人失望時遁身空門，我們卻覺得更要積極些，要研究學術，研究社會，看這問題發生的症結所在，來解決這問題，不是看見了墻就轉頭，倒是要破了這墻，成一條路。

（原刊《東方雜誌》第四十卷第二號，1944 年 1 月 30 日，署名劉冰絃）

賈寶玉的積塵

《紅樓夢》第三回，曹雪芹顯示賈寶玉的性格，運用似貶實褒、寓褒於貶的手法，寫了《西江月》詞兩闋：

> 無故尋愁覓恨，有時似傻如狂。縱然生得好皮囊，腹內原來草莽。　潦倒不通世務，愚頑怕讀文章。行爲偏僻性乖張，那管世人誹謗。
>
> 富貴不知樂業，貧窮難耐淒涼。可憐辜負好韶光，於國於家無望。　天下無能第一，古今不肖無雙。寄言紈袴與膏粱，莫效此兒形狀！①

作者曾説：這兩詞“批寶玉極恰”，“看其外貌最是極好，卻難知其底細”。這裏，不妨就其外貌略加敷衍，論賈寶玉的，都是歌頌他的叛逆性格；但從這兩詞看，不能説作者對他没有一些微詞。

賈寶玉長在深閨之中（劉姥姥是誤認怡紅院爲綉房的），育於婦人之手，錦衣玉食，旖旎風光，能夠不惑於功名，諷時譏世，不以仕途經濟爲懷，“另出己見，自放手眼”，“喜則以文爲戲，悲則以言志痛”（第七十八回，1130頁），亦是矯矯不群，特立獨行，

---

①　《紅樓夢》，中國藝術研究院《紅樓夢》研究所校注，人民文學出版社1982年版，第50頁。

這暫不說。此外，燕啼鶯語，拈花惹草，淘澄胭脂算是他的專業。無事忙了一十九年。飽食終日，無所用心，穿衣吃飯，都仗別人。連倒一杯茶還要讓人提醒，仔細燙了手，真是啥都不會幹的一個膏粱子弟。舊說，寶玉淪爲乞丐，看來合乎他的生活發展規律。"寒冬噎酸虀，雪夜圍破氈"，曹雪芹原作諒來有此意圖；可是續書者出於他的階級觀點和需要，卻使寶玉中了舉人"蘭桂齊芳"，"懸崖撒手"再做和尚，說是"走來名利無雙地，打出樊籠第一關"，這樣纔算盡了禮教人子的名分。寶玉常說：願如不遂，便當和尚。這同有些僧尼撚持佛珠，喃喃有聲，手揮五絃，目送飛鴻，其實是個口頭禪，做做樣子而已。脂粉叢中演個出世人物，這是"頓悟"。這是天生的佛性，這是無上的善知識。中了第七名舉人方始出走，來個蘭桂爭芳，家道復興，欽賜"文妙真人"，寫得真也富麗堂皇。船頭拜別，乍寒下雪，在微微的雪影裏，來個披着一領大紅猩猩氈斗篷的和尚，似喜似怒，被一僧一道夾着飄然而去，寫得餘音嬝嬝。真的賈府出了"一位佛爺"嗎？縱欲是苦，絕欲也苦，"玉者欲也"，"丟玉便是丟欲"，《紅樓夢》是演性理之書嗎？這當然不符合作者原意。《脂硯齋重評石頭記》第十九回於"襲人見總無可吃之物"下評："補明寶玉自幼何等嬌貴。以此一句，留與下部後數十回'寒冬噎酸虀，雪夜圍破氈'等處對看，可爲後生過分之戒。歎歎！"這就透露了曹雪芹塑造賈寶玉人物形象的已失去的一些原始面貌。所謂"一樹千枝，一源萬派，無意隨手，伏脉千里"，文藝創作，來龍去脉，有其內在邏輯關係，曹雪芹寫賈寶玉結局，此亦類之。

賈寶玉銜玉而生，說得神奇，人世間真會有這樣的事嗎？不是！曹雪芹這樣寫是有它的奧妙與深意的。皇帝奉天承運之寶曰玉璽；寶玉之玉，是寶玉繼承賈府特權之象徵也。

賈寶玉是榮國府的嫡長孫，是大宗，在宗法社會裏是個"不争"的繼承者。虛懸了些時日,縱有人在覬覦,卻無人敢於侵奪。王熙鳳是個頗有本領的人,手伸得長,好事總要插進一手,可是對於這個,她衹盼望着寶二叔早日成人,讓他好接這個位置。珠沉而玉生,賈珠夭亡,寶玉自然充當其位。第三十三回《不肖種種大承笞撻》中,王夫人傷心地哭道:"我如今已將五十歲的人了,衹有這個孽障。"又叫着賈珠哭道:"若有你活着,便死一百個我也不管了。"(457頁)珠在而玉又生,寶玉是個次子,關係較小,死了可罷。珠沉而玉又碎,事體重大,此層一經王夫人提醒,連定要勒死寶玉的政老,深覺有動於衷。"那淚珠更似滾瓜一般滾了下來",賈政感到這事做得有些魯莽和過分了。

這個大宗的嫡子,掛着這玉,神采飛揚,像個鳳凰似的,到處受到恭敬;丟了這玉,便成爲癡呆漢,闔家震動,惶惶不安。賈母視玉爲"命根子"。元妃在宮,無時無刻不在深切關懷。北靜王摩挲不釋,賜以特宴,譽爲"雛鳳清於老鳳聲"。瞧吧!襲人就深知這個屬害,説道:"這可不是小事,真要丟了這個,比丟了寶二爺還利害呢。"(第九十回,1333頁)林黛玉要與寶玉結合,所謂"木石前盟",黛玉自覺如民間丫頭,玉變成石,頑石纔能和枯木朽株締盟。這在賈府自然是通不過的,僅僅是寶黛二人的幻想而已。金玉良緣,金是富。有了富,貴必然相應而生。薛寶釵進京原是呈寶貢釵候選,覓個才人贊善之職的。"玉京待選候君王,魂染怡紅變主張。"一遇寶玉便無日不以得玉爲事。這玉是個寶,是"權"的象徵。得了這玉,便得了寶二奶奶的地位和權力,因此,締結金玉良緣。封建社會的上層人物衹有緊緊抓住了這個"玉",纔能壓榨兼併,纔能唯我獨尊,莫予毒己;纔能興風作浪,叱咤風雲;纔能騰雲駕霧,翺翔九天;纔能上升三十三天,笑瞰衆生奔走趨承,虔誠膜拜;纔能穩坐龍庭,萬方貢諛,這就是那些捧玉爲生者的内心世界。看似虛誕的物,實是現實的物。現實的物，寫成虛誕的物。寶玉可貴，敢於砸玉，幾次三番地砸玉，見了黛玉就砸玉；黛玉可貴，願締木石前盟；寶釵可恥，卻在夢寐金玉良緣。熏蕕異器，判若雲泥。曹雪芹妙寓所思，"都云作者癡，誰解其中味？"一時卻少人看得十分深透。

賈寶玉在女孩子們面前，"慣能作小服低"，一點氣性都沒有，看來已近爐火純青，"甘隸妝檯伺眼波"，經常還發些僻論，詠些遊辭。

赦、珍、璉、蓉一流，肉欲淫威，人所易知，人所共惡。唯獨寶玉"天分中生成一段癡情"（第五回，90頁）。不特迷惑了當時局中人，還迷惑了後世的讀者。赦、蓉諸人，可算頑劣，是這個官僚門閥長期"熏陶""培育"出來的輕薄子弟。寶玉之頑劣卻其實千百倍於此曹者。他所玩好者都是"既悅其色，復戀其情"，出類拔萃，極其高級的品物，包括物化了的閨閣中人，祇是書中寫得極爲雅馴罷咧。試看寶玉：笑靨迎人，萬馬齊暗，丟盔卸甲，所向披靡，他的收穫是不尋常的。這就是說受其撫弄的大有人在。

"平兒理妝"那一回，寫得極其精微，極其傳神，真把寶玉的"意淫"寫足了。這裏寫了平兒，但寫平兒其實是寫寶玉。盤馬彎弓，引而不發，戛然而止，餘音繞梁。增一分，減一分，便成拙筆。寶玉"歪在床上"，"思及賈璉唯知以淫樂悅己，並不知作養脂粉。又思平兒並無父母兄弟姊妹，獨自一人，供應賈璉夫婦二人，賈璉之俗，鳳姐之威，他竟能周全妥帖，今兒還遭荼毒。想來此人薄命，比黛玉猶甚。"（第四十四回，611頁）看來的確是對這個不幸女子倍受冤屈，糟踏的體貼、同情，爲之深抱不平，但這是表象，這是借辭；實際卻是有口無心，祇因"平兒是賈璉的愛妾，又是鳳姐兒的心腹，故不肯和他厮近，因不能盡心，也常爲恨事"。寶玉礙着賈璉鳳姐，不能與平兒逗趣，今日乘鳳姐潑醋之時，倒可鑽個空子，所以忙爲賈璉、鳳姐兩個賠個不是。平兒貪這一着，因想寶玉專能和女孩子接交，"色色想的周到"，喜出望外，不禁理妝。"寶玉忙走至妝檯前，將一個宣窯瓷盒揭開，裏面盛着一排十根玉簪花棒，拈了一根遞與平兒"，又笑向她道："這不是鉛粉，這是紫茉莉花種，研碎了兌上香料製的。"平兒依言妝飾，果見鮮艷異常，且又甜香滿頰。寶玉"又將盆內的一枝並蒂秋蕙用竹剪擷了下來，與他簪在鬢上"。其意若曰：奈何不長年受我供養？牡丹花下死，做鬼也風流。寶玉今日正爲金釧兒生日不樂，卻在平兒前盡心，豈是"恨怨"着璉、鳳而義憤填膺所能解釋的？寶玉對於碧痕、麝月、玉釧、鴛鴦、香菱等都有類似情節，可以觸類而面面觀之，的確同樣是這個官僚門閥"熏陶""培育"出來的。遊戲人間，寶玉善於這樣精緻的淘氣，難道這裏能嗅出有什麼反封建的味道嗎？

李嬤嬤偶到寶玉住處，吃了楓露茶、酥酪，寶玉就大發脾氣，將手中茶杯豁啷打碎，跳起來問茜雪道："他是你那一門子的奶奶，你們這麼孝敬他？不過是仗着我小時候吃過他幾口奶罷了，如今逞的他比祖宗還大了！如今我又吃不着奶了，白白的養着祖宗作什麼！攆了出去，大家乾淨！"說着便要去立刻回賈母，攆他乳母（第八回，131頁）。對於那些負擔勞苦重役的老婆子們，則又嫌其醃臢，嫌其老醜，遠遠避開，若將浼焉。老婆子來倒茶，嚇得他連忙說走開。至於對那些青年女子，祇要"常聚不散"。"花常開不謝"，"祇求你們同看着我，守着我，等我有一日化成了灰，飛灰還不好，灰還有形有跡，還有知識。等我化成一股輕煙，風一吹便散了的時候，你們也管不得我，我也顧不得你們了"（第十九回，271頁）。見了村莊二丫頭，以爲此卿可樂，遇着襲人的兩姨姐姐，便想"因爲見他實在好的很，怎麼也得他在咱們家就好了"（267頁）。難道小姑娘、大姑娘生了下來都是供他玩樂的？

在生活中，賈府不是風平浪靜，賈寶玉自然也遇到一些衝擊。金釧投井，是個初步的刺激。他促使一位小姑娘斷送了性命，荒井間撮土焚香，算是了結了這重公案，良心從此可以不受譴責，讀者也不會再譴責他。從荒野回來，像揀鳳凰似的被揀到老太太懷裏，這時寶玉心中不知是何滋味。玉釧想到姐姐金釧的死，"滿臉怒氣，正眼也不看寶玉"，寶玉自覺沒趣，祇是陪笑，"溫存和氣"，虛心下氣去磨轉她，終於玉釧親嘗蓮葉羹，寶玉祇管央求陪笑要吃，道歉轉成調笑。這驚訝了外來的兩個婆子，這哥兒竟是如此，可說罕見。晴雯慘死，刺激是深的，《芙蓉女兒誄》道出了他的極度悲憤。"余猶桎梏而懸附兮，靈格余以嗟來耶？"後來拂袖而去，孕育於此際，但"孤衾有夢，空室無人""紅綃帳裏，公子情深"，懷念的是"僅五年八月有畸"的歲月。到高蘭墅續貂，竟説是"怡紅主人焚付晴姐知之"（第八十九回，1273頁），則已儼然擺出哥兒的架子來了！至於"孰料鳩鴆惡其高，鷹鷙翻遭罦罬；薋葹妒其臭，茝蘭竟被芟鉏"，"高標見嫉；閨幃恨比長沙；直烈遭危，巾幗慘於羽野"，"鉗詖奴之口，討豈從寬；剖悍婦之心，忿猶未釋"（第七十八回，1134頁）！矛盾提得尖鋭，思想境界也高，確是義憤填膺，椎心泣血。但"剖悍婦之心，忿猶未釋"，"王夫人盛怒之際，自不敢多言一句，多動一步，一直跟送王夫人到沁芳亭"；"鉗詖奴之口"則是當"詖奴"花襲人聽到寶玉説海棠預萎是應在晴雯身上時，放刁説道："也輪不到他，想是我要死了。"寶玉聽到忙握她的嘴，"這是何苦，一個未清，你又這樣起來，罷了，再別提這事"。（1106頁）未曾剖心，早已忿釋，哥兒們偶喪愛物，發一陣脾氣罷咧，雨過天晴，依然風和日麗。《芙蓉女兒誄》中有許多話，説是寶玉的"一字一咽，一血一啼"，還不如説是曹雪芹滿腔孤憤，清淚難收，灑向此中，放聲悲慟了！"悲哉秋之氣也"，曹雪芹大大激動，有些讀者也不悦終日。賈寶玉倒"原不過是我一時的頑意"罷了。（第七十九回，1141頁）"女兒癆"屍體早已火化，雀金呢冷藏箱底，絳芸軒字幅高標門楣，怡紅院鶯啼燕笑，依然熱鬧異常。"親昵狎褻"。封建貴族虐殺奴隸的事實，經常出現在眼前身邊，大家以爲天經地義，漠然過去。若在襲人，則大敵已除，益當振作精神，粉墨扮演精彩的壓軸戲了！

林黛玉初進賈府時，曹雪芹從她眼中寫出王熙鳳，又寫出了賈寶玉，一個是賈府當時的當權人物，一個是賈府未來的當權人物。那個"南京辣子"叱咤風雲，固然盛極一時的了，而這個"孽障禍根""混世魔王"，繼承先業，卻不能收拾殘局，前程無限呢。這一回寫這兩個人，不僅僅寫了服飾，還寫了風度，寫了氣勢，寫了地位，寫了占有這家族財富的權勢分量，寫足了這兩個人物。

> 祇見一群媳婦丫鬟圍擁着一個人從後房門進來，這個人打扮與衆姑娘不同：彩繡輝煌，恍若神妃仙子。頭上戴着金絲八寶攢珠髻，綰着朝陽五鳳掛珠釵；項上戴着赤金盤螭瓔珞圈；裙邊繫着豆綠宮絛，雙衡比目玫瑰佩；身上穿着縷金百蝶穿花大紅洋緞窄褃襖，外罩五彩刻絲石青銀鼠褂；下着翡翠撒花洋縐裙。一雙丹鳳三角眼，兩彎柳葉吊梢眉；身量苗條，體格風騷，粉面含春威不露，丹唇未啓笑先聞。
>
> （第三回，41頁）

"這通身氣派"，撲人眉宇，前呼後擁，真真是個掌權能手。

> 黛玉心中正疑惑着：這個寶玉。不知是怎生個憊懶人物……忽見丫鬟話未報完，已進來了一位年輕的公子：頭上戴着束髮嵌寶紫金冠，齊眉勒着二龍搶珠金抹額；穿一件二色金百蝶穿花大紅箭袖，束着五彩絲攢花結長穗宮絛，外罩

石青起花八團倭緞排穗褂；登着青緞粉底小朝靴。面若中秋之月，色如春曉之花，鬢若刀裁，眉如墨畫，面如桃瓣，目若秋波。雖怒時而若笑，即瞋視而有情。項上金螭瓔珞，又有一根五色絲絛，繫着一塊美玉。（49頁）

一時回來，再看，已換了冠帶：頭上周圍一轉的短髮，都結成小辮，紅絲結束，共攢至頂中胎髮，總編一根大辮，黑亮如漆，從頂至梢，一串四顆大珠，用金八寶墜角；身上穿着銀紅撒花半舊大襖，仍舊帶着項圈、寶玉、寄名鎖、護身符等物；下面半露松花撒花綾褲腿，錦邊彈墨襪，厚底大紅鞋。越顯得面如敷粉，唇若施脂；轉盼多情，語言帶笑。天然一段風騷，全在眉梢；平生萬種情思，悉堆眼角。看其外貌最是極好，卻難知其底細。（50頁）

這是一出燈彩戲，燈光忽明忽暗，耀眼生花，兩個主將，相繼登臺亮相，扮演的角色不同，效果亦異，後面卻有千軍萬馬殺了過來也，排列陣腳。混戰多次，你死我活，各不相讓，大觀園中其實就是大舞臺、野戰場。

賈寶玉穿着"金翠輝煌，碧彩閃灼"的"雀金呢"，前後左右簇擁着一群僕從小廝，一陣煙祝壽去了。路上人望之，恍如神仙中人。回來時，後襟上有了"指頂大的燒眼"，"瞎聲頓腳"，苦恨沒有辦法。幾曾見頭戴紫金冠，身懸寶玉、寄名鎖、護身符，足登薄底小朝靴的人，鋤地做工，下田下窖下坊，組織、管理、指導、改革呢？"寶玉素習最厭愚男蠢女的"。（第三十五回，481頁）寶玉所說的"愚""蠢"不是真像他所說的愚蠢，不知天下多少奇跡，卻是像他所說的這樣的男女忘我的勞動，從無到有，從小到大，從不懂到很懂，大幹苦幹又巧幹，創造出來的。"卑賤者最聰明"，"愚男蠢女"並不是可"最厭"的。分析賈寶玉的行動和思想意識，有着資本主義的萌芽，這是有道理的。但爲什麼曹雪芹塑造這樣一個人物形象來顯示這樣的人物性格呢？在這裏我們怎樣來理解分析它的典型環境中的典型性格？這個課題是值得探索的。

　　賈寶玉身上有着許多積塵，我們必須把它清楚，刮垢磨光。由表及裏，由淺及深，這樣纔能理會他的叛逆性格。這是對立統一的法則，我們分析一個人物形象，應該作多方面的觀察探索，否則就不能獲得實事求是的結論。關於賈寶玉的叛逆性格，我在1943年寫過《賈寶玉的煩惱》一文，發表於《東方雜誌》第40卷第22期，曾予論述。這篇文章，內容放在敘說他的積塵一面，餘則從略。

（原刊《溫州師範學院學報》1983年第1期，署名劉操南、湯艾）

　　編者說明：本文據原刊並參手稿錄編。

賈寶玉的悟禪

　　從明朝的建立到清代的鴉片戰爭，這是中國封建社會的沒落階段。在這個時期，"中國封建社會內的商品經濟的發展，已經孕育着資本主義的萌芽"（毛澤東《中國革命與中國共產黨》）。但是，還是封建社會，社會的主要矛盾還是農民階級和地主階級的矛盾。整個封建社會，就像日薄西山，在表面繁華的背後，各種矛盾，都日趨激化。曹雪芹生活在封建制度正處於總崩潰的前夜，這就是《紅樓夢》中所描寫的故事和人物的社會背景。

　　曹雪芹對封建社會有所不滿，並且暴露了它的罪惡和腐敗，然而由於階級和歷史的局限，他和這個社會卻又存在着千絲萬縷的聯繫。他在《紅樓夢》中批判了封建制度，卻又想補封建制度的天。補天無望，他又認識不到解決社會危機的歷史道路，他就求救於宿命論、虛無主義，企圖從唯心主義的消極思想中求得精神自由。曹雪芹的這些階級和歷史的局限，就使得他的創作隨時出現對於封建階級又是詛咒、又是哀挽的矛盾現象，使得他所塑造的帶有叛逆精神的藝術形象（如賈寶玉、林黛玉）身上，一方面反映了反抗封建禮教的某些民主主義要求。在那個歷史時代，曾經起了反封建的進步作用。一方面封建階級的思想、觀念、情趣依然表現得很嚴重，這就阻礙了對封建社會的揭發、批判。

　　因此，需要把《紅樓夢》作爲歷史來讀，運用馬克思主義階級分析的方法來理解，識別並摒棄其中的消極思想和糟粕部分，從而利用它説明我們加深對中國封建社會内階級矛盾和階級鬥争的認識。

在《紅樓夢》第 22 回中，《聽曲文寶玉悟禪機》若干細節描寫，這裏就是顯示賈寶玉的消極思想的一些斷面。我們將試加研究分析。

在第 22 回中，記敘一次看戲。演的是《水滸戲》魯智深醉打山門的故事。寶釵稱贊有支《寄生草》曲詞，填得極妙：

> 漫搵英雄淚，相離處士家。謝慈悲，剃度在蓮臺下。没緣法，轉眼分離乍。赤條條，來去無牽掛。那裏討，煙蓑雨笠捲單行？一任俺，芒鞋破鉢隨緣化！

魯達揩抹了英雄淚，離開了處士家，投奔到五臺山智真長老座下，在佛前剃度，從此好像精神獲得解脱，過着自由自在生活。寶玉聽了，大概是發生共鳴吧，喜得拍膝搖頭，稱賞不已。

看戲完後，寶玉、湘雲、黛玉之間發生了一點小小的誤會和糾紛。一個十一歲的小旦前來領賞。鳳姐笑説："這個孩子扮上活象一個人。"湘雲便説："是象林姐姐的模樣兒。"寶玉怕黛玉聽了多心，向湘雲瞅了一眼。湘雲敏感到在"看人家的臉子"對寶玉生氣，認爲自己不配同黛玉並肩説話："他是主子姑娘，我是奴才丫頭麽!"黛玉恰好看見聽到，冷笑寶玉。寶玉爲什麽要和湘雲使眼色兒？"這安的是什麽心？莫不是他和我玩，他就自輕自賤了?"湘雲"是公侯的小姐，我原是民間丫頭"。湘雲得罪了我，與寶玉有什麽相干？

寶玉爲了這事煩惱，悶悶的，忽地把曲文的理論與實際思想上聯繫起來："什麽大家彼此?""我祇是赤條條無牽掛的!"從宇宙論上認爲無彼此，從認識論上認爲泯是非，從而否定現實，用以求得精神解脱，但是還辦不到，所以不禁大哭起來，寫下一偈：

你證我證，心證意證，是無有證，斯可云證。無可云證，
是立足境。

又填《寄生草》一曲：

無我原非你，從他不解伊。肆行無礙憑來去。茫茫着
甚悲愁喜？紛紛說甚親疏密？從前碌碌卻因何？到如今，
回頭試想真無趣！

寶釵看到，認爲這種思想情緒不對頭，把它撕個粉碎，叫"快燒
了"。黛玉看了，卻想試問一下。問道："至貴者寶，至堅者玉。
爾有何貴？爾有何堅？"寶玉雖寫了偈曲，這個歪道理還未參透，
答不上來。黛玉又說："無可云證，是立足境。"固然好了，祇是還
未盡善。我再續兩句："無立足境，方是乾淨。"寶釵道："實在這
方悟徹。"並說禪宗五祖弘忍欲求嗣，教門人各書所見，寫成一
偈。惠能的偈：

菩提本無樹，明鏡亦無臺，佛性常清靜，何處有塵埃？

比神秀的偈：

身是菩提樹，心如明鏡臺，時時勤拂拭，莫使有塵埃。

更爲了結。弘忍便將衣缽傳給惠能。寶玉自思所知所能，還不
及黛玉，"尚未解悟，我如今何必自尋苦惱"。就一笑了之。

　　湘雲、黛玉、寶玉的矛盾，是封建家庭的内部矛盾，一點微不
足道的誤會、糾紛。女孩子心胸狹窄，沒有淘氣，什麼"主子""丫
頭"，扯不到階級矛盾上去。兩方卻偏好這麼說，可見矛盾鬧得
較深。這事原可一笑了之。寶玉面臨這樣的現實，小題大做起
來，提高到哲學上來認識。感到困惑，沒法解脫。讀到《南華經》
（魏晉玄學稱《莊子》爲《南華經》）："巧者勞而智者憂，無能者無
所求，飽食而遨遊，泛若不繫之舟。"感到現實生活的不自由，是

巧者智者的自尋煩惱，不如逃避現實，追求個人的精神自由。

寶玉遇到現實的矛盾鬥爭，没法解決時，經常採取這種態度，以醫治其心靈上的創傷。目下寫下一偈一曲，以治其心疾。寶玉的這種生活態度，是有其思想根源的。

寶玉是喜歡讀《莊子》的。莊子就是從宇宙論上認爲無彼此，從認識論上認爲泯是非，宣揚這個歪道理的。莊子認爲是非是現象，有條件的，相對的，即"有待"；道是本體，無條件的，絕對的，即無待。莊子不承認相對之中，有着絕對。絕對是寓於相對之中的。是總是是，非總是非。中間有個是非的界綫。排斥絕對，就是取消這條是非的界綫。那麼，就是無所謂是，無所謂非。分割相對與絕對，變成相對主義。莊子是從認識論的泯是非，進而詭辯宇宙論的齊物我，無彼此，作出了對認識的絕對否定，從而獲得精神上的自由世界，即渾沌境界。《齊物論》就是討論認識論和宇宙論的。通過相對主義，抹煞是非，否定了"有待"的現實，於是齊物我，齊彼此……世界一片虛無，祇有"無待"的道是真實的、絕對的。而莊子所説的："至人無己，神人無功，聖人無名。""真君存焉。"與道同體，逍遥遊的，即絕對自由的。他是無知、無欲，也是無是非的。

這裏抄録《齊物論》中泯是非的詭辯如下：

> 道隱於小成，言隱於榮華。故有儒墨之是非。以是其所非，而非其所是。欲是其所非，而非其所是，則莫若以明。
>
> 物無非彼，物無非是。自彼則不見，自知則知之。故曰：彼出於是，是亦因彼。彼是，方生之説也。雖然，方生方死，方死方生，方可方不可，方不可方可。因是因非，因非因是。是以聖人不由，而照之於天，亦因是也。是亦彼也，彼亦是也，彼亦一是非，此亦一是非。果且有彼是乎哉？果且無彼是乎哉？彼是莫得其偶，謂之道樞。樞始得其環中，以

應無窮。是亦一無窮，非亦一無窮也。故曰：莫若以明。

莊子説：道被小有成就的人隱蔽了，言被浮誇的人隱蔽了。因此，纔有儒家、墨家的是非。他們都肯定自己認爲是的，而否定自己認爲非的。要想肯定他們所非的，而批判他們所是的，則不如從宇宙論上的無彼此，説明認識論上的無是非。物象沒有不是作爲彼物，沒有不是作爲此物而存在的。從那一面看，看不見這一面；從這一面看，看不見那一面。自己知道的就知道；不知道的就不知道。所以説：彼出於此，此亦因彼，兩者是相對的。彼此的關係，好比物象剛剛發生的情形。雖然這樣，它剛發生就死亡，剛死亡就發生。剛説它這樣就那樣了，剛説它那樣就這樣了。有因而認爲是的，就有因而認爲非的；有因而認爲非的，就有因而認爲是的。你説可，對嗎？對又不對；他説不可，不對嗎？不對又對。對、不對是相對的，本來是沒有什麼對不對的。所以聖人不走這條路，即不分辨什麼是非；而照之於天，即照之於宇宙本然。宇宙本然，即道，就是齊彼此的虛無主義的。就是從宇宙論的虛無主義來對待認識論的齊是非的。也就是根據這種情形，此也就是彼，彼也就是此。彼有彼的是非，此有此的是非。果然有彼此的區別嗎？果然沒有彼此的區別嗎？消除彼此的互相對立，叫作道樞。道樞像環子中空一樣，可以應付無窮的變化，是的變化是無窮的，非的變化也是無窮的。所以説：對待是非不如説明是沒有是非。

寶玉有時也喜歡談禪的。莊子是唯心主義哲學，佛教是發展得更高度的唯心主義哲學，兩者有共同點，當然是會合流的。范曄曾論佛教云："詳其清心釋累之訓，空有兼遣之宗，道書之流"也（《後漢書·西域傳論》）。禪宗五祖弘忍就是："緘口於是非之場，融心於色空之境。"認爲客觀存在，都是幻像，即名色空，因此也就不談是非。禪宗《壇經》記載惠能臨死時向十大弟子傳法時，説道："若有人問法，出語盡雙，皆取對法，來去相因，究竟二法盡除，更無去處。"教弟子説話，顧及兩面，不着一邊。舉明暗爲例，則暗不自暗，以明故暗，暗不自暗，以明變暗，以暗現明，來去相因。説到暗的時候，也説到明，有明故有暗，離明即離暗。説的方法是無暗亦無明。和莊子的"方可方不可，方不可方可"，玩的是類似的騙術。用以自欺欺人，説的聽的，糊里糊塗，好像有個道理，高深莫測。佛教更是宣揚色空，認爲客觀存在，都是心的幻像。或稱幻有，或稱虛無，有即非有。《金師子章》説："空無自相，約色以明，不礙幻有，名爲色空。"提倡覺悟，實是迷惑。《金師子章》説："出纏離障，永捨苦源，名入涅槃。"禪宗更説："頓悟成佛。"《壇經》説："若起真正般若觀照，一刹那間，妄念俱滅；若識自性，一悟即至佛地。"《神會語錄》又説："但遇真正善知識，一念相應，便成正覺。"《紅樓夢》中所寫的"太虛幻境"，就是暗示我們所謂客觀存在的現實世界，是假像、是虛無、是幻像、是非有，不能當作真實，弄"顛倒"了，真如、實有也會弄成假想和虛無了。"太虛幻境"中有副對聯寫道："假作真時真亦假，無爲有處有還無。"就是這個意思。"但遇真正善知識，一念相應，便成爲正覺。""頓悟成佛"就是達到"真如福地"境界。《紅樓夢》中在所寫的"真如福地"下又有一副對聯。寫道："假去真來真勝假，無原有是有非無。"把現實世界的假像拋棄，那麼真如境界就會到來，這真如境界是勝於假像的現實世界；把虛無作爲絶對的有，這樣的有就不是無了。

在《紅樓夢》中，常常出現一僧一道，這不是偶然的。起先出現時提出太虛幻境，後來出現時提出真如福地，説明："喜笑悲哀都是假，貪求思慕總因癡。"歸結爲："我所居兮，青埂之峰；我所游兮，鴻蒙太空。誰與我逝兮，吾誰與從？渺渺茫茫兮，歸彼大荒！"就是綜合莊子的齊一物我，泯滅是非，否定知識，以達到精神的絕對自由，與佛教的"諸法無常，諸法無我，涅槃寂浄"，認爲客觀世界"虛妄不實"，而真如是諸法實性。《成唯識論》所説："有無俱非，心言路絕"，"理非妄倒，故名真如"。

寶玉的一偈一曲，實是這種思想的某些片段，偈的大意是説：

> 你的論證，我的論證，思想意識上的種種論證，都是虛幻的論證，這樣纔可説是論證。沒有可説的論證，這是最上的意境。

寶玉否定論證，也即取消你我是非和思想意識的存在和界綫。推而廣之，也即認爲真理完全是主觀臆想、幻覺，並沒有客觀的標準，當然也説不上有共同的標準，這是相對主義的一種詭辯。一曲是一偈的注脚。曲的大意是説：

> 沒有我原來也沒有你，隨他不理解伊，從而可以肆行無礙自由自在地來去。白茫茫的一片有什麼悲愁喜？紛紛然説什麼親疏密？從前的忙忙碌碌都爲了些什麼？到如今，回頭想想真没趣！

寶玉也從認識論上的沒有是非，推而及之宇宙論上的沒有你我。黛玉認爲寶玉的偈，不夠徹底。在"無可云證，是立足境"兩句下，再翻一個筋斗："無立足境，方是乾淨。"禪家認爲自心本來清淨，原無煩惱，如此修證，是最上乘。黛玉就是搬弄這個意思，寶玉當時還未參透。所以黛玉問起"至貴""至堅"的歪道理，還答不上來。後來寶玉失玉、得玉，又遇和尚，"斬斷塵緣"，説什麼"無佛性""有仙舟"，這個歪道理算是"如今纔明白過來了"。實質是最大的迷惑受騙。寶玉是受了神秘的精神麻醉法的唯心主義哲學的騙。

唯物主義者承認事物是客觀的存在，不以人的意志爲轉移的，事物發展的規律也是這樣。思維是客觀存在的反映，認識真理來源於實踐,因而,真理是客觀的。列寧說:"認爲我們的感覺是外部世界的映象;承認客觀真理;堅持唯物主義認識論的觀點——這都是一回事。"(《列寧全集》14卷)毛澤東說:"一個正確的認識,往往需要經過由物質到精神,由精神到物質,即由實踐到認識,由認識到實踐這樣多次的反復,纔能夠完成。這就是馬克思主義的認識論,就是辯證唯物論的認識論。"(《人的正確思想是從哪裏來的?》)寶玉所相信的唯心主義哲學恰恰相反,否定世界的客觀存在,認爲精神,即道佛是第一性的。認識真理不是來源於實踐,而是否認真理,由修行頓悟,以獲得精神自由的境界。這樣就不能引導人們走向科學,改造自然,改造社會;相反的,從相對主義,陷入懷疑主義、神秘主義,導致不可知論,教人放棄對客觀現實社會的鬥爭。

莊子的相對主義說得通嗎?在半殖民地半封建的舊中國裏,莊子精神曾被買辦地主階級利用過,企圖用以麻痺人民的鬥志。魯迅先生對於那些把莊子的唯無是非觀捧來作爲符咒的,給以尖銳的揭露與猛烈的攻擊。

> 我們雖掛孔子的門徒招牌,卻是莊生的私淑弟子。"彼亦一是非,此亦一是非",是與非不想辨;"不知周之夢爲蝴蝶歟,蝴蝶之夢爲周歟?"夢與覺也分不清。生活要混沌。……　　　　　　　　　　　　(《南腔北調集·論語一年》)

> 我們如果到《莊子》裏去找詞彙,大概又可以遇着兩句寶貝的教訓:"彼亦一是非,此亦一是非",記住了來作危急之際的護身符,似乎也不失爲漂亮。然而這是祇可暫時口說,難以永遠實行的。喜歡引用這種格言的人,那精神的相距之遠,更甚於叭兒之與老聃,這裏不必說它了。就是莊生自己,不也在《天下篇》裏,歷舉了別人的缺失,以他的"無是

非"輕了一切"有所是非"的言行嗎？要不然，一部《莊子》衹要"今天天氣哈哈哈……"七個字就寫完了。

（《且介亭雜文二集·文人相輕》）

魯迅先生在《故事新編》裏創作了《起死》這個故事。在《起死》中，魯迅先生把莊子這一人物安排在一個進退兩難的複雜的是非圈裏，使否認客觀是非的莊子，在事實面前，當場出醜。這一故事，正是魯迅先生通過藝術形象對糊塗主義、唯無是非觀一個辛辣的諷刺、毀滅性的批判。

當起死的漢子，向莊子索取衣服時，莊子作了十分灑脫的開導：

> 你先不要專想衣服罷，衣服是可有可無的，也許是有衣服對，也許是沒有衣服對。鳥有羽，獸有毛，然而王瓜、茄子赤條條。此所謂"彼亦一是非，此亦一是非"，你固然不能說沒有衣服對，然而你又怎麼能說有衣服對呢？……

這當然說服不了精赤條條的漢子。漢子就要動手，莊子摸出警笛狂吹三聲，叫來巡士。巡士把莊子當作壞人，要賞以警棍，莊子卻不免憤怒地論辯起來：

> 巡士——你搶了人家的衣服，還自己吹警笛，這昏蛋！
>
> 莊子——我是過路的，見他死在這裏，救了他，他倒纏住我，說我拿了他的東西了。你看看我的樣子，可是搶人家東西的？
>
> 巡士——（收回警棍）"知人知面不知心"，誰知道。到局裏去罷。
>
> 莊子——那可不成。我得趕路，見楚王去。

在利害關頭，莊子也不是隨隨便便被人家當作賊骨頭，捉將官裏去的。當巡士認爲漢子赤身裸體，也不像樣，請莊子賞他一件時，莊子又有他的道理了：

> 那自然可以的，衣服本來並非我有。不過我這回去見楚王，不穿袍子，不行，脱了小衫，光穿一件袍子，也不行……

莊子輪到自己，不説没有衣服對，還是有衣服對，而是知道"脱了小衫，光穿一件袍子"，不便去見楚王了。這些都是深刻的揭開了"無是非觀"的僞裝，赤裸裸地暴露了這一思想的虚妄和欺人的本質。最後，莊子以自己的名望和楚王的交誼，擺脱是非的糾纏，揚長而去。卻苦了巡士，那位一絲不掛的漢子就纏住不放了。這個雋永的、回蕩着諷刺的結尾，使人對作者所鞭撻的"無是非觀"作進一步的深思。

禪家又是什麽貨色呢？禪家把哲學唯心主義變爲宗教唯心主義，抬出佛來欺世惑衆。就《山門》這戲説吧，魯智深"剃度在蓮臺下"，真的就"赤條條來去無牽掛"嗎？眼前，他醉打山門，五臺山住不下，跑到東京大相國寺去掛單，野豬林飛救林冲，和青面獸楊志雙奪寶珠寺。武松上了二龍山，三山聚義打青州，上了梁山，參加了以宋江爲首的農民起義隊伍。攻城略池，替天行道。那裏是什麽："煙蓑雨笠捲單行，一任俺，芒鞋破鉢隨緣化！"這是對魯智深的歪曲、污衊。説得輕些，也是閉着眼瞎説。

就是《紅樓夢》中所寫什麽大荒山，青埂峰；有什麽青埂峰，大荒山？寶玉問和尚："可是從太虚幻境而來？"和尚答不出來，答出來就有破綻，祇好詭辯。道："什麽幻境！不過是來處來、去處去罷了。"還要反問一句："你自己的來路還不知，便來問我！"這分明是騙術。倒説："寶玉本來穎悟，又經點化，早把紅塵看破，祇是自己的底裏未知。"豈非笑話。於是去尋找僧道。僧道夾住寶玉,喝道:"俗緣已畢,還不快走?"飄然而去。所謂飄然而去,還不是投奔叢林,靠布施供養生活,做一個寄生蟲。窮年累月,談空説無,把客觀世界存在的一切事物,硬説是虛幻妄見,祇有自己的心纔是一切的根源。按宗教説,自以爲説誠實言,實際卻是蠹國殃民。

寶玉的參禪悟道,也有其階級根源。寶玉出身於没落貴族。他不滿於封建制度,有叛逆精神;但他對於現實不敢作强烈的抗議,而尋求所謂精神解脱,從而接受佛道思想,這就是他的階級屬性的表現。寶玉的叛逆精神,我們是肯定的。這類的文章寫得已較多了。但對於他的消極思想,"剔除其封建性的糟粕"。我們並不放過,應給以嚴肅的批判。

編者説明:本文據手稿録編。

林黛玉的冷遇

一

《紅樓夢》寫林黛玉，用了較多的篇幅，人物性格鮮明，内心活動寫得甚爲深細，把她也寫活了。

"雪芹門巷車騎絶，豈肯隨人學桔槔。"曹雪芹志潔行芳。他醮着心頭的血，流着眼中的淚，塑造了一個"孤高自許，目無下塵"的林黛玉，卻是個"不得人心"的人物。

"願奴脅下生雙翼，隨花飛到天盡頭。"林黛玉有胸懷，有理想，不搞修、齊、治、平那一套。有才華，卻不能寫高文典册，不說"混賬話"。賈母曰："白疼了他！"

林黛玉以藥餌當口餌，用眼淚哀吟作營養。四體不勤，吹氣欲倒；横逆之來，惟聞長歎！勞動人民對她，愛莫能助。

若説她是狂狷，是清流，是孤傲；在惡濁的封建社會末世説不上是鬥争的策略；衹是在賈府、大觀園中寄人籬下，不願仰人鼻息而受到冷遇的一種無可奈何的表現。這種骨氣究竟反映哪個階級的屬性？值得探索。

二

林黛玉又是個受損害的人。

當她初進賈府時，賈母以下都與寶玉同等看待，住進碧紗櫥，"玉枕紗櫥，半夜涼初透"，實際上是金絲籠中的生活。生活上看似舒適，但精神上卻漸感到有些痙攣。由碧紗櫥進到瀟湘館，鳳尾森森，龍吟細細，是更高一級的金絲籠。這和"大漠孤煙直，長河落日圓"的廣闊原野隔離了。那裏又是一個潮濕缺少陽光的地方，多病善感的林黛玉，久處其中，對於肺病的發展倒給予了一個良好條件。這是林黛玉身心受到損害的一個環境。

《紅樓夢》寫林黛玉受冷遇，是用背面敷粉法，就是以滲透的筆觸，寫滲透的事實。黛玉敏感，必然於無聲處有所感受。"寒甚更無修竹倚，愁多思買白楊栽。"（黃仲則詩）《紅樓夢》筆法之一，常於無聲處寫有聲。"此時無聲勝有聲"，筆法確實高明。黛玉初進賈府，賈母"一把摟入懷中"，嗣後，逐漸失去她的歡心。黛玉在賈母跟前吃飯飯量、次數逐漸減少，以至眾人忘了關心她吃飯，黛玉好像神仙中人，吸風飲露似的。這是一個不成爲訊號的訊號。一個人在病中，總不見得經常會不吃東西的吧。黛玉不在賈母跟前侍膳，爲的是不願看到一些人的僞善。香菱學詩，"寶釵等都往賈母處去"，黛玉病"已好了大半"，顧影自傷，祇是憐惜香菱。

冷遇既已形成，寶釵母女乘虛而入。假意受託，刻意渲染，進駐瀟湘館。"蘅蕪君蘭言解疑癖"，"慈姨媽愛語慰癡顰"。在動容言語之間，必然盡其隱微曲折的陰謀。迫夫毒矢攢心，痼疾已成。混淆了外界視聽，穩定了黛玉的心。母女倆微笑會心，乘

興而歸。① 蒼苔露冷，瘦損腰肢。"吊月秋蟲，偎欄自熱"，精神
損害，至此已極。這時與黛玉相依爲命，惟有紫鵑一人而已。

三

黛玉的遭冷遇，書中寫得極其深刻，又極其隱微。

第27回"滴翠亭楊妃戲彩蝶"，鳳姐問小紅名字，"原叫紅玉
的，因爲重了寶二爺，如今祇叫紅兒了。"鳳姐聽説，將眉一皺，把
頭一回，説道："討人嫌的很！得了玉的便宜似的。你也玉，我也
玉。"脂本於旁批道："又一下針"！脂批分明是說：對黛玉"又一
下針!"王夫人確知晴雯"水蛇腰，削肩膀兒，眉眼又有些象你林
妹妹的"，更加決心要攆她。説道："我心裏很看不上那狂樣子!"
（見第74回"惑奸讒抄檢大觀園"）是指晴雯，也指黛玉。襲人巧

<hr/>

① 薛寶釵出於皇商世家，重大事件，無不參與決策。薛蟠是枚土塊，薛
母是個出令的人。寶釵看似隱處深閨，"祇留心針黹家計等事"的賢小姐。此
人是城府極深的陰謀家。陰一套，陽一套，套套無窮，韜略難測。楊妃撲蝶這
回的自語，是她首次上場的亮相，這亮相的確給人以深刻的印象。黛玉言詞
尖利，深爲人所不喜，而寶釵時時贊賞，鼓其加油。與探春同主家政，鼓刀躍
然，大有陳平宰肉風概。王鳳姐陰狠毒辣，盡人皆知，都存畏敬之心。薛寶釵
另有一手，到處笑臉迎人，怎麼被她弄個神魂不得安寧，還不知道呢。對老婆
子們，在管緊的同時，姑留一步，以"小惠全大體"。他日我當家，就能如此：總
留些屑末給你們嘗嘗，可以忠心於我。奪權之謀，無時不忘，深切至此。寶二
奶奶確實比璉二奶奶還厲害。這兩位二奶奶，不是家道落得快，着實有幾番
爭鬥的好文章要做。第87回送詩，一片秋風淒厲中，更增黛玉哀傷，而黛玉
真個覺得"屬在同心"，"惺惺惜惺惺"了。凡此種種，往往而是，總以假意愛撫
爲重心，策至狠毒，使人不覺。聽聽黛玉吧："誰知他竟真是個好人，我素日當
他藏奸!"（第49回）就是這個不藏奸的好人，不知不覺地把是湘雲也從瀟湘
館拉到蘅蕪院住宿了。所以本文僅提這一點，而附全意於此。

288

進讒言，離間寶、黛，現在忽見有人似黛玉者乃在寶玉左右，王夫人豈有不深動於衷的道理。

寶琴之來，賈母深以又送來一個好孫媳婦而高興。那種鍾愛，連以前"心肝肉兒"（第 3 回）的外孫女亦並無此殊遇。薛家母女成竹在胸，利用間隙，使黛玉苦笑不得，然後徐徐道出已許給梅翰林的兒子了。所謂"木石前盟"在這一回合裏，賈府舉家不言而喻地知道老太太已經不屬意於這個孤苦女孩子了。① 賈芹失寵，連門上都不與通報，這個"無依無靠，投奔了來"的人，寄跡豪門，這味兒可想而知。第 87 回，黛玉叫紫鵑自己熬粥，說了那般的話；第 57 回，邢岫煙早已換下棉衣，送進當鋪。在《紅樓夢》中，就抒寫了這寄人籬下的況味。

紫鵑向鳳姐婉轉道出想預支月錢，說："姑娘現在病着，要什麼，自己又不肯要，我打算要問二奶奶那裏支一兩個月的月錢。"鳳姐對黛玉的病情是十分清楚的。"臉上一點血色也沒有，摸了摸身上，祇剩得一把骨頭。問問他，也沒有話說，祇是淌眼淚。"鳳姐聽了這話，卻是低了半日頭，說道："竟這麼着罷，我送他幾兩銀子使罷。也不用告訴林姑娘。這月錢卻是不好支的。"衷心紋絲不動，祇是毒言相對，紫鵑碰了個軟釘子。（第 83 回）回憶黛玉初來時，鳳姐當着賈母她是如何對黛玉表態的？（詳見第 3 回）第 45 回起詩社時，鳳姐對李紈說："老太太、太太還說你'寡婦失業'，可憐，不夠用！又有個小子，足足的又添了十兩銀子，和老太太、太太平等；又給你園子裏的地，各人取租子；年終分年

---

① 第 66 回，興兒對尤氏姐妹説："將來准是林姑娘定了的。因林姑娘多病，二則都還小，所以還沒有辦呢。再過三二年，老太太便一開言，那是再無不准的了。"又第 25 回，鳳姐笑道："你既吃了我們家的茶，怎麼還不給我們家作媳婦兒？"雖是諧謔，其實也反映了當時的諸人的看法。

例,你又是上上分兒——你娘兒們主子,奴才共總没有十個人,吃的穿的仍舊是大官中的。——通共算起來,也有四五百兩銀子。"又説:"這是什麽話?我不入社花幾個錢,我不成了大觀園的反叛了麽?還想在這裏吃飯不成?明日一早就到任,下馬拜了印,先放下五十兩銀子給你們慢慢的做會社東道兒。"第50回,鳳姐出銀子,替薛姨媽請客,"治了酒,請老祖宗吃了,我另外再封五十兩銀子孝敬老祖宗,算是罰我個包攬閒事,這可好不好?"一出手就是五十兩、一百兩。黛玉和李紈、鳳姐的經濟生活情況,無從相比。鳳姐管的月錢,真是丁是丁,卯是卯,借一二十兩不行嗎?

抄檢大觀園,鳳姐預囑王善保家的,祇有寶小姐是親戚,不宜驚動。林姑娘就不是親戚?不僅此也,其意也想在瀟湘館中發現些素所想見而没有得見的東西吧。

就在這冷漠荒涼之中,居然有個知己薛寶釵。第87回"感秋聲撫琴悲往事"中,薛寶釵寫信給林黛玉道:"回憶海棠結社,序屬清秋,對菊持螯,同盟歡洽。猶記'孤標傲世偕誰隱,一樣花開爲底遲'之句,未嘗不歎冷節餘芳,如吾兩人也!"黛玉看了,不勝傷感。"寶姐姐不寄與別人,單寄與我,也是'惺惺惜惺惺'的意思。"獲此熱忱,宿嫌全捐,真真以得此"全心"爲幸事。暑途旅客,焚如灼如,猝遇涓涓清泉,掬手暢飲,心神全舒,恍惚如之,其事至神,其境彌慘,不知此爲純醪之鶴鴆也。幾微而同感之者,殆一紫鵑而已。

四

黛玉錮居賈府,與寶玉是耳鬢厮磨的小伴,爲她唯一的希望。黛玉之與寶玉,"五内鬱結着一段纏綿不盡之意。"(第1回)寶玉口口聲聲木石前盟,卻也極其注意金玉良緣。奇緣識金鎖

一回，寫得入神（第 8 回）

> （寶釵）一面説，一面解了排扣，從裏面大紅襖兒上將那
> 珠寶晶瑩、黃金燦爛的瓔珞掏將出來。寶玉忙托了鎖看時，
> 果然一面有四個篆字，兩面八個，共成兩句吉讖……
>
> 寶玉看了，也念兩遍，又念自己的兩遍，因笑問："姐姐，
> 這八個字倒真與我的是一對。"……
>
> 寶玉與寶釵相近，祇聞一陣陣涼森森、甜絲絲的幽香，
> 竟不知係何香氣。遂問："姐姐熏的是什麼香？我竟從來未
> 聞見過這味兒。"

因已彼此莫逆於心。無怪乎老道官端上一盤贄儀，寶玉揀取金
麒麟，反覆審視，乘人不覺，到底藏了下來。第 91 回："布疑陣寶
玉妄談禪"，本是説姑妄言之，姑妄録之耳。黛玉自然衷心欣賞
他的"有如三寶"的誓詞。看來真像個忠心耿耿，生死以之的樣
子。[①] 雪雁評他是"蜜裏調油"（第 97 回），可見寶玉竟有些是無
所不愛的紈絝兒郎，處處移情，兼收並蓄。"這裏金的銀的還鬧
不清，再添上一個什麼傅姑娘，更了不得了。我看寶玉的心也在
我們那一位的身上啊。聽着鴛鴦的話，竟是見一個愛一個的。這
不是我們姑娘白操了心了嗎？"（第 94 回）紫鵑觀人於微，早已洞
悉寶玉之爲人了。直到最後，寶釵成大禮，雖是賈母主謀，鳳姐設
計，寶玉是在昏迷狀態之中成禮的。寫是昏迷，是説寶玉是個昏
迷人物："盛裝艷服，豐肩憹體，鬢低鬢嚲，眼瞤息微。論雅淡，似
荷粉露垂；看嬌羞，真是杏花煙潤了。"（第 97 回）這是從寶玉眼中
看出成大禮的寶釵，神智是清醒的。還有鳳姐比劃的一段：

---

①　第 91 回"布疑陣寶玉妄談禪"，一個曲道隱衷，要參個透徹；一個刻意
應付，煞像真心實意。於是，兩人皆大歡喜，欣然自得。

"一個這麼坐着,一個這麼站着;一個這麼扭過去,一個這麼轉過來;一個又"——說到這裏,賈母已經大笑起來,說道:"你好生說罷! 倒不是他們兩口兒,你倒把人慪的受不得了。"薛姨媽也笑道:"你往下直說罷,不用比了。"

鳳姐纔说道:"剛纔我到寶兄弟屋裏,我聽見好幾個人笑。我衹道是誰,巴着窗戶眼兒一瞧,原來寶妹妹坐在炕沿上,寶兄弟站在地下。寶兄弟拉着寶妹妹的袖子,口口聲聲衹叫:'寶姐姐! 你爲什麼不會説話了? 你這麼説一句話,我的病保管全好!'寶妹妹卻扭着頭,衹管躲。寶兄弟又作了一個揖,上去又拉寶妹妹的衣裳。寶妹妹急的一扯,寶兄弟自然病後是腳軟的,索性一栽,栽在寶妹妹身上了。寶妹妹急的紅了臉,説道:"你越發比先不尊重了!"(第99回)

到了第109回:"寶玉有意負荊,寶釵無心拒客","二五之精,妙合而凝"。把慘死的黛玉,忘得乾乾净净。紫鵑定評:"男子之心,真真是冰寒雪冷,令人切齒的!"(第97回)這便是有些人把愛情至上的桂冠戴了上去的寶二爺。這個寶二奶奶哪,閨房之内,亦施縱擒,略施小技,俘虜就範。玉面妖狐,渾身術數,使人不寒而慄。而爲了達到某種目的,不惜使用任何手段,這是一種社會的反映。

一旦識破機關,寶玉便悠然而逝矣!

五

舊説,晴雯是黛玉的影子,雅自貴重,葆其芳潔,是則合。但這話不對。她們是兩個極不相同的性格,正由於她們是兩個極不相同的階級出身,受着極不相同的文化教養。

一個是没落地主官僚家庭出身。孤苦伶仃,煢煢孑立,受着封建思想的重重束縛,思想突破,應當變,而又無力變,卒之含恨而死。置之今日，可能變，可能難變。要愛，也要經歷極其痛苦反復的歷程。這是"世外仙姝"的林黛玉。

一個室如懸磬，連壁也沒有。雖在奴行，極有骨氣，她在園中，自由自在，獨往獨來，昂然不群，錦心綉口，主奴悉被譏貶。抄檢大觀園，遭讒，被撐，卻始終未曾倒卻稜角，彌見風骨。真正是塊"爆炭"。毫不含糊。臨終前，贈寶玉以小襖指甲，敢於直抒衷曲，這也使這五濁惡世，觸她一刺，讓人痛癢難搔，又酸又辣，讓人在高興放心之際，受點小小的刺激吧。若説她臨死還要媚主爭寵，真是屁話，適足顯見言者那副尊容。置之今日，定能身歷洪流，勇往直前，敢到哪裏都是熱氣騰騰的。這是"心比天高，身爲下賤"的晴雯。

牛尿似的茶，成爲瓊漿。"這就是茶了，那裏比得上咱們的茶呢。"（第 77 回）寥寥兩語，揭露了生活的兩極。因此，怡紅院中就有不少人想方設法爬上去，想方設法來固寵，加之以拉攏與排擠。主子、主奴、奴才之間，有小圈子，自有這路貨色。襲人曾對晴雯説："好妹妹，你出去逛逛兒，原是我們的不是。"晴雯冷笑幾聲道："我倒不知道，你們是誰？別叫我替你們害臊了！你們鬼鬼崇崇幹的那些事，也瞞不過我去。——不是我説：正經明公正道的，連個姑娘還沒掙上去呢，也不過和我似的。那裏就稱起'我們'來了！"（第 31 回）這個"我們"兩字聽得人毛髮悚然。晴雯罵得痛快！這班結幫拉夥的人和上層人物混得久了，就忘記自己的本來面目，也就變成特權人物了！"作了大官了，要保護大官們的利益。"晴雯敢罵，襲人着惱，自然背後放箭，晴雯便遭茶毒，這是司空見慣的；然而正氣自在天地人間，豈能逃脱人民的雪眼與口誅筆伐？

六

皮相論人者，以爲黛玉氣量狹窄，寶釵器度寬宏。是這樣嗎？

惜春曾評黛玉："林姐姐那樣一個聰明人，我看他總有些瞧不破一點半點兒，都要認起真來，天下事那裏有多少真的呢？"狹窄是個表象，實際卻是爲其所鄙薄者對認真人的"敬"詞。黛玉不曲意於名利，率性而行。寶釵四面八方，看風使舵，不忘伸手，撈進一把。

舉幾例如下：元春歸省賦詩，黛玉率爾而成。試觀寶釵對寶玉數語，則是渾身氣力都用上了，總要揣摩得中肯，使娘娘歡喜纔是。賈母、鳳姐，黛玉對她們始終沒有諛詞佞色，而寶釵盡揀甜食、鬧劇來迎合賈母。其對鳳姐亦總適時迎合，水乳交融。苓苓香串，出自内廷，說是臭漢手中物，委之於地，糞土置之。偌大遺産，捆載而來，掉頭不顧。

寶釵"寬宏"，凡事卻總要從中撈取資本。舉吃蟹爲例：既解決了史湘雲回請的難處。上下諸色人等盡皆吃到，歡贊遍於闔府。所費者祇不過是夥計送來的一些小禮，絲毫沒有掉她的腰包。全書人物，再沒有一個比得上她如此細心留神於賈府的人、事的。

薛寶釵力護既得利益，不斷想加固增厚；乃至後來，已在"如來佛"掌心了，還要耍點花巧兒，翻幾個觔斗，碰得頭破血流，不死不止。死了，也還要陰魂出現。罡風猛吹，化成縷縷絲絲，飛散在太空中，無影無蹤，這纔完結。

蜣蜋持取，累之又累，"極其力不已，至墜地死"。魁然人也，"而智則小蟲也"！

七

黛玉焚帕，徑直付火，焚稿是猶豫了一下，亦竟投入火盆，頹然倒下，形神俱盡。千回百轉，最後說了一句："我的身體是乾净的！"溘然而逝。"質本潔來還潔去"，"煎心日日復年年"，這就是說，處在惡濁的封建末世，保持身心的芳潔，"一年三百六十日，風刀霜劍嚴相逼"，就要付出生命。無怪海旁有逐臭之夫，祿蠹成群，揮之不去。那個賢寶釵，羞籠香串，"鶯"簧鼓吹，絳芸軒中，甘執蠅拂，可謂其得玉之心，費盡心機，初步告捷了。此之黛玉，不有天淵之別了嗎？

黛玉死得慘，但死得清醒。她是她生身外祖母史太君逼死的。叛逆獲罪，鎮壓合"禮"，理所當然，事所必至。可是，新生事物最富有生命力，永遠要代替舊事物，這是客觀規律，不以人們意志爲轉移的。懸崖峭壁，飛鳥難越，巖石重壓下的嫩苗，頑强地紮根下去，歷盡風霜，成爲虬龍般的萬年蒼松。

這頑鐵，反面人物，永遠爲千夫所指，樹作榜樣，遺臭無窮。

八

寶釵、黛玉，階級烙印都很深。

寶釵百方設想，總在利於自己，戈矛箭戟，武庫森然。黛玉單衣水袖，曳杖夷猶，是個發抒心靈、不知設防的詩人。這兩種人在封建末世裏生活，前者似乎得勢，後者看來殘敗，新社會自舊社會來，也還留有舊社會的痕跡。中國社會的發展，一步一步地變革，開展出許多新的篇章。至於今日，人民畢竟是主人，有了黨，有了偉大的毛澤東思想，有千百萬新的曹雪芹，揮其生花妙筆，描繪錦綉山河。莽蒼蒼一片大地真乾净，"俱往矣。數風流人物，還看今朝"。

九

淚債設想，其本身就是個悲劇。

淚曰盡，血曰枯，髓曰竭，人世間原有此一境。曹雪芹，古之傷心人也，乃竟樹此義諦。在現實社會中，閨閣中，尋找、機遇、攝取、概括、提煉、塑造出林黛玉這一姑娘典型。其曲彌幽，其唱彌深；將以喻其苦心耶？將以曉示來人耶？百世之下，心心相印，誰共鳴耶？曹雪芹"一把辛酸淚"，"誰解其中味？"曹雪芹將難告慰於九泉矣；蓋後人的感受已大不同於曩昔矣。時代精神，人的精神面貌，蓋有異也！

"黛玉秉絶代之芳姿，具稀世之俊美"，曹雪芹曲曲傳神，傷其沈沈芳逸，懷思惻悱。"此樹婆娑，生意盡矣！"

"百憂之所窟，衆香之所宅"，"桂何事而銷亡，桐何爲而半死"？剜心終日，心事無歸。情既摧殘，身亦夭折，黛玉如之何其不香消玉殞也。

設在今日，龍騰虎躍，天地翻覆，一葉一蕊，悉增異彩。百花齊放，百艷競芳。"爲有犧牲多壯志，敢叫日月換新天。"壯矣，麗矣！曹雪芹若生於斯世，昂首揚眉，意氣風發，還在勞動群衆中廣挹養料，《紅樓夢》將益增瑰奇壯麗的篇章。

編者說明：本文據代抄稿録編，劉録稿附記云："估計作於二十世紀八十年代。"引文據人民文學出版社《紅樓夢》（1957 年版、1964 年 2 月第三版）核對。

林黛玉悲題《五美吟》闡義

　　林黛玉生活在驕奢淫佚、陰森暗淡的豪門賈府之中，寄人籬下，卻不仰人鼻息，孤高自許，目無下塵，有着叛逆的性格。"一年三百六十日，風刀霜劍嚴相逼"，這種陰森暗淡的環境使她的靈魂浸透着一種悲涼憂鬱的情調，有時不得不循曲折奇險之徑，以抒其叛逆、追求之情。千言萬語，不便明説，往往寄之於詩。因此，閱讀林黛玉的詩詞，是瞭解林黛玉的思想感情和性格的一個重要方面。

　　林黛玉的《五美吟》，就是表面上將古史或傳奇中的五位美女不同的身世、遭遇，加以聯想，賦詩寄慨；實際上在借古人酒杯澆自己胸臆，把自己的憤懣和理想曲折地反映到對古代女子遭際的評價中去了。因此，曹雪芹寫林黛玉的悲題《五美吟》實和全書塑造林黛玉的形象相通，是一個有機的組成部分。我們要瞭解林黛玉，不能不細讀《五美吟》。

　　《五美吟》第一首是《西施詠》：

　　　　一代傾城逐浪花，吳宮空自憶兒家；效顰莫笑東鄰女，頭白溪邊尚浣紗。

　　黛玉對東施與西施這兩個人物的態度，是有區別的。對東施，她感到"可欣可羨"，認爲頭白了還在若耶溪邊堅持浣紗勞動，值得贊美；對西施，她感到"可悲可歎"。"吳王宮裏醉西施"，"笑倚東窗白玉床"的生活，黛玉並不以爲然，她認爲"一代傾城逐浪花"衹能付之東流而已。

我國的歷史傳統，對待西施與東施一般都是欣羨西施，訕笑東施的。《莊子·天運》云："故西施病心而矉其里，其里之醜人，見而美之，歸亦捧心而矉其里。其里之富人見之，堅閉門而不出；貧人見之，挈妻子而去之走。"《文心雕龍·雜文》云："里醜捧心，不關西施之顰矣。"王維的《西施詠》對西施的贊美，在文學上更是有些權威性的：

> 艷色天下重，西施寧久微。朝爲越溪女，暮作吳宮妃。賤日豈殊衆，貴來方悟稀。邀人傳脂粉，不自着羅衣。君寵益嬌態，君憐無是非。當時浣紗伴，莫得同車歸。持謝鄰家子，效顰安可希。

西施在越溪浣紗，在王維看來，這是微賤。到了吳王宮裏，人家替她抹粉，替她穿衣，吳王寵她，在王維看來，是高貴。謝謝東施，縱使你有捧心效顰的本領，可是西施的華貴，你是永遠盼望不到的。王維這番議論，叫人作嘔。可是古往今來，有多少文人學士，迷信權威，被他的議論所壓倒了。林黛玉卻爲東施鳴冤叫屈，說道：勸君不要捏造"效顰"之事取笑東鄰之女——東施，要知道：她頭髮白了，還在若耶溪畔堅持浣紗勞動呢？這在那個時代，應該說是難能可貴的！

《五美吟》第二首是《虞姬詠》：

> 腸斷烏啼夜嘯風，虞兮幽恨對重瞳；黥彭甘受他年醢，飲劍何如楚帳中？

歷史上歌詠虞姬的，我感覺馮待徵的《虞姬怨》寫得出色。此詩歌頌虞姬項王，英雄美人，共結絲蘿。虞姬爲着項王事業，不惜羅衣，緊着刀環，願從征戰，期定關中。事之成敗，固難逆料，盡力以爲，抱恨而已。林黛玉《虞姬詠》歌頌虞姬飲劍楚帳，與馮詩思想傾向有相通處，但比馮怨多了一層意思。黥布原爲項羽部將，破秦有功封爲九江王，後降劉邦，破楚，又被劉邦封爲淮南王。又以謀反，爲劉邦所殺。彭越原亦爲羽部將，降劉邦後，攻楚有功，被封爲梁王，後以謀反，爲劉邦所殺。林黛玉對於虞姬表示欣羨，對於英布、彭越，表示悲歎。林黛玉認爲，黥、彭反復無常，甘心異日被人剁爲肉醬，哪裏比得上楚帳中忠於愛情、忠於事業拔劍自刎的虞姬？歷史上的項王、虞姬、英布、彭越究竟如何評價？容作別論，林黛玉通過虞姬飲劍帳中、壯烈自殉之事説明爲忠貞於愛情，忠貞於事業，而壯烈犧牲，其價值遠遠勝過那些反復無常之流，這也可以看出林黛玉的骨氣。

《五美吟》第三首是《明妃詠》：

　　絕艷驚人出漢宮，紅顔薄命古今同；君王縱使輕顔色，予奪權何畀畫工？

關於"昭君出塞"的故事，史書及筆記上有些資料影響後人較多，特別是《後漢書·匈奴列傳》："初，元帝時，以良家子選入掖庭，時呼韓邪來朝，帝敕以宮女五人賜之。昭君入宮數歲，不得見御，積悲怨，乃請掖庭令求行。呼韓邪臨辭，大會。帝召五女以示之。昭君豐容靚飾，光明漢宮，顧景裴回，竦動左右，帝見大驚，意欲留之，而難於失信，遂與匈奴，生二子。"《西京雜記》："元帝後宮既多，不得常見，乃使畫工圖形，案圖召幸之。諸宮人皆賂畫工，多者十萬，少者亦不減五萬，獨王嬙不肯，遂不得見。匈奴入朝，求美人爲閼氏，於是上案圖以昭君行，及去召見，貌爲後宮第一。善應對，舉止閒雅，帝悔之，而名籍已定，帝重信於外國，故不復更人，乃窮案其事，畫工皆棄市，籍其家，貲皆巨萬。"

後世詩人、畫家、戲劇家在依據這些資料進行創作時都竭力譴責毛延壽。到了北宋王安石寫《明妃曲》二首，提出了新的主題。其第一首云：

> 明妃初出漢宮時，淚濕春風鬢腳垂。低徊顧影無顏色，尚得君王不自持。歸來卻怪丹青手，入眼平生未曾有。意態由來畫不成，當時枉殺毛延壽。一去心知更不歸，可憐着盡漢宮衣。寄聲欲問塞南事，祇有年年鴻雁飛。家人萬里傳消息，好在氈城莫相憶。君不見咫尺長門閉阿嬌，人生失意無南北。

王安石認爲说昭君的悲劇是毛延壽造成的，實屬冤枉。因爲深閉長門，遠赴塞外，同樣失意。歐陽修曾作和詩兩首：《明妃曲和王介甫作》和《再和明妃曲》。其《再和》云：

> 漢宮有佳人，天子初未識。一朝隨漢使，遠嫁單于國。絕色天下無，一失難再得。雖能殺畫工，於事竟何益？耳目所及尚如此，萬里安能制夷狄？漢計誠已拙，女色難自誇。明妃去時淚，灑向枝上花。狂風日暮起，飄泊落誰家。紅顏勝人多薄命，莫怨春風當自嗟。

歐陽修認爲，責任在於元帝糊塗，小事如此，豈能統治江山，制敵衛國？林黛玉的《昭君詠》就是繼承王、歐陽《明妃曲》的主題思想，進一步指出昭君之事，元帝實不能辭其咎。林黛玉说："君王縱使輕顏色，予奪權何畀畫工？"意思就是说：君王縱使輕視女子，決定昭君命運之權爲什麼交給畫家毛延壽呢？顯而易見，這個責任元帝是推卸不了的。林黛玉提出這個問題，是十分尖銳的。

曹雪芹寫《紅樓夢》至此，不禁借薛寶釵之口，加以贊美：

> 即如前人所詠昭君之詩甚多。有悲輓昭君的，有怨恨

延壽的，又有譏漢帝不能使畫工圖貌賢臣而畫美人的。紛紛不一。後來王荆公復有"意態由來畫不成，當時枉殺毛延壽"，永叔又有"耳目所見尚如此，萬里安能制夷狄"，二詩各能俱出己見，不襲前人。今日林妹妹這五首詩，亦可謂命意新奇，別開生面了。

曹雪芹這段議論，十分精彩。寥寥數語，卻把詠昭君之詩繼承發展，入木三分，說出了它的內在聯繫，可作文學史讀。林詩確是"命意新奇，別開生面"。但此八字，自然不足以盡其內蘊，王安石詩纔開始觸及昭君之事的本質，荆公認爲責怪延壽，亦屬"枉殺"，因爲畫難傳真，自然可以原諒。永叔和詩，接着指出元帝糊塗，漢計誠拙。兩家之詩已經看出問題，但嫌挖掘不深。林黛玉卻認爲從來紅顏薄命，昭君之事，祗是一例而已。窺一斑已見全豹，推其根源，責任卻在最高掌權的統治者。黛玉此議，目光如炬，廉厲鋒悍，擊中要害。看到事物的本質。林黛玉不囿於傳統舊聞，其叛逆性格亦於此可見。昭君出塞和親，今天分析，當然不是悲劇性的事件，而是兄弟民族大團結的一曲頌歌。但這評價，與林黛玉的借題發揮看作"紅顏薄命"，是兩回事。

《五美吟》第四首是《綠珠詠》：

> 瓦礫明珠一例拋，何曾石尉重嬌嬈？都緣頑福前生造，更有同歸慰寂寥。

石崇是西晉的大官僚，曾爲衛尉。綠珠是他的寵妾，《晉書·石崇傳》云："崇有妓曰綠珠，美而豔，善吹笛，孫秀使求，崇勃然曰：'綠珠吾所愛，不可得也。'秀怒，矯詔收崇，崇正宴於樓上，介士到門。崇謂綠珠曰：'我今爲爾得罪。'綠珠泣曰：'當效死於君前。'因自投於樓下而死"，孫秀"矯詔收崇"，石崇好像爲了寵護綠珠"得罪"而起，其實不然，"矯詔"是一場政治鬥爭。沒有政治上的原因,這"詔"如何"矯"得?寵護綠珠,最多不過是導火綫而已,石崇謂綠珠曰:"我今爲爾得罪。"這話很不可靠。綠珠墜樓,與崇同歸於盡,我看,完全是不值得的。林黛玉説:光燦的珍珠和灰暗的瓦礫同被拋棄;其實,石崇何曾真正重視過美女綠珠?祇能説:石崇前生有着一點淺薄的艷福,卻有個美人同歸於盡來慰藉他的寂寞無聊。可見,林黛玉的目光是十分敏鋭的,侍女缺乏經驗,在官僚的甜言蜜語下往往會上當受騙的。《五美吟》見於《紅樓夢》第六十四回,回目是"幽淑女悲題五美吟,浪蕩子情遺九龍珮。"這回下半回寫賈璉調情,將一個漢玉九龍珮撂與尤二姐,尤二姐受騙之事。《〈紅樓夢〉分評》云:"上半回寫幽淑女悲吟,下半回寫浮蕩子調情,是兩扇反對文字。"綠珠同屬紅顏薄命,林黛玉詠綠珠,説明她的視野,已經關心到豪門中侍妾寵姬的命運。

　　《五美吟》第五首是《紅拂詠》:

　　　　長揖雄談態自殊,美人巨眼識窮途;屍居餘氣楊公幕,豈得羈縻女丈夫?

　　紅拂事見唐傳奇小説杜光庭的《虯髯客傳》。紅拂姓張,是隋朝相國楊素的侍妓。妓常手持紅拂,侍座,故稱紅拂。唐初,衛國公李靖曾謁楊素。楊素態度驕橫,"踞床而見"。李靖長揖不拜,責其"不宜踞見賓客"。紅拂激賞,夜間化妝逃至逆旅。李靖怕楊素追究,紅拂卻云"彼屍居餘氣,不足畏也"。同奔太原。途中遇虯髯客,得其資財,佐李世民反隋,建立唐王朝。長揖,庚辰補本作"長楫",當是筆誤。長揖,高鶚本作"長劍"。全榭山詩云:"自分不求五鼎食,何妨平揖大將軍。"李靖長揖不拜,絕無媚態。林玉黛因説:李靖謁見楊素長揖不拜,高談雄辯,風度不凡,紅拂目光敏鋭,能識英雄於窮途之中。楊素祇是死屍多一口氣,哪裏束縛得了這樣的女中丈夫。林黛玉歌頌紅拂激賞李靖，鄙視楊素而私奔。這裏可以看出，在林黛玉心中卻也蘊藏着突破禮教束縛的思想。

綜上所述，林黛玉通過對古代五個美人及其有關事件的評論，充分反映自己的思想感情，我們要對林黛玉的叛逆性格有所瞭解，《五美吟》是值得仔細閱讀的。

（原刊《復旦大學學報》，1981 年第 4 期）

林黛玉、賈寶玉是正面的典型人物

　　文學的典型性是要求通過人物及其活動所引起的現象的描寫而顯示出社會力量的本質的。有人說《紅樓夢》"從作者對於賈寶玉、林黛玉的肯定態度看來，作者是反對虛僞的禮節，主張自由；反對祿蠹，主張真情；肯定性愛，講求人道與平等"。這意思是很好的。"其次，所體現出來的人物形象，也還有不夠健康的，其中特別是林黛玉。如果拿她來和祝英台一比，那就差得遠了。"

　　我的看法不是這樣，這是不容易比較的，應該結合具體情況作具體分析。林黛玉所處的鬥爭環境是非常複雜的。她的處境比崔鶯鶯或祝英台的處境是要複雜得多的。林黛玉是在這樣一個封建統治階級思想相當穩固的環境下，以孤女寄養的身份作戰。這裏我們是可以體會到她的鬥爭的尖銳性、複雜性和困難性的。我們從林黛玉的身份、處境、時代、思想這些方面考察，就可以體會到她的反抗方式就不會是面對面的鬥爭，像賴婚的鶯鶯擲杯，或祝英台的抗婚；而在許多地方就不得不在隱蔽的、零星的方式下進行，通過尖銳的語言，來射擊敵人。她的鬥爭的觸覺是敏銳的。哭是她反抗過程中受壓抑的表現，這便是她被一般人所誤解的所謂"尖酸"。聯繫她所處的情勢來看，這樣的反抗，可以說是很大的反抗。《紅樓夢》這樣寫是真實的，所以藝術感染力大。廣大的人們爲她的死，悲憤哭泣。這樣描寫，可以説是進一步的描寫，是更深刻地反映生活的。在這樣的環境中創造這樣的性格，可以説《紅樓夢》的藝術性、思想性都達到了一定的高度。

林黛玉在賈府裏，四面八方都是受到威脅的，是與周圍環境矛盾着的。《紅樓夢》中，一方面塑造了賈寶玉、晴雯、尤三姐等封建制度的叛逆者的形象；另一方面也塑造了賈母、賈政、王夫人、寶釵、鳳姐、襲人等封建制度的擁護者或代表者的形象。她與賈母、寶釵等人物的矛盾是主要的矛盾，我們試作重點的分析。賈母對林黛玉是照顧的，因爲有血緣的關係；但對她是有一定的看法與要求的。黛玉病重，賈母來看她，看後，發生懷疑。她説：

> 孩子們從小兒在一處兒玩，好些是有的。如今大了，懂的人事，就該要分別些，纔是做女孩兒的本分，我纔心裏疼他。若是他心裏有別的想頭，成了什麼人了呢？我可是白疼了他了。

> 我方纔看他，卻還不至糊塗。這個理，我就不明白了。咱們這種人家，別的事自然沒有的。這心病也是斷斷有不得的。林丫頭若不是這個病呢，我憑着花多少錢都使得。就是這個病，不但治不好，我也沒心腸了。

正當的情愛，賈母是不贊成的。賈母發現黛玉害了"心病"以後，心就灰了，用禮教的觀點摒棄了她。賈母、黛玉在思想本質上是有抵牾的。寶釵怎樣呢？她是能博得賈府上上下下的青睞、愛戴的，她是官僚地主階級的寵兒。賈母認爲她："性格兒溫厚平和，雖然年輕，比大人還長幾倍呢。"這是與她對黛玉的認識的一個對照。黛玉是寶釵的情敵。寶釵的手腕是高明而凶狠的。她要抓住黛玉的弱點來進行制服。當黛玉行酒令時無意中說了一句《牡丹亭》和《西廂記》之後，寶釵記住了。找一個適當的時機，把她招到自己的閨房裏來。坐下來，笑着説："你跪下，我要審你！"接着又冷笑説："好個千金小姐，好個不出閨門的女孩兒，滿嘴説的是什麼？祇實説便罷！"接着又説了一番"大道理"：

> ……所以咱們女孩兒家不認字的倒好。男人們讀書不明理，尚且不如不讀書的好。何況你我？連做詩寫字等事，這也不是你我分内之事，究竟也不是男人分内之事。男人們讀書明理，輔國治民，這纔是好。祇是如今並不聽見有這樣的人，讀了書，倒更壞了。這並不是書誤了他，可惜他把書糟蹋了，所以竟不如耕種、買賣，倒沒有什麼大害處。至於你我，祇該做些針綫、紡織的事纔是，偏又認得幾個字。既認得了字，不過揀那正經書看也罷了，最怕見些雜書，移了性情，就不可救了。

十足代表了封建道德觀。自然這是不能使黛玉心服的。黛玉找適當的時機，也曾加以反擊。薛小妹新編懷古詩，寶釵認爲前八首都是史鑑上有據的，後二首卻無考，要另作。黛玉便批評她"膠柱鼓瑟，矯揉造作"。

> 難道咱們連兩本戲也沒有見過不成，那三歲的孩子也知道。

這些深深地刺到寶釵心裏的話，揭穿了寶釵的衛道者的虛偽面目。蒲東寺懷古，梅花觀懷古，這兩首詩就是歌詠《西廂記》與《牡丹亭》裏的故事的。這說明黛玉和寶釵在生活態度上是有本質上的區別的。

　　鳳姐是賈府這一剝削家庭的代理人，包攬訴訟，高利盤剝。在她身上充分反映了官僚地主階級的殘暴性。鐵檻寺老尼向鳳姐使賄，硬退張金哥婚約，另嫁"府太爺的小舅子"，以致金哥自縊，未婚夫守備子投河殉情，鳳姐坐享三千兩。司棋熱愛潘又安。事發，司棋"並無畏懼慚愧之意"，鳳姐"倒覺可異"。司棋、潘又安雙雙殉情而死，鳳姐認爲"哪有這樣的傻丫頭，偏偏碰見這個傻小子"。兩面三刀，陽奉陰違。明知"一害三個人"，還是要出了掉包兒的手法。真摯專一的愛與她的陰險毒辣是毫無共通之點的。黛玉根本是鄙視她的。惜春是比較同情黛玉的，但並不瞭解她，自然也不會支持她。惜春曾這樣説：

> 林姐姐那樣一個聰明人。我看他總有些瞧不破，一點半點兒，都要認起真來。天下事那裏有多少真的呢。

堅持、認真，這裏側面地寫出了她含有戰鬥性的性格。她是敢憎、敢愛。總的説來，黛玉與賈母、寶釵、鳳姐這方面人物的矛盾，是本質上的矛盾。從他的傾向性説，是擁護封建與反抗封建的矛盾。黛玉和寶玉不是也常鬧小彆扭嗎？這是由愛出發的，生怕愛情落空而鬧的，是不重要的矛盾，不是本質上的矛盾。寶釵説"混賬話"，黛玉不説"混賬話"。"獨有黛玉，自幼未曾勸他去立身揚名等語，所以深敬黛玉。"黛玉與寶玉的人生意識是統一的。黛玉的反庸俗、反禮教，在封建社會裏是反映着一些新生的思想與力量的。縱然，這力量是微小的、不常見的、萌芽的、不普遍的；但是有發展前途的，是不可戰勝的。黛玉反抗的意義，表現在個性解放與禮教的衝突上。她代表着封建社會裏閨閣中女性叛逆的性格，所以黛玉應該説是正面的典型人物。

　　在中國的封建社會裏婦女是受政權、族權、神權、夫權四種權力支配着的，所以她們的命運也就不可避免地必然帶有悲劇性。在中國的封建時代,在禮教勢力支配着的一切地方,是出現過無數殘酷無比的迫害婦女的悲劇的。夫權主義是封建禮教的三綱之一。士大夫階級的人們爲了鞏固君權主義和封建剝削制度,曾盡了一切力氣把它貫徹下去。這可以說明從宋以後,封建統治階級在政治上和思想上是更趨於反動的。但另一方面,中國勞動人民是採取正確的態度來對待婦女的。在中國文學的優良傳統中,它們也都是採取忠實、尊崇的態度來對待婦女的。《木蘭辭》《孔雀東南飛》《王魁負桂英》《西廂記》《白蛇傳》等,作者都是滿懷熱情地來歌頌女性的英雄形象,或反映她們生活的悲慘命運,鼓舞她們起來鬥爭,有力地向社會控訴的。曹雪芹正是接受了這一文學的優良傳統。作者曾通過紫鵑的嘴指出林黛玉的社會制度所給予注定了的命運。

> 公子王孫雖多,那一個不是三房五妾。今兒朝東,明兒朝西。娶一個天仙來,也不過三夜五夜,也就丟在脖子後頭了。甚至憐新棄舊,反目成仇的。娘家有錢有勢的還好。若姑娘這樣的人⋯⋯也祇是憑人去欺負罷了。

可是黛玉並沒有屈服。作者歌頌她的帶有叛逆反抗的性格。這一性格的塑造,是與崔鶯鶯、祝英台等同樣富有歷史現實意義的。

賈寶玉在賈府中所處的地位是較黛玉爲優越的。他是賈母所溺愛的孫子,所以他的反抗,是比較正面地提出一些叛逆性的意見的。自然,這種反抗,我們祇從小說中所反映出來的加以分析而已。他們的反抗必然表現爲一種方式。這種方式,他們自己也許不一定是明確地認識了的。賈寶玉對於封建制度、禮教、僞道學和鞏固封建統治的科舉制度都是極端憎恨的。他的反抗性、叛逆性,我們可以從這些方面來考察。賈政是一位忠貞而頑強的衛道者。他是榮國公的孫子,皇妃的父親,當時北靜王和若干王公貴胄的前輩,九省都檢點王子騰的妹婿,金陵應天府尹新貴賈雨村的薦舉人,自己也常有被皇帝召見的機會;階級地位決定了他必然做出儼然"君子在位"的風範。可是他個人的地位,並沒有高舉巍科,從考試上得意;叨了"天恩祖德",祇做了一個不重要的京官,從主事升員外郎;晚年放過一任學差,做過一任糧道而已。這和他的門閥太不相稱了。因而他把一切的希望寄託在兒子寶玉的身上。這樣一個官僚地主家庭,自然盼望他的兒子能榮宗耀祖、顯親揚名,以維護它的階級利益,這是必然的。不過賈政由此而更殷切罷了。但是寶玉怎樣呢?作者曾通過襲人的嘴側面地寫出:

> 你真愛念書也罷,假愛也罷,祇在老爺跟前,或在別人跟前,你別祇管嘴裏混批,祇作出個愛念書的樣兒來,也叫老爺少生點兒些氣。在人跟前也好説嘴。老爺心裏想着,我家代代念書,自從有了你,不承望不但不愛念書,已經他心裏又氣又惱了。而且背前面後混批評。凡讀書上進的人,你就起個外號兒,叫人家祿蠹。又説祇除了明明德外就沒書了,都是前人自己混編纂出來的。這些話,你怎麽怨得老爺不氣,不時時刻刻要打你呢?

誚謗祿蠹,這自然包括他父親在內的。"父前唯諾",寶玉並沒有繼承父親的意志。這裏可以看出賈政與寶玉父子之間的矛盾,也是本質上的矛盾,是擁護封建與反抗封建之間的矛盾,這矛盾是無法統一的。賈政化愛爲恨,"恨鐵不成鋼"的恨,發展下去,賈政祇有拿出父權來,用決鬥的方式把寶玉狠狠地打了一頓。而作者卻又教賈政在賈母前垮臺了。他的叛逆性格仍舊繼續發展下去。像賈府這樣的人家,正如賈赦所説的"原不必寒窗螢火，祇要讀些書，比人略明白些"，多見見世面，常與士大夫來往來往，博得一官半爵，也非難事。可是寶玉是：

> 素日本就懶與士大夫諸男人接談，又最厭峨冠禮服，賀弔往還等事。

"潦倒不通世務，愚頑怕讀文章。"這實際上就是寶玉的反抗性、叛逆性的表現。寶釵曾勸他在功名上打個主意，倒轉而給寶玉搶白一場。

> 好好的一個清净潔白女子，也學的釣名沽譽，入了國賊禄蠹之流！這總是前人無故生事，立意造言，原爲引導後世的鬚眉濁物。不想我生不幸，亦且瓊閨綉閣中亦染此風，真真有負天地鍾靈毓秀之德了。

這又説明了寶玉與寶釵在生活態度上是有本質上的差別的。在襲人面前，寶玉更大膽地否定了爲專主君王效忠的屍諫與將軍的勳業。

> 人誰不死，祇要死的好，那些個鬚眉濁物，祇知道文死諫，武死戰。這二死是大丈夫名節。

> 那武將不過仗血氣之勇，疏謀少略，他自己無能，白送了性命。這難道也是不得已。那文官更不比武官了。他念兩句書，記在心裏。若朝廷少有瑕疵，他就胡彈亂諫，邀忠烈之名。濁氣一湧，即時拼死。這難道也是不得已。

賈府就是以軍功起家的。"武死戰"應該是連他的祖先榮國公、寧國公一併都罵在内的。這可以看出賈寶玉對於他這一家庭的看法。賈寶玉對於這個封建家庭看法，是與他整個人生意識統一的。元春才選鳳藻宫，賈璉等興奮異常。賈府"上下内外人等，莫不欣喜”。都以爲是“當今的隆恩”，“獨有寶玉，置若罔聞”，“視有如無，毫不介意”。東府演戲，姜太公斬將封神，很熱鬧，寶玉卻以爲“繁華熱鬧到如此不堪的田地”。《西廂記》《牡丹亭》，他認爲是好文章，而《四書》“細按起來，似乎不很明白”。“時文八股一道，平素深惡。”這就是被一般人所誤解與嘲笑的“呆”“瘋癲”。但是寶玉對一些受苦難者、被壓迫者是同情的。

> 如今仲春天氣，雖得了工夫。爭奈寶玉因柳湘蓮遁跡空門，又聞得尤三姐自刎，尤二姐被鳳姐逼死，又兼柳五兒自那夜監禁之後，病越重了。連連接接，閒愁胡恨，一重未了一重添。弄的情色若癡，語言常亂，似染怔忡之病。

> 也因近日抄揀大觀園，逐司棋，別迎春，悲晴雯等，羞辱驚恐悲淒所致；兼以風寒外感，遂致成疾，臥床不起。

別人無所謂，而寶玉感慨萬狀、這裏反映了他的人道主義精神。丫頭在封建家庭裏，本來是可以隨意生殺的。死了賞幾文錢還是造化。寶玉卻寄予很大的同情，用平等的目光看待。《芙蓉女兒誄》裏反映了更多的寶玉的感情，認爲晴雯的死是受逼害。這位“心比天高，身爲下賤”的少女，反抗性、叛逆性格是十分強烈的。他很尊崇她。

> 孰料鳩鴆惡其高，鷹鷙翻遭罦罬。薋葹妒其臭，茝蘭竟被芟鉏！……既懷幽沉於不盡，復含罔屈於無窮。高標見嫉，閨幃恨比長沙；直烈遭危，巾幗慘同羽野。（俞平伯先生云：“胭脂齋庚辰本原注：‘鯀剛直自命，舜殛於羽山。’《離騷》曰：‘鯀婞直以亡身兮，終然夭乎羽之野。’以四凶之一比晴雯，贊其直烈，叛逆性是何等強烈。今程本改爲：‘貞烈遭厄，巾幗慘同雁塞。’以‘雁塞’易‘羽野’，思想性削弱。‘貞烈’易‘直烈’，則無異在晴雯身上蒙上一層封建

主義的灰塵了。"）

他憤慨地説：

毀詖奴之口，討豈從寬。剖悍婦之心，忿猶未釋。

"詖奴""悍婦""毀口""剖心"這些豈是尋常的語言。詖奴指襲人，悍婦大蓋是指母親王夫人，這裏可以看出寶玉的反抗性、叛逆性發展到了何等高度。俞平伯先生説《紅樓夢》怨而不怒，這裏，就包含了反對凌辱弱小的最深沉的憤怒，這是有力的反證。寶玉出家，是不是説明作者在宣傳虛無主義思想呢？我想不是的。這祇是以出家爲反抗，與賈府割斷關係，最後賈寶玉抛棄了這一封建家庭，這是反抗的一種形式而已。《紅樓夢》所反映的是擁護封建與反抗封建之間的矛盾。這些叛逆者，雖不一定就是直接否定封建制度的新生力量，但他們卻可能是屬於一個還未成形的萌芽的新興力量範疇之中的。這是符合社會發展的規律的，所以賈寶玉也是正面的典型人物。

賈寶玉這一人物的出現，我們從歷史角度分析：曹雪芹生活在雍正和乾隆中葉，正生長在所謂滿清的"盛世"或"治世"。曹雪芹的時代，正是漢族民族鬥爭一個個都遭到失敗後，正是以顧亭林、黃梨洲、王船山等爲代表的偉大思想運動的低潮。當時社會還沒有暴發農民起義，下距嘉慶年間的白蓮教大起義、天理教起義、苗民起義等農民的起義鬥爭，還有三十多年。因此，可以説雖然在所謂"盛世"的骨子裏已在腐蝕陵夷，封建社會已在走向動搖與崩潰，但卻也應該承認當時的社會是相對的，穩定的時期。封建社會裏的基本矛盾，是農民階級和地主階級的矛盾。但是當封建社會相對穩定的時期，當地主、農民階級的對立、矛盾表現得不是最尖鋭，而是作爲緩和的時期，社會的矛盾往往會轉化表現爲複雜的情況。所以《紅樓夢》中一些叛逆者，他們和封建制度的矛盾，也可以說是農民階級與封建階級之間的矛盾的一種曲折的反映。清兵入關，經濟落後的滿族入主中國，嚴重地破壞了當時的社會生產，使順治康熙初年財政造成很大的收支困難。從清兵入關到康熙三十年前後，漢族人民以武裝鬥爭的形式紛紛起來與清王朝對抗。民族矛盾表現異常尖銳。有史可法的反抗、鄭成功的起義、江浙一帶人民的反薙髮大鬥爭、李自成餘部及何騰蛟、楊廷麟的反抗等等。在社會意識方面有愛國思想家顧亭林、黃梨洲、王船山等以復古的正統儒家思想來反對"理學"。他們在明朝亡國後，在外族統治下，保持了凜然的民族氣節，始終與清朝政府對抗。他們的民族思想民主主義精神在社會上廣爲流播，波瀾壯闊，歷順治、康熙、雍正等三四代約一百多年之久。漢族的武裝鬥爭，反滿意識的濃厚，嚴重地威脅着清王朝。清朝統治階級爲了鞏固其統治地位，康、雍、乾三朝首先注意到恢復並發展農業生產力，注意開發海邊農利和修築海塘，實行對農民讓步的地丁制度。使清初的農業生產有了很大的提高。在注意恢復發展農業生產的同時，爲了嚴屬鎮壓漢族的反抗與麻痹人民的反滿意識，清朝統治階級一面興文字獄，一面繼續採取八股取士、開博學鴻儒科、修圖書集成等一系列的殘酷屠殺手段和懷柔羈縻的政策。在這種高壓專制與粉飾太平的情況下，康熙中葉以後，武裝起義的鬥爭形式被暫時鎮壓下去了。

曹雪芹正處於這康熙中葉以後的時代，他從封建統治階級內部分化出來，"傷時罵世"，他的言論，就動搖了統治階級社會指導思想的作用，對人民說，是具有反抗意義的。曹雪芹由於歷史的限制，以及階級的限制，所以在他所精心塑造的人物林黛玉、賈寶玉的身上，是不可能找到他們應有的出路的。古典現實主義作品是祇能提出問題而不能很好地解決問題的。思想性是有限制的,進步性也是有限制的。曹雪芹在這樣的歷史環境中創造這樣的人物性格——富有反抗、叛逆傾向的性格。我們從一定歷史時代的人民要求、思想水平去考量,再以現代的觀點加以估價,可以說,在林黛玉、賈寶玉的身上,可以看到這樣更深刻、更複雜曲折的思想反映,是富有歷史現實意義的。

撰於 1954 年 12 月 8 日

(原刊《浙江師院》,1955 年 1 月 1 日第八版)

　　編者說明:引文據人民文學出版社《紅樓夢》(1957 年版、1964 年 2 月第三版)核對。

略論林黛玉與晴雯性格之異同

　　林黛玉多愁善感，她的性格給人以柔的感覺多些，而晴雯在與封建勢力進行不屈的鬥爭中，煉就了堅强、剛毅的意志，堅貞不屈，猛烈得像盆"爆炭"。因而，她的性格更多的是給人以一種剛的感覺，使我們覺得她有一股鬚眉男兒所有的剛毅、豪爽之氣。自然，這祇是就其生活的現象表現論之而已，其本質是相通的。

　　黛玉的自尊發展爲清高自許，使人感覺到她的性格的孤僻，給人留下的是仍爲一個封建大家族中有着那種孤高自賞性格的貴族小姐的印象。如罵北靜王爲"臭男人"，對封建社會的污蟲之輩嗤之以鼻是不錯的。晴雯性格爽朗，樂於助人，使人感到平易近人。如：她帶病挑燈給寶玉補綴孔雀裘，工作來時，並不考慮自己，就能説明這點。

　　黛玉的清高自許，很大部分由於過於自尊。她總想着自己沒有家，失了溫暖，總怕人家以自己是寄人籬下看待。她是寄人籬下，卻不仰人鼻息，這是她的高貴處；但她以此以致對人小心提防，有時不免感傷，自尋煩惱。這就不必，可以想開些。如：有次她去怡紅院，守門正與人家吵架嘔氣，不知她來，而不願開門時，她因此想得很多。這點些微小事，可以不須計較的，祇因她過於自尊，以致犯了猜疑病，着實慪了一夜的氣。這樣，觸動了她内心深處的憂鬱感傷，第二天就寫下了那首淒婉、哀怨的《葬花詞》，以寄她的身世之感。晴雯呢？卻是"身爲下賤"，而"心比天高"。一樣是自尊自愛，晴雯所感的不是個人的痛苦，而是人的尊嚴。如秋紋這個丫鬟，因爲王夫人賞了幾件衣服給她而沾沾自喜時，晴雯出自少女和婢女人格的自尊，狠狠地諷刺了秋紋幾句，罵她是"小蹄子"。另外，在王善保家的帶人搜檢大觀園時，她不願遭受屈辱，挺身而出，明知種下禍根，卻是不計安危，愛恨分明，明辨是非，對這些無恥之輩，迎頭痛擊，可以說明這點。

晴雯托膽行事，敢發牢騷；黛玉沉着，卻不敢多說一句話。黛玉口齒伶俐，敢於諷刺邪惡。這所謂不敢多說一句話，是和晴雯對比，相對地說的。抄檢大觀園時，晴雯着着實實地發洩了她的胸中不平之氣。這種場面，在林黛玉是不曾出現過的。這是由於兩人的家庭出身、身份、文化教養和生活經歷的不同所形成的。

由於林黛玉、晴雯有着抵制與反抗邪惡的表現，那些世俗勢利的人就把她們視爲"乖戾"，難服侍，被人妒嫉和痛恨，罵她們爲小妖精。她們的心靈之美，也受侮蔑，被說成是"水蛇"一樣的妖美。兩人卻都保持自己孤潔的人格。

林黛玉是有她的貴族小姐所具有的軟弱氣的，這自是由於她所受的封建教育在起作用。她對事物十分敏感，經常哭泣，但有些不過是無關大局的小事而已。林黛玉生活在這污濁的賈府環境中，她的戰鬥因而沒法勝利。秋風秋雨，花開花落，祇是添其愁思而已。晴雯性格則較開朗，對於人間的不平、人情的冷暖，認識是較林黛玉深刻的。不過，《紅樓夢》創作的成功，卻塑造了這兩個反抗禮教光輝的少女形象。

在林黛玉的思想意識和生活表現中，她祇知道王熙鳳的刻毒，寶釵的爭寵。晴雯的認識卻就廣闊多了。她看透了賈府的上上下下，是沒有一個好人的。黛玉對於邪惡，是以孤傲的性格來表示反抗的；晴雯的表現自是兩樣，她是性格剛强，唇槍舌劍，無所畏懼。黛玉反抗最爲强烈的抗争是葬花埋愁，焚稿發憤；晴雯則以尖刻犀利的語言與行動，冷嘲熱諷對之。

總的來説，兩人的反判精神是一致的。敢於衝破舊禮教的桎梏，勇敢地追求自由生活與愛情，敢於對代表封建勢力的主子嘻笑怒罵，冷嘲熱諷，不爲所屈。兩人的不馴的孤傲性格是一致的。在封建社會，她倆的思想意識和行爲表現顯示着一定的争取和追求民主的傾向。

編者説明：本文據手稿録編。

薛寶釵其人

一

一個人物的性格主要是由其世界觀來決定的，不先瞭解一個人物的世界觀及其對現實的見解，那就無法去理解其性格。中國偉大的古典文學作家，在人物典型的塑造時，或是説在作品中揭示出主角的人物性格時，都能注意到他性格中所流露出的世界觀，加以描寫。《紅樓夢》對於賈寶玉、林黛玉和薛寶釵等主要人物的塑造，就是這樣。

薛寶釵是怎樣一個人呢？我們可以通過她的一些言論、行動來加以體會。

寶玉曾把姊妹們所作的幾首白海棠詩寫在扇上，引起了寶釵的議論：

> 倘或傳揚開了，反爲不美。自古道"女子無才便是德"，總以貞静爲主，女工還是第二……咱們這樣人家的姑娘，倒不要這些才華的名譽。

黛玉無意中説了一句《牡丹亭》，一句《西廂記》，寶釵認爲：

> 所以咱們女孩兒家不認得字的倒好。男人們讀書不明理，尚且不如不讀書的好，何況你我？就連作詩寫字等事，

這並非你我分內之事，究竟也不是男人分內之事。男人們讀書明理，輔國治民，這纔好了。衹是如今並聽不見有這樣的人？讀了書，倒更壞了。……你我衹該作些針綫紡織的之事纔是。偏又認得幾個字；既認得了字，不過揀那正經書看也罷了，最怕見了些雜書，移了性情，就不可救了。

寶琴作了十首懷古詩，衆人都道奇妙。因爲後兩首詠的是《西廂記》與《牡丹亭》故事，寶釵認爲須重作：

> 前八首都是史鑑上有據的，後兩首卻無考，我們也不大懂得，不如另作兩首爲是。

在賈府的没落崩潰過程中，探春、李紈曾企圖挽救，作者讓她們接替鳳姐理家。寶釵也從旁協助。寶釵認爲探春原是竟連朱夫子一篇不自棄之文也没看見：

> 朱子都行了虛比浮詞？那句句都是有的。你纔辦了兩天事，就利慾熏心，把朱子都看虛浮了。

黛玉對賈府"上上下下，都是一雙富貴眼睛"是輕視的，她認爲"我原是民間丫頭"。對於煊赫豪華的皇室國親像北靜王之流，她衹看作是"臭男人"而已。作詩"不犯着替他們頌聖去"。寶釵樂於"待選"，開口便謂"金殿對策"。她對寶玉的"無事忙""少經緯"是不滿意的。寶玉挨打，寶釵惋惜着没有"早聽人一句話""仕途經濟"的話。寶玉對她的生活態度是不以爲然的，衹説：

> 好好的一個清净潔白女兒，也學的沽名釣譽，入了國賊禄蠹之流！這總是前人無故生事，立意造言，原爲引導後世的鬚眉濁物。不想我生不幸，亦且瓊閨綉閣中亦染此風，真真有負天地鍾靈毓秀之德了。（因此禍延古人，除《四書》

外，竟將別的書焚了。)①

寶釵對受苦難者、被壓迫者是怎樣看法呢？金釧兒被王夫人無理攆了出去，因而投井自殺。連襲人也想素日同氣之情，流下淚來。寶玉遍體純素，私祭金釧。寶釵在王夫人前是這樣說：

> "也不過是個糊塗人，也不爲可惜。"王夫人點頭歎道："這話雖然如此說，倒底我心不安。"寶釵歎道："姨娘也不必勞神，念念於茲。若十分過不去，不過多賞他幾兩銀子，發送他，也就盡主僕之情了。"

此例尚多，無煩縷述。

顯然，寶釵是封建社會統治階級所要求的婦女的正面人物。她認爲"女孩兒家不認得字的好"，"連作詩寫字等事，這並非你我分內之事"。她勸寶玉爲官做宰，自己也樂於"備選擇爲公主、郡主入學陪侍，充爲才人、贊善之職"。她對封建社會的上層建築——科舉制度、官僚制度、家族制度、婚姻制度、奴婢制度等等，都是肯定的、擁護的。她的世界觀的實質，也就是禮教的忠實的實踐者的理想。寶玉、黛玉處處站在反傳統的一面來理解生活，來理解人。一切傳統的封建道德標準，都受到他們的譏諷、蔑視與否定。寶玉、黛玉所叛逆、所反對的，正是寶釵所竭力肯定的。當時，封建統治階級的思想還是社會的主導思想，那麼寶玉、黛玉的性格表現，被一般人認爲"癡""怪""瘋癲""尖酸"

---

① 後兩句，曹雪芹通過寶玉的嘴，尖銳地提出問題，控訴封建統治階級。這種民主思想，可能是受顧亭林的影響，《日知錄》中有類似的話。今程本刪去這兩句，可見高鶚封建思想意識較濃厚。戚本批語："今人但抱守一部《四書》，謂世界道理，止於此矣。遂將他書焚卻，嗚呼！此《紅樓》之所以作也！今本將此二句刪去，此種人不許讀此種書。"批者是能領會《紅樓夢》的積極性的，因標而出之。

“小心眼兒”；而寶釵的性格表現，被一般人認爲“行爲豁達”“安分隨時”“品格端方”“渾然大雅”，這種認識是可以理解的。在同一卑污醜惡的環境中，有的與環境是格格不入，採取反抗的態度；有的與環境是膠漆相融，採取阿諛的態度。那麼與環境格格不入的，被目爲“孤高自許”；與環境膠漆相融的，被目爲“安分隨時”，這一社會現象也可以理解了。

薛寶釵是處於怎樣一個家庭環境中的呢？她生於豪門皇商之家，“原係金陵一霸”。哥哥薛蟠，是一個酒色荒淫的“呆霸王”。這樣一個家庭，她是肯定的。她不滿意哥哥，可是她的不滿意，並不是因爲他“仗勢倚財”打死了人，一走了之，而對被壓迫者的同情，對壓迫者的憎恨；相反，她祇是不滿意他的敗家子行爲，因爲這樣做會使她的家庭不再繼續繁榮。敗家子行爲，原是不合封建道德規範的，所以，她祇想勸勸他，不再“吃酒閒逛”，也就“明白過來”了。嫂嫂夏金桂，這一人物露骨地反映了官僚地主階級婦女的醜惡。寶釵起初是想團結她的，團結不了，暗以言語彈壓。她認爲金桂的胡作非爲，不利於維持薛家的穩定局面。她認爲女子應該“溫雅和平”，媳婦要聽婆婆的話，妻子要聽丈夫的話。“和和氣氣的過日子，也省得媽媽天天爲咱們操心”，鬧得“家翻宅亂”，“難道都不怕親戚們聽見笑話了麼？”她是因爲這樣纔蔑視夏金桂的。程本護花主人評語云：“金桂撒潑，越顯出寶釵涵養。”對醜惡的包容，實際上正是對寶釵“渾然大雅”的有力諷刺，從這裏我們可以看出寶釵的“溫恭和平”的本質。

二

詩與性格的統一，這又是《紅樓夢》現實主義創作方法的一個表現。作者是善於掌握不同人物性格，體現於不同詩的内容

與風格中的。林黛玉與薛寶釵的生活態度不同,她倆在詩中所
體現的生活感受自然便也不同。

> 白玉堂前春解舞,東風捲得均勻。蜂團蝶陣亂紛紛。
> 幾曾隨逝水,豈必委芳塵。　萬縷千絲總不改,任他隨聚隨
> 分。韶華休笑本無根。好風憑借力,送我上青雲。①

這是薛寶釵所作《柳絮詞》【臨江仙】:陽春三月,白玉堂前,柳絲
在飄蕩。柳絲飄蕩得很好,一陣風吹來,剛剛捲得很勻稱。蜂兒
蝶兒,熙熙攘攘,十分忙亂。可是柳絮並沒有迷失了方向,既未
追逐流水,也不委落芳塵。絲絲縷縷,聚聚散散,總是有條有理
的。韶光呵,不要笑我是無根之物。多謝你,借我一陣好風,把
我送上青天。薛寶釵對於她的現實生活是滿意的,她懂得既生
活在這個現實中,就得適應這個現實,抓緊這個現實,然後占有
這個現實。所以她是"拿定主意,不干己事不開口,一問搖頭三
不知","尊上睦下","小惠全大體"。柳絮詞中所反映的她的生
活感受也是這樣。她把她的生活感受體現在柳絮上,用柳絮自
比,同時也流露了她對於生活的看法。寶釵是可以與許多人和
平共處的,"蜂團蝶陣亂紛紛",環境怎樣惡劣,她都是有辦法應
付的。機會好,還可以再爬高一層。

寶釵在另一些詩篇中也流露了性質相同的思想感情,例如
《螃蟹詠》中説:

> 眼前道路無經緯,皮裏春秋空黑黃。

嘲笑螃蟹的橫衝直撞,實際她是借來諷刺世人的傻勁,大吃其
虧,甚至白送了性命,人家卻是安然無恙。

------

① 　下半闋首句,戚本作"萬縷千絲不改"。按詞律,【臨江仙】上、下闋首
句字數六六或七七,無參差作七六者,程本加"總"字。

> 於今落釜成何益，月浦空餘禾黍香。

寶釵認爲"胸有城府"是好的。試看她在《詠白海棠》詩：

> 淡極始知花更艷，愁多焉得玉無痕。

以高情自許，瞧不起多愁善感的人。聯繫她當時的情勢看，這兩詩中所含的譏刺，自然直接是用來批判黛玉與寶玉的。對於寶玉她曾說"他如今說話越發没了經緯"，這是很好的證見。

寶釵這一性格的養成，是由於她的世界觀與對現實的看法所決定的。

再看林黛玉對於柳絮的看法，就不同了：

> 粉墮百花洲，香殘燕子樓。一團團逐隊成毬。飄泊亦如人命薄，空繾綣，説風流。　草木也知愁，韶華竟白頭。歎今生誰舍誰收？嫁與東風春不管，憑爾去，忍淹留。

這是林黛玉所作《柳絮詞》【唐多令】：她祗是"飄泊""命薄"的感覺，是被壓迫者的感情。黛玉藉此發洩對現實的不滿、失望的悲哀之感。這是中國婦女受多重苦難的反映。黛玉是與社會現實格格不入的，在這一社會裏，也没有她生存的權利——"嫁與東風春不管"。社會給她的重壓，試看《葬花詞》中她的哀唱：

> 一年三百六十日，風刀霜劍嚴相逼。

在她的天真純潔的靈魂中，是放不下一粒沙子的：

> 質本潔來還潔去，强於污淖陷渠溝。

她反抗禮教、庸俗的回響是冷淡、孤立。在《菊花詩》中她歎息着：

> 孤標傲世偕誰隱？一樣花開爲底遲。

黛玉孤傲頑强的性格，也與她的世界觀、她對現實的看法是統一

的,她對被壓迫者、受苦難者是同情的。在《五美吟》中,她歌頌紅拂,敢於背叛"權重望崇"的楊素而私奔李靖:

> 屍居餘氣楊公幕,豈得羈縻女丈夫!

輕視西施,認爲東鄰女堅持浣紗是可貴的:"效顰莫笑東鄰女,頭白溪邊尚浣紗。"認爲石崇是玩弄綠珠:"瓦礫明珠一例抛,何曾石尉重嬌嬈。"認爲黥布、彭越做漢高祖的鷹犬,是没有意義的。她同情失敗的英雄與美人:"黥彭甘受他年醢,飲劍何如楚帳中?"以爲明妃出塞,責任應該由漢王來負,不僅是畫工的過錯,明妃是受苦難者:

> 絶艷驚人出漢宫,紅顏薄命古今同;君王縱使輕顏色,
> 予奪權何畀畫工?

有人認爲林黛玉說這些話是"多愁善感",實在是停留於表面的誤解! 可見林、薛在詩創作上的性格對立是何等明顯! 俞平伯先生不從人物的世界觀及其對現實的看法來分析人物性格,而是抽掉其社會意義,一會兒說:"釵則寫其城府深嚴,黛則寫其口尖量小,其實都不能算全才。"一會兒說:"且書中黛、釵每每並提,若兩峰對峙,雙水分流,各極其妙,莫能上下。"把正、反人物典型混爲一談,同時也掩蓋了現實的矛盾。

三

《紅樓夢》的反封建,主要體現在婚姻問題上,特別是寶玉、黛玉、寶釵的婚姻上。當然所反映的問題不僅於此,它的社會意義也遠出於此。

賈、林的愛情,是建築於思想統一的基礎上的,他倆情投意合,這一點寶釵是瞭解的:

忽見寶玉在夢中喊罵説:"和尚道士的話,如何信得。什麼是金玉姻緣,我偏説是木石姻緣!"薛寶釵聽了這話,不覺怔了。

賈、林有時雖也鬧彆扭,這是生怕愛情落空而鬧的,鬧的結果是把問題挖掘得更深,也就進一步地契合。

林黛玉啐道:"我難道爲叫你疏他?我成了個什麼人了呢?我爲的是我的心。"寶玉道:"我也爲的是你的心。你難道就知道你的心,不知我心不成?"黛玉聽了,低頭不語。

寶釵關注的重點不在於愛情,她的目標,是爭取寶玉夫人的名位。她善於控制感情,她的暗鬥,也是不容易覺察的。作者在某些場合中還是顯示給我們了。在"綉鴛鴦夢兆絳芸軒"一回中,寶釵"剛剛的也坐在襲人方纔的所在",替寶玉綉紅蓮綠葉、五色鴛鴦、白綾紅裏的兜肚。難道完全是偶然嗎?作者卻又故意通過黛玉的眼中寫出來:

林黛玉卻來至窗外,隔着紗窗,往裏一看,祇見寶玉穿着銀紅紗衫子,隨便睡着在床上。寶釵坐在身旁作針綫。傍邊放着蠅帚子。黛玉見了這個景兒,連忙把身子一藏,手握着嘴,卻不敢笑出來。

我們能説寶釵對於自己的終身大事,真是"渾然不覺"嗎?作者卻又側面通過薛蟠的嘴揭穿了她的僞裝:

"好妹妹……我早知道你的心了。從先媽和我説:你這金鎖,要揀有玉的,纔可配。你留心了,見寶玉有那勞什子,你自然如今行動護着他。"話未説了,把個寶釵氣怔了。

要爭取寶玉夫人的名位,寶釵懂得婚嫁的決定不是在男女本人,而是他的家長。所以寶釵見寶玉倒反回避了。"薛寶釵因往日母親對王夫人等曾提過金鎖是個和尚給的,等日後有玉的方可結爲婚姻等語,所以總遠着寶玉。"在賈母、王夫人等處獻殷勤,使她們看來是極好的兒孫媳婦。"千真萬真,從我們家四個女孩兒算起,都不及寶丫頭。"寶釵是"拿定主意"的"萬縷千絲終不改,任他隨聚隨分"。賈府上上下下,她終是採取奉迎、阿諛、聯絡、拉攏的態度,祇有個別的人用打擊、制服方式。她懂得賈母年老人,喜歡熱鬧戲文,愛吃甜爛之食。賈母問她,她便依她歡喜的説了出來。點戲時,她便點一折《西遊記》,賈母自是歡喜。賈母要抹骨牌,她就説"我是爲抹那骨牌纔來了"。金釧被王夫人攆了出去,被逼自殺,王夫人感覺良心上受譴責,她佯裝不知,忙去安慰,花言巧語地説:

> 姨娘是慈善人,固然是這麼想。據我看來,他並不是賭氣投井,多半他下去住着,或是在井跟前憨玩,失了腳掉下去的。他在上頭拘束慣了,這一出去,自然要到各處玩玩逛逛,豈有這樣大氣的理。縱然有這樣大氣,也不過是個糊塗人,也不爲可惜。

寶釵是毫無正義感的,她哪裏會把下人當"人"看待。鳳姐兩面三刀,黛玉罵她"貧嘴賤舌",背後又説她不是好樣:

> 你們這起人,不是好人,不知怎麼死。再不跟着好人學,祇跟鳳姐學的貧嘴賤舌的。

寶釵正是向這貧嘴爛舌學的,而且是向她討好的:

> 寶釵在旁笑道:"我來了這麼幾年,留神看起來,二嫂子憑他怎麼巧,再巧不過老太太。"

這是多麼巧妙的諛言! 襲人,寶釵是拉攏她的。首先,發覺她有識見,接着套問他的身世:

> 又聽襲人歎道:"姊妹們和氣,也有個分寸禮節,也没個黑

家白日鬧的。憑人怎麽勸，都是耳旁風。"寶釵聽了，心中暗忖道：倒別看錯了這個丫頭，聽他説話倒有些識見……慢慢的閒言中套問他年紀、家鄉等語，留神窺察其言語志量，深可敬愛。

臭味相投，以後愈加親密了：

> 寶釵笑道："你不必忙，我替你作些如何？"襲人笑道："當真的這樣，就是我的造化了。晚上我親自送過來。"

史湘雲到賈府來，起先是住在黛玉房中的。後來認爲黛玉"口裏不讓人"，"寶釵素日待他原好"，便與寶釵同榻而卧了。

寶釵博得賈府上上下下的青睞、愛戴，主要是因爲他們對於社會現實的看法是統一的，在生活態度上没有本質上的矛盾。

黛玉是寶釵的情敵，寶釵雖不與之明爭，卻很懂得與之暗鬥，這樣對她更有利。小紅、墜兒在滴翠亭上談曖昧的勾當，她走近了這個地方，理會到"人急造反"的話，便想出了金蟬脱殼的妙計，輕易地就把怨毒結在黛玉身上了：

> 寶釵便故意放重了脚步，笑説道："顰兒，我看你往那裏藏。"一面説，一面故意往前趕。那亭内的小紅、墜兒剛一推窗，祇聽寶釵如此説着，往前趕，兩個人都嚇怔了。

寶釵是善用心機的，有一次，黛玉無意中説了一句《牡丹亭》，一句《西厢記》，她抓住了這一弱點，婉而多諷地訓誨她。在禮教勢力還是十分頑强的時候，這襲擊是有力量的。

接着寶釵從另一方面進攻。黛玉病弱，她便託人把燕窩送來，軟語去撫慰她。這似乎是好意，但事實並不很簡單。這使黛玉産生錯覺，"感念寶釵"，實際是從心理上把她俘虜過去。

黛玉祇是單純的用尖鋭的言語揭發人家的庸俗，兩人相比，是不可以道里計的。寶釵開畫單子，她笑她連"嫁妝單子也寫出來了"。結果是慘遭失敗：

> 忙央告道："好姐姐饒了我罷。顰兒年紀小，祇知説，不知道輕重，作姐姐的教導我，姐姐不饒我，我還求誰去？"

寶釵對黛玉似乎是蠻不差的：

> 猶記"孤標傲世偕誰隱，一樣花開爲底遲"之句，未嘗不歎冷節遺芳如吾兩人也。

> 吟復吟兮，寄我知音。

寶釵卻頂替黛玉之名，趁寶玉昏迷之際，和寶玉結婚了！真講義氣情分的人，對"知音"是不能這樣做的。

這場鬥爭，表面上寶釵勝利了。寶釵既得寶玉夫人名位以後，她原是不滿意寶玉的行誼的，於是便約束寶玉，防止他思想泛濫，面貌與前不同了。這又可見寶釵不是絕對的三從四德的。

當寶玉哭着要去和林妹妹死在一處時，寶釵的態度是強硬的：

> 你放着病不養，何苦説這些不吉利的話！……老太太一生疼你一個，如今八十多歲的人了！……太太更是不必説了！……我雖是薄命，也不至於此——據此三件看來，你就要死，那天也不容你死的。所以你是不能死的！

當寶玉聽説妹妹探春遠嫁，感到生離死別的苦痛時，寶釵卻説出異常狠辣的話來：

> 據你的心裏，要這些姐妹都在家陪你老了，都不要爲終身的事麼？若説別人，或者還有別的想頭，你自己的姐姐妹妹，不用説沒有遠嫁的，就是有，老爺作主，你有什麽法兒？打量天下獨是你一個人愛姐姐妹妹呢？若是都象你，就連我也不能陪你了。

這是不成話的："或者還有別的想頭"，"你有什麼法兒"，"就連我也不能陪你了"，當寶釵爭取到是賈府一員，地位趨向穩固，統治者的面目便猙獰起來了。

當寶玉不滿意於甄寶玉時，寶釵便趁勢把寶玉搶白一場：

> 做了一個男人，原該要立身揚名的。誰象你一味的柔情私意，不說自己沒有剛烈，倒說人家是祿蠧！

黛玉因感情抑鬱而死了；寶玉逃走了；寶釵勝利了——這三者難道說沒有必然的内在聯繫嗎？寶釵究竟是封建正統風範的代表者，還是爲了自己而殘害別人的自私者？這兩者是可以統一的。

四

如果説，在封建社會裏，婚姻的契約"是不經當事者的參加而解決的一件事"，"婚姻不是由當事人締訂的，而是由他們的父母主持的，當事人則安心順從"（恩格斯《家庭、私有制和國家的起源》），這是由於封建私有制及其形式所決定的。那麼，《紅樓夢》所創造的形象——賈寶玉、林黛玉的"凡心偶熾"、追求自由情愛，便具有反抗這一制度及其決定形式的進步意義。這也反映了深受封建壓迫的衆多青年男女的合理願望。薛寶釵的追求寶玉夫人的名位，則説明在封建婚姻制度下"夫妻的情愛並不是主觀的而是客觀的義務，不是結婚的基礎，而是結婚的附加物"（同上引）。所以寶釵希冀於寶玉的，是仕途經濟，寶釵顯然是適應并擁護這一制度的。在封建統治階級那裏，寶玉的婚姻，是挑選與寶玉思想統一的具有反抗、叛逆性格的黛玉，還是挑選擁護、適應封建主義的寶釵？這是不言而喻的。像賈政、賈母、王夫人、鳳姐等，不同意寶玉、黛玉的戀愛，反對他們的婚姻，這是封建社會中具有代表性的悲劇性事件，是有典型意義的。《紅樓夢》通過生活，通過人物性格，把這一制度的本質體現出來了。

《紅樓夢》的人物描寫是豐富的。它創造了各色各樣的典型人物，而且都是放在一定的鬥爭環境中來寫的。在賈府大觀園這一環境裏，在王夫人的周圍，鳳姐、寶釵、襲人，她們都是擁護封建制度與統治者的利益的。但她們各自所處的社會地位不同，所以她們所表現的人物性格的特點也不同：鳳姐是這一社會集團統治者內部的人物，她表現爲敢作敢爲；寶釵地位還未鞏固，正在爭取作爲賈府統治者的一員，她表現爲小心謹愼；襲人是處於僕從與奴才的地位，努力爭取爬上高層，她表現爲委曲求全，低首下心。鳳姐對王夫人是討好的，王夫人對她是信任的；寶釵對王夫人是奉命阿諛，王夫人對她是靑睞撫愛；襲人對王夫人是賣身投靠，用告密的方式來博取她的信賴與歡心，王夫人對她給以特殊待遇、提拔。這些人的生活表現，都是由於她的社會地位所決定的。在封建社會裏，作爲僕從與奴才的人，他們都是"應分"與"忠心耿耿"爲主子利益服務，同時又是與爲自己利益服務相結合的。有的是忍氣吞聲，甘受壓迫，但結果是默默無聞。這些人可能是極老實的人，性格善良而愚蠢的。有的是忍氣吞聲，甘受壓迫而懂得鑽營奉迎，企圖一朝登天，爬上去，他們的行爲是假仁假義、心機深重和貪生怕死，襲人就是這種人物。另一種人敢於要求自由，不肯屈服，那便不爲社會現實所容。晴雯被攆出了大觀園，這是很明顯的例證。正因爲《紅樓夢》是以現實主義的手法來寫的，大觀園是一定時代、社會的縮影，所以鳳姐、寶釵、襲人這一些人物，有廣泛的社會現實意義。《紅樓夢》創造鳳姐、寶釵的形象，個性中又有共性。寶釵，當她取得寶玉夫人地位以後，敢說敢爲的風格已萌芽起來。這樣發展下去，某些方面，她很可能步鳳姐的後塵。"權位""應分""忍氣""忠心耿耿"爲主子與她們自己的利益服務,她們的表現上雖有程度的差異,本質上是相同的。《紅樓夢》中寫寶釵的性格,鳳姐批評她:"拿定主意,不干己事不開口,一問搖頭三不知。"有一次,寶玉要王夫人替黛玉配一料極貴重的藥,要寶釵作證。寶釵知道王夫人怕花錢,搖頭推說不知道,鳳姐卻在旁爲他證實了。寫襲人的性格,有一次寶玉淋了一身雨跑回怡紅院,把襲人當作小丫頭,一腳踢得她吐血,使襲人把自己平日"爭榮誇耀之心盡皆灰了,眼中不覺流下淚來"。可是她不但不埋怨寶玉,反而力勸他不要聲張,不要驚動他人。這些表現,難道是說明鳳姐比寶釵老實,襲人比寶釵忠厚?相反,在寶釵、襲人的個性中,又反映了她們的社會地位所決定的共性。寶釵小心謹慎,襲人委曲求全,她們懂得得罪人家正是葬送自己,她們的"下心"正反映了她們的"深心"。

社會典型不是個別人物的特點,而是那些在一定的歷史時代爲某個社會集團、社會環境所共有的、本質的、主要的特點。寶釵、鳳姐、襲人在這一方面,正表現了她們是社會的典型,而不是個別人物的特點。寶釵、鳳姐、襲人這一典型性,在今天,雖然處於不同的時代、不同的階級,但還是經常可見的,這說明不同的社會環境也可能有共同的典型特徵,因爲社會並不是在彼此機械孤立的狀態中存在的。這更可說明《紅樓夢》在中國社會的典型的現實意義。

薛寶釵終於爲封建社會所吞滅,在她勝利的同時,也就葬送了自己。她的毀滅是無可懷念的,我們應該擯棄這樣的人物性格。

編者說明:本文據手稿錄編,原題《薛寶釵是封建制度的擁護者》,今題爲編者酌擬。本文亦刊於《當代日報》(杭州)1955年3月13日(周日)二版,題:《談林黛玉和賈寶玉》,內容大同小異,略。引文據人民文學出版社《紅樓夢》(1957年版、1964年2月第三版)核對。

石奇神鬼搏　木怪虎狼蹲

——試析妙玉的身世

妙玉在《紅樓夢》裏列於金陵十二釵中。曹雪芹自云："忽念及當日所有之女子,一一細考較去,覺其行止見識,皆出於我之上。…… 編述一集,以告天下人。"①一般理解,曹雪芹所見之女子,乃指林、薛諸人,其實,妙玉也在其內。曹雪芹塑造妙玉形象,惜墨如金,渲染不多。但蜻蜓點水,烘雲托月。妙玉的身世、環境、性格,寫得精微巧妙。妙玉爲人,與寶釵迥異其致。"托跡空門,原爲有所協逼而逃。寄寓園中,與賈府諸貴,邈不相干,妙玉白眼向之。自號檻外人,庶冀不爲濁流所涸。"②面冷心熱,如有隱憂。妙玉是貴族家庭中的"孀娥",在特殊環境下,失去依托的特殊女性。妙玉的經濟生活,看來早先不亞於賈府,③伴青燈,對古佛,是不必要的。④ 但她沒有政治地位,受到"貴勢"欺

---

①　見戚本《石頭記》第一回。以下引文、引詩皆據戚本(人民文學出版社　有正石印大字本　1975 年),並簡舉回次。

②　參考湯艾《〈紅樓夢〉試探·妙玉》。此文寫就,受湯先生啓發殊多,特此表示感謝。

③　從第四十一回寫櫳翠庵品茶及妙玉在庵中生活,不受賈府供養,可見其經濟情況。

④　窮人出家,輒爲生活所逼,或受宗教麻痹,修修來世。

淩,壓力刺激較大,無法在閨房生活下去,總得想條出路。"辜負
了紅粉朱樓春色闌""到頭來依舊是風塵骯髒違心願","落在污垢
之中"。① 這都是被迫的。妙玉在封建營壘中意圖反了出來,卻是
反不出來,實是受害者。《紅樓夢》中所塑造的妙玉形象,有其社
會意義,有其典型性,我看至少比惜春寫得更爲重要、更爲深刻。

妙玉的身世之痛

《紅樓夢》第十八回:林之孝家的向王夫人回話,介紹妙玉云:

> 外有一個帶髮修行的,本是蘇州人氏,祖上也是讀書仕
> 宦之家。因生了這位姑娘自小多病,買了許多替生兒,皆不
> 中用,促的這位姑娘,親自入了空門,方纔好了,所以帶髮修
> 行。今年纔十八歲,法名妙玉。如今父母俱已亡過,身邊祇
> 有兩個老嬤嬤、一個小丫頭伏侍。文墨也極通,經文也不用
> 學了。模樣兒又極好。因聽見長安都中有觀音遺跡,並貝
> 葉遺文,去歲隨了師父上來,現在西門外牟尼庵住。……王
> 夫人不等回完,便説:"既這樣,我們何不接了他來。"林之孝
> 家的回道:"請他,他説:'侯門公府,必以貴勢壓人,我再不
> 去的'。"王夫人笑道:"他既是官宦小姐,自然驕傲些,就下
> 個帖子請他何妨。"林之孝家的答應了出去。

林之孝家的這番話,我們結合《紅樓夢》中對於妙玉的種種
描寫,就可發覺有數處與事實不符。一是"促的這位姑娘,親自
入了空門"另有原因,書中所寫妙玉不像自幼多病;二是妙玉經
歷一番磨折,到京都來,不是"十八歲",當在二十歲以上。林之

---

① 見第五回。

孝家的所以這樣說：一是得之傳聞；二是奴才説話，逢迎主子胃口；三是妙玉諱言身世之痛，爲她掩飾，因而形成這樣的傳説。自然也有妙玉的真實歷史在内。妙玉是讀書仕宦之家的姑娘，妙玉說道："侯門公府，必以貴勢壓人。"這話值得注意。可見妙玉是吃過貴勢欺壓之苦的。

《紅樓夢》第六十三回邢岫煙又向賈寶玉介紹妙玉道：

> 我和他做過十年的鄰居，祇一墻之隔。他在蟠香寺修煉，我家原寒素，賃的是他廟裏的房子。住了十年，無事到他廟裏去作伴。我所認的字，都是承他所授。我合他又是貧賤之交，又有半師之分。因我們投親去了，聞得他因不合時宜，權勢不容，竟投到這裏來。如今又天緣湊合，我們得遇，舊情竟未改易，承他青目，更勝當日。……他常説：古人中自晉、漢、五代、唐宋以來，皆無好詩，祇有兩句好。説是："縱有千年鐵門檻，終須一個土饅頭。"所以他自稱檻外之人。又贊文是莊子的好，故又或稱爲"畸人"。

邢岫煙與妙玉，"做過十年的鄰居'，她的話是可靠的。[1] 這裏有些話，值得重視。一是妙玉不嫌邢岫煙"寒素"，篤於"貧賤之交"，十年後相遇，"更勝當日"。二是妙玉"因不合時宜，權勢不容，竟投到這裏來！"這裏值得深思，妙玉緣何出家？在蟠香寺修煉，受到怎樣的遭遇？顯而易見，妙玉是長期受到"貴勢""權勢"的壓抑與摧殘的！

邢岫煙介紹妙玉欣賞："縱有千年鐵門檻，終須一個土饅頭"這兩句詩。這是妙玉借他人酒杯，澆我胸中塊壘。不問范成大原意如何，妙玉總是結合她的感受來理解的。"貴勢""權勢"的

---

① 參考湯艾《〈紅樓夢〉試探·妙玉》。

"鐵門檻"，妙玉大吃其苦。妙玉原不自外於"閨閣"①，貴勢逼得她非逃出"鐵門檻"不行。日以眼淚洗臉，妙玉有什麼辦法鬥得過他們？祇得氣憤地說：看你們吧！竹籃子提水一場空，"終須一個土饅頭"。妙玉自稱爲"檻外人"，贊美"畸人"。這是妙玉長期受貴勢、權勢摧殘的見證。所謂"畸人"，按莊子的說法是："乖異人倫，不耦於俗。"妙玉"不合時宜"，實是反抗的一種表現。看到妙玉這樣的身世，還能投之以石嗎？

　　關於妙玉，大家都會聯想《紅樓夢》第七十六回："凹晶館聯詩悲寂寞"吧，林黛玉和史湘雲這兩位姑娘是大家族的邊緣人物，都是"父母不在"，"旅居客寄之人"，"忝在富貴之鄉，祇你我就有許多不遂心的事"，各遭冷遇，各懷委屈。兩人蹓到凹晶館來，靜悄悄地聯詩，興之所至，一聯聯到夜深人靜。大觀園中黑古隆冬，"壺漏聲將涸，窗燈焰已昏"，"寒塘渡鶴影"，已夠冷了。再聯下去，吟到"冷月葬花魂"，竟有黯然銷魂之感。這種場合，王熙鳳、薛寶釵是決不會來的。妙玉來得正好，可能也有同感吧！妙玉聽到寒塘冷月之句，就說"詩句雖好，祇是過於頹喪淒楚"，妙玉對於前途，主觀願望，仍想見到一些光明，因想續上幾句，把它翻轉過來；但事與願違，林、史聯句，還有些愉悅、希冀之情，"撒天箕斗燦，匝地管弦繁"，"幾處狂飛盞，誰家不啓軒"和"藥經靈兔搗"，"人向廣寒奔，犯鬥邀牛女"，"乘槎訪帝孫"，而妙玉聯的，更爲淒涼險怪，爲什麼呢？言爲心聲。妙玉吟的是"真情真事"，"歸到本來面目上去"。她的"閨閣"中的身世之痛和擺在她面前的慘痛勝於林、史，自然都是淒楚之詞了。這裏，試將妙玉續詩分析於下：

①　第七十六回，妙玉對林、史二人說："且去搜奇檢怪，一則失了咱們的閨閣體。"可見妙玉寄寓櫳翠庵，思想深處，猶不自外於"閨閣"。

妙玉續詩二十六句，十三韻。首兩句道：

香篆銷金鼎，脂冰膩玉盆。

"金爐香篆，玉盆冰膩"，這兩句寫大家姑娘、少婦的閨閣生涯，寫得"有興"。這是妙玉有意"翻"史、林"寒塘""冷月"之句而寫的。妙玉接着吟道：

簫增嫠婦泣，衾倩侍兒溫。空帳懸文鳳，閑屏掩彩鴛。

妙玉寫閨閣生涯，前聯泛泛而談，這兩聯很快一轉，卻吟到點子上了。鳳簫聲咽，嫠婦啼泣，鳳帳空懸，鴛屏虛掩，寫嫠婦之怨之泣，人海茫茫，春閨寂寂。妙玉接着聯道：

露濃苔更滑，霜重竹難捫。猶步縈紆沼，還登寂歷原。

丈夫死後，嫠婦的處境就難了。許多問題，紛至沓來。"露濃苔更滑"，沒有前途；"霜重竹難捫"，沒有依靠。"猶步縈紆沼"一段時間，祇是徘徊、徬徨。"還登寂歷原"，終於跨上寂寞的征途。妙玉因又吟道："石奇神鬼搏，木怪虎狼蹲。"奇石好像鬼神搏鬥，怪木好像虎狼蹲伏。這是抽象地描寫嫠婦征途所見，實際是概括地寫她的人世遭遇，環境險惡。妙玉接着聯道：

贔屭朝光透，罘罳曉露屯。振林千樹鳥，啼谷一聲猿。

碑座的石龜上顯露出朝日的微光，城角的屏障上聚集着清晨的露珠，似乎可以看到一綫希望，像千林之鳥可以振作一下，然而伴隨着的，還是啼猿似的悲哀。妙玉接着又吟道：

歧熟焉忘徑，泉知不問源。

嫠婦所受的痛苦、折磨，經歷慣了。叉道雖多，熟悉後哪能忘記路徑！泉水流長，知道後不必再去尋問源頭。過去的事，祇能不了了之，何必問個一清二楚。妙玉因又吟道：

　　鐘鳴攏翠寺,雞唱稻香村。

攏翠寺的晨鐘已經敲響,稻香村的雞也在高唱。前面寫的是過去的事,這裏寫的是現在的事。妙玉聯句,蜻蜓點水,扣到現實上來。大觀園中,李紈是孀婦,住在稻香村,但李紈無此心情,經歷也不符。攏翠庵中現住的祇是妙玉。那麼,這許多話,顯然妙玉在説她自己。香篆兩句是寫她的閨房生活,簫增四句是寫她的孀居之怨之泣。"露重苔更滑"至"泉知不問源"十二句是寫她丈夫死後遭遇險惡。受"貴勢"欺壓,不得已托身空門。到了蟠香寺,又爲"權勢不容",祇得投到攏翠庵來。逃避"權勢",幻想有個寄跡之所,時思振作,伴隨着的祇是悲哀。從"簫增"到"問源"十六句,妙玉訴苦,傾吐她的身世之痛。妙玉被剥奪了一切做人的權利。難道是她自己該死,不值得同情嗎? 黛玉可以結社吟詩,傾吐哀怨,妙玉没有這點權利。若不是凹晶館聯詩,她有什麼機會可以一吐"苦情"呢? 説了可能對她更爲不利,祇能把它忘掉算了,何必去追根問源。妙玉又續吟道:

　　有興悲何繼,無愁意豈煩? 苦情祇自遣,雅趣向誰言。
　徹思休云倦,烹茶更細論。

這六句是妙玉寫她現在的生活,她到攏翠庵來比在蟠香寺、牟尼庵有些樂趣,但也是擺脱不了悲哀的境遇,悲就來了。看來無愁卻有煩惱。"無愁意豈煩?"她反問道:這爲什麼呢? 因爲她的"苦情",祇能自遣;她的"雅趣",向哪個傾訴呢? 妙玉面冷心熱,這是封建統治階級壓得她變爲"畸人"的。今日幸遇黛玉、湘雲,她徹夜地思索,不知疲倦,煮起茶來,再細細地暢談。

　　妙玉孀居,《紅樓夢》在另一場合,尚有透露。第五十回,寶玉吟《訪妙玉乞紅梅》詩中道:"爲乞孀娥攏外梅",黛玉説是"巧湊",固指"攏外梅",但也説明大家都認妙玉爲"孀娥",是個寡婦。孀娥,脂本作"嫦娥",但嫦娥是背夫離居的。詩不像散文那樣直說,妙玉聯詩,點到爲止,並未細論,讓讀者想去,這是曹雪芹高明的地方。誰解其中味?二百年來,可惜對於妙玉身世,很少這樣理解。

妙玉的潔癖性格

　　一個人的性格,是可從他與人的關係,及其處世的態度來看。曾聽彈詞玉蜻蜓,蘇州大爺沈貴昇在虎丘山庵堂遊蕩,玩弄師太。看來妙玉寄寓牟尼庵中,外來紛擾,是隨時會有的。妙玉投到賈府來,賈府是四大家族之一,那時"真是烈火烹油,鮮花着錦之盛",人家不敢窺覷,但一個絕色女子,住在櫳翠庵中,賈府中玉面王孫,就不會橫加蹂躪嗎?試看尤二姐、尤三姐寄居府中,賈珍、賈璉、賈蓉兄弟、父子、叔侄就把她倆當個"粉頭取樂",二姐入了圈套,落得"覺大限吞生金自逝";三姐不同,"是個斬釘截鐵之人",出淤泥而不染,卻被逼得撕下面皮,"露着葱綠抹胸","揮霍灑落"這班禽獸一陣,教人誤解"東府裹,除了兩個石頭獅子乾淨",從而"情小妹恥情歸地府"。妙玉住在櫳翠庵中,玉面王孫,會看相她,妙玉爲了保護自己,必須採取特殊辦法:性情孤僻,她看人家都不如她高潔,人家看她一點不近人情,不敢去接近她,道理就在這裹,這是可以理解的。

　　妙玉在櫳翠庵中,和人的關係怎樣呢?我們可從她與元春、賈母、劉姥姥、寶玉、黛玉、湘雲、邢岫煙、惜春、寶釵、李紈諸人的態度覘之。

　　妙玉到賈府來,是在"一件非常喜事"即元春省親,修建大觀園時提及的。元春遊園,妙玉當在櫳翠庵吧,元春"忽見山環佛寺，忙盥手進去，焚香拜佛"，①這個佛寺，不問可知，就是櫳翠庵。書中沒有點明，固是文章省略，但提一兩句，也不會繁。清陳其泰卻批得好："不明點櫳翠庵，爲妙玉避俗也。"②不明點櫳翠庵，實是爲了顯示妙玉並不逢迎元春。妙玉進園以後，書中從未敘述，到第四十一回始提櫳翠庵三字，賈母帶着劉姥姥至櫳翠庵，妙玉接了進去，可見妙玉平日並未拜謁賈母。賈母在櫳翠庵東禪堂稍坐，吃一鍾茶即走，妙玉並無多少接待，不即不離，賈母也不想久坐。賈母站到那裏，到處受人諛奉，獨妙玉並不在意。讀者試想：王熙鳳、薛寶釵對待賈母態度何如？大觀園外寺觀道尼對待賈母態度又何如？賈母走後，寶玉知道妙玉性情，喚小麼兒前來打水洗地，妙玉合意。抬水洗地，看來是爲了鄙棄逗着賈母發笑的女清客劉姥姥，實也包括蔑視賈母在內。《紅樓夢》雖未明寫，讀者已可體會。看來大觀園中，渡過山山水水，不媚貴勢，能撐得住這個小天地的，妙玉算得一個佼佼者。元春、賈母如此，賈府中那班王孫公子自然不在話下。因而狂妄如賈珍、賈璉、賈蓉之流，自謂"風月場中耍慣的"，祇能自慚形穢，不敢瞬目動眉，妄動食指。清涂瀛在《妙玉贊》中，評道："妙玉壁立萬仞，有天子不臣，諸侯不友之概。"這話説得很好。

有人認爲：妙玉對一般人不大理睬，把自己看得比所有人都潔净，但對寶玉引起愛慕，怕是俗緣未了。這話實是誤解妙玉。妙玉對於寶玉，敬慕而非愛慕。寶玉鄙棄仕途經濟，對抗濁流，妙玉諒有所知，兩人藐視"權勢"，志同道合。這點清陳其泰已有所見：

> 污杯而棄杯，污地而洗地。妙玉之心，惟寶玉知之。是
> 兩人猶一人也。……祇是性情合，便爾相合，便爾臭味相

---

① 　見第十八回。

② 　見陳其泰《桐花鳳閣評〈紅樓夢〉》第十八回眉批。（以下簡稱《陳評》）

投。此之謂神交,此之謂心知。……若説兩人亦涉兒女私情,互相愛悦,真俗不可耐矣。

借品茶以寫寶玉之深契於妙玉,用意巧妙絶倫。寫妙玉性情與寶玉相同,宜其心心相印,水乳交融也。①

妙玉"不合时宜",孤高自許,爲了藐視"權勢",實不得已。她的性格,實是平易近情,這點陳氏亦已看出:

妙玉遇林、史二人。其平易近情,藹然可親之氣象,自然流露。蓋氣味相投,則性情自洽。其平日孤高自許,實有大不得已者,舉世混濁,而我獨清。衆人皆醉,而我獨醒。與其混濁和光,毋寧遺世獨立耳。怪僻也歟哉?

所續之詩,亦並無一點怪僻處。言爲心聲,正表出妙玉實是閨閣本色。止因不能耐俗,故不肯諧俗耳。其真面目自在,初何嘗不近人情耶?②

妙玉對於邢岫煙與惜春,更加垂青。櫳翠庵中,邢岫煙是常客,其次惜春。邢岫煙"家道貧寒,是個釵荆裙布的女兒"③,"凡閨閣中家常一應需用之物,或有虧乏,無人照管,他又不與人張口"④。爲人"端雅穩重"⑤,處身落落,有幾分傲骨。惜春自幼失母,是賈府第四代姊妹行中最稚,在這家族中没有多少地位,也受這家族的影響最少。賈府不斷發生變化,惜春感觸獨深。妙玉與這兩個姑娘往來,也表現了她性格的一面。妙玉是願與藐視權勢、

---

① 見《陳評》第四十一回眉批。
② 見《陳評》第七十六回眉批。
③④⑤　見第五十七回。

有些傲氣,或是少受權勢影響、深受委屈、深有感觸的人往來的。①

　　這樣的人,清馮家皆就指出:"錚錚者易缺,皎皎者易污",②必然遭受物議。妙玉在大觀園中,就引起兩人深深的不滿。一是"艷冠群芳"的薛寶釵,一是"霜曉寒姿"的李紈。《壽怡紅群芳開夜宴》,妙玉寫紙帖兒與寶玉:"恭肅遥叩芳辰",寶玉想寫回帖,正没主意,"因又想若問寶釵去,他必又批評怪誕,不如問黛玉去"。妙玉逃避權勢,寶釵是不以爲然的。"蘆雪庵争聯即景詩"時,李紈對寶玉説:"可厭妙玉爲人,我不理他。"李紈"青年喪偶","竟如槁木死灰一般",不能理解妙玉的"苦情""雅趣",對妙玉也看着不好。"方以類聚,物以群分",各人見解不同,也就反映着各人的世界觀的不同。

　　像妙玉那樣生活在封建社會裏,該得到怎樣的結局呢?《紅樓夢》後四十回是高鶚補的,程本寫的妙玉結局,看來與曹雪芹的安排不同。曹雪芹的後三十回惜未流傳,但在靖本第四十一回上有條批語透露了一些消息。這條批語,文字錯亂甚多,周汝昌先生校讀爲:

　　　　妙玉偏辟[僻]處,此所謂"過潔世同嫌"也。他日瓜洲渡口,各示勸懲,紅顔固不能不屈從枯骨,豈不哀哉!

後半或爲:

　　　　他日瓜洲渡口,紅顔固□屈從枯骨,不能各示勸懲,豈

----

　　①　程本《紅樓夢》第十五回寫:妙玉和邢岫煙云:"我與姑娘來往,爲的是姑娘不是勢利場中的人。"陳其泰眉批云:"纔是妙玉身份。"陳氏對妙玉性格,看得較清。

　　②　見《〈紅樓夢〉小品·妙玉》,一粟編《〈紅樓夢〉卷》,第234頁。

　不哀哉！①

妙玉結局，"屈從枯骨"，或不屈從，弄不清楚。但有一點，"枯骨"
意圖蹂躪、霸占紅顏是很顯然的。妙玉孀居，受"貴勢"欺壓，托
跡空門，在蟠香寺不爲"權勢"所容，隨着師父雲遊（實際是流浪）
到了京都，住在牟尼庵中，又怕紛擾，投到櫳翠庵來。寄寓庵中，
由於性情怪僻，人不敢犯，進了賈府玉面王孫窺覷、蹂躪。程本
寫妙玉"遭大劫"被持刀盜賊劫走，固是不符"枯骨"蹂躪紅顏結
局。玉面王孫與持刀盜賊，原是一物的兩面，都是妙玉長時期受
壓抑、遭摧殘、遇迫害的突變。高鶚所補不符合曹雪芹原意，實
亦有符合處。曹雪芹原意，或寫妙玉"風塵骯髒"，躲過了賈府玉
面王孫的窺覷，但由於賈府的敗落，妙玉逃不出另一權勢"枯骨"
的霸占。這"枯骨"當是老而不死，彎腰曲背，"貴勢""權勢"中
人。妙玉最後還是遭到蹂躪："欲潔何曾潔，云空未必空。可憐
金玉質，終陷淖泥中"，妙玉竭力反抗，吞聲飲泣。《紅樓夢》後三
十回，没法看見，但妙玉的痛苦，逃不出"權勢"的魔掌，在我腦海
中日夜盤旋，如聞其聲，如見其容。這樣看來，妙玉的遭遇是她
自作自受嗎？是她的性格孤僻所造成的嗎？我倒是想：妙玉的
頭顱是被封建統治階級壓扁的。她的頭顱被人家壓扁，你就罵
她扁頭，没有做人的資格，那是錯了。如說妙玉對於人生尚不絕
望，還想做人，這是應當出自内心的。可是不少評論家卻是諷刺
妙玉的，認爲妙玉是：

　　　情魔一起，而蒲團之趺坐，盡棄前功。内賊熾斯外賊乘

　　①　周汝昌《〈紅樓夢〉及曹雪芹有關文物敘錄一束》1973 年第 2 期《文
物》21 頁。

之耳。……若妙玉者，其亦自貽伊戚也夫！①

不歸罪於封建制度剝奪了她做人的權利，不歸罪於玉面王孫和持刀盜賊對她的窺覷、蹂躪，而對妙玉的無理指斥，這是不對的。封建統治階級擺着人肉筵席，隨時會把妙玉一口吞下去的！

關於妙玉的評價

關於妙玉的評價，曹雪芹寫了《世難容》一支曲子，表現了他對妙玉的看法：

> 氣質美如蘭，才華馥比仙。天生成孤癖人皆罕。你道是啖肉食腥膻，視綺羅俗厭；卻不知好高人愈妒，過潔世同嫌。可歎這，青燈古殿人將老；辜負了紅粉朱樓春色闌。到頭來，依舊是風塵骯髒違心願。好一似，無瑕白玉遭泥陷；又何須，王孫公子歎無緣。②

這裏有兩句話需要提出來解釋與分析。一是"天生成孤癖人皆罕"；一是"風塵骯髒違心願"。"天生成孤癖人皆罕"，不問曹雪芹說這話的原意如何？妙玉的"不合時宜"，"孤癖"這是她爲了逃避權勢，保護自己，在特殊環境下所採取的特殊辦法。哪裏會是什麼"天生的"？不少人被這現象所迷惑，大做文章，苛責妙玉，那是不必要的。"風塵骯髒違心願"，關於"骯髒"一辭，周汝昌先生注釋得極好：

> 骯髒又作抗髒，"婞直"之貌，即不屈不阿之義，與俗語借讀平聲，義同"醃臜"一詞者無涉。文天祥《得兒女消息詩》："骯髒到頭方是漢，娉婷更欲向何人？"正謂堅貞到底，

---

① 見青山山農《〈紅樓夢〉廣義》，《紅樓夢卷》第212頁。
② 曲中馥、好，戚本作復、太。此從程乙本。

決不投降。乾隆時期用法,亦無變化。即如鄭燮《玉女摇仙
珮》詞:"多少紅粉青袍,飄零骯髒。"李兆元《十二筆舫雜録
　春暉餘話》引潘逢元《金縷曲》詞:"識得英雄惟俊眼,任風
塵骯髒難拋捨"等句,皆寫封建社會地位身份低下的婦女,
而不爲環境所污之意。妙玉雖流落"風塵"依然"抗髒",絶
非"醃臢"義。①

妙玉"風塵骯髒",所以"不合時宜"、爲"權勢"不容,可説是從封
建營壘裏反了出來的好姑娘吧。但她竟然爲世難容,我們不禁
要問:這是怎樣的"世道"? 張宜泉《題芹溪居士》詩云:"羹調未
羨青蓮寵,苑召難忘立本羞。"這説明曹雪芹是反"貴勢""權勢"
的,曹雪芹筆下的妙玉,我看也有曹雪芹的傲氣精神在内。② 舉
世皆濁我獨清,衆人皆醉我獨醒。這種精神在封建社會裏,在寧
國府、榮國府中是可貴的。奇怪的是,有些所謂"正常"的人,絶不
寬容妙玉,靖本批語,早就提出對於妙玉"勸懲"之説。關於"勸
懲",有個評點派紅學家叫護花主人王雪香的,喊得也響:"若夫禍
福自召,勸懲示儆。余於批本中已反覆言之矣。"他評黛玉"德固
不美,衹有文墨之才"。贊美寶釵"有德有才",賈母"福、壽、才、
德""兼全"。因而,他評"妙玉才德近於怪誕,故身陷盜賊"。王雪
香認爲妙玉"身陷盜賊",這是對她的"勸懲"。這些話,腐氣沖天,
是封建性的糟粕,今天我們必須給以澄清。

(原刊《紅樓夢學刊》,1981 年第 4 輯)

_____

① 　見 1973 年第 2 期《文物》30 頁注③。

② 　敦誠《寄懷曹雪芹》詩云:"當時虎門數晨夕,西窗剪燭風雨昏。接䍦
倒著容君傲,高談雄辯虱手捫。"可見曹雪芹的傲氣。

妙玉凹晶館聯詩究竟如何理解？
——答沙蔾先生商榷之一

《紅樓夢學刊》於一九八三年第一期刊登沙蔾先生《科學考證與主觀穿鑿》一文，辱承商榷，理當知無不言，言無不盡，爰草兩文，大雅君子，幸垂教焉。

妙玉凹晶館聯詩十三韻，二十六句，百三十字，究竟如何理解？作何解釋？爲此文之議題也。

沙子於此，提出兩條：一曰此"乃尋常即景述懷之作，並無'隱情隱事'可'索'也"。余謂：曹雪芹錦心繡口，或掩眼中之淚，或蘸心頭之血，爲閨閣昭傳。性情不同，身世各異。所創典型，重而不犯。其爲"十二釵"賦詩述懷，鋪采摘文，體物寫志。或意内言外，言近旨遠；或不着一字，盡得風流。白描象徵，類皆不能簡單視之。"尋常"二字，未免失之低估。分析作品，未可率爾視爲"傾向"，教人望而卻步。擺事實，講道理，還以"百家爭鳴"爲好！不必先定調子，早劃框框。書中説得一清二楚，遑待探索？山有起伏，水常縈洄。根據所提綫索，試行分析，斯亦學問之道。善夫，梁劉勰《文心雕龍》之言曰："夫綴文者，情動而辭發；觀文者，披文以入情。沿波討源，雖幽必顯。世遠莫見其面，覘文輒見其心。豈成篇之足深，患識照之自淺耳。"

二曰此"十三聯續詩，情景間出，聲色具備。……室内與室外兼顧,靜景與動景結合;除'啼谷一聲猿'或爲虛擬外,餘者確是比較酣暢地補寫了中秋之夜拂曉前後的'真情真事'"。言之鑿鑿。余謂:即景述懷,亦可借題發揮,或緬往事,或瞻前程。有不得不説之情,有不欲明言之事。狀物寫意,各適其宜。或虛襯,或實敘,須作具體分析。詩言志者,實作者世界觀之亮相耳。黛玉傾吐胸臆,可以入社吟詠,可以託之窗課。妙玉不便於此,"黛玉從無見妙玉作過詩"。曹雪芹亦祇畀她這一次續詩機會;然則,妙玉安得不珍惜乎?妙玉因莊言曰:"如今收法,到底還該歸到本來面目上去。"此"本來面目"四字,説得巧妙,"欲露不露",豈可輕心掉之?然則所謂"真情真事"者,其當"歸到"妙玉靈魂深處所欲言者之"真情真事"乎?沙子之言,不免膠柱鼓瑟、刻舟求劍者矣。善夫,清陳廷焯《白雨齋詞話》曰:"意在筆先,神餘言外。寫怨夫思婦之懷,寓孽子孤臣之感。凡交情之冷淡,身世之飄零,皆可於一草一木發之;而發之又必若隱若見,欲露不露,反復纏綿,終不許一語道破。匪獨體格之高,亦見性情之厚。"論詞貴"有所感","有所寄託"。余意論詩,亦如是也。

　　嘗試論之。小説與歷史著述不同,清金聖歎於《水滸傳·序一》謂:小説"構思","筆有左右,墨有正反。""心之所至,手亦至焉者,文章之聖境也。心之所不至,手亦至焉者,文章之神境也。心之所不至,手亦不至焉者,文章之化境也。"史筆異是,然者曹雪芹之寫《紅樓夢》也,其無此三境乎?"試析"之與"考證"也,有聯繫亦有區分,兩者實不相等也。分析理當"披文入情"、"覘其會心",求其"筆先",味其"神餘"。考證則多施於真人真事。沙子於此,言拙文之"試析"爲"新考證",此大謬矣!"試析"於詩,以闡發人物思想感情爲主,而沙子則斤斤於證引典故。沙子之釋詩也,可以"考證"代分析矣。故其釋詩,蓋有間矣。議題既明,試行分析:

妙玉凹晶館聯句首三聯曰：

> 香篆銷金鼎，脂冰膩玉盆。簫增嫠婦泣，衾倩侍兒溫。
> 空帳懸文鳳，閑屏掩彩鴛。

沙子於此，解釋"香篆"等三聯曰：此"乃承史、林詩意接寫夜闌室內景象：'鼎銷篆煙，擎凝燭淚。'夜深了。"余謂第一聯首句"香篆銷金鼎"未必顯示專寫"夜闌"。唐戴叔倫《春怨》詩云："金鴨香消欲斷魂"，宋李清照詞《醉花陰》云"薄霧濃雲愁永晝，瑞腦銷金獸"，所寫俱爲白日。沙子於此悄悄地加入"擎凝燭淚"四字，"燭淚"不僅顯示"夜深"，且於"鼎銷香篆"配合，相得益彰，俱成"夜深"景象。妙則妙矣，其如原文"脂冰膩玉盆"何？沙子一定說成"夜闌"景象，便覺牽強。如言室內，這時黛玉、湘雲和妙玉三人當在櫳翠庵中，"祇見龕焰猶青，爐香未燼"。"龕焰"諒是長明燈焰，未寫"擎凝燭淚"；"冰脂膩玉盆"，尼庵諒無這種生活。[1] 然則沙子所謂之"真情真事"，又安在乎？沙子復云：這一聯也"歸題"，"歸到月夜本題上去"。林、史聯詩："寒塘渡鶴影，冷月葬詩魂"諸句，當時"祇聽那黑影裏嘎然一聲，卻飛出一個白鶴來，直往藕香榭去了……湘雲笑道'這個鶴有趣，倒助了我了。'"因聯"寒塘渡鶴影"，"何等自然，何等現成，何等有景"！自是即景之作，豈離題乎？然則沙子釋詩，啓口便不免有"主觀穿鑿"之嫌矣。

余謂："'金爐香篆''玉盆冰膩'這兩句泛寫大家姑娘、少婦的閨閣生涯。寫得'有興'。這是妙玉有意'翻'史、林'寒塘''冷月'之句而寫的。"兩說孰是，識者當能辨之。

---

[1] 《韓非子·顯學》云："故善毛嗇，西施之美，無益吾面，用脂澤粉黛則倍其初。"《鹽鐵論》云："毛嬙天下之姣人也，待脂粉香澤而後容。"言脂澤之所施也。

　　第二聯"簫增嫠婦泣，衾倩侍兒温"。沙子於出句"考證"與
"解釋"特詳，茲先迻録數行如次：

　　　　"嫠婦泣"歷來用以比擬凄楚之音，如蔡邕《瞽師賦》：
　　"撫長笛以攄憤兮，氣轟鏗而橫飛，何此聲之悲痛？滄然淚
　　以隱惻；類離鷗之孤鳴，起嫠婦之哀泣。①
　　　　復如蘇軾《前赤壁賦》狀客之笛聲："舞幽壑之潛蛟，泣
　　孤舟之嫠婦"，這是以"嫠婦泣"狀笛聲凄苦的著名例子。

蘇軾《前赤壁賦》，余讀《東坡七集》卷十九所載，原文如次：

　　　　客有吹洞簫者，倚歌而和之。其聲嗚嗚然。如怨如慕，
　　如泣如訴，餘音嫋嫋，不絕如縷。舞幽壑之潛蛟，泣孤舟之
　　嫠婦。

沙子一則曰："狀客之笛聲"；再則曰：此爲"狀笛聲凄苦的著名例
子"。"洞簫"，余垂髫之時已聞矣。"笛聲"，敢問沙子何所據而
云然？此一聯也，沙子亦認"實寫夜闌室内景象"，"中秋之夜拂
曉前後的'真情真事'"。"夜闌室内景象"，此所寫者爲瀟湘館
乎？抑櫳翠庵乎？"簫增嫠婦泣"之"真情真事"所反映之思想感
情，爲林黛玉乎？抑爲史湘雲乎？妙玉明説"簫"聲，非"笛音"
也。"簫增嫠婦泣"，句中有一"增"字，可視爲主謂結構，則此句
可釋爲：嫠婦聞簫聲"凄楚"而增其怨與泣耳。中秋之夜，黛玉見
妙玉"高興如此"，在心爲志，發言爲詩。妙玉何故忽然吐此哀
音？"披文入情"，反復玩味，余意沙子當不以此見怪也。史、林
聯詩，確聆笛聲：

---

　　① 根據咸豐二年東郡楊氏海源閣仿宋刊本《蔡中郎外集》卷三。沙子
引文"轟鏗"應作"轟鍠"，"滄然"應作"愴然"。此賦兩條："何此聲之悲痛"爲
另一條，下有"他本皆無，張本有，疑與前合爲一首，且有闕文"諸語。

祇聽笛聲悠揚起來，黛玉笑道："今日老太太、太太高興
了，這笛子吹的有趣，到是助咱們的詩興。"

妙玉也曾笑道：

我聽見你們大家賞月，又吹的好笛，我也出來玩賞這清
池皓月。

然此"笛聲"，實增黛玉詩興。其"匝地管弦繁"句，落一"管"
字，是其反映耳。① 黛玉上聯"撒天箕斗燦"，尾一"燦"字，此句
尾一"繁"字，亦可見其興矣，果是蔡邕"長笛"。沙子所謂蘇軾
"狀客之笛聲"，聲皆"淒苦"，與凹晶館旁之"好笛"不類，實兩碼
事。然則蔡邕、蘇軾之所寫者，與黛玉、湘雲和妙玉之思想感情
有何涉乎？詩所貴者，形象思維也。《醫師賦》《前赤壁賦》豈能
顯示《紅樓夢》之形象思維乎？沙子於此，詮無一言，非以證引典
故代分析乎？沙子深知，凹晶館旁所聞者，笛也；妙玉所吟者，簫
也。於是簫笛不分，混而淆之，一若續詩實爲"真情真事"者然，
沙子失於檢點矣！

余之釋曰："妙玉寫閨閣生活，前聯泛泛而談，這兩聯很快一
轉，卻吟到點子上了。鳳簫聲咽，孀婦啼泣，鳳帳空懸，鴛屏虛
掩，寫孀婦之怨之泣；人海茫茫，春閨寂寂"，"披文入情"，"覘文
會心"，寫孀婦聞簫聲，見空帳而怨而泣，穿鑿何在？闡發文藝心
理，不當如是乎？妙玉聞得"好笛"，亦有玩月清興。何以續詩吐
此哀音？不是靈魂深處藏有隱痛，樂未畢而哀又繼之，觸景生
情，陰影抹上心頭乎？李清照詞："東籬把酒黃昏後，有暗香盈
袖。莫道不消魂，簾捲西風，人比黃花瘦。"重陽佳節，把酒賞菊，

---

① 簫管聯用。杜摯《笳賦》云："而合夫簫管紹夏之音也。"《紅樓夢》第四
十一回："祇聽得簫管悠揚，笙笛并發。"

暗香盈袖，真是賞心樂事，易安何以黯然"消魂"邪？此無他，詞人在害相思也。然則，妙玉苦吟簫增嫠婦之泣，非於潛意識中，向之深閟而諱言者，空帳虛屏，忽意識之，不禁噴薄而出，欲露不露，不露而露矣。此從生活、從創作、從文藝心理、從閱世知人，皆可得其解釋，安得謂無根據？詩詞賞析與典故出處有異也。沙子引《嵇師賦》與《前赤壁賦》數語，以爲足以說明問題，且復提出責問：

> 准此，何以見得凹晶聯句的"簫增嫠婦泣"必非形容簫聲？

余聆此詰，願反問曰："鳳簫聲咽，孀婦啼泣"，豈不能反映"簫增嫠婦泣"之句乎？"准此"之問，上下聯繫，其內在之邏輯關係又安在耶？《嵇師賦》謂"起嫠婦之哀泣"，《前赤壁賦》謂"泣孤舟之嫠婦"，其意皆謂：聞笛聲、簫聲而"起"而"泣"。"起""泣"俱動詞也，安見其"必爲形容簫聲"而與嫠婦無涉也？[①] 沙子可以簫、笛不分，盤、燭易位，或議沙子將此"增"字改爲"似"字，則沙子其將振振有詞矣，然不可也。

沙子還問：

> 怎麼能光憑兩聯詩句，硬派詩人一定是實寫孀婦的哀泣呢？

拙文言"試將妙玉續詩分析於下"，着一"試"字，何以見得"硬派"？又何以見得"光憑"？原文尚在，可復按也。至於妙玉身世

---

① "起嫠婦之哀泣"，《北堂書鈔》卷一百十一引作"似杞婦之哭泣"。是以杞婦之泣形容笛聲。"泣孤舟之嫠婦"，釋作：如孤舟嫠婦之泣。上言：如泣如訴，此省如字。此爲一說，於理亦通，沙子即主此說。此可釋爲形容簫聲，但未必祇此一說，亦不能因此證明"簫增嫠婦泣"之嫠婦泣必爲形容簫聲。

如何，拙文分析，豈止一處、僅兩聯乎？囿於篇幅，余將另撰一文，以答沙子。

第三聯"空帳懸文鳳，閑屏掩彩鴛"。沙子釋爲：

> 此聯懸擬閨中望月情景，無非襲用唐人閨怨詩的手法，爲的不失"閨閣面目"，看不出有什麼深意，倘說真是實寫孀婦，處封建綱常統治之世，焉有孀閨而鋪陳鳳帳鴛屏的？

既聞命矣，因獻疑曰：沙子明言："除'啼谷一聲猿'或爲虛擬外，餘者確是……'真情真事'。"何以"此聯"忽言"懸擬"？實自相矛盾矣！"空帳懸文鳳，閑屏掩彩鴛"釋作"望月情景"，非"臆測"乎？"細緻的分析"何在？"充分的證明"又何在？李白"卻下水晶簾，玲瓏望秋月"，杜甫"今夜鄜州月，閨中祇獨看"，皆言望月，情景盎然。"這種假設"，其"全面"乎？"再無其他可能"乎？這也該是"普通的邏輯常識"吧。沙子曰："此聯懸擬"，"無非襲用"，"看不出有什麼深意"，這種態度，得謂"嚴肅的科學考證"乎？"中秋夜園即景聯句三十五韻"爲詩標題，"望月"書中勾勒及之，何待"懸擬"？豈爲"襲用"？大作家吟哦"無非襲用"，實"荒唐"矣。倘曹雪芹九泉有知，或將莞爾而笑："滿紙荒唐言"，"誰解其中味？"此歎爲不虛矣！沙子固重"真情真事"者，豈《紅樓夢》尚未細讀耶？黛玉、湘雲玩月，書中早作交代：

> 可知這兩處一上一下，一明一暗，一高一矮，一山一水，竟是特因玩月而設此兩處。有愛那山高月小的，便就這裏來；有愛那皓月清波的，便往那裏去。……
>
> 祇見天上一輪皓月，池中一輪水月。上下爭輝，如置身於晶宮鮫室之内，微風一過，粼粼然池面皺碧鋪文，真令人神氣清净。

妙玉如何賞月，亦曾説明：

> 我聽見你們大家賞月，又吹的好笛。我也出來玩賞這清池皓月。

三人詣櫳翠庵中室內固未嘗賞月也。然則，沙子所謂"懸擬"，實"臆測"矣！沙子卻又提出責問：

> 倘説真的是實寫孀婦，處封建綱常統治之世，焉有孀婦而鋪陳鳳帳鴛屏的？

沙子此詰，果有理乎？孀婦不能鋪陳，思緒所及，縈於腦中，亦不許乎？禮教防微杜漸，至於此耶？然則"辜負了紅粉朱樓春色闌"之女尼妙玉，與"世外仙姝寂寞林"之姑娘黛玉，在瀟湘館、櫳翠庵中何以有此鋪陳耶？湘雲是夜宿瀟湘館中，暫置不論。果然，試問：瀟湘館中或櫳翠庵中有此描寫者乎？有此鋪陳者乎？黛玉時用"綃帳"，然難證其爲鳳帳。鴛屏更何在乎？綜此以觀，沙子"懸擬""閨中望月情景"不能通矣！

妙玉續詩前三聯者，如領在衣，提挈全文。沙子強以"接寫夜闌室內景象"讀之，疵謬迭見，不符原意。然則其餘十聯，層層遞邅，脉絡貫通，沙子之解又何如耶？試再析之。

> 露濃苔更滑，霜重竹難捫。猶步縈紆沼，還登寂歷原。石奇神鬼搏，木怪虎狼蹲。贔屭朝光透，罘罳曉露屯。振林千樹鳥，啼谷一聲猿。

沙子釋曰：

> "露濃"以下五聯，則是狀寫黎明室外之景："露冷苔滑，竹披濃霜"，踏月之人猶徘徊於池畔。爾後款步登上萬籟俱寂的高地。月光之下，居高臨下，祇見石峰石筍奇得像神鬼相搏，高樹低樹似虎狼蹲伏。不知不覺間，高大的碑端透出了朝光，深沉的院宇凝聚着曉露，大觀園中宿鳥振鳴，似乎

還聽得見遠處山谷偶爾傳來一聲啼猿。

詩中"更滑""難捫""猶步""還登""石奇""木怪"，朝光透於晶扉，曉露屯於罘罳，茂林鳥振，幽谷猿啼。此情此景，反映何種人物心理乎？從形象出發，此非尋常之即景也，理當玩戲。然而沙子簡矣，悉以"不難發現"對之。夫造境寓情，所以寫我心也，有其傾向性在？王國維謂：紅杏枝頭春意鬧，着一"鬧"字而境界全出矣。此"滑"此"捫"，"搏"也"蹲"也，又豈無境界乎？沙子於此，又悉以"尋常即景述懷"概之。此豈非劉勰所傷"俗監之迷"，"深廢淺售"者歟？沙子固以此爲狀"夜闌室內景象"，遞"寫黎明室外之景"者，然則，"踏月之人"，究誰屬乎？黛玉、湘雲坐於"捲棚"之下，"竹墩"之上，妙玉從"山石後轉出"，此玩月"真事"也。三人入攏翠庵後，妙玉喚小丫鬟烹茶，忽聽扣門之聲，延入坐茶，取了四寶，揮毫迻錄聯詩。林、史苦辭，妙玉掩門，安見妙玉徘徊池畔，款步高原者乎？斯則沙子所謂"確寫"者，非"臆測"乎？按之細節，皆落空矣。

余書至此，驟思一事。十年浩劫之時，過棲霞嶺吊岳武穆，漫吟詩曰："鄂王死後豈無人？冤獄千載史未湔！不信奴顏能具眼，居然媚骨獨通神。南歸翠幄歡雲遏，北飲黃龍淚雨紛。遙仰中州河嶽在，教人三沐挹清芬。"知之者以爲寄託遙深，不知者以爲尋常吊古耳。妙玉身世，一言難盡。其生活遭遇，其意識形態，余願更贅數千言以試析之。人物性格有所闡發，則露濃更滑，霜重難捫，石奇鬼搏，木怪狼蹲，意藏詞間，神露文外。心之所照，無遁形矣。抑又言者，沙子辨"芳""苦"之情，謂有正本爲異文，以此垂訊，余意妙玉之所謂"芳情"，所謂"雅趣"，囿於"清燈古殿"、暮鼓晨鐘，然則芳情、雅趣何在？實苦情耳。故曰"祇自遣"，"向誰言"。墨有正反，識者自能會通耳。泥於字面，非"遊於藝"之善術也。

　　余觀沙子之文，既未提出更多證據，其所解詩，且又錯誤迭見。然見仁見智，無妨商榷。蘇軾《水調歌頭》一詞，或言"上片比興，天上人間，代替朝野"；或言"通篇詠月，處處關合自己"。平心而論，傳爲美談。[①] 沙子衡文，蓋異於是。措辭或有失當者矣，人或訕之，恕余不論。夫平理若衡，照物如鏡。事出於沈思，義歸乎翰藻。從違取捨，咸得其宜；篤實光輝，樹立風氣，此學人之所尊也，誰爲突破，誰屬淺嘗。世多陳平，錙銖見矣；而仄陋之士，冀欲權衡學術，噫！不亦難乎？

　　　　　　　　（原刊浙江省文學學會《文學研究》，1985 年）

　　編者說明：引文據人民文學出版社《戚蓼生序本石頭記》（有正石印大字本），1975 年版核對。

---

　　①　見《光明日報》的《文學遺産》第 570、第 574 兩期分別刊載陳正寬、施蟄存兩先生及第 587 期徐翰逢先生關於"權議"蘇軾《水調歌頭》中秋詞的文章。

妙玉身世再析

——答沙藜先生商榷之二

《紅樓夢學刊》於 1983 年第 1 期刊載沙藜先生《科學考證與主觀穿鑿》一文，余撰《妙玉凹晶館聯待究竟如何理解》一稿答之。囿於篇幅，意有未盡，詳略互見，復草此文。妙玉身世，試再析之，爲此文之議題也。沙子認爲：

> 她出身讀書仕宦之家。自幼因病出家，疾世忌俗。先在蟠香寺修煉，後因慕京都有觀音遺跡、貝葉遺文，隨師入長安，落腳於牟尼庵。其師圓寂，囑留京待機。十八歲應榮府之請，來櫳翠庵修行，落落寡合，孤芳自賞。

余謂：泛泛而論，不能説明問題。探賾索隱，糾繆發覆，斯亦讀書之道。欲明妙玉身世，余意伊人文墨極通，又值妙齡，遭遇曲折；苟欲識其性情之所由來，可先從其生活習慣，待人接物，思想意識，精神境界，由表入裏，由粗及精，諸方面"相互聯繫"者覘之，而後或可如見其肺肝然。本此意也，余試作分析焉。

賈府生活豪華，人盡知之。譬之飲食，精細極矣。賈母偶然宴會，所用點心，兩樣蒸食，一樣是藕粉桂糖糕，一樣是松穰鵝油卷。兩樣炸的，螃蟹作餡，餃成玲瓏剔透，各式小面果子。一碟茄胙，聽得劉姥姥搖頭吐舌。

鳳姐笑道："這也不難。你把四五月裏的新茄包兒摘下來,把皮和穰子去盡。祇要净肉,切成頭髮細的絲兒,曬乾了,拿一隻肥母雞,靠出老湯來,把這茄子絲上蒸籠蒸的雞湯入了味,再拿出來曬乾。如此九蒸九曬,必定曬脆了,盛在磁罐子裏,封嚴了。要吃時,拿出一碟子來,用炒的雞瓜子一拌就是了。"(見四十一回)

然於品茗,祇是飯後,以茶漱口,纔端上一盅飲的而已,未言吃"功夫茶"者。較考究的,怡紅院中茜雪沏過一碗楓露茶,寶玉所謂"楓露之茗"。"那茶是三四次後纔出色的。"(見八回)由於吃茶,引起風波,那是另一回事,並未涉及品茗。妙玉在櫳翠庵中供茶,卻異於是:

賈母道:"……把你的好茶拿來我們吃一杯就是了。"妙玉聽了,忙去烹了茶來。寶玉留神看着他怎麼行事,祇見妙玉親自揀了一個海棠花式雕漆填金雲龍獻壽的小茶盤,裏面放一個成窰五彩泥金小蓋鍾,奉與賈母。賈母道:"我不吃六安茶。"妙玉笑道:"知道。這是老君眉。"賈母接了,又問是什麼水。妙玉笑回是舊年蠲的雨水。賈母便吃了半盞,便笑着遞與劉姥姥說,你嘗嘗這個茶。……然後眾人都是一色的瓜皮青描金的官窰新磁蓋碗,倒了茶來。

那妙玉便把寶釵和黛玉的衣襟一拉,二人隨他出去。寶玉悄悄的隨後跟了來。……妙玉自向風爐上扇滾了水,另泡了一壺茶來。……又見妙玉另拿出兩隻杯來。一個旁邊有耳,杯上鐫着孤爮斝三個隸字,後有一行小真字,是晉王愷珍玩;又有宋元豐五年四月眉山蘇軾見於秘府的一行小字。妙玉便斟了一斝,遞與寶釵,那一隻形似鉢而小,也有三個垂珠篆字,鐫着點犀盉。妙玉斟了一盉與黛玉。

仍將前番自己常日吃茶的那隻綠玉斗,斟與寶玉。寶玉笑
道:"常言世法平等,他兩個就用那樣古玩奇珍,我就是個俗
器了?"妙玉道:"這是俗器,不是我說狂話,祇怕你家裏未必
找的出這麼個俗器來呢。"……遂又尋出一隻九曲十環一百
二十節蟠虯整雕的湘妃竹根的一個大海來。……妙玉執
壺,祇向海內斟了約有一杯,寶玉細細的吃了,果覺輕清無
比,賞贊不已。……

　　黛玉因問道:"這水也是舊年的雨水麼?"妙玉冷笑道:
"你這麼個人,竟是大俗人,連水也嘗不出來。這是五年前
我在玄墓蟠香寺住着,收的梅花上的雪,共得了那鬼臉青的
花磁甕一甕,總捨不得吃,埋在地下。今年夏天纔開了。我
祇吃過一回,這是第二回了。你怎麼嘗不出來! 隔年蠲的
雨水,火爆氣不盡,如何吃的。"(見四十一回)

妙玉在櫳翠庵中論茶、論水、論火候、論品法、供茶具,真是達到
傳神阿堵的地步。品茗情韻,實勝賈府。妙玉回答寶玉,這個俗
器祇怕你家未必能找得出,一語便見端倪。這種生活習慣,妙玉
在蟠龍寺中有所表現,但其形式,在蟠龍寺,抑在仕宦世家乎?
可深思也。尼庵靜修,未必重此陳設。諒是妙玉在家,重簾留
香,幽閨分茶,嫺習日久,至庵而踵事增華耳。妙玉經濟條件寬
裕,到櫳翠庵中,猶不受賈府供養,實優於林黛玉。黛玉爲林如
海女,林家是賈、史、王、薛四大家族外一支,祖上四代襲爵。如
海正逢出身,爲巡鹽御史,賈母因將愛女妻之。鹽商當時是中國
壟斷行業,富可敵國。乾隆南巡,深羨鹽商享受,以爲宮廷所不
及。何以黛玉經濟靠着賈府月銀過活? 諒如海死時,林家子姓
單薄,黛玉年幼,奔喪之時,護送者爲賈璉。此人手伸得長,抓得
緊,"油鍋裏的還要撈上來化呢"。早已於橐於囊,全部晒納入
庫。黛玉祇知整理書籍,並以紙筆分送閨中姐妹。然則妙玉經

濟，如何保持其豐贍乎？妙玉"文墨也極通，經文也不用學"。（見十八回）經文嫻習，當是出於蟠龍寺之修持。文墨極通，基礎奠定，出於蟠龍寺乎，抑仕宦世家乎？妙玉蓋嫻於文化修養者。《紅樓夢》中寫善撫琴者爲林黛玉，而妙玉纔是知音。封建家族，有人吟詩、作畫、彈琴、遊山，往往經歷世代，及至是時，將頻零落前夜，寧公、榮公是從龍而興風雲人物，數代以後，猶有暴發户氣氛。不見皇商薛霸，衹會哼幾句女兒樂而已！薛寶釵知書識禮，懂得寫應制詩，希冀選入内廷，一顯身手。秦淮八艷，朱墨雜陳，有的衹是吟香奩詩耳。黛玉於此，獨具幽懷，自淚自乾，其《葬花吟》淒楚感慨，讀之可覘其盼光明矣。妙玉不以詩名，卻爲"詩仙"。其凹晶館聯句續詩，於漏永吟殘之時，卻能藉此一吐衷腸，一洩其閨閣"本來面目"。愁思怫鬱，寄託遥深。然則，於此足覘妙玉文化修養。吉光片羽，安可不沈思而玩詠者乎？

或曰：妙玉孤僻。《紅樓夢》第五回《世難容》曰："天生成孤癖人皆罕"。第六十三回邢岫煙曰："是生成的這等放誕詭僻了。"余曰：不然。積崇隆而爲泰華，衍浩瀚而爲江海。履霜堅冰，其來有漸；性格形成，非天降也。妙玉自道："侯門公府，必以貴勢壓人，我再不去的。"對於"侯門"，藉着"貴勢壓人"，感情抵觸強烈。摯友邢岫煙介紹她曰："聞得他因不合時宜，權勢不容，竟投到這裹來。"亦見妙玉不願隨俗浮沉，諂媚"權勢"。處於封建末世，此性格也，形成孤癖，實有來矣。妙玉入櫳翠庵後，處世態度，又何如乎？妙玉之入賈府也，其時賈府真如"烈火烹油、鮮花着錦之盛"。恰值天子降恩，元春省親。元春之遊園也，嘗進寺"焚香拜佛"，然未見妙玉恭手合十逢迎。妙玉平日未嘗拜謁賈母。賈母入櫳翠庵東禪堂稍坐飲茶，旋即離去，亦無多少接待。由此觀之，妙玉其有"壁立千仞"，"天子不臣，諸侯不友"之概乎？賈府中"除了兩個石頭獅子乾净"外，盡多玉面王孫，下流

種子。妙玉棲息園中，豈不會隨時受到窺覷。妙玉性情孤僻，
"萬人不入他目"，俗人遂亦不敢近之。世棄君平，君平棄世。妙
玉"不合時宜"藐視"權勢"，然則，不僅自高，實亦自衛耳。觀此諸
事，實有形成此者客觀原因在也。妙玉性格，實爲平易近情，觀其
在凹晶館、櫳翠庵與林、史聯句論詩，實亦藹然可親也。黛玉、湘
雲贊賞不已，因以"詩仙"稱之。妙玉與邢岫煙也，在蟠香寺中，相
處既如貧賤之交矣！在櫳翠庵中，邢岫煙爲常客，獨加垂青，實以
岫煙"家道貧寒""釵荊裙布"，爲人"端雅穩重"，守得清貧，有幾分
傲骨也。然則，妙玉出身於仕宦世家，何以疾世忌俗，憎惡"權
勢"，感情如是之強烈耶？此感情者萌之於仕宦世家乎？抑萌之
於蟠香寺乎？書中雖未明言，功夫在"書"外，善讀書者，理當三思
之矣。

　　妙玉之與惜春也，亦垂青焉。惜春於賈府第四代姐妹中，最
小最稚。没多少地位，受影響也淺。早歲失恃，父親離家學道，
兄嫂不見照顧。孤寄榮府，隨班進退，默默無聲，祇求了悟。在
現實生活中，目擊身受這個家族腐蝕惡化，"倏爾神鬼亂出，忽又
妖魔畢露"。默默地咀嚼這枚華麗的苦果，感觸深矣！大家説她
孤拐脾氣，實則逐漸有了貳心。賈母喚惜春畫大觀園圖，惜春借
此向詩社告假一年。衆人笑之，園蓋一年，畫得兩載乎？虧得寶
釵爲她解釋一番，"給他半年的假"，"慢慢的畫"（見四十二回），
畫得無聲無息，實爲無聲反應。抄檢大觀園時，惜春"嚇的不知
當怎樣"，回憶"每日風聞得有人背地裏議論什麼，多少不堪閒
話"，汗冷冷然。尤氏道："可知你是心冷口冷的人。"惜春道："我
清清白白的一個人，爲什麼叫你們帶累壞了我。"（見七十四回）
平日飽受冷眼歧視，對於家族，對於生活，感到失望；希冀追求三
情，遂亦泯矣。惜春"勘破三春"，"緇衣頓改"，"把這韶華打滅，
覓那清淡天和"，亦有其主觀、客觀原因在也。惜春終於在家庵

中帶髮作姑子，當作"清淡天和"，非偶然矣！世態何常，知人其難。環境不同，感受亦異，精神面貌自屬多樣。然而，妙玉之與惜春也，心有靈犀，感情上有相通者焉。故妙玉與惜春常相往來。惜春萌生做姑子念頭，可得分析。然則，妙玉究竟爲何而帶髮修行，道路安在？非偶然也，亦當惹人深思者矣！

《紅樓夢》之傳妙玉也，提供綫索不多。藝術神思，往往如此。妙玉曾與惜春對弈，自是高手。四姑娘祇算近着，胸無全域。妙玉整整衣襟，推枰而起，想見拈子凝眸儀態。原非對手，欲殺猶爲憐才。彷徨四顧，未免寂寞。深一層說：妙玉塵世實感缺少知音，弈棋未能勢均力敵，連能殺一局的都沒有。

蓼風軒出，"二爺前請"，"彎彎曲曲"迤邐行來，當不至木木然，默默然，而是娓娓傾吐，碎步齊行。作者於此，姑留間隙，容讀者想像也。高手書畫，淡描幾筆，妙留空隙，彌增神味。"尺幅便千里爲遥"，豈能裝得實騰騰地！聽琴獨偕寶玉，蓋以寶玉鄙棄仕途，對抗濁流，道有合者。寶玉不解琴譜，訝爲天書，是個不知音的知音。此等筆墨，足見妙玉有其襟懷與性情矣。妙玉檻外畸人，妙諳樂律，凤解琴心，窗裏窗外，癡成一片。"君弦太高"，頓觸柔情。弦斷音寂，飄然而去。剪不斷，理還亂。哀感傷人，蕉心共碎。作者於此，亦不復再著一字。慨夫高山流水，知音難遇，幸而遇之，同感凄絕，月白風清，一鶴唳天而已。釵、黛關係，平起平坐，木石金玉，明爭暗鬥。黛玉宣之於口，人嫌尖刻；寶釵或託於詩，反覺大方。妙玉絕少吟詠之緣，凹晶聯句，驟來良機，因用比興手法，雙敲雙收。羚羊掛角，四照玲瓏。吟之者有意，讀之者不覺。觀人於微，然則人於妙玉對弈可窺其性情矣，聽琴可覘其心事矣，而聯句實顯其閨閣"本來面目"矣。小說作法，有意不到，筆不到，而意、筆實俱到者。曹雪芹寫妙玉，寫得精微深細，深表惋惜，彌增憤懣。所謂"千紅一窟""萬艷同杯"

者,各異情態。寫好妙玉,而其餘裙釵,亦生色矣。然則分析妙
玉形象、典型意義,不當盥誦再三,而能輕心掉之,簡單視之者
乎?瞽者無與乎文章之觀,聾者無與乎鐘鼓之聲,智亦有之。或
以《紅樓夢》爲小道,其中若干詩什爲淺俗者,固未足與深議也。

綜合分析,全觀沙子關於妙玉"身世"之議,實有可商者矣!
妙玉"十八歲應榮府之請,來櫳翠庵修行","去歲"隨師父入都,
住牟尼庵,則十七歲也。邢岫煙與妙玉在蟠香寺"做過十年的鄰
居",隔墻賃居,指點文字,情誼既篤,話亦親切。邢以"投親"分
袂,隨着邢忠夫婦來到賈府。妙玉入都,中經曲折。然則計時妙
玉"出家",沙子所稱之"自幼",逆溯當爲五歲或六歲左右也。毛
澤東同志云:世上決没有無緣無故的愛,也没有無緣無故的恨。
五歲六歲左右孩提,"誰無父母,提攜捧負,畏其不壽"。然則,沙
子所謂"自幼因病出家,疾世忌俗"。其"疾"其"忌",何"緣"何
"故"乎?妙玉之於"貴勢壓人",怨毒深矣。妙玉出身於讀書仕
宦之家,孩提之時,如何萌此念耶?沙子答曰:

> 如同惜春那樣,日夕廁身其間,對貴家以勢壓人的種種
> 手腕並不陌生。

沙子"廁身"之議,究誰屬乎,余推其意,當指其出身之家也。果
是,沙子視妙玉閱世已深,不啻神童矣。余謂妙玉此時對於"貴
勢壓人,種種手腕",不僅陌生,且無知矣!惜春雖稚,非孩提也。
其識冷遇,余既析矣!然則妙玉之"如同"惜春者,有何證乎?年
歲小大異也,豈能混而一之?沙子深惡"臆測",而以"科學考證"
懸幟者,諒有説矣?此"臆測"者,爲"假設"乎?爲"無稽"乎?抑
有佐證乎?沙子自道:"似可歸結",話不明確;又言"目前所知,
僅此而已!"則又落空矣。

余意十二裙釵,幼年經濟生活,文化教養,妙玉不亞於黛玉

也。曩日教育，類於幼時，延師課讀，既長遂游於藝，樂而好之矣。妙玉通翰墨，解音律，講品茗，蓋奠於此。舊社會中，窮寒之家，苦於不能溫飽，有送子女入浮屠者矣！然則，妙玉果何爲而帶髮修行乎？其原因非一般也。林之孝家的曰：

> 這位姑娘自小多病，買了許多替生兒，皆不中用，促的這位姑娘，親自入了空門，方纔好了，所以帶髮修行。

此一説者，余實疑之。空門非高級醫院也，斷難取信於今人矣。五歲六歲左右姑娘，不能自理。皈依三寶，其病方痊，亦難説有心理作用使然。空門條件，未必勝於仕宦家庭。苟若自小多病，入蟠香寺，父母遂少照顧，豈能反矯健乎？文學之爲藝術者，通過形象，所以反映社會生活也。妙玉多病，入了空門方愈。但在舊時某些人意識中，一若有神佛呵護者然，視爲奇跡矣。若王夫人者，能中聽之，故此説有市場也。然則此事，如何正確對待之乎？余意祇是傳説或託辭耳。妙玉之入都也，事則同矣！林之孝家的曰："因聽見長安都中有觀音遺跡，並貝葉遺文，去歲隨了師父上來。"邢岫煙則曰："聞得他因不合時宜，權勢不容，竟投到這裏來。"論者以爲林之孝家説的是門面話，邢岫煙語看來多了"聞得"兩字，實見本質。兩人所述不同，蓋觀點有異也。鳳姐曾曰："林之孝兩口子，都是錐子紮不出一聲兒來的。"管家聲口，類多俗見。然則，品第人物，豈能惑於現象者乎？妙玉出家，余疑另有原因在耶？此原因者，林之孝家的，固未真知；即邢岫煙，亦未聞也。所以然者，作者筆未到也。吾人根據《紅樓夢》所提消息，綜合分析，而形象補充之。事有必至，理有固然，或將有所見矣。

余嘗思之，歷史上大家中下堂婦者多矣，這家大到如何地步？下堂婦又將如何歸宿？在封建社會中，皇室、貴族、仕宦之家，婦女亦受四條繩子索縛，盡有作女冠、姑子者矣。帶髮修行，每人心中各具一譜。欲潔難潔，云空未空。皆有其不得已者在，爲不是出路的出路。此種人物形象，其模特兒，曹雪芹諒亦旦暮遇之。文有主次，事有簡繁。憐之述之，着墨不多。讓她幾次出場，然用氣力寫之。余生舊社會中，越數十寒暑。爲女尼者，入佛學會者，拜師父者，亦多見矣。偶一回顧，伊人秋水，飛花交露，夢墜荒雲，歷歷猶在目前也。此情此境，成長於新社會者，恐無此生活體驗矣。妙玉之出場也，日出東隅，照於尼庵，淡淡數筆，他人道之，苦未詳也。到玄墓，又過京，渡過山山水水，權勢不容，鑄成潔冷，中有一番經歷。"正是江南三月暮，落花時節又逢君。"曹雪芹九折回腸，詳述之，有千言萬語，乾淨利落，簡言之，以不盡盡之。妙玉入權翠庵，其表現也。墻垣高峻，不受賈府供養。賈母稍憩，受茶旋辭。珍璉狂妄，自慚形穢，不敢妄動食指。能撐持這個小天地，得小自在；論其氣局，非尋常矣。在某種意義上說，妙玉在十二釵中，爲另一典型。"無事不踏三寶地"，在她那個時代與環境中，思欲丟掉這個殼子，脫離家庭，闖了出來，而終難脫離這個殼子，持其"芳情"（成了"苦情"，釋見前文。）、"雅趣"，默訴蒼冥。理當經過異常激烈、複雜、反復、艱辛的道路。中心藏之，何日忘之。孤身闖道，看似勝利，終歸飄泊，難免化塵，丟掉了身上原來的殼，卻又進入了另一殼子。故其思想意義，實較惜春的人物形象所顯示者爲深。

在封建末世，處鐵屋中，妙玉身世之痛未易言也。孀婦，古稱"不祥人"也，易受物議，輒遭歧視。今日猶有人曰：妙玉原爲"無瑕白玉"，"遭泥陷"而不能"還潔去"。如說嫦娥，便非"潔白"少女矣。余謂：嫦娥非不潔白也。世俗之見，今猶不免。妙玉諱言，當可理解。然而人世浮沉，身懷隱痛。司馬遷曰："《詩》三百篇大底聖賢發憤之所爲作也。"憤積日久，適逢時機，蜻蜓點水，稍露衷曲。此實符合妙玉之殊情也。故其凹晶館聯詩十三韻，有深意矣。余已釋之，此不復贅。妙玉果爲孀婦，則前所提問題，亦可迎刃而解矣。視若懸解，可深味矣。年事既長，識見自饒。出大家中，當蓄珠玉。細水長流，藉以自給。飽受折磨，遁入空門，對於"貴勢壓人"，自然心驚不已；絕無媚骨，當爲"權勢不容"，而於"家貧命苦"之女，深加體恤，同氣相求，因締貧賤之交矣。余故曰：妙玉實鐵心好女子也。時至今日，俗猶非之。余書至此，夜闌人靜，一掬同情之淚，不禁奪眶而出矣！曹雪芹傳妙玉也，閱二百年矣，然其剡剡神靈，不躍然猶在紙上銘心照筆者乎？！

　　末了，附說一點：沙子評拙文曰："破題便說妙玉'託跡空門，原爲有所協逼而逃'。""不說別的，祇惜春出家的緣由便難以解釋。"按此邏輯，"惜春怎麼可以萌生做姑子的念頭呢？"余曰：惜春爲姑子，由於冷遇，其對生活缺乏追求勇氣，前已析矣。兩人道路不同。《易·繫辭》曰："天下同歸而殊塗，一致而百慮。"豈惜春必與妙玉生活感受齊同，庶可萌出家之念乎？吾不知沙子之"邏輯"爲何"邏輯"耶？復以"邏輯"壓人，強加於人，余實未敢苟同也。所欲言者尚多，囿於篇幅，即此停筆，讀者諒之。自慚學業荒落，高明如沙子者，閱之不知"捧腹"否耶？

（原刊《文學年刊》，1983 年 10 月）

　　編者說明：引文據人民文學出版社《戚蓼生序本石頭記》（有正石印大字本），1975 年版核對。

論晴雯

在《紅樓夢》中，曹雪芹用極其細緻、曲折的筆觸，通過一家貴族大家庭的沒落，塑造了封建社會中各種各樣的人物形象；從而使我們清楚地看到舊社會的冷酷幽暗，以及他們是怎樣地生活，怎樣地思想和怎樣地與那沉重地壓在他們頭上的黑暗勢力作鬥爭的。

在《紅樓夢》的創作中，被壓迫、被損害的女性形象是曹雪芹所塑造的最爲成功和突出的一個部分，通過這些描寫，顯示了這樣一種思想內容，不論她們的生活態度如何，她們卻都受到了那時代所給予的種種折磨。"千紅一哭，萬艷同悲。"在榮國府、寧國府生活着的許多少女們，有的是合乎官僚地主階級的看法與要求的，可是她們終於做了制度的犧牲者；有的是不合乎官僚地主階級的看法與要求的，並且是與之作鬥爭的，是壯烈的犧牲或淒然地死去的。關於這個問題，曹雪芹是愛恨分明的。他對那些迎合時流的人是冷視的、鄙棄的；對於那些敢於和環境鬥爭的是肯定的，充滿熱情的歌頌。在《紅樓夢》中，我們就可看到不少的可敬可愛的女性形象，能夠勇敢地愛，大聲地哭，"出淤泥而不染"，保持着一顆高貴而純潔的心靈，曹雪芹就是醮着眼中的淚、心頭的血，懷着滿腔的熱情來寫的，晴雯就是這樣的一個例子。

晴雯的音容笑貌，給我們的印象是強烈的。她的出現，使我們有一種感覺，好像在陰雨霏霏、暗淡的天空裏突然透出一綫輝煌閃目的陽光。這樣一個明朗、豪爽，不受環境沾染的女孩子，真像一個永不消失的春天。

說起晴雯，是沒有家世可考的。她是孤苦伶仃的，祇有一個醉泥鰍的姑表哥哥和那色情狂的表嫂燈姑娘。不曉得她姓什麼。十歲上被賈府的大管家賴大買了來，當丫頭，做了奴才的奴才。由於賈母的歡喜，賴大媽媽把她孝敬了老太太，纔升格做了主子的奴才，後來又幸運地做了寶玉的丫頭。雖然這樣，晴雯卻是始終受人排擠的，她的命運是始終受着人家的擺布的，生活在像賈府這樣的一個官僚地主家庭裏，作爲僕從與奴才的人；他們的生活態度是可以分成這樣的幾種類型，有的是對主子“忠心耿耿”，甘受壓迫而默默無言的，這種人的性格可能是愚蠢而善良的；有的是對主子“忠心耿耿”，甘受壓迫而學會一套鑽營奉迎的手段，希望一朝登天，爬上去，這種人的性格是狡猾而陰險的。這兩種人的生活表現不同，但基本上是可以爲當時的環境所容許的。後一種人，並且能左右逢源，博得主子的歡心。可是第三種人，晴雯的表現就不同了。“心比天高，身爲下賤，風流靈巧招人怨！”敢於叛逆，敢於反抗，自然，她是不爲環境所容許了。作者就在這裏加以歌頌，使我們所感受的，不祇是同情晴雯遭遇的悲慘；而是更重要的，敬愛她的勇敢反抗的鬥爭精神。

的確，我們可以看到生活在賈府的女性們，像隻飄浮在茫茫大海裏的孤舟，隨時是有慘遭沒頂的危險的。因而有不少女性，懂得生活在這樣的現實中，就得適應這個現實，抓緊這個現實；從而占有這個現實。例如：委曲求全的襲人，老成持重的平兒，小心謹慎的薛寶釵就是這樣。她們爲了保持自己的地位和向上爬，就把“應分”與“忠心耿耿”爲主子的利益服務，同時又爲自己的利益服務結合起來，不惜用諂媚、籠絡、忍受、謙卑、排擠、訛詐、陷害、依草附木、攀龍附鳳、卑躬屈膝、招搖撞騙等等手段來達到這種可恥的目的。在這樣的一個環境裏，晴雯的生活態度就與她們有着本質上的不同了。晴雯是不懂得較量個人的利害關係的，她是不願爲她自己仔細地考慮一下和策劃一下的。晴雯是不掩飾、不隱蔽，保持自己品質的純潔的。"晴雯撕扇"就顯示了晴雯的奔放不拘的性格。這個故事把受壓制的少女的内心活躍地表現出來了，是多麼可愛的故事啊。

就談"晴雯撕扇"吧。《紅樓夢》中寫"晴雯撕扇"是緊隨着"襲人吐血"，這一細節而出現的。通過這兩個細節描寫，可以對照地來說明兩個不同的人物性格。

有一次寶玉淋了雨，没好氣，回得怡紅院來，他是滿心想把那開門的踢幾腳的。適巧襲人來了，寶玉就踢了她一腳。當時襲人"當着許多人，又是羞，又是氣，又是疼，真一時置身無地"。然而她是"一面忍痛整理衣裳，一面笑道'我是個起頭兒的人'"，小心地忍受了。晚上，襲人吐出一口鮮血來，不自覺地"冷了半截"。寶玉着忙，就要爲她醫治，叫人燙黄酒，要山羊血黎洞丸來，可是襲人卻不願聲張。因爲從她的地位考慮，這樣做對她是不利的。於是，她拉了寶玉的手笑道：

> 這一鬧不打緊，鬧多少人來，倒抱怨我輕狂；分明人不知道，倒鬧的人知道了。你也不好，我也不好。正經明兒，你打發小子問問王太醫去，弄點子藥吃吃就好了。人不知，鬼不覺的，可不好麼？（有正書局大字石印戚本　下同　第三十一回）

可是緊接着在晴雯身上所發生的事故，她的態度就不同了。寶玉悶悶不樂，回至房中；晴雯上來換衣服，不防把扇子跌折了。寶玉就罵她："蠢才，蠢才！將來怎麼樣？明兒你自己當家理事，難道也是這麼顧前不顧後的。"晴雯卻冷笑起來："二爺近來氣大得很，行動就給臉子瞧。""要嫌我們就打發我們，再挑好的使，好離好散的倒不好！"直把寶玉氣怔了。襲人就來解勸："好妹妹，你出去逛逛，原是我們的不是！"卻給晴雯熱譏冷諷地批駁一番。

> 我倒不知道，你們是誰？別叫我替你們害臊了。便是你們的鬼鬼祟祟，幹的那事兒，也瞞不過我去；那裏就稱起我們來了。那正明公道，連個姑娘還沒挣上去呢；也不過和我似的，那裏就稱上我們了。（同上）

羞的襲人臉都紫脹起來。賈寶玉生活在賈府中，免不了是有他的主子的一些習氣的。但襲人和晴雯對他的這一習氣的感受和態度就不同了。一個是小心地忍受，而一個卻是隨意地批駁的。"襲人吐血"與"晴雯撕扇"，這兩個細節描寫，形象地說明了這一問題。晴雯認爲"要打要踢，憑爺去就是"，是不以爲主子的威風爲然的。晴雯的性格是倔強的、優美的，她是並不因爲寶玉的氣惱而軟弱下來的。就是這點，使得寶玉敬重。故事發展，因而由跌扇而撕扇，導致成爲喜劇而結束的。

在封建社會裏，女性所深受的壓迫，真是在新社會裏生長的人們所不易理解的。她們是不能自由地流露自己的情感的，或者率直地說出自己的意欲的。情人相見，衹是脉脉無言的。一個姑娘，縱然生得非常貌美，衹是"顧影自憐"，卻不便使人家發覺或聲揚她的美麗的。晴雯就是不肯顧忌這點而受到人家的陷害的。

> 別的都還罷了，太太不知：頭一個寶玉屋裏的晴雯丫頭，仗着他生的模樣兒比別人標緻，又生了一張巧嘴；天天打扮的象個西施的樣兒；在人跟前能説慣道，掐尖要强。一句話不投機，他就立起兩個吊眼睛來罵人，妖妖嬈嬈大不成個體統！（七十四回）

晴雯是敢説、敢笑、敢怒、敢罵的，可是襲人就在王夫人面前告她的陰狀了。

晴雯是勇敢的。一個向環境屈膝、向命運低頭的人，當他面臨考驗的時候，是會失去自持的力量的。晴雯正好相反。"補裘"是可以看出她的生活態度的。

> 一面說，一面坐起來，挽了一挽頭髮，披上了衣裳。祇覺頭重身輕，滿眼金星亂迸，實實撐不住。待要不作，又恐寶玉着急。少不得狠命咬牙捱着，便命麝月祇幫着紉綫。……織補兩針，又看看；織補兩針，又端詳端詳。無奈頭暈眼黑，氣喘神虛。補不上三五針，便伏在枕上歇一會。……晴雯已嗽了幾陣，好容易補完了。說了一聲："補雖補了，到底不像，我也再不能了！"嗳喲了一聲，便身不自主，倒下了。（五十二回）

"鼓勇服勞，捨死忘生。"晴雯幫助人家是多麼的熱忱與勇敢啊！可是這樣一個活潑天真的女孩子，卻爲封建社會所吞噬了。晴雯之死，《紅樓夢》是寫得十分出色的。

> 王夫人在屋裏坐着，一臉怒色，見寶玉也不理。晴雯四五日水米没曾沾牙，懨懨弱息。如今現從炕上拉了下來，蓬頭垢面，兩個女人攙架起來去了。（七十七回）

如晴天霹靂一般，晴雯就這樣的被攙走了。寶玉走來，祇見襲人"在那裏垂淚"。襲人是同情晴雯的嗎？這可能是襲人見了晴雯的不幸而觸動了自己的地位、身世之感吧。事實就是這樣。寶玉觸景傷情，倒在床上，也哭了。襲人卻來勸寶玉道："哭也不中用了。"忙用話來截止他的感情，並且她在不自覺中流露了自己的看法，認爲王夫人處理得是好的。

> 寶玉哭道："我究竟不知晴雯犯了何等滔天大罪？"

襲人道："太太祇嫌他生的太好了，未免輕佻些！在太太是深知道這樣美人似的，必不安靜；所以很嫌他，像我們這粗粗笨笨的倒好。"（七十七回）

寶玉倒很奇怪："怎麼人人的不是，太太都知道，單不挑出襲人和麝月、秋紋來？"是哪個在搗鬼呢？這人不是襲人是哪個呢？當寶玉說出這疑問時，襲人是"心一動"的，也許是面孔紅過一紅的；但停一會後，襲人竟然花言巧語，又裝模作樣起來了。襲人是不止的歎氣的，她的內心卻是說不出的喜悅的。因而，襲人在不自覺間，是做出不時的"笑道""又笑起來""又可笑，又可歎，因笑道""心下暗喜道"的種種醜態的。寶玉見了，祇有熱譏冷諷，痛哭憤慨而已。

寶玉笑道："你是頭一個出了名的至善至賢之人，……祇是晴雯……性情爽利，口角鋒銳些；究竟也不曾得罪你們。想是他過於生得好了，反被這個好所誤。"說畢，復又哭起來。（同上）

襲人的笑是在她的同情晴雯的遭遇的垂淚下不經意地流露出來的；是在寶玉的憤怒、傷心、痛哭、冷笑中反襯出來的。寶玉便和襲人商量，拿幾串錢給晴雯養病，襲人滿口答應，笑道："我原是久已出名的賢人，連這點子好名還不會買去不成？""悄悄的叫宋媽給他拿去。"襲人的心計，這裏寫得不是如畫嗎？

封建統治階級爲了維護它的秩序，是絕不容許人家的叛逆的，是會撒下天羅地網來防止人家的。賈政、王夫人就是賈府的封建大家庭的正統人物、代表人物，他們是想盡方法來使帶有叛逆性格的寶玉來加以就範的，襲人是死心塌地地爲他們效勞的，她曾以告密的方式來博取王夫人的信賴，和藉以鞏固她的社會地位的，晴雯卻是贊助寶玉這一叛逆性格的。在《紅樓夢》中，自從寶玉挨打以後，這種追求個性解放與擁護封建秩序之間的矛盾，日趨於複雜化、尖銳化與明朗化了。關於晴雯與襲人的生活態度，我們祇要聽聽王夫人的議論就可明白了。

> 三年前，我就留心這件事，先祇取中了他（晴雯），色色比人強，祇是不大沉重。若說沉重知大禮，莫若襲人第一。……行事大方，心地老實。這幾年來從未逢迎着寶玉淘氣。凡寶玉十分胡鬧的事，他祇有死勸的；因此，品擇了二年，一點不錯了。（七十八回）

王夫人又對怡紅院的丫頭說：

> 打諒我隔的遠，都不知道呢？可知我身子雖不大來，我的心耳神意時時都在這裏。難道我通共一個寶玉，就白放心，憑你們勾引壞了不成。（七十七回）

王夫人這話是有根據的。哪個告訴她的，這個自不必說了。所以曹雪芹寫晴雯的被攆，襲人一方面垂淚，一方面又暗喜，人物描寫用筆是十分深刻的。

寶玉與襲人說了一番話後，傍晚就去看晴雯，晴雯睡在一領蘆席上，寶玉悄悄地來喚她。晴雯強展星眸，哽咽道："我祇當今生不得見你了！"晴雯渴着，寶玉在爐臺上黑沙吊子裏斟了半碗給她，晴雯一氣都灌下去了。寶玉問她，晴雯嗚咽道：

> 祇是一件，我死也不甘心的。我雖生的比人略好些，並没有私情密意，勾引你怎樣！如何一口死咬定了我是狐狸精，我大不服。今日既已擔了虛名，而且臨死不是我說句後悔的話："早知如此，我當日也另有個道理。……"（七十七回）

晴雯便將兩根指甲絞下，遞與寶玉。並說："我將來在棺材內躺着,也就像還在怡紅院的一樣了,論理不該如此,祇是擔了虛名,我也無可如何了","回去他們看見要問,不必撒謊"。晴雯與寶玉,在靈魂的深處是共鳴着的,我們是爲他們的純潔深摯的友誼,以及他們的不幸的遭遇而悲憤着的。晴雯之死,曹雪芹在這裏,卻是並沒有繼續寫下去的。在晴雯的身旁,有個荒唐卑下的婦女——她的嫂子,燈姑娘出現了。"笑嘻嘻掀簾進來,"對寶玉道:"看我年輕又俊,敢是來調戲我嗎?""卻緊緊的將寶玉摟入懷中",無恥的囉嗦,把寶玉驚走了。燈姑娘的出現,作者是用來反襯晴雯的純潔的。正如寶玉說的:

> 就同一盆纔抽出來的嫩箭蘭花,送到豬窩裏去一般。(七十七回)

寶玉回到了怡紅院,第二天,被父親喚去了,沒有能夠再來看覷晴雯。在《紅樓夢》中,作者就是沒有直接地來寫晴雯之死的。她的死,寶玉是在兩個丫頭口中,若隱若現地聽到的,仿佛是死了。

> 秋紋……因歎道:"這條褲子以後收了罷,真是物在人不在了!"麝月忙道:"這是晴雯針綫麼?"又歎道:"真是物在人亡了!"(七十八回)

秋紋、麝月是慣會假惺惺的,寶玉不理她們,再向兩個小丫頭探問。卻聽說道:

> 晴雯姐姐直着脖子叫了一夜,今日早起就閉了眼,住了口,人事不知,也出不得一聲兒了。(七十八回)

這樣一個姑娘,就在這樣的一個社會裏,悄悄地死了。"俏丫鬟抱屈夭風流","風流靈巧招人怨,壽夭多因誹謗生,多情公子空牽念"。晴雯就是這樣的,無聲無響地死去了。封建社會就是這樣的一個社會。這是對於他所處的那個社會給以無情的鞭撻。

曹雪芹是以移虛就實法，來寫晴雯之死的；這是他的寫作高明的地方，是值得我們學習的。

晴雯死了，曹雪芹接着就寫寶玉的哀痛、憤怒，從而讚揚了在封建制度壓迫下進行掙扎與反抗的叛逆人物。寶玉的沉痛，及其美好的理想，是體現在他所作的《芙蓉女兒誄》裏的。作者寫這篇文章，是曾慎重地發過一番議論的。

> 亦必須灑淚泣血，一字一咽，一句一啼。寧使文不足，悲有餘方是，不可尚文藻而反失悲切。況且古人多有微詞，非自我今作俑。無奈今之人全切於功名二字；故尚古之風，一洗皆盡。恐不合時宜，於功名有礙之故也。我又不稀罕那功名，我又不爲世人觀閱、稱贊，何必不遠師楚人之言，《招魂》《離騷》《九轉》《枯樹》《閒觀》《秋水》《大人先生傳》等法，或雜參單句，或偶成短聯，或用實典，或設譬喻，隨其所之，信筆而去。（七十八回）

這裏實際也是反映了曹雪芹的叛逆與反抗的。這是曹雪芹忠實於現實主義創作方法的一篇重要的宣言，對當時"尚文藻"，借文筆來弋取功名的庸俗觀點來說是有積極的鬥爭意義的。可惜這樣的文字，在程甲乙本中，卻被高鶚所刪去了。這是高鶚識見淺陋的地方。

晴雯是一個丫頭，是談不上有什麼學問的。可是她的品操：反抗現實，嫉惡如仇，獨往獨來的精神卻與寶玉是有共鳴的。晴雯之死，寶玉對現實是懷有極大的悲痛與憤怒的。在《芙蓉女兒誄》裏，曹雪芹是精煉地抒寫了他的這種感情的。

> 諑謠諑詬，出自屏幃，荊棘蓬榛，蔓延戶牖。豈招尤則替，實攘詬而終，既屯幽沉於不盡，復含罔屈於無窮，高標見嫉，閨幃恨比長沙；直烈遭危，巾幗慘於羽野；自蓄辛酸，誰

憐夭折？仙雲既散，芳趾難尋。（七十八回）

醜惡的蒙受扶植，善良的橫遭摧殘。幽潛蒙羞，阿比徼倖。這就是封建社會的現實。晴雯就這樣地被迫害死了。寶玉最後喊出：

箝誠奴之口，罰豈從寬。剖悍婦之心，忿猶未釋！

不勝其憤怒了。寶玉遭受父親的痛打以後，又受到母親的嚴厲的懲處，眼看着晴雯的孤立無援，含冤而死，使他更深一層地覺察到現實的陰險與殘酷。可是寶玉的叛逆、反抗，暫時是不能得到勝利的。於是作者用浪漫主義的手法，把寶玉的思想感情引導到神話的領域裏邊去，來歌頌他們的勝利：晴雯做了芙蓉花神了。

始知上帝垂旌，花宮待詔。生儕蘭蕙，死轄芙蓉。聽小婢之言，似涉無稽；以濁玉之思，深爲有據。

這裏也曲折地反映了人民對於被壓迫者受苦難者的美好願望。

晴雯的死，標幟着她周圍環境的醜惡。曹雪芹對晴雯的歌頌，同時也顯示了對舊社會的鞭撻，這是有積極的進步意義的。

（原刊《語文進修》，1964 年第 1 期）

編者說明：引文據人民文學出版社《戚蓼生序本石頭記》（有正石印大字本），1975 年版核對。

秦可卿之死新論

關於《紅樓夢》寫述秦可卿之死,甲戌本《脂硯齋重評石頭記》第十三回:"秦可卿死封龍禁尉,王熙鳳協理寧國府"中有六條脂批,可供參考。

1.在正文"闔家皆知,無不納罕,都有些疑心"上批:"九個字寫盡天香樓事是不寫之寫。"

2.在正文"賈珍哭的淚人一般"旁批:"可笑如喪考妣,此作者刺心筆也。"

3.在正文"另設一壇於天香樓上"旁批:"刪卻是未刪之筆。"

4.在正文"又聽得秦氏之丫鬟,名喚瑞珠者,見秦氏死了,他也觸柱而亡"旁批:"補天香樓未刪之文。"

5.回末眉批:"此回祇十頁","因刪去天香樓一節,少卻四五頁也"。

6.回末總評:"秦可卿淫喪天香樓,作者用史筆也。老朽因有魂死託鳳姐賈家後事二件,嫡是安富尊榮,坐享人能想得到處。其事雖未漏,其言其意,則令人悲切感服,姑赦之；因命芹溪删去。"①

庚辰本回末又有總評一條，涉及此事：

> 通回將可卿如何死故隱去，是大發慈悲心也，歎歎。壬午春。

　　秦可卿之死，由於《紅樓夢》原稿删去"四五頁"，傳本已將"死故隱去"；對於可卿怎樣死法，讀者便覺迷離恍惚，一時看不清楚。這"四五頁"書，內容如何，值得探索、討論。關於這個問題，迄今很多人都是認爲：可卿之死，由於賈珍與可卿聚麀，爲婢撞見。可卿羞愧，因而懸梁自盡。②倡此説者，以寶玉在薄命司中所見暗示秦可卿身世命運的册子，畫着高樓大廈，有一美人懸梁自縊，瑞珠見秦氏死，觸柱而亡，和鴛鴦臨死前秦靈出現爲證，此説是有根據和道理的。但説秦可卿之死一定如此，所删這"四五頁"書，內容就寫這個，我説未必！這"四五頁"書，我的看法，很可能是寫：賈珍與可卿聚麀，可卿病中縱淫暴亡。關於這事，曹雪芹寫得淋漓盡致。在"道學家"看來，"見到淫"，覺得有失大雅，脂硯因命"芹溪删去"；但在曹雪芹看來，原意可能藉以暴露賈府的淫亂腐朽，或有惋惜賈府由盛而衰没落之感。這在我們看來，是件極污穢的事，端不出來的。今端出來，揭露中卻有着反封建的客觀上的認識意義，不能以"黃色"視之。曹雪芹這樣寫是符合他在第五回秦可卿册子中所暗示的題意："情天情海幻

---

① 靖本此條稍增，"因命芹溪删去"下有"遺簪""更衣"等情節。

② 參見俞平伯《〈紅樓夢〉辨》："秦可卿底結局是自縊而死，卻斷斷乎無可懷疑了！"及周汝昌《紅樓夢新證》引臞蝯《紅樓佚話》："又有人謂秦可卿之死，實以與賈珍私通，爲二婢窺破，故羞憤自縊。書中言秦可卿死後，一婢殉之，一婢披麻作孝女，即此二婢也"等。

情身,情既相逢必主淫,漫言不肖皆榮出,造釁開端實在寧"。寫秦可卿重在寫一個"情"字、"淫"字,她是賈家不肖種種的開端。甲戌本墨筆眉批道:"判中纔是秦可卿真正死法,實事書中掩卻真面,卻從此處跡。""淫"字是可卿"真正死法"。糾繆發覆,這批可謂深有識見。這與脂批:"秦可卿淫喪天香樓,作者用史筆也。"精神符合。"淫喪"説明可卿之死是由"淫"而"喪"。"史筆"是説:這是實録,兼是貶辭。"淫喪"即指"天香樓事"。但這"淫喪"的具體情況究竟如何呢?這"四五頁"書就是寫這"淫喪"。這"淫喪"可能就寫:賈珍與可卿聚麀,秦氏病中縱欲暴死。可卿這樣"暴死",賈珍樂極悲來,驚恐交集,因而"哭的淚人一般",需要在天香樓上"另設一壇"打"解冤洗孽醮",以解寬恕。這是點睛之筆,曹雪芹這樣寫是有深意的。《紅樓夢》回目"死金丹獨艷理親喪""情小妹恥情歸地府""覺大限吞生金自逝""俏丫鬟抱屈夭風流"(以上根據戚本),"苦絳珠魂歸離恨天""施毒計金桂自焚身""還孽債迎女返真元""史太君壽終歸地府""鴛鴦女殉主登太虚""死讎仇趙妾赴冥曹"和"王熙鳳歷幻返金陵"等許多回,寫諸人死法,回目與正文内容都是名實相符的。因此"秦可卿淫喪天香樓"這回書,當是寫秦可卿的"淫喪",而非其他。① 若説這"四五頁"書是寫她的懸梁自盡,怕是説豁邊了。第十三回回首,原來該是"秦可卿淫喪天香樓,王熙鳳協理寧國府",後因删去"四五頁",遂將回目改爲:"秦可卿死封龍禁尉……"若是回目原作"秦可卿自經天香樓",那就可以有力地證明秦可卿是懸梁自

① 明人所編小説中寫猥褻者多,如《金瓶梅》《玉嬌李》及"二拍"中《喬兑換鬍子宣淫》《任君用恣樂深閨》《奪風情村婦捐軀》和《京本通俗小説》中《金主亮荒淫》兩卷(繆荃孫以書"過於穢褻,未敢傳摹")等,這些作品可能有些給曹雪芹一些寫作構思上的影響。

盡的了。

　　鴛鴦殉主見《紅樓夢》第一百十一回，這是後四十回事。鴛鴦氣絕，祇見秦氏隱隱在前。秦氏向鴛鴦道："我在警幻宮中，原是個鍾情的首座，管的是風情月債，引塵世的癡情怨女，早歸情司，所以我該懸梁自盡。"由於《紅樓夢》原稿早已删去這"四五頁"，續作者難以領悟曹雪芹原來的意圖，祇能根據自己的理解掇拾出册子中的意圖，從而敷衍情節。因此，這樣創設的情節未必與前面删去的情節前後呼應，完全符合。瑞珠所見，書無交代。她所見的，很難斷定即是懸梁自盡。說她曾見秦氏縱欲暴死之情之狀，亦屬可能，書中寫道："小丫鬟名寶珠者，因見秦氏身無所出"，也用一個"見"字。"見"字可理解爲知道之意。秦氏侍婢，對秦氏起居，自然親昵洞悉。賈珍聚麀，在賈府裏看來是個公開的秘密。小丫鬟即使知曉，誰敢饒舌？賈珍諒不會多所顧忌。鳳姐潑辣，但她聽到焦大"連賈珍都說出來"，祇是假作不聞，掩耳盜鈴，傳令牽去馬廐，糊以馬糞，不敢發威深究。說明這事，上自當權，下至僕役，都已知曉，默識不宣而已。寶玉神遊，賈蓉袖手，白晝穢行，亦尚不以爲事。唐明皇有個兒子壽王，明皇可以公然掠奪他的媳婦爲楊貴妃。披着畫皮，居然冠冕堂皇。焦大遠在府前，酒後可以直指。婢是近侍，諒不存在撞見與否情事。玩世不恭的人，幾曾懂得羞愧。懂得羞慚，那就不願不敢聚麀了。第七回寫賈璉院中的丫頭們對於賈璉與鳳姐白晝宣淫之事，並不回避，祇是守衛。曹雪芹並以柳藏鸚鵡語方知法寫之，讀者自能妙悟。第十三回寫秦氏暴亡，"鳳姐聞聽嚇了一身冷汗，出了一回神"。寶玉"從夢中聽見説秦氏死了，連忙翻身爬起來，祇覺心中似戳了一刀的，不忍哇的一聲噴出一口血來"。"賈珍哭的淚人一般。"甲戌本脂批："可笑如喪考妣，此作者刺心筆也。""衆人忙勸道：'人已辭世，哭也無益。且商議如何料理要緊。'賈珍拍手道：'如何料理，不過盡我所有吧。'""賈珍此時也有些病症在身"，"拄個拐，紮掙着，要蹲身跪下請安道乏"都顯得困難。聚麀縱欲暴亡，這些都是神來之筆，寫得玲瓏透貼。這對賈珍來說刺激是太大了，自然會有這樣的反應。從某種意義上說來，這是一種虐殺。秦氏有其罪愆，但她同時又是一個受害者。原目"淫喪"，實是由淫而喪。《金瓶梅》中有這情事，《紅樓夢》中安見沒有？秦可卿之死諒是屬於此類。

秦可卿是蒲柳之質，弱不禁風。這種婦女，自然多愁善感，缺乏勞動鍛煉。書中寫及張太醫細論病源，"氣滯血虧"，"月信過期"，"精神怠倦"，"夜間無寐"。病血，神經衰弱，心功能不甚強壯，有婦女病，水盛血虧，本已有着積症。太醫開了一帖益氣養榮和肝湯的補劑。平時沒有明顯表現，但在公媳聚麀，悲喜、悔恨交加之時，精神就會處於極不協調狀態之中。勞累過度，精神激動，樂極生悲，心房顫動，心肌梗塞，這當是暫時性的虛脫，處於休克狀態。昏了過去，神志不清。在這奄奄一息之時，人非真死。當時沒有強心針可打，也無超聲波、心電圖可以檢查。在舊時代，有獨參湯可以醫療，但事出意外，沒有這個準備，不是把死馬當活馬來醫，而是把活馬當死馬來看。自然不好請醫，也不便請醫。賈珍看這情況，自然驚惶失措，怕負責任，輿論難堪，早就溜了。可卿休克，如若醫藥及時，當可維持一段時間，或者轉危為安。賈珍溜了，哪個前來搶救？可卿奄奄一息，停了一些時間，竟是夭逝。終於丫鬟進來，秦氏一絲不掛，半露嬌軀；四肢冰冷，仰臥床側。看了驚慌，叫喊起來，秦氏早向薄命司報到去了。這個丫鬟看來就是瑞珠。賈珍聽到風聲，當即跑來，假惺惺地前來辦喪事。在這所刪的四五頁中，諒有：賈珍溜了，"遺簪"枕旁及秦氏"更衣"猥瑣不堪之事。賈珍自然是使秦可卿淫喪的罪魁禍首，但他決不扮演是見她死的第一個角色。瑞珠卻是第一個見秦可卿淫喪的，她雖見着，許多話祇能藏在肚子裏，一句也端不出來的。這時（給）秦可卿穿好衣服、被衾蓋着。賈家寧榮二府"雲牌連叩四下，正是喪音"。很快傳開，"闔家皆知"了。這樣突然的噩耗，自然"無不納罕，都有些疑心"起來。在資本主義社會中是公開的賣淫，人與人之間有的是赤裸裸的金錢關係。在封建社會下，有時是在虛偽的禮教下，貞節紗幕下的賣淫。深情脉脉，搞的是不正當的男女關係。不少政治集團政客，在搞政治交易，在搞什麼裙帶風："階房帷而拖青紫，緣恩倖而擁玉帛，非一族焉。"《紅樓夢》是部百科全書，這一方面也寫了進去。我願有才華的紅學家能把這删去的"四五頁"再補起來，彌補這一缺憾。

《紅樓夢》塑造形象，極爲成功。大小人物都有立體感，寫得飽滿；獨有寫這秦可卿，有些像個平面畫像，這是爲什麼呢？曹雪芹寫《紅樓夢》動筆不久，寫這秦可卿，也當是抖擻精神來寫的。爲什麼寫這個人物很快地一掠而過呢？綜觀全書，"從千里之外，芥豆之微小小一個人家"敘開之前，出現了這個人物，一轉瞬間，隨手結束。在曹雪芹之意，"情天情海幻情身，情即相逢必主淫。漫言不肖皆榮出，造釁開端實在寧"。可能塑造這秦氏形象是寫賈府淫亂的開端。因此這裏，曹雪芹把她的"情"與"淫"寫得充分，寫得淋漓盡致。不僅寫"情天情海"，而且放開筆墨，寫她的"主淫"，直至"淫喪"，寫得聳人耳目。這"四五頁"删去之後，自然"淫喪"不見，相對地說：秦可卿這個人物，也就顯得沒有立體感，而是平面畫像了。曹雪芹寫賈府之淫，書中還借柳湘蓮石獅子之言提醒。寫了秦氏，又寫鳳姐，寫尤二姐，又寫鮑二家的，一寫再寫，又寫了個多姑娘。這多姑娘在《紅樓夢》曹雪芹的筆下是較爲後來出現的。她的酒糟男人，混名多渾蟲。蟲而渾且多，可見淫亂之甚。第十九回曹雪芹輕描淡寫地寫了茗煙幾句。"寶玉倒嚇了一跳，心想：'美人活了不成？'乃大着膽子，舐破窗紙，向內一看——那軸美人卻不曾活，卻是茗煙按着個女孩子，也幹那警幻所訓之事，正在得趣，故此呻吟。"甚見蕩人心意。這如在太倉裏用一米槍戳出一撮米來，當個樣品。在賈府中有那麼多走不完的深院洞房，有那麼黔頤沈沈的姬妾婢僕，有那麼深廣精微的淘氣語言，聲色犬馬。輕輕地下了茗煙這粒子兒，一盤棋全面都走活了。賈府淫亂，不是有獨無偶，冷冷清清的。秦可卿"人病到這個地步，非一朝一夕的症候了"。更加荒淫無度，這"瞬息的繁華，一時的快樂"，自然"樂極生悲"，難道就不會在縱淫中喪生嗎？曹雪芹創造"淫喪天香樓"這一細節，"四五頁"書就是突出塑造秦可卿"淫喪"這一典型人物的典型事件的。

從歷史上看，在南明的弘光小朝廷裏，宮人巷中每天總有新的屍體拋棄，曹雪芹寫秦可卿的淫喪，當然是有他的歷史和現實的根據與見聞的。有意留此一章，就有抒發他的暴露封建統治者的微意的吧！賈璉、鳳姐都是賈府裏的當權人物，各有穢史，這也可以說是封建統治階級整個生活的一個側影。描寫璉、鳳自有許多方面要寫，寫穢、寫淫，曹雪芹因此把他的精神移植，集中在秦可卿的身上了。

兩個侍婢，一死一尼，可以理解爲人殉的殘留。這不一定爲着侍婢看着主子的一些醜事，怕傳揚開去，因而加以迫害，讓她們非死不可的。這是由於秦可卿的喪事既有這樣的排場，喪禮需要殉供。曹雪芹可能同意這事，將這兩丫鬟寫得主動，她們纔這樣表演了。在歷史上，奴隸主死了，奴隸應當同主人生時一樣侍候他們，整批整批奴隸就被活埋了。親信、嬖人、儀仗、狗馬、珠玉、穀物、藥餌、鼎彝、倉灶，無所不有，無所不備，都成爲殉葬品。層層棺槨，深藏福地，千祀萬禩，受享無窮。秦氏睡的是鐵鋼山上的棺木，"萬年不壞"。賈蓉不過是個黌門監生，賈珍嫌靈幡、經榜上寫時不好看，花了 1200 兩銀子買了個五品龍禁尉。

開喪便好"浩浩蕩蕩壓地銀山一般","擺三四里遠"大殯起來。賈珍是盡其所有來辦這場喪葬。僧道道場就用了 15695 人次。① 這樣的排場,葬禮中靈柩旁、殯館裏,就沒有死的、活的在陪伴着她嗎? 我在平湖參加過一次訴苦會。平湖有家地主在民國時代葬禮中還騙買兩個蘇北小孩活埋在墳坑裏做仙童、仙女。人殉由來已久,烈女、節婦、義犬、愛雀,都是它的殘跡。文人韻士,時見歌頌,曹雪芹自然也有感受,這兩個侍婢就是在這一制度和氣氛下的犧牲品。當時賈珍"喜之不禁",認爲孫女。不,應該説是義女啊! 瑞珠"觸柱而亡",寶珠"在靈前哀哀欲絶"。"於是闔族人丁,並家下諸人,都各遵舊制行事了。"自然,這就説明兩個丫鬟的遭遇是在"遵舊制行事"的禮制下犧牲她倆的生命與幸福的。

(原刊《北方論叢》,1988 年第 1 期)

① 108 僧人拜大悲懺 49 天,爲 5292 人次。99 全真道士打解冤洗孽醮 49 天,爲 4851 人次。50 高僧,50 高道在會芳園靈前,按七做好事 49 天,爲 4900 人次。12 靈前静尼守靈 49 天,爲 588 人次。64 青衣請靈。共計 15695 人次。

鴛鴦抗婚

古代婦女都是在政權、族權、神權、夫權重重疊疊的壓制下生活，縱使是得寵，受尊敬，有權勢地位，實際上仍是受奴役、受困辱、受蹂躪，遜於男人一等。所不同者紅顏薄命，她們的生活遭遇，以及在文學作品中的表現與反映形式多種多樣而已。有少數婦女，因爲有名、有才、有色，纔被載入史册，還有千千萬萬的婦女，默默地生存，默默地淪亡，香消玉殞，埋没在斜陽漫煙歷史的長流中。

鴛鴦是賈府中大丫頭頭面人物，時刻在老太太身邊，闔府上下都是另眼看待。驕橫如鳳辣子，不把諸人放在眼裏，而對鴛鴦是刻意奉承的。這仿佛是歷史上的司禮太監，雖是奴才，卻有權勢，又終竟是奴才。司禮太監是宦官群的權璫，與通常的太監不同。大僚之奉“太監”，覷覦帝皇，暮夜乞憐，甘稱兒孫，史例盡多。杭州靈隱寺大雄寶殿前有萬年寶鼎，是明司禮太監孫隆造的，今已不在。鴛鴦是賈母府中的大丫頭頭面人物，有此地位，所以賈赫看上了她。但鴛鴦心地善良，没有那套“權璫”的伎倆。

總是這樣，可是鴛鴦的出路何在呢？由大丫頭而爲姨娘，這是升級。偏房扶正，又是個升級。這都是十分“幸運”的歷程。所以嬌杏諧音爲徼倖。這一輩人擺在她們面前的命運就是如此。

璉二爺房中是個胭脂虎，平兒委婉其間，痛苦自知。這樣的生活感受，旁觀者清，鴛鴦是瞭然的。寶二爺房中已有個準姨娘在，襲人就是日夕暗暗窺視。如小紅那樣，祇有另找主子，這事可在鴛鴦的處境就是完全不同。若在老太太死後，找戶小康人家，如襲人改嫁蔣玉函那樣，或在不大不小的官宦人家，當個填房，因爲她是大丫頭中的大丫頭，這樣做都是有現實性的。這是從襲人的看法來看鴛鴦的，可是要這樣做在赦大老爺看中她而被她拒絕之後，這幾條路就都被斷了。剪髮決絕，義無反顧，鴛鴦顯示了伊高尚情操，不知經過幾許揉搓，而在此歲月中，又不知經過幾番磨折，冷暖自知，奴役半生，到頭來以死了之。士大夫輩對節女、義僕，喜心翻倒，歌詠連篇，載入史冊，譽爲太平盛事。政老連稱難得，還叫寶玉代揖。貞潔坊下。冤魂聚哭。吸血鬼的世界，往往遍開人肉筵宴。中國幾千年的歷史，亦是婦女們吞聲泣血備歷苦辛的歷史。若編中國婦女史，資料是十分豐富的。

封建文人奉承意旨，把那些不甘屈辱、敢於鬥爭、前赴後繼的婦女們，一齊揮出筆下，幸賴"小說家言"，寫下了若干片段，《紅樓夢》中有生氣的正面人物，就是當時受奴役、受屈辱，遭損害最嚴重的這些人。硬骨頭就在其中，不能等閒視之。

封建君王在朝廷中往往有任意支配事、物與人的權力，封建家長在家庭中往往也是如此。奴化了的人亦即是物化了的人。在主子看來，它是使用價值，又是交換價值。文獻上的記載有愛姬相換與寵妾易名馬的"美談"。宮廷中常見不斷採訪妃嬪，充實後宮，一時鬧得雞飛狗跳，到處不寧。"拉郎配"是對於不甘心過那種見不到爹娘親人而進火坑去的無聲反抗。這與採珠、採玉、採木、"花石綱"同樣都是公開的掠奪。明朝的採礦使，是以發展掘墳當作礦藏的。有了權勢，可以竊鈎者誅，竊國者侯，什麼事都好辦了。秦可卿由於"兼美"，被賈珍視爲玩物。鴛鴦是可能被別人占有而急欲據爲己有的物。秦可卿死不久，又寫賈赦向老太太要鴛鴦，不成，到底買來個嫣紅。兩者情節不同，賈珍與赦，人亦不同；但實質上都是封建統治階級對被統治階級行使支配權。寫淫在某種情況下亦寫權，淫書實爲權書。這反映了封建家長的支配權。擴充到社會，便成爲霸占、逼婚、誘姦、初夜權如此等等。這在賈府中業已色色當行的了。石呆子的失扇，嚴嵩的覬覦《清明上河圖》，是個雅相的霸占。高俅父子的對林冲娘子，又是權勢施於屬吏的例子。英蓮被拐賣，同樣是書中許多不知姓名來歷的婢妾、女戲子、小尼姑等通過金錢關係被占有。拐騙人的人就是適應當時社會上這些需要而出現、而存在的。

賈赦大老爺無恥地教人傳話給鴛鴦說："我要他不來，此後誰敢收他。……叫他細思：憑他嫁到誰家，也難出我的手心。"鴛鴦卻說："就是太太這會子死了，他三媒六證的娶我去做大老婆，我也不能去！""家生子兒怎麼樣？'牛不喝水，強按頭'嗎？我不願意，難道殺我老子娘不成？""一輩子不嫁人，又怎麼樣？樂得乾凈呢！"以人論學、論詩、論詞，人總是第一位的：鴛鴦是硬骨頭，出水芙蓉，一塵不染的。爲人有時存乎學，識見高卓纔能追求高的境界；但也不一定，有些學者，人格卻是卑鄙的。鴛鴦久在老太太一輩人之間，真是看透這群人的肺肝的了，她因而不屑於獻媚合污。

有這樣一個回憶：

是午夜了，窮巷的那端到窮巷的這端，響起木魚聲伴隨佛號，是個嬌脆的女音呢！不論祁寒，還是酷暑和那風霜雨雪，人們早已安息在黑甜鄉里了。到時候，總劃破了夜空的寂寞，使聽者渾身冰冷。總是人世間的畸人了吧。希冀以嚴酷的苦辛來磨煉她的生命！天哪，苦啊！這真是慈航普渡嗎？

鴛鴦亦常念米佛，無邊冷漠，在凝固似巖石的空氣中，她端坐虔誠數念佛米，這聲音蕩漾在這空氣中。這佛米啊。粒粒浸透了血淚，交織着憤恨，寄託了多少複雜難言的情緒！這決不是廉價的天國入門券。祥林嫂精神上遍體鱗傷，極度刻苦，發誓要在廟宇裏布施一根門檻。我們可以嗤笑她迷信無知嗎？惜春出家，紫鵑獨願作伴，那番言辭就是她對自己目擊身受種種冤憤的檄文。這在當時，祇能如此，能以單純的迷信行爲來說明嗎？這其間有比血淚更血淚的內涵吧。

灰燼之中，有點微火。這微火啊，獨夜自煎，總將熄滅。王夫之云："將滅之鐙餘一焰，其勢終窮。"可是在一定條件下也就聚在大火群中融爲一體。到此時際，緬懷書中受壓遭辱的諸人，真有古人不及今人的感想！

離開大火，微火終竟熄滅──這是積累血和屍骨的經驗，可貴的、時刻不要忘記的經驗。

賈赦看中鴛鴦，賈母不給，爲什麼呢？老太太發怒咧："要這個丫頭，不能！"那是因爲鴛鴦是老太太"會調理"，調理出來的。對她還"得靠"有用，並不是心疼鴛鴦，使其免遭荼毒，倘使換別個丫頭，她自會點頭的，更不反對納妾，反而以爲要一萬八千的銀子，她給，對於自己有用的，母子之間也不會含糊。果然花了五百兩銀子，買來了嫣紅。這嫣紅也是不知自己姓名來歷的苦女孩。她露了一面，就無交代，也用不着交代。彩雲還不是個姨娘呢，遭嫁出去，賈環無動於衷。（這個姨娘的兒子，早已忘本。）以爲比彩雲好的盡多。秋桐曾經是粒棋子，鳳姐用過一下，吃掉對方之後，扔在一旁。歷史上不知所終的人盡多，亦是在處於無用的時候。周姨娘曾說："做偏房的下場不過如此！"（第 113 回）姨娘真不是人做的。這是共同的遭遇，抓權的人幾見有絲毫人性啊！

鴛鴦拒婚，對哥嫂說的那番話："怪道成日家羨慕人家的女兒作了小老婆，一家子都仗着他橫行霸道的，一家子都成了小老婆了！看的眼熱，也把我送在火坑裏去！我若得臉呢，你們外頭橫行霸道，自己封了自己是舅爺；我若不得臉，敗了時，你們把忘八脖子一縮，生死由我去！"（第 46 回）真的擲地有聲！並剪剖橙，無比爽利。元春之爲才人、妃子，不知在宮廷中居於幾等幾級，度不越大觀園中檀雲、麝月一輩耳。而賈府卻赫然便以皇親、國戚自居，侈泰至極，人人側目。后妃歸省，除非"大歸"，斷無其事，而賈府視爲鮮花着錦。曹雪芹創此一格，旨在立個境界，昭示矛盾。其間還插個夏太監，毀譽在手，控弦相示。所謂：筆有左右，墨有正反耳。元春歸省，泣涕漣如，怨恨把她送到見不得親人的地方，反不及甕牖"田舍"之家，饒有家庭真趣。而政老匍伏陳詞：臣家這幾年受恩已多，娘娘保重。懦小姐嫁個虎狼婿，爲的是位尊而多金；偏遭摧殘，束手瞪視，卻以嫁出去的女兒，潑出的水，聊以解嘲。都是把自己的女兒送入火坑，撈取政治資本。鴛鴦久侍太君，見聞自廣。逢彼之怒，豁朗朗傾箱倒篋而出之了。到頭來，"兒命已入黃泉，天倫啊，須要退步抽身早"；"機關算盡太聰明，反送了卿卿性命"。（這話難道衹專指鳳姐一人嗎？）賭本輸個精光，嗚呼哀哉，伏維尚饗了，怪不得怡紅院裏那隻花點子西洋叭兒狗，逢到山窮水盡，幾番轉念，奔向玉函懷抱，"無言空有恨，兒女綮成行"。那個鴻儒大司馬，乘勢送了一腳，保住烏紗。揭開華貴的繡簾，顯露出這些烏七八糟、不堪入目的情景。歷史上，升沉起伏，類比綦多。曹雪芹寫得如此淋漓深透，堪稱獨步。醞釀一酌，味乎其味，吾願讀者勿徒以白開水解渴視之！

編者説明：本文據代抄稿録編。

試論香菱學詩

曹雪芹在《紅樓夢》中曾借林黛玉教導香菱學詩，顯示他的關於詩歌創作的見解。一是：先從幾家著名的詩人作品裏讀上幾百首，"細心揣摩透熟"，做個"底子"；然後，是廣泛地"一看"古代優秀詩人的經驗。林黛玉説"我這裏有《王摩詰全集》，你且把他的五言律讀一百首，細心揣（摩）透熟了，然後再讀一二百首老杜的七言律，次再把李青蓮的七言絕句讀一二百首。肚子裏先有了這三個人作了底子，然後再把陶淵明、應瑒、謝、阮、庾、鮑等人的一看。你又是一個極聰敏伶俐的人，不用一年的工夫，不愁不是詩翁了！"[①]黛玉這番話，我們應該領會她的精神。意思是説：先對王維、杜甫、李白的詩細心揣摩透熟幾百首，做個底子，以後旁及陶、應、謝諸家，融會而貫通之，這樣就不愁不會詠詩。黛玉講的是學詩的基本功，先對王維、杜甫、李白三個著名作家的詩，從"細心揣摩透熟"六字上用功，文學作品是反映生活的；同時，又是藝術作品。因而詩歌創作所寫的，往往是源於生活，高於生活，將生活真實轉爲藝術真實的。黛玉所説的，對古人詩

---

①　引文根據《脂硯齋重評石頭記》（人民文學出版社　縮印四册　1975年版），以下同。這裏黛玉所説，有些語病，因爲王維五律不到一百首；李白七絕也没有一二百首。所以應該領會她的精神。

歌創作"細心揣摩透熟"，我們認爲，也包含這個意思。且看香菱聽了黛玉的教導，"祇向燈下一首一首的讀起來。"黛玉問她："可領略了些滋味沒有？"香菱笑道："領略了些滋味，不知可是不是，說與你聽聽。"黛玉笑道："正要講究討論方能長進，你且說來我聽。"一方面是學，同時，又是問。這樣，兩個論起詩來，香菱笑道："據我看來，詩的好處，有口裏説不出來的意思，想去卻是逼真的，有似乎無理的，想去竟是有理有情的。"黛玉笑道："這話有了些意思，但不知你從何處見得？"香菱於是舉了些實例，最後，舉到：

> 還有"渡頭餘落日，墟里上孤煙"，這"餘"字和"上"字，難爲他怎麽想來！ 我們那年上京來，那日下晚便灣住船，岸上又没有人家，祇有幾棵樹，遠遠的幾家人家作晚飯，那個煙竟是碧青，連雲直上。誰知我昨日晚上讀了這兩句，倒象我又到了那個地方去了。

這就簡明地説出了詩歌創作與生活的關係，詩歌怎樣反映生活，讀古人詩，要從"細心揣摩透熟"六字上用功，去理解古人彼時彼地怎樣進行創作的。取法乎上，僅得乎中。先從幾家著名作家深入玩味，在點子上用功，解剖麻雀。黛玉講的是學近體詩，舉的因是王維、杜甫和李白。在這點上下了基本功，由點及面，從而廣泛地吸取前人優秀的經驗，"然後再把陶淵明、應瑒、謝、阮、庾、鮑等人的一看"，這是學詩的基本途徑。要學會詩，學好詩必須經過這樣一個歷程。其實這是曹雪芹講他自己的學詩過程，也是他學詩的甘苦之言，值得我們重視。對今人講，這個環節有不少人是已經脱節了。有的祇聽人家泛泛講述許多家詩，未讀專集，未在這六個字上用功。因而，即使知識廣博，於詩道卻難入門。讀《紅樓夢》，可以獲得很多啓發。"透熟"若干古詩，腦子裏經過一番"細心揣摩"，這樣便從人家的創作實踐中懂得詩的表現方法、詩的藝術風格，進而懂得詩的繼承性，久而久之，觸類旁通，纔會把自己的時代精神、個人抱負擺進詩去，腦子裏已有許多圖案，眼前又見新的圖案，融會貫通，推陳出新，就會形成自己的面目，這樣就能逐漸解決詩的創新與發展問題。文學藝術從其內容上說，源於人民生活，關鍵在於體驗生活；從其表現手法上說，不是從天而降，而是有它的繼承性的。古人取得的經驗，值得借鑒，應該虛心學習。對學者說，基本功應放在首要地位。譬如篆刻、書法，古人重視仿刻、臨帖。秦璽、漢印，刻上一百方、二百方。九成宮、蘭亭序臨上數十遍、一百遍，就是這個道理。浙江著名書法家沙孟海先生曾說："近人吳昌碩以寫《石鼓文》著名，其題《石鼓》臨本云：'予學篆好臨《石鼓》，數十年從事於此，一日有一日之境界。'一日有一日之境界，說明吳老日日臨寫，熟能生巧，日日就有新的境界出。有人批評吳昌碩臨寫《石鼓》不像，我見其早年臨本，臨得極像，逐漸變化，最後面目不同，這樣形成的獨特風格。"這話深有見地。就詩而論，晚唐李商隱、北宋黃山谷，都是學杜甫的，兩人都從格律角度學杜的。入乎其內，出乎其外，李、黃因而各有其藝術風格，同時又不同於杜詩。

　　黛玉論詩，提出先學王維、杜甫和李白三家，這決非小說作者信手拈來，而是反映了曹雪芹的詩學觀點的。這一觀點，並非曹雪芹所獨創，而是有所師承的。曹雪芹的先輩詩論家徐增在所著《而庵詩話》中，已把李、杜、王三家並稱，他說："詩總不離乎才也。有天才，有地才，有人才。吾於天才得李太白，於地才得杜子美，於人才得王摩詰。"又說："今之有才者輒宗太白，喜格律者輒師子美，至於摩詰而人鮮有窺其際者，以世無學道人故也。合三人之所長而爲詩，庶幾其無愧於風雅之道矣。"（《清詩話·而庵詩話》）曹雪芹十分推重王維，並主張學詩應先讀王、杜、李三家，而各取其所長，他這一觀點，無疑是繼承徐增而來的。但這中間又有他自己獨特的心得體驗。我們知道王維是唐代大詩人之一。玄宗時官至右丞，人稱王右丞。其表現可分前後兩期，在張九齡執政時，對政治有熱情，將欲大展才能；李林甫上臺，感到憤懣不平，走向退隱。他的創作，前期多寫邊塞詩，狀祖國河山，抒其豪情壯志。後期轉爲清麗、恬淡，猶不失生意。《紅樓夢》中提出《塞上》一詩"大漠孤煙直，長河落日圓"一聯，看來是有深意的。杜甫飄泊西南，感慨益深。所作七律，類多蒼涼沉鬱。如《秋興》八首，對仗工巧，句法變換，而韻律嚴密，愛國熱情，出之於深沉悲壯。反映面廣，表現力強，足爲後人效法。李白七絕，更見才氣，《甌北詩話》云："詩之不可及處，在乎神識超邁，飄然而來，忽然而去，不屑屑於雕章琢句，亦不勞勞於鏤心刻骨。自有天馬行空，不可羈勒之勢。"讀李七絕如《望天門山》《早發白帝城》《望廬山瀑布》等亦有此感。從抱負、感慨及才氣觀三家詩，看來和曹雪芹的胸懷、際遇是有相通之處的。黛玉教導香菱學詩，初步提出這些要求，對我們今日學詩説，是有參考價值的。

　　二是，寫詩必講格律，不妨嚴格要求，纔於鍛煉有益。但作詩以意趣爲主，往往可以突破。黛玉道："什麼難事，也值得去學！不過是起承轉合，當中承轉是兩副對子，平聲對仄聲，虛的對實的，實的對虛的，若是果有了奇句，連平仄虛實不對都使得的。"①香菱笑道："怪道我常弄一本舊詩偷空兒看一兩首，又有對的極工的，又有不對的，又聽見説'一三五不論，二四六分明'，看古人的詩上亦有順的，亦有二四六上錯了的，所以天天疑惑，如今聽你這一説，原來這些格調規矩竟是末事，祇要詞句新奇爲上。"黛玉道："正是這個道理，詞句究竟還是末事，第一立意要

────────────

①　黛玉所説："虛的對實的，實的對虛的"，也有語病。應説："虛的對虛的，實的對實的。"這點已經有人提出。

緊，若意趣真了，連詞句不用修飾，自是好的，這叫做‘不以詞害意’。”黛玉這番話，論詩創作内容與形式的聯繫，我們應深刻地領會它的精神。詩詞須講格律，講結構；否則就不稱詩詞，不能顯示它的特色。但詩之所以爲詩，在於形象思維，以意爲主，不能以辭害意，否則就無法稱爲好詩。譬之古人有寫閨怨的。斜月將曙，而殘燭猶明，從形象中隱寓懷人不寐之意。寫夢逐行雲，也即隱寓所懷之人不知其處。范仲淹《漁家傲》云“羌管悠悠霜滿地”，是寫景物，由於聽羌笛悠悠之聲，而“人不寐”，誰不寐呢？將軍征夫，由於不寐，故將軍白髮而征夫淚矣。寫景可以移情，景語也即情語。有景，有情，而意寓焉。有畫面、感情、意境，詩意盎然。應用格律寫詩，平仄偶不合，情勝於律，便不爲病。例如“床前明月光，疑是地上霜，舉頭望明月，低頭思故鄉”，又如“南朝四百八十寺，多少樓臺煙雨中”，豈能全合格律。否則，意趣枯寂，生活空虛。言不由衷，事不繫情，衹知襞積堆砌，或者套襲古人，哪裏會寫出好詩來？對這弊病，近世詞家也有議論，如張爾田云：“蓋先有真情真景，然後求工於字面，近之學夢窗者，其胸中本無真情真景，而但摹仿其字面，那得不被有識者所笑乎？”[1]吳庠云：“不佞觀近今死守四聲者之詞，率皆東塗西抹，蠻不講理，且湊字成句，湊句成篇，奄奄無生氣。若此衹可謂之填聲，不得謂之填詞。不佞所以深致厭惡，不謂四聲之說，可盡廢也。善哉玉田之言，音律所當參究，辭章尤宜精思。惜死守四聲者之未悟也。”“若夫不斤斤較量四聲，其詞盡足名家，由宋迄今，指不勝屈，夫誰得而廢斥之哉？其故可思也”。[2]“近代詞壇，瓣香所奉，類皆塗抹脂粉，破裂綺羅，字字餖飣，語語襞績。土木之

---

[1] 見《同聲月刊》第一卷第三號張爾田《與龍榆生論詞書》。

[2] 見上同刊吳庠《與夏瞿禪書》，又《與夏瞿禪書》第二函。

形骸略具，乾坤之清氣毫無，作者先難其詳，讀者更莫名其妙。"①《紅樓夢》中曹雪芹借黛玉之口發此議論，自然是針對着乾隆時期詩壇上的一些形式主義詩詞有所感而發的。但在今日，卻有另一現象出現，對於詩詞格律少見涉獵，作品意境亦隔，祇是湊湊字數，題曰某某調，自郐以下，可無譏焉。

三是詩詞藝術風格，實即人物品格。詩言志，詩是作者世界觀的亮相。詩詞風格，貴有創造性，《紅樓夢》所謂"新奇"是已，香菱笑道："我祇愛陸放翁的詩(有一對)'重簾不捲留香久，古硯微凹聚墨多'，說的真(切)有趣。"黛玉道："斷不可學這樣的詩，你們因不知詩，所以見了這淺近的就愛，一入了這個格局，再學不出來的。……我這裏有《王摩詰全集》，你且把他的五言律讀一百首，細心揣(摩)熟透了。"②"重簾不捲留香久，古硯微凹聚墨多。"陸放翁這一對寫得細膩勻貼，耐人尋味，極佳。林黛玉爲何不欣賞呢？我的理解，這聯詩是寫富貴人家，佳人才子生涯的，佳人深鎖閨中："庭院深深深幾許，楊柳堆煙，簾幕無重數。"案上"瑞腦消金獸"，湘簾垂地，悄無人聲，連香煙在簾隙裏一時都透不出去。黛玉是有叛逆性格的，託跡豪門賈府，寄人籬下，卻不仰人鼻息。側身天地知何懼！黛玉是有骨氣的。"半捲湘簾半掩門。"她十分厭倦這種生活，因而看到歌詠這種生活的詩，不問作者是誰，都就有些反感，古硯微凹，寫才子在芸窗下咿唔呻畢，她也感到膩煩，因說："斷不可學這樣的詩。"學了這詩，受了它的影響，也就愛上了這生活。"一入了這個格局，再學不出來的。"希望香菱不要在這裏沉溺下去，香菱順着黛玉的教導讀詩，讀了王維詩《使至塞上》。香菱拈出其中一聯云："大漠孤煙

---

① 見上同刊吳庠《與夏瞿禪書》，又《與夏瞿禪書》第二函。

② 此條並據《戚蓼生序本石頭記》本勘校，用()標記。

直,長河落日圓。"香菱認爲"合上書一想,倒像是見了這景的。"
黛玉聽了,就喜歡了。頓時興致勃勃,津津有味地和香菱論起詩
來,笑道:"這上孤煙好,你還不知他這一句,還是套了前人來的。
我給你這一句瞧瞧,更比這個淡而現成。説着,便把陶淵明的
'暖暖遠人村,依依墟里煙'翻了出來。"看來,黛玉和香菱論詩
是從詩的寫作技巧的繼承性上説的。"這一句還是套了前人來
的。""更比這個淡。"這裏所説的淡,是指寫作方法更爲朴質自
然。這是由於黛玉教香菱詠詩,需要説些這方面的話。但這句
詩,就其内容來説,還有許多涵義,可以闡發,她還沒來得及講
呢。我的理解:大漠就是遼闊的沙漠地帶,黄沙一片。放眼四
瞻,到處是地平線。天蒼蒼,野茫茫,沒個邊際,視野十分寬廣。
大漠中不時會捲起一陣陣旋風,羊角而上,直衝雲霄,可有幾百
米高。所謂:"黄河遠上白雲間,一片孤城萬仞山。"[①]孤煙便是
這陣旋風,扶搖直上,遠遠地眺望,因道"大漠孤煙直"。沙漠中
有季節河,夏天水漲,冬天水涸,水涸時成爲沙溝。這長河便指
這流沙河。斜陽落在這沙河中,渲紅透亮,浸在河裏,像個大大
的紅球。多麼鮮艷,因道"長河落日圓"。長河落日圓這五個字,
字字落實,寫得何等形象生動!它有生活内容在裏邊。王維寫
《使至塞上》,不僅寫祖國山河的壯麗,實亦發抒他的壯志豪情。
陸放翁寫"重簾不捲留香久,古硯微凹聚墨多"和王維寫"大漠孤
煙直,長河落日圓"兩聯都像香菱説的:"合上書一想,倒像是見
了這景的。"但爲什麼黛玉欣賞後一聯呢?黛玉欣賞後一聯詩,
可以窺見黛玉内心深處有着不滿意於富貴人家的幽閨生活,而
傾心於去廣闊天地裏呼吸一口新鮮空氣。曹雪芹筆下所塑造的

---

① 竺可楨師説:王之涣《涼州詞》"黄河遠上白雲間"中之"河"爲"沙"之
訛,竺師並對黄沙有所解釋。

黛玉,是一個帶有叛逆性格的女性形象,而不是一般鄉宦人家的佳人。黛玉的思想感情反映到對詩的寫作見解上,表現爲藝術風格,因而主張寫詩不能落入這個俗套格局,倘若入迷,那就跳不出來了。黛玉教導香菱學詩,這點她是特別重視的。

四是香菱《詠月詩》寫了三首,無異爲學詩步驟舉了三個例子,其一:

> 月桂中天夜色寒,清光皎皎影團團。詩人助興常思玩,野客添愁不忍觀。翡翠樓邊懸玉鏡,珍珠簾外掛冰盤。良宵何用燒銀燭,晴彩輝煌映畫欄。

香菱初學寫詩,套用人家一些句子,譬如小孩學走,先由人家扶着走幾步,摸着墻壁走幾步,然後慢慢脫開人家的手,自己走路。香菱寫的這詩,句子有的洗練,有的幼稚,有的寫愁思,有的寫興味。風格內容,未能統一。仿學人家作品,自然會有這個樣子。因此,黛玉笑道:"意思卻有,祇是措詞不雅,皆因你看的詩少,被他縛住了。"要她"把這首丟開,再作一首,祇管放開膽子去作"。香菱這樣寫詩,反映學詩的一個步驟。這是學詩的一個必經的階段。

其二:

> 非銀非水映窗寒,試看晴空護玉盤。淡淡梅花香欲染,絲絲柳帶露初乾。祇疑殘粉塗金砌,恍若輕霜抹玉欄。夢醒西樓人跡絕,餘容猶可隔簾看。

這一首詩寫作技巧比前熟練得多,文筆流暢,旁敲側擊,映襯鋪排,餘韻嫋嫋。所以香菱自認這首絞腦汁,寫得"妙絕"。但這詩就其思想內容來看,説得泛泛,詩的針對性不夠,曹雪芹換了一個手法,因借寶釵之口點出這個缺點。笑道:"不像吟月了,月字底下添一個色字,到還使得,你看句句到是月色。這也罷了,原來詩從胡説來,再遲幾天就好了。"寶釵這話,是對初學詩者説的。寫詩也當"相題屬文",有個目的,詩有詩筆,有詩心。詩筆寫詩,祇知相題屬文。那麼,香菱這詩,改爲《詠月色》何如?就沒問題了嗎?寫詩不應爲寫詩而寫詩,詩有詩的靈魂,即詩心也。否則舞文弄墨,玩物喪志,便是無聊。這詩在這問題上卻没注意。

其三:

> 精華欲掩料應難,影自娟娟魄自寒。一片砧敲千里白,半輪雞唱五更殘。綠蓑江上秋聞笛,紅袖樓頭夜倚欄。博得嫦娥應借問,緣何不使永團圓?

這一首詩寫得好了,這是什麼緣故呢?寫詩理當緣情寫景,賦物詠懷,這詩能夠初步符合這個要求。這詩所寫,有人物,有畫面,而且作者把自己的感情擺進去了。香菱提的問題"緣何不使永團圓"多少反映了她的身世之感——人間離愁,香菱幼年被拐,被薛蟠强占,受盡欺淩折磨,自己連個爹娘姓名都不知道。今宵看着皓月當空,精華難掩。她在月光之下,祇有顧影自憐,遐想茫茫大地,盡是勞動人民砧敲之聲,徹夜難寐,直到五更雞唱,殘月在山,月亮由圓到缺。又想:江上綠蓑漁翁,聞笛傷感,紅樓侍女,憑欄躊躇。默默對着嫦娥,想是嫦娥也在出神凝思:人間天上"緣何不使永團圓"?香菱提這題,反映她的情緒悲憤,寫詩寫到點子上了。有人說香菱性格柔順,這與她的階級出身有關。我說:不能祇看她的家庭成分,香菱幼年被拐,連父母姓名都不知道,她和鄉宦之家,究竟有多少關係?香菱性格,我看她在蘅蕪院中,和寶釵朝夕相處,受寶釵的影響是有關係的。香菱喜歡寫詩,寶釵可以教她,曹雪芹卻讓她向黛玉請教,事非偶然,這是有深意的,我們且看《紅樓夢》對香菱學詩的一些交代吧!

> 且說香菱見過衆人之後,吃過晚飯,寶釵等都往賈母處去了。自己便往瀟湘館中來,此時黛玉已好了大半,見香菱

也進園來住，自是歡喜。香菱因笑道："我這一進來了，也得了空兒，好歹教給我作詩，就是我的造化了！"黛玉笑道："既要作詩，你就拜我作師。我雖不通，大約也還教得起你。"香菱笑道："果然這樣，我就拜你作師，你可不許膩煩的。"

香菱拿了詩回至蘅蕪院中，諸事不顧，祇向燈下一首一首的讀起來。寶釵連催他數次睡覺，他也不睡，寶釵見他這般苦心，祇得隨他去了。

黛玉笑道："正要講究討論方能長進。你且說來我聽。"
黛玉笑道："這話有了些意思，但不知你從何處見得？"

這些細節，把寶釵、黛玉兩人爲人和對待香菱學詩的態度都顯示出來了。香菱來找黛玉，"寶釵等都往賈母處去了"，一語道破寶釵隨時是會向賈母巴結的，黛玉卻是孤芳自賞，見香菱來，"自是歡喜"。香菱認爲這是"我的造化了！"黛玉樂意教導香菱，香菱也是心服黛玉。而寶釵呢，祇是"見他這般苦心，祇得隨他去了"，對她學詩並不關心的。黛玉教導香菱，香菱寫詩，總會"新巧有意趣"而不落入俗套格局。香菱寫這首詩，把自己擺了進去，反映着她對現實的不滿。這樣寫詩，林黛玉就認爲對路了。假使，香菱學詩，讓薛寶釵來教，自然會引向另一路子上去了。寶釵認爲：女子無才便是德。她是不肯擔這名義，教人學詩的。曹雪芹因此也不會這樣安排。香菱寫這首詩，初步接觸到了問題，因是初學，把自己擺進詩去，深度還嫌不夠。如與黛玉在《問菊》詩中寫的"孤標傲世偕誰隱？一樣花開爲底遲"相比，深刻性自然還差一截呢。

（原刊《溫州師範學院學報》，1981 年第 2 期）

千紅一哭　萬艷同悲

——略述《紅樓夢》中婦女的悲劇性

《紅樓夢》是封建社會中的一部百科全書，豐瞻多彩，膾炙人口。如入山陰道上，應接不暇，引人入勝，耐人尋味。這裏舉其一端，品其一味，黃土壟中，女兒命薄。《紅樓夢》中有若干女子，在封建禮教的壓制下，橫遭摧殘，有的性情變態，有的靈魂壓扁。其人多可敬可愛，其事則可泣可傷！作者曹雪芹是流着心頭之血，蘸着眼中之淚寫的，閨閣中歷歷有人，抱恨終天，一時無可奈何！庶識晚近五四以來，反封建和爭取科學與民主的可貴也。

一、林黛玉

"青燈照壁人初睡，冷雨敲窗被未温。"俏佳人林黛玉手托香腮，發見鬢邊掉下一縷青絲，夜深漏盡，聯想到身世飄零，眼淚簌簌地掉下來了，濕透羅帕。真的：林黛玉以藥餌當口餌，用眼淚哀吟作營養。四體不勤，吹氣欲倒；橫逆之來，惟聞長歎！

黛玉初進賈府，賈母"一把摟入懷中"，嗣後，逐漸失去她的歡心。黛玉在賈母跟前次數逐漸減少，爲的是不願看到一些人的偽善。香菱學詩，"寶釵等都往賈母處去"，黛玉病好了些，顧影自傷，卻是憐惜香菱，還在教她學詩。

若說黛玉是狂狷，是清流，是孤傲，在惡濁的封建社會末世說不上有鬥爭的策略，祇是在賈府、大觀園中寄人籬下，不願仰人鼻息而受到冷遇的一種無可奈何的表現。她的骨氣也是封建社會裏閨閣才女的一種潔身自好，追求更高的理想境界的表現。

黛玉錮居賈府，與寶玉是耳鬢廝磨的小伴，為她唯一的希望。黛玉之與寶玉，"五內鬱結着一段纏綿不盡之意"（第一回）。第九十一回："布疑陣寶玉妄談禪"，好似姑妄言之，卻實存在深意。黛玉自然衷心欣賞寶玉的"有如三寶"的誓詞。從思想傾向性說，黛玉與寶玉同樣有着叛逆的一面，久在"異端"之列，這就是她致死的根由，也就是她由於不能戰勝封建勢力而形成悲劇的根由。

黛玉焚稿，猶豫了一下，竟投火盆，頹然倒下，形神俱盡。千回百轉，最後說了一句："我的身體是乾净的！"溘然而逝。看來，黛玉在戀愛的追求上是沒成功；可是她在精神世界的鬥爭中卻是勝利了。"質本潔來還潔去"，"煎心日日復年年"。這就是說，處在惡濁的封建末世，保持身心的芳潔，"一年三百六十日，風刀霜劍嚴相逼"，就要付出生命的代價。

黛玉死得慘，但死得清醒。她是被外祖母史太君等逼死的。叛逆獲罪，鎮壓合"禮"，在那社會，理所當然，事有必至。可是，新生事物最富於生命力，永遠要代替舊事物，這是客觀規律，不以人們意志為轉移的。懸崖峭壁，飛鳥難越，巖石重壓下的嫩苗，頑强地紮根下去，歷盡風霜，必將成為虯龍般的萬年蒼松。

二、晴雯

晴雯是塊"爆炭"，爆炭的性格就是光明、猛烈，人家不敢抓，自己也不會變的。她呀！敢於鄙薄恩賞，敢於蔑視禮義，敢於反抗壓抑。

抄檢大觀園時，晴雯闖進人圍，"豁一聲將箱子掀開"，"將所有之物盡都倒出"，弄得王善保家也覺沒趣。這一行動押之有棱，表達了晴雯性格的爽朗，品德的純潔，揭露污濁，絕不含糊。紛華的怡紅院，綠肥紅瘦，舞蝶褪螢，晴雯厠身其間，出淤泥而不染，無欲則剛，敢作敢為。

晴雯被攆的當晚，襲人問怎樣鋪床，作者補寫：原來晴雯長期睏在寶玉外床，"兩個人都紋絲兒各不相擾呢"（第七十回），這與襲人、麝月諸人是個鮮明的對照。晴雯是在山泉水清，出山亦是泉水清的。寶玉給黛玉送帕，喚晴雯去。晴雯純淨，堪任這個使命。曹雪芹以精練的文字寫晴雯、寫黛玉，寫得深微，寫得完美，是以一種愛惜、崇敬的感情塑造這兩個人物的。

嬌憨撕扇，為的是寶二爺擺了主兒架子訓人，不能不捅他一下，使之清醒清醒。扶病補裘，不是顯出針神絕技，而是在自己困難時刻捨己為人，助人為樂。拉着墜兒，用一丈青戳她嘴巴，粗看起來是"副小姐"發脾氣兒，實際上是恨墜兒眼孔淺，倒卻窮人架子。自己做主，連夜攆走，這是開籠放雀，讓她飛回老窠，家庭得以團聚。管它稟明不稟明，自挑擔子，這樣做了。

俗話説"家徒四壁"，晴雯窮得連壁也沒有。無父無母，無兄無妹，舉目無親。身在奴行，絕無媚骨。"心比天高，命似紙薄。"卻與那些脅肩諂笑、希旨奉迎的"真奴才"，橫眉冷對。於是主子奴才，交相惡嫉，橫遭構毀摧殘，慘死無悔。

王夫人手捏數珠，時常吃齋布施，偽善空虛，多疑善虐。卻使寶玉更深一層有所認識。《芙蓉女兒誄》是個檄文。晴雯死而寶玉進一程感悟，使這花點子西洋叭兒狗襲人也露了餡，這是一條深藏劇毒、多變的美女蛇啊。

你看，榮禧堂上這些烏木高几高椅，多年來擺設得整整齊齊，搬動它一下，可不容易啊！得要幾度流血，一時白流了血，還有人照舊擺妥。自有幾個賈桂，挺腰站着，捧場鼓掌，繃些場面。"掃帚不到，灰塵照例不會自己跑掉。"

三、香菱

甄士隱的獨女，乳名英蓮。後被薛寶釵改名香菱，薛霸的悍妻夏金桂改名秋菱，認爲祇有"桂"是香的。賤菱哪有香氣，因而改稱秋菱。秋菱意爲臭菱，是污衊之辭。

英蓮五歲，於元宵看燈時，被拐子拐走，留養了七八年，賣與馮淵，又賣與薛霸。薛霸一氣，一聲喝打，打死了馮淵。"生拖死拽，把個英蓮拖去"，後被薛蟠霸占爲妾。一天未曾過着舒心的日子，得個乾血癆病，斷送殘生。歷盡艱辛，還慕苦吟，成爲雅士。連自己的身世都不知道，不遑自憐，而人轉憐之，可哀孰甚。所以有人説：英蓮者，應憐也。

第七十八回，寫香菱急匆匆回答寶玉説"爲你哥哥娶嫂子的事"，"我也巴不得早些娶過來，又添了一個作詩的人"。她是如此天真幼稚，所説的"哥哥"就是薛霸，"添"的卻是潑婦夏金桂。寶玉便説："我倒替你擔心後慮呢！"一語道破，香菱以爲"有意唐突"，"倒要遠避他些纔好"呢。她對夏金桂説："不獨菱花香"，"就連菱角、鷄頭、蘆葉、蘆根得了風露，那一股清香也是令人心神爽快的"。"蘭花、桂花又非別的香可比。"真是一種詩人的情懷，可是説給這潑婦淫婆聽，真堪叫人噴飯。這婦"自己尊若菩薩，他人穢如糞土"。香菱倒是"十分殷勤伏侍"，還説："此刻連我一身一體俱是奶奶的。"如此委曲和順。擺在她面前的命運，卻是：霸王、悍婦對她交相爲虐，加以狡婢，"内外挫折不堪，竟釀成乾血之症，日漸羸瘦，飲食懶進"了。

這個苦孩子，如此和順聽話，而連好壞、敵友都迷糊的了。

這也反映薛姨媽、薛寶釵母女兩人對女奴們的禮教毒害！香菱是一型，鶯兒又是一型，都是壓扁了的靈魂。曹雪芹寫這些人物叫人氣也透不過來了。

四、司棋

鴛鴦獨自在大觀園中行走，忽然碰着司棋和他的"姑舅哥哥"潘又安在會面，"海誓山盟，私傳表記"（第七十二回）。這不得了！"司棋拉住鴛鴦苦求，哭道：'我們性命，都在姐姐身上，祇求姐姐超生我們罷！'鴛鴦道：'快叫他去罷，橫竪我不告訴人就是了。'"潘又安懼怕，"竟逃走了"。司棋便生了病，鴛鴦又去看望她道："你祇管放心養病，別白糟蹋了小命兒！"

後來，抄檢大觀園，周瑞家的從司棋箱中，"拿出一雙男子的錦襪並一雙緞鞋"，"一個同心如意並一個字貼兒"。鳳姐"從頭念了一遍，大家都嚇了一跳"。笑道："不用他老娘操一點心兒，鴉雀不聞，就給他們弄了個女婿來了！"這是司棋犯罪的"贓證"。鴛鴦是熱情的安撫，曲予諒解；鳳姐是辛毒的冷嘲，落水下石。這是兩種截然不同的態度，《紅樓夢》是善寫對立面的。

這時司棋低頭不語，並無畏懼慚愧之意，旋被攆了回家。一日，表兄來了，她的母親見了，"一把拉住要打"。司棋急忙出來，和母親說："我是爲他出來的，我也恨他没良心。如今他來了，媽要打死，不如勒死了我罷！""我決不肯再跟着别人的，我祇恨他爲什麼這麼膽小，一身作事一身當，爲什麼逃了呢？""媽要給我配人，我原拼着一死。今兒他來了，媽問他怎麼樣。要是他不改心，我在媽跟前磕了頭，祇當我死了，他到那裏，我跟到那裏，就是討飯吃也是願意的。"多麼堅定！她媽氣得了不得，便哭着罵着說："你是我的女兒，我偏不給他，你敢怎麼着？"司棋一頭撞在墙上，鮮血流出，竟碰死了！她媽哭着要潘又安償命。潘又安說："他這爲人就是難得的"，"我去買棺盛殮他"。"忙着把司棋收殮了，也不啼哭，眼錯不見，把帶的小刀子往脖子裏一抹，也就抹死了"（第九十二回）。

"卅六鴛鴦同命鳥，一雙蝴蝶可憐蟲。"這一對烈性好兒女，就這樣被禮教所吞噬了。

五、鴛鴦

金鴛鴦是賈赦大老爺逼死的。賈赦看中了賈母老太太房中的丫頭鴛鴦，便囑他的夫人邢夫人要她辦這一件事。邢夫人便和媳婦鳳姐商議："老爺因看上了老太太的鴛鴦，要他在房裏，叫我和老太太討去。我想這倒平常的事，祇是怕老太太不給。"賈赦已有一妻二妾，爲什麼還不滿足呢？這固是爲了淫欲，同時，深知鴛鴦在老太太身邊久了，熟悉各種内情，亦有些體己兒。把她"討"了來，自然好處多着呢？十分合算。賈母不給，也不是維護鴛鴦，而是她靠着她在生活。失去了鴛鴦，對她有許多不便和不利，賈母不是早就説過嗎？"好東西也來要，有好人也要，……弄開了他，好擺弄我！"你看：這種封建家庭，説來冠冕堂皇，母子之間明爭暗鬥，存在多少骯髒的關係。

鳳姐聽了暗想：得罪了老太太不好，又不知鴛鴦心意如何？"雖如此説，保不嚴他就願意。"不如回避的好，由婆婆自去辦理。邢夫人便來誘勸鴛鴦，恭喜她"封你姨娘"，"可遂素日志大心高的願了"。出乎她的意料，鴛鴦不願做這"半個主子"，這是奴隸的自尊，她回了邢夫人。賈赦軟硬兼施，進而威脅她的家中。鴛鴦斬釘截鐵地説："牛不吃水強按頭？我不願意，難道殺我的老子娘不成？"賈赦便無恥地説："叫他細想，憑他嫁到誰家去，也難出我的手心。除非他死了，或是終身不嫁男人，我就服了他！"網張八面，圍得實騰騰的，看你逃到哪裏去？

老太太升西，鴛鴦祇有以死來完成她的意志，保持着她的高尚的貞操。在這醜劇中，老色鬼、又軟又硬的大太太和搖頭擺尾的哥嫂，一齊粉墨登場，演出好戲，流傳至今，供人發笑，開胃加餐。苦難者不是白白犧牲的。百載之下，目擊心傷，一掬同情之淚。手揮銀鋤，清除廢墟。並且還在警惕人們謬種流傳，死灰復燃，古老的罪惡還會復活。今天還有先姦後賣、拐騙人口的呢。

六、尤二姐

賈敬喪中，尤老娘帶着兩個油瓶女兒——二姐和三姐來寧府照料，那"二姐兒先已和姊夫不妥"，賈璉意欲偷娶，納爲二房，賈蓉又是另作打算。這"壞透了小猴兒崽子"多方張羅，幫助賈璉就在"寧府街後二里遠近小花枝巷內，買定一所房子"，"事事妥帖"，"遂擇了初三黃道吉日，迎娶二姐兒過門"，"竟將鳳姐兒一筆勾倒"，"過起日子來，十分豐足"。

尤三姐認爲這事不妙："倘若一日他知道了，豈肯罷休，勢必有一場大鬧，你二人不知誰生誰死，這如何便當作安身樂業的去處？"這事終於給鳳姐知道了。這個鳳姐兒，施展詭計：滿身素裝，一把眼淚，一把鼻涕，甜言蜜語，把二姐兒騙進了大觀園，安放在寡嫂李紈處。這是一個精心設計建造得極其穩妥的高級密封倉庫，萬無一失。同時，還把東厢房收拾如同自己閨房一樣，向尤二姐說：滿了國喪家孝，回過賈母還給他們圓房呢。

不道鳳姐兒如此賢慧起來。"二姐是個實心人"，深陷重圍，還不知道。接着受盡折磨，侮辱。二姐"滿眼抹淚，又不敢怨鳳姐兒，因無一點壞形"。"受了一月暗氣，便懨懨得了一病"，於是，鳳姐唆使胡庸醫診病，這胡庸醫亂投了虎狼藥，把她的胎打下了。二姐看到"病已成勢"，"胎已打下"，不必"受這零氣，不如一死，倒還乾淨"。吞下一塊生金，"衣裳首飾，穿戴齊整"，"死在炕上"，可憐二姐還不知道如何死的？也許還在感念鳳姐呢？這就是"花爲肚腸，雪作肌膚"的二姐的下場！沒有過個安穩日子，也沒勇氣，如三姐那樣，把這"外作賢良，内藏奸滑"的人斬了。"白白的喪命，也無人憐惜。"

這是鳳姐爲了保全自己的地位權勢，使了絶招。到了二姐周年，偏又記得，爲她祭奠呢。什麼會不記得呢！——這是鳳姐頗不容易的勝利周年啊。鳳姐逼死人命多起，這一次寫得最細極深而又很全面，堪稱殺人能手！

七、賈迎春

賈迎春"心活面軟"，乳母竟將她的攢珠紫金鳳偷去，不敢過問，她是老看《太上感應篇》的，說了一番極其逆來順受、安之若素的大道理，歸結爲"何苦來，白白去和結怨結仇"，真是"虎狼屯於階陛，尚談因果"的了。

後來赦大老爺，慕勢貪財，把這個女兒作爲贄儀，嫁於虎狼婿的孫紹祖，潑出的水，逆來順受，終竟喪生。

這個孫紹祖，軍官出身，"體格健壯"，"應酬權變"，年未三十，"家資饒富，現在兵部候缺題補"，"一味好色、好賭、好酒"。他對迎春說："你老子使了我五千兩銀子，把你准折賣給我的。""好不好，打你一頓，攆到下房睡去。"（第八十回）偶爾迎春回家，暫住幾天，便道："我不信我的命就這麼苦！""不知下次來，還得住不住了呢！"（第一百九回）迎春病危："婆子說：'姑娘不好了，前兒鬧了一場，姑娘哭了一夜，痰堵住了，他們又不請大夫，今日更屬害了！'""可憐一個如花似月之女，結褵年餘，不料被孫家揉搓，以致身亡；又值賈母病篤，衆人不便離開，竟容孫家草草完結。"

元春進宮，是在最高統治者身邊安個坐探，賈府自充皇親，在外更加橫行霸道的了。脂粉叢中，幾番爭鬥，敗下陣來，嗚呼哀哉。餘波所及，抄家籍没，坐牢發遣，把老底也掀個精光。書中寫元春寫得精微，對迎春便直筒筒揭個明白。

大老爺、二老爺倆都把親生女兒當個槍使，忍心將兩個姑娘糟蹋了。怎麼不使四姑娘——惜春看在眼裏，驚心動魄呢，惜春出家，豈是無因？

《紅樓夢》中所寫的婦女苦難真多着呢？還有被害者是張金哥一對未婚的青年男女，迫害者是饅頭庵的老尼静虚、王熙鳳、長安府太爺及其小舅子李少爺、長安節度使雲光等人。主謀是老尼静虚，殺人凶手是王熙鳳，被害經過略見於《紅樓夢》第十五回和第十六回。

長安守備的兒子已聘財主的女兒張金哥，長安府太爺小舅子李少爺偏要娶她爲妻，打了官司，老尼静虚就來懇求鳳姐去信長安節度使雲光，干預其事，把這婚事退掉，李少爺得以如願以償。鳳姐即着來旺兒去打點。張守備迫於上司威勢，祇得退婚。事爲張金哥知悉，懸梁自盡，守備兒子也投河以殉。張、李兩家没趣，人財兩空，獨有鳳姐安享了三千兩雪花銀子。

不要説，那尼庵静室是個婆婆世界。那姑子孤燈慘澹，冷燄無光，卻正在幹那謀奪兩個青年男女生死攸關的勾當。三千兩銀子悶聲不響地行賄鳳姐，鳳姐自是納懷笑受。

大觀園中還有那些"小燕子"，不衫不履，無思無慮，唧唧喳喳，海闊天空，打破了賈府的"寧寂"。王夫人目爲妖精，極不放心。有父母的由父母領回，有乾媽的交乾媽帶走，沒有的就付給那些姑子們。這些姑子手拈念珠，口誦彌陀，聲聲不絕，心裏老在計慮着不可告人的勾當。驀然間得着了這幾棵婆娑寶樹，笑顏逐開，歡喜贊歎，作禮而去。以後那些"小燕子"的命運和幸福，也就可以想見了。這樣的命運安排，就可以說是合情合理的吧！

用《紅樓夢》中語言來說："地火在地下運行，奔突；熔巖一旦噴出，將燒盡一切野草，以及喬木，於是並且無可朽腐。""落了片白茫茫大地真乾净！"這是作者曹雪芹寫出的他所感受到的人民的心聲。中國經書上有句古語："時日曷喪，予及汝偕亡！""天老爺你就塌了吧！"這是有生命的詩，有力量的詩，是令一切魔王霸主聽了發抖、出冷汗的詩。能說經書上就沒有好的古訓嗎？用魯迅先生的詩來說，叫做："血沃中原肥勁草，寒凝大地發春華。"社會發展總是在矛盾鬥爭中前進的。

1989 年 6 月 10 日

編者説明：本文據尤抄稿録編。另有刊載於《語文報》1989年 7 月 17 日 第 372 期 第 3 版的《〈紅樓夢〉婦女形象畫廊》的文（有人物圖）。該文編者按："北影新片《紅樓夢》即將和全國觀衆見面。爲了幫助中學生理解影片中一些婦女悲劇性命運，我們特請杭州大學古籍研究所劉操南教授寫了這幾篇短文。"兩文内容大同。此略。

劉姥姥何許人也？

一

《紅樓夢》在第四回介紹"護官符"後，寫了個劉姥姥。書中原云："榮府中一宅中……也有三四百丁事，……竟如亂麻一般，並沒個頭緒，可作綱領，……恰好忽從千里之外，芥豆之微小小一個人家"寫起。《脂硯齋重評石頭記》第六回首批云："此回借劉嫗卻是寫阿鳳正傳。"認爲寫劉姥姥即是映襯鳳姐。很多事情，作者成竹在胸，久歷其中，認爲理應如此，因而借這人物，逐步揭露封建社會的種種內幕。這該蘊藏着作者曹雪芹謀篇布局的一定的用意。又如除夕祭祖、家庭豪宴，從寶琴眼中寫出。賈府排場，從黛玉初到時眼中看出，這些也顯示了作者的創作手法。

那狗兒的父親曾幫周瑞勒買田地，當是個不安本分的地頭蛇。劉姥姥得以參與鄉紳豪宴，確實不像農婦。讀書人挣得個監生、舉人，擠進紳衿，魚肉鄉里。大僚退居，在城在鄉，都儼然是個土皇帝，地方官仰承鼻息，阿諛逢迎，先意承旨，聽於無聲，"譽聲"載道，人人側目。子姪家丁，仗勢淩人，橫行霸道，無惡不作。劉姥姥厠身其間，"朝叩富兒門，富兒猶未足；雖無千金酬，嗟彼勝骨肉"。該是何等人物，怪不得黛玉嗤爲蝗蟲。蝗蟲到處，田禾淨盡，是莊稼的大敵，不是聊爾嘲謔。妙玉要擔水刷地，亦非太甚。黛玉是寄人籬下，卻不仰人鼻息。妙玉也從不攀援賈府，獻媚太君。兩人宛如寒梅、水仙，冷雋幽香。《紅樓夢》對於"公勳世宦之家，以及草莽庸俗之族"，俱有刻畫。總緣作者曹雪芹，對於吮癰嘗糞、趨炎附勢、不顧廉恥的那些奴相人物，饒有印象，深惡此曹，曲曲傳神，微辭諷刺，妙以幽筆繪出。（曹雪芹與高鶚筆下的劉姥姥不盡同，那是另一問題。）

賈雨村"淹蹇"古廟，一遇資助，勢如脫兔，連夜五更動身進京，春風得意，一麾出守，這窮儒便整封整封的銀子在握，急於享樂，討小老婆。大恩人自然置之腦後。初入仕途，翻了個小小觔斗，貪緣"起復"，糊塗斷案，鑽進"公勳世宦之家"，從此一帆風順，一直做到大司馬，入閣參預機務。他的一生，足以寫成一大部書——官場現形記。可是，曹雪芹灑脫得緊，無暇及此，祇淡淡地側面勾勒了幾筆，這枚人物竟已躍然紙上，眉飛色舞，如現眼前。另一方面，他寫了個花襲人，又寫了這個劉姥姥，還寫了個小紅，都是善觀氣色、看風使舵、四面八方、揣摩入神、隨時能希旨奉迎的"妙人"，連爬帶跌，一一爬了上去。推波助瀾，烘雲托月，於是重點突出寫了個聲勢煊赫、炙手可熱的當權派管家婆王熙鳳。她啊，狠心辣手，一呼百喏，連都察院都牽着鼻子走，是封建政權機器中的一個出色俏角。於是結合賈雨村，全局都活。這就是"滿朝朱紫貴，盡是讀書人"的局面。《紅樓夢》確實是一部封建社會的百科全書，哪方面都有所反映，倘若結合史書來讀，許多顛倒了的、模糊了的史實，都有綫索可尋了。新社會是從舊社會蟬蛻而來，或多或少地有着它的痕跡。讀《紅樓夢》，這些不僅有它的歷史意義，也有它的現實意義。但時代不同了，在黨的陽光下，想這樣做，是逃不出人民雪亮的眼睛的。

二

劉姥姥何許人也？以前有人説過：她是農婦。那理由似乎很足，因爲她是農村中的婦人嘛！近來仍有人説是"下層人民的形象""未覺醒的農村老婦人""一個普通農民"，等等。劉姥姥是不是個下層的未覺醒的農村普通老婦人呢？書中明説："是個久經世代的老寡婦"，並不勞動，"祇靠兩畝薄田地度日"。冬事未辦，女婿狗兒未免心中煩慮，吃了幾杯悶酒，在家閒尋氣惱，就是這個"一心一計，幫趁着女兒女婿過活"的劉姥姥勸説女婿，説了一大番話："如今咱們雖離城住着，終是天子腳下。這長安城中遍地都是錢，祇可惜没人會去拿罷了。在家跳蹋也没中用的。""那銀子錢自己跑到咱家來不成。""我倒替你們想出一個機會來：當日你們原是和金陵王家連過宗的。二十年前，他們看承你們還好。如今，自然是你們拉硬屎不肯去俯就他，故疏遠起來。""祇要他發一點好心，拔一根寒毛，比咱們的腰還粗呢。""到還是捨着我這副老臉去碰一碰"，祇有劉姥姥會動這個腦筋，於是就到賈府去打抽豐了。

大門口劉姥姥受到豪奴們——其實還不過是賈府三五等的奴才呢——的白眼，"鞠躬如也"地摸到後院周瑞家的眼前，誠惶誠恐匍伏叩見姑奶奶，爬到老太太的腳邊，真是隻可愛的叭兒狗。脅肩諂笑，博得個上下開心，儼同賣笑。劉姥姥那種忍辱無恥、乞討餕餘的醜態，哪有農民的骨氣！即使確是農民，亦已是農民中的敗類，爲農民群衆所不齒的了。許多轟轟烈烈的農民起義軍，就是往往混進了個把敗類，在内部蛀空，受其影響，這是所關非細的事兒。

妙事還在後頭，二進賈府，"可是姥姥的福來了"，竟投上了二奶奶和老太太的緣了（見第三十九回）。這個沐猴而冠的女清客，確實表現得極其充分，博得個滿堂歡笑。

> 彼時大觀園中姊妹們都在賈母前承奉，劉姥姥進去，祇見滿屋裏珠圍翠繞，花枝招展，並不知都係何人。祇見一張榻上，歪着一位老婆婆，身後坐着一個紗羅裏的美人一般的個丫鬢，在那裏捶腿。鳳姐兒站着正説笑。劉姥姥便知是賈母了，忙上來，陪着笑，福了幾福，口裏説："請老壽星安"。……

> 那劉姥姥雖是個村野人，卻生的有些見識，況且年紀老了，世情上經歷過的，見頭一個賈母高興，第二見這些哥兒們都愛聽，便沒了話也編出些話來講。（三十九回）

> 賈母便揀了一朵大紅的簪了鬢上；因回頭看見了劉姥姥，忙笑道："過來帶花兒。"一語未完，鳳姐兒便拉過劉姥姥來，笑道："讓我打扮你老人家。"説着，將一盤子花，橫三竪四的插了一頭。賈母和眾人笑的不住。劉姥姥笑道："我這頭也不知修了什麼福，今日這樣體面起來！"眾人笑道："你還不折下來摔到他臉上呢，把你打扮的成了個老妖精了！"劉姥姥笑道："我雖老了，年輕時也風流，愛個花兒的，今日老風流纔好！"……

> 賈母這邊説聲"請"，劉姥姥便站起身來，高聲説道："老劉、老劉，食量大似牛，吃個老母豬，不抬頭！"自己卻鼓着腮不語。眾人先是發怔，後來一聽，上上下下都哈哈大笑起來，史湘雲撐不住，一口飯都噴出來。……

> 劉姥姥拿起箸來，祇覺不聽使，又説道："這裏的鷄子也俊，下的這蛋小巧，怪俊的。我且太攮一個！"眾人方住了

笑，聽見這話，又笑起來。賈母笑的眼淚出來，琥珀在後捶
着。賈母笑道："這定是鳳丫頭促掐鬼兒鬧的！快別信他的
話了。"（四十回）

　　鳳姐兒笑道。"（老太太）從來没像昨兒高興。往常進
園子逛去，不過到一兩處坐坐就回來了。因爲你在這裏，要
叫你逛逛，一個園子走了多半個。（四十二回）

　　以別人嬉戲、癡呆作爲自己的娛樂，這在老太太、奶奶、小姐
們原是不足爲奇的，而且還有幾個自知奴才的奴才從旁推波助瀾
助其歡笑呢。貓捉了老鼠，放它逃跑，又捉回來，又放跑，如此多次，
玩膩了，這纔吮嚼這個獵獲品，雖然狼藉滿地，但吃下去的卻並不
多。書中主子輩對於奴隸們，如此玩弄場景不是寫得夠多的嗎？
　　獨怪劉姥姥，自甘居於玩物之列，任人擺弄。

　　鴛鴦笑道："天天咱們説外頭老爺，吃酒吃飯，都有一個
篾片相公拿他取笑兒。咱們今日也得了一個女篾片了。"李
紈是個厚道人，聽了不解；鳳姐兒卻知是説的劉姥姥了，也
笑説道："咱們今日就拿他取個笑兒。"二人便如此這般的商
議。
　　……
　　鳳姐兒忙笑道："你可別多心，纔剛不過大家取樂兒。"
一言未了，鴛鴦也進來笑道："姥姥別惱，我給你老人家賠個
不是。"劉姥姥笑道，"姑娘説那裏話？咱們哄着老太太開個
心兒，可有什麽惱的！你先囑咐我，我就明白了，不過大家
取笑兒，我要心裏惱，也就不説了。"（四十回）

這是深得代價的。迨夫劉姥姥鼓腹而去，這屋子也是半炕的東

西，那屋子也一大包物件，盡是些稀罕物兒，這不過是牛身上一小撮浮毛而已矣。還有二百多兩銀子，足夠過十多年太平生活呢！劉姥姥足足念了幾千句佛，幾萬句佛。"我這一回去，没别的報答，惟有請些高香，天天給你們念佛。保佑你們長命百歲的，就算我的心了。"天天拜佛，這是劉姥姥長期地在誇耀鄰里街坊：城裏我劉姥姥有着那末一門闊親戚呢！真正幾生幾世都忘不了的恩，報也報不盡呢。豈但點頭、砸嘴、念佛而已哉。善哉、善哉！阿彌陀佛！

還有王熙鳳，"承歡"膝下、元宵"效戲彩斑衣"，"這個東西真會數貧嘴"，確是用出十分氣力的。實質上與劉姥姥並無兩樣，特鳳姐言語行爲"藝術性"高，她的目標並非幾百兩銀子的事情，瞞天過海，由她跌扈飛揚，《紅樓夢》寫劉姥姥進榮國府先拜見王熙鳳，引出"阿鳳正傳"，這不是偶然的，而是意味深長的。

編者説明：本文據排印稿録編，原文據人民文學出版社《戚蓼生序本石頭記》(有正石印大字本)，1975 年版核對。劉録稿附記云：原爲杭州老年大學講稿(1986 年)。

《紅樓夢》的"三筆"

　　讀過《紅樓夢》的人都知道此書的重點是寫賈府,寫賈府上上下下無數的人,寫這個豪華貴族的窮奢極欲、爭權奪利、貪得無厭、虛偽奸詐、腐朽墮落的榮枯悲歡的興衰史。當然這一切都是通過整部小說的描寫來體現的。但是,如若讀者能細細研究領會,便會發現作者抓住了"三筆",就把賈府錯綜複雜的人事關係,金碧輝煌、豪華奢侈的場面和榮枯興衰的演變過程,栩栩如生地描繪出來。通過這"三筆",逐步引導讀者去認識這個腐朽沒落的"榮國府"。

　　第一筆爲粗綫條的勾勒。通過冷子興與賈雨村的一番對話,對書中的主要人物點了名,作了評價。這就是第二回"冷子興演說榮國府"中所寫的。作者首先介紹賈府:生齒日繁,事務日盛,主僕上下,安富尊榮,由盛而衰,竟是一代不如一代的了。一般作家看來,這些介紹祇需籠統幾筆作個交代就行了,而曹雪芹卻抓住賈府人衆事繁的特點。不敘不明,詳敘生厭,於是借用兩個人物的交談,作了詳略得當的交待。一是大商人冷子興。他的妻子是賈府的陪房,十分熟悉賈府的家事,這樣的安排既巧妙又自然。一是革職知府賈雨村,閒着遊覽山水,客中無聊。兩人相值,閒談慢飲,不覺絮煩。兩府(榮國府和寧國府)人物,某某屬"寧",某某屬"榮",有誇有議,娓娓而談。一部大書,滴水生波,卻從閒處說起,引人入勝。說者有興,讀者亦看得有味。這是化板爲活,筆法高明。

第二筆轉入細節描寫。林黛玉進榮國府,賈府的情況從她的耳濡目染中反映出來,這就是第三回"接外孫賈母惜孤女"中所寫的。寫賈府由遠及近,由虛到實,棄虛就實。賈府宅第人物,富貴繁華景象,一一從林黛玉的眼中側面隨筆帶出,並不着意鋪張,卻是歷歷在人耳目。黛玉拜見賈母,賈母憐惜幼甥,繼而轉寫周圍人物。一從賈母口中指點,一從黛玉目中看覷:有明言其名,有不述其人。眾人、鳳姐看覷黛玉,引出寶玉。兩"玉"初見,各自暗驚,似曾會面者,微妙入神。賈赦、賈政不見,省卻許多筆墨。密不透風,疏可走馬,結構詳略,備見匠心。第一筆大處落墨,第二筆便入細寫,間距有致,可謂妙筆橫生。

第三筆,描述有據,更進一層。見證人落到千里之外,芥豆之微,略與賈府稍有瓜葛的劉姥姥身上。從她進榮國府時的所見所聞,特寫賈府的宅第、生活及某些人物的精神狀態,這就是第六回"劉姥姥一進榮國府"中所寫的。劉姥姥是書中走過場的人物。就一百二十回本說,用得着處也在百回後。此回出場屬閒文閒事,實借她點染賈府聲色。賈府的住宅規模,黛玉來時已敘明。劉姥姥來時則自榮府大門轉入後門、後院和賈璉住宅。細寫陳設,撒花軟簾,金緞坐褥,鳳姐起居,平兒侍茶,寫劉姥姥驟入賈府之神情,鳳姐接待貧戚的身態,鳳姐與賈蓉閒談瑣語以及喝茶出神等等,賈府的淫冶狎昵,隨之流露。這裏作者又換了一副筆墨,妙哉!妙哉!

《紅樓夢》之所以屢讀不厭,當屬曹雪芹的藝術之功。讀此妙筆生輝之作,不能吞咽,衹能細嚼。衹有細細體會,纔能讀之受益,從中提高閱讀能力,也隨着提高自己的寫作水平。閱讀一切文學作品,都應如此。

(原刊《學習與思考》,1984 年第 10 期)

談《紅樓夢》的遊園三筆

今日治學，提倡多學科、多角度、多層次地綜合分析。這個提法很好。世上萬事，林林總總，原是相互聯繫、相互制約的，怎能簡單地看？畫家有三皴之法，層層點染。用筆有時如捲雲，有時如雨點，有時披麻，有時折帶，這樣纔能顯示出山的崗巒起伏，脉絡紋理。所謂三皴，"三"的涵義有時實際是顯示多數。《詩·魏風·碩鼠》："三歲貫女，莫我肯顧。"三歲意即多歲。文藝創作描寫自然景象，塑造人物形象，經常採用此法。曹雪芹這位大文學家就是精於此道，他在《紅樓夢》中顯示榮國府的腐朽没落，就用三筆速寫。第一筆是用粗綫條式地勾勒，通過冷子興與賈雨村的一番對話，對書中的主要人物點了名，作了評價。第二筆轉入細節描寫。林黛玉進榮國府，賈府的生活情境從她的日常生活耳濡目染中反映出來。第三筆又進一層，卻從一個略與賈府有些瓜葛的劉姥姥身上，從她數進賈府時的所見所聞，特寫出來。這樣的"三筆"，就把賈府的神態形象地、生動地勾勒出來了。關於這點，我在 1984 年《學習與思考》刊物上，已略加闡發了。這裏，再舉一例，曹雪芹對大觀園整體的景物描寫，也是運用這樣三筆勾勒的。這三筆是通過書中不同人物的三次遊園活動，從而層層渲染的。

大觀園是《紅樓夢》中主要人物——十二釵的生活、活動場地，棲息、宴遊、往來，自非細寫不可。説起這園的交通路綫，穿東度西，臨山過水，羊腸鳥道不止有幾十百條。那麼，曹雪芹怎樣來反映這一情景呢？他的構思是巧妙的。他就選擇"大觀園試才題對額"這個題目首先重點地來寫的。賈政"扶了寶玉，迤邐"入園，選的不是大道，卻是一條小徑。曲曲彎彎，碎步而行。這樣其中詩情畫意，隨時借着題詠給予點醒。祇見"苔蘚成斑，藤蘿掩映"。這園原是兩處舊有的園林改建的，自然有此景象。賈政遂開言道："若大景致，若干亭榭，無字標題，任是花柳山水，也斷不能生色。"説時衆人隨着進入山口，微露羊腸小徑，卻見一塊白石，迎面聳立。寶玉留題"曲徑通幽"四字。自是迤邐斗折而行，因此正殿反於末後寫之。曲徑通幽，幽者勝也，引人入勝。這個留題，自然不用鏤金匾額，祇在苔蘚剝蝕之下，磷磷白石之上，鐫上四字。正見曹雪芹的胸中捐除塵俗，別具溪壑。衆人徐步，望見一水曲折瀉於石隙之下，流水潺潺，過後便爲"白石爲欄，環抱池沼。石橋三港，獸面銜吐"。橋上有亭。這亭卻是許多小徑的咽喉通道，賈政便與衆人亭上倚欄坐了。前面寫山寫石，至此轉入寫池寫樓。有人便題"瀉玉"二字，寶玉卻説："莫若'沁芳'。"爲什麼呢？"瀉玉"祇見自然景象，"沁芳"道出人的感受。"瀉"字見水潺湲，"沁"則沁人心脾，中有無限情趣，真的玲瓏透剔。寶玉再擬一聯："繞堤柳借三篙翠，隔岸花分一脉香。""翠""香"兩字突出"沁芳"。盈盈一水，暗馨襲袖，可稱綺靡秀媚之至。異日寶玉、黛玉於此翻閱默誦《西廂記》《牡丹亭》，不禁眉飛色舞。味此二字，逗人情趣。過溪進入便是曲折迴廊，石子甬路上面小小三間房舍，兩明一暗，裏面是床几椅案。又有一門，出去有大株梨花，闊葉芭蕉。又有兩間小小退步。後院墻下，忽開一泉，灌入墻門。寶玉題聯云："寶鼎茶閒煙尚綠，幽窗棋罷指猶涼。"庚辰《脂評》評云："'尚'字妙極！不必説竹，然恰恰是竹中精舍。"又云："'猶'字妙？'尚綠''猶涼'四字，便如置身於森森萬竿

417

之中。"異日黛玉住在這兒。寶玉留題"有鳳來儀",亦是逗人情思。前行又有稻香村,薔薇院種種所在。忽聞水聲潺潺,出於石間。上則蘿薜倒垂,下則落花浮蕩。上面五間清廈,連着捲棚。四面出廊,綠窗油壁。寶玉遂題:"蓼汀花漵""蘅芷清芬"等額。至怡紅院,衆人在廊外抱廈下打就的榻上坐了。觀賞窗格紋飾:或流雲百蝠,或歲寒三友,或山水人物,或翎毛花卉。或集錦,或博古。各種花樣,皆出名手雕鏤,五彩銷金嵌寶。就在這遊園題詠之中,浸潤着文人逸士、富貴閒人的審美觀念;同時多少也是透露着:曹雪芹和如書中所寫寶玉身份所特具的藝術風格和思想境界。這是曹雪芹攝寫的大觀園的第一筆,也是主筆。這一筆也就反映了中國南方庭園設計的特色。

《紅樓夢》寫賈元妃的省親遊園是第二筆。這一筆轉了風格,顯示着皇家的氣派:"金門玉户神仙府,桂殿蘭宮妃子家。"所以換了一副筆墨。同一園林,立場、觀點不同,卻見不同寫法。祇見八個太監抬着一頂金頂黃綉鳳版輿,緩緩而來。元春下輿,看着院内各色花燈爛灼,匾燈上面寫着"體仁沐德"四字,四處香煙繚繞,花彩繽紛。移時,太監跪請登舟,賈妃下輿,祇見清流一帶,勢如游龍。兩邊的石欄上,懸着水晶玻璃各色風燈,點燃着,光耀如銀花雪浪。岸上柳杏諸樹,每一株上也都懸着彩燈數盞。"諸燈上下爭輝,真係玻璃世界,珠寶乾坤。"賈妃水游之後,又便棄舟上輿,"便見琳宮綽約,桂殿巍峨。石牌坊上,明顯'天仙寶境'四個大字。賈妃忙命換爲'省親別墅'四字。於是進入行宮,但見庭燎燒空,香屑布地。火樹琪花,金窗玉檻"。"鼎飄麝腦之香,屏列雉尾之扇。"這時太監引着榮國太君及女眷等自階升月臺上排班,又有賈政至簾外問安。國禮既畢,寒暄家常。然後起身遊園,從有鳳來儀、紅香綠玉、杏簾在望、蘅芷清芬等處,依次登樓步閣,涉水緣山,多處眺覽徘徊。已而入於正殿,大開筵宴。

賈妃親撰聯額佐興。額曰：顧恩思義。聯曰：天地啓宏慈，赤子蒼頭同感戴；古今垂曠典，九州萬國被恩榮。題園名稱爲：大觀園。有鳳來儀，賜名瀟湘館；紅香綠玉，改稱怡紅快綠；蘅芷清芬，賜名曰蘅蕪苑；杏簾在望，賜名曰澣葛山莊；正樓曰大觀樓等。寫得冠冕堂皇，四平八穩。任你吹毛求疵，雞蛋裏也難挑出骨頭來。這第二筆是點綴，顯示着皇家的氣派，自然是粉飾太平。

劉姥姥遊園，是第三筆。這一筆又是一番布局。重點是不放在從側面或正面攝寫園的外景，而是着眼於特寫園的各處室內陳設。這樣便與一、二兩筆犯而不犯。相互配合，相得益彰。賈母領着劉姥姥先是到了瀟湘館，劉姥姥因見窗下案上設着筆硯。書架上壘着滿滿的書。說道："這必定是那位哥兒的書房了。"賈母笑指黛玉道："這是我這外孫女兒的屋子。"劉姥姥留神打量了林黛玉一番，方笑道："這那裏象個小姐的綉房，竟比那上等的書房還好！"這從一個缺少文化素養的鄉下老婦的眼中來寫，看出了這瀟湘館是沉浸着書卷氣的。鳳姐兒等來探春房中，卻寫這秋爽齋正見爽朗。探春是素喜闊朗的。這三間屋子，並不隔斷。當地放着一張花梨大理石大案，上壘着各種名人法帖，並數十方寶硯。各色筆筒筆海內，插的筆如樹林一般。西墻上當中掛着一大幅米襄陽煙雨圖。左右掛着一副對聯，乃是顏魯公墨蹟，其聯云：煙霞閑骨格，泉石野生涯。案上設立大鼎，左邊紫檀架上，放着一個大官窰的大盤。盤內盛着數十個嬌黃玲瓏大佛手，好派勢。探春的生活方式便與黛玉異趣，反映着這位姑娘懷抱利器，具有廊廟之才、璠璵之器的僚屬氣的。大家前行，賈母等一同又進了蘅蕪苑，衹覺異香撲鼻。那些奇草仙藤，愈冷便愈蒼翠，都結了實。有的似珊瑚豆子一般，累累可愛。誰知進了房屋，卻似雪洞一般，一色玩器全無。案上一個土定瓶中，供着數枝菊花，旁邊整齊地放着兩部書和一茶盒、茶杯而已。床上

吊着青紗帳幔，衾褥也十分樸素。賈母笑道："這孩子太老實
了。"這樣的陳設看來和寶釵的閨房生涯有些不調和吧！這就顯
出這位姑娘多少有些造作，沾着一些頭巾氣吧！劉姥姥酒醉之
後，無意中闖進怡紅院，衹見門上掛着蔥綠灑花軟簾。劉姥姥掀
簾進去，抬頭一看，又見四面墻壁，玲瓏剔透，琴劍瓶爐，都是貼
在墻上，錦籠紗罩，金彩珠光。連地下踏的磚，皆連碧綠鑿花。
竟越發把眼花了。意欲找門出去，哪裏有門。左一架書，右一架
屏。劉姥姥在着衣鏡旁轉來轉去。亂摸之間，不意巧合，撞開消
息，掩過鏡子，露出門來，驚喜之際，邁步出去。忽見一副最精緻
的床帳，盛設在那裏。劉姥姥乏了，朦朧便倒在床上，襲人隨後
轉過集錦槅子尋來，忙來招呼；劉姥姥卻笑問道："這是哪位小姐
的繡房，這樣精緻？我就象到了天宮裏一樣。"這從村婦眼中又
是攝寫這位公子哥兒的特殊素質，帶着濃烈的脂粉氣啊！《紅樓
夢》就從寫劉姥姥的遊園，到了眾多館苑，從這些房屋陳設的特
寫中，顯示了人物的不同的意識形態，有的雅愛翰墨，顯示着書
卷氣；有的講究氣派，充塞着僚屬氣；有的矯揉造作，帶有頭巾
氣；有的柔膩嫵媚，帶有脂粉氣。看來在寫房廊陳設，實際是從
側面進一步渲染人物性格。這第三筆不僅與前兩筆筆法不同，
而且是深化了。深化在通過這一筆對許多不同性格的人物綜合
地比較予以宏觀地描繪了。

　　這裏我們卻是可以清楚地看到：這樣的三筆，三次的攝寫，
三次筆調、音聲、內容是變換着的，筆筆不同。這三筆所寫的都
是環繞着集中在大觀園的大環境來寫的。三次襯托，三次點染，
瑰瑰琦琦，前後相互輝映，多樣而見統一。《紅樓夢》正是一個藝
術寶庫，隨處都值得我們細讀、消化、體會與學習。

（原刊《古今談》，1987 年第 6—7 合刊）

一張"護官符"的解釋

　　根據馬克思列寧主義分析，我們知道《紅樓夢》中的"護官符"是閱讀和研究《紅樓夢》的一個綱。綱舉目張，因此，正確解釋和理解這張"護官符"，關係到正確理解《紅樓夢》主題思想的問題。

　　關於"護官符"的解釋，自封爲"半個紅學家"的江青有句臭名昭彰的黑話，她説："護官符"衹是寫"他們貴族豪華"的，即是寫四大家族的豪華生活的。是這樣嗎？絶對不是！江青大談《紅樓夢》是爲她的"三搞一篡"服務的，這是她陰謀篡黨奪權妄圖撈取政治資本的一個組成部分。但她在學術界中有着極其惡劣的影響，必須痛加批判，以肅清其流毒。

　　"護官符"見於《紅樓夢》第四回。這張"護官符"在接近於曹（雪芹）著原稿的本子中，原分上下兩截。兩截稱爲"上面"及"下面"。"上面"寫的是關於四大家族的"俗諺口碑"，"下面"寫的是四大家族的"始祖的官爵並房次"。① 在《紅樓夢》流傳和被修改、續寫的過程中，"護官符"下面注着的"官爵並房次"被删掉並逐漸被人們所遺忘了。今天，我們有必要把它補録下來，恢復它

---

　　① 　清蒙古王府本《石頭記》第四回於"下面皆注着始祖官爵並房次"旁側有批云："可憐伊等始祖。"即此一例可證，曹著原稿"護官符"下原有下面的始祖、官爵並房次的。側批見周祜昌、周汝昌的輯録。

的原狀,使我們可以上下通讀,這樣纔能較爲完整地去理解"護官符"所揭示的深刻的政治思想意義。爲了閱讀和解釋的便利,這裏選擇接近於曹著原稿的一種,即清楊繼振所藏抄本《〈紅樓夢〉稿》,摘録原文於次:①

賈不假,白玉爲堂金作馬。

寧國、榮國二公之後,共二十房,除寧榮親派八房在都外,現住原籍十二房。

阿房官,三百里,住不下金陵一個史。

保齡侯、尚書令史公之後,共十八房,都中現住十房,現居原籍八房。

東海缺少白玉床,龍王來請金陵王。

都太尉統制,縣伯王公之後,共十二房,都中現住五房,原籍七房。

豐年好大雪,珍珠如土金如鐵。

紫薇舍人薛公之後,現領内庫帑銀行商,共八房。

這張"護官符"應該怎樣解釋?江青的謬論流毒很廣。我曾閱讀過兩篇專題論文和十二種關於《紅樓夢》詩詞評注中的"護官符"部分,發現他們都認爲"護官符"是寫四大家族的豪華的,大同小異,不過加了些發揮。這篇"護官符",中學語文教材中也曾選録進去,我也曾看過不少教材分析,都是這樣説的。那麽,我們應該怎樣來正確對待這個問題呢?

這裏提出一個問題。解釋這張"護官符",首先從政治上,其

---

① 這是乾隆抄本。前八十回底本是兩個脂評本先後轉抄的。此書發現於 1959 年春,現藏中國社院文學研究所,1963 年中華書局影印出版,這是脂本系統中最早的抄本之一,保存了曹雪芹舊稿的一些痕跡。

次從經濟上着眼；還是首先從經濟上，其次從政治上着眼呢？這是一個原則性的問題。

列寧指出："政權在哪一個階級手裏，這一點決定一切。"（《列寧全集》第 25 卷第 357 頁）毛主席也教導我們："地主政權，是一切權力的基幹。"（《湖南農民運動考察報告》）又說："而經濟是基礎，政治則是經濟的集中的表現"。（《新民主主義論》）遵循列寧和毛主席的教導，分析批判這張"護官符"首先應該從政治上來理解。首先從政治上來理解這張"護官符"從而可以説明"護官符"是閱讀、研究《紅樓夢》的一個綱，説明《紅樓夢》是一部政治歷史小説。同時，從"護官符"所起的作用來看，它是唆使封建官僚保護他們頭上烏紗帽的一張私單，不是誇耀和記錄四大家族豪華生活的"行樂圖""財產簿"或"變天賬"。因此，首先從政治角度來看，是符合於"護官符"所揭示的具體內容的。

這裏，我們就對這張"護官符"首先從政治角度逐條加以解釋。

先説賈家。賈家是怎樣一個料兒呢？"賈不假，白玉爲堂金作馬。"賈家可説有資格砌造"白玉堂"，建立"金馬門"。這是什麼勢派！項羽燒了秦王朝的阿房宮。漢高祖七年，丞相蕭何造了未央宮以"重威"天下（見《漢書·高祖紀》）。白玉堂是未央宮中的一殿，西漢皇帝用以上朝聽政的。"天子坐明堂"，朝廷古代有時稱爲明堂，有時稱爲大明宮，在清朝稱爲太和殿，俗稱金鑾殿。金馬門是漢武帝設置的。在"宦者"宮門前鑄着兩隻站着的銅馬，這個門稱爲金馬門。漢王朝進了西域，大宛的汗血馬源源不絕地輸送到長安來，國防力量大大增強。武帝很高興，因鑄銅馬，以示國勢強盛。這個門是西漢國家頒布朝廷法令的地方。史稱東方朔、主父偃等常到那裏去聽消息，稱爲"待詔金馬門"。揚雄吹噓他的政治地位，出入朝廷，説道："歷金門，上玉堂有日矣。"因此，後世成爲典故，用以説明自己的政治地位。如李白詩說："晨趨紫禁中,夕待金門詔。"柳宗元詩説："金馬嘗齊入,銅魚亦共頒。"賈家始祖是開國元勳,誇説可造"白玉堂"立"金馬門",就是暗喻他家的頭寸可與皇家較量一下。這麼説來,中央和中央以下的地方官吏爲了要保他們頭上的烏紗帽,祇能做他們的馴服工具,還敢去碰嗎?《紅樓夢》中王熙鳳説:"就告我們家謀反也沒要緊。"又説:"拼着一身剮,敢把皇帝拉下馬。"這話哪裏是隨便説的,説這話該有多少分量? 這就可以掂出這"賈不假"三字的輕重來了。賈家始祖榮國公、寧國公,封一等爵,是一份世卿世禄的家,朝廷八公之二,全國是屈指可數的。由於賈家有這樣的政治特權,隨着帶來了經濟特權,可以關外圈地,有着幾十個莊子,奴役大批奴隸。在晚清小説中還流行一句恭維人家的話,你是"金馬玉堂"中人物,就是説:你是朝堂上的大老,封建社會裏統治集團中的頭面人物。有了"政權"就"決定一切"。解釋這張符,首先應該從政治上來理解。"白玉爲堂",從建築看是十分"壯麗"的。"璧門三層,臺高三十丈","階皆玉爲之","橡首"也綴着"璧玉"。《西遊記》中還寫道:"站在那金鑾殿上……把那孩子往那白玉階前一摜。"(三十一回)現存故宮太和殿的臺階也是白玉砌的。但祇看到白玉堂的豪華,不談它的政治意義,顯然是錯誤的。

次説史家。史家是"保齡侯、尚書令史公之後"。《紅樓夢》第二回提到"金陵世勳史侯家",第十四回提到"忠靖侯史鼎"。保齡侯、忠靖侯是侯爵。史家是"金陵世勳"。始祖封的是二等爵,也是一份世卿世禄的家。官職是尚書令。《漢官儀職》説:"尚書令,主贊奏,總典綱紀。"是幫助皇帝辦理國務的機要秘書。後漢李固説:"國家有尚書,猶天之有北斗。"可見官職顯要。隋制分中書、門下、尚書三省。尚書首長稱爲尚書令。清代尚書令,屬內閣。尚書令是封建國家機器中掌握政權和施行統治的首腦之一。阿房宮是秦代所建的宮殿,築在阿房山旁,故稱阿房。《三輔黃圖》卷一說:"惠文王造宮未成而亡。始皇廣其宮規,恢三百餘里。""作阿房前殿,東西五十步,南北五十丈。上可坐萬人,下建五丈旗。""阿房宮,三百里,住不下金陵一個史。"就是誇耀史家的官階、財勢、排場了不起,超過了帝王之家,他家在政治上、經濟上也可與皇帝碰一碰的。

次說王家。王家是"都太尉統制、縣伯王公之後"。始祖封的是三等爵的"伯",也是一份世卿世禄的家。四大家族中三家都封爵的,一、二、三等爵依次排列下來,公、侯、伯、子、男五等爵位是西周奴隸制國家定的。在十八世紀封建社會中,資本主義生產關係有了一些萌芽,但社會還是封建社會,還有奴隸社會的殘餘。世卿世禄是地主階級繼承奴隸制剝削制度的殘餘,這是最野蠻、最反動、最殘酷的一種制度。階級鬥爭必然首先對這種制度猛烈衝擊。都太尉是封建王朝的最高軍事長官,和執掌政務的丞相,履行監察的御史大夫共同負責國務。西漢文帝時像周勃就"爲太尉";後或稱大司馬,像昭帝時霍光"爲大司馬"。太尉是封建官僚機構的"三公"之一,地位十分顯要。王家就是捏槍桿子的。王家傳到王子騰時還做"九省都檢點,奉旨查邊",後來頒布爲大學士。"東海缺少白玉床,龍王來請金陵王。"東海龍王是屬於神權系統的統治階級,傳說來自印度。《華嚴經》說:"復有無量諸大龍王。"這是借用神權系統的事,說明一個廣有神權的頭頭,宮中娘娘還有短小、極需要的東西,祇有向王家商量,可見王家權勢之大。王家預備接皇帝的駕,祖上經營過各國進貢朝賀的事,料兒不算小,也可與皇家擺擺架勢的。

次說薛家。薛家是"紫薇舍人薛公之後"。晉代設中書舍人,唐時或稱紫薇舍人,官也顯要。唐後這官沒有多少實權,是替皇帝管理文書、誥勅的。清代內閣中書舍人,由進士遞補,也可出錢捐買。但住在内閣，經常和皇帝見面，靠得很緊，也是最高統治者之一，地位也有些舉足輕重。薛家沒有爵位，比賈、史、王三家差些，卻不能説沒有政治地位。薛家領着國家的庫銀行商，有"百萬家財"，"珍珠如土金如鐵"。這樣的派頭還不是靠"紫薇舍人"這個官兒剥削起家的嗎？看薛家怎能和他的政治背景分開呢？

這四大家族始祖都在朝廷上做大官。《紅樓夢》中的官職，雖"無朝代年紀可考"，也不能把它落實到哪一朝代。甲戌本脂批就説："官制半遵古名"，"半有半無，半古半今"。但是，文藝作品中反映出來的生活卻可以而且應該比普通的實際生活更高、更強烈、更有集中性、更典型、更理想，小説中所寫官制可以概括古今，容許虛構和創造。中國官制，從秦始皇建立第一個中央集權的封建地主階級專政的國家起，兩千年來基本上是一脉相承的。從這"護官符"看，可以説明四大家族是大貴族、大官僚、大軍閥、大地主、大皇商的結合體，是當時國家機器的典型代表。再膨脹一下就是窺覦皇室了。四大家族有這樣的典型意義，正像美國的十大財閥那樣，他們的衰亡就標志着整個階級、整個社會的衰亡。

恩格斯指出："封建國家是貴族用來鎮壓農奴和依附農的機關"，"是封建貴族的國家"。(《家庭、私有制和國家的起源》及《社會主義從空想到科學的發展》)從這"護官符"看，這四大家族都是封建國家機器中的首腦人物，四大家族房次曼衍，世交親友遍天下，有力量組織一個統治網，掌握國家的政治、經濟、軍事等，成爲封建王朝的支柱。

在這"護官符"的魔掌下，四大家族的統治下，有一個統治網，推行一條"任人唯親"的組織路線，驅使各級官吏做他們的馴服工具。賈雨村就是在這條線上跳出來的典型人物。賈雨村原是湖州落難的窮儒，由於甄士隱的幫助，中進士，做知縣，貪污革職，後由林如海推薦，認識賈政，與賈璉聯了同宗，和賈家搭上關係,再經王子騰上了薦本,鑽進朝廷。不到十年,"沾了兩府的光","平地青雲","補授了大司馬,協理軍機,參贊朝政"(好比是任兵部尚書,進入軍機處)。真的"上玉堂,歷金門"。賈雨村的宦海浮沉就成為賈家的興衰的晴雨表。賈雨村和四大家族搭上關係,就是以"亂判葫蘆案"作為拜見禮的。第四回中,作者安排賈雨村來看"護官符",看後他就徇情判案,這是有深刻的寓意的。

另一方面,在這"護官符"的魔掌下,就出現了難以數計的,祇是例示舉出的有幾十條人命慘案。"在階級鬥爭的社會裏,有剝削階級剝削勞動人民的自由,就沒有勞動人民不受剝削的自由。""軍隊、警察、法庭等項國家機器,是階級壓迫階級的工具。"因此,哪裏有"護官符",哪裏就有人命慘案。第四回中所寫的,祇是書中出現的第一條;而"護官符"就在這樣一個尖銳的鬥爭場面中出現,卻由賈雨村來主持,終於徇情枉法,這又是有它的深刻的思想意義的。哪裏有壓迫,哪裏就有反抗。封建官僚依賴這張"護官符"為着保護頭上的烏紗帽而垂死掙扎,廣大人民群眾就要反抗,揭竿而起,堅決為着燒毀這張"護官符"而頑強鬥爭。他們要"灌玉堂,流金門"(西漢元帝時民謠,見《漢書・五行志》),推翻這個罪惡的封建統治。《紅樓夢》中也有反映。如寫道"水旱不收,鼠盜蜂起,無非搶田奪地","越寇猖獗……派了安國公征剿賊寇"等,人民揭竿而起。在農民起義影響下,激起了官僚地主家中的"奴變"風潮。《紅樓夢》中也經常出現奴隸們的抗爭,與主子尖銳、對立、堅韌的鬥爭。這樣就促使四大家族更快地衰亡。因此,從政治角度來解釋,"護官符"就是閱讀和研究《紅樓夢》的一個綱,也就是以階級鬥爭為綱,從而認識《紅樓夢》是部政治歷史小說,是寫四大家族的興衰史。

(原刊《語文戰綫》,1977年第4期)

略談"護官符"

　　我曾寫過一篇《一張"護官符"的解釋》,解釋四大家族的"始祖"的"官爵"。① 限於篇幅,續寫這篇。這篇小文,分三點來說:一、四大家族的興衰;二、賈雨村官職的升降;三、薛蟠的兩條人命官司。以備分析"護官符"的參考。

一

　　"護官符"在脂本上原分上下兩截,它是通過"上面"的四句"俗諺口碑"和"下面"的"始祖官爵並房次"來顯示賈、史、王、薛四大家族這一政治集團的顯赫權勢和驚人財富。"護官符"上所寫的"始祖"是四大家族發跡變態的第一代,關於這點,我在《一張"護官符"的解釋》中作了解釋。《紅樓夢》中所寫的人物是這四大家族始祖的第三、第四、第五代。這四大家族"敕造"府第的時候,是皇室勳臣,料兒極粗。傳到他們第三、四、五代時,"一代不如一代",由盛而衰,日見敗落。"君子之澤,五世而斬",這是社會發展規律所決定的。就賈家來說:"自國朝定鼎以來,功名奕世,富貴傳流,雖歷百年,奈運終數盡,不可挽回者。""雖說不及先

① 見《語文戰綫》1977 年第 4 期。

年那樣興盛,較之平常仕宦之家,到底氣象不同。"賈家由興而衰,這張"護官符"前後所起的作用也就不同。前時,這張"護官符"魔力極大,四大家族利用封建的國家機器,生殺予奪,造成了許多人命慘案;從而,促使社會上的階級鬥爭複雜化、尖銳化。後時,這張"護官符"就被不斷高漲的階級鬥爭浪潮衝得粉碎了。

四大家族這一政治集團始祖都是統治集團中的頭面人物。賈家始祖賈演、賈源幫助當朝最高統治者征伐開國,授一等爵,封爲寧國公、榮國公,是朝廷的八公之二。這是一個世卿世祿的家。公、侯、伯、子、男五等爵位是西周奴隸制國家定的,這個制度地主階級仍是把它繼承下來,但是清代與古代卻有很大不同,清代爵級最高的是與皇室有着血統關係的貴族們的親王,及以下的郡王、貝勒、貝子等,其次是封給異姓"功臣"的公、侯、伯、子、男五等。榮國、寧國兩公放到清代來説,是皇室所封的異姓功臣中的翹楚了。這批官僚騎在人民頭上作威作福,是勞動人民的最大的壓迫者、剝削者。第二代賈代化,世襲寧國公,任一等神威將軍,京營節度使。賈代善世襲榮國公。第三代賈敬,世襲寧國公,丙辰科進士,後以修道棄職,長子賈珍襲位。賈赦世襲榮國公,一等將軍,犯罪革職,胞弟賈政承襲。第四代賈珍世襲寧國公,犯罪革職,發往海疆,遇赦復職。賈璉同知銜,後被革職。第五代賈蓉捐官五品龍禁尉。

賈家四代世襲爵位。寧國公和榮國公是封建王朝的寵臣,享有政治、經濟上的種種特權。第三代,寧、榮親派八房住在都中,餘有十二房住在金陵原籍。就賈政一房説:母親史太君是"金陵世勳史侯家小姐",妻子王夫人和侄媳王熙鳳是掌握軍權的"九省統制"王子騰的妹子和侄女。庶出女兒探春嫁給海疆周統制的兒子,長女元春被皇帝選爲"鳳藻宮"貴妃,她是賈家的政治後臺。元春省親,是賈家"烈火烹油,鮮花着錦之盛"的"瞬息的繁華"。元妃一死,賈家的政治後臺垮了。"樹倒猢猻散",接着賈家抄家,敗落下去,在元妃身上反映着封建統治階級政治集團間的内部鬥争,是賈家興衰的一個關鍵。元妃臨死,因用託夢方式,告誡父親賈政:"兒命已入黄泉,天倫呵,須要退步抽身早!"要他早做打算。賈政自己受皇帝恩賜工部主事,入部習學,升做員外郎,後任學政,升郎中,授江西糧道,後任工部員外郎,常有被皇帝召見的機會。榮國府抄家時,大概是皇帝看在元妃份上,没給他什麽罪名,反襲榮國公爵,但賈家從此一敗塗地。就賈珍一房説:賈敬的壽辰和賈蓉妻子秦可卿的喪事,東平、南安、西寧、北静四個郡王,鎮國、理國、齊國、治國、修國、繕國六公的子孫,忠靖侯、平原侯、定城侯、襄陽侯、景田侯、保寧侯、川寧侯、臨安伯、臨昌伯、錦卿伯、五城兵馬司、神武將軍等的諸王孫公子都來祝壽、吊唁,可見當時權勢的顯赫。但是,到後來也被"革去世職,派去海疆效力贖罪"。

　　史家是保齡侯尚書令史公之後,世襲二等爵。都中現住十房,金陵原籍八房。這家也是"金陵世勛",賈母就是"史侯家的小姐"。她的侄兒是忠靖侯史鼎,左遷外省大員。史鼎侄女是史湘雲。湘雲父母早喪,由史鼎撫養。嬸母對她不好,經濟很不寬裕。湘雲是賈母娘家唯一來往的親戚。但寫她到賈家來得晚,元妃省親時大觀園題詠,這樣大的場面,湘雲没來得及参加,曹雪芹爲何這樣寫,這就多少側面反映史家在四大家族中政治地位早已低落。

　　王家始祖是都太尉統制。封三等爵,都中五房,原籍七房。王家祖上是捏槍桿子的,經營各國進貢朝賀及對外貿易。第三代王子騰做京營節度使,升九省統制,奉旨查邊;再升都檢點,奉旨補授内閣大學士。本定於明年宣麻,未及病死。王子騰有權推薦朝廷大臣,他是朝廷的實權派,賈雨村做大司馬,就是他上的保本。可見他是炙手可熱的人物。但他尚未授大學士職即病死，他家的政治地位也就低落下來。

薛家始祖是紫微舍人，第三代薛某，妻子薛姨媽。她是"京營節度使王子騰"，"榮國府賈政的夫人"的妹子。薛、賈、王三家聯絡有親。薛家"家中有百萬之富，現領着内帑錢糧，採辦雜料"。薛蟠是"金陵一霸"。但他家的政治地位，遠不及王、賈兩家。薛家上京就是爲了寶釵"備選爲公主、郡主，入學陪侍，充爲才人、贊善之職"。可見是爲尋找政治出路而來。"備選"未成，薛家改變主張，與賈家聯姻，提高門閥，賈家垮臺，薛家隨着垮臺。

這四大家族是大貴族、大官僚、大軍閥、大地主、大商人的結合體，控制着封建王朝的政治、經濟、軍事各個方面的大權。所謂"連絡有親，一損皆損，一榮皆榮。扶持遮飾，皆有照應。"他們可以組成一個統治網。這張"護官符"上，血淚斑斑，沾滿着人民和無辜受害者的鮮血。《紅樓夢》寫：這張"護官符"是"本省最有權有勢、極富極貴的大鄉紳名姓"。又寫："皆是本地大族名宦之家的"。四大家族是屬於中央一級的，爲什麼門子介紹這張"護官符"説是"本省""本地""最有權有勢，極富極貴"的呢？難道這張"護官符"祇屬於金陵的所屬的"省"與"地"嗎？這倒不是的。因爲四大家族都中、原籍都有房族。門子在四大家族的金陵原籍介紹這張"護官符"，所以就説成"本省""本地"了。實際，這張"護官符"是全國性的，不是屬於哪一省、哪一地的。關於這點，有些解釋"護官符"的説得不妥。

二

"護官符"是在《紅樓夢》第四回賈雨村"亂判葫蘆案"時出現

的。這張"護官符"爲什麼要選擇在這樣的場面出現呢？這和賈雨村的宦海浮沉有關，賈雨村是何許人也？這裏，可以把他的老底揭一揭。

湖州窮儒──→寄居蘇州葫蘆廟──→進京，中進士，升爲大如州知縣──→貪酷革職，遊維揚──→謀爲巡鹽御史林家西賓──→二次進京，與賈家聯宗，復職──→升任金陵應天府尹，亂判葫蘆案──→

三次進京，陛見。候補京缺，與賈璉聯爲同宗弟兄，經常出入賈家，拜會賈政。王子騰累上保本，升轉御史──→左遷吏部侍郎──→再升兵部尚書，協理軍機，參贊朝政──→

降三級，戴罪視事，補授京兆府尹，兼管出都查勘開墾地畝，賈家犯罪抄家──→婪索定罪，遇赦，遞籍爲民。

賈雨村的宦海浮沉，從這張表解上多少可以反映出來。他的醜史，可分三段來説。第一段從湖州窮儒，到升任金陵應天府尹。賈雨村本出身於"敗落"的"仕宦"家庭，"祇剩一身一口，在家鄉無益"，流浪到了蘇州，寄居葫蘆廟，"賣字作文爲生"，他的本領是"熟習時尚之學"，懂得"八股文""試帖詩"一套敲門、鑽營之術，得到甄士隱資助盤費五十兩，進京考試，中了進士，放大如州知縣。上任知道甄士隱出家，女兒英蓮被拐。雨村許願把英蓮找回，不久，以貪酷革職，他把歷年剝削和家小，"送回原籍"，出遊到維揚。從冷子興口中，瞭解都中賈家情況，謀爲林如海家的西賓，託他向賈政推薦，賈雨村二次進京，以宗侄名帖拜見賈政，賈政得了妹丈薦書，爲雨村題奏，不多時間，得了一個復職，從大如州知縣，升爲金陵應天府尹。這個府尹比一般的高，可直接向皇帝上奏,進京陞見。原是貪酷革職,現卻升做應天府尹,這使雨村嘗到賈政題奏的甜頭。就清代"考績"制度説,"貪酷者特參""糾以六法、不謹、罷軟者革職,浮躁、才力不及者降調,年老、有疾者休致"①。雨村原受"貪酷革職"處分,卻由於賈政幫忙,復職,由知縣升爲府尹。應天府是明制。清制,如順天府尹是正三品官。三甲進士一般祇授知州、知縣等官。雨村復職,相當於任"江寧府知府",顯然是破格提升。怎不使雨村對四大家族感恩無已。"護官符"的魔力,於此已見。恰恰在雨村調任任上,碰上"葫蘆案",即四大家族中一家,薛蟠行凶作惡,搶占了一個丫頭英蓮,把小鄉宦之子馮淵打死。這個案子依法辦理,應該是:准了狀子,捉拿凶手,讓英蓮與母親封氏團圓,而雨村卻徇私枉法,讓凶手逍遥法外,使受害者冤沈海底。一場人命官司,化爲煙雲。雨村判了這案,馬上修書兩封,邀功請賞:一封寫與賈政,一封寫與京營節度使王子騰。雨村深深懂得,薛蟠是金陵一霸,薛家與賈家、王家聯絡有親。通過這個案子的因由,他可一頭鑽進四大家族的任人唯親的組織路綫上去。這就是旁的官僚不敢准這狀子,而雨村卻要准這狀子的奧妙。

第二段從賈雨村三次進京陞見,到補授大司馬,協理軍機,參贊朝政。賈雨村懂得了這個奧妙,便緊緊抱着這張"護官符",一頭栽進賈家、王家的懷抱裏,媚上欺下,鑽營奔走,不上十年,幹了許多壞事,平升三級,署兵部尚書,參贊樞密院。(在《紅樓夢》中大司馬與兵部尚書通用。)封建選舉制度有所謂三年"考績"的。就清制説:"京官曰京察,外官曰大計。"考績辦法:"校以四格,懸:才、守、政、年爲鵠。分稱職、勤職、供職三等。""才守俱

① 見《清史稿》卷一百十一。

優者，舉以卓異……卓異官自知縣而上，皆引見候旨。"①賈雨村受過"貪酷""特參"處分，做了一任應天府尹，有多少政績呢？無非辦了一件"葫蘆案"，"考績"起來，倒是列入"才守俱優""卓異"一等，居然可以"進京陛見"，"後補京缺"，真正的"引見候"了。"護官符"的魔力，於此又見。賈雨村三次進京，這次進京，雨村是左右逢源，得意非凡，與賈璉聯了同宗弟兄，經常拜會賈政宗台。通過賈政，王子騰更爲他累上保本，從此一帆風順，平步青雲，升爲御史，再遷吏部侍郎。侍郎原由巡撫提升，尚書由總督提升。雨村當然不受這種制約，又一次破格提升，做起大京官了。這時，賈雨村和賈家抱成一團，"出了多少事出來"。舉例來說：賈家大老爺賈赦看中了石呆子家傳的二十把古扇，雨村便"訛他（石呆子）拖欠官銀，拿他到衙門裏去，說所欠官銀變賣家產賠補，把這扇子抄了來，做了官價，送了來"②，弄得石呆子被逼自盡。賈雨村爲四大家族又立了一功，考績起來，自然又是"卓異"，隨着"王子騰升了九省都檢點，賈雨村補授了大司馬，協理軍機，參贊朝政"③。

第三段從賈雨村黜降三級，到削籍爲民。"千里搭長棚，沒有不散的筵席！"隨着四大家族的垮臺，賈雨村的黃粱美夢也破滅了。賈雨村"前放兵部""後降府尹。"④一朝就黜降三級，這單是賈雨村個人犯了罪嗎？事情不是這樣簡單。這實際是朝廷打擊賈家的一個信號。"楊樹上開刀，桷樹上出血。"我說這話，不

---

① 見《清史稿》卷一百十一。
② 見《紅樓夢》第四十八回。見人民文學出版社《紅樓夢》1957年版、1964年2月第三版。下同。
③ 見《紅樓夢》第五十三回。
④ 見《紅樓夢》第一百〇四回。

是亂講的。試看賈璉聽到林之孝説起雨村黜降，他就嗅出這個味道來了。賈璉就説：賈雨村"那官兒也未必保的長。祇怕將來有事，咱們寧可疏遠着他好。"又説："横竪不和他謀事也不相干。"①擔心賈雨村就要出事，這是他家出事的一個徵兆。賈雨村戴罪視事，一直也是提心吊膽，兩眼直盯着賈家。有一次，雨村聽到"内廷傳旨"，在内閣與賈政談話。賈政提到旨意問及雲南私帶神槍一案，雨村心中有鬼，嚇了一跳。② 不久，賈家犯罪抄家。在罪案中，"倚勢强索石呆子古扇一款"，賈雨村就不能卸脱罪責。但賈雨村爲了脱卸干係，"怕人説他迴護一家兒，他倒狠狠的踢了一脚，所以兩府裏纔到底抄了"③。即使這樣，賈雨村還是逃不出他的覆亡命運，終於"婪索定罪"，後來"遇赦，遞籍爲民"。四大家族失勢倒臺，賈雨村也就面臨大禍。

從賈雨村的宦海浮沉，我們可以看出四大家族的這張"護官符"，對賈雨村來説，不僅是他的"護官符"；有時也是他的"升官符"；有時又是他的"罷官符"。賈雨村的宦海浮沉是四大家族興衰的晴雨表。《紅樓夢》是寫四大家族興衰史的。第五十三回："寧國府除夕祭宗祠，榮國府元宵開夜宴"，是賈家興、衰的轉折點。就在這回點出"王子騰升了九省都檢點，賈雨村補授了大司馬。"但是不久，賈雨村一貶三級，戴罪視事，直至以婪索割職，削籍爲民。賈雨村的浮沉，與四大家族的興衰，緊緊聯繫在一起。在賈雨村這個老奸巨猾的官僚身上，也就可以或多或少地看出這張"護官符"的累累罪行。曹雪芹把"護官符"安排在第四回，讓賈雨村在亂判葫蘆案時揭曉，於此可見，《紅樓夢》是一部政治

---

① 見《紅樓夢》第七十二回。
② 見《紅樓夢》第一百〇四回。
③ 見《紅樓夢》第一百〇七回。

歷史小說，而第四回是全書的一個總綱。我們從賈雨村的宦海浮沉看，這場政治風雨是刮得大的；同時，這場政治風雨對四大家族來說，也是刮得極爲厲害的。爲什麼《紅樓夢》寫這問題祇是輕描淡寫，從字縫裏閃閃爍爍透露幾句呢？這個問題，聯繫《紅樓夢》創作的時代背景看，就很明顯。曹雪芹是罪官之後，處於封建專制主義的淫威之下，豈能秉筆直書？"看來字字皆是血，十年辛苦不尋常。""滿紙荒唐言，一把辛酸淚！都云作者癡，誰解其中味？"他祇好表示："毫不干涉時世"，不是"怨世罵世"的書。甚至像在甲戌抄本凡例中說："此書不敢干涉朝廷"，"雖一時有涉於世態，然亦不得不敘者，但非其本旨耳，閱者切記之！"①因而將"真事隱去"，也就是將"政事隱去"。許多話以不盡盡之。但我們從四大家族的官勢地位，與賈雨村的宦海浮沉寥寥幾筆的勾勒裏，已經可以深刻地看出這個封建官僚機構的反動性，封建制度的腐朽透頂和四大家族的罪行滔天了。

三

《紅樓夢》寫薛蟠犯了兩條人命，葫蘆案是第一條。這條人命是書中所寫幾十條人命慘案中的第一條。寫一個小鄉宦之子被金陵一霸打死，無處伸冤。從這案件看來，小鄉宦之子尚且如此，一般勞動人民所受的欺凌、壓榨，那就更加沒法說了。從這案件中可以看出當時的階級矛盾十分尖銳，從全書來看則揭開了階級鬥爭的歷史序幕和政治主題。這是有其深刻的意義的。

薛蟠是葫蘆案的凶犯。他"恃強喝令手下豪奴將馮淵打

---

① 參考吳恩裕《關於曹雪芹》，見《〈紅樓夢〉研究參考資料選輯》第四輯，人民文學出版社 1978 年版。

死。"馮淵死後,薛蟠對於"人命官司一事,他卻視爲兒戲,自爲花上幾個臭錢,没有不了的",一走了之,逍遥法外。馮淵是葫蘆案的受害者,被打死後,家人"告了一年的狀,竟無人作主……剪惡除凶,以救孤寡"。這個案件,合理判斷應該是:一是,"剪惡除凶",鎮壓"金陵一霸"薛蟠;二是,懲處壞分子拐子;三是,馮淵冤情昭雪;四是,英蓮母女骨肉團聚。但地方官吏没有一個敢這樣判的。這個案件落到賈雨村手中卻了結了。從此,賈雨村步步高升,薛蟠逍遥法外。

　　第二條人命是薛蟠逞凶打死一個酒店的跑堂,即當槽兒的。這條人命罪惡不比前條人命要重多少,但薛蟠這次所受的災難與前卻大不相同。薛蟠在現場上就"被縣裏拿去了。"他的母親薛姨媽聽到這個消息:"嚇的戰戰兢兢",家人還説:"憑他是誰?打死了總是償命的。"薛家懇求賈政,請他去向知縣説情,賈政卻感到十分爲難,祇得含糊答應。① 後來薛家花了許多銀子,弄得"京裏官商的名字已經退了,兩個當鋪已經給了人家,銀子早拿來使完了","纔定了誤殺具題"。可是刑部並不買賬,把它"駁審","依舊定了死罪"②。這兩條人命官司都是薛蟠搞的,前後比較,薛蟠所受的懲罰完全不同。這是什麽道理?好像很難理解。清代道光年間陳其泰評論《紅樓夢》就提出這個問題,感覺這是否是寫作上的問題?他説:"此時薛蟠毆死人命,薛母一家如此手忙腳亂。以後百計營救而不能脱罪,愈見從前爲香菱打死人一事,太覺容易了結。薛蟠脱身事外,絶不着急,殊説不圓矣。"③其實,這個問題容易解釋。彼一時,此一時也。關鍵在前

---

① 見《紅樓夢》第八十五回。
② 見《紅樓夢》第一百回。
③ 見《桐花鳳閣評〈紅樓夢〉》第八十五回總評。

時四大家族得勢橫行，後時，四大家族失勢吃癟。這張"護官符"就像交易所裏的股票一樣，前後"行情"就大不一樣了。四大家族得意時，封建官僚都趨奉他們，失勢時，封建官僚就趁機向他們敲詐勒索了。《紅樓夢》是寫四大家族興衰史的。關於四大家族的興衰，從《紅樓夢》的重點描寫看，是由於統治階級的內部矛盾所造成的；主要原因是四大家族的政治後臺垮了，"樹倒猢猻散"，賈家犯罪抄家，就什麼都完了。統治階級內部矛盾使四大家族垮臺了。這個問題我們怎樣理解呢？馬克思、恩格斯在《共產黨宣言》上指出："在階級鬥爭接近決戰的時期，統治階級內部的、整個舊社會內部的瓦解過程，就達到非常強烈、非常尖銳的程度，甚至使得統治階級中的一小部分人脫離統治階級而歸附於革命的階級，即掌握着未來的階級。"十八世紀的中國封建社會雖尚未出現新興的階級，但整個封建制度卻正在走下坡路，因此像四大家族那樣的"統治階級內部的、整個舊社會內部的瓦解過程，就達到非常強烈，非常尖銳的程度"，這正是"在階級鬥爭接近決戰的時期"的一種反映。因此，我們認爲：四大家族的沒落，"護官符"的被扯得粉碎，這是階級鬥争的必然結果，是由社會發展的規律所決定的。

（原刊江西師範學院《語文教學》，1978 年第 5 期）

讀《紅樓夢》大觀園題詠《有鳳來儀》等四首詩

　　《紅樓夢》第十八回"慶元宵賈元春歸省"寫元妃遊賞大觀園時，爲大觀園題名、題詩，後又命衆姐妹和寶玉題詠，並説："且喜寶玉竟知題詠是我意外之想。此中瀟湘館、蘅蕪苑二處，我所極愛；次之怡紅院、浣葛山莊，此四大處必得別有章句題詠方妙。"寶玉因詠《有鳳來儀》《蘅芷清芬》《怡紅快綠》《杏簾在望》四首，其中《杏簾在望》一首由黛玉代作。這四首詩，歌詠大觀園中四個重要的地方，即瀟湘館、蘅蕪苑、怡紅院和稻香村。後爲黛玉、寶釵、寶玉和李紈所住，是他們的主要活動場所。原詩如下：

　　　　有鳳來儀①　　　　　臣寶玉謹題
　　　　秀玉初成實，堪宜待鳳凰。竿竿青欲滴，個個綠生涼。

――――――――――

　　①　這四首詩正文是根據《脂硯齋重評石頭記》本過録的。"臣寶玉謹題"程本（今人民文學出版社《紅樓夢》是以程本爲底本的）作"寶玉"，似失作者原意。"进砌防階水"之"防"當是"妨"字抄寫筆誤。脂批曾説："古云'竹密何妨水過'，今偏翻案。"可證。"好夢書初長"，"書"字程本作"正"。"書"字顯出在做黄粱美夢。"正"字空泛。"冷翠滴迴廊"，"滴迴廊"程本作"濕衣裳"，與突出描寫蘅蕪苑景物不切，詩對仗亦不工。"一畦春韭綠"，"綠"程本作"熟"。夜雨剪春韭，取其嫩綠。韭菜不類稻穀，安貴成熟？"熟"字不通。餘字校勘從略。

迸砌妨階水，穿簾礙鼎香。莫搖清碎影，好夢晝初長。

    蘅芷清芬

蘅蕪滿淨苑，蘿薜助芬芳。軟襯三春草，柔拖一縷香。
輕煙迷曲徑，冷翠滴迴廊。誰謂池塘曲？謝家幽夢長。

    怡紅快綠

深庭長日靜，兩兩出嬋娟。綠蠟春猶捲，紅妝夜未眠。
憑欄垂絳袖，倚石護青煙。對立東風裏，主人應解憐。

    杏簾在望

杏簾招客飲，在望有山莊。菱荇鵝兒水，桑榆燕子梁。
一畦春韭綠，十里稻花香。盛世無饑餒，何須耕織忙。

這四首詩在寫作上各有特色。這裏分三點來說明：一、體現了大觀園的庭園設計、庭園布置和藝術構思；二、反映了應制詩、應景詩的寫作體裁，寫作要求；三、抒發了寶玉和黛玉的特定思想感情。

一、關於《紅樓夢》中大觀園的地址問題，歷來就有許多議論：大觀園究竟在哪裏？在北國，還是在江南？《紅樓夢》是小說，是藝術作品。小說中所反映的，有它的現實生活的影子，但又經過作者把這些現實生活，加以概括、集中、變化和提高，這樣就難以把它指實或是落實到某一特定的地點。但我們從《紅樓夢》所反映的生活素材看，可以說《紅樓夢》中大觀園中所顯示的庭園設計是仿自江南庭園的。我國南北建築，由於氣候和地理環境不同，形成的建築特色不同。南方地下水淺而多，"暮春三月，江南草長，雜花生樹，群鶯亂飛"。花木易於繁殖，因而庭園設計、庭園建築就緊密地和花木點綴結合起來。北方地下水深而少，宮殿建築，就以殿廡為主。院前安置銅鶴石獅，對稱層進，便以壯麗取勝。同時北方地多風沙，院落通常就採取四合院形式，不像南方庭院的錯落變化，從這角度來看大觀園的造型，很顯然地我們可以發覺它和江南，特別如蘇州等處的庭園設計相符合。由於大觀園的建築有這特色，因而，寶玉寫這四首詩，歌詠這四個地方也就能反映這一特色。

《有鳳來儀》，即瀟湘館，後爲林黛玉所居。這個所在："有千百竿翠竹遮映"，"入門便是曲折遊廊，階下石子漫成甬路。上面小小兩三間房舍。"黛玉所以住在這裏，是因爲："我愛那幾竿竹子，隱着一道曲欄，比別處更覺幽静些。"庭園布置，突出的是翠竹流水——"鳳尾森森，龍吟細細"。這種竹子，據杭州花圃友人推測，可能是鳳尾竹（B. mnltipex Raeasch），屬籤竹屬、竹亞科，江南庭園常見栽作，觀賞之用，如蘇州留園楠木廳後院中所栽的就是這種竹子。這種竹子特點是竿細、簇生，適宜於庭園點綴觀賞。但稀成片生長，不占優勢。小説中所云，可能泛指，未必有所專指。江南庭園種竹種類繁多，以剛竹所屬各種最爲常見。如水竹、毛竹、淡竹、剛竹和哺鷄竹等是。賈政遊園時，寶玉曾題一聯道："寶鼎茶閑煙尚綠，幽窗棋罷指猶涼。"寶玉用"綠""涼"兩字來突出人對竹子的感受，使人讀了這詩好像"置身於森森萬竿之中"。寶玉題《有鳳來儀》就是抓住這地方的翠竹流水來寫的。

竿竿青欲滴，個個綠生涼。进砌妨階水，穿簾礙鼎香。在"青""涼"，"青欲滴""綠生涼"上大事渲染。這竹栽在"數楹修舍"之前，中有"曲折遊廊"，階前"石子漫成甬路"，舍後有着"清泉一派"，"繞階緣屋至前院，盤旋竹下而出"。泉水繞階流過石臺，沖洗竹子，水珠就进濺開來，形成小小的波瀾；同時，鼎爐裏所焚的熏香被竹簾礙着，好久不會散去。用"进""妨""穿""礙"來形容泉水，熏香遇竹所形成的動態。《有鳳來儀》三四、五六兩聯就是通過對翠竹泉水的描寫來突出描寫瀟湘竹館幽居的。

《蘅芷清芬》，即蘅蕪苑，後爲薛寶釵所居。這是一所"清廈""瓦舍"，圍着"水磨磚墻"，"大主山所分之脉皆穿墻而過"。"迎

面突出插天"，"大玲瓏山石"，"四面群繞各式石塊"遮住"五間清
廈"。石山率藤、引蔓，長着許多"薜荔藤蘿""杜若蘅蕪"。有的
是芭蘭，有的是清葛，有的是紫芸，有的是青芷。有的叫金蓉草，
有的叫玉蕗藤。一到這裏，"秖覺異香撲鼻"。庭園布置，突出的
是香花異草。遊園時，寶玉題這處匾額是蘅芷清芬。對聯是：
"吟成豆蔻詩猶艷，睡足荼蘼夢亦香。"寶玉在《蘅芷清芬》的題詩
中，前面六句有情寫景也是從花草上着眼的。

"蘅蕪滿淨苑，蘿薜助芬芳。軟襯三春草，柔拖一縷香。輕
煙迷曲徑，冷翠滴迴廊。"杜若、蘅蕪長滿在靜閉的園林，女蘿、薜
荔增加了苑中的芬芳。"助"是增添的意思。用一"助"字，就是
突出杜蘅的馨香。搖曳環繞的翠帶陪襯着三春的芳草，輕柔飄
飄的花枝散發着一縷幽香。這些藤蔓，"或垂山巔，或穿石隙"。
有的"垂簷繞柱"，有的"縈砌盤階"，有的"實若丹砂"，有的"花如
金桂"。散出幽香，"味芬氣馥"。用"軟襯""柔拖"來形容，遣詞
確切、生動。輕盈的煙霧彌漫着彎曲的小徑，花草上淅瀝的露珠
滴落在超手迴廊上邊。輕煙迷徑，冷翠滴廊，這裏顯示了蘅蕪苑
的環境特色——宏偉秀麗。

《怡紅快綠》，即怡紅院，後爲寶玉所居。這所院落繞着碧桃
花，穿過兩溜竹籬花障進月洞門，四周是粉墙綠柳倒垂。進院有
水池，架着白石，兩邊遊廊相接。院中山石點襯，一邊種着數本
芭蕉，一邊種着一棵西府海棠。再進是房廳，兩旁有抱廈。後院
薔薇滿架，轉過花障，青溪環繞。怡紅院的點綴突出的是：芭蕉
山石、西府海棠。海棠、芭蕉擺在主要的地位。

海棠有許多種。一類是草本，一類是木本。草本海棠屬秋
海棠科、秋海棠屬。温室培養，可供賞觀。約有數種。如四季海
棠、竹節海棠、毛葉海棠和銀星海棠等。《紅樓夢》中海棠詩社指
的海棠是盆栽的草本海棠，應爲四季秋海棠，或竹節秋海棠。木

本海棠有兩屬，一屬薔薇科、貼梗海棠屬，有倭海棠、貼梗海棠、大紅貼梗海棠、白花貼梗海棠諸種。一屬薔薇科、蘋果屬，[①]有垂絲海棠、重瓣垂絲海棠、野海棠、櫻桃海棠、西府海棠諸種。貼梗海棠花數朵簇生，梗極短，好像生在梗上，故稱貼梗。這裏指的是蘋果屬的。西府海棠是喬木，樹冠疏散，小枝幼時紫色，初有毛，後脫落。葉卵形，邊緣鋸齒細小而鈍，表面暗綠色有光澤，常有紫暈。花四至七朵簇生，色紅艷。花梗細長，垂下，與萼同爲紫色。萼片卵形，邊緣有白毛。花柱四至五。蕊絲伸出萼片外，隨花下垂，出花瓣外。這花紅艷，簇生，枝弱力不能負，花下垂，蕊出花外，也下垂，是其特色。隨風搖曳，逗人喜愛。《紅樓夢》裏所説的西府海棠，是否和《中國高等植物圖鑒》裏所述的西府海棠(malus miceomahes)同種，尚難確定。看來《紅樓夢》形容這花姿態，因説：“其勢若傘，絲垂翠縷，葩吐丹砂。”寶玉更用“紅暈若施脂，輕弱似扶病”十字來傳神。脂硯齋批至此，因贊歎道：“體貼的切，故形容的妙。”“十字若海棠有知，必深深謝之。”海棠原産我國的西南部，今已廣事栽培，是有名的庭園觀賞樹種。這種花樹，嬌嫩得很，春寒開花，既畏烈日，也怕風雨。真的“輕弱似扶病”。古人愛惜這花。蘇軾爲了搶時間，夜裏拿了蠟燭去欣賞它。詩道：“只恐夜深花睡去，故燒高燭照紅妝。”陸游就盼望春天多來幾個陰天。詩道：“綠章夜奏通明殿，乞借春陰護海棠。”

　　在怡紅院庭院前，蕉棠兩植，如五雀六燕，恰好對稱。寶玉因説這裏實是：“暗蓄紅綠二字”，“若衹説蕉，則棠無着落，若衹

---

　　① 　見杭州市園林管理局編《杭州植物園栽培植物名録》(1963 年)、中國植物研究所編《江蘇南部種子植物手册》(1959 年)。木本海棠則屬懸鈴木科，木瓜屬。

說棠，蕉亦無着落。固有蕉無棠不可，有棠無蕉更不可"。因而把那匾額題爲"紅香綠玉"。元春又把人對紅綠兩字的感受更突出一點，改爲怡紅快綠。這個院落就稱爲：怡紅院。寶玉因吟一律，這律詩就是依蕉、棠兩植的特點雙起雙敲來寫的。

"深庭長日靜，兩兩出嬋娟。綠蠟春猶捲，紅妝夜未眠。憑欄垂絳袖，倚石護青煙。"這幽邃的庭院裏終日是一片恬靜，芭蕉和海棠兩者的顏色、姿態長得多麼美好啊。碧綠的芭蕉怯着春寒，還是捲着，紅艷的海棠盛妝未卸，也沒睡眠。一個兒憑欄垂着紅袖，一個兒倚石籠着青煙。詩的前六句就是突出寫怡紅院的蕉棠兩景。最後兩句，雙收落到主人："對立東風裏，主人應解憐。"

《杏簾在望》，這個地方元春初名：瀚葛山莊，後改稻香村，後來李紈住在這裏。這裏處在山懷中，圍着黃泥矮墻，有幾百株杏花如噴火蒸霞一般。裏面茅屋數楹，有兩溜青籬曲折繞着。山坡之下，有一土井。下面分畦列畝，佳蔬菜花，漫然無際。看來有"田舍佳風"。旁有石碣，寶玉題作：杏簾在望。取舊詩"紅杏梢頭掛酒旗"詩意；又名稻香村，取古人"柴門臨水稻花香"詩意。這個庭園布置，寶玉認爲在大觀園的綠柳紅橋之中，置一田莊，"分明見得人力穿鑿"，"峭然孤出"，既不自然，也不諧和。《杏簾在望》這律是黛玉代作的，寶玉看看，認爲比他作的"高過十倍，真是喜出望外"。這就說明黛玉所寫的是符合他的想法的。這詩前六句是："杏簾招客飲，在望有山莊。菱荇鵝兒水，桑榆燕子梁。一畦春韭綠，十里稻花香。"這是寫稻香村山莊景色的。杏花梢頭那個布幌飄宕着，像在招引人去酣飲，這個山莊雖在遠處，卻就隱約可見。這頭十個字分詠詩題，"杏簾、在望"兩詞，寫來一氣呵成。鵝兒在蔓生菱荇的水中游戲，燕子在桑榆上飛翔。菱荇鵝兒水，桑榆燕子梁。這句意爲鵝戲菱荇水，燕舞桑榆梁。一畦畦的春韭呈現綠色，十里的稻花飄散着芳香。接着是寫稻香村的景色。但從這描寫看反映了作者的階級偏見，因爲這實質是美化和歪曲了當時的田莊。

這四首詩可以說都是根據大觀園各處的景色特點來寫的。從而，我們體會到這裏也就顯示了中國庭園設計的優良的藝術傳統，這個藝術傳統在今日蘇州許多名園中還保存着，這也就可以使我們對《紅樓夢》大觀園寫作素材的生活影子多少有所理解了。

二、寶玉吟這四詩是奉元妃之命作的，雖是應景即事，實屬於應制詩。題下具名就是：臣寶玉謹題。這是爲了符合應制詩的格式而這樣寫的。應制詩一般用律詩，迎春、探春、惜春都寫七絕，用的是變格，寶玉寫五律卻是正格。

第一首詩題《有鳳來儀》這題額就是用以頌聖的。《禮記·禮運》："麟、鳳、龜、龍，謂之四靈。"鳳凰古稱靈鳥，它的出現，視爲祥瑞。《尚書·益稷》說："簫韶九成（奏），鳳凰來儀（來翔）。"《楚辭·涉江》："鸞鳥鳳凰，日以遠兮"，王逸注云："鸞鳳，俊鳥也。有聖君則來，無德則去。"古人就把來儀比擬宸遊。如沈佺期《侍宴安樂公主宅應制詩》："簫鼓宸遊陪宴日，和鳴雙鳳喜來儀。"朱熹《集傳》說過："鳳凰之性，非梧桐不棲，非竹實不食。"這詩開頭便說："秀玉初成實，堪宜待鳳凰。"這猗猗柔美的綠竹結的果實恰好可以用來招待尊貴的鳳凰。寶玉吟詩，爲啥這樣說呢？瀟湘館房屋很少，祇有"小小兩三間房舍"和"兩間小小退步"，院前一條羊腸石子砌成的甬路，是"小屋子"，招待不了大人物的，祇配以後林黛玉住在那裏鬧肺病，哪裏配接元妃的"金貴繡鳳版輿"呢？賈寶玉所以這樣說，這是因爲這裏是遊園第一大處，第一首詩，爲了應制頌聖，不能不這樣說，否則就不得體，賈寶玉因而借用這竹子的典故用來表示恭候元妃的鑾輿。這時寶玉的思想感情確也有這頌聖思想的。爲啥這樣說呢？這是有證據的。寶玉在大觀園題對額時就說："這是第一處行幸之處，必須頌聖方可。""此處雖云省親駐蹕別墅,亦當入於應制之例。"又曾批評清客,將稻香村題作:秦人舊舍,説避亂之意,如何使得?又如這詩的結尾:"莫搖清碎影,好夢晝初長。"這句中所顯示的寶玉的思想意識,正在做紈絝子弟的黃粱美夢呢。

第二首《蘅芷清芬》。前六句寫蘅蕪苑的景色,在景色之中也寓有抒情,但反映寶玉的思想意識還不明確。最後兩句,卻很明確了。他説:"誰謂池塘曲? 謝家幽夢長。"寶玉提出,誰説吟出"池塘生春草"佳句的謝家,好夢做得酣暢呢? 寶玉這一疑問,提得含蓄,言外之意認爲賈家纔能説是"幽夢長"吧。

第三首《怡紅快綠》。前六句雙起雙敲是寫怡紅院景色的。末兩句雙收。"對立東風裏,主人應解憐。"芭蕉、海棠對立在東風之中,主人是合當愛惜它的。這裏的"主人"指哪個呢? 是指寶玉自己嗎? 不是,這是指元妃。爲什麼呢? 因爲大觀園是元妃臨幸省親時造的,寶玉這時説的主人當然是指元妃。這大觀園自元妃"幸過之後","因而封鎖",後來元妃命寶玉及姐妹"進去居住",寶玉纔住了怡紅院,那時怡紅院的主人纔是寶玉。這時寶玉説"主人應解憐",這就反映他這時對元妃是有所希冀的。

第四首《杏簾在望》。這個田莊寶玉題過一聯:"新漲綠添澣葛處,好雲香護采芹人。"元妃即就聯意,賜名:澣葛山莊,後改稻香村。"澣葛"一辭,典出《詩·周南·葛覃》:"葛之覃兮,施于中谷。……'及'害(何)澣害否? 歸寧父母。"《毛詩序》説:"葛覃,后妃之本也。"朱熹《集傳》説:"此詩后妃所自作……已嫁而孝不衰於父母。"寶玉題此處是澣葛處,實質即寓頌揚元妃省親之意。元妃欣賞領會,即以山莊命名。"采芹"一辭,典出《詩·魯頌·泮水》:"思樂泮水,薄采其芹。"朱熹,釋"泮水"爲"泮宮之水","泮宮"爲"諸侯之學,鄉射之宮"。"采芹"後世因而釋爲入學。寶玉此聯,上句是歌頌元妃省親,下句是禱祝士子進學,皆不出頌聖之意。關於"頌聖",《紅樓夢》中曾提到,主要是指皇上"大開方便之恩,特降諭諸椒房貴戚……凡有重宇別院之家,可以駐蹕關防之處,不妨啓請内廷鸞輿,入其私第,庶可略盡骨肉私情天倫中之至性"。此旨一下,誰不踴躍感戴。寶玉就這一意思,在對聯中因説:"新漲緑添澣葛處。"第四首詩《杏簾在望》是黛玉代作的。這詩末尾説:"盛世無饑餒,何須耕織忙。"雖是黛玉所作,卻和當時寶玉的思想意識符合的。因而寶玉説:"比自己所作的三首,高過十倍,真是喜出望外。"這詩把頌聖的話,擺在字面上,放在詩的結尾,顯然是十足的應制詩。元妃看了因而把這詩列爲三首之冠。這就説明任何階級對待文藝作品總是把政治標準放在第一位的。這是《紅樓夢》詩中封建性的糟粕,應予批判。

三、這四首詩反映了寶玉及黛玉特定的思想感情。兩人在這場合中不論多少都有應制頌聖的思想。寶玉的思想意識是較爲複雜而有矛盾的。寶玉從四大家族的成員中逐漸游離出來,他的叛逆性格不斷成長,是有個發展變化過程的。寶玉搬進大觀園後,思想上的變化是更大的,由漸變而又飛躍的。大觀園不是世外桃源,也不是與世隔絶的。封建社會末期,資本主義的生產關係在萌芽,社會上的階級鬥爭不斷反映和衝擊到大觀園中來。寶玉年事漸長,就在這樣複雜尖鋭的階級鬥爭中生活,必然促使寶玉認識和蔑視貴族家庭奴隸主的醜惡,同情奴隸們勇敢的抗爭,使他的叛逆性格不斷深化。因此,我們對於寶玉這一人物性格的思想意識在不同時期應作不同的具體分析的。省親之時,寶玉爲了秦鐘之事是有些看法的。當時"寧榮兩處上下裏外,莫不欣然踴躍"。祇是"寶玉心中悵然,如有所失。雖聞得元春晉封之事,亦未解得愁悶","衆人如何得意,獨他一個皆視有如無,毫不介意,因此,衆人嘲他越發發呆了",但這對他的世界觀的觸動是不大的。這時，他的主導思想，是在做着紈綺子弟的黃粱美夢的。這一點，我們祇要看他搬進大觀園時初期表現就可知道。他是"心滿意足，再無別項可生貪求之心。每日祇和姊妹丫鬟們一處，或讀書，或寫字，或彈琴下棋，作畫吟詩，以至描鸞刺鳳，鬥草簪花，低吟悄唱，拆字猜枚，無所不至，倒也十分快意"。這時，他寫過四首即事詩，誇談什麼："枕上輕寒窗外雨，眼前春色夢中人。""窗明麝月開宮鏡，室靄檀雲品御香。""抱衾婢至舒金鳳，倚檻人歸落翠花。""女兒翠袖詩懷冷，公子金貂酒力輕。"説明他的靈魂深處祇是一個十足的"富貴閒人"。有人說：《大觀園題詠》這十一首中："唯獨《有鳳來儀》《蘅芷清芬》《怡紅快綠》三首，沒有感恩戴德的詞藻，這是賈寶玉的反封建的叛逆思想性格的曲折流露。"這話，我看不符合事實。詩的寫作方法有兩種，一是平寫，一是含蓄。平寫是把意思擺在字面上，含蓄是把意思放在裏邊，寶玉的詩，從字面上說沒有多少感恩戴德的話，似乎好說，但說這裏就不寓有頌聖的意思，那就說不通了。寶玉說的："堪宜待鳳凰。"就不是寓有頌聖的意思嗎？這和寶釵說："修篁時待鳳來儀。"思想內容有什麼兩樣呢？頌聖的程度或者有些區別，但本質是一樣的。有的說，這裏"曲折流露"了寶玉的"反封建的叛逆思想性格"；有的說"在這些詩中除了蔑視功名利祿的賈寶玉所作的幾首外，大都不脫'頌聖'的內容"；這些看法，我總認爲和這幾首詩所顯示的思想內容是不符的。

林黛玉是不屬於四大家族的。但她出身於官僚地主家庭，受封建主義的教育，她的思想也是複雜的，有封建性，也有民主性，她的叛逆性格也有她的成長過程。林黛玉在《大觀園題詠》時寫了《世外仙源》和代擬了《杏簾在望》兩律。《世外仙源》是：

> 名園築何處，仙境別紅塵。借得山川秀，添來景物新。
> 香融金谷酒，花媚玉堂人。何幸邀恩寵，宮車過往頻。

這詩的内容就是"頌聖"，也是很明顯的。這裏我們可以録一首試帖詩《雨過郊原一番新》來比較一下。

> 連日瀟瀟雨，郊原望未真。一番爭獻麗，萬匯共含新。泉瀉清如畫，煙清浄絶塵。柳橋青漲活，楊館緑雲陳。水漾文章繞，疇交錦綉勻。桑鳩呼婦子，秧馬慰農人。短岸餘音滴，長堤夕照頻。九重恩澤渥，甘澎慶依旬。

所謂"借得山川秀，添來景物新"，卻是爲了"花媚玉堂人"，所以希望"宫車過往頻"。這和《雨過詩》的"一番爭獻麗，萬匯共含新"是由於"九重恩澤渥，甘澎慶依旬"同一調子的。《杏簾在望》與《世外仙源》情調也是統一的。

> 菱荇鵝兒水，桑榆燕子梁。一畦春韭緑，十里稻花香。

是爲歌頌"盛世無饑餒，何須耕織忙"服務的。這詩的藝術形象是完整的，不能説是"有句無篇"，把這四句割裂開來與這詩的主題思想無關的。有的説："《世外仙源》《杏簾在望》兩詩雖然也有對后妃省親的頌揚，但更主要的則是它謳歌了濃郁的芳香，鮮艷的花朵等等，這透露了林黛玉的追求自由境界，嚮往純潔事物的思想因素。"這就把整體形象完整的詩割裂開了。

（原刊《杭州師範學院學報》(社會科學版)，1980 年第 2 期）

《紅樓夢》中"新編懷古詩"意義何在?

　　《紅樓夢》第五十一回寫薛寶琴將素習所經過各省內的古跡爲題,作了十首懷古絕句。這十首中第九首是《蒲東寺懷古》,第十首是《梅花觀懷古》。作者創作這一情節,意義何在? 有的説:這"十首懷古絕句,內隱十物"。於是紛紛猜測:有的説這是法船(徐鳳儀猜《赤壁懷古》);有的説那是喇叭(周春猜《交趾懷古》);有的猜測《蒲東寺懷古》是骰子(周春);有的猜測《梅花觀懷古》是紈扇(王希廉)。① 有的説:"十首絕句,其實就是《紅樓夢》的'錄鬼簿',是已死和將死的大觀園女兒的哀歌。——這就是真正的'謎底'。名曰懷古,實則悼今;説是'燈謎',其實就是人生之'謎'。""《蒲東寺懷古》是説金釧兒的","《梅花觀懷古》是説林黛玉的"②。是這樣嗎? 我想未必如此。

　　《紅樓夢》中的詩詞是小説結構的一個有機組成部分。有的詩詞是爲塑造小説人物性格服務的;有的詩詞是爲小説顯示主題,展開人物間的矛盾鬥爭服務的。那麼,作者創作薛寶琴新編十首懷古詩,意義何在呢? 我説恐怕不是爲了"猜謎",也不是爲

---

　　① 周春猜見《閲紅樓夢隨筆》,《紅樓夢卷》第 74 頁。徐鳳儀猜見《紅樓夢偶得》,《紅樓夢卷》第 79 頁。王希廉猜見《新評繡像紅樓夢全傳》。

　　② 見《紅樓夢詩詞曲賦評註》第 262 頁《懷古絕句十首》"備考"。

了作"録鬼簿"用的吧！

在《紅樓夢》中，關於金玉良緣與木石前盟的矛盾鬥爭是十分尖銳複雜的。薛寶釵爲了制服林黛玉，用盡了心機。辦法之一，就是窺覷、尋找林黛玉的岔子、辮子，作爲攻擊的炮彈。林黛玉爲人天真爛漫，鋒芒畢露。她失於檢點之處較多，一下子自然會被薛寶釵抓住的。第四十回《金鴛鴦三宣牙牌令》，林黛玉在酒席上無意中説了一句《牡丹亭》中的"良辰美景奈何天"，又説了一句《西廂記》中的"紗窗也没有紅娘報"。這一下，林黛玉説的話豁了邊了。席上，賈母、王夫人、王熙鳳、薛姨媽、湘雲、迎春、探春、惜春等雖未注意，但"寶釵聽了，回頭看看他"。言者無心，聽者有意。祇有薛寶釵，纔抓住了這些話。次日，寶釵就找機會，"往賈母處問過安，回園至分路之處"。寶釵便叫黛玉，跟她去，"來至蘅蕪院中"。寶釵坐下笑道："你跪下，我要審你！"黛玉不解何故。寶釵卻冷笑道："好個千金小姐，好個不出閨門的女孩兒！滿嘴説的是什麼？你祇實説便罷！"寶釵對黛玉刺一下，這就促使黛玉想起昨兒失於檢點，説了一句《牡丹亭》和一句《西廂記》，不覺紅了臉，祇得向寶釵求情："好姐姐，原是我不知道隨口説的。你教給我，再不説了。"寶釵又笑道："我也不知道，聽你説的怪生的，所以請教你。"寶釵遂向黛玉説了一席話："我家弟兄們也有愛詩的、也有愛詞的，諸如這些《西廂》《琵琶》以及元人百種，無所不有。他們是偷背着我們看，我們卻也偷背着他們看。後來大人知道了，打的打、罵的罵、燒的燒，纔丟開了。"楊樹上開刀，槐樹上出血。這些話，看來寶釵是講她自己，現身説法，實際上是在指桑罵槐。什麼"偷背着他們看"？讀者不會健忘！賈寶玉和林黛玉是在沁芳亭前偷看《西廂記》的。這個消息，寶釵諒是早知道了。接着寶釵就代聖人立言，講出了一番大道理："咱們女孩兒家不認得字的倒好。男人們讀書不明理，尚且不如不讀書的好，何況你我？……男人們讀書明理，輔國治民，這纔是好。……你我祇該做些針黹紡織的事纔是，偏又認得幾個字。既認得了字，不過揀那正經書看也罷了，最怕見了些雜書，移了性情，就不可救了。"說得黛玉垂頭，祇有答應"是"的一字。關於這事，《紅樓夢》在第四十二回回目中特別標出叫做《蘅蕪君蘭言解疑癖》。這說明曹雪芹是重視寫這一件事的。讀者試想：寶釵在這件事情上搬弄封建教條來壓黛玉，這給與黛玉精神負擔是多麼沉重啊！

林黛玉要反擊薛寶釵是没有多少策略的。她最習慣使用的祇是"口舌傷人"，她祇會說幾句尖刻的話來揭露人家的虛情假意。可是經受了這樣一番教訓，她這件武器就失靈了，不能發揮作用了。那麼，林黛玉從此以後，爲着她的理想還要不要鬥爭呢？要不要還擊呢？解決這個問題，這就要看曹雪芹的生花妙筆了。我們說：曹雪芹創作薛寶琴新編懷古詩這個細節，就是解決這個問題的。

這十首《懷古詩》，有一首是詠《西廂記》的，有一首是詠《牡丹亭》的。懷古詩的作者就是薛寶釵的堂妹薛寶琴。大家知道：林黛玉詠《西廂記》《牡丹亭》是無意說的，薛寶琴詠《西廂記》《牡丹亭》是有意筆之於詩的。這兩件事比一比，那一件事分量重呢？道貌岸然的薛寶釵是衛道者，照例應該"蘭言"訓戒寶琴一番吧！可是薛寶釵怎樣表現呢？薛寶釵對薛寶琴原是没有什麼矛盾的，而對林黛玉是勢不兩立的。薛寶釵對林黛玉這個"缺點"，就狠狠抓住；而對薛寶琴就蓄意包庇了。這就說明：薛寶釵說話是對人不對事的，做人是毫不實事求是的。請看薛寶釵發言了。她輕鬆地説："這詩，前八首都是史鑑上有據的；後二首無考。我們也不大懂得，不如另作兩首爲是。"薛寶釵說話是自留地步的。她說："後二首無考。""也不大懂得。"這樣，可以避免人家問她"你爲何知道這詩不好呢"，否則，豈不要使人看出她是看過《西廂記》與《牡丹亭》的嗎？但薛寶釵這話，還是露了餡的。你既不懂得，當初你怎麼"懂得"來"審問"林黛玉呢？林黛玉因而不失時機地"忙攔道"，批評寶釵："這寶姐姐也忒膠柱鼓瑟，矯揉造作了。這兩首雖於史鑒上無考，咱們雖不曾看這些外傳，不知底裏，難道咱們連兩本戲也沒有見過不成？那三歲孩子也知道，何況咱們？"這一駁，真駁得好。黛玉在鬥爭中學會了一些策略。外傳她是看過的，卻說："咱們雖不曾看這些外傳，不知底裏。"這是提防薛寶釵再抓她的辮子。林黛玉便換個説法，反問薛寶釵道："咱們連兩本戲也沒有見過不成？"林黛玉講這話是有根據的。《紅樓夢》第二十三回不是寫過林黛玉走到梨香院墙角邊，聽得那十二個女孩子在演習戲文嗎？她們唱着："原來姹紫嫣紅開遍，似這般都付與斷井頹垣。""良辰美景奈何天，賞心樂事誰家院。"薛寶釵如果追問，林黛玉完全可以頂回去。這時，探春、李紈也就附和黛玉道："這話正是了。""凡説書唱戲，甚至於求的簽上有注批，老小男女，俗語口頭，人人皆知皆説的。"合情合理地駁斥了薛寶釵，弄得薛寶釵瞠目結舌，無言可對。《紅樓夢》創造這一情節，就是爲黛玉撑腰，讓她便於對薛寶釵反擊一掌，讓她可以繼續戰鬥下去。文學藝術需要通過形象來顯示思想內容。《紅樓夢》創造這個情節，是有其深刻意義的。

寫到這裏，我們説看清這個問題的是早有其人的。清代道光年間，浙江海鹽有位學者叫陳其泰的。他在《桐花鳳閣評〈紅樓夢〉》第五十一回眉批上指出來了：

> 觀場之矮人，看至此處，往往細猜燈謎，忘卻本意。殊爲可笑。夫讀書貴識大意，作文必有主腦。所以作此一段文字者，用以激射寶釵，挾制黛玉，看《牡丹亭》等詞曲一節事也。寶釵見黛玉説出詞曲中句語，便假作正言規勸，間以

嘲譃,使黛玉羞愧無地。恰不知其妹,乃於大庭廣衆之前,特特拈蒲東寺、梅花觀爲題,使非熟於兩事,曷以能見諸歌詠哉。寶釵撇清掩飾,爲黛玉數言駁詰,即無辭以對。説來足醒看官眼目。作書者主意,在此一段,不在燈謎,故不必猜出也。讀此書者,乃從而膠柱鼓瑟,何耶?

陳其泰這一見解,是高明的。因此,對舊紅學採取一筆抹煞的態度是不對的。

（原刊《杭州大學學報》,1979 年第 3 期）

評賈、林、薛三家的白海棠詩

《紅樓夢》中常有結社吟詩，"海棠詩社"是第一次。這次探春、寶釵、寶玉，黛玉各詠一首，後來湘雲又和了兩首。前四首，社長李紈評寶釵第一，探春表示贊同，寶玉則爲黛玉不平。這裏選錄寶釵、寶玉、黛玉所作於下，提出討論：

詠白海棠　　薛寶釵
珍重芳姿畫掩門，自攜手甕灌苔盆。胭脂洗出秋階影，冰雪招來露砌魂。淡極始知花更艷，愁多焉得玉無痕。欲償白帝憑清潔，不語婷婷日又昏。

詠白海棠　　賈寶玉
秋容淺淡映重門，七節攢成雪滿盆。出浴太真冰作影，捧心西子玉爲魂。曉風不散愁千點，宿雨還添淚一痕。獨倚畫欄如有意，清砧怨笛送黃昏。

詠白海棠　　林黛玉
半捲湘簾半掩門，碾冰爲土玉爲盆。偷來梨蕊三分白，借得梅花一縷魂。月窟仙人縫縞袂，秋閨怨女拭啼痕。嬌羞默默同誰訴，倦倚西風夜已昏。

　　這三首詩是詠物詩,但也不是單純地詠物,實際是抒情詩、言志詩。中國有句古話,叫做"詩言志",詩是作者世界觀的亮相。在這三首詩中,寶釵、寶玉、黛玉通過歌詠白海棠分別顯示了各人的思想感情、生活態度、政治傾向,以及三人之間的分合與鬥爭的關係。有些人說:"這些詩,就其思想内容來說,是空虛的,貧乏的。"我的看法不是這樣。這些詩通過歌詠白海棠的形象,反映了一定的思想内容。關於這點,熟悉《紅樓夢》作者曹雪芹的"脂硯齋"早已看出一些來了。爲了便於探索、研究,我們把這些詩的夾行批語,依次用括弧摘錄於後:

　　　　珍重芳姿晝掩門(寶釵詩全是自寫身分,諷刺時事,祇以品行爲先,才技爲末。纖巧流蕩之詞,綺靡穠艷之語,一洗皆盡,非不能也,屑而不爲也。最恨近日小說中一百美人,詩詞語氣祇得一個艷稿。)
　　　　冰雪招來露砌魂(看他清潔自屬,終不肯作一輕浮語。)
　　　　淡極始知花更艷(好極! 高情巨眼,能幾人哉? 正一鳥不鳴山更幽也。)
　　　　愁多焉得玉無痕(看他諷刺林、寶二人着手。)
　　　　欲償白帝憑清潔(看他自己收到身上來,是何等身分。)

　　　　曉風不散愁千點(這句直是自己一生心事。)
　　　　宿雨還添淚一痕(妙在終不忘黛玉。)
　　　　清砧怨笛送黃昏(寶玉再細心作,祇怕還有好的,祇是一心掛着黛玉,故手妥不警也。)

　　　　半捲湘簾半掩門(且不說花,且說看花的人,起得突然別致。)
　　　　碾冰爲土玉爲盆(極妙! 料定他自與別人不同。)

秋閨怨女拭啼痕（虛敲傍比，真逸才也。且不脫落自己。）

倦倚西風夜已昏（看他終結道自己一人，是一人口氣，逸才仙品，固讓顰兒。溫雅沉着，終是寶釵。今日之作，寶玉自應居末。）

當然，我們並不全同意"脂硯齋"這些見解。關於人物評價，我們的看法有些恰恰與之相反。不過，總的來説，"脂硯齋"卻説出了這些詩是有思想內容的。

那麼，我們怎樣來區別對待這些詩篇呢？

薛寶釵是恪守封建道德規範的。她説："胭脂洗出秋階影，冰雪招來露砌魂。"白海棠洗盡"胭脂"神同"冰雪"。薛寶釵贊美白海棠，實際上，就是她的自我寫照，自美自勵。讀者不信，祇須從《紅樓夢》中賈母同劉姥姥到蘅蕪苑時的一段描寫，就可看出。她的生活，真欲搞得洗盡"胭脂"。寶釵説"淡極始知花更艷"。她在贊美花，實際上，也是在欣賞自己。寶釵待人是"淡極"，胸有城府，但祇暗鬥，決不明爭，待人接物，淡到對不少人表面上真情一絲半縷不露。"愁多焉得玉無痕"，這話卻有些脫離了詠花，情不自禁地在批評她所不滿意的賈、林，特別是林黛玉了。林黛玉是極不滿意於賈府的生活環境的，她寄人籬下，卻不仰人鼻息，有着叛逆的性格。多愁善感是她憤慨、不滿的表現之一，這正是寶釵所看不慣的。"愁多焉得玉無痕"，這顯然是寶釵借詠花來批評黛玉。"欲償白帝憑清潔，不語婷婷日又昏。"白海棠懂什麼償不償呢？這是寶釵在借題發揮。寶釵滿口、滿腦子的封建思想，她認爲一個閨女起碼要做到恪守封建規範——"憑清潔"。但是像寶釵這樣一個僞君子，自然不可能有真正的知己朋友，祇能自甘寂寞，"不語婷婷日又昏"了。"脂硯齋"看出寶釵是從"諷刺林、寶二人着手"，"收到身上來"這是對的。但"脂硯齋"

贊美寶釵"清潔自厲","衹以品行爲先,才技爲末",則是錯誤的。我們和"脂硯齋"的立場不同,這個衛道士,我們要批判的。

林黛玉是有初步的民主主義思想傾向的,她是有叛逆性格的。十八世紀的中國,封建社會在急速地走向崩潰,資本主義生產關係在萌芽,但還没有上升以至出現資產階級,初步的民主主義思想傾向是不合法的。同時,具有這種思想傾向的人和封建思想並不是絶緣的,而是有着千絲萬縷的聯繫,因而,他們宣傳新思想不是很理直氣壯的。林黛玉説"偷來梨蕊三分白,借得梅花一縷魂",這是黛玉借歌頌白海棠的高潔,以抒發她的精神世界的追求。林黛玉不是大膽地力圖衝破封建樊籠,追求自由幸福生活嗎?這裏爲什麼要用"偷來""借得"呢?這是因爲當時封建主義還是頑强存在,正統思想孔孟之道是堂堂皇皇的,她要吸取一些新奇的東西,看看《西厢記》和《牡丹亭》還得偷看,"默默記誦"。她在宴會上無意説了一句《西厢記》和《牡丹亭》,就被薛寶釵抓住,説"我要審你",並説"雜書野史""移人性情",那就不可救藥,借此來制服她。所以林黛玉這"借得",實際就是她的生活寫照。把這兩句詩和作者的時代、性格聯繫起來看,她寫得多麼深刻啊!她的追求又是多麼熱烈啊!黛玉又説:"月窟仙人縫縞袂,秋閨怨女拭啼痕。嬌羞默默同誰訴,倦倚西風夜已昏。"像月宫裏的仙子縫製縞衣,像秋閨裏的怨女擦拭淚痕,怯弱、羞澀,向誰可以悄悄地傾訴?在西風中倦倚着欄干,夜色已經深沉。林黛玉的生活,是黯然消魂的。爲什麼深藏着叛逆性格的人,還要"啼"和"羞"呢?這回答很簡單,因爲她正受着重重的精神枷鎖的束縛麼。雖然這樣,林黛玉是有她的一定的鬥争精神的;有時,是十分强烈的。薛寶釵説"冰雪招來露砌魂",而林黛玉卻説"碾冰爲土玉爲盆",要把冰雪碾爲塵土,她勇敢地否定了薛寶釵所塑造的白海棠形象。

　　賈寶玉也是具有初步民主主義思想傾向、有着叛逆性格的人物，但他又是一個紈絝子弟，叛逆性畢竟有限。寶玉詩說："出浴太真冰作影，捧心西子玉爲魂。"這是寶玉在攝寫白海棠的形神；同時，通過這樣的形象描寫，更多地曲折地在顯示寶玉對寶釵、黛玉兩人的態度與評價。太真、西子實是暗喻寶釵、黛玉。寶釵冷若冰霜，黛玉夢魂爲勞。"冰作影""玉爲魂"固是寫花，一筆作兩筆用，也是寫人。揭開這個太真、西子的形象，看它的思想內容，這和《紅樓夢》曲子中說的"空對着山中高士晶瑩雪，終不忘世外仙姝寂寞林"，有着異曲同工之妙。寶玉又說："曉風不散愁千點，宿雨還添淚一痕。"關於這一聯，"脂硯齋"批得好，說"這句直是自己一生心事"，"妙在終不忘黛玉"。賈寶玉在金玉良緣與木石前盟這一問題面前，有他自己的堅定主張，但是他缺少解決的辦法。"獨倚畫欄如有意，清砧怨笛送黃昏。"衹有在失望，愁恨中度過朝朝暮暮。寶玉有其時代的局限、階級的局限，沒法解決這個問題，木石前盟衹能成爲歷史的悲劇。

　　金玉良緣與木石前盟的鬥爭，關係到維護四大家族利益還是損害四大家族利益的問題，是關係到維護封建制度還是衝擊封建制度的問題，這個問題是有它的政治意義的。在《紅樓夢》中，金玉良緣與木石前盟的鬥爭是尖銳、複雜的，林黛玉與薛寶釵相互間的鬥爭，是打過不少回合的。詩歌創作有時也就是她們鬥爭的一個場地，這幾首詠白海棠詩，就反映了她們的一定程度的鬥爭。"休道紅樓非宦海，針鋒相對劇分明。"《紅樓夢》是政治歷史小說。我們不能以一般的談情說愛之書視之。那麼，林黛玉、薛寶釵等人的詩歌創作，我們能不從這個角度看嗎？這幾首詩，當時社長李紈評寶釵第一，探春贊同，而寶玉不平，這是什麼道理呢？這就觸及到了詩的思想內容問題。探春、寶釵、李紈是一路人物，寶玉、黛玉是另一路人物。兩路人所走的道路不同,自然對詩的評價也就不同了。

一千四百多年前,劉勰寫的《文心雕龍》中,有一篇名曰《體性》,是專論文章風格的。劉勰認爲"才有庸俊,氣有剛柔,學有淺深,習有雅鄭,並情性所鑠,陶染所凝";"辭爲膚根,志實骨髓",文章風格的形成,根源於作者的才性。才指才略,性指品性。"才性異區,文體繁詭。"這些見解,是很深刻的。在當時是新的東西,可惜沒有能很好展開討論。劉勰分風格爲八類,第一類曰典雅,第七類曰新奇,第八類曰輕靡。他說:"典雅者,熔式經誥,方軌儒門者也。"就是說,典雅的特徵是作家以儒家的思想爲準則,把經典辭句熔化到作品的語言中去。他說:"新奇者,擯古競今,危側趣詭者也。"就是說,新奇的特徵是作家對於古代傳說,採取批判態度;對於時俗流行的,既不倚傍,也不摹仿,膽子較大,能夠獨立思考,敢於標新立異,有着更大的創造性,他說:"輕靡者,浮文弱植,縹緲附俗者也。"就是說,輕靡的特徵是作家的思想浮淺得很,依草附木,缺少獨立見解。劉勰對於八類風格的評價,是有傾向性的。他重視前六類,而貶低後兩類。他說"雅與奇反""壯與輕乖","典雅"與"新奇","壯麗"與"輕靡",是對立而相互排斥的。劉勰是珍視"典雅",而鄙視"新奇"與"輕靡"的。劉勰對於文學風格的分類與評價,似乎說的是藝術性,實質是以思想性爲首要的。劉勰說:"安有丈夫學文,而不達於政事哉。""是以君子藏器,待時而動,發揮事業,固宜蓄素以弸中,散采以彪外。"他的文學觀是正統的。這種正統思想,我認爲愈到後來就變得愈爲保守和反動,成爲文學發展的枷鎖,必須批判。

用劉勰的風格分類,薛、林、賈三家詩正好可以分別歸入"典雅""新奇"和"輕靡"。寶釵詩"祇以品行爲先,才技爲末。纖巧流蕩之詞,綺靡濃艷之語,一洗皆盡",自然是屬於"典雅"一類的。薛寶釵的思想,在那個時代有些人看來,當然是正確的;但我們卻認爲,是應該堅決否定的。林黛玉詩說:"一年三百六十日,風刀霜劍嚴相逼","偷來梨蕊三分白,借得梅花一縷魂"。詩有畫面,有想像力,有真感情,有創造性,"虛敲傍比",敢於說人家不敢說的話,祇有初步的民主主義傾向,當可屬於"新奇"一類吧?但在那時這種思想傾向,是新生的,支持者還不多,所以連"新奇"風格,自然也受到非議了。

然而,曹雪芹創作《紅樓夢》卻是十分崇揚"新奇"這一風格的。他在第一回中就說:"我想歷來野史,皆蹈一轍。莫如我這不借此套者,反到'新奇'別致。"又如第四十八回,香菱領會黛玉教她吟詩的道理是:"原來這些格調規矩,竟是末事,祇要詞句'新奇'爲上。"黛玉道:"正是這個道理。"而香菱《詠月》吟到第三首時,眾人贊香菱詩寫得好時說:"這首詩不但好,而且新巧有意趣。"又如評白海棠詩時,李紈評寶釵第一,寶玉即爲黛玉不平。從這些都可看出曹雪芹對於藝術風格的評價標準。爲什麼說"新奇"的風格爲優呢? 這是因爲社會是發展的,作者應該跟着時代前進,應該站在時代的前列。"畫出風雷是撥聲。"詩人是時代的號角、人民的喉舌。古代的作家,雖未必能做到這點,但總不能做絆腳石,讓人家拖着你跑吧。風格不單純是作品的藝術性問題,而且是關係到作家世界觀和作品思想性的問題,所以我們是珍視"新奇"而鄙棄"典雅"的,這恰恰和劉勰所見相反了。

關於"輕靡",黃侃《文心雕龍劄記》補充解釋說道:"辭須蒨秀,意取柔靡,皆入此類。若江淹《恨賦》,孔稚圭《北山移文》之流是也。"據此,我想賈寶玉的《芙蓉女兒誄》是應歸於輕靡這類的。劉勰說:"壯麗者,高論宏裁,卓爍異采者也","壯與輕乖"。寶玉詩說:"枕上輕寒窗外雨,眼前春色夢中人。""出浴太真冰作影,捧心西子玉爲魂。"這種詩格,自然不是壯麗,而應屬於"輕靡"一類了。賈寶玉是有叛逆性格的。在這點上,寶玉、黛玉相互支援，木石前盟是建築在這一反封建的共同的思想基礎上的。那麼從思想內容來説，寶玉詩句"曉風不散愁千點，宿雨還添淚一痕"，道其"一生心事"，"終不忘黛玉"，這是應該同情與肯定的。因此，寶玉的詩，就不能以"輕靡"兩字蔑之。所以，對於詠白海棠，我認爲應是黛玉第一，寶玉次之，而寶釵之作，屬於批判之列。未知當否？

（原刊《浙江師範學院學報》（社會科學版），1981 年第 4 期）

編者説明：海棠詩及夾行批語等原文據人民文學出版社《脂硯齋重評石頭記》（縮印四冊），1975 年版核對。

釋"澣葛"與"采芹"

《紅樓夢》第十七回《大觀園試才題對額》,賈寶玉題"杏簾在望"的對聯是:

> 新漲綠添澣葛處,好雲香護采芹人。

這聯的思想內容怎樣理解?這裏先引兩種注釋來討論一下:

《〈紅樓夢〉注釋》:

> 澣葛處:洗衣處,澣,同浣,洗;葛,一種粗布。采芹人:種菜的人。

《〈紅樓夢〉詩詞曲賦評注》:

> "新綠"句:新綠:指新鮮的春水。澣:俗寫作"浣",洗濯。葛:蔓生植物,多生長於山間,煮取它的纖維,在長流水中捶洗乾淨後,可以織布製衣。《詩·周南·葛覃》:"薄(語助詞)澣我衣(指葛衣)"。這句從田莊背山臨水寫。

> "好雲"句:好雲:指雲能生色,又兼喻"噴火蒸霞一般"的杏花,所以說"香護"。以雲喻盛開的花是詩中常例。芹:指水芹菜,多長於水邊。《詩·魯頌》:"薄采其芹"。兩句說村野人的事,同用《詩》語,寫山、水、杏花諸景,字面上不說

出，都是舊詩技巧上的講究。

這兩種解釋，我認爲都是隔靴抓癢，或者説：都存在問題，他們都把這聯的思想內容看偏了。關於這聯的解釋，《脂硯齋重評石頭記》上有兩條批語。我感覺抓到癢處。上聯：“新漲綠添瀚葛處”，批道：“采詩頌聖最恰當。”下聯：“好雲香護采芹人”，批道：“采《風》采《雅》都恰當，然冠冕中又不失香奩格調。”這批語，給我們提供了一個綫索，從而引導我們去探索這聯的思想內容。

“瀚葛”一辭，典出《詩·周南·葛覃》：“葛之覃兮，施于中谷。”“害瀚害否？歸寧父母。”這《詩》原是民歌，但經後世儒家曲解，形成一種傳統的解釋，這就和《詩》的原意大不相同了。《毛詩·序》説：“葛覃，后妃之本也。”説這首詩是頌揚后妃的。朱熹《詩集傳》繼承這一解釋，並加以擴大説：“此詩后妃所自作，故無贊美之辭。然於此可以見其已貴而能勤，已富而能儉，已長而敬不馳於師傅，已嫁而孝不衰於父母；是皆德之厚，而人所難也。《小序》以爲后妃之本，庶幾近之。”這就成爲傳統的解釋認爲這《詩》是歌頌“后妃”的“洗葛”勤儉，和她的“歸寧父母”的孝思的。曹雪芹寫作《紅樓夢》時，用這典故，他的理解恐怕也是採取這一傳統解釋的。因而寶玉在聯中詩説：大觀園裏“新漲綠添”了一所瀚葛的地方；實際就是暗指元妃的“洗葛”省親，歸寧父母。對元妃的孝思表示頌揚。所以元妃當時看了這個對聯，十分高興，就把這個地方，題作“瀚葛山莊”。寶玉撰寫這聯，採用《葛覃》典故，頌揚元妃，所以脂硯齋在這聯下批説：“采《風》”“頌聖最恰當。”采詩頌聖，這樣一件事在封建社會裏可以説是常見的。《晉書·后妃傳序》云：“哲王垂憲，尤重造舟之禮；詩人立言，先獎《葛覃》之訓。”這就是運用《葛覃》的典故來歌頌后妃的。因此“新漲綠添瀚葛處”，把它看成祇是在寫風景：“這句從田莊背山臨水寫”，就完了，那是不得要領的。

“采芹”一辭,《詩》中有兩出處。一是《小雅·桑扈·采菽》:
“觱沸檻泉,言采其芹。”一是《魯頌·泮水》:“思樂泮水,薄采其
芹。”根據脂批提供的綫索:“采《風》采《雅》都恰當”,這聯出處,
似指《采菽》爲是。“觱沸檻泉,言采其芹。”《集傳》解釋是:“觱
沸,泉出貌。檻泉,泉正出也。”“芹,水草可食。”“觱沸檻泉,則言
采其芹;諸侯來朝,則言觀其旂,見其旂。聞其鸞聲,又見其馬,
則知君子之至於是也。”何楷又解這兩句詩意説:“檻泉之旁,有
芹可采;興君子之來朝,亦有儀從可觀。”結合寶玉撰聯上下意思
相稱,上聯是寓歌頌元妃省親;下聯似寓賈府中人迎迓元妃。故
用采芹的典故。采芹古或稱獻芹,意義相仿。如邵公任《暘谷
賦》云:“聖德日新,同煜煜兮;願近清光,獻芹曝兮。”即用芹意,
以表頌揚聖德的。因此,把“采芹人”解釋爲“種菜的人”,或者
説,這是指:“説村野人的事”,“寫山、水、杏花諸景”,是張冠李
戴,或者是敲了邊鼓的。《紅樓夢》文字妙處,一筆常作兩筆用。
手揮五絃,目送飛鴻。大觀園題聯,不是單純寫景,是很明顯的。
“采芹”一辭,若説典出《泮水》,“思樂泮水,薄采其芹”。“泮水”
《集傳》解作“泮宫之水”。“泮宫”古爲“諸侯之學、鄉射之宫”。
在封建社會裏讀書人把入學中舉,稱爲“采芹”“入泮”。“采芹
人”在寶玉眼中決不會指“種菜的人”,或者看作“村野人的事”。
寶玉的認識,恐怕和今人所想的是有差異的吧?

　元妃省親,賈府中人都在誇説皇上:“大開方便之恩,特降諭
諸椒房貴戚……凡有重宇別院之家,可以駐蹕關防之處,不妨啓
請内廷鸞輿,入其私第;庶可略盡骨肉私情天倫中之至性。此旨
一下,誰不踴躍感戴。”(第十六回)在這樣的環境氣氛下,寶玉思
想上也受影響,寶玉在大觀園題詠時,就曾説過:“此處雖云省親
駐蹕別墅,亦當入於應制之例。”還批評清客,題稻香村爲“秦人
舊舍。説避亂之意,如何使得”。這就可以引證寶玉題聯,寓頌

聖之意,是符合實際的。寶玉原是四大家族一員,就没頌聖思想嗎? 不錯,寶玉是有叛逆思想性格的,但也不能那麼純嗎? 就祇有反封建的思想了。"好雲香護采芹人"如改成"好雲香護種菜人",寶玉的思想怕不會有這樣的進步的。

編者説明:本文據代抄稿録編。原文據人民文學出版社《脂硯齋重評石頭記》(縮印四冊),1975年版核對。第十七至十八回,未分回僅一個回目。

"落梅"辨釋

《紅樓夢》第十八回大觀園題詠賈探春詩："綠裁歌扇迷芳草,紅襯湘裙舞落梅"兩句,似尚未得確解者。

關於"落梅",《〈紅樓夢〉詩詞曲賦評注》云:

> 這句是説裙子上襯着紅花,舞動時如紅梅落瓣,隨風飛回。這一聯句用第七十回中提到的杜甫《陪鄧廣文遊何將軍山林》詩"綠垂風折筍,紅綻雨肥梅"句法。

"落梅"指"裙子"上襯着紅花,舞動時如"紅梅落瓣,隨風飛回"用杜詩"雨肥梅"句法。

又《〈紅樓夢〉詩詞譯釋》云:

> 落梅:既指"梅花落"的曲調,又以形容舞裙的紅。這兩句詩是從明楊孟載《早春》詩"近水欲迷歌扇綠,隔花偏襯舞裙紅"演化出來的,但句意迥然不同。這兩句是説:歌扇揮舞,若芳草迷離;舞裙飄動,如落梅紛飛。

"落梅"亦指"舞裙舞動,如落梅紛飛"。兩説統一。

余謂不然。"落梅"與"芳草"皆指名園中之芳草與芳草上枝上墮落之梅瓣。"舞落梅"與杜詩"雨肥梅"句法無涉,與"梅花落的曲調"亦無涉。五代詞人牛希濟《生查子·春山煙欲收》詞云:"記得綠羅裙,處處憐芳草"。"憐芳草"者,人爲芳草所憐。

467

"舞落梅"者,裙掃草上梅瓣,隨風起舞也。古時裙裾或長,蓮步輕移,詩人構思,草上之梅片隨之而飛舞矣。孟浩然《春情》詩云:"坐時衣帶縈纖草,行即裙裾掃落梅。""纖草"與"落梅"對文,與此"芳草"與"落梅"對文相類。孟云:"掃落梅",此云"舞落梅",曹雪芹吟詩蓋多一層聯想也。大觀園中芳草鮮美,落英繽紛,爲女所迷,爲裙所舞,寫景亦寫情也。孰謂無此意境乎?

（原刊《紅樓夢學刊》,1983 年第 2 輯）

讀《紅樓夢》隨感

第一回。此開卷第一回也，作者自云至亦是此書立意本旨，當是另一人親聞作者曹雪芹所述之敘言，過錄庚辰本第二回，此回亦非正文本旨，至須問旁觀冷眼人，亦是另一人敘言可證。此另一人或云即雪芹之弟棠村，所謂敘言即風月寶鑒棠村之敘言，乃覯新懷舊時所保留的。

曹雪芹自云"曾歷過一番夢幻之後，故將真事隱去"。又敘言說："凡用夢幻等字，是提醒閱者眼目，亦是此書立意本旨。"所謂"夢幻"不知何意？是否暗指曹家捲入清室爭儲鬥爭的旋渦中，遂受打擊之事。此事真雪芹欲言而不敢言、不願言者，"故將真事隱去"。雪芹又云："忽念及當日所有之女子"，"然閨閣中本自歷歷有人"，則雪芹在《紅樓夢》所寫，自有其生活的影子在。但雪芹卻說，何妨假語村言敷演出一段故事來，是將現實生活，加以概括，藝術構思而成《紅樓夢》一書。

"列位看官：你道此書從何而來？"此當是《紅樓夢》開首語。

"無材可去補蒼天，枉入紅塵若許年。此係身前身後事，倩誰記去作奇傳。"此偈如何理解？我道，作者曹雪芹認爲：我是無材可以擠進統治集團，枉是在人世間生活了這麼許多年；但我生活的前前後後的事情，請哪一個用"新奇別致"的文字把它記下來呢？

"然朝代年紀，地輿邦國卻反失落無考"，這是曹雪芹寫《紅樓夢》高明處，不局限於哪一時代，哪一地點，卻自有一時代，一地點顯示出來；而又把許多時代、地點、概括、集中進去。

曹雪芹自矜其文章"新奇別致"。從我國正統的文學批評看來，卻認為一病。劉勰《文心雕龍》有篇論文，稱為《體性》。體指"文章形狀"，就是文體；性指"人性氣有殊，緣性氣之殊而所為之文異狀"（見范文瀾注），就是風格。《體性》是討論文學的藝術風格的。劉勰把文學的藝術風格分為八類。前六類是典雅、遠奧、精約、顯附、繁縟、壯麗，劉勰都是肯定的。後二類是新奇和輕靡，劉勰是輕視的。劉勰對"新奇"用"擯古競今，危側趣詭"八個字來說明，並加以批評。"擯古"實質是不倚旁古人，有批判精神。"競今"是不媚時俗，能獨立思考，自樹一幟。這就是說：作者在作品的思想內容上有創造性，在藝術上因能顯示出"新奇"的風格。這正是這一風格的可貴處。劉勰卻批評說：這種作品有危險性、片面性，祇講趣味，作風詭譎。這四個字可說對這種風格，極盡污衊的能事。這裏反映劉勰的文學批評儒家的正統思想十分頑固；但我們今天看來，正好說明"新奇別致"的可貴，也正好說明曹雪芹的創作才能和品格的高超。

"滿紙荒唐言，一把辛酸淚。都云作者癡，誰解其中味。"此絕如何理解。曹雪芹認為，人家都說《紅樓夢》是滿紙荒唐話，我寫《紅樓夢》實是蘸着一把辛酸淚，都說我寫《紅樓夢》實是在發癡，但有哪個真能懂得《紅樓夢》書中的思想內容呢？

甄士隱是鄉宦，蘇州的望族。賈雨村是湖州流浪出來的一個窮儒。"也是詩書仕宦之族"，敗落下來，"一身一口"，想進京"求取功名，再整基業"，一心要向上爬的。這兩個藝術形象，和真事隱去，假語存言的思想內容有怎樣的邏輯關係？這裏，曹雪芹祇是用這兩人名的諧音做個綫索，便於形象地說明一個問題，還是別有深意寓焉。提出問題，請教高明。

"玉在櫝中求善價，釵於奩內待時飛。"也是寫雨村向上爬，祇求私利的思想感情。"天上一輪纔捧出，人間萬姓仰頭看。"暗寓雨村在四大家族的組織路綫上有朝一日飛黃騰達。

甄士隱"意欲再寫兩封薦書與雨村，帶至神都，使雨村投謁個仕宦之家，爲寄足之地"。可見士隱身在江湖，朝廷中卻也有些依靠的。賈雨村"以事理爲要"早已"五鼓""進京去了"。其功名心急如焚。那裏是什麼"事理"？話偏説得好聽。

《好了歌》"好便是了"，實質祇是否定仕途經濟，是地主階級在野派不滿意當權派的憤懣之聲。

第二回，此回亦非正文本旨至須問旁觀冷眼人，自是另一人所作《紅樓夢》之小序。

通靈寶玉於士隱夢中一出，又於子興口中一出，先把書中主要角色領一領、點一點。然後，具體描寫，由遠及近，由表及裏，未見其人，先聞其聲。自是曹雪芹寫作《紅樓夢》的藝術構思高明、巧妙處。"欲知目下興衰兆，須問旁觀冷眼人。"《紅樓夢》是寫四大家族興衰史，亦從冷子興口中把四大家族的重點對象賈府先拋了出來，虛寫一筆。梧桐一葉落，天下盡知秋。寫秋境從一葉二葉襯托渲染出來，是亦文章作法。

賈雨村受甄士隱贈銀五十兩，進京中了進士，升爲大如州知府。到任見嬌杏買綫，以爲士隱移居此間。理當披貼拜會，不見便喚公差傳喚。奸雄行事，於此可見。雨村及知英蓮看燈丟了，卻説："不妨！我自使番役，務必探訪回來。"亦是有口無心，表裏不一。果是，葫蘆案中雨村已明知英蓮下落，何不通知封氏，使其骨肉團聚耶？且有甚者，英蓮入賈府一直不知家世，雨村經常入兩府，亦從未透露半句英蓮家世之事，此時所知祇是獻媚四大家族一事耳。

林如海原籍姑蘇，前科的探花，升蘭臺寺大夫，欽點巡鹽御史。祖曾襲過列侯，封襲三代，至如海之父，又襲一代。如海便從科第出身。嫡妻賈氏，女名黛玉。年方五歲，雨村謀爲鹺政西賓。黛玉六歲，賈氏過世。玉村不久陪黛玉進京。是黛玉入榮國府時祇六歲左右。

《紅樓夢》的成書過程，是當前紅學界討論的中心問題之一。關於《紅樓夢》的作者，胡適於 1921 年發表《〈紅樓夢〉考證》認定是曹雪芹後，很少異議。戴不凡在《北方論叢》發表文章《揭開〈紅樓夢〉作者之謎》提出：《紅樓夢》是曹雪芹"在石兄《風月寶鑒》舊稿基礎上巧手新裁改作成書的"，認爲曹雪芹是《紅樓夢》改寫者，而不是原作者。這對進一步探討這個問題是有啓發的，但祇啓發，並非結論。本文根據《石頭記》《楔子》中有關成書過程的記載，結合脂批、傳聞，及富察明義的《題〈紅樓夢〉詩》二十首，參考戴說，試加分析，認爲傳本《紅樓夢》是在早期《紅樓夢》與另一部《風月寶鑒》的基礎上，增加新內容發展起來的。這個成書過程表現了曹雪芹思想發展變化和藝術才能的成熟，這一探索是有意義的，作者爲了論證自己的觀點閱讀了較爲豐富的文獻資料，進行認真的考索。他的辛勤的努力，值得肯定；同時，也顯示出他的一定的分析問題和解決問題的能力。

然而，在《紅樓夢》的研究中，由於可資說明的確鑿的文獻資料不足；同時，對於某些資料的理解、解釋也存在着分歧，衆說紛紜，尚未得出一致的結論。在這情況下，如果"擇善而從"，沒有客觀地把這些複雜的資料先作綜合分析，難免就有偏頗失當之處。例如：甲戌本中一條眉批："雪芹舊有《風月寶鑒》之書，乃其弟棠村序也。"究竟如何理解？等等。又如：明義在《綠煙鎖窗集》中所寫《題〈紅樓夢〉》詩二十首，可以作爲研究《紅樓夢》成書過程的參考，但其所反映的人物、情節有些難於落實；同時，更不易反證。明義所未寫者，爲明義所見《紅樓夢》本中所無。因此，有些理解，祇能作爲作者個人一說，而尚不足藉以證實及想見"傳本中的演化發展"過程，從而確切説明"傳本"的"增刪"修改概貌。這方面的解釋，"基礎"就不堅實。文中對於明義所見《紅樓夢》初探及論證明義詩，提出自己的一些見解；同時，糾正人家一些誤解，實多可取之處，對研究《紅樓夢》的修改過程的探討是有參考價值的。

《好了歌》是封建社會内部唱出的自己的挽歌。《紅樓夢》作者不自覺地流露出這種思想。它寫的場面越豪華熱鬧，讀者越感覺到它像個熟透的果子，就要開裂，就要墜地。

書首寫了個甄士隱，歷盡塵世紛化零落，完成了他的使命，説不上"真事隱去"，有多少真事，可以繫在他的身上。卻向道人搶過包袱，拂袖而去，然而是走向"渺渺""空空"的前途。後四十回，此老在渡口出現，已經修煉到家，成爲個十足的道士氣的人物了。書首書末又寫了個賈寶玉，他幹了十九年壞事，作者不便傷時罵言，有誹謗朝廷之嫌；因而惜墨如金，不敢提膽走筆，實是真事隱去，卻爲假語村言。最後也是拂袖而去，跡近決裂。實難換骨，到底也是"渺渺""空空"做個前導。看是另生枝節，多此一筆，實見一薰一蕕，同歸於盡。

"可知世上万般，好便是了，了便是好；若不了便不好，若要好須是了。"這是中國文化歷史社會在某一特定階段所形成的。讓那些出霉發臭污爛不堪收拾的舊歲月、舊事物一齊"忘"掉、一齊"了"結了吧。

"把這韶華打滅，覓那清淡天和。"去找那侵晨鮮露清風，吐故納新，迎接朝露旭日的來臨，展翅歡唱吧！祇怕朝陽過後，猶見長夜漫漫。可憐捷報哀弦語，換取莊生內外篇啊！

所以《好了歌》，卻又是新陳代謝的贊歌，總是新陳代謝的贊歌啊！

"太監"一詞是指宦官群中的權璫，與通常太監不同。大僚之奉"太監"，覬覦帝皇，暮夜乞憐，甘稱兒孫，史例盡多。

宮廷中不斷採訪妃嬪，充實後宮，一時鬧得雞飛狗叫，到處不寧。"拉郎配"是對於不甘心過那種見不到爹娘親人而進火坑去的無聲反抗。這與採珠、採玉、採木、"花石綱"同樣都是公開的掠奪。明朝的採礦使，是以發屋掘墳當作礦藏的。

佛相塑成孩面，這是說它不失其赤子之心。胸篆卍字，教人寂滅。"有情無性"，怨親平等。一切鬥爭，悉歸幻化，成爲無衝突世界。它寶相莊嚴，端坐蓮臺，拈花微笑，普渡眾生。

帝王后妃，權璫大僚，都有個替身，爲他們他日登極樂國土，鳴鑼開道。佛菩薩原本是立着爲了迷蒙眾氓的，終究也騙了自己。這叫做："不依國主則法事難立。"（道安語）

大叢林的大和尚無不是大地主兼大惡霸，廣占山林田塘、殿、堂、庵、圃，萬戶千門，"泉石靈響，佐其螺鈸"。皇帝、太后替身所屬，地方官是條看門狗。役使那末多的苦和尚，裝點門面，是受布施的資本。享用逾於侯王，荒淫超軼地獄。偶爾上堂，爭仰大德，侍童瓶拂，華淨莊嚴，南面而坐，是個佛王。小城僻壤，往往豎個門戶，關起門來，另成一種局面。妖魔梟怪，盡成佛子，——這叫做"一闡提人皆得成佛"。（道生語）

書中的尼姑，老道官一流，不就是這樣子？這纔是僧尼的實際。鴛鴦、紫鵑見不及此，但有託而逃，亦與此輩迥異趨向。

薛寶釵出於皇商世家，重大事件，無不參與決策。薛蟠是枚土塊。薛母是受牽綫的偶人。實權掌在隱處深閨"祇留心針黹家計等事"的賢小姐。此人是城府極深的陰謀家。陰一套，陽一套，套套無窮，韜略難測。楊妃撲蝶這回的自語，是她首次上場的亮相，這亮相確給人以深刻的印象。黛玉言詞尖刻，深爲人所不喜，而寶釵時時贊賞，鼓其加油。與探春同主家政，鼓刀䄂然，大有陳平宰肉風概。王鳳姐陰狠毒辣，盡人皆知，都存畏敬之心。薛寶釵另有一手，到處笑靨迎人，怎麼被她弄個神魂不得安寧，還不知道呢。對老婆子們，在管緊的同時，姑留一步，以"小惠存大體"。他日我當家就能如此！總留些屑末給你們嘗嘗，可以忠心於我。奪權之謀，無時不忘，深切至此。寶二奶奶確比璉二奶奶還厲害。這兩位二奶奶，不是家道落得快，着實有幾番爭鬥的好文章。八十七回送詩，一片秋風淒厲中，更增黛玉哀傷，而黛玉真個覺得"屬在同心"，"惺惺惜惺惺"了。凡此種種，往往而是總以假意愛撫爲重心，最爲狠毒，使人不覺。聽聽黛玉吧："誰知他竟真是個好人，我素日當他藏奸！"（第49回）就是這個不藏奸的好人，不知不覺地把史湘雲也從瀟湘館拉到蘅蕪院住宿了。所以，本文僅提這一點，而附全意於此。

第九十一回《布疑陣寶玉妄談禪》。黛玉乘此機會，説道："我便問你一句話，你如何回答？"寶玉盤着腿，合着手，閉着眼，嘘着嘴道："講來。"黛玉道："寶姐姐和你好，你怎麼樣？寶姐姐不和你好？你怎麼樣？寶姐姐前兒和你好，……你怎麼樣？你和他好，他偏不和你好，你怎麼樣？你不和他好，他偏要和你好，你怎麼樣？"寶玉呆了半響，忽然大笑道："任憑弱水三千，我祇取一瓢飲！"黛玉道："瓢之漂水奈何？"寶玉道："非瓢漂水，水自流，瓢自漂耳。"黛玉道："水止珠沉，奈何？"寶玉道："禪心已作沾泥

絮，莫向春風舞鷓鴣。"黛玉道："禪門第一戒是不打誑語的。"寶
玉道："有如三寶！"

一個曲道隱衷，要參個透徹；一個刻意應付，煞像真心實意。
於是，兩人皆大歡喜，欣然自得。

一則久經遺失的"故事"：

抄家之後，寶玉在獄，所有眷屬婢僕，悉數沒入，編籍發遣。
於是，薛寶釵轉爲賈化的外婦，竟越頂而成誥命夫人。春秋令
節，大裝起來，進宮隨班朝參。"太后"驚其"美而艷"，服裝禮儀，
深符其俗，小鳥依人，聽於無處，極其欣賞，獨加愛惜，往往留置
左右，數日不遣。於是，烏紗綠袍，更增保障，炙手可熱，由大司
馬而入閣大拜，由東閣大學士，瞬即升文華殿、武英殿大學，太子
太保——太師，封王襲爵，幾乎"世襲罔替"。說是"幾乎"，是老
百姓不容它罔替下去。

慎毋引起丞相嗔！

嘿嘿，這就是所富而且"貴"，榮華一世。

這是一則逸失已久的"故事"，夾在殘破卷冊中，無意中被人
發現，譖於掌故者以爲事或可信。抄家原是權勢財富的再分配，
具體到各個方面：眼尖手長腳快的，揀肥的多撈幾把，老鼠，貓
犬，亦復抓些末屑蟲蟻。太后下嫁，已具"憲例"，尊而下之，何足
爲奇？抑且宿昔華府深閨，巧施縱擒，馬到功成，此時瓊宮幽殿，
曲盡捭闔，旗開得勝。孝當盡力，忠則犀躬，同一機軸，兩樣乾
坤，事所必然，禮該如此。總緣，這對男女，熱中性成，若有十百
千倍的利益可圖，摩頂放踵而甘爲之：上下交徵，外內呼應，扶搖
直上，鼓翼沉吟，既深合其性格，亦大償其宿願。

金玉良緣與木石前盟有質的區別。良緣締後，"寶玉"飛逸，

寶玉出走，衹剩下這"珠寶晶瑩，黃金燦爛"的金鎖（第8回）空蕩蕩虛懸着，不成個體統。可是，這是"金""鎖"，是個流俗所珍視的寶貨，決不愁沒有着落。薛寶釵之爲大司馬外婦，而爲主婦，而成貢品，自有其潛在的可能性，終於成爲"理"所當然的事了。

書外有書，可補上這一章，方稱完全。

像賈敬這樣的人，看來是堪破紅塵、敝屣富貴了的，其實是個十分執着的人，不滿意於塵世的短暫而這樣做的。他是"做了皇帝想登仙"的一流。富與歸已臻極點，益復考慮：究能享用幾年？海上三山，時刻縈迴與秦皇、漢武的魂夢之中。謬種流傳，"參星禮斗"，吃下"秘製的丹砂"，靈芝不靈，仙草不仙，滿腹堅硬。"功行圓滿，升仙去了"。（第63回）李向曾說："終爲大藥誤。"掩卷而思，豈不是寫出了某些熱衷人物的妄想狂嗎？歷史上盡多以青詞、秘方而得高官厚祿的人，彌曠遠而彌眷念，似矛盾而實非矛盾。青詞與秘方其實是一個東西，這是封建社會裏鑽營既得利益的統治者的特殊方式，也是那時的社會上層人物的一種變態心理。

永恒長存，産生了燒丹煉汞。這是一種有閒者的自我慰藉，精神支柱，自己再壯壯自己的膽，仿佛吹着口哨，黑夜中急急忙忙竄越叢林荒塚一樣。

老聃、葛洪除了藥物貢獻不說，他們的神秘外衣，傳出種種"神"跡。到了宋朝，呂純陽背個葫蘆，顯得萬能。進入社會，活靈活現。吸引着許多人走入玄渺世界，自然還有個華化釋迦。中國佛籍，源出印度，而各種宗派，都是"東土"土産，迥與梵方不同。這是"民無能名"的"大成至聖先師"的兩翼。所以，唐時盛行：儒、釋、道三教國統，與綉斧黃餞，交相爲治。遠遠望去，巍巍乎高矣大矣，走近一看，剝蝕分離，隱隱有聲。地動天搖，山崩水竭，即在其後。堆了一地，清掃倒要花些工夫。

禱天祭祖是老太太一樁大事。燒香還願，賈寶玉亦復樂此不倦，都是儼乎其然地從事呢。封建社會的文化，自然帶着封建主義的色彩。

歷史上因而頗多以青詞、秘方獲得高官厚祿的。嚴嵩文義峭厲，《鈐山堂集》寫得出色，但他得寵，卻與擅長青詞有關，從而入閣大拜，而且擅權多年。

清客是個雅稱，老百姓乾脆叫他們爲幫閒、篾片，亦直呼爲幫凶。此輩吃慣、用慣、閒慣，卻有那末一套本領。琴棋書畫，醫卜星相，鷄鳴狗盜，花拳綉腿。逢場作戲，侃侃而談，各有一手，色色當行。多問幾句，遊移其詞，王顧左右而言他了。閨閣瑣聞，市巷猥事，頭頭是道，說個清楚。還奉命幹些豢養者所不能幹的缺德的事。茶坊酒肆，就其愛憎好惡，侈口而談，轉輾傳聞，蔚爲大觀。左顧右盼，抵隙蹈瑕，摸透機關，博衆歡心，領受殘羹冷炙，亦或獲得些零落花朵。酒醉飯飽，揀着個小荷包，施施外來驕其妻妾。偶有風吹草動，即便望望然而去之。一旦爐火重溫，則又欣欣然呼朋引類而至。賈府那些爺們，也就練得可以引入候補班子了。詹光、單聘仁、卜固修與應伯爵同科。賈政日夕親近的就是這些人物。外此，有個熱衷富貴、反復難料的賈雨村；還有那個將軍馮紫英是位高級捐客，夾袋中頗有些人、物；學差外放，又結識了知己吳巡撫，相互照拂，彼此升官。這叫做方以類聚，物以群分。

賈雨村是個參革人員，賈政爲之張羅，提前起復，屢次高升。外甥薛霸，幾次草菅人命，到底都爲他搐妥帖，使其逍遙法外。

這就是素稱“端方正直”“拯溺救危”的二老爺，這就是賈府的正派模式，這就是封建上層的傳統人物。

明清幾百年間，沒有世襲的官兒，卻有世襲的胥吏。親內外勾連，上下級通氣，呼風喚雨，變換陰晴。賈雨村升堂，身邊站着個門子。密室對坐，諄諄誨導，既獻上護官符，又出謀獻計，亂斷葫蘆案，天大的人命官司，風平浪靜。賈政奉旨查辦，關防嚴密，雷厲風行，老百姓富有經驗，說是"口碑載道"。詹書辦與李十太爺咕唧半夜，廝弄得這個僵梗的本主兒，成爲繞指柔，陷入圈套。"我是要保性命的，你們鬧出來不與我相干。"說着，便踱了進去。李十兒說的："衹要老爺外面還是這樣清名聲原好；裏頭的委屈，衹要奴才辦去，關礙不着老爺的。"既要做婊子，又要樹牌坊，他們也就洞見這個本主兒的心事了。踱出踱進，一個"踱"字，是這一心理的形象表現的細部。於是，轉瞬之間，"貓鼠同穴"，"上和下睦"，花明柳暗，皆大歡喜。清官有時比貪官更酷，而久官必富，老百姓也就早已鑒定的了。

"詹書辦道：'我在這衙門內已經三代了，外頭也有些體面，家裏還過得，就規規矩矩伺候本官升了還能夠，不象那等米下鍋的。'說着，回了一聲'二太爺，我走了'。"一個嗜血成性，一個急於喝血，一拍即合。（以上引句見第 99 回。）

劣紳、卑官、蠹役（卑鄙的卑，劣紳也實是失職的卑官。）三位一體，騎在人民頭上，作威作福。這種勢力是在皇帝老兒埋葬之後，逐漸消失的。自然，陰魂還梟了一陣，新舊軍閥先後垮臺，這纔魂飛魄散。

還要警惕再出個"白骨精"。

"妖爲鬼蜮必成災！"

欣賞藝術，不能目眩神迷。洗桐拜石的倪高士，他的畫清枯雋逸，卻是個江南巨富，滿載"孤品"，逍遙於澤畔泖邊，實際上是在躲避官吏輩的勒索。

馳騁"藝壇",書畫還爲後世所崇仰的董香光,卻是"民抄"的大惡霸。趙孟頫與董其昌的字同一流品,在藝壇上,曾爲一些官僚斗方名士所崇奉,特別是爲乾隆皇帝所愛好。也曾有人説是"待詔"董的代筆,因而尤爲風行。傅青主曾愛趙書圓轉流麗,臨亦數過,而遂亂真,深傷比匪,切戒後人。"不知董太史何所見,而遂稱孟頫爲五百年中所無,貧道乃今大解,乃今大不解。"龔鼎孳(字瑸人)説得好:"子昂墨豬素所鄙,玄宰佻達如蜻蜓。"字與畫究與作者的品德有關的!

《紅樓夢》中的閨秀,動不動共義鬥韻,左不過是"笙歌歸院落,燈火下樓臺"那樣的飄逸作品。寫富貴不見錦綉珠玉字眼,而又抒寫富貴的極致。流風所及,香菱拼死苦吟——這個苦女孩!試問糠菜半年糧,全家啼飢號寒於冰雪之中,會有這些閒情逸致嗎?

書中的詩詞歌賦是全書的有機組成部分,因爲它繪出了某些人物的細部,爲塑造人物的性格和反映他們的生活服務。其中笙歌院落,不少附會風雅之作,人民早就忘記了它。"俱往矣",反其道而用之,"山花爛漫","更加鬱鬱葱葱","詩人興會更無前"。

第四十九回,這許多詩翁聚在一處,烤吃鹿肉,商議賞雪吟詩,連出過五十兩銀子入盟的王鳳姐也吟出"一夜北風緊"的起句呢。"我們這會子腥膻大吃大嚼,回來卻是錦心綉口",吟出好詩呢。作者曹雪芹卻有意稱作"割腥啖膻",又是皺眉,又是微笑。

抄家以後,還能大吃大嚼,詩翁們仍有此雅興嗎?

那姑子孤燈慘澹,冷焰無光,卻正在縷申到兩個青年男女生死攸關的事情。三千兩銀子悶聲不響地納懷笑受。

那些"小燕子",不衫不履,無思無慮,嘰嘰喳喳,海闊天空,打破了賈府的"寧寂"。王夫人目爲妖精，極不放心。有父母的由父母領回，有乾媽的交乾媽帶走，没有的就付給那些姑子們。這些姑子手拈念珠，口誦彌陀，聲聲不絶，心裏老在計慮着不可告人的勾當。驀然間得了這幾棵婆婆寶樹，笑顏逐開，歡喜贊歎，作禮而去。可是，這幾棵樹又都很硬，斧鑿不吃，刀鋸不受，要想琢磨成爲小擺設，不是那種料兒。

這就是素來良善，從不作踐人的賈府。"積善之家，必有餘慶。"積善堂匾額已爲人民巨斧劈得粉碎。有怨報怨，有仇報仇，"積不善之家，必有餘殃"，肯定如此，肯定爲此。

李嬤嬤："不要這老命了"，和襲人"呼唤"一場，王鳳姐兒幾句話，接着她腳不沾地跟走，"虧這一陣風來，把個老婆子撮了去了"。（第20回）寫鳳姐往往兼寫賈母，寫賈母則又純是個賈母。

"你們聽聽這嘴，我也算會説的，怎麽説不過這猴兒。"（第22回）賈母是極其欣賞這辣子的。

王鳳姐往往以爲玩弄了賈母，其實是賈母在擺弄鳳姐，牽着綫兒，唱出生旦丑净。老太太不是説過了嗎？"叫他想法兒給我們樂。"這就是倫理大旗下，主兒的主兒要那些忠臣孝子所幹的大業兒。

《紅樓夢》中寫秦可卿託夢鳳姐談到："如今能於榮時籌畫下將來衰時的世業"，"可以永葆無虞"（第13回）。她要鳳姐辦兩件事：墳莊與家塾。這是一種"補天"思想的反映。

這種話出於可卿之口，入於鳳姐之耳，是頗不相稱的；而且也終未實行，雖然鳳姐亦曾想起過一會。這就説明一個問題，耐人尋思。

"永葆無虞"是要建立什麽樣的"世業"呢？

先從賈府的財源來算算：

第五十三回，莊頭烏進孝大雪泥濘的天走了一個月零二日，纔到賈府。那單子上寫着大批貢品：鹿獐豬羊，熊掌鹿筋，炭分二等，米有五品，哥兒玩意是西洋鴨等稀有活牲，還有折租銀二千五百兩。這種莊子，當是明朝皇莊和清初圈地的混合物。"如今一共祇剩八九個莊子"，意味着先前還不止此，如今已經分化起來了。烏進孝是個二地主，他自然是上下伸手的。莊頭"幫助爲虐，多方掊剋"，連官書《續文獻通考》卷六上已提出，不大放心這些鷹犬。

這麽廣大衆多的莊子，想來還存在勞役地租，走了一個月零的路程，亦就得用上許多勞力；大量實物之外，還有折租銀，又出現了貨幣地租。要想想賈府中這麽許多不是農村出產的東西，而且還有國外精品，沒有貨幣地租是不能應付的。地租三態同時齊備，説明這時的剝削是更其深重的。書中一字一句都未曾明顯地鋪寫，但是這末些老太太、太太、奶奶、小姐、爺們、哥兒們，娛笑悠閒，享盡世間未有之福樂，不都是處處飄逸着農民的血腥，隱隱聞着農民們窒息難通的呼喘嗎？管家周瑞，"祇管春秋兩季地租子"（第6回），"經管地租、莊子銀錢出入，每年也有三五十萬來往"（第88回），真是吸血管布滿南北了。可是，賈珍説："我算定了你至少有五千兩銀子來，這夠作什麽呢？""不和你們要，找誰去。"這些都是直接的壓榨。外此，襲爵做官，"養廉""清俸"；世交寅友，時相饋遺；交通內外，過手財賄；放債生息，滾而又滾；開莊經營，老店廣布；女兒入宮，每有須賞；歲時伏臘，"皇恩永錫"；如此等等，多種多樣，到底一齊出在羊身上。除夕祭祖之前，先來這些貢物，而且又分派給各方衆庶，還熔製金錁、銀錁，準備年終頒賞。聽戲高興，一聲"賞"，錢串滿臺飛舞而下，沒着腳面，真正是死的、活的、大的、小的，主奴上下，一齊聚攏來咬嚼。

可是，這些收入，這些享受，其實還是不穩固可靠的。"伴君如伴虎"，大官兒無時無刻不在慄慄危懼，天威不測，牆倒衆推，瞬息萬變，防不勝防。例如夏太監傳宣賈政進宮，闔家惶惶，站在廊下等消息。第一〇四回，賈政陛見出來，"帶着滿頭的汗"，"吐舌道：嚇死人，嚇死人！……幸喜没有什麼事。又説：算來我們寒族人多，年代久了，各處都有。現在雖没有事，究竟主上記着一個賈字就不好？又説：我心裏巴不得不做官，祇是不敢告老。現在我們家裏，兩個世襲，這也無可奈何的。"書中把這些話，出於方正純儒賈政之口，妙有剪裁，確是神來之筆。

這是足以補清史所不提的"史"事。

抄家、貶謫、遠竄、暴死是史書上常有的事。抄家籍没是封建統治階級內部的財富、權勢的再分配：部分隱匿（例如江南甄家），而隱匿又往往多爲乾没。一部分私分："許許多多穿靴戴帽的強盜來了，翻箱倒籠來拿東西"，"番役都撩衣奮臂"，"裏面已抄得亂騰騰了"。一部分輦入內庫，而內庫又掌握在內侍手中。嚴嵩失寵，那份《天水冰山錄》記錄了他的財富是如此驚人。和珅籍没，其家產超於內廷幾倍。皇帝老兒總是等這些鴨子喂得肥胖得走不動了，纔予以遠遠宰殺，這叫做"君子遠庖厨也"，又得了懲貪褒廉的美名——天王聖明呢。賈秋壑亦曾擬議搜刮所有官兒的家產呢。史例盡多。

於是乎，狡兔三窟應運而生；墳莊可以不没入官府，這叫做皇上以孝治天下嘛。依然可以留着過寄生生活的餘地。家塾呢，又可以"學而優則仕"，從此再爬了上去，依然可以作威作福。所謂"耕讀家風"，從來就是如此。這個發明權屬於宋朝理學純臣。《聰訓齋語》恣意放言田產是個水火"盜賊"難以動搖的基業，是最可靠的花息。《齋語》又是清朝大官"美謚"的大名作。真是深有味乎其言的了。

這就叫做"永葆無虞"。

是能"永葆"了嗎？卻等下回分解——等着的自然是全部徹底乾淨地完蛋。

《紅樓夢》第二十五回叔嫂逢五鬼。有人論證出："可以放心地下個診斷，那確是真性的瘛瘲傷寒。"打尖的那家莊戶人家，如此骯髒，真就是帶菌人。鳳姐、寶玉果然是病了三十三天纏痙癒呢。而且還使秦鐘經過一個潛伏期，並染給秦邦業呢。我想醫學上的分析，未必符合文學上的形象描寫。這封建家庭中的爭權奪利的鬥爭，說成是人體上的病症，可能看扁了，那豈代替社會上和家庭中的鬥爭與分析。

試看：推倒燭臺，熱油糊眼，重則目盲，輕亦殘損。掀翻藥罐，延誤療程，麻證"內陷"，造成絕種。王府長史，親牽寵優，指手劃腳，溺屍臃腫，火上加油，大杖親施，弒父弒君，期在必殺。魔魘"旁門"，動刀動槍，嫂是管家主婦，叔更是嫡長繼承人，剪此二礙，唯我獨尊。一旦得勝了，這個榮府就在我的手掌之中，自然不止一個彩雲，自然薔薇硝、玫瑰露要啥有啥了。趙姨娘說："把他兩個絕了，明日這家私不怕不是我環兒的了？"（第25回）那個祇知有太太的多刺玫瑰，牛刀小試，取瑟而歌，就連鳳姐也讓她幾分，還想多個幫手，其實是準備有朝一日來接手的大人物呢？賈府上，燕笑鶯啼，花明柳暗，揭開一層又一層的綉幕，卻原來是又臭又酸又霉又爛的一大堆糞渣，萬頭攢動，外加肥蠅歡舞，不可向邇，人皆掩鼻而過呢。

這幫人，四體不勤，追逐物欲，益無止境，都是"天生"享受別人現成財富的人形動物，啥也豎不起脊骨來的。勢位、嫡庶之爭，就是占有剝削份額的爭鬥，在內部誰能稱王稱霸的問題。這倒真是個真性瘛瘲傷寒，病機潛伏多時，無可救藥的了。

焚廩捐階，二嫂使治朕樓，燭影斧聲，兄終弟及。相砍成史，歷歷在目。遺詔在懸，改"十"爲"于"，廣羅羽翼，樹"幫"立朝。迫不及待，謹獻瓊醪，去此老晦，登我大寶，那已是《紅樓夢》成書的前後了。書中多次的篡權奪位的爭鬥，不就是其時現實的反映嗎？

私有制社會，禍害就是如此。

賈瑞的事情反映了什麽呢？

這就是：富者田連阡陌，貧者無立錐之地。

嬌妻美妾，艷婢外室，奉侍一人與曠男怨女比比而是，同時存在。荒淫無恥的人肉鬧宴，與樹皮草根、餓莩載道，同時存在。

勞苦人民，成個家真是談何容易，可是隨時有失掉家的可能。鮑二、林冲就是如此。這是一。還有：封建上層，胡作非爲，但不容有個不速客擠了進去，速客自然別論。例如薔、蓉。賈瑞自恃有個資本，王鳳姐箭在弦上，不得不消除這個後患，免多節外生枝。穿堂凍風，糞汁淋漓，跪拜、借票，如此等等，重翻而至。這是懲罰，乞討人參，終冀活命，予以蛆屑渣末，還說已盡於此，豈容多延殘喘，真是縛兔亦用出了全力呢。回目云"毒設"，出於階級本性。對尤二姐甘言蜜語。稱妹道姊，賺入大觀園，是個花團錦簇的牢籠。求生不得，求死不能，有苦難說，荒涼冷寮，到底宛轉自盡，這也是個懲罰。臥榻之旁，豈容他人鼾睡。

柳五兒費盡心機，幾番曲折，纔補入怡紅院，得以接近寶二爺了，但卻是個"錯愛"。四兒偶爾倒了杯茶，麝月諸人眾目睽睽地注視，到底因爲與寶玉同生日的罪名，攆了出去。

王善保家的剛爬上高枝兒，便慫恿邢夫人來一個抄檢大觀園，樹威作福，參加進了主子們的奪權爭鬥，咄咄逼人。碰了幾鼻子就灰溜溜沉了下去。鳳姐那末冷觀，彌見芒角。

秦顯家的是鳳姐想也想不起來的人物，因緣時會，就想去柳嫂的手，頃刻之間，乘興而來，敗興而去。

官海升沉，仕途傾軋，史册記載，無非如此。

書中把仕宦事情亦都當作蝸角蚊睫來寫。

賈瑞事情，自然是個醜行。這在賈府荒淫生活中，同他在這個封建貴族關係中一樣，僅僅是個旁支。腐爛發臭的荒淫意識真是無孔不入，侵蝕到各個角落；從賈瑞反映出這個家族——這個社會，已經爛穿了底，没落是肯定無疑的了。

廚房一角。《紅樓夢》第六十二回寫秦顯家的那一段，文采飛動，是好文章。

> 那秦顯家的好容易等了這個空子鑽了來，祗興頭了上半天：在廚房裏正亂着收傢伙，米糧、煤炭等物，又查出了許多虧空來，説："粳米短了兩石，常用米又多支了一個月的，炭也欠着額數。"一面又打點送林之孝家的禮，悄悄的備了一簍炭，五百斤木柴，一擔粳米在外邊，就遣了子侄送入林家去了；又打點送賬房兒的禮；又備幾樣菜蔬請幾位同事的人，説："我來了，全仗列位扶持。自今以後，都是一家人了，我有照顧不到的，好歹大家照顧些。"
>
> 正亂着，忽有人來説與他："看完這頓早飯，就出去罷。柳嫂兒原無事，如今還交給他管了。"秦顯家的聽了，轟去魂魄，垂頭喪氣，登時偃旗息鼓，捲包而出。送人之物，白白丟了許多，自己倒要折變了，賠補虧空。

這事情發生在廚房一角。這個冷角落裏的僻役，卻也把官腔揣摩得極其純熟的了。

太常寺原亦是六卿之一呢。

作者手揮五弦，目送飛鴻，自己也在暗暗擊節，且望後世有個會心微笑的讀者的吧。

怡紅院來要煮蛋。柳嫂連忙洗了又洗，喚女兒親自在小灶上辦好，親自端送上去。司棋來要蛋。啊呀，這個蛋呀，好不容易辦來，祇能在給上頭菜上飄個花兒呢，一兩一個還買不到呢。是木頭小姐的丫頭，那邊的人，理她呢！況且，秦家就是這個丫頭的來頭，不是腿粗，幾乎被擠了下去。

一兩一個，並非誇大，這是那御膳房秦准的價格，有案可據，歷年如此的。掰着新鮮糕兒，丟着豆雀兒，祇有暗暗念佛的分兒，大氣也不敢出一口。副小姐可真不好惹呢！

三春。賈府四女，元春送進了見不到親人的那去處，省親相見，涕泗滂沱；而賈母卻說："娘娘不用悲傷，家中已託娘娘的福多了"。（第83回）到底是"兒命已入黃泉，天倫啊，須要退步抽身早。"（第5回）她在宮廷奪權中敗了下來，落荒而逃。於是政治資本缺了一角。

三春之中，迎春為長，多年養尊處優的生涯，成為"站鷄"樣的人兒，二木頭之稱確如其分。探春崛起，不甘心於庶出之列，多刺玫瑰，連鳳姐也讓她三分。探春從邊疆帥府歸來，越顯得神采飛揚。這都是長期的血汗餵養出來的人物，無怪乎見了道裝的四妹無限噁心。

惜春最小最稚，她受這個家庭影響較淺：早年失母，父親離家學道，孤寄榮府，隨班進退，默默無聲，在現實生活中，她目擊身受這個家族腐爛惡化，"倏爾神鬼亂出，忽又妖魔畢露"，默默地咀嚼這枚華麗的苦果，獨有認識。大家說她孤拐脾氣，其實是逐漸有了貳心。第四十四回老太太叫惜春畫大觀園圖景，倒是寶釵連忙要這要那着實計慮了一大番。"放半年假","慢慢的畫",畫得個無聲無臭。這是她無聲的反應。第七十四回,尤氏道:"可知你是個心冷口冷心狠意狠的人。"惜春道:"我清清白白的一個人,爲什麼叫你們帶累壞了我?"她已不願再作贅儀的了。"把這韶華打滅,覓那清淡天和",她祇能在家庵中帶髮作姑子,當作"清淡天和"。住進家庵,依歸受這個家族的供養,帶髮使留髮時少一番麻煩。高鶚把惜春放在饒有餘地的地步呢。

環境雖同,自然又有不同,感受卻異,精神面貌亦異。惜春倒有些兒微薄的叛逆心了。這是封建末世時期,從沒落的階級中分化出來的某些零落的殘葉,頗有典型性。

《紅樓夢》第二十一回:賈寶玉"次日天明時,便披衣靸鞋往黛玉房中來了。"等到襲人趕到,寶玉早已在湘雲洗過的殘水中洗了幾把,並且已由湘雲將辮子打好,收拾停當了。這一氣非同小可,等到寶玉回來,就發了那麼大的脾氣。這時她是"未上頭"的丫頭名分呢,對從小在一起的史大姑娘也發這個醋勁,她自處於什麼地位呢?這時一時出於不自覺,其實是未免過於暴露,不很明智的。

寶釵對於寶、黛的一舉一動,無不留心。明明要去瀟湘館,見寶玉進去,就"倒是回來的妙"。正也是巧,"戲彩蝶"戲到滴翠亭邊,遇到小紅、墜兒密語,就此來個"金蟬脫身",移禍於人。(第27回)實際上,黛玉壓根兒也未曾聽見啥呢;即使聽見了,她也不在意的。不要忘記,以下就是小紅調到鳳姐那邊了,自然小紅不會忘記,林姑娘嘴裏愛刻薄人,心裏又細,他一聽見了,倘或走露了,怎麼樣呢?

寶釵料到寶玉會到瀟湘館去,卻來到怡紅院,"問寶兄弟那裏去了?"寶釵聽了襲人那番話,"心中暗忖道:'倒別看錯了這個丫頭，聽他說話，倒有些識見。'便在炕上坐了，慢慢的閒言中套問他年紀、家鄉等語，留神窺察其言語志量，深可敬愛。"襲人原亦是寶釵留意的人物，至此放心，這兩人取得了一致，就站在一條綫上了。第三十一回，寶玉要攆晴雯，"襲人笑道：'……就是他認真的要去，也等把這氣下去了，等無事中說話兒回了太太也不遲。'"這是在寶釵贊她"倒有些識見"之後。然後，在三十四回，襲人於王夫人跟前講了那一番話。這其間，不能說沒有寶釵的。

第三十五回，襲人授意寶玉叫鶯兒來打條子。鶯兒到了，說起寶釵，"你還不知我們姑娘有幾樣世人都沒有的好處呢，模樣兒還在其次"。寶玉見鶯兒姣腔婉轉，語笑如癡，早不勝其情了，那堪更提起寶釵來。真正有"明兒不知那一個有福的消受你們主子奴才兩個呢！""子公之食指動矣！"寶釵自然不會忘記鶯兒在這兒幹什樣的，"這有什麼趣兒？倒不如打個絡子，把玉絡上呢！"金綫絡玉，一言道出了深藏的宿意。

接着是第三十六回，夢兆絳芸軒。襲人與寶釵那番對話，水乳交融。應該瞭解第二十一回之後，她們兩人之間，有些情節是要讀者細細體味的。於是乎，"好姑娘，你略坐一坐，我出去走走就來"。襲人這人待人素稱圓到，對於親密的寶姑娘剛剛來到，偏走開去，幹這洗衣不急之務。爲什麼？這是對寶釵的開放，聯繫上回寶玉到瀟湘館漱洗時的那份醋勁而益明。"黛玉見了這個景況，早已呆了。"她這時已成爲旁觀者咧。而寶玉夢中說的"我偏說木石姻緣"，真是夢囈。此下緊接着是梨香院識分定這一段，目見的是薔、蓉，觸心的是金、玉。情悟梨香院恰恰與夢兆絳芸軒作對。梨香院原是寶釵昔日的住處，絳芸軒爲此時釵、玉的巧合。書中原有這一路文字。《紅樓夢》往往略去痕跡，深入骨髓，曹雪芹文心極細，讀者稍一疏忽，往往漏過。

於是，襲人與寶釵兩人已經結成牢固的聯盟了。

爲了各自的利益，共同對付，結成聯盟。聯盟是爲了更好的爭奪。一旦利害衝突，爭奪的矛頭也就隨之轉向。聯盟的當初也就包含了衝突的因素。這是私有制下，勢所必然的。前八十回，曹雪芹還來不及寫這個爭奪的轉變，後四十回，高鶚豈能理會及此，更何有能力寫這個場面，但這個規律是存在着的。

這是兩條劇毒，多變的美女蛇，深潛不露，一遇機會，便突然竄出，迅逾閃電，向要害處衝擊。

啊呀！寶玉、黛玉你好險呀！

大觀園中女奴鴛鴦、晴雯、司棋諸人，敢於蔑視綱常禮義，敢於反抗；雖然終遭鎮壓，主子們其實內心惶惶，覺得高堂大廈、曲院幽房有些不穩，難以安享了。

從全國範圍來看，那些名園勝跡，或大於大觀園，或與大觀園相似，間或較小於大觀園；總之，爲數可觀。那些園內的奴隸們，都是清風徐來，水波不興，成個世外桃源了嗎？縱有個把奴隸貴族，布霧吐雲，難道就能使這些受壓迫、受剝削、連人身都是他屬的衆多奴隸們甘心長此下去嗎？壓迫愈重，反抗愈烈，這是不可逾越的規律。祗是，當時都是一個人，一個人的自發活動，還顯得力量單薄，這是初期的現象。星星之火與大火合在一起，行將匯成洪流，洶湧澎湃，任何勢力都擋不住的。蕞爾這點護官符，有何用處？

園外呢？

第一回：甄士隱失火破家，窮無所歸。意欲“且到田莊上去住。偏值近年水旱不收，鼠盜蜂起……難以安身”。

薛蟠於平安州遇“盜”，這已聚成一夥，自劃行動的了；而這事情發生在平安州。賈府黑手伸到那裏，外內勾連，壓榨益甚，

"盜發"難道不與這情節無關嗎？

第七十八回，《姽嫿將軍歌》表面上是竭力歌頌忠貞義烈，實際上，"黃巾赤眉一干流賊餘黨復又烏合"，"賊勢猖獗不可敵"，"雨淋白骨血染草，月冷黃昏鬼守屍"，"天子驚慌恨失守，此時文武皆垂首"，亂得一團糟了。這時候，比之平安州的情況又是如何呢？

園裏園外，結合起來，互相呼應。封建堡壘，業已碎裂，缺角、傾斜，危乎殆哉了。但要徹底摧毀，還有個過程。所以《紅樓夢》祇抒寫了序幕，沒有再寫下去。

一輪旭日，蓬勃而出，普照大地山河。

"龍盤虎踞今勝昔，天翻地覆慨而慷"！

編者説明：本文據手稿片段録編，無題，現集爲一束，酌擬標題。原文據人民文學出版社《紅樓夢》(共三册)，1982年3月第一版核對。

《紅樓夢》人物（主奴）關係表

寧國府

賈族

《護官符》:"賈不假,白玉爲堂金作馬。"

脂戚本有批:"請君着眼護官符。"《戚蓼生序本石頭記》護官符注:"寧國、榮國二公之後,共二十房分。除寧、榮親派八房在都外,現原籍住者十二房。"

第一代

主:賈演。寧國公。

奴:焦大。尤氏道:"你難道不知道這焦大的? 連老爺都不理他,你珍大哥哥也不理他。因他從小兒跟着太爺出過三四回兵,從死人堆裏把太爺背出來了,纔得了命;自己挨着餓,卻偷了東西給主子吃;兩日沒水,得了半碗水,給主子喝,他自己喝馬溺;不過仗着這些功勞情分,有祖宗時,都另眼相待,如今誰肯難爲他? 他自己又老了,又不顧體面,一味的好酒,喝醉了無人不罵。我常説給管事的:以後不用派他差使,祇當他是個死的就完

了。今兒又派了他！"(7/90)①"蓉哥兒，你別在焦大跟前使主子
性兒！別說你這樣兒的，就是你爹、你爺爺，也不敢和焦大挺腰
子呢！不是焦大一個人，你們作官兒，享榮華，受富貴！你祖宗
九死一生掙下這個家業，到如今不報我的恩，反和我充起主子來
了。……"(7/91)焦大益發連賈珍都說出來，亂嚷亂叫，說"要
往祠堂裏哭太爺去，那裏承望到如今生下這些畜生來！每日偷
狗戲鷄，爬灰的爬灰，養小叔子的養小叔子，我什麼不知道？
……"衆小厮見說出來的話有天沒日的，嚇得魂飛魄喪，把他捆
起來，用土和馬糞滿滿的填了他一嘴。鳳姐和賈蓉也遥遥的聽
見了，都裝作沒聽見。衆人見他太撒野，祇得上來幾個，掀翻捆
倒，拖往馬圈裏去。(7/91)

　　焦大是個强項門檻的"死忠臣"，這類的歷史人物很多，其下
場比拖往馬圈還要不如呢。難道曹雪芹筆下僅僅爲了寫這一個
焦大嗎？

　　第二代
　　主：賈代化。"寧公死後，長子賈代化襲了官。"(2/18)"原任
京營節度使世襲一等神威將軍賈代化。"(13/147)

　　第三代
　　主：
　　長子賈敷。"八九歲上死了。"(2/18)
　　次子：賈敬。"丙辰科進士賈敬。"(13/148)"襲了官，如今
一味好道，祇愛燒丹煉汞。"(2/18)"祇在都中城外和那些道士們
胡羼。"(2/18)"素知賈敬導氣之術，總屬虛誕，更至參星禮斗，守

---

　　① 括號中"/"前、后的數字，分別表示引文在《紅樓夢》(人民文學出版社
1957年版　1964年2月第三版)中的回數、頁碼，如此處(7/90)，即《紅樓夢》
第7回第90頁。下同。

庚申,服靈砂等,妄作虛爲,過於勞神費力,反因此傷了性命的。"
"虔心得道,已出苦海,脫去皮囊了。"(63/814—815)

×。

×氏。

第四代

主:

子:賈珍。"因他父親一心要作神仙,把官倒讓他襲了。"
(2/18)"世襲三品爵威烈將軍賈珍。"(13/148)"這珍爺那裏幹
正事?祇一味高樂不了,把那寧國府竟翻過來了,也没有敢來管
他的人。"(2/18)

×。

尤氏。賈珍繼室。

妾:佩鳳、偕鸞。"這二妾亦是青年嬌憨女子,不常過來
的。"(63/814)

文花。"命佩鳳吹簫,文花唱曲。"(75/972)

女:賈惜春。"幼失母""珍爺之胞妹。"(2/21)

賈府還是這個賈府,惜春還是這個惜春。歲月如流,事情不
斷發生變化,賈府亦就不是先前的賈府,惜春亦非先前的惜春
了。他在姊妹行中最稚,最少受這個家族的影響,到底出了
家,——卻又仍在家庵修行!

尤氏後母尤老娘。賈敬死後,尤氏在鐵檻寺守孝,不能回
家。便將繼母接來,在寧府看家,這繼母祇得將兩個未出嫁的女
孩兒帶來,一併住着纔放心。(63/815)

尤二姐。大家指腹爲婚,把二姐許與皇卦莊頭的後商,現
在十九歲,成日在外賭博,不理世業,家私化盡了,父母攛他出
來,現在賭錢場存身。(68/879)他父親得尤婆子二十兩銀子,
退了親,這女婿還不知道。原來這小子名叫張華。鳳姐都一一

盡知原委，便封二十兩銀子給旺兒，悄悄命他將張華勾來養活，"着他寫一張狀子，祇要往有司衙門告去，就告璉二爺國孝家孝的里頭，背旨瞞親，仗財依勢，强逼退親，停妻再娶"。（68/880）一面趁賈璉往平安州，素衣素飾，來到花枝巷，用眼淚鼻涕，把尤二姐騙進大觀園，暗中曲施詭計，陰毒地逼令自盡。

尤三姐。那尤三姐在房明明聽見。好容易等了他來，今忽見返悔，便知他在賈府中聽了什麼話來，把自己也當做淫奔無恥之流，不屑爲妻。……出來便説："你們也不必出去再議，還你的定禮。"一面淚如雨下，左手將劍並鞘送給湘蓮，右手回肘，祇往項上一横，可憐：揉碎桃花紅滿地，玉山傾倒再難扶！（66/856）

柳湘蓮。泣道："我並不知是這等剛烈人！真真可敬，是我没福消受。"大哭一場……又撫棺大哭一場。（66/856）柳湘蓮見尤三姐身亡，癡情眷戀，卻被道人數句冷言，打破迷關，竟自截髮出家，跟隨這瘋道人飄然而去，不知何往。（67/859）

奴：

　　大總管賴昇及賴昇媳婦。（4/153）

　　大總管賴二。（7/90）

　　小管家俞祿。（64/828）

　　小厮隆兒、喜兒、興兒。（65/840）（65/846）

　　尤氏小丫頭銀蝶兒。（75/971）

　　尤氏便討了老旦茄官去。（58/739）

　　惜春的丫頭入畫、彩屏、彩兒。（29/343）

　　小丫頭彩兒的娘。（62/794）

　　丫頭善姐。是鳳姐派他在二姐身邊的坐探。是一支强插進去的硬刺。（68/878）尤二姐吞下金塊，實際上是這個丫頭盡過力的。

第五代

主：

賈蓉。十七八歲的少年，面目清秀，身段苗條，美服華冠，輕裘寶帶。(6/76)賈蓉非尤氏所出，其母已死。"你死了的娘，陰靈兒也不容你！"鳳姐罵蓉語。(68/882)"毒設相思局"這一回，賈蓉、賈薔參與其事，幹得出色，原是鳳姐手下當差得力的體己人兒。

╳。

秦可兒。營繕司郎中秦邦業養女。年近七旬，夫人早亡；因年至五旬時尚無兒女，便向養生堂抱了一個兒子和一個女兒。誰知兒子又死了，祇剩下個女兒，小名叫做可兒，又起個官名叫兼美。長大時，生得形容嬝娜，性格風流。因素與賈家有些瓜葛，故結了親。(8/104)中夜暴卒，鳳姐出神，寶玉嘔血，闔家皆知。"大家都有點疑心。"侍婢瑞珠、寶珠，一則撞墻自殺，一則守靈不嫁。賈珍哭得成個淚水人兒一般，挂個拐，要蹲身跪下，請安道乏也不成。(13/149)尤氏又犯了舊疾，不能料理事務。(13/149)"侄兒媳婦又病倒"(13/150)秦邦業卻於五十三歲上得了秦鐘，今年十二歲了，(8/104)表字鯨卿。(9/108)腼腆溫柔，未語先紅。(9/109)比寶玉略瘦些，眉清目秀，粉面朱唇，身材俊俏，舉止風流，似更在寶玉之上。祇是怯怯羞羞有些女兒之態。(7/87)後來秦鐘勾上水月庵智能，不久病夭。智能來奔，秦邦業深拒不納。智能不知所終。

後妻胡氏。"從前做過京幾道的胡老爺的女孩兒。"家教也不怎樣。(92/1190)

奴：

秦可兒丫頭瑞珠、寶珠。(13/146)

榮國府

賈族

第一代
主：賈源。榮國公。

第二代
主：

賈代善。"自榮公死後，長子賈代善襲了官。"(2/18)

×。

賈母史太君。"金陵世家史侯小姐"(2/18)"我進了這門子，做重孫媳婦起，到如今，我也有個重孫媳了。連頭帶尾五十四年，憑着大驚大險、千奇百怪的事，也經了些。"(47/577)

奴：

大丫頭金鴛鴦。丫頭：琥珀、珍珠、蕊珠（給寶玉，改名襲人）、鸚哥（給黛玉，改名紫鵑）、鸚鵡、翡翠、玻璃。(59/748)

老太太屋裏八個大丫頭，都是一兩的。"如今祇有七個，那一個是襲人。"(36/430)鴛鴦是個家生子女。"他爹的名字叫金彩，兩口子都在南京看房子，不大上來。他哥哥金文翔現在是老太太的買辦。他嫂子也是老太太那邊漿洗上的頭兒。"(46/568)"金彩已經得了痰迷心竅。那邊連棺材銀子都賞了，……他老婆子又是個聾子。"(46/569)赦大老爺要鴛鴦做妾，老太太不給，鴛鴦堅決拒婚。賈母死後，亦以自盡了此一生。(111/1402)賈母便留下文官自使。(58/739)

傻大姐。年方十四歲，是新挑上來給賈母這邊做粗活的。因他生的體肥面潤，兩隻大腳，做粗活很爽利簡捷，且心性愚頑，一無知識，出言可以發笑。賈母喜歡，便起名爲傻大姐。若有錯失，也不苛責他。無事時，便入園內來玩耍。（73/940）是他誤拾綉香囊，爲邢夫人所持，引起了抄檢園的事來。薛寶釵與寶玉成親，是他毫無顧忌，漏出消息，給黛玉知道。他是個不識不知的葛天氏之民。

　　小丫頭靚兒。（30/361）

第三代

主：

　　長子賈赦。"現襲一等將軍之職，名赦，字恩侯。"（3/24）"爲人卻也中平，也不管理家事。"（2/18）

　　×。

　　邢夫人。父邢忠。兄邢德全。侄女邢岫煙。邢夫人稟性愚弱，祇知奉承賈赦以自保，次則婪取財貨爲自得。……一經他的手，便剋扣異常。兒女奴僕，一人不靠，一言不聽。（46/560）

　　妾：×姨娘。（死、或嫁）；翠雲。（96/1232）嫣紅。大老爺要鴛鴦，老太太不給。費了五百兩銀子，買來了這個嫣紅爲妾。（47/578）

　　次子賈政。字存周。"自幼酷喜讀書，爲人端方正直……原要他從科甲出身，代善臨終……皇上憐念先臣，即叫長子襲了官，……又將這政老爺賜了個額外主事職銜，叫他入部習學，如今現已升了員外郎。"（2/18）爲人謙恭厚道，大有祖父遺風，非膏粱輕薄之流。（3/24）常相往來的：賈雨村、馮紫英。學差外放，又結識了吳巡撫，相互照拂，彼此升官。查辦欽案，詹書辦和李十兒，厮弄得他成爲繞指柔，貓鼠同穴，上和下睦，皆大歡喜。

　　×。

　　王夫人。參見"王族"。王夫人昏庸顢頇，空虛僞善，偶見稍爲新鮮的事物，嚇得心驚膽戰，不問情由，不分青紅皂白，用足氣力,一頓掐死踏殺。時常吃齋布施,普發善心,多多許願。

　　妾:趙姨娘、周姨娘。趙、周姨娘月例每人二兩。"趙姨娘有環兄弟的二兩,共是四兩,另外四串錢。""姨娘們的丫頭月例,原是人各一吊錢,從舊年他們外頭商量的,姨娘們每位丫頭,分例減半,人各五百錢。"(36/430)按大頭不能動,不敢動,祇向最底層的可憐人開刀。

　　賈代善女:賈×、賈×、賈敏。賈敏是"老姊妹三個,這是極小的,又沒了!長一輩的姊妹一個也沒有了!"(2/22)

　　賈代善女婿:林如海。賈敏之夫。參見"林族"。

奴:

　　(邢夫人)陪嫁王善保家的。"狗仗人勢,天天作耗,在我們跟前逞臉。"探春語。(74/957)"調唆着察考姑娘,折磨我們呢?"侍書語。(74/958)反爬上去,參加主子們間的奪權爭鬥,一巴掌,熱得可以,沉了下去。後門上的老張媽,原和王善保家有親,近因王善保家的在邢夫人跟前作了心腹人,便把親戚和伴兒們都看不到眼裏了。後來張家的氣不平,鬥了兩次口,彼此都不說話了。(74/960)除了這陪房,大太太確是孤立得很。

　　清客:詹光,單聘仁。(8/93)卜固修。(16/180)"詹子亮的工細樓臺就極好,程日興的美人是絕技。"(42/517)這些都是賈政日夜相處的人物。

　　管庫房的總領吳新登。倉上頭目戴農。買辦錢華。(8/94)

　　通判傅試。原是賈政門生,原來都賴賈家的名聲得意,賈政也着實看待,與別的門生不同;他那裏常遣人來走動。祇因那寶玉聞得傅試有個妹子,名喚傅秋芳,也是個瓊閨秀玉,常聽人說,才貌俱全,雖自未親睹,然遐思遙愛之心,十分誠敬。那傅試原是暴發的,因傅秋芳有幾分姿色,聰明過人,那傅試安心仗着妹子,要與豪門貴族結親,不肯輕意許人,所以耽誤到如今。目今傅秋芳已二十三歲,尚未許人。怎奈那些豪門貴族,又嫌他本是窮酸,根基淺薄,不肯求配。那傅試與賈家親密,也自有一段心事。(35/422)到底想爬上去而爬不上去。

五個陪親:周瑞家的,吳興家的,鄭華家的,來旺家的,來喜家的。(74/951)

鄭好時媳婦。(34/404)

周瑞家的女婿冷子興,都中古董行中貿易。(2/17)

周瑞家"經管地租莊子銀錢出入,每年也有三五十萬來往。"(88/1141)

周瑞家的乾兒子何三。(88/1141)

賴媽媽兒子賴尚榮。(47/579)納資經歷,民之父母,走馬上任。

丫頭白金釧兒、玉釧兒、彩雲、彩鳳,綉鸞、綉鳳、新霞。彩霞妹子小霞。(72/933)

金釧兒的母親白老媳婦。(30/364)

太太屋裏有四個大的,一個月一兩銀子的分例,剩下的都是一個月祇幾百錢。(36/429)

趙姨娘小丫頭小鵲。(73/935)

小丫頭子小吉祥兒。(57/720)趙姨娘的兄弟沒了,出去伴宿坐夜送殯,跟去的小吉祥兒沒衣裳,要向雪雁借月白緞子襖兒,雪雁託辭不借。(57/720)

第四代

主:

賈璉。(非邢夫人出,其母不詳)"現捐了個同知,也是不喜正務的;於世路上好機變,言語去得,所以目今現在乃叔政老爺家住,幫着料理家務。"(2/22)"親上做親,娶的是政老爺夫人王氏内侄女。……模樣又極標緻,言語又爽利,心機又極深細,竟是個男人萬不及一的!"(2/22)自幼假充男兒教養,學名叫做王熙鳳。(3/28)

×。

王熙鳳。參見"王族"。

平兒。賈璉通房大丫頭。(6/73)忠心事主,絕不含糊。不弄權欺人,心地善良。終究扶正。(119/1507)

尤二姐。賈璉偷娶爲二房,鳳姐騙入園内。毒害致死。

女:賈迎春。(即×姨娘所出,亦非邢夫人親女)肌膚微豐,身材合中,腮凝新荔,鼻膩鵝脂,溫柔沉默,觀之可親。(3/27)後來賈赦貪財慕勢,把女兒配給虎狼婿孫紹祖,備受苛虐而死。(109/1385)

(賈赦)女婿:孫紹祖。是個三十歲擢升的軍官。(79/1028)

(賈政)長子賈珠。十四歲進學,後來娶了妻,生了子,不到二十歲,一病死了。(2/19)

×。

李紈。亦係金陵名宦之女,父名李守中,曾爲國子監祭酒。……不曾叫他十分認真讀書,……卻以紡織女紅爲要,因取名爲李紈,字宮裁……青春喪偶……竟如槁木死灰一般,一概不聞不問,惟知侍親養子,閒時陪侍小姑等針黹誦讀而已。(4/41)

(賈珠)妾:××數人。賈珠死後遣嫁,按以上諸人,饒有典型意義。

李嬸娘。李紈嬸娘。嬸娘二女:李紋、李綺。(49/599)李綺後嫁甄寶玉。(118/1486)

(賈政)次子賈寶玉。生下來,一落胞胎嘴裏便銜下一塊五彩晶瑩的玉來。(2/19)正面鐫刻"莫失莫忘,仙壽永昌",背面

鐫刻"一除邪祟,二療冤疾,三知禍福。"篆書。(8/96)

    ×。

薛寶釵。參見"薛族"

(賈政)三子賈環。趙姨娘出。(18/210)。

(賈政)長女賈元春。生日大年初一(2/19)。"因賢孝才德,選入宮作女史去了。"(2/21)後來升爲鳳藻宮尚書。奉旨省親,泣涕漣如,在宮中奪權爭鬥,敗了下來,"兒命已入黃泉,天倫呵,須要退步抽身早"(5/61)。

次女賈探春。趙姨娘出。削肩細腰,長挑身材,鴨蛋臉兒,俊眼修眉,顧盼神飛,文采精華,見之忘俗。(3/27)他被稱爲多刺玫瑰,祇知太太,以正統自居。

(賈政次女)婿:鎮守海門等處總制周瓊之子。(99/1277)

妙玉。妙玉雖披緇衣,其風度行止,終非僧尼一流。寄跡佛門,原爲有所托而逃。作者曹雪芹原情略跡,列入十二釵中,而此釵終竟與他釵迥異其致。寄寓園中,與賈府諸貴,邈不相干,熙熙攘攘,萬頭攢動,煞有介事,妙玉白眼向之,益冷、益僻、益高,自號檻外人,蹈於檻外,庶冀不爲濁流所涵。"苑召難忘立本羞",於書中了了這個畸人見之。其爲人行跡獨特,鷄固未是,鶴亦異品。"他原是世人意外之人。"寶玉語。(63/813)曹雪芹精心鑄此一型,表中無可位置,姑暫序於檻內人之後,當否容詢群意。《莊子》:"子貢問孔子曰:'敢問畸人。'曰:'畸人者,畸於人而侔於天。'"畸,謂不偶於人,闕於禮教也。又云:奇異也。

奴:

(李紈)丫頭:素雲、碧月。(29/343)

(寶玉)大丫頭:花襲人。原名蕊珠,從賈母處撥給寶玉,後改今名。這個人有種癡癖，服侍賈母時，心中衹有賈母；如今跟了寶玉，心中又衹有寶玉了。（3/38）他改嫁玉函，亦但愛玉函。晝暖花香，洵屬腐食毒蛆。迨至寶玉出走之後，翱翔而納函中，依然花笑玉融，皆大歡喜。敝席蒙面，堪稱喪偶，好事流傳，足示典範云。其兄花自芳，亦是個小康家庭。

　　大丫頭：晴雯、麝月、秋紋。（5/53）（秋紋，庚辰本作媚人春燕）綺霞、碧痕。（20/230）茜雪。（8/102）墜兒。"那年有個良兒偷玉⋯⋯這會子又跑出一個偷金子的來了⋯⋯"（26/302　52/644）蕙香原叫芸香，花大姐姐改了。寶玉改爲四兒。（21/241）柳五兒。"那丫頭長的和晴雯脫了個影兒。⋯⋯要想着晴雯，衹瞧見這五兒，就是了。"（鳳姐語）（101/1297）寶玉説："你和晴雯姐姐好不是啊？"（109/1379）就是晴雯、麝月，他們七個大丫頭，每月人各月錢一吊，佳蕙他們八個小丫頭們，每月人各月錢五百。（36/430）

　　奶媽李嬤嬤。（3/38）

　　跟班（出門的跟班）：李嬤嬤之子李貴、王榮、張若錦、趙亦華、錢昇、周瑞等六人。（52/650）

　　小廝：茗煙後改名焙茗，（24/281）乃是寶玉第一個得用，且又年輕不諳事的。（9/112）茗煙的相好萬兒。（19/214）

　　掃紅、鋤藥，墨雨。（9/113）雙瑞、壽兒。（28/332）老婆子宋媽媽。（37/450）

　　（賈元春）丫頭抱琴，隨侍入宮。（18/204）

　　（賈迎春）丫頭司棋、繡橘。（29/343）

　　（賈探春）丫頭侍書、翠墨。（29/343）老外艾官，指給了探春。（58/739）

第五代

　　主：

　　賈珠子賈蘭。今方五歲，已入學攻書，（4/41）後來也考中舉人。

奴：

新來的奶子也十分的妖調。王夫人看不入眼，即說給李
紈叫他各自去罷。(78/1010)

賈族支庶各派

第二代
主：

賈代儒。"老儒。"(8/104)賈府宗學中塾師。

賈代修。(13/145)榮國府元宵開夜宴，賈母歸了座，老嬤
嬤來回："老太太們來行禮。"賈母忙起身要迎，衹見兩三個老妯
娌已進來了，大家挽手笑了一回，讓了一回，吃茶去後，賈母衹送
至內儀門就回來，歸了正座。(53/667)賈母也曾差人去請衆族
中男女，奈他們有年老的，懶於熱鬧；有家內沒有人，又有疾病淹
留，要來竟不能來；有一等妒富愧貧，不肯來的；更有憎畏鳳姐之
爲人，賭氣不來的；更有羞手羞腳，不慣見人，不敢來的；因此族
中雖多，女眷來者，不過賈蘭之母婁氏帶了賈蘭來。男人衹有賈
芹、賈芸、賈菖、賈菱四個——現在鳳姐麾下辦事的來了。當下
人雖不全，在家庭小宴，也算熱鬧的。(53/669)

第三代
主：

子。賈×。

賈敕。(13/145)

賈效。(13/145)

賈敦。(13/145)

賈蘭母婁氏。(53/670)

第四代

主：

（賈代儒孫）賈瑞。總而言之，是個妄人。但與甘心豢養於裙邊者似又不同。至於後來呢，那結局是喪命於王熙鳳設計的相思局。(12/142)

賈璜。(10/118)

賈璜奶奶的侄兒金榮。"這賈璜夫妻守着些小小的産業，又時常到寧榮二府裏去請安，又會奉承鳳姐兒並尤氏，所以鳳姐兒尤氏也時常資助資助他，方能如此度日。"(10/118)

賈琮。(13/145)

賈瑞。(13/145)

賈珩。(13/145)

賈珖。(13/145)

賈琛。(13/145)

賈瓊。(13/145)

賈璘。(13/145)

賈喜鸞。(71/916)

賈四姐。(71/916)

賈化。字時非，號雨村。湖北人氏。外來野雜種，慕勢攀高，同姓聯想。後來生出多少事來，是個極其反復無常的勢利小人。

　　　×。

嬌杏。(1/7、2/14)甄士隱家中丫頭。偶因一回顧，便做人上人，賈化娶作二房，旋即"扶正"。到賈化丟官之後，將歷年所積宦囊並家屬人等送至原籍安頓妥當了。(2/15)其後夤緣復職，一路順風，爬了上去之後，這丫頭夫人亦不見有下文。必定是仍在原籍享清福，另有其人，當了"正室夫人"了。

[封蕭。甄士隱岳父，本貫大如州人氏，雖是務農，家中卻還
殷實。(1/11)是個殷戶，富農。甄費，字士隱。膝下無兒，衹有
一乳女，名英蓮，年纔三歲，元宵夜爲拐子拐去。(1/10)家中雖
不甚富貴，然本地也推他爲望族了。(1/4)"秉性恬淡，不以功名
爲念。"(1/4)封氏。性情賢淑，深明禮義。(1/4)]

奴：

家人霍啓。(1/10)

第五代

主：

賈芸。(13/145　53/670)母舅卜世仁。"現開香料鋪。"
(24/276)[卜世仁妻：夫婦都是極其小氣的勢利鬼。(24/277)]

╳。

小紅。府中世僕，原名紅玉，後改名小紅，是個頗爲靈敏
的人兒。(24/284)與賈芸私定終身。

賈芹。

賈菖。

賈菱。

以上四人(含賈芸)，都在鳳姐麾下辦事。(53/670)

賈荇。(53/665)

賈芷。(53/665)

賈蓁。(13/145)

賈萍。(13/145)

賈藻。(13/145)

賈蘅。(13/145)

賈芬。(13/145)

賈芳。(13/145)

賈芝。(13/145)

賈藍。榮府近派重孫。(9/112)

賈茵。榮府近派重孫，少孤，其母疼愛非常，書房中與賈藍最好。年紀雖小，志氣最大，極是淘氣不怕人的。(9/112)

賈薔。亦係寧府中之正派玄孫。(9/111)

不知那房的親眷：外號香憐、玉愛。(9/109)

世交捌公

鎮國公牛清之孫，現襲一等伯牛繼宗。(14/160)

理國公柳彪之孫，現襲一等子柳芳。(14/160)

齊國公陳翼之孫，世襲三品威鎮將軍陳瑞文。(14/160)

治國公馬魁之孫，世襲三品威遠將軍馬尚德。(14/160)

修國公侯曉明之孫，世襲一等子侯孝康。(14/160)

繕國公誥命亡故，其孫石光珠守孝不得來。(14/160)

六家與榮寧二家，當日所稱"八公"的便是。(14/160)這些公啊、侯啊，都是些牛兒、馬兒、猴兒之類。這叫做"沐猴而冠"，堪稱禽獸世家。要查查寒支道人（李世熊）的《狗馬史記》，有此一章否也？

四王

東平郡王。(14/160)

南安郡王。(14/160)

西寧郡王。(14/160)

北靜郡王。北靜王世榮年未弱冠，生得秀美異常，性情謙和。(14/160)

這四王，當日惟北靜王功最高，及今子孫猶襲王爵。(14/160)

四王之中，北王最高最貴。書中有兩個特寫。第十四回：路
祭親臨，長史代奠。（14/160）第八十五回，親賜特宴，"雛鳳殊
遇，老鳳隨班去吃大鍋菜"，亦是個光榮之席。（85/1100）寶玉野
祭回來，說是到北府去了，"喪了愛姬，我見他哭的那樣，不好撇
下他就回來，所以多等了會子。"（43/531）合府上下，都信以爲真，
這是作者的注釋到家了。後來抄家，還得到北王的照顧，纔免於
諸多紛擾。這是寫於後四十回中，適足見高鶚的思想深處，存在
着有縫必鑽的這樣才幹的反映吧。是將現實生活移入書中了。

南安郡王之孫。西寧郡王之孫。（14/160）

忠靖侯史鼎。（14/160）

史鼎夫人。（13/148）

平原侯之孫，世襲二等男蔣子寧。（14/160）

定城侯之孫，世襲二等男兼京營遊擊謝鯤。（14/160）

襄陽侯之孫，世襲二等男戚建輝。（14/160）

陳也俊。（14/160）

衛若蘭。（14/160）

景田侯之孫，五城兵馬司裘良。（14/160）

錦鄉伯公子韓奇。（14/160）

神武將軍公子馮紫英。（14/160）

川寧侯。（13/148）

壽山伯。（13/148）

秦氏喪中，來了這許多吊家，盡是些王侯、公子、公孫、比之
於銘旌高懸，內廷隨護，更加風光，遠非三千兩銀所能買到的。
可是冠蓋漏京華，往來無白丁，是這些衣冠禽獸，笑面豺虎，背地
裏啥醜事、奇事都要幹出來的。這叫做"方以類聚，物以群分"，
一點兒不錯的。

甄家

"金陵城內，欽差金陵省體仁院總裁甄家。""這甄府就是賈府老親，他們兩家往來極親熱的。"(2/21)

甄家後來被抄家。曾有財物寄頓在賈府，後文從未提及，或許也就乾沒了吧。

甄寶玉。其暴虐頑劣，種種異常。"這女兒兩個字極尊貴極清淨的，……萬萬不可唐突了這兩個字。"(2/21)

家丁包勇亦函薦至賈府投靠，姑且放在園中，給他碗閒飯吃也罷。(93/1198)包勇與焦大，其實是兩個死忠臣。

其他官僚同寅：

吳巡撫。賈政學差外放，結識了吳巡撫，成爲知己，彼此照拂，彼此升官。(85/1101)

趙堂官。抄家時，他極爲起勁，後爲兩親王斥退，灰溜溜地走了。(105/1333)

周貴妃、吳貴妃及其父吳天佑。(16/179)這兩家都因省親，要擇地蓋造省親別墅。

太監：

大明宮掌宮內監戴權。(13/147)秦氏喪中，賈珍托戴太監，出了一千兩銀子，爲賈蓉補了"防護內廷紫禁道御前侍衛龍禁尉"，實在是爲了喪禮上風光些。(13/148)

六宮都太監夏秉忠。(16/172)一日正是賈政的生辰……忽有門吏報道："有六宮都太監夏老爺特來降旨"……早見都太監秉忠乘馬而至……那夏太監也不曾負詔捧敕，直至正廳下馬……南面而立，口內說："奉特旨：立刻宣賈政入朝，在臨敬殿陛見。"說畢，也不吃茶，便乘馬去了。……賈母等闔家人心俱惶惶不定……忽見賴大等三四個管家喘吁吁跑進儀門報喜……咱們大姑奶奶封爲鳳藻宮尚書，加封賢德妃……賈母等聽了方放下心來……魚貫入朝。(16/173)

這個夏太監，控弦在手，取瑟而歌，時常要來打秋風，置房產，添田地，進人口，都是幾百幾千兩來借。鳳姐兒着來使說："你夏爺爺好小氣，這也值的放在心裏？我說一句話，不怕他多心：要都這麽記清了還我們，不知要還多少了！祇怕我們没有，要有，祇管拿去。"(72/931)話是咱們聽。可是誰卻還和夏太監爭奪珍寶呢。

巡察地方總理關防太監。(18/201)元妃元宵歸省，有巡察地方總理關防太監來，各處關防擋圍幕，指示賈宅人員何處出入，何處進膳，何處啓事，種種儀注。(18/201)

總理内庭都檢點太監裘世安。(101/1290)賈璉爲了王家"大舅太爺的虧空……想着找總理内庭都檢點老裘替辦辦，或者前任後任挪移挪移，偏又去晚了，他進裏頭去了。"(101/1294)

醫生：張太醫名友士。"學問最淵博，更兼醫理極精，且能斷人的生死。"(10/121)

鮑太醫。(28/327)

王大夫。(28/327)王大夫王濟仁。(31/369)王太醫不敢走甬路，祇走旁階。……賈母見他穿着六品服色，便知是御醫了。因問賈珍："這位供奉貴姓？"賈珍等忙回："姓王。"賈母笑道："當日太醫院正堂有個王君效，好脉息。"王太醫忙躬身低頭含笑，因說："那是晚生家叔祖。"賈母聽了笑道："原來這樣，也算是世交了。"(42/511)醫生縱極有名，能濟人利世，總未預於紳衿之列，"也算"兩字，很寓微旨。

《紅樓夢》中，寫的三個醫生，各有千秋。張友士殫心醫學，妙有會心。並不懸壺應診，善刀而藏。王濟仁是御醫世家，言語行動，妙合規度。其平日處方，該是温補一路。貴人偶有毫毛微恙，召集衆多名醫會診，脉案幾紙，名貴藥應有盡有，君臣佐使，配搭穩當，交相生尅，變相抵銷，用了大黄，足以駭人；喏，隨即用石膏等量。一忽醒來，翟然若失。這等大夫，確實醫道高明。至於奴婢輩，賈府中向來是不藥爲中醫，餓他幾天，疾病自然就好。失了療治，病入膏肓，或則幸而請個先生，卻是亂下虎狼藥的胡庸醫，吃與不吃，都要"兒命已入黄泉"，命也運也，都該如此。幾曾見起居八座太夫人，會有三五日水米不沾，從錦被綉褥中拉了起來，足不沾地攛了出去；即使死了，趕緊抬出城中火化呢？書中還説："倒是不出名的冷落醫生，卻有些道理。"嗚呼噫嘻！

至於藥引呢？喏：古富貴人家兒裝裹的頭面（珍珠寶石）當年原配越冬蟋蟀，新摘經霜柿乾七枚，鮮活蛤蚧成對，年青寡婦褲襠三寸，癩頭屑一撮，螞子衣三百帖，鷄涎半盞，（男用母鷄涎，女用公鷄涎）東壁土三斤，現掘井水一擔，浸七日，十四日或二十一日……澄清濾净，滴入藥罐中四十九滴，不能任意加減。如此種種，不勝枚舉。定能藥到病除，還可寅葬卯發，萬無一失，子孫千代。

僧尼道官：

總理虚無寂静沙門僧録司正堂萬。（13/148）

總理元始正一教門道紀司正堂葉。（13/148）

秦氏喪中，"僧道對壇。""敬謹修齋。""聖恩普錫，神威遠振。（鐵檻）"（13/148）

鐵檻寺住持色空。（14/159）"這鐵檻寺是寧榮二公當日修造的，現今還有香火地畝，以備京中老了人口，在此停靈。"（15/166）

饅頭庵住持静虚。（15/167）先在長安善才庵出家。徒弟智善、智能。

饅頭庵和水月寺一勢，因他廟裏做的饅頭好，就起了這個諢

511

號。離鐵檻寺不遠。鳳姐治喪,嫌下處不方便,因遣人來和饅頭庵的姑子靜虛説了,騰出幾間房來預備。(15/166)

清虛觀張道士。貴妃娘娘"送了一百二十兩銀子,叫在清虛觀初一到初三打三天平安醮,唱戲獻供,叫珍大爺領着衆位爺們跪香拜佛呢"。(28/338)張道士是當日榮國公的替身,曾經先皇御口親呼爲"大幻仙人",如今現掌"道録司"印,又是當今封爲"終了真人",現今王公藩鎮都稱爲"神仙"。(29/346)他的許多道友都很富厚,拿出金飾珠玉,裝滿一托盤,給寶玉做贄見儀。"老神仙"(張道士)與"老祖宗"(賈母),叫得極其熱絡呢。

散花寺姑子大了。(101/1298)

水月庵尼姑知通。(77/1006)地藏庵尼姑圓信。(77/1006)拐騙到芳官、蕊官、藕官,想叫他使唤做事,成爲個小擺設,可是終竟成爲泡影。

秦氏喪中,僧道道場以及誦經念咒的尼姑,共計12085人。

智通寺"門巷傾頹,墻垣剥落"。袛有一個龍鍾老僧在那裏煮粥。那老僧既聾且昏,又齒落舌鈍,所答非所問。(2/16)

其他有關的人物,亦頗具典型性,爲當時社會結構的一部分,縱然爲當時所藐視。

(一)張如圭:張如圭是賈雨村當日同僚,一案參革的。(3/24)革後家居,今打聽得都中奏准起復舊員之信,他便四下裏尋情找門路。……便將此信告知雨村,雨村歡喜……冷子興聽得此言,便忙獻計,令雨村央求林如海,轉向都中去央煩賈政。(3/24)

(二)多渾蟲與媳婦多姑娘,庚辰本作燈姑娘。這名詞新穎,頗表深意。榮國府内有一個極不成材的破爛酒頭厨子,名叫多官兒,因他懦弱無能,人都叫他作"多渾蟲"。兩年前,他父親給他娶了個媳婦,今年纔二十歲,也有幾分人材,又兼生性輕薄,最喜拈花惹草。多渾蟲又不理論,袛有酒、有肉、有錢,就諸事不管了。所以寧榮二府之人，都得入手。因這媳婦妖調異常，輕狂無比，眾人都叫他“多姑娘兒”。如今賈璉，因女兒大姐兒出痘，在外熬煎，往日也見過這媳婦，垂涎久了，衹是內懼嬌妻，外懼變童，不曾得手。——那多姑娘兒也久有意於賈璉，衹恨沒空兒；今聞賈璉挪在外書房來，他便沒事也要走三四趟，招惹的賈璉似饑鼠一般，少不得和心腹小厮計議，許以金帛，焉有不允之理，況都和這媳婦是舊交，一說便成。（21/244）

晴雯的姑表兄嫂吳貴兒夫婦倆，與此同型，不再贅引。

（三）賈芸鄰人醉金剛倪二，是個潑皮，專放重利債，在賭博場吃飯，專愛喝酒打架。“這三街六巷，憑他是誰，若得罪了我醉金剛倪二的街坊，管教他人離家散。”“倪二素日雖然是潑皮，卻也因人而施，頗有義俠之名。”（24/278）友人馬販子王短腿，（24/278）他是失去了工作、失了生活的城市平民。另一型是柳湘蓮，出身不同，其爲城市平民則一，這是中國城市流氓無產階級的前身。

（四）西門外花兒匠方椿。（24/283）

（五）錢槐，趙姨娘之內親。他父母現在庫上管賬，他本身又派跟賈環上學。因他手頭寬裕，尚未娶親，素日看上柳家的五兒標緻，一心和父母説了，娶他爲妻。也曾央中保媒人，再四求告。柳家父母卻也情願，爭奈五兒執意不從，雖未明言，卻已中止，他父母未敢應允。近日又想往園內去，越發將此事丟開，衹等三五年後放出時，自向外邊擇婿了。錢槐家中人見如此，也就罷了。爭奈錢槐不得五兒，心中又氣又愧，發恨定要弄取成配，方了此願。今日也同人來看望柳氏的侄兒，不其柳家的在內。柳家的見一群人來了，內中有錢槐，便推説不得閒，起身走了。（60/767）

神人共型——人化的神，亦即神話的人。

（一）女媧氏煉石補天之時，於大荒山無稽崖煉成高十二丈，見方二十四丈大的頑石三萬六千五百零一塊，……單剩下一塊未用，棄在青埂峰下。誰知此石自經鍛煉之後，靈性已通，自去自來，可大可小，因見衆石俱得補天，獨自己無才，不得入選，遂自怨自愧，日夜悲哀。(1/1)"祇因當年這個石頭，媧皇未用，自己卻也落得逍遥自在，各處去遊玩。一日來到警幻仙子處，那仙子知他有些來歷，因留他在赤霞宮中，名他爲赤霞宮神瑛侍者。他卻常在西方靈河岸上行走，看見那靈河岸上三生石畔有棵'絳珠仙草'，十分嬌娜可愛，遂日以甘露灌溉，這'絳珠仙草'始得久延歲月。後來既受天地精華，復得甘露滋養，遂脱了草木之胎，幻化人形，僅僅修成女體，終日游於'離恨天'外，饑餐'秘情果'，渴飲'灌愁水'。祇因尚未酬報灌溉之德，故甚至五内鬱結着一段纏綿不盡之意，常説：'自己受了他雨露之惠，我並無此水可還，他若下世爲人，我也同去走一遭，但把我一生所有的眼淚還他，也還得過了。'因此一事，就勾出多少風流冤家都要下凡，造歷幻緣，那'絳珠仙草'也在其中……"(1/4)

(二)一僧一道，遠遠而來，生得骨格不凡，豐神迥異，來到這青埂峰下，席地坐談，見着這塊鮮瑩明潔的石頭，且又縮成扇墜一般，甚屬可愛……便袖了，同那道人飄然而去，竟不知投向何方。(1/2)

(三)空空道人訪道求仙，從這大荒山無稽崖青埂峰下經過，忽見一塊大石，上面字跡分明，編述歷歷……祇是朝代年紀，失落無考。(1/2)空空道人聽如此説，思忖半晌，將這《石頭記》再檢閲一遍……絕無傷時誨淫之病，方從頭至尾抄寫回來，聞世傳奇……改《石頭記》爲《情僧録》。東魯孔梅溪題曰《風月寶鑒》。後因曹雪芹於悼紅軒中，披閲十載，增删五次，纂成目録，分出章回，又題曰《金陵十二釵》，並題一絶——即此便是《石頭記》的緣起……詩云："滿紙荒唐言，一把辛酸淚，都云作者癡，誰解其中味。"(1/3)

（四）跛足道人，瘋狂落拓，麻鞋鶉衣。(1/11)

（五）警幻仙姑："吾居離恨天之上，灌愁海之中，乃放春山遣香洞太虛幻境仙姑是也。司人間之風情月債，掌塵世之女怨男癡……此離吾境不遠，別無他物，僅有自採仙茗一盞，親釀美酒幾甕，素練魔舞歌姬數人，新填'紅樓夢'仙曲十二支，可試隨我一遊否？"(5/54)祇見房中走出幾個仙子來，荷袂蹁躚，羽衣飄舞，嬌若春花，媚如秋月。(5/58)因又請問眾仙姑姓名：一名癡夢仙姑，一名鍾情大士，一名引愁金女，一名度恨菩提，各各道號不一。(5/59)

書中第五回《警幻仙姑賦》，描述得若神若人。仙姑又有妹："吾妹一人，乳名兼美表字可卿者。"(5/64)這就是生活在離恨天，灌愁海中的神化的人，人世間所並不存在的——卻又是現實生活中實在、活躍的人。

史族

《護官符》："阿房宮，三百里，住不下金陵一個史。"

《戚蓼生序本石頭記》護官符注："保齡侯尚書令史公之後，房分共二十，都中現住十房，原籍十房。"

第一代

主：

　史侯××。

　×。

　×夫人。

第二代

主：

　史××。

女：賈母史太君

第三代

主：

忠靖侯史鼎。史湘雲的叔叔。(14/160)

世襲保齡侯史鼐(書有誤)，史湘雲的叔叔，自小居住他家。(49/601)

第四代

主：

史湘雲，(13/148)幼失母。繈褓中，父母歎雙亡，縱居那綺羅叢，誰知嬌養？幸生來，英豪闊大寬容量，從未將兒女私情，略縈心上。好一似，霽月光風耀玉堂。廝配得才貌仙郎，博得個地久天長，準折得幼年時坎坷形狀。終久是雲散高唐，水涸湘江，這是塵寰中消長數應當，何必枉悲傷？(5/61)

×。(史姑爺)"家計倒不怎麼着，祇是姑爺長的很好，爲人又平和。……看來和這裏寶二爺差不多兒，……文才也好。"(106/1347)"就是史姑娘，是他叔叔的主意，頭裏原好；如今姑爺癆病死了，你史妹妹立志守寡，也就苦了。"(王夫人對寶玉語)(118/1485)

奴：

丫頭翠縷。主婢論陰陽，翠縷歸結爲"姑娘是陽，我就是陰"。(31/379)把主婢關係説成是陰陽關係，對立而又統一，統一是相對的，對立總是絕對的。

周奶媽。(31/376)

大花面葵官，送給了湘雲。(58/739)

王族

《護官符》："東海缺少白玉床，龍王來請金陵王。"《戚蓼生序本石頭記》護官符注："都太尉統制縣伯王公之後，共十二房，都中二房，餘在籍。"

第二代

主：

　　王××。

第三代

主：

　　王子騰。(王夫人之兄)京營節度使。(4/46)後升了九省統制，奉旨出都查邊。(4/48)升了九省都檢點。(53/659)"如今因海疆的事情，御史參了一本，說是大舅太爺的虧空，本員已故，應着落其弟王子勝、侄兒王仁賠補。"(101/1294)

　　王子勝。王子騰之弟。(101/1294)(114/1438)

第四代

主：

　　子：王仁。(鳳姐胞兄)(14/159)賈璉道："你打量那個'王仁'嗎？是忘了仁義礼智信的那個'忘仁'哪！"……賈璉道："你還做夢呢，你哥哥一到京，接着舅太爺的首尾就開了一個吊……弄了好幾千銀子。後來二舅嗔着他，說他不該一網打盡。他吃不住了，變了個法兒，指着你們二叔的生日撒了個網，想着再弄幾個錢，好打點二舅太爺不生氣。也不管親戚朋友冬天夏天的，人家知道不知道，這麼丟臉！"(101/1294)這就是賈璉對王家的印象。

　　女：王熙鳳。參見"賈族"。

　　王成，同姓連宗。祖上做過一個小小京官，昔年曾與鳳姐

之祖王夫人之父認識。因貪王家的勢力，便連了宗，認作侄兒。（6/68）因家業蕭條，仍搬出城外鄉村中居住了。（6/68）

　　×。

　　［劉姥姥。王成親家。（6/68）］

第五代

　主：

　　子：王狗兒，王成之子。（6/68）

　　×。

　　妻：王劉氏。（劉姥姥之女）

第六代

　　子：王狗兒之子王板兒。（6/68）

　　女：王青兒。（6/68）

薛族

《護官符》：“豐年好大雪，珍珠如土金如鐵。”

《戚蓼生序本石頭記》護官符注：“紫薇舍人薛公之後，現領內庫帑銀行商。共八房。”

第一代
第二代
第三代

　主：

　　薛××。

　　×。

　　薛王氏（薛姨媽）（3/39）

　奴：

　　丫頭：同喜、同貴。（29/343）

第四代

主：

子：薛蟠，字文起。"這薛公子的混名，人稱他獸霸王，最是天下第一個弄性尚氣的人，而且使錢如土。"（4/45）"那薛公子便喝令下人動手，將馮公子打了個稀爛，抬回去三日竟死了。"（4/44）"這個被打死的是一小鄉宦之子，名喚馮淵，父母俱亡，又無兄弟，守着些薄產度日。"（4/43）"這薛公子原擇下日子要上京的，既打死了人，奪了丫頭，他便没事人一般，祇管帶了家眷走他的路，並非爲此而逃，這人命些些小事，自有他弟兄奴僕在此料理。"（4/44）薛蟠打死人，還有幾次，終是逍遙法外，徜徉過市。遇見柳湘蓮遭了毒打，這是護官符所不及的懲罰。

（薛蟠妻）夏金桂。"這門親原是老親，且又和我們是同在户部掛名行商，也是數一數二的大門户……合京城裏，上至王侯，下至買賣人，都稱他家是'桂花夏家'。""本姓夏，非常的富貴，其餘田地不用説，單有幾十頃地種着桂花；凡這長安，那城裏城外桂花局，俱是他家的；連宮裏一應陳設盆景亦是他家貢奉。（79/1029）這夏家小姐今年方十七歲，生得亦頗有姿色，亦頗識得幾個字。……寡母獨守此女，嬌養溺愛，不啻珍寶……自己尊若菩薩，他人穢如糞土；外具花柳之姿，内秉風雷之性。"（79/1031）他小名就叫金桂，他在家時，不許人口中帶出"金""桂"二字來，凡有不留心誤道一字者，他便定要苦打重罰纔罷。君父之名，必須避諱，道即大逆不道，十惡不赦。金桂小姐確實心領神會，身體力行，深銘骨髓的了。作者的意思，是以曲筆傳出來的。此外，當時種桂行業中，已出現資本主義因素，幾乎成爲壟斷行業和鹽商一樣，但仍具有封建性。（如79回所敘）值得今日的讀者思考。

夏金桂過繼兄弟夏三。不要忘記這是小郎驚叵測，這回書後,在夏金桂房中出現的這位舅爺。薛姨媽看那人不尷尬。
(91/1175)

薛蟠婢而妾甄英蓮,改名香菱,夏小姐又改名秋菱。

女:薛寶釵。看去不見奢華,惟覺雅淡,罕言寡語,人謂裝
愚,安分隨時,自云"守拙"。(8/94)這是個城府極密、計謀最深
的陰毒之至的婦人。

薛蝌。薛蟠之從弟,薛姨媽的侄兒。(49/599)

(薛蝌妻)邢岫煙。又有那邢夫人的嫂子,帶了女兒岫煙
進京來投靠邢夫人。……後有薛蟠之從弟薛蝌,因當年父親在
京時,已將胞妹薛寶琴許配都中梅翰林之子爲妻,正欲進京聘
嫁……他也隨後帶來了妹子趕來。(49/599)

賈母和邢夫人說:"你侄女兒也不必家去了,園裏住幾天,逛
逛再去。"(49/601)邢夫人兄嫂家中原艱難,這一上京,原仗的是
邢夫人與他們治房舍、幫盤纏。……邢夫人便將邢岫煙交與鳳
姐兒。鳳姐送到迎春處去住。"鳳姐兒冷眼敁敠岫煙心性行爲,
竟不象邢夫人及他的父母一樣,卻是個極溫厚可疼的人。因此
鳳姐兒反憐他家貧命苦,比別的姊妹多疼他些。邢夫人倒不大
理論了。"(49/601)

因薛姨媽看見邢岫煙生得端雅穩重,且家道貧寒,是個釵荆
裙布的女兒,便欲說給薛蝌爲妻,因薛蟠素昔行止浮奢,又恐糟
蹋了人家女兒,正在躊躇之際,忽想起薛蝌未娶,看他二人,恰是
一對天生地設的夫妻,因謀之於鳳姐兒,鳳姐兒笑道:"姑媽素知
我們太太有些左性的,這事等我慢謀。"因賈母去瞧鳳姐兒時,鳳
姐兒便和賈母說:"姑媽有一件事要求老祖宗,祇是不好啓齒。"
賈母忙問:"何事?"鳳姐兒便將求親一事說了。賈母笑道:"這有
什麼不好啓齒的? 這是極好的好事,等我和你婆婆說,沒有不依
的。"因回房來,即刻就命人叫了邢夫人過來,硬作保山。邢夫人

想了一想，薛家根基不錯，且現今大富；薛蝌生得又好；且賈母又
作保山，將計就計，便應了。賈母十分喜歡，忙命人請了薛姨媽
來，二人見了，自然有許多謙辭。邢夫人即刻命人去告訴邢忠夫
婦。他夫婦是此來投靠邢夫人的，如何不依，早極口地說："妙
極。"(57/729)那薛蝌邢岫煙二人，前次途中，曾有一面知遇，大
約二人心中皆如意，祇是邢岫煙未免比先時拘泥了些……(57/
730)寶釵想：獨他的父母偏是酒糟透了的人，於女兒分上平常；
邢夫人也不過是臉面之情，亦非真心疼愛；且岫煙爲人雅重……
凡閨閣中家常一應需用之物，或有虧乏，無人照管，他又不與人
張口，寶釵倒暗中每相體貼接濟，也不敢叫邢夫人知道，也恐怕
是多心閒話之故，如今卻是眾人意料之外奇緣做成了這門親事。
(57/730)寶釵笑問他："這天還冷的很，你怎麼倒全換了夾的
了？"岫煙見問，低頭不答。寶釵便知道了又有了原故，因又笑問
道："必定是這個月的月錢又沒得？鳳姐姐如今也這樣沒心沒計
了。"岫煙道："他倒想着不錯日子給的。因姑媽打發人和我說
道：一個月用不了二兩銀子，叫我省一兩給爹媽送出去；要使什
麼，橫竪有二姐姐的東西，能着些搭着就使了。姐姐想：二姐姐
是個老實人，也不大留心。我使他的東西，他雖不說什麼，他那
些丫頭媽媽，那一個是省事的？那一個是嘴裏不尖的？我雖在
那屋裏，卻不敢很使喚他們。過三天五天，我倒得拿些錢出來，
給他們打酒買點心吃纔好。因此，一月二兩銀子還不夠使，如今
又去了一兩。前日我悄悄的把棉衣服叫人當了幾吊錢盤纏。"
(57/730)作者曹雪芹把這一對百事哀的貧賤夫妻細寫，既在於
對照那些紈絝兒女"佳偶"，往往都成怨偶，又表示有這些當權人
物的，幫親人能過較滿意的生活，實在也寓有無限的感喟！理會
這意思，應該給他留個輪廓。

（薛姨媽的侄女）寶琴。晴雯："他們裏頭，薛大姑娘的妹

妹更好!"探春:"據我看來,連他姐姐並這些人總不及他。""老太太一見了,喜歡得無可無不可的,已經逼着咱們太太認了乾女孩兒了。"(49/600)

薛姨媽告訴賈母道:"可惜了這孩子沒福!前年他父親就沒了。他從小兒見的世面倒多,跟他父親四山五嶽都走遍了。他父親好樂的,各處因有買賣,帶了家眷,這一省逛一年,明年又到那一省逛半年,所以天下十停走了有五六停了。那年在這裏,把他許了梅翰林的兒子,偏第二年他父親就辭世了,如今他母親又是痰症,……"(50/624)

奴:

(寶釵)丫頭黃鶯兒。"叫做金鶯,姑娘嫌拗口,祇單叫鶯兒,如今就叫開了。"寶玉見鶯兒嬌腔婉轉,語笑如癡。"你還不知我們姑娘,有幾樣世上的人沒有的好處呢,模樣兒還在其次。"(35/425)逢山開路,遇水疊橋,這個先鋒,十分盡職,堪膺上乘,照例應指名賞給兩碗菜纔是。

(香菱)丫頭臻兒。(29/343)

小旦蕊官,送了寶釵。(58/739)

林族

這林族是賈、史、王、薛四大家族之外的又一支。林家支庶不盛,人丁有限,雖有幾門,卻與如海俱是堂族,沒甚親支嫡派的。(2/15)

四大家族,主要是賈族對於林族既勾連又併吞。直到林如海病死之後,家產悉數併入,浮財捆載入庫晒納。這時候,林黛玉就連本身亦被親身外祖母逼死,了結。

第一代

主：

林××。襲爵。

第二代

主：

林××。襲爵。

第三代

主：

林××。襲爵。

第四代

主：

林××。又襲一次。

第五代

主：

林海，表字如海。本貫姑蘇人氏，祖上曾襲過列侯，到如海業已經五世。起初袛襲三世，到如海之父，又襲了一代；到了如海，便從科第出身。前科的探花，今已升蘭臺寺大夫，今欽點爲巡鹽御史。袛有一個三歲之子，又於去歲亡了。袛嫡妻賈氏生得一女，乳名黛玉，年方五歲。(2/15)

××。

(林海妻)賈敏。老姊妹三個，這是極小的，又沒了。(2/22)

第六代

主：

林黛玉。父母愛之如掌上明珠。(2/16)黛玉道："從會吃飯時便吃藥，到如今了……總未見效。"(3/27)母死後，賈母遣了男女船隻來接，由塾師賈雨村陪送至賈府。(3/24)"兩彎似蹙非蹙籠煙眉,一雙似喜非喜含情目,態生兩靨之愁,嬌襲一身之病,淚光點點,嬌喘微微,閒靜似嬌花照水,行動如弱柳扶風。心較比干多一竅,病如西子勝三分。"(3/36)寶玉字之曰"顰顰",昵稱謂"顰卿"。寶玉道:"《古今人物通考》上說:'西方有石名黛,可代畫眉之墨。'況這妹妹眉尖若蹙,取這個字,豈不美?"(3/37)

奴:

丫頭雪雁,乳娘王嬤嬤。賈母見雪雁甚小,一團孩氣,王嬤嬤又極老,料黛玉皆不遂心,將自己身邊一個二等丫頭名喚鸚哥的與了黛玉,(3/38)後改名紫鵑。亦如迎春等一般,每人除自幼乳母外,另有四個教引嬤嬤,除貼身掌管釵釧盥沐兩個丫頭外,另有四五個灑掃房屋來往使役的小丫頭。(3/38)寶玉娶親時,雪雁站在寶釵身邊,這是出過力的。寶釵見他心地不甚明白,便回了賈母王夫人,將他配了一個小廝,各自過活去了。(100/1287)體面地攆了出去,免得老在跟前惹眼。王嬤嬤在黛玉死後,養着他,將來好送黛玉的靈柩回南。(100/1287)丫頭春纖,家裏帶來的十歲小丫頭。(34/409)小生藕官,指給了黛玉。(58/739)紫鵑笑道:"你知道,我並不是林家的人……偏把我給了林姑娘使,偏偏他又和我極好,比他蘇州帶來的還好十倍,一時一刻,我們兩個離不開。"(57/727)黛玉死後,紫鵑撥在怡紅院,寶玉想起:"如今不知爲什麼,見我就是冷冷的。"(113/1432)幾次想和他說話,問問林姑娘死時情況,不得回答。紫鵑獨個子越發心裏難受。迨惜春出家,素日跟他的丫頭們都不願跟他,紫鵑在王夫人面前跪下,回道:"……我服侍林姑娘一場,林姑娘待我,也是太太們知道的,實在是恩重如山,無以可報。他死了,我恨不得跟了他去,但祇他不是這裏的人,我又受主子家的恩典,難以從死。如今四姑娘既要修行,我就求太太們將我派了跟着姑娘,服侍姑娘一輩子,不知太太們准不准?若准了,就是我的造化了。"（118/1481）看來没有倚靠，無所留念，最能暢所欲言，把一言堂久遠老招牌砸個滿地碎片，見者大多數爲之拍掌稱快。

這兩個傷心透了的姑娘，共同生活於青燈古佛之旁，是一章滿含血淚極其沉痛的文字，寫在地球的背脊上，永留世間。

編者説明：本文據代抄稿録編，題下有"1977 年 7 月 1 日"字樣。代抄稿錯誤較多，文中所引《紅樓夢》文字和頁碼，與今所見諸本多有異同，版本不詳。這次收入文集，先由劉文漪録爲電子文本，并據人民文學出版社《紅樓夢》（1957 年版　1964 年 2 月第三版）核對（或改換）引文及其頁碼；據《戚蓼生序本石頭記》（有正石印大字本　1975 年版）核對《護官符》；後由編者依據統一體例和格式加以處理。

"護官符"校注譯釋

"護官符",見《紅樓夢》第四回。

【原文】

雨村忙問:"何爲'護官符'?"門子道:"如今凡作地方官的都有一個私單,上面寫的是本省最有權勢極富貴的大鄉紳名姓,各省皆然;倘若不知,一時觸犯了這樣的人家,不但官爵,祇怕連性命也難保呢!所以叫做'護官符'。方纔所說的這薛家,老爺如何惹得他!他這件官司並無難斷之處,從前的官府,都因礙着情分臉面,所以如此。"一面說,一面從順袋中取出一張抄的"護官符"來,遞與雨村。看時,上面皆是本地大族名宦之家的俗諺口碑,云:

賈不假,白玉爲堂金作馬。①

阿房宫,三百里,住不下金陵一個史。②

東海缺少白玉床,龍王來請金陵王。③

豐年好大雪,珍珠如土金如鐵。④

【譯文】

賈府的財勢是不虛假的,白玉砌做廳堂,黃金鑄成的駿馬站立在堂前。

阿房宫方圓三百里,住不下金陵尚書令那個史家。

東海龍宮裏缺少了一張白玉床,龍王跑到金陵王家來請幫忙。

豐收的年歲下着好大的雪,看那珍珠如土黃金如鐵那樣的隨便。

【校勘】

《紅樓夢》在寫作、傳抄、刻行的過程中,有所改動。今錄甲戌《脂硯齋重評石頭記》本(下同)如次:

雨村忙問:"何爲'護官符'? 我竟不知。"門子道:"這還了得,連這個不知,怎能作得長遠? 如今凡作地方官者皆有一個私單,上面寫的是本府最有權有勢,極富極貴的大鄉紳名姓,各省皆然;倘若不知,一時觸犯了這樣的人家,不但官爵,祇怕連性命還保不成呢! ——所以綽號做'護官符'。方纔所説的這薛家,老爺如何惹得他! 他這一件官司並無難斷之處,皆因都礙着情分臉面,所以如此。"一面説,一面從順袋中取出一張抄寫的"護官符"來,遞與雨村。看時,上面皆是本地大族名宦之家的諺俗口碑。其口碑排寫得明白,下面皆注着始祖、官爵、並房次、石(按:疑"名"字筆誤)頭,亦曾照樣抄寫一張。今據石上所抄云:

賈不假,白玉爲堂金作馬。

按:旁有朱批云:"寧國、榮國二公之後,共十二(按:"十二"疑爲"二十"筆誤倒書)房分,除寧、榮親派八房在都外,現原籍住者十二房。"

阿房官,三百里,住不下金陵一個史。

按:房旁有朱批云:"保齡侯尚書令史公之後,房分共十八。都中現住者十房,原籍現居八房。"

豐年好大雪，珍珠如土金如鐵。

> 按：房旁有朱批云："隱薛字。紫微舍人薛公之後，現領內府
> 帑銀行商，共八房分。"

東海缺少白玉床，龍王來請金陵王。

> 按：房旁有朱批云："都太尉統制縣伯玉（按：疑王字筆誤）公
> 之後，共十二房，都中二房餘。"

　　甲戌本，據俞平伯《〈紅樓夢〉年表》，抄於 1754 年，乾隆十九
年甲戌曹雪芹時年 40 歲，是他的《紅樓夢》擬爲第一次定稿後
的抄本。這是現今傳世最早的抄本，和現今傳世的庚辰《脂硯齋
重評石頭記》本、《乾隆抄本百廿回紅樓夢稿》本、程甲本、程乙本
和人民文學出版社整理本比較，是最接近於《紅樓夢》的原稿的。
關於"護官符"的記述，今整理本由繁趨簡，但"護官符"的原來面
目，注着始祖、官爵、房次、名頭，現在袛有"上面"，沒有"下面"，
有些失真了，反映的內容也有些減損。

【注釋】

　　①賈：指金陵賈家——寧國府和榮國府。這是《紅樓夢》描
寫的重點。不假：指賈府的官階顯赫和財勢滔天，有兩下子。白
玉爲堂：漢時宮殿，有些是用白玉砌的。《三輔黃圖》卷二引《漢
書》："建章宮南有玉堂。璧門三層，臺高三十丈。玉堂內殿十二
門階，階皆玉爲之。鑄銅鳳高五尺，飾黃金。樓屋上、下有轉樞，
向風若翔。橡首薄以璧玉。"有的殿，直叫玉堂。班固《西都賦》
說："金華、玉堂、白虎、麒麟"，這些都是未央宮中的殿名。白玉
堂一般就指富貴人家，李商隱《春日詩》："欲入盧家白玉堂。"《紅

樓夢》第十八回林黛玉詩:"花媚玉堂人。"金作馬:漢未央宮前有
金馬門。《三輔黃圖》卷三:"金馬門,宦者署。武帝時大宛馬,以
銅鑄像立於署門,因以爲名。東方朔、主父偃、嚴安、徐樂皆待詔
金馬門,即此。"金馬一般就指在朝廷上做官進進出出。《漢書·
揚雄傳》:"與群賢同行,歷金門上玉堂有日矣。"柳宗元《酬韶州
裴曹長使君詩》:"金馬嘗齊入,銅魚亦共頒。"白玉爲堂金作馬:
和《古樂府相逢行》說的"黃金爲君門,白玉爲君堂"情況差不多。
賈府是寧國公、榮國公之後,世襲一等爵,所以官僚用的私單"護
官符"這樣吹它。封建統治階級的作威作福,窮奢極欲,人民是
極端氣憤的,要打倒他的。《漢書·五行志》說:"元帝時童謠曰:
井水溢,滅灶煙,灌玉堂,流金門。"《紅樓夢》第八十三回:周瑞家
的告訴鳳姐說:"說賈府裏的銀庫幾間,金庫幾間,使的傢伙都是
金子鑲了,玉石嵌了的。"還有個歌兒,說是:"寧國府、榮國府,金
銀財寶如糞土。吃不窮,穿不窮,算來總是一場空。"這種民謠是
有深刻的思想內容的。這是民憤,和"護官符"的吹捧權勢,是有
本質的區別的。

　　②阿房宮:秦朝所建的宮殿,築在阿房山旁,故稱阿房宮。
《三輔黃圖》卷一:"阿房宮,亦曰:阿城。惠文王造宮未成而亡。
始皇廣其宮規,恢三百餘里,離宮別館,彌山跨谷,輦道相屬。閣
道通驪山八十餘里。表南山之顛以爲闕,絡樊川以爲池,作阿房
前殿。東西五十步,南北五十丈,上可坐萬人,下建五丈旗。以
木蘭爲梁,以磁石爲門。周馳爲復道,渡渭屬之咸陽。以象太
極,閣道抵營室也。阿房宮未成,欲更擇令名名之。作宮阿基
旁,故天下謂之阿房宮。"杜牧《阿房宮賦》:"覆壓三百餘里,隔離
天日。"住不下金陵一個史:指金陵史家的官爵、財勢、排場了不
得,他家的房廊超過了秦王朝的阿房宮。史家是賈母的娘家。
《紅樓夢》第二回:"自榮公死後,長子賈代善襲了官,娶的是金陵

世勳(按:勳今本改爲家,意義不顯。)史侯家的小姐爲妻。"史家是"金陵世勳"。甲戌本朱批敘史家是"保齡侯尚書令史公之後"。《紅樓夢》第十四回:"忠靖侯史鼎。"史鼎是賈母的侄兒,史湘雲的叔叔。保齡侯、忠靖侯是封爵,可見史家是世襲二等爵——侯。尚書令是官階。古代官制,從秦始皇建立統一的封建王朝起,兩千年間,基本上是一脈相承的。"尚書"二字是主管文書的意思。尚書,秦置。《漢官儀職》説:"尚書令,主贊奏,總典綱紀。"後漢李固上書:"國家有尚書,猶天之有北斗。"隋、唐以尚書令爲尚書省長官。尚書令就是中央行政監督各部門的最高首長,實際上是負責國務的要職。清代尚書令屬內閣。史家祖封尚書令,是當時封建社會裏國家機器、掌握政權和施行統治的首腦之一。所以"護官符"吹捧史家,將其與帝王之家的阿房宮並提,有過而無不及。這不僅誇耀他家的財富,同時也説明他家的政治地位。

③東海:即東海龍宮。龍王:這個"神權"系統來自印度的佛教傳説。《華嚴經》説:"復有無量諸大龍王。"《西遊記》中有東海龍王的描寫。水晶宮裏無奇不有。在民間,有着廣泛影響。金陵王:指金陵王家。賈政妻王夫人和賈璉妻王熙鳳的娘家。甲戌本朱批敘王家是"都太尉統制縣伯王公之後"。都太尉統制是武職,縣伯是封爵。太尉秦時是全國最高的軍事長官,和執掌政務的丞相、掌監察的御史大夫,共同負責國務。東漢太尉與司徒、司空總稱三公。武官,常稱統制大人。縣伯是三等爵。王夫人的哥哥王子騰,先爲京營節度使,後擢九省統制,奉旨查邊。又升九省都檢點,奉旨補授內閣大學士。清代大學士,替皇帝批簽奏章,商榷政務,在宮城內閣辦事。做這樣大的官,有實權;同時,自然也有金銀。關於王家,《紅樓夢》第十六回:鳳姐接趙嬤嬤談到接駕的事説過:"我們王府也預備過一次。那時我爺爺單

管各國進貢朝賀的事。凡有的外國人來都是我們家養活,粵、閩、滇、浙所有的洋船貨物,都是我們家的。"趙嬤嬤道:"那是誰不知道的。如今還有個口號兒呢。説:東海少了白玉床,龍王來請江南王。這説的就是奶奶府上了。"王家的財寶,超過龍宮。"護官符"裏所説的龍王,還不是隱喻當時的統治者嗎? 這可説明王家是財勢通天的。

④雪:諧音"薛"。臘雪對於殺蟲、鬆土大有好處,所以大雪預兆豐年,豐年好大雪。這裏借説:薛家是好大的勢派啊,了不起啊!《紅樓夢》第四回門子説:"今告的打死人之薛,就是'豐年大雪'之薛也",是惹不得的。甲戌本朱批敍薛家是:"紫微舍人薛公之後,現領内府帑銀行商,共八房分。"中書舍人,晉官。明代祇管書寫誥勅,沒有重要職權。清代内閣中書舍人,由進士遞補,也可出錢捐買。薛家突出有錢,紫微舍人可能是出錢捐買的,政治上地位稍差。所以,"護官符"突出誇耀他家的錢財:"珍珠如土金如鐵。"

【淺解】

這張"護官符"載着許許多多官僚的始祖、官爵、房次和名頭,賈雨村祇看了爲首的四家,因爲會客,沒有全部看完。這四家是:賈、史、王、薛四大家族,是大貴族、大官僚、大地主、大官商,有封爵、有實權、有文官、有武職,是封建貴族地主階級的典型代表,在很大程度上代表了封建王朝的統治。

這裏從賈府談起,約略的挖挖他們的老根。

《紅樓夢》寫賈府五代。第一代賈演、賈源,軍功起家,封爲寧國公、榮國公,世襲一等爵。第三代賈赦、第四代賈珍襲了官。賈政現任工部主事,升員外郎,又放外缺,點過學政,做過糧道,他手伸得很長。女兒元春,紮根宮廷。賈元春才選鳳藻宮,史、王、薛三家也抬高身價。元春做了皇帝的小老婆，賈政也就常有"陛見"皇帝的機會。母親是金陵世勳史侯家的女兒。老婆是九省都檢點王子騰（很快就要升做內閣大學士）的妹妹。侄女迎春嫁給指揮，藉以勾結武裝力量。庶女探春婆家就是遠在海疆的鎮海統制。京兆尹賈雨村是他和妹夫王子騰推薦的。什麼公、什麼侯、什麼伯、郡王、指揮、兵馬司等等，都是他的羽翼。上自宮廷，下至州縣；從京城到地方，都有他的人。

賈府在關外有着許多莊子。經管莊子的周瑞就說："奴才在這裏經管地租莊子銀錢出入，每年也有三五十萬來往。"高利貸盤剝，鳳姐房子就抄出："兩箱子房地契，又一箱借票，都是違列取利的。""不下五七萬金。"年終祭祀可到光祿寺領費。幾十個主子就有幾百個奴才侍奉他們。血淋淋的過着殘酷地剝削勞動人民的"衣租食稅"的糜爛生活。

就組織上說，他們有着一條"任人唯親"的路綫。四大家族："連絡有親，一損皆損，一榮皆榮。扶持遮飾，皆有照應。""世交親友，在都在外者，本亦不少。""若不知一時觸犯了這樣的人家，不但官爵，祇怕連性命還保不成呢。"就說賈雨村這個"餓不死的野雜種"吧！流寓到蘇州，靠甄士隱的周濟，中了進士，做知縣官，革了職。後經賈政妹夫林如海的推薦，認識賈政，復職做應天府府尹。懂得鑽營，常向賈府走動。"認了不到十年，生了多少事出來！""補授了大司馬，協理軍機，參贊朝政。"幾年間，就"由知府推升轉了御史，不過幾年，升了吏部侍郎，署兵部尚書。爲着一件事降了三級。""後又要升了。"賈雨村的升遷，還不是靠的"護官符"嗎？

這可看出四大家族，掌握着政權，支配着國家機器，一切官吏衙門都在充當他們的馴服工具，處於僕從和奴才的地位，媚上欺下，維護他們的利益，死抱着"護官符"。自己也就擠進了這個集團,瘋狂地壓迫和掠奪人民。

"軍隊、警察、法庭等項國家機器,是階級壓迫階級的工具。"

四大家族掌握了政權,手裏有印有槍,就是封建統治階級在殘酷地壓迫勞動人民。這張"護官符"也就是他們的殺人武器,"護官符"就是殺人符,難道這不就是嗎?我們就從《紅樓夢》裏所揭露的一樁樁的壓迫人民的命案來説吧!就可看得一清二楚了。

馮淵被薛家無辜打死,告了一年的狀,"無人作主"。賈雨村上任,自然"徇情枉法",胡亂判案,受害者竟是冤沉大海。

王熙鳳利用長安縣節度使"久懸賈府之情",得賄三千兩,拆散一對青年的婚姻,迫使一個上吊,一個投水而死。

賈赦爲了奪取石呆子二十把古扇,賈雨村借此獻媚賈府,誣説石呆子"拖欠官銀",把他抄家,捉進監牢,弄的石呆子家破自盡。

鮑二媳婦,受賈璉誘惑。繼又受賈璉和王熙鳳的迫害,弄得自殺。娘家告官,賈璉祇向王子騰説一句話,苦主祇得忍氣吞聲。

那賈府中的家庭奴隸,更是要打便打,要殺便殺,沒有人身自由,沒有任何政治權利,慘遭迫害,一條條的人命真是説不勝説,訴不勝訴!抄檢大觀園,王夫人迫害了一大批的奴隸。晴雯重病在床,"已是四五日米水不沾牙",王夫人一口咬定她是"妖精",以勾引寶玉的罪名,把她從炕上拖下,架出園外,幾天後死去。

在四大家族的統治下,官吏就是他們的劊子手。四大家族壓迫人民就是公理,照"護官符"辦事就是正道。哪裏有"護官符",哪裏就有人命奇冤。"護官符"就是壓迫人民、阻止人民伸冤的一種工具。

"在階級鬥爭的社會裏,有了剝削階級剝削勞動人民的自由,就沒有勞動人民不受剝削的自由。"

四大家族要維持這張"護官符",勞動人民就是要粉碎這張"護官符"。在這樣暗無天日的社會裏,人民自然會揭竿而起。

哪裏有壓迫，哪裏就有反抗。在賈府大觀園外，就有無數次的農民起義；在賈府大觀園裏，就有勇敢戰鬥的奴隸們的抗爭，和他們的子女的叛逆。殘酷的階級壓迫，促使階級鬥爭尖銳化、複雜化，這是當時嚴重的階級鬥爭的一個表現。

曹雪芹出身於没落的官僚地主家庭，由於時代和階級的局限，對於農村的階級鬥爭，在《紅樓夢》中没有展開充分的描寫；然而，他對於四大家族必然没落、崩潰、滅亡的歷史命運，家庭奴隸主與家庭奴隸的階級對立則體會很深，這種矛盾和鬥爭都細緻地表現出來。

當時人民對於寧國府、榮國府有一首歌謠，叫做："寧國府、榮國府，金銀財寶如糞土。吃不窮，穿不窮，算來總是一場空。"我在小時，也曾聽過無錫東亭流行着的農民對於明代華太史的歌謠，叫做："驢駝鑰匙馬駝鎖，三場人命一蓬火，不及我燒火小阿奴。"這種歌謠，在民間是普遍流行着的。這是民憤，這裏也反映着人民的觀點，封建統治階級最後是完蛋的。不就是嗎？由於階級鬥爭的尖銳，促使統治階級内部的傾軋也就日益劇烈，"護官符"也就成爲壞官符。我們從賈雨村的身上，也就可以看清了這個問題。

賈雨村的升貶，從側面看，可以作爲賈府興衰的晴雨表。賈雨村降官時，賈璉就說："祇怕將來有事，咱們寧可疏遠着他好。"後從内閣聽說：雨村要升，賈政也便額手歡喜說："這也好。不知准不准。"因爲賈雨村的"參贊朝政"，"進京引見""候補京缺"，是沾了賈府的光，王子騰的"薦本"，所以賈雨村倒霉，實際也就是打擊賈府。後來賈府被抄，御史彈劾賈府，還想"查明實跡，再辦。"賈雨村"本沾過兩府的好處，怕人說他迴護一家兒，他倒狠狠的踢了一腳。"想洗清自己，結果自己還是圈在裏邊。賈府抄家，皇帝找岔子，把賈化的帳也算到賈府帳上。雨村最後，爲了婪索的案件,削籍爲民。賈府的抄家緣由,是"交通外官,恃强凌弱,縱兒聚賭,强占良民妻女"。"一大款"是爲了"强占良民之妻爲妾,因其不從,淩逼致死。"結果,把世襲的一等爵割去。爲什麼數十條人命案不管,這裏抓了"强占良民妻女"六字做文章,這就説明統治階級看到人民力量的强大,促使它的内部傾軋加劇,借口人民命案,企圖用以麻痹人民的鬥争,鞏固反動統治。"護官符"看來貌似强大,可以嚇唬人。盡管曹雪芹没有充分地這樣寫着,最後必被人民仇恨的火焰,燒成灰燼。

這張"護官符",它的惡勢力,上自皇宫,下至地方,滲透到封建社會的各個方面,與整個地主階級的榮損息息相關。看來他們貌似强大,實質是虚弱的。四大家族的衰敗,正是整個封建社會没落的寫照。而《紅樓夢》正是通過鮮明的藝術形象和廣闊的生活畫面,形象地顯示四大家族衰亡的過程。全部歷史都是階級鬥争的歷史,即社會發展各個階段上被剥削階級和剥削階級之間、被統治階級和統治階級之間鬥争的歷史。四大家族爲了維護他們的階級利益,垂死挣扎,拼命要維護這張"護官符";而人民則勇敢地起來鬥争,粉碎這張"護官符",燒毁這張"護官符"。《紅樓夢》第四回:通過葫蘆案件,把這張"護官符"的魔影提出來了,而通過全書的描繪,四大家族一步步地走向衰亡,掃進了歷史的垃圾堆。這張"護官符",因而也可以説是閱讀《紅樓夢》的一個提綱。

編者説明:本文據手稿録編,原題《護官符》,今題爲編者酌擬。

《芙蓉女兒誄》校注譯釋

《芙蓉女兒誄》，見《紅樓夢》第七十八回。

【原文】

衆人皆無別話，不過至晚安歇而已，獨有寶玉，一心悽楚，回至園中。猛見池上芙蓉，想起小丫鬟説晴雯做了芙蓉之神，不覺又喜歡起來。乃看着芙蓉，嗟歎了一回。忽又想起："死後並未至靈前一祭。如今何不在芙蓉（之）前一祭，豈不盡了禮？"（比俗人去靈前祭奠，更覺別致。）想畢，便欲行禮。忽又止住道："雖如此，也不可太草率了，須得衣冠整齊，奠儀周備，方爲誠敬。想了一想，（如今若學那世俗之奠禮，斷然不可，竟也還別開生面，另作排場，風流奇異，於世無涉，方不負我二人之爲人，況且）古人（有）云："蘋汙行潦，苹藻蘋蘩之賤，可以羞王公，薦鬼神。"原不在物之貴賤，只（全）在心之誠敬而已。然非自作一篇誄文，這一段悽慘酸楚，竟無處可以發洩了。〔此其一也。二則表（誄）文輓詞，也須另出己見，自放手眼，亦不可蹈習前人的套頭，填寫幾字，搪塞耳目之文，亦必須灑淚泣血，一字一咽，一句一踏（啼），寧可使文不足，悲有餘方是，不可上（尚）文藻而及（反）失悲戚。況且古人，多有微詞（詞），非自我作俑也。奈今人之文，全成於功名二字，故上古之風，一洗皆盡，恐不合時宜，於功名有礙之故也。我文爲世人觀閱稱贊，我又不希罕那功名，何必不遠師楚之大言、招魂、離騷、九轉（辯）、枯樹、閒觀（問難）、秋水、大人先生傳等法，[①]或襍參軍（單）句，或偶成短聯，或用寔典，或譬寓隨所之，[②]信筆而去。喜則以文爲戲，悲則以言誌痛。辭達意盡，爲心何必苦世之拘拘於方寸之間哉？寶玉本是個不讀書之人，再心中有了這篇不正意。怎得有好詩好文做出來？他自己却任意纂注，並不爲人知纂，所以大肆妄诞，竟杜撰成一篇長文。〉因用晴雯素日素喜之冰鮫縠一帕，楷字寫成，名曰：《芙蓉女兒誌》。[③]前序後歌，又備了四樣晴雯素（所）喜的吃食（之物）。於是黃昏人靜之時（夜月下），命那小丫頭捧至芙蓉花（之）前，先行了禮。將那《誌》文，即掛於芙蓉枝上，乃涕泣念曰：……

【校勘】

原文過録"乾隆抄本百廿回紅樓夢稿"，即"蘭墅太史手定紅樓夢稿百廿卷"影印本（即楊繼振藏本）。原稿今藏北京中國社會科學院文學研究所。據范寧稿本跋尾所説："這個抄本乃高鶚和程偉元在修改過程中的一次改本"。内稿中第七十八回《芙蓉女兒誄》下有"蘭墅閱過"朱文四字。稿中鈎乙甚多，可能即是高鶚改筆。今傳刻各本（當指程甲本、程乙本），基本上和這改筆接近。但這改筆，不少地方削弱或歪曲了原稿的思想性。在這《芙蓉女兒誄》的引言和本文中，尤爲突出。原稿接近於曹雪芹的原意，所以這裏把這本子作爲底稿過録：

然非自作一篇誄文，這一段悽慘酸楚，竟無處可以發洩了。（此其一也。二則表文靷詞，也須另出己見，自放手眼，亦不可蹈習前人的套頭，填寫幾字，搪塞耳目之文，亦必須灑淚泣血，一字一咽，一句一踬，寧可使文不足，悲有餘方是，不可上文藻而及失

悲戚。況且古人,多有微詞,非自我今作俑也。奈今人之文,全
成於功名二字,故上古之風,一洗皆盡,恐不合時宜,於功名有礙
之故也。我文爲世人觀閱稱贊,我又不希罕那功名,何必不遠師
楚之大言、招魂、離騷、九辯、枯樹、問觀、秋水、大人先生傳等法,
或襍參軍句,或偶成短聯,或用定典,或譬寓隨所之,信筆而去。
喜則以文爲戲,悲則以言誌痛。辭達意盡,爲心何必苦世之拘拘
於方寸之間哉?寶玉本是個不讀書之人,再心中有了這篇不正
意。怎得有好詩好文做出來?他自己卻任意纂注,並不爲人知
纂,所以大肆妄誕,竟杜撰成一篇長文。)因用晴雯素日素喜之冰
鮫縠一帕,楷字寫成,名曰:《芙蓉女兒誄》。前序後歌。

今傳刻本(程乙本)改作:

　　然非自作一篇誄文,這一段凄慘酸楚,竟無處可以發洩了。
因用晴雯素日所喜之冰鮫縠一幅,楷字寫成,名曰:《芙蓉女兒
誄》。前序後歌。

　　這裏反映了什麼問題?可能是顯示着曹雪芹和高鶚兩位作
者世界觀的差別,矛盾衝突和鬥爭。"詳細地占有材料",這一問
題是可以注意的。

　　【校者說明】
　　一、括號內文字所據:(之)(比俗人去前祭奠,更覺別致)(如
今若學那世俗之奠禮,斷然不可,竟也還別開生面,另作排場,風
流奇異,於世無涉,方不負我二人之爲人,況且)(有)(之),均爲
乾隆抄本百廿回《紅樓夢稿》(即楊繼振藏本,簡稱"夢稿本")底
稿文字,被修改者刪去。(全),爲夢稿本底稿文字,被修改者改

爲“只”。{此其一也……竟杜撰成一篇長文},爲夢稿本底稿文字,被修改者改爲“然非自作一篇誄文,這一段悽慘酸楚,竟無處可以發洩了”。(所),爲“夢稿本”底稿文字,被修改者改爲“素”。(之物),爲夢稿本底稿文字,被修改者改爲“的吃食”。(夜月下),爲夢稿本底稿文字,被修改者改爲“黃昏人靜之時”。其中(有)(全){此其一也……竟杜撰成一篇長文}(所)(之物)(夜月下)(之),爲校理者所補。

二、括號內文字訂正:(誄),從蒙府本、戚寧本、列藏本、夢覺本。(啼),從庚辰本、蒙府本、戚寧本、列藏本。(尚),從蒙府本、戚寧本、列藏本、夢覺本。(反),從庚辰本、蒙府本、戚寧本、夢覺本。(詞),從庚辰本、蒙府本、戚寧本、列藏本。(辯),列藏本、夢覺本皆作“辨”。(問難),從庚辰本、夢覺本。(單),從庚辰本、戚寧本、列藏本、蒙府本。

【注釋】

①“何必不遠師楚之大言、招魂、離騷、九轉、枯樹、閒觀、秋水、大人先生傳等法。”《大言》:宋玉有《大言賦》《小言賦》。《大言賦》曾說:“長劍耿耿倚天外”。 《招魂》:屈原作,或云宋玉作。 《離騷》:屈原作。 《九轉》:疑爲《九辯》傳抄之誤。《九辯》五首,宋玉所作。誄文:“何心意之怦怦”,語辭即源於《九辯》:“心怦怦兮諒直”。 《枯樹》:庾信有《枯樹賦》。 《閒觀》:“《紅樓夢》八十回校本。”(俞平伯校訂、王惜時參校。以下簡稱俞校)作《問難》。《閒觀》《問難》,未知確指。《問難》可能是《問》《難》,指宋玉《對楚王問》,東方曼倩《答客難》一類作品。《秋水》:《莊子》有《秋水篇》。 《大人先生傳》:阮籍有《大人先生傳》。

②“或襲參軍句,或偶成短聯,或用寔典,或譬寓隨所之。”參

軍:指鮑昭。沈約《宋書》:"鮑昭,字明遠。文辭贍逸。"杜甫詩:
"俊逸鮑參軍。"鮑昭作《蕪城賦》曾說:"天道如何,吞恨者多!"誄
文:"豈天運之變於斯耶?"氣氛、情緒相符。或用寔典:寶玉在撰
寫誄文時,常用眼前寔事。如"愁開麝月之奩","哀折檀雲之
齒";"捉迷屏後","鬥草庭前"。或譬寓隨所之:寶玉寫誄文時又
常借用古人的事,來顯示自己的思想感情,如"高標見嫉,閨闈恨
比長沙;直烈遭危,巾幗慘於羽野"。

③《芙蓉女兒誌》:今本改作《芙蓉女兒誄》。誄:是祭文的一
種。《禮·曾子問》注:"誄者,累也。累列生時行跡,讀之以作
諡。"陸機《文賦》:"碑披文以相質,誄纏綿而悽愴。"這一文體的
特點,往往是敘述死者的生前德行,寄以悱惻纏綿的哀情。晴雯
是賈府中受迫害最深,反抗也最強烈,很聰明,很有才幹,很會勞
動的一個。但是她無辜的被王夫人殘酷地攆出大觀園。《俏丫
鬟抱屈夭風流》,寶玉對於晴雯的死,懷着十分同情、尊重、沉痛
和悼念的心情,寫了這篇誄文。這裏表現了寶玉對封建統治者
殘害、蹂躪女奴隸們的憤懣!

【《芙蓉女兒誄》原文】

維太平不易之元,①蓉桂競芳之月,②無可奈何之日,③怡紅
院濁玉,④謹以群花之蕊,⑤冰鮫之縠,⑥沁芳之泉,⑦楓露之茗:⑧
四者雖微,聊以達誠申信,⑨乃致祭於白帝宮中⑩撫司秋艷⑪芙蓉
女兒⑫之前曰:

【譯文】

在那太平没有變换的朝代，芙蓉、桂花争香的月份，無奈惆悵的日子裏，怡紅院主人愚蠢混濁的寶玉，十分恭敬地用百花的花心，鮫絲的薄紗，沁芳的泉水，楓露的名茶：這四樣微薄的東西，聊表我的真心誠意，用以奉獻給白帝宫中主管秋花的芙蓉女兒的靈前道：

【注釋】

①"維太平不易之元。"維：語首助詞，常用在年月的前面。太平不易："不易"見《詩·大雅·文王》："宜鑒于殷，駿命不易。"這裏是説：西周奴隸制國家，應該把商代的政治措施作爲借鑒。它的政權是天給予的，萬世不變的。王權天命，這是剥削階級的濫言。

元：首。古時朝代紀年，第一年叫元年。紀年因稱紀元。如西曆紀年稱爲公元幾年。《紅樓夢》所記年月，不寫具體朝代。第一回曾説："衹是朝代年紀，失落無考。"但對於王朝看法，也受着剥削階級思想影響。如寫賈府在辦理秦可卿的喪事中，僧道對壇的榜文和銘旌上大書："奉天永建太平之國"和"奉天洪建兆年不易之朝"。這是地主階級繼承奴隸主階級的思想，藉以宣揚封建王朝，是受命於天，萬世長存。寶玉寫這誄文，不説"國事蜩螗之年，風雨飄摇之月"；而説"太平不易之元，蓉桂競芳之月"。這也可以説明曹雪芹思想上的局限性；同時，也可能是爲着"關礙"，衹是泛泛地説，可以作爲掩飾，小説中贊美："古人多有微詞"，就可以概見。

②"蓉桂競芳之月"：古稱八月爲桂月。寶玉寫誄文時，《紅樓夢》第七十八回説："恰好這是八月時節，園中池上芙蓉正開。"因説：芙蓉、桂花争香的月份。

③"無可奈何之日。"無可奈何:成語。晏殊《浣溪沙》詞云:"無可奈何花落去。"意思說:春光消逝,艷花凋謝,這是自然現象,不是人們的主觀願望所能挽回的。這裏,寶玉悲痛晴雯的死,無法挽救,感到無限惆悵,這樣的日子真的挨不下去!

④"怡紅院濁玉":寶玉居住在大觀園怡紅院中,院中植着海棠、芭蕉。春夏兩季綴滿着玫瑰花,一帶籬笆上長着薔薇、月季、寶相、金銀花、藤花等等。海棠是紅的,芭蕉是綠的。第十八回說:"綠蠟春猶捲,紅妝夜未眠。"軒額因題:怡紅快綠。寶玉寫詩作文,取號就自稱怡紅公子,或怡紅主人。寶玉常常自稱是愚蠢混濁的寶玉,即濁玉,這裏顯示了他的自嘲的叛逆性格。寶玉反對、厭惡世俗男子,卻願與市民階級人物,如柳湘蓮、蔣玉函等人物接近。寶玉尊重女性,認爲:"山川日月之精秀,祇鍾於女兒,鬚眉男子不過是些渣滓濁沫。"他反對薛寶釵、史湘雲的說"混賬話","入了國賊,祿蠹之流"。他尊重鴛鴦的死。"唬的雙眼直堅",心想:"實在天地間的靈氣,獨鍾在這些女子身上了!他算得了死所。我們究竟是一件濁物!"這裏寶玉祭奠晴雯,自稱濁玉,也是顯示着他對被壓迫奴隸的崇高風格的崇敬,從而感到自愧。

⑤"群花之蕊":花蕊,俗稱花心,植物生殖器官的一部分。第七回寫薛寶釵研製冷香丸:"要春天開的白牡丹花蕊十二兩,夏天開的白荷花蕊十二兩,秋天開的白芙蓉蕊十二兩,冬天的白梅花蕊十二兩。將這四樣花蕊於次年春分這日曬乾,和在藥末子一處,一齊研好。"這可說是集合群花之蕊了。這裏,寶玉採擷群花之蕊,用作供品,乃是取其芳潔而已。

⑥"冰鮫之縠。"縠:(hu 斛)綢的一種,猶今的湖縐。比紗密,而有縐紋,質地薄細,或稱作綃。司馬相如《子虛賦》:"垂霧縠。"注:"霧縠,輕薄如霧之薄紗。"曹植《洛神賦》:"曳霧綃之輕

裙。"鮫：傳說水居的人，能織綃，稱爲鮫綃。《述異記》："南海中有鮫人室，水居如魚，不廢機織。其眼能泣則出珠。"《博物志》："鮫人水居如魚，不廢織績，時出人家賣綃。"《紅樓夢》第九十二回：寫鮫綃帳是鮫絲所織。關於鮫人織績，這事應該反過來，剖開來看：說明勞動人民辛勤勞動，卻過着痛苦的生活。剝削階級用這離奇來掩蓋這一階級矛盾。冰縠：即冰紈。《後漢書·章帝紀》："癸巳，詔齊相省冰紈，方空縠，吹綸絮。"冰鮫之縠：猶今天的白綢紗。冰鮫縠是晴雯平日喜愛用的。

⑦ "沁芳之泉"：賈府大觀園中有沁芳泉。《脂硯齋重評石頭記》第十七回至第十八回："寶玉道：'此乃沁芳泉之正源，就名沁芳閘。'"（今本改作："此乃沁芳源之正流，即名沁芳閘。"誤。）這裏是說：汲引沁芳的泉水。

⑧ "楓露之茗。"茗：茶的一種。《紅樓夢》曾寫寶玉飲楓露茶。寶玉問茜雪道："早起沏了一碗楓露茶，我說過那茶是三四次後纔出色的，這會子怎麼又沏了這個來？"楓露茶可能是用楓露烹的。《紅樓夢》中所寫烹茶是有講究的。第五回："又以仙花靈葉上所帶之宿露而烹了。"第二十三回："掃將新雪及時烹"。第四十一回：《賈寶玉品茶櫳翠庵》，妙玉曾冷笑黛玉嘗不出茶水來。"這是五年前我在玄墓蟠香寺住着，收的梅花上的雪，共得了那一鬼臉青的花甕一甕，總捨不得吃，埋在地下，今年夏天纔開了。我祇吃過一回，這是第二回了。——你怎麼嘗不出來？隔年蠲的雨水，那有這樣輕浮？如何吃得！"這裏寶玉借這一盞清茶，來表示他對晴雯祭奠的虔誠。

⑨ "達誠申信。"達：表達。誠：誠意。申：陳述。信：誠實。句意：聊以表達我的真心誠意。

⑩ "白帝宮中"：古代五行說，以五行、五方、五色、五常等相配。列表如次：

五行	五方	五色	五帝	時	五音
木	東	青	太皡	春	角
火	南	赤	炎帝	夏	徵
土	中央	黃	黃帝	四方	宮
金	西	白	少昊	秋	商
水	北	黑	顓頊	冬	羽

五行說原是有着唯物主義因素，後被唯心主義者歪曲、利用，變成神秘的陰陽五行學說。秋天由白帝使喚，這是一種迷信的無稽之談。

⑪"撫司秋艷"：撫：慰問。司：主管。撫司秋艷：指主管秋花。

⑫"芙蓉女兒"：指晴雯。晴雯的死，寶玉是從兩個小丫頭的胡謅中朦朧聽得的。第七十八回寫：小丫頭胡謅道："我想，晴雯姐姐素日與別人不同，待我們極好。……所以我拼着挨一頓打，偷着出去瞧了一瞧。……見我去了，便睜開眼拉我的手問："寶玉那裏去了？"我告訴他了。他歎了一口氣，說："不能見了！"我就說："姐姐何不等一等他回來見一面？"他就笑道："你們不知道，我不是死：如今天上少了一位花神，玉皇爺叫我去管花兒……我這如今是天上的神仙來請，那裏捱得時刻呢？"……寶玉忙道："……但他不知做總花神去了，還是單管一樣花神？"這丫頭聽了，一時謅不出來。恰好這是八月時節，園中池上芙蓉正開，這丫頭便見景生情。忙答道："我也曾問他：……就告訴我說，他就是專管這芙蓉花的。"寶玉誄文，因說奉獻給白帝宮中主管秋花的芙蓉女兒。

【原文】

竊思女兒，自臨濁世，迄今凡十有六載。其先之鄉籍姓氏，湮淪而莫能考者久矣。①而玉得於衾枕櫛沐之間，棲息宴遊之夕，親昵狎褻，②相與共處者，僅五年八月有奇。

【譯文】我想那芙蓉女兒，自從下凡降臨來到人間，到現在已經十六年了。她的祖先和她的籍貫、姓氏，埋殁、沉淪久已没法查考了。在這中間，寶玉能夠得到她的侍奉，爲我疊被、抱枕、梳洗、沐浴，陪我睡眠、休息、宴會、遊玩，親密談笑，友好共處，衹有五年八月多一些。

【注釋】

①"其先之鄉籍姓氏，湮淪而莫能考者久矣。"湮淪：埋没。第七十七回寫晴雯是榮國府總管賴大買的。還有個姑舅哥哥，叫做吳貴，人都叫他貴兒。那時晴雯纔得十歲，時常賴嬤嬤帶進來，賈母見了喜歡，故此，賴嬤嬤就孝敬了賈母。賈母後又把她賞給寶玉。賴大是賈府的奴才，一個十足的媚主求榮的奴才。熬了三四輩子，變成奴才的把頭，招搖撞騙，爲非作歹。兒子買做縣官，自家"也有一個花園"，奴僕成群。晴雯原先是他的奴婢，是奴才的奴才，處於社會的最底層，没有人身自由，更没任何的政治權利。晴雯來賈府"纔得十歲"，和寶玉相處"五年八月有奇"，所以："迄今凡十有六載"。在賈府的"火坑"中生活六年，奴婢制度是地主階級從奴隸主階級繼承下來的一種最野蠻、最殘酷的剥削制度，由於這種剥削制度的落後、反動、殘酷，這就激起了她的憤怒的火焰。晴雯是一個敢説、敢笑、敢怒、敢做，鋒芒畢露，有着强烈反抗精神的女奴。晴雯自己連祖籍、姓氏都不知道，這可見她的受剥削、壓抑的深。寶玉同情晴雯，因也慨歎着：

她的鄉籍、姓氏是已没法查考了。

②"親昵狎褻"：昵：親近。狎褻：親近而態度隨便。晴雯與寶玉共處，是奴婢關係；但她很少奴才氣，敢於抗爭，爭取建立平等的情誼。晴雯失手毁扇，寶玉擺出主子架勢，給以訓斥。晴雯並不在乎，敢於頂撞，認爲："二爺近來氣大的很，行動就給臉子瞧。……嫌我們就打發了我們，再挑好的使，好離好散的倒不好？"這是晴雯不肯向主子低頭的苗頭，由於晴雯頂撞，寶玉初是"氣的黄了臉"，後來反給她扇子撕。並說："撕的好，再撕響些！""你的性子越發慣嬌了，早起就是跌了扇子，我不過說了那兩句，你就說上那些話。"寶玉感情起了細微而明顯的變化。由於奴隸們的抗爭，促使寶玉叛逆性格的形成和發展。晴雯是侍奉寶玉的四大丫頭之一，而寶玉的獨尊重晴雯者在此。

【原文】

憶女曩生之昔，其爲質則金玉不足喻其貴，其爲性則冰雪不足喻其潔，其爲神則星日不足喻其精，其爲貌則花月不足喻其色。姊妹悉慕媄嫻，①姻媼咸仰慧德。②

【譯文】

回想女兒在世的時光，論她的品質吧，那是黄金、美玉不足以比喻她的高貴；論她的體軀吧，那是寒冰、白雪不足以比喻她的聖潔；論她的精神吧，那是明星、皎日不足以比喻她的燦爛；論她的容貌吧，那是春花、秋月不足以比喻她的嫵媚。年輕的姊姊妹妹們都愛慕她的俊俏文雅，年邁的婆婆媽媽們都敬仰她的智慧品行。

【注釋】

①"姊妹悉慕媄嫻。"姊：姐。程本妹作娣。娣：姒，妾的稱

呼。晴雯、襲人地位近妾，故稱姊娣。悉：全。嫵嫻：美好而文雅。

②自"憶女曩生之昔"至"嫗嫗咸仰慧德"一段話：這不僅是寶玉贊美晴雯，對晴雯的評價甚高；同時，有它的針對性的，是對王夫人、鳳姐、王善保家的和襲人對晴雯的誣衊、歪曲的抨擊和抗議。例如在《紅樓夢》第七十四回《惑奸讒抄檢大觀園》，王善保家的和王夫人的對話中，就可概見。王善保家的道："別的都還罷了。太太不知道，一個是寶玉屋裏的晴雯那丫頭，仗着他的模樣兒比別人標緻些，又生了一張巧嘴。天天打扮的象個西施樣子，在人跟前能説慣道，掐尖要強。一句話不投機，他就立起兩個騷眼睛來罵人，妖妖趫趫，大不成個體統！"王夫人聽了這話，猛然觸動往事。便問鳳姐道："上次我們跟了老太太進園逛去，有一個水蛇腰，削肩膀兒，眉眼又有些象你林妹妹的，正在那裏罵小丫頭；我心裏很看不上那狂樣子。……這丫頭想必就是他了？"鳳姐道："若論這些丫頭們，共總比起來，都没晴雯生得好。論舉止言語，他原有些輕薄。……"王善保家的便道："不用這樣，此刻不難叫了他來，太太瞧瞧。"王夫人道："寶玉屋裏常見我的，祇有襲人、麝月，這兩個笨笨的倒好。若有這個，他自然不敢來見我的！我一生最嫌這樣的人；且又出來這個事。好好的寶玉，倘或叫這蹄子勾引壞了，那還了得！"寶玉和王夫人等對於晴雯不同的評價，反映了他們之間所站的立場是對立的。

【原文】

孰料鳩鴆惡其高①，鷹鷲翻遭罦罭②；薋葹妒其臭③，茝蘭竟被芟鉏④。

【譯文】

哪裏會料到啊,斑鳩、鴆鳥埋怨它的高飛,雄鷹、猛鷙反而遭到網羅;蒺藜、蒼耳妒忌它的香氣,白芷、蘭草自然竟被剗除。

【注釋】

①"鳩鴆惡其高。"鳩:鳥,鴿類。《離騷》:"雄鳩之鳴逝兮,余猶惡其佻巧。"鴆:《離騷》:"鴆告余以不好。"王逸注:"鴆羽有毒,可殺人。"鳩、鴆都不善飛。在《離騷》中,屈原用以比喻奸佞的小人。惡:此處作動詞用。去聲,討厭。高:高飛,兼喻風格的高。《紅樓夢》第五回曹雪芹在太虛幻境的冊子中暗示讀者晴雯的風格和遭遇:"霽月難逢,彩雲易散。心比天高,身爲下賤。風流靈巧招人怨,壽夭多因誹謗生,多情公子空牽念。"

②"鷹鷙翻遭罩羅。"鷙:鷹類。鷹鷙皆勇猛善飛。《離騷》:"鷙鳥之不群兮,自前世而固然。"罩羅:捕鳥獸的網。《詩·王風·兔爰》:"雉離于罩。"罩是捕兔的網。句意:勇敢高尚的人反而遭到打擊。

③"蕡葹妒其臭。"蕡:蒺藜。葹:卷耳。《離騷》:"蕡菉葹以盈室兮。"蕡葹惡草,屈原用以比喻小人。臭:嗅。通稱氣味。《易·繫辭》:"其臭如蘭。"這裏指茝蘭的香氣,暗喻晴雯的芳潔。

④"茝蘭竟被芟鉏。"茝:白芷。蘭:蘭草。茝蘭:香草。《離騷》:"豈惟紉夫蕙茝。"又"余既滋蘭之九畹兮"。芟:除草。鉏:誅滅。《周禮·地官·鄉師》:"共茅蒩。"今本作植。《離騷》:"恐嫉妒而折之。"這裏借喻晴雯的橫遭摧殘。

晴雯在賈府的女奴中,對主子的軟的、狠的欺壓,毫不含糊地敢於作面對面的鬥争。第三十七回:秋紋偶然得到王夫人賞了兩件舊衣服,高興之至,謝恩不迭。晴雯卻想起王夫人曾賞過襲人美好衣服來,便加以嘲諷:"我寧可不要,衝撞了太太。我也不受這口軟氣!"這不僅刺激了秋紋,傷害了襲人,而且還衝犯了王夫人。第七十四回,在抄檢大觀園中,晴雯自己認爲拳頭上站得人,手臂上跑得馬,没有什麽,卻憤怒主子無理的搜查。於是"挽着頭髮闖進來,豁啷一聲,將箱子掀開,兩手捉着底子,朝天往地下盡情一倒,將所有之物盡都倒出來"。指着王善保家的大罵一頓,罵在王善保家的身上,實際是打在王夫人的心上。這是一個勇敢的家庭奴隸。

就是這樣,晴雯被王夫人看作"最嫌"的人:"我且放着你,自然明兒揭你的皮!"蠻横無理地被攆出了大觀園。晴雯被攆走時,那時"王夫人在屋裏坐着,一臉怒色。見寶玉也不理。晴雯四五日水米不曾沾牙,懨懨弱息,如今現從炕上拉下來,蓬頭垢面,兩個女人攙架起來去了"。

這裏可以看見在封建社會裏奴隸們的悲劇命運。生命毫無保障,更談不上任何政治權利。寶玉是站在叛逆者的立場來同情她被侮辱、被欺凌、被壓迫的。

【原文】

花原自怯,岂奈狂飆;①柳本多愁,何禁驟雨! 偶遭蠱蠆之讒,②遂抱膏肓之疾。③故櫻唇紅褪,韻吐呻吟;杏臉香枯,色陳顑頷。④諑謡諑詬,出自屏帷;⑤荆棘蓬榛,蔓延户牖。⑥

【譯文】

花兒有些脆弱,怎麽能擋得住狂風? 柳枝本也多愁,哪裏能禁得起暴雨? 突然遭到蠱毒、蠆蠍的讒言,這就碰上了没法醫治的病症。因此,櫻桃般的嘴唇上,青春的紅潤漸漸消失,不住發出呻吟的聲音;銀杏般的臉頰上,脂粉日益乾枯,顏色也就顯得憔悴。流言、蜚語,來源於閨房裏邊;荆棘、蓬榛,蔓延到窗户上面。

【注釋】

①"花原自怯,豈奈狂飆。"飆:暴風。這裏顯示寶玉認爲晴雯的鬥爭還不夠勇敢,有些怯弱;但外在的壓力太大,一時没法取得勝利。《紅樓夢》第六十三回寫黛玉掣籤,讓她抽取一根。上面畫着一朵芙蓉花,題着"風露清愁"四字。那面一句舊詩,道是"莫怨東風當自嗟"。東風是條件,花開花謝有它内在的原因。聯繫黛玉身世,積極還是消沉? 主要決定在於自己。"花原自怯,豈奈狂飆","莫怨東風當自嗟",這裏包含着辯證的看法。

②"蠱螫之讒。"蠱:傳説中的一種害人的毒物。《本草綱目》:"造蠱者,以百蟲置皿中,俾相啖食。取其存者爲蠱。"螫:毒蟲。《左傳》僖公二十二年:"蜂螫有毒。"《通俗文》:"長尾爲螫,短尾爲蠍。"讒:説好人的壞話,這裏指襲人向王夫人進媚。《紅樓夢》第三十四回曾寫襲人在王夫人前告密獻策。"我也没什麽别的説,我祇想着討太太一個示下,怎麽變個法兒,以後竟還叫二爺搬出園外來住,就好了。""如今二爺也大了,裏頭姑娘們也大了。況且林姑娘寶姑娘又是兩姨姑表姊妹,雖説是姊妹們,到底是男女之分,日夜一處起坐不方便,由不得叫人懸心,便是外人看着也不象。""人多口雜,那起小人的嘴有什麽避諱,心順了,説的比菩薩還好,心不順,就貶的連畜牲不如。""若要叫人説出一個不好字來,我們不用説,粉身碎骨,罪有萬重,都是平常小事,但後來二爺一生的聲名品行豈不完了。"王夫人聽了,感愛襲人,就説:"我就把他交給你了。"自後襲人當還有許多情況,告稟王夫人。第七十七回:王夫人對晴雯冷笑説道:"打量我隔的遠,都不知道呢? 可知道我身子雖不大來,我的心耳神意時時都在這裏。"關於襲人進讒的事,寶玉也有所覺察。寶玉因對襲人説道:"……這也罷了,咱們私自頑話,怎麽也知道了? 又没外人走

風,這可奇怪了！……怎麼人人的不是,太太都知道。單不挑出你和麝月來?"襲人聽了這話,心內一動,低頭半日,無可回答,就可證明。

③"膏肓之疾。"膏:心臟下面的部位。肓:胸隔肌。古人醫藥水平較差,認爲病在膏、肓之間,藥物不能達到,就沒法醫治。《左傳》成公十年云:"疾不可爲也,在肓之上,膏之下,攻之不可,達之不及,藥不至焉,不可爲也。"晴雯的病,初時"時氣不好","外感内滯","算是個小傷寒",後來失於調治,受了些氣,遂日趨沉重起來。將被攆出大觀園時,已是"四五日水米不曾沾牙","蓬頭垢面",把她從"炕上拉下來","兩個女人攙架起來去了"。出去住在貴兒媳婦家中,"着了風,又受了他哥嫂的歹話,病上加病,嗽了一日"。躺在"一領蘆席上",要喝口茶水,半日也沒有人。晴雯是被迫害而淒然死去的。

④"杏臉香枯,色陳顑頷。"杏臉:杏花般的臉龐上。香枯:婦女臉上拍的脂粉枯萎。陳:顯示,呈現。顑頷:《離騷》:"長顑頷亦何傷。"這裹是寫晴雯的病容憔悴。

⑤"詠謠諑詬,出自屏幃。"流言蜚語,來源於閨房裹邊。《離騷》:"謠諑謂余以善淫。"謠:王逸云:"毀也。"諑:《方言》:"愬也,楚以南謂之諑。"屏幃:潘岳《悼亡詩》:"幃屏無髣髴。"幃:帳子;屏:屏風。這裹寶玉斥責誹謗晴雯的,是出在這一屋子裹的。《紅樓夢》寫寶玉聽了王夫人的訓斥,就想:"誰這樣犯舌? 況這裹事也無人知道,如何就都説着了?"實際是在猜疑襲人。

⑥"荆棘蓬榛,蔓延户牖。"户牖:程本作窗户。

【原文】

既怵幽沉於不盡,復含岡屈於無窮。[①] 高標見嫉,閨闈恨比長沙;[②] 直烈遭危,巾幗慘於羽野。[③]

【譯文】

胸頭充塞着幽怨沉思，没個完結；心裏填滿着誣衊冤屈，無窮無盡。超群的才華，受人妒忌；閨女的怨恨可比賈誼貶謫到長沙。婞直的性格，遭到苦難，姑娘的惨痛勝過鮌被殺死在羽野。

【校勘】

稿本原作羽野，疑高鶚改爲雁塞。"直烈遭危，巾幗惨於羽野。"脂硯齋庚辰本如此。俞平伯先生云："原注：鮌剛直自命，舜殛於羽山。"《離騷》："曰鮌婞直以亡身兮，終然殀乎羽之野。"賈寶玉把四凶之一比配晴雯，而贊其直烈，這裏就突出地顯示了他的叛逆性格。今程本改爲貞烈遭危，巾幗惨於雁塞。以雁塞換羽野，鬥爭性、思想性就削弱；以貞烈易直烈，那就是蒙上了一層封建主義的灰塵。這裏也就反映着曹雪芹和高鶚兩位作家世界觀的差異。

【注釋】

①"既忳幽沉於不盡，復含罔屈於無窮。"忳：庚辰本作屯，鬱積。幽沉：幽寃沉淪。罔：誣陷。屈：冤屈。賈寶玉堅定地痛苦地呼籲着晴雯的被攆出大觀園是受冤屈，被侮辱。含冤難伸，怨恨無窮。忳或屯是放在心中，含是忍而未發。《紅樓夢》第七十七回："晴雯嗚咽道：……祇是一件，我死也不甘心的：我雖生的比別人略好些，並没有私情勾引你，如何一口咬定我是個'狐狸精'？"

②"高標見嫉，閨閫恨比長沙。"高標：表識。《文選》孫綽《遊天台山賦》："赤城霞起而建標。"這裏引申爲崇高的風格或超群的才華。見嫉：受到妒忌。閨閫：門閫。婦女所處的地方。巾幗：婦女的首飾，一般借喻婦女。這裏指晴雯。恨比長沙：晴雯

被攆出大觀園，她的痛苦，可以和賈誼的被貶斥到長沙相比。《漢書·賈誼傳》："賈誼，洛陽人也，年十八，以能誦詩書屬文稱於郡中。……文帝召以爲博士。……然諸法令所更定，及列侯就國，其説皆誼發之。於是天子議以誼任公卿之位。絳、灌、東陽侯、馮敬之屬盡害之。……於是天子後亦疏之，不用其議。以誼爲長沙王太傅。"賈誼對文帝建議："欲天下之治安，莫若衆建諸侯，而少其力。"這樣或可改變"漢興，天子之政行於郡，不行於國"（柳宗元《封建論》）的局面，使漢代的中央政權，從而鞏固，不失是一個"善謀"。在歷史上説，使封建國家統一，這些措施是有進步作用的。

　　③"直烈遭危，巾幗慘於羽野。"《離騷》："曰鯀婞直以亡身兮，終然殀乎羽之野。"王逸注："婞：音脛，狠也。蚤死曰殀。言堯使鯀治洪水，婞狠自用，不順堯命，乃殛之於羽山，死於中野。女嬃比屈原於鯀，不承君意，亦將遇害。"鯀，儒家宣傳是四凶之一。歷史上突破這種傳統説法的，祇有兩人，一是屈原，一是曹雪芹。贊美鯀的"婞直"和"直烈"，這裏也可看出屈原、曹雪芹這兩位大文學家的反潮流的叛逆精神。賈寶玉把晴雯的被攆出大觀園，認爲晴雯所遭的創傷過於鯀的被殺在羽山之野。這裏可以看出寶玉關於這事内心的痛苦和憤慨，和他對晴雯的崇敬。

　　雁塞：這詞是高鶚所改。自程本印行後，各本都作雁塞。雁塞：邊塞。庾信《對燭賦》云："龍沙雁塞甲應寒，天山月没客衣單。"這裏雁塞指長城外。慘於雁塞：江淹《恨賦》云："若夫明妃去時，仰天太息。紫臺稍遠，關山無極。搖風忽起，白日西匿。隴雁少飛，岱雲寡色。"指昭君出塞。這裏高鶚抒寫晴雯被逐，慘痛比之於過於昭君出塞。高鶚可能認爲曹雪芹把她比之於鯀的被殺，太尖鋭了！因而改成這個樣子。就這一改，可見高鶚"老且憊矣"！

【原文】

自蓄辛酸,誰憐夭折? 仙雲既散,芳趾難尋。

【譯文】

祇有自己心中懷着無限的悲傷,還有誰來同情你年輕輕的受摧殘而死呢? 仙子的雲影已經散失,姑娘的足跡再也尋找不到了。

【校勘】

夭折:稿本改作夭逝。仙雲:稿本作仙靈。

【原文】

洲迷聚窟,何來卻死之香?^①海失靈槎,不獲回生之藥。^②

【譯文】

前往聚窟洲的道路,感覺迷惑,從哪裏去找到這返魂的卻死香呢? 茫茫的大海失掉了浮槎仙舟,也就尋不到起死回生的靈丹妙藥。

【注釋】

①“洲迷聚窟,何來卻死之香。”:“聚窟洲”“卻死香”曲出《十洲記》。《十洲記》云:聚窟洲在西海中,申未之地,地方三千里,北接昆侖。上多真仙靈宮。……神鳥山多返魂樹。伐其木根心,於玉釜中煮取汁,更微火煎如黑餳狀,令可丸之,名曰驚精香,或曰震靈丸,或名反生香,或名震檀香,或名人鳥精,或名卻死香。死者在地,聞香氣仍活。

②“海失靈槎,不獲回生之藥。”靈槎:即浮槎,傳說中航行大

海與天河間的仙舟。張華《博物志》云："天河與海通,近世有人居海渚者,年年八月有浮槎去來不失期。" 回生之藥:古代方士胡説:海中有不死之藥。《漢書·郊祀志》:"自威宣燕昭使人入海求蓬萊、方丈、瀛洲,此三神山者,其傳在勃海中,去人不遠。蓋嘗有至者,諸仙人及不死之藥皆在焉。"

【原文】

眉黛煙青,昨猶我畫;①指環玉冷,今倩誰溫?②

【譯文】

你那煙黛般的柳眉,好像昨天我替你畫的樣子;可是戴在你指上的玉環已經冰冷,現在有誰來幫你重新溫暖呢?

【注釋】

①"眉黛煙青,昨猶我畫。"黛:青綠色的顏料,供畫眉用。《紅樓夢》第三回,寶玉道:"《古今人物通考》上説:'西方有石名黛,可代畫眉之墨。'"畫眉:典出《漢書·張敞傳》"敞無威儀,……爲婦畫眉。"

②"指環玉冷,今倩誰溫。"晴雯生時,寶玉曾幫她渥手。《紅樓夢》第五十一回,寫月夜晴雯和麝月開玩笑,寶玉怕她凍了,喚她進來,幫我掖掖被吧。晴雯上去掖被。伸手進去,就渥一渥。寶玉笑道:"好冷手! 我説看凍着!"一面又見晴雯兩腮如胭脂一般,用手摸一摸,也覺冰冷。寶玉道:"快進被來渥渥吧。"現在晴雯已死,還有誰和她渥手呢?

【原文】

鼎爐之剩藥猶存,①襟淚之餘痕尚漬。②

【譯文】

那炭爐上銅鼎裏的，你吃剩的藥渣還放在那裏，我灑在衣襟上的斑斑淚痕還未消失。

【注釋】

①"鼎爐之剩藥猶存"：晴雯初病時，寶玉命爲她煎藥調理。《紅樓夢》第五十一回、第五十二回描寫這事。"寶玉命把煎藥的銀吊子找了出來，就命在火盆上煎。"寶玉出去，後"因惦記着晴雯等事，便先回園裏來。到了房中，藥香滿屋。一人不見，祇見晴雯獨臥於炕上，臉上燒的飛紅。又摸了一摸，祇覺燙手；忙又向爐上將手烘暖，伸進被去摸了一摸身上，也是火燒。"

②"襟淚之餘痕尚漬"：晴雯病重，被攆出大觀園，住在貴兒媳婦家裏，睡在一領蘆席上，寶玉前往探望。《紅樓夢》第七十七回寫道："忽聞有人喚他，強展星眸。一見是寶玉，又驚又喜，又悲又痛。忙一把死攥住他的手，哽咽了半日。方説道：'我祇當不得見你了！'接着便嗽個不住。寶玉也祇有哽咽之分。晴雯道：'阿彌陀佛！你來的好，且把那茶倒半碗我喝。渴了這半日，叫半個人也叫不着。'寶玉聽説，忙拭淚問：'茶在那裏？'晴雯道：'在爐臺上。'寶玉看時，雖有個黑沙吊子，也不象個茶壺。祇得桌上去拿一個碗，未到手内，先就聞得油羶之氣。寶玉祇得拿了來，……祇見晴雯如得了甘露一般，一氣都灌了下去了。"這些傷心事，寶玉都歷歷猶在目前。

【原文】

鏡分鸞別，①愁開麝月之奩；②梳化龍飛，③哀折檀雲之齒。④

【譯文】

就像徐德言與樂昌公主那樣鸞鏡已經分開，我愁苦地打開麝月照過鬢絲的鏡套；又像陶侃壁上掛的梭子化龍飛去，我也哀傷着想起打折挑逗檀雲者的牙齒。

【校勘】

別字程本作影。鏡分鸞別與下句梳化龍飛，飛字對仗（見人民文學出版社《紅樓夢》校記）。梳字疑爲梭之訛。

【注釋】

①"鏡分鸞別。"分：分開。鸞（影）：鏡上所畫的鸞鳳圖案。鏡上畫鸞鳳的，稱爲鸞鏡。《青瑣集》云：樂昌公主與夫徐德言別，破一鏡，人執其半。約鬻此。必以正月望日。陳亡，其妻入楊越公家。德言流落至京，以正月望日訪於都市。有蒼頭鬻半鏡者。德言出半，合之。越公即還其妻。這裏寶玉借喻他和晴雯生離死別。

②"愁開麝月之奩。"奩：鏡奩，包括鏡袱或鏡套。《紅樓夢》第七十四回："將鏡奩、妝盒、衾袱，衣包若大若小之物一齊打開。"第五十六回："放下鏡套。"第四十二回："黛玉會意，便走至裏間，將鏡袱揭起，照了照。"麝月是寶玉的四大丫鬟——即麝月、檀雲、秋紋、碧痕之一。寶玉曾爲麝月梳洗過。《紅樓夢》第二十回："説着將文具鏡匣搬來，卸去釵釧，打開頭髮。寶玉拿了篦子，替他一一的梳篦。祇篦了三五下，祇見晴雯忙忙走進來取錢，一見了他兩個，便冷笑道："哦，交杯盞還沒吃倒上頭了。"寶玉笑道：你來我也替你篦一篦。""寶玉在麝月身後，麝月對鏡，二人在鏡内相視而笑。"寶玉聯想這事，因而悼念晴雯。

③"梳化龍飛。"《晉書·陶侃傳》："或云侃少時，漁於雷澤，

網得一織梭，以掛於壁。有頃雷雨，自化爲龍而去。"這裏寶玉借喻晴雯浮生人間，今已物化仙去，梭疑爲梭的筆誤。

④"哀折檀雲之齒。"《晉書·謝鯤傳》："鄰家高氏女，有美色。鯤嘗挑之，女投梭，折其兩齒。時人爲之語曰：任達不已，幼輿折齒。"檀雲是寶玉的四大丫鬟之一。曹雪芹對她描寫很少，可能她沒有多少特色，或者一時忘了。《紅樓夢》中寫到檀雲的有四處。一是，第二十三回，夏夜即事詩云："窗明麝月開宮鏡，室靄檀雲品御香。"明窗淨几之下，麝月替寶玉打開鏡奩；檀雲燃起御香。二是，第二十四回，寫到寶玉"回到園內，換了衣服，正要洗澡"時說："襲人被寶釵煩了去打結子；秋紋、碧痕兩個去催水；檀雲又因他母親的生日，接出去了；麝月現在家中病着；還有幾個做粗活的聽使喚的丫頭，料是叫不着他，都出去尋夥伴的去了。"三是，第三十四回，寶玉挨打以後："王夫人使個婆子來口稱：太太叫一個跟二爺的人呢。襲人見說，想了一想，便回身悄悄告訴晴雯、麝月、檀雲、秋紋等，說太太叫人，你們好生在房裏，我去了就來。"（檀雲：今各本無，八十回校本，人民文學出版社後校記都失校。《脂硯齋重評石頭記》原燕京大學圖書館藏，1955年文學古籍刊行社影印，第 775 頁有。）四是：第七十八回《芙蓉女兒誄》中。關於檀雲折齒的事，《紅樓夢》中沒有這類描寫，可能作者腹稿中有，沒寫上去。這裏可能寶玉藉以哀念過去晴雯與他爲了摺扇口角爭吵頂撞一類的事。

【原文】

委金鈿於草莽，拾翠匐於塵埃。①樓空鳲鵲，②杠懸七夕之針；③帶斷鴛鴦，④誰續五絲之縷？⑤

【譯文】

好比楊玉環絞死在馬嵬坡下，金鈿全是拋棄在草莽中間，翠盒衹能從塵埃裏拾起。鵁鶄樓早已人去樓空。七月七日晚上乞巧的繡針衹是空空掛着，鴛鴦帶子已經斷了，哪個再把那五色絲綫續上？

【校勘】

枉懸：人民文學出版社記云“從諸本作徒”。按從有任從，任憑義，尚可通，今不改。操南按：枉懸與徒懸義通，當以徒懸爲是。從字當是傳抄時文字形近而訛。

【注釋】

①“委金鈿於草莽，拾翠㝢於塵埃。”委：拋棄。金鈿：婦人嵌金花的首飾。往往用以借喻婦女。劉禹錫詩：“好吹楊柳曲，爲我舞金鈿。”草莽：草野。翠㝢：綠玉切製的首飾盒。鈿盒古有以爲愛情的表徵。這裏寶玉借用楊貴妃死於馬嵬坡的故事，哀悼晴雯的慘死。白居易《長恨歌》云：“花鈿委地無人收，翠翹金雀玉搔頭。”

②“樓空鵁鶄。”鵁：鵁鶄：一種黑色的鳴禽。漢時宮觀，有名鵁鶄的。司馬相如《上林賦》：“過鵁鶄，望露寒。”李周翰注：“皆宮觀名。”樓空鵁鶄，暗喻晴雯的死，人去樓空。

③“枉懸七夕之針。”《西京雜記》：“漢宮七夕穿針，皆會於開襟樓，針皆七孔。”《荆楚歲時記》：“七夕婦人結綵縷，穿七孔針，或以金銀鍮石爲針，陳几筵酒脯瓜果於庭中，以乞巧。有蟢子網於瓜上，則以爲符應。”《天寶遺事》：“妃嬪各執九孔針、五色綫，向月穿之，過者爲得巧。”這裏寶玉悲痛，晴雯已逝，七夕乞巧穿針也成虛設了。

④“帶斷鴛鴦”：婦女衣飾。《紅樓夢》第五十回聯詩：“或濕

鴛鴦帶,時凝翡翠翹。"

　　⑤"誰續五絲之縷。"《風俗通》:"五月五日,以五彩絲繫臂,辟鬼及兵,一名長命縷,一名續命縷,一名辟兵繒,一名五色縷,一名朱索。"《荊楚歲時記》:"五月五日,以五色絲纏臂曰:長命縷。"五色縷,迷信説法:益人命,句意:晴雯既死,没法續命。

【原文】

　　況乃金天屬節,白帝司時,孤衾有夢,空室無人。桐階月暗,芳魂與倩影同銷;蓉帳香殘,嬌喘共細言皆絶。連天衰草,豈獨蒹葭;①匝地悲聲,無非蟋蟀。②露苔晚砌,③穿簾不度寒砧;④雨荔秋垣,⑤隔院希聞怨笛。⑥

【譯文】

　　何況現在正當初秋季節,白帝主管的時令,西風蕭瑟;我孤零零地躺在被裏做夢,醒來時屋梁下再也不見你的倩影。在那月色暗淡,桐樹旁的臺階上,你的聖潔的芳魂和那美麗的身影全已消逝;那芙蓉帳裏被上的熏香也漸漸散失,你的嬌弱的喘息和那纖瘦的身軀都已泯滅了。推窗眺望,漫天盡是枯萎的野草,豈衹白露瀼瀼的蒹葭。遍地是響徹着一片淒涼的聲音,没有一處不是蟋蟀的哀鳴。在那夜晚的臺階上沾滿了潤濕的露珠。室内是静悄悄的,我没心没緒聽不到寒夜穿過簾櫳的擣衣聲音。雨點落在秋天墙邊的薜荔枝上,偶然卻盼望聽到隔壁鄰院人家幾聲幽怨的笛聲。

【注釋】

　　①"連天衰草,豈獨蒹葭。"蒹葭:蘆葦。《詩·秦風·蒹葭》:"蒹葭蒼蒼,白露爲霜。所謂伊人,在水一方。溯洄從之,道阻且

長。溯游從之，宛在水中央。"原詩是寫思慕的人不可得見。這裏描寫兼葭，既是寫景，也是聯想。

②"匝地悲聲，無非蟋蟀。"匝地：遍地。蟋蟀：蟲名。《詩·唐風·蟋蟀》："蟋蟀在堂，歲聿其莫。今我不樂，日月其除。"這裏寶玉藉以抒寫他的心境悲涼。魯迅先生說得好："而所愛之侍兒晴雯又被遣，隨歿。悲涼之霧，遍被華林，然呼吸而領會之者，獨寶玉而已。"（見《中國小說史略》）又說："在我的眼下的寶玉，卻看見他看見許多死亡。"《紅樓夢》第七十回寫："寶玉因冷遁了柳湘蓮，劍刎了尤小妹，金逝了尤二姐，氣病了柳五兒，連連接接，閒愁胡恨，一重不了一重添。弄得情色若癡，語言常亂，似染怔忡之疾。"又第七十九回寫寶玉："也因近日抄揀大觀園，逐司棋、別迎春、悲晴雯等羞辱、驚恐、悲淒之所致，兼以風寒外感，故釀成一疾，臥床不起。"寶玉的心境確是十分蕭瑟。

③"露苔晚砌"：砌：階甃。《紅樓夢》第四十二回："門窗也倒豎過來，階砌也離了縫。"

④"穿簾不度寒砧"：砧：擣衣石。秋天擣衣，故稱寒砧。

⑤"雨荔秋垣"：雨點落在秋天牆邊的薜荔枝上，寶玉藉以襯托氣氛和自己的情緒。柳宗元《登柳州城樓寄漳汀封連四州刺史》："密雨斜侵薜荔牆。"情景相符。

⑥"隔院希聞怨笛。"向秀《思舊賦序》云："予與嵇康、呂安居止接近，其人並有不羈之才。……於時鄰人有吹笛者，發音寥亮。追思曩昔遊宴之好，感音而歎。"又《賦》云："聽鳴笛之慷慨兮，妙聲絕而復尋。"這裏藉以寫他悼念晴雯。

【原文】

芳名未泯，簷前鸚鵡猶呼；①艷質將亡，檻外海棠預老。②捉迷屏後，蓮瓣無聲；③鬥草庭前，蘭芽枉待。④拋殘繡綫，銀箋彩縷誰裁?⑤摺(褶)斷冰絲,金斗御香未熨。⑥

【譯文】

你的芳馨的名字還沒消逝,簷前的鸚鵡還在頻頻呼喚;你的姣艷的體軀將要死亡,廊外的海棠花卻預先枯萎了。在那經常捉迷的屏風後面,刻着金蓮的地上已是聲息全無;在那經常鬥草的院庭前面,芳馨的蕙蘭也祇白白地在等待着。你所使用的綉綫胡亂地拋在那裏,還有哪個姑娘幫我來裁貼銀箋?我的衣裙上的素絲斷了,熨斗裏的御香也再沒有人來點燃。

【校勘】

人民文學出版社版校記:"褶"脂本作"摺",與上句"拋"字對。

【注釋】

①"芳名未泯,簷前鸚鵡猶呼。"這是大觀園中實事,廊下養着鸚鵡,會呼姑娘的名字。《紅樓夢》第三十五回:"那鸚哥又飛上架去,便叫:雪雁,快掀簾子,姑娘來了!"又第八十九回:"正說到這裏,祇聽鸚鵡叫喚,學着說:姑娘回來了,快倒茶來!"

②"艷質將亡,檻外海棠預老。"檻:廳軒前邊的欄杆。海棠預萎,寶玉看來似是晴雯夭折的預兆。《紅樓夢》第七十七回:"寶玉道:'我不是妄口咒他,今年春天已有兆頭的。'襲人忙問:'何兆?'寶玉道:'這階下好好的一株海棠花,竟無故死了半邊,我就知道有異事,果然應在他身上。'"這自然是屬於唯心論的先驗論。但賈府內外,充滿着矛盾,"履霜堅冰至",身歷其境是有預感的。如第七十二回:"林之孝說道:'纔聽見雨村降了,卻不知何事,祇怕未必真。'賈璉道:'真不真,他那官兒未必保的長。

將來有事,祇怕未必不連累,咱們寧可疏遠着他好。'"賈雨村降官和賈府的没落及被抄,是有聯繫的。賈璉聽了林之孝的説話,所以就有猶豫了。大觀園的抄檢,和王夫人向支持寶玉叛逆思想的周圍丫頭開刀,寶玉感到周圍的封建勢力對他有着强大的壓力,以致晴雯的慘死,自然也是有預感的,這自然從鬥爭的生活中來,我們可以給以合理的解釋。

③"捉迷屏後,蓮瓣無聲":這是寶玉的生活情景。初進大觀園時,《紅樓夢》第二十三回曾概括地寫道:"且説寶玉自進園中……每日祇和姊妹丫鬟們一處,或讀書,或寫字,或彈琴下棋,作畫吟詩,以至描鸞刺鳳,鬥草簪花,低吟悄唱,拆字猜枚,無所不至。"寶玉和晴雯,鬥草、捉迷,自是意料中事。蓮瓣:指屏後地上的蓮瓣。《南史·齊東昏侯紀》:"又鑿金爲蓮華,以帖地。令潘妃行其上,曰:此步步生蓮華也。"後人因説婦女的纖足爲金蓮,走路爲蓮步。孔平仲《觀舞詩》:"雲鬟應節低,蓮步隨歌舞。"句意:晴雯死了,在捉迷的屏風後面,她的走路聲息已没有了。

④"鬥草庭前,蘭芽枉待。"鬥草:大觀園中女兒玩的一種遊戲。《紅樓夢》第六十二回寫道:"外面小螺和香菱、芳官、蕊官、藕官、豆官等四五個人,都滿園中玩了一回,大家採了些花草來,兜着坐在花草堆裏鬥草。"蘭芽程本作蘭芳。蘭芳:《招魂》:"結撰至思,蘭芳假些。"王逸注:"蘭芳以喻賢人。"句意:晴雯死了,在那鬥草庭前,蘭芳祇是空空地在等待了。

⑤"拋殘繡綫,銀箋彩縷誰裁":程本作彩袖。銀箋彩袖誰裁,猶説彩袖誰裁銀箋。彩袖:指女奴。晏小山詞:"彩袖殷勤捧玉鍾。"《紅樓夢》第二十三回《冬夜即事》:"女兒翠袖詩懷冷。"晴雯在絳芸軒中曾爲寶玉裁貼斗方,現在晴雯死了,繡綫拋殘,銀箋哪個再來裁呢?晴雯裁貼斗方,見《紅樓夢》第八回。

⑥"摺(褶)斷冰絲,金斗御香未熨。"褶:《禮·玉藻》:"帛爲

褶。《紅樓夢》第四十二回:"衣褶裙帶。"或作摺,敗也。《史記·范雎傳》:"折脅摺齒。"金斗:指燙衣的熨斗。白居易《繚綾詩》:"金斗熨波刀翦紋。"《紅樓夢》第四十回:"一面吩咐了小丫頭子們:'舀洗臉水,燒熨斗來。'"晴雯曾替寶玉補孔雀裘,"先拿了一根比一比","然後用針紉了兩條,分出經緯,亦如界綫之法,先界出地子後,依本衣之紋來回織補,補兩針,又看看⋯⋯織補不上三五針,伏在枕上歇一會。"句意:現在衣褶素絲斷了,哪個再燃金斗來縫補呢?

【原文】

昨承嚴命,既趨車而遠陟芳園;[①]今犯慈威,復拄杖而遣拋孤匶。[②]及聞蕙棺被燹,慚違共穴之盟;[③]石槨成災,愧迨同灰之誚。[④]

【譯文】

昨天我聽從父親的呼喚,趕着車子遼遠地去名園賞菊吟詩;今天還觸犯慈母的威嚴,拄了拐杖前來,誰知你那孤零零的棺木已經被人扔掉。直到聽說你的蕙蘭花棺被燒,馬上撲滅我倆死後同穴的情誼;堅硬的石槨已遭禍殃,我對一同飛灰飛煙的誓言,說來深深感到慚愧。

【校勘】

俞校記:"蕙棺:原櫶館,從庚辰本作櫶棺。"

【注釋】

①"昨承嚴命,既趨車而遠陟芳園":晴雯被攆以後,病危躺在姑舅哥哥貴兒媳婦家中,沒人照顧。寶玉探病回院,一夜翻來

復去，不能安頓，恨不得天一時亮了。及至天明，卻有王夫人喚小丫頭來傳話，老爺要寶玉去賞菊和詩。寶玉無奈，祇得前去。及至回院，晴雯已經淒然夭亡。事見《紅樓夢》第七十七回。

②"今犯慈威，復拄杖而遣拋孤匶。"拄杖：寶玉是青少年，卻是嬌生慣養，平時往往拄杖而行。《紅樓夢》第五十九回："寶玉聽説賈母等回來，隨多添了一件衣裳，拄杖前邊來，都見過了。"寶玉悼念晴雯的夭折，自然更須杖而後行了。《紅樓夢》第七十八回寫寶玉似聞晴雯死耗，思想前去靈前一拜，遂一人出園，往前次看望之處來。意爲停柩在內。誰知他哥嫂回了上去。王夫人命賞了十兩銀子，即刻送到外頭焚化了去。他嫂便催人立刻入殮，抬往城外化人廠上去了。寶玉撲了一個空，祇得復身進入園中。

③"及聞蕙棺被燹，慚違共穴之盟。"蕙棺或作槥棺；蕙：蕙蘭；香草。槥：小棺。晴雯的棺木是由他的哥嫂很快抬入化人廠焚化的。共穴：《詩·唐風·葛生》："夏之日，冬之夜。百歲之後，歸于其居。"後世因有死則同穴之説。

④"石槨成災，愧迨同灰之誚。"石槨：古代人死，有以石做槨的。《禮記》："見桓司馬自爲石槨，三年而不成。"同灰：同化成灰。楊公回詩："生爲併身物，死爲同棺灰。"寶玉和女兒多次設誓，化煙化灰。《紅樓夢》第十九回：寶玉對襲人説："等我有一日化成了飛灰。"第二十二回：對湘雲説："我若有外心，立刻化成灰，教萬人踐踹。"第五十七回：對紫鵑説："活着，咱們一處活着；不活着，咱們一處化灰、化煙。如何？"寶玉和晴雯也會這樣説過，祇是行文剪裁，不一定都寫下來。

【原文】

爾乃西風古寺,淹滯青磷,^①落日荒坵,零星白骨。楸榆颯颯,^②蓬艾蕭蕭。隔霧壙以啼猿,繞煙塍而泣鬼。

【譯文】

現在你的幽靈,飄蕩在西風古寺下,埋殁在青磷鬼火裏邊。在那落日晚霞照着的荒墳裏,祇見一堆堆的拋棄着零零落落的白骨。西風一陣陣地吹着,一行行的楸樹、榆樹、蓬蒿、艾草都在瑟瑟地作響。隔着霧氣的墳壙,有猿猴在悲傷、啼哭,繞着雲煙的山塍,有鬼魅在流淚、惆悵。

【注釋】

①"淹滯青磷。"淹滯:有才德而沒有被選拔的。《左傳》昭公十四年:"舉淹滯。"句意:晴雯的幽靈埋殁在青磷鬼火裏邊。

②"楸榆颯颯。"颯颯:風聲。《紅樓夢》第三十回:"忽然涼風過處,颯颯的落下一陣雨來。"《楚辭·山鬼》:"猿啾啾兮又夜鳴,風颯颯兮木蕭蕭。"

【原文】

自爲紅綃帳裏,公子情深;^①始信黃土隴中,女兒命薄!^②

【譯文】

哪裏能說紅綃帳裏的公子,對你是多情多義的呢？我現在相信,死在黃土隴中的女兒,命運真是悲慘啊!

【注釋】

①"紅綃帳裏,公子情深":這一聯黛玉批評寶玉,意思卻好。

衹是紅綃帳裏,未免俗濫些。不如改成:"茜紗窗下,公子多情"
呢。寶玉聽説,連稱好極! 這是什麼道理呢?《紅樓夢》第一回:
《好了歌》注解説:"昨日黃土隴頭送白骨,今宵紅燈帳底卧鴛鴦。"
寶玉和晴雯是什麼關係,不像寶玉和襲人的關係,襲人是半開了
臉的。晴雯自己臨死前還表示:"衹是一件,我死也不甘心,我雖
生得比別人略好些,並沒有私情勾引你,如何一口死咬定了我是
個狐狸精!"她是自尊自重,爭取和寶玉建立平等友誼的。寶玉誄
文中怎樣用"紅綃帳裏,公子情深"來反映他倆的生活和關係,所
以黛玉批評他行文一時受了"俗"辭"濫"調影響,需要改掉。"茜
紗窗下",纔是寶玉和晴雯一處生活的"好景好事";所以,黛玉提
議不如改成"茜紗窗下,公子多情"。《紅樓夢》第二十三回,《秋夜即
事》云:"絳芸軒裏絕喧嘩,桂魄流光浸茜紗。"又第五十八回,《茜紗
窗真情揆癡理》,卻是寶玉和一般女兒生活的真實情景。所以寶玉
聽了,連稱好極! 並説:"這唐突閨閣萬萬使不得的。"

　②"黃土隴中,女兒命薄":寶玉與黛玉推敲,這語寶玉初改
"黃土隴中,丫鬟薄命",後又改爲"黃土隴中,卿何薄命!"黛玉聽
了,陡然變色。這又爲什麼呢? 寶玉是有叛逆性格的,他不是四
大家族階級的孝子賢孫。黛玉寄人籬下,對賈府的淫亂腐朽,極
爲不滿。她不肯向黑暗污濁的現實低頭,和寶玉的生活理想符
合,給以支持。寶玉在賈府中,父子、母子之間的衝突矛盾極大,
在那封建勢力頑强地存在着的時候,自然寶玉和黛玉的鬥爭注定
是失敗的。晴雯是"使力不使心"的,但她的思想行動,也是支持
和促成寶玉叛逆性的發展的。這樣當階級鬥爭尖鋭和深入的時
候,必然是會受到統治階級當權派的殘酷鎮壓的。因而封建勢力
打擊她們,黛玉與晴雯程度雖有不同,方式也兩樣,受打擊的命運
卻是一致的。這點,寶玉、黛玉都是覺察到的。所以,寶玉把這語
改成"卿何薄命",觸動了黛玉的情緒,不覺"陡然變色"了。《紅樓

夢》中把這一聯，特別提出，議論一番，是有它的很深的涵義的。

【原文】

汝南淚血斑斑，灑向西風，①梓澤餘衷默默，訴憑冷月。②

【譯文】

我像范式哀傷張劭那樣，血淚斑斑，祇能向西風揮灑；又像石崇懷念綠珠那樣，悄悄地向冷清清的月亮傾訴。

【注釋】

①“汝南淚血斑斑，灑向西風。”這裏借用范式哭張劭和矯慎思友歎息的故事。蔣濟《山陽死友傳》云：漢范式，字巨卿，……與汝南張劭爲友。劭字伯元。……伯元臨終歎曰：恨不見吾死友，而范式亦夢伯元死。於是便服朋友之服，投其葬日，馳往赴之。未及到，而喪已發引。既至壙，將窆，而柩不肯進。其母撫之曰：伯元豈有望耶？遂停柩。移時，乃見素車白馬，號哭而來。其母望之曰：是必范巨卿也。既至，扣喪言曰：行矣，伯元！生死異路，永從此辭。會葬者千人，皆爲揮涕。式因執紼而引柩，於是乃前。《漢書·矯慎傳》：“汝南吳蒼，甚重之。因遺書以觀其志曰：仲彥足下，勤處隱約，雖乘雲行泥，棲宿不同。每有西風，何嘗不歎！”

②“梓澤餘衷默默，訴憑冷月。”梓澤：在河南洛陽縣西北。晉石崇金谷園在北。《晉書·石崇傳》：“崇有別館，在河陽之金谷。一名梓澤。”這裏借指石崇。梓澤餘衷：指石崇哀傷綠珠墜樓的事。《晉書·石崇傳》：“崇有妓曰綠珠，美而艷，善吹笛。孫秀使人求之，……崇勃然曰：綠珠吾所愛，不可得也……秀怒，……遂矯詔收崇。……崇正宴於樓上，介士到門。崇謂綠珠

曰：我今爲爾得罪。綠珠泣曰：當效死於官前，因自投於樓下而
死。"這裏寶玉借用石崇懷念綠珠的衷情，祇能默默地向冷月傾
訴。

【原文】

鳴呼！固鬼蜮之爲災，豈神靈而亦妒？① 箝詖奴之口，討豈
從寬？② 剖悍婦之心，忿猶未釋！③

【譯文】

啊啊！這自然是那些鬼怪造成你的災難，難道那些神靈也
要妒忌你嗎？應該撕毀那些刁奴的嘴巴，討伐她們怎能從寬？
還要剖開那個潑婦的胸膛，我的心頭氣憤還不能解除。

【注釋】

①"固鬼蜮之爲災，豈神靈而亦妒。"鬼蜮：《詩·小旻之什·
何人斯》："爲鬼爲蜮。"《集傳》："蜮，短狐也。江淮水皆有之。能
含沙以射水中人影，其人輒病而不見其形也。"這裏寶玉暗指進
讒和陷害晴雯的奴才們。神靈：暗喻迫害晴雯的封建統治者。

②"箝詖奴之口，討豈從寬。"詖：《孟子·公孫丑》孟子説：
"詖辭知其所蔽，淫辭知其所陷。"《滕文公》中説："距詖行，放淫
辭。"《集注》："詖，偏陂也。"這裏詖奴，猶言刁奴。襲人在王夫人
前告密獻策，寶玉對她讒害晴雯，有所覺察，感到十分氣憤；因
此，斥之爲詖奴！

③"剖悍婦之心，忿猶未釋。"悍婦：這裏寶玉指斥他的母親
王夫人。由此可見，寶玉和他母親的矛盾鬥爭也很尖銳的。

【淺解】

賈寶玉是賈府榮國公的曾孫，賈政的兒子，他是有資格繼承這一份基業的政治和經濟的特權的。在賈、史、王、薛四大家族，以及整個十八世紀的封建社會中，他是有條件做這一階級的政治上的核心人物的，這一階級也是希望他能這樣做的。但賈寶玉卻不是屬於四大家族這一階級的孝子賢孫，他的思想行爲，與這一階級的利益相衝突，他是有着叛逆性格的人物。他一不願接受那"四書一氣講明背熟"，認爲聖人之書，都是"編造"出來的；二不願講"仕途經濟"，認爲這是"國賊，祿蠧之流"的勾當；三不願去勾結官府，卻是同情家庭奴隸們的慘痛遭遇。這樣，就使寶玉同自己家庭之間産生矛盾，父子之間、母子之間裂痕愈來愈深；從而使他逐漸地從四大家族的成員中游離出來，站到了它的對立面。正如有的同志講得好："賈寶玉同自己家庭的矛盾，是讀'經'與不讀'經'，仕進與反仕進，壓迫人民與同情被壓迫人民，'金玉良緣'與'木石姻緣'的尖銳鬥爭，是賈寶玉的叛逆思想同四大家族階級利益的衝突，是大觀園內外階級矛盾的一種反映。"（見吳幼源《從幾十條人命看〈紅樓夢〉的主題思想》，《安徽日報》（1973 年 10 月 17 日）賈政要寶玉按着封建的正統規範去做人，要他走封建家長給他安排好的鞏固封建統治和衛護封建家族利益的生活道路；寶玉卻不願意做這樣的人，走這樣的路。賈政要用封建的正統規範來索縛他，寶玉卻要反抗這種索縛。寶玉的這種叛逆思想，就同四大家族的階級利益相衝突。這種矛盾，實際上就是大觀園內的階級矛盾的一種反映，因此就處於一種不調和的地步。賈政總是希望寶玉做他的繼承人。"雛鳳清於老鳳聲"，但是辦不到。"恨鐵不成鋼"，賈政思想解決這一問題，於是拿出封建的家長制的父道尊嚴來，惡狠狠地鞭打寶玉。顯然，賈政這一野蠻、殘酷的舉動，連他自己家裏也通不過，失敗了。王夫人自然也是十分重視這一問題的,她在對待這一問題上的立場、觀點和賈政是完全一致的。這是由於他們的階級利益所決定的,但在解決這一問題的方法上是不同的。她有兩個兒子,大的一個叫賈珠,次的一個就是寶玉。賈珠是一個利祿熏心、作威作福的少爺,看來這個家夥會承繼他們的衣鉢的,"不幸"二十歲上短命死了。"母以子貴",王夫人祇有把一切希望寄託在寶玉身上了。所以,她不能像賈政那樣狠狠鞭打寶玉,管教寶玉,寶玉有個三長兩短怎麼辦?不是她家的那份剝削基業,要被大房的賈璉,庶出的賈環奪去,而自己就成了泡影嗎?於是,她採取另一手法,在生活上,是照顧和溺愛寶玉的,在意識形態工作上,她就寵用襲人,讓她用甜言蜜語誘導寶玉,"克己復禮"讓他"改邪歸正"。同時,在另一方面,她細心察看,認爲哪個是引壞寶玉的,就從她的身上開刀"釜底抽薪",對寶玉示威和打擊。抄檢大觀園,把晴雯攆走,固然是迫害晴雯,處分晴雯;同時,也是"教育"寶玉,打擊寶玉。自然,王夫人的這種措施、色屬內荏的殘酷鎮壓,也不能顯示她的強大;實際卻是她的外強中乾、垂死挣扎的表現。這種措施,並不能轉變寶玉的思想、性格;相反的,促使寶玉的叛逆性格的形成和發展。《芙蓉女兒誄》,就是被王夫人迫着,寶玉纔寫出來的。寶玉對晴雯的慘死,懷着同情、尊重、無比憤慨和悼念,這就是對王夫人的抵制和反抗。寶玉初進大觀園時,對於他的紈絝子弟的豪華生活是很滿意的,但是生活對他的鍛煉,他看到奴隸們的痛苦生活和優良的品質,逐漸激起他的同情和對她們的尊重。《芙蓉女兒誄》裏,寶玉喊出了:"箝詖奴之口,討豈從寬?剖悍婦之心,忿猶未釋!"這是女奴們的鬥爭給他的教育和影響的結果!賈政、王夫人都是枉費心機的。歷史的潮流是滾滾向前的,不可抗拒的。

【原文】

在君之塵緣雖淺，然玉之鄙意豈終。因蓄惓惓之思，不禁諄諄之問。[1]始知上帝垂旌，花宮待詔，[2]生儕蘭蕙，死轄芙蓉。聽小婢之言，似涉無稽；據濁玉之思，則深爲有據。何也？

【譯文】

和你一處相處的機緣雖然短暫，但是寶玉對你的情意卻很深厚。因此，我懷着真摯的情誼，熬不住耐心地向丫鬟再三追問。這纔知道上帝降旨把你招去，要你去到花宮聽候命令。生前你和蘭花蕙草作伴，死後應該去管理芙蓉花事。聽小丫鬟這一番話，好像屬於無稽之談；現在根據我愚蠢混濁的寶玉的想法，覺得這話是特別有根據的。這是什麼原因呢？

【注釋】

①"惓惓之思，諄諄之問。"惓惓之思：小心真摯的情意。諄諄之問：叮嚀告誡的詢問。

②"上帝垂旌，花宮待詔。"垂旌：降旌。旌：旗的一種。古代傳達命令時用它。這裏指下命令，召喚晴雯回去。待詔：待是等待；詔，指帝王下的文告。這裏指等待任命。晴雯死耗，寶玉是從兩個小丫頭的對話中仿佛聽知的。寶玉再三追問，丫頭說是玉皇爺召晴雯上天去做花神，主管芙蓉花兒的。寶玉信以爲真，認爲晴雯這樣的人，必有一番事業，祇是如今不能再相見了！免不得傷感思念。

【原文】

昔葉法善攝魂以撰碑，[1]李長吉被詔而爲記，[2]事雖殊其理則一也。故相物以配才，苟非其人，惡乃濫乎？始信上帝委託權衡，可謂至洽至協，庶不負其所秉賦也。

【譯文】

過去唐朝道士葉法善把李邕的靈魂抓來，喚他爲祖父寫碑，李賀——長吉臨死時受上帝的詔，要他寫《白玉樓記》，這些事和現在的兩樣，但是神奇的道理是一致的。所以，上帝總是考察職務，使符合人的才能；假使所任非人，那做事不就有了錯失了嗎？我纔相信上帝授權於人，可說是最符合實際、最恰當不過的，那就不會辜負他所具有的才能了。

【注釋】

①"昔葉法善攝魂以撰碑。"《處州府志》："唐開元間，松陽葉法善，以道術遭遇玄宗，時李邕爲處州刺史。邕以詞翰名世。法善求邕，與其祖有道先生國重作碑。邕從之。文成，請並書，弗許。一夕，夢法善請曰：向辱雄文，光賁泉壤，敢再求書。邕喜而爲書，未竟，鐘鳴夢覺，至丁字下數點而止。法善刻畢，持墨往謝。邕驚曰：始以爲夢，乃真邪？世傳此碑爲追魂碑。"這自然是道士的欺人之談。

②"李長吉被詔而爲記。"李商隱《李長吉小傳》："長吉將死時，忽晝見一緋衣人，駕赤虬，持一板。書若太古篆或霹靂石文者云：當召長吉，長吉了不能讀。歘下榻叩頭，言阿彌老且病，賀不能去。緋衣人笑曰：帝成白玉樓，立召君爲記。天上差樂不苦也。長吉獨泣。邊人盡見之。少之，長吉氣絕。常所居窗中，悖悖有煙氣，聞行車嘒管之聲。"這也是編造出來的。

【原文】

因希其不昧之靈，或陟降於茲，特不揣鄙俗之詞，①有污慧聽。乃歌而招之曰：

【譯文】

因此，我希望女兒不滅的靈魂，也許能夠親自降臨來到這裏。特爲没有考慮措辭的鄙陋粗俗，玷污你那敏慧的聽聞。就寫了這篇悲歌，來招撫你的芳魂。我唱道：

【注釋】

①"不揣鄙俗之詞。"揣：探求，忖度，考慮。

【淺解】

抄檢大觀園，王夫人處理了一批所謂的"咱們家的那些妖精"。晴雯"犯了什麼滔天大罪"呢？病重垂危之際，把她攆走，"就是他的性情爽利，口角鋒芒些，究竟也不曾得罪你們"，"一口死咬定""是個狐狸精"！司棋是犯着"事關風化"的罪，她自己卻是"並無畏懼慚愧之意"。蕙香祇是背地裏説了句笑話，和寶玉"一日的生日"，"同日生日就是夫妻"，"是個没廉恥的貨"，"教壞了寶玉"。芳官是"唱戲的女孩子，自然更是狐狸精了"！迫得她和藕官、蕊官，被尼姑拐去做活使唤。這就充分暴露王夫人"是個善人"的虛僞性和殘酷性。寶玉對於這些事故，"飛也似的趕了去"，"傷心"着"恨不能一死，但王夫人盛怒之際，自不敢多言"，這又説明寶玉鬥爭的軟弱性。這一家庭矛盾，實際是賈府中的階級鬥爭的一種表現和反映，寶玉是没法解決的。祇是促使他的叛逆性格進一步發展，把他逼出了一篇哀歌《芙蓉女兒誄》，在《誄》中，他大膽地喊出："高標見嫉，閨闈恨比長沙；直烈遭危，巾幗慘於羽野。"對晴雯高度的評價，喊出："箝詖奴之口，討豈從寬；剖悍婦之心，忿猶未釋！"對封建統治者及其僕從無比憤怒，但他在行動上"不敢多言"。他在言論上有些似"巨人"；在行動上卻是"矮子"。最後，他對晴雯的死，祇好乞靈於唯心論的先驗論，胡說什麼海棠預萎，就是她夭折的預兆："不但草木，凡天下之物，皆是有情有理的，也和人一樣，得了知己，便極有靈驗的。若用大題目比，就有孔子廟前之檜，墳前之蓍，諸葛祠前之柏，岳武穆墳前之松：這都是堂堂正大隨人之正氣，千古不磨之物。世亂則萎，世治則榮，幾千百年了，枯而復生者幾次。這豈不是兆應？小題目比，就有楊太真沉香亭之木芍藥，端正樓之相思樹，王昭君冢上之草，豈不也有靈驗？所以這海棠亦應其人欲亡，故先就死了半邊。"把現實的階級矛盾、階級鬥爭，世治、世亂，說是由於宿命。這個宿命會由有情有理的草木顯示出來。這和賈雨村在《紅樓夢》第二回中所宣揚的"天地生人""天資天賦"的謬論，把"階級鬥爭的歷史"，說成超階級的"正氣"與"邪氣"的相互消長，本質是一樣的。這是賈寶玉的思想局限，也是曹雪芹的時代和階級的局限性，寶玉在這樣的思想指導下，他對晴雯的死，祇有在幻想中，神遊一番，自我解嘲、自我慰藉而已。

【原文】

　　天何如是之蒼蒼兮，①乘玉蚪以遊乎穹窿耶？②地何如是之茫茫兮，駕瑤象以降乎泉壤耶？

【譯文】

　　老天爲什麼這樣的蔚藍幽深啊，是你跨着玉龍正在空中遨遊嗎？大地爲什麼這樣的遼闊迷茫啊，是你乘着象玉的車子正在降臨黃泉嗎？

【注釋】

①"天何如是之蒼蒼兮。"蒼蒼:深青色。《莊子‧逍遙遊》:"天之蒼蒼,其正色邪。"斛律金《敕勒歌》:"天蒼蒼,野茫茫,風吹草低見牛羊。"

②"乘玉虬以遊乎穹窿耶。"乘:騎。玉:白玉石,這裏作白色解。虬:《離騷》:"駟玉虬以乘鷖兮。"王逸注:"有角曰龍,無角曰虬。"駕:駕馭。瑤象:《離騷》:"雜瑤象以爲車兮。"王逸注:"象,象牙也。言我駕飛龍,乘明智之獸,象玉之車。"

【原文】

望繳蓋之陸離兮,抑箕尾之光耶?①列羽葆而爲前導兮,衛危虛於傍耶?②驅豐隆以爲比從兮,③望舒月以離耶?④聽車軌而伊軋兮,禦鸞鷖以征耶?⑤聞馥郁而薆然兮,紉蘅杜以爲纕耶?⑥

【譯文】

我看見你的香車寶蓋在燦爛啊,還是那箕宿、尾宿正在那兒放光嗎?擺着一行行的羽毛裝飾的華蓋作爲前導啊,就是危宿、虛宿在你的旁邊做衛隊嗎?命令那雲神——豐隆做你的後衛啊,還是通知月御——望舒正想上升月宮嗎?仿佛聽到你的車轍響起了咿呀的聲音啊,正是你駕着鳳凰在長征嗎?好像嗅到一股輕飄而濃郁的芳香啊,還是你把杜蘅香草挽結起來用做佩帶嗎?

【注釋】

①"望繳蓋之陸離兮,抑箕尾之光耶。"繳:同傘。蓋:車蓋。陸離:五光十色。《離騷》:"長余佩之陸離。"注:陸離,美好分散之貌。箕、尾:星宿名。各爲二十八宿之一。傅說:傅說死,靈魂升天,上騎箕尾,《莊子‧大宗師》云:"傅說得之以相武丁,奄有天

下,乘東維,騎箕尾,而比於列星。"《釋文》:"傅説死,其精神,乘東維,托龍尾,乃列宿,今尾上有傅説星。"句意:望見的那一團光華繚繞,是仙子的車蓋啊,還是箕宿、尾宿在放光嗎?

②"列羽葆而爲前導兮,衛危虚於傍耶。"羽葆:羽毛装飾的華蓋。這裏指儀仗隊所用的飾物。衛危、虚於傍耶:即危、虚衛於傍耶。危、虚:各爲二十八宿之一。

③"驅豐隆以爲比從兮。"豐隆:雲神。《離騷》:"吾令豐隆乘雲兮。"王逸注:"豐隆,雲師。"

④"望舒月以離耶。"《離騷》:"前望舒使先驅兮。"《淮南子》云:"月御曰望舒,亦曰:纖阿。"王逸注:"望舒,月御也。"

⑤"禦鸞鷖以征耶。"禦:駕馭。鸞、鷖:《離騷》:"鸞皇爲余先戒兮。"《山海經》:"女床山有鳥,狀如翟而五采畢備,聲似雉而尾長,名曰:鸞。"鷖:《離騷》:"馳玉虯以乘鷖兮。"王逸注:"鳳凰別名。"征:遠行。

⑥"紉蘅杜以爲纕耶。"紉:貫。纕:佩带。《離騷》:"紉秋蘭以爲佩。"蘅杜:《楚辭·山鬼》:"被石蘭兮帶杜衡。"

【原文】

爛裙裾之爍爍兮,鏤明月以爲璫耶?①借葳蕤而成壇畤兮,②藥蓮焰以燭蘭膏耶?③文瓟匏以爲觶斝兮,④瀝醁醑以浮桂醑耶?⑤

【譯文】

你那華麗的衣裙閃耀着燦爛的光彩啊,是你把明月寶珠綴成耳環上的明璫嗎?採用艷麗、茂盛的花枝築成壇壁啊,還是高舉着蓮燈的火焰在燒着蘭脂的香膏嗎?畫着花紋的葫蘆形的角器、玉器做酒杯啊,是你把醁醑瀝上滿滿的桂花酒嗎?

【注釋】

①"鏤明月以爲璫耶？"明月：形容大珠。李斯《諫逐客書》："垂明月之珠。"司馬相如《上林賦》："明月珠子，的皪江靡。"曹植《美女篇》："明珠交玉體。"璫：曹植《洛神賦》："獻江南之明璫。"服虔《通俗文》曰："耳珠曰璫。"

②"借葳蕤而成壇時兮。"借，或作藉。葳蕤：張九齡《感遇》："蘭葉春葳蕤。"《說文》："蕤，草木華垂貌。"王粲詩："百卉挺葳蕤。"又張衡《南都賦》："望翠華兮葳蕤。"李善注："《上林賦》曰：'建翠華之旗。葳蕤，翠華貌。'"壇：《九歌·湘夫人》："蓀壁兮紫壇。"《淮南子》云："腐鼠在壇。"高誘注云："楚人謂中庭爲壇。"時：古代統治者祀神的地方。《漢書·郊祀志》："故立時郊上帝。"

③"爇蓮焰以燭蘭膏耶？"爇：高舉。蘭膏：《招魂》："蘭膏明燭，華鐙錯些。"古代燃脂膏爲燈燭。《史記·秦始皇本紀》："塚中以人魚膏爲燭。"

④"文瓟匏以爲觶斝兮。"文：文飾。匏：俗稱瓢葫蘆。《莊子·逍遙遊》："魏王貽我大瓠之種。"疏：瓠，匏之類也。瓟，瓜類。觶：角質酒杯。斝：玉質酒杯。《詩·大雅·行葦》："洗爵奠斝。"《紅樓夢》第四十一回：寫到妙玉拿出兩隻杯來，一隻杯上鐫着"瓟瓟斝"三個隸字。人民文學出版社注說：斝是古代一種大酒杯。瓟、匏都是瓜類名。這個斝類杯近似瓜類形狀，因取這名。

⑤"灑醽醁以浮桂醑耶。"醽醁：或作醽淥，美酒名，是用湖南醽湖水釀的。《晉咸康起居注》："賜醽酒，人二升。"《清一統志》：醽湖，在衡陽縣東，水可釀酒，名醽淥酒。《抱樸子·嘉遯》："寒泉旨於醽醁。"醑：酒最清的。桂醑：桂花酒。浮：溢。

【原文】

瞻雲氣而凝盼兮,仿佛有所覘耶?① 俯窈窱而屬耳兮,恍惚有所聞耶? 期汗漫而無天閼兮,② 忍捐棄余於塵埃耶? 倩風廉之爲余驅車兮,③ 冀聯轡而攜歸耶?

【譯文】

你瞻望着高空的雲氣在凝視沉思啊,是你好像有什麼東西窺見了嗎? 你俯身在波紋上邊緊貼着耳朵啊,恍惚有什麼聲響又聽見了嗎? 和你約會同遊在無邊無際的自然界啊,卻怎麼把我拋棄在人世間呢? 想請風神——飛廉替你趕車啊,盼望你和我並駕因而攜手一同回家嗎?

【校勘】

凝盼:稿本凝眸朱筆改作凝睇。

【注釋】

①“仿佛有所覘耶。”仿佛:即髣髴。覘:窺視。

②“期汗漫而無天閼兮。”期:約會。《湘夫人》:“與佳期兮夕張。”汗漫:不可知的。《淮南子》:“吾與汗漫期於九垓之外,吾不可以久駐。”李白《廬山謠寄盧侍御虛舟》:“先期汗漫九垓上,願接盧敖遊太清。”天閼:天亡。

③“倩風廉之爲余驅車兮。”風廉:風神。《離騷》:“前望舒使先驅兮,後飛廉使奔屬。”《遠遊》:“前飛廉以啓路。”

【原文】

余中心爲之槃然兮,① 徒嗷嗷而何爲耶?② 君偃然而長寢兮,③ 豈天運之變於斯耶? 既竀窅且安穩兮,④ 反其真而復奚化耶? 余猶桎梏而懸附兮，⑤靈格余以嗟來耶？⑥來兮止兮，君其來耶？

【譯文】

我心中為了這事是多麼憤慨的啊，白白地呼天搶地卻是為了什麼嗎？姑娘倒是無聲無息地長眠了啊，難道天道的變亂竟到了這個地步嗎？既然躺在墳墓裏的是這樣的安穩啊，靈魂返回本體怎樣還會變化嗎？我因為有着束縛還要掛着啊，你的靈魂感到我在喊叫就降臨了嗎？快來吧，住下吧，姑娘啊，你快來吧！

【注釋】

①"余中心為之懄然兮。"中心：心中。

②"徒嗷嗷而何為耶。"嗷嗷：號呼聲，哭泣聲。

③"君偃然而長寢兮。"偃然：仰面僵卧的樣子。長寢：長眠。《脂硯齋評》：《莊子》："偃然寢於巨室"，謂人死也。"

④"既窀穸且安穩兮。"窀穸：古作屯夕；墓穴。《左傳》襄公十三年注："窀，厚也。穸，夜也。厚夜猶長夜，長夜謂葬埋。"

⑤"余猶桎梏而懸附兮。"桎梏：束縛手足的刑具。道家說以形體為精神的桎梏，人死，精神脱離肉體，獲得解放，稱為返真。《莊子・在宥》："而儒墨乃始離跂攘臂乎桎梏之間。意，甚矣哉！"懸附：《莊子・大宗師》："彼以生為附贅懸疣，以死為決疣潰癰。"《駢拇》："附贅懸疣，出乎形哉！而侈於性。"成玄英疏："附生之贅肉，縣係之小疣，並稟形以後方有，故出乎形哉，而侈性者。"寶玉有反儒精神，但很快又掉入佛道思想的陷阱中。

⑥"靈格余以嗟來耶。"嗟：呼語聲。嗟來：《莊子・大宗師》："嗟來桑戶乎！嗟來桑戶乎！"脂硯齋注："桑戶人名，孟子反、琴張二人，招其魂而語之也。"

【原文】

若夫鴻蒙而居，①寂靜以處，雖臨於茲，余亦莫睹。

【譯文】

假使你居住在冥冥的太空裏邊，無聲無息地等在那兒。那麼，你雖然來到這裏，我也不能看見。

【注釋】

①"若夫鴻蒙而居。"鴻蒙：冥冥太空的自然元氣。《帝系譜》："天地初起，溟涬蒙鴻。"《淮南子》："我南遊乎罔㝗之野，北息乎沉墨之鄉，西窮窅冥之黨，東開鴻濛之光，此其下無地而上無天，聽焉無聞，視焉無眴。……吾與汗漫期於九垓之上，舉臂而竦身，遂入雲中。"《紅樓夢》第五回："開闢鴻蒙，誰為情種？"

【原文】

搴煙蘿而為步障，①列蒼蒲而森行伍。驚柳眼之貪眠，②釋蓮心之味苦。③素女約於桂岩，④宓妃迎於蘭渚。⑤弄玉吹笙，寒（搴）簧擊敔。徵嵩嶽之妃，啟驪山之姥。⑥龜呈洛浦之靈，⑦獸作咸池之舞。⑧潛赤水兮龍吟，⑨集珠林兮鳳翥。⑩

【譯文】

讓我把密密的蔦蘿拔來編作屏障，把蒼蒲排列起來形成森森的隊伍。請你現形降臨吧，提醒我的昏昏欲睡的倦眼，開釋我的心中思念的苦情。我約素女到桂花岩來，迎接宓妃於洛水芳洲，敲起玉磬，吹動笙簫，奏演簧樂，打擊木敔，徵詢嵩山上的妃子，請教驪山上的老母，烏龜顯示洛水的神靈，百獸做出咸池的舞蹈。潛伏在赤水的蛟龍，發出長吟；停歇在珠林的鳳凰，振翅高飛。

【校勘】

寒簧擊敔,出版社校記:寒原作搴,從金本、脂本、戚本改。
操南按:作搴疑是。

【注釋】

①"搴煙蘿而爲步障。"搴:掇取。煙蘿:蔦蘿。步障:古代官
僚外出時,擺在道旁擋風塵的帷屏。《晉書·石崇傳》:"崇與貴
戚王愷、羊琇之徒,以奢靡相尚……愷作紫絲布步障四十里,崇作
錦步障五十里,以敵之。"又如圍幕、幃幙一類。《紅樓夢》第二十
四回:"明日有人帶花兒匠來種樹,……那土山上都攔着幃幙,可
別混跑。"第二十五回:"小紅便走向瀟湘館去,到了翠煙橋,抬頭
一望,祇見山坡高處都攔着幃幙,方想起今日有匠役在此種樹。"

②"驚柳眼之貪眠。"柳眼:柳芽初舒,稱爲柳眼。俗稱:蠶豆
花開,張眼勿開。柳芽初舒,春日易倦思睡。這裏寶玉借說,準
備着芙蓉女兒下凡,來警醒我的昏昏欲睡的倦眼。

③"釋蓮心之味苦。"蓮心味苦,藉以形容人的内心痛苦。

④"素女約於桂岩。"傳說中善鼓瑟的仙女。《史記·封禪
書》:"使素女鼓五十弦瑟。"

⑤"宓妃迎於蘭渚。"宓妃:《離騷》:"求宓妃之所在。"傳說:
宓羲氏的女兒宓妃,溺於洛水,遂爲洛水之神。曹植《洛神賦》:
"余朝京師,還濟洛川。古人有言:斯水之神,名曰宓妃。"《楚
辭·九歎》:"迎宓妃於伊洛。"

⑥"弄玉吹笙,寒(搴)簧擊敔。"這兩句若循《洛神賦》語法
例,"馮夷鳴鼓,女娲清歌"。弄玉、寒簧當爲人名。弄玉爲秦穆
公女兒,好吹簫,嫁蕭史,夫婦共樓居,一朝隨風飛去。見《列仙
傳》。寒簧爲何許人?則未聞。如循《詩·小雅·鹿鳴》語法例:

吹笙鼓簧。俗説：敲鑼打鼓。弄、寒都應作動詞用。寒或作搴，搴作動詞用，則甚顯。古代磬常玉製，擊磬，因稱玉振。白居易《被褐洛濱並序》：“首賦一章，鏗然玉振。”《紅樓夢》第四十回，探春房中有一個白玉比目磬，傍邊掛着小槌。弄玉可能是擊磬。簧是吹奏樂中發聲部分。因以泛指吹奏，搴簧是取吹奏樂器吹笙。《詩·小雅·鼓鐘》：“笙磬同音，以雅以南。”簧，是笙中的簧。弄玉搴簧實際就是：“笙磬同音。”《紅樓夢》第十一回：“笙簧盈座，別有幽情。”就可説明笙簧相聯繫的。敔：虎形木製的一種打擊樂器。《釋名》：“敔以止樂。”擊敔表示奏樂停止。

　　⑥“啓驪山之姥”：《太平廣記》卷六十三：《驪山姥》條，謂李筌好神仙之道，至驪山下，逢一老母，能解黃帝《陰符經》秘文。事見《列仙傳》。姥：古稱女師爲姥。句意：請驪山姥母開導發啓。

　　⑦“龜呈洛浦之靈”：傳説：禹時，靈龜出於洛水，背有文，禹據以作《洪範》。《河圖》：“天與禹，洛出書，謂神龜負文列背而出。”《春秋緯》：“河龍圖發，洛龜書感。”《河圖》有九篇，《洛書》有六篇。這些是漢人爲“王權神授説”賣力的讖緯邪説。

　　⑧“獸作咸池之舞。”咸池：日浴處。《離騷》：“飲余馬於咸池兮。”《淮南子·天文訓》：“日出於暘谷，浴於咸池。”又爲樂曲。《禮·樂記》：“黃帝所作樂名也。堯增脩而用之。”這裏兼用兩義。《尚書》：“予擊石拊石，百獸率舞。”《史記·夏本紀》：“鳥獸翔舞。”

　　⑨“潛赤水兮龍吟。”赤水：《莊子》：“黃帝遊乎赤水之北，登乎昆侖之丘而南望。”句意：潛伏在赤水的蛟龍，發出長吟。

　　⑩“集珠林兮鳳翥。”珠林：嘉靖《寧波府誌》：“雪寶寺西五里，有奉慈寺，山多奇勝。有妙高臺、藤龕、含珠林……等。”（見《浙江通志》卷十四）鳳翥。翥：高舉。《紅樓夢》第五回：“鳳翥龍翔。”韓愈《石鼓歌》：“鸞翔鳳翥眾仙下，珊瑚碧樹交枝柯。”句意：

停歇在珠林的鳳凰，振翅高飛。

【原文】

爰格爰誠，①匪筥匪篚。②發軔乎霞城，③還旌乎玄圃。④既顯微而若通，⑤復氤氳而倏阻。⑥離合兮煙雲，⑦空濛兮霧雨。⑧塵霾斂兮星高，⑨溪山麗兮月午。⑩何心意之忡忡，⑪若寤寐之栩栩。⑫

【譯文】

我憑着一片虔誠的心，來歡迎你，不用筥帚清除道路，也不需方盤供獻禮品。你的車子從霞城出發，儀仗隊又回到了玄圃。看你就要露面，卻又迅速跑開，那濛濛的雲氣突然又被隔斷，離離合合的煙雲啊，太空中飄搖着濛濛的細雨啊。那煙塵消散以後，祇有寒星剩在夜空；青山綠水恢復了美麗啊，祇有冷月懸在中天。爲什麼我的心情這樣激動，是不是祇像莊周化爲蝴蝶那樣，睡着醒時，原來卻是一夢。

【注釋】

①"爰格爰誠。"爰：於是。格：精神相通。

②"匪筥匪篚。"筥：筥帚。篚：古時祭祀、宴會時所用盛物的方盤。《周禮》："凡祭祀共簠簋，實之陳之。"注：方曰簠，圓曰簋。盛黍、稷、稻、粱器。句意：不用筥帚清道，不用穀物供獻。《紅樓夢》第五十八回：寶玉曾勸芳官祭奠，不可燒紙，祇備一爐香，一心虔誠就是。"我那案上祇設一爐，不論日期，時常焚香……隨便有新茶便供一鍾茶，有新水就供一盞水，或有鮮花，或有鮮果，甚至葷羹腥菜，祇要心誠意潔。"和這裏所寫的，寶玉的思想行爲是一致的。

③"發軔乎霞城。"軔：剎止車輪轉動的支架。發軔：開車。

《離騷》:"朝發靷於蒼梧兮。"乎:通於。霞城:同碧霞城。《太平御覽》:"元始天尊居紫雲之閣,碧霞爲城。"

④"還旌乎玄圃。"旌:旗的一種,泛指儀仗。還旌:車隊回轉。玄圃:《離騷》:"夕余至乎縣圃。"敦煌卷子同音玄。縣圃亦見於《淮南子》《山海經》《穆天子傳》《十洲記》《水經注》等書。漢以前所謂西方昆侖的仙境。

⑤"既顯微而若通。"程本作若逋。逋:逃亡。

⑥"復氤氳而倏阻。"氤氳:氣盛貌。《拾遺記》:"有鳥如雀,吐五色之氣。氤氳如雲,名曰憑霄雀。"

⑦"離合兮煙雲。"《洛神賦》:"神光離合,乍陰乍陽。"

⑧"空濛兮霧雨。"蘇軾詩:"山色空濛雨亦奇。"

⑨"塵霾斂兮星高。"霾:霢的借字。原訓風雨土所埋。《國殤》:"霾兩輪兮縶四馬。"塵霾斂:猶說天氣開朗。

⑩"溪山麗兮月午。"月午:指夜半月色當空。

⑪"何心意之忡忡。"忡忡:憂愁煩悶。《詩·召南·草蟲》:"未見君子,憂心忡忡。"

⑫"若寤寐之栩栩。"寤寐:睡覺。《詩·關雎》:"寤寐求之。"栩栩:《莊子·齊物論》:"昔者莊周夢爲蝴蝶,栩栩然蝴蝶也。自喻適志與,不知周也。俄然覺,則蘧蘧然周也。"疏:栩栩,忻暢貌也。句意:像莊周夢蝶那樣的迷離恍惚。

【原文】

余乃欷歔悵望,①泣涕徬徨。人語兮寂歷,②天籟兮篔簹。③鳥驚散而飛,④魚唼喋以響。⑤志哀兮是禱,成禮兮期祥。⑥嗚呼哀哉! 尚饗!⑦

【譯文】

我於是咳聲歎氣,惆悵不快,淌着眼淚,徬徨徘徊。在那冷月下面,四處的人語久久已經沉靜。自然界的聲音啊,祇有竹葉瑟瑟地響着。鳥兒驚得四散飛翔,魚兒在吃水潑刺作響。我不住悲哀地向你祈禱,完成了這祭禮期待你給我好音。啊啊,悲傷啊! 希望你來享用!

【注釋】

①"余乃欷歔悵望。"欷歔:歎泣之聲。《離騷》:"曾欷歔余鬱邑兮。"

②"人語兮寂歷。"寂歷:久久沉靜。張九齡詩:"江城何寂歷。"

③"天籟兮篔簹。"天籟:自然的聲響。《莊子·齊物論》:"敢問天籟。"篔簹:竹名。左思《吳都賦》:"其竹則篔簹。"《異物志》:"篔簹生水邊,長數丈,圍一尺五六寸。一節相去六七尺,或相去一丈,盧陵界有之。"

④"鳥驚散而飛。"《紅樓夢》第二十六回寫黛玉:"秉絕代姿容,具稀世俊美。不期這一哭,那附近的柳枝花朵上宿鳥棲鴉,一聞此聲,俱忔楞楞飛起遠避,不忍再聽。"寓情於境,這裏寶玉藉以抒寫失望之情。

⑤"魚唼喋以響。"唼喋:魚嘴開合,吞食咂水的聲音。《紅樓夢》第三十八回:"俯在窗檻上,掐了桂蕊,擲向水面,引的游魚浮上來唼喋。"

⑥"成禮兮期祥。"《九歌·禮魂》:"成禮兮會鼓。"

⑦"嗚呼哀哉! 尚饗!"祭文結尾的一種格式。嗚呼:感歎詞。哀哉:悲哀啊。尚:表示希望的語氣副詞。尚饗:希望你來享用。

附録：

《芙蓉女兒誄》校記

一、《紅樓夢》八十回校本，俞平伯校訂，王惜時參校，人民文學出版社印，一九五八年，北京。自小説中寫及寶玉遊園思作一篇誄文起：

　　"前人的套頭"——從庚（本）；原"前人套頭"。

　　"萬不可"——從庚、晉；原"方是，不可"。

　　"全惑於"——從庚；原"全切於"。

　　"大言"——從庚、晉；原"言"。

　　"九辯、枯樹、問難"——從晉（"辯"本作"辨"）；原"九轉、枯樹、聞觀"。

　　"譬寓"——從庚；原"譬喻"。

　　"隨意所之"——從庚；原"隨其所之"。

　　"方寸之間"——從庚；原"繩尺之間"。

　　"這篇歪意"——從庚；原"這片歪意"。

　　"竟杜撰成"——從庚；原"之意，杜撰成"。

　　"芙蓉花前"——從庚、晉、甲；原"芙蓉花之前"。

　　"先行禮畢"——從庚、甲；原"先行了禮"。

　　"芙蓉枝上"——從庚、晉、甲；原"芙蓉枝上了"。

　　"乃泣涕念曰"——從庚、甲；原"涕泣念曰"。

　　"湮淪"——從庚、晉、甲；原"湮没"。

　　"得於"——從庚、晉、甲；原"得與"。

　　"宴遊"——從庚；原"晏遊"。

　　"僅五年"——從庚、晉、甲；原"五年"。

"曩生之昔"——從庚、甲;原"曩生之日"。

"嫵嫻"——從晉;原"幽聞"。

"芰鉏"——原"芰黃";庚"芰租";晉、甲"芰葅"。

"膏肓"——從庚、晉、甲;原"膏盲"。

"既忙幽沉"——從庚;原"既屯幽沉"。

"聚窟"——從庚、晉、甲;原"藜窟"。

"卻死之香"——從庚、晉、甲;原"卻死之鄉"。

"委金鈿"——從庚、晉、甲;原"萎金鈿"。

"拾翠匐"——從庚;原"鬆翠匐"。

"金天屬節,白帝司時"——從庚、晉、甲;原"金天屆節,白帝司權"。

"倩影"——從庚、晉、甲;原"清影"。

"同銷"——從庚;原"同消"。

"皆絕"——從庚、晉;原"皆息"。

"雨荔秋垣"——從庚、晉、甲;原"雨灑秋垣"。

"希聞怨笛"——從庚、晉、甲;原"悉聞怨笛"。

"捉迷屏後"——從庚、晉、甲;原"埋香屏後"。

"蘭芽枉待"——從庚、晉、甲;原"蘭芽罔茁"。

"摺斷冰絲"——從庚;原"褶斷冰系"。

"趨車"——從庚、晉、甲;原"驅車"。

"拄杖"——從晉、甲;原"泣杖"。

"孤匰"——從庚;原"孤柩"。

"槢棺"——從庚;原"橢棺"。

"被燹"——從晉、甲;原"被焚"。

"慚違——從庚;原"漸違"。

"愧迫"——從庚;原"愧逮"。

"荒圹"——從庚、晉、甲;原"荒墟"。

"楸榆"——從庚、晉、甲；原"秋榆"。

"自鬣"——從庚；原"自分"。

"公子情深"——從庚、晉、甲；原"公子多情"。

"女兒命薄"——從庚、晉、甲；原"女兒薄命"。

"淚血"——從庚、晉、甲；原"泣血"。

"餘衷"——從晉；原"餘哀"。

"而亦妒"——從庚；原"而亦嫉"。

"討豈從寬"——從庚、晉、甲；原"罰豈從寬"。

"在君之"——原"在鄉之"；庚"在君子"。今改"在君之"。

"因蓄"——從庚、晉、甲；原"因蓄此"。

"則深爲"——從庚；原"深爲"。

"事雖殊"——從庚；原"事雖相殊"。

"濫乎"——從庚、晉、甲；原"濫乎其位"。

"至洽至協"——從庚、晉、甲；原"至確至協"。

"因希其"——從庚、甲；原"自希其"。

"陟降於茲"——從庚、晉、甲；原"陟降於花"。

"以爲比從"——從庚；原"而爲庇從"。

"以離"——從庚；原"以臨"。

"車軌"——從晉、甲；原"車軸"。

"菱然"——從庚；原"藹然"。

"爍爍"——從庚、晉、甲；原"爍燦"。

"颸飑"——從庚、晉、甲；原"颸飑"。

"凝盼"——從庚；原"凝睇"。

"有所覘"——從庚、晉、甲；原"有所覩"。

"窈窱"——從庚；原"窈窕"。

"而無夭閼"——從庚；原"而爲夭閼"。

"飈廉"——從庚、晉、甲；原"飛廉"。

"槩然"——從庚；原"慨然"。

"君偓然"——從庚；原"卿偓然"。

"而長寢"——從庚、晉、甲；原"長寢"。

"余猶"——從庚、晉、甲；原"余從"。

"靈格余"——從庚、晉、甲；原"雲格全"。

"君其來耶"——從庚；原"卿其來耶"。

"味苦"——從庚、晉、甲；原"苦味"。

"桂岩"——從庚、晉、甲；原"桂巖"。

"擊敊"——從庚、晉、甲；原"繁敊"。

"洛浦"——從庚、晉、甲；原"洛洒"。

"匪簹"——從庚、晉、甲；原"匪蒲"。

"忡忡"——從庚；原"沖沖"。

"泣涕"——從庚、晉、甲；原"涕泣"。

"鳥驚散而飛，魚唼喋以響"——從庚、晉、甲；原"鳥啁啾而欲下，魚唼喋以空昂"。

"是禱"——從庚、晉、甲；原"足禱"。

二、《紅樓夢》，中國古典文學讀本叢書，人民文學出版社印，一九六二年，北京。

"蔓延窗户"，"窗户"脂本作"户牖"。

"鏡分鸞影"，"影"脂本作"别"，與下句"梳化龍飛""飛"字對仗。

"樓空鳷鵲，從懸七夕之針"，"從"諸本作"徒"。操南按："從"有任從、任憑義，尚可通，今不改。

"細腰"，脂本、戚本作"細言"。

"褶斷冰絲，金斗御香未熨"，"褶"脂本作"摺"，與上句

"拋"字對。

"寒簧擊敔","寒"原作"搴",從金本、脂本、戚本改。

"匪笤匪簹",金本作"匪簹匪簹"。戚本作"匪蒲匪笤",脂本作"匪簹(匪)笤",合脂、戚二本看,疑當作"匪簹匪笤"。

"發軔乎霞城","軔"原作"輀",戚本作"軔",脂本作"輭",疑"及"亦"刃"鈔誤。從"軔"改。

"既顯微而若遄","遄"脂本作"通"。

三、《乾隆抄本百廿回紅樓夢稿》,蘭墅太史手定紅樓夢稿百廿卷,內第七十八回《芙蓉女兒誄》下有蘭墅閱過朱筆。中國社會科學院文學研究所藏書,套色影印,墨底朱筆刪改。

"冰鮫之縠",朱筆改作"冰鮫之縔"。

"得於",朱筆改作"得與"。

"鷹鷙",朱筆改作"鶯鷙"。

"芰荷",朱筆改作"芰植"。

"偶遭",朱筆改作"偶逢"。

"故櫻唇紅褪",朱筆改作"故爾櫻唇紅褪"。

"窗户",朱筆改作"户牖"。

"雁塞",朱筆改作"羽野"。

"夭折",朱筆改作"夭逝"。

"仙雲",朱筆改作"仙靈"。

"檀雲",朱筆改作"檀枟"。

"從懸",朱筆改作"枉懸"。

"待詔",朱筆改作"待治"。

"至洽至協",朱筆刪去"至洽"兩字。

"特不揣鄙俗之詞",朱筆刪去"特"字。

"傘蓋",朱筆改作"繖蓋"。

"借葳蕤"，朱筆改作"籍葳蕤"。

"凝眸"，朱筆改作"凝睇"。

"余猶桎梏"，朱筆改作"余從桎梏"。

"來兮止兮"，朱筆改去"來兮"兩字。

"征嵩嶽之妃"，朱筆改作"徵嵩嶽之妃"。

"倏阻"，朱筆改作"條阻"。

"以响"，朱筆改作"以響"。

編者說明：本文據手稿録編，原題《芙蓉女兒誄——見〈紅樓夢〉第七十八回》，題下署"賈寶玉"。今題爲編者酌擬。碩士趙元欽核校了部分版本和文字。

《芙蓉女兒誄》原文和注釋中引文據人民文學出版社《脂硯齋重評石頭記》（縮印 4 册）、1975 年版，80 回後據《紅樓夢》（共 3 册）、1982 年版查核。

曹霑(雪芹)家世簡表

　　遠祖曹彬,宋樞密武惠王。後著籍襄平。襄平即遼陽別名。七子。其後一支,在明初移居瀋陽而落籍。

　　曹××──曹××──曹×× 曹××──曹××──曹××─曹××──曹××。

　　曹世選,又名錫遠,原名寶。"令瀋陽,有聲,遂家焉。"後隨多爾袞入關,分入內務府正白旗充包衣,遂家北京。世選之名,原出《尚書‧盤庚》"世選爾勞,予不掩爾善"。可見這時曹家已頗有書香味了,否則,不會這樣命名。子一:曹振彥。

　　曹振彥,從入關,仕至浙江鹽法道。二子:曹璽、曹爾正。

　　曹璽,字完璧。"及壯,補侍衛。"清世祖福臨順治五年戊子(1648年),隨征山西,戡平姜瓖叛亂有功,世祖拔入內廷二等侍衛。管鑾儀事,升內務府郎中。清聖祖玄燁康熙二年癸卯(1663年),特簡督理江寧織造。十六年丁巳(1677年),十七年戊午(1678年)二次督運,陛見。二十三年甲子(1684年),又督運,瀕行感疾,卒於署寢。二子:曹寅、曹荃。

曹爾正——曹宜。

《關於江寧織造曹家檔案史料》P8 提："頭班……原任佐領曹爾正。……"P7,康熙三十六年正月二十六日《内務府總管海拉遜等奏,請派定張進孝,曹爾正等隨同出行,輪班掌管馬匹摺》："查輪班之頭班人内,餘出……原任佐領曹爾正等十人,……頭班……原任佐領曹爾正……"同書 P49 提："二月十八日(康熙四十七年)曹宜奉佛自張家灣開船,於三月二十八日到揚州,……跟隨孫文成(杭州織造)前去普陀安置佛畢,具摺回奏。"

又同書 P190、補放三旗參領等缺,摺内,有"尚志舜佐領下護軍校曹宜,當差共三十三年,原任佐領曹爾正之子,漢人。"這個三十三年,自康熙三十六年丁丑(1697 年)算起。

又同書 P192、雍正十一年七月,摺内"以那勤,曹宜補放護軍參領。"

又同書 P197、雍正十三年,摺内"派出巡察圈禁允禵地方之護軍參領曹宜等報稱……"這父子倆,蓋都在内務府内當差,本身未任顯職。

曹寅,字子清,號荔軒,又號楝亭。清世祖福臨順治十五年戊戌(1658 年)九月初七日生。母孫氏,爲玄燁乳母。曹寅幼時,又曾爲玄燁伴讀。孫氏母族中孫文成,於康熙四十五年丙戌(1706 年)任杭州織造,曹氏這時顯赫起來。

清聖祖玄燁康熙二十三年甲子(1684 年)冬,曹寅之父璽卒,寅進内務府慎刑司郎中,仍督江寧織造。康熙二十五年丙寅(1686 年)回北京,先後任内務府慎刑司郎中、廣儲司郎中。康熙二十九年庚午(1690 年)任蘇州織造。康熙三十一年壬申(1692 年),正式承父職務江寧織造。康熙四十二年癸未(1703 年)兼巡視兩淮鹽政,並加監察御史職銜。於康熙四十二年十月初三日正式到任,與寅妻兄蘇州織造李煦輪年兼任。康熙四十四年乙酉(1705年),以捐銀二萬兩,在寶塔灣修建驛宮,敕加通政使司通政使銜。同年,奉命集詞臣彭定求、俞梅等十名士,編纂《全唐詩》,於康熙四十五年丙戌(1706年)竣事。又《佩文韻府》,於康熙五十一年壬辰(1712年)三月十七日在揚州開工鐫刻,次年癸丑九月工竣,呈送,係曹寅、李煦、孫文成共同辦理。又刊行《玉海》《廣韻》等書。著有《楝亭詩鈔》行世。繪《楝亭圖》徵詩,凡題作畫達六十餘人,前明遺民亦頗有題詩者。藏書十餘萬冊,頗多孤本精品,其所刊書籍,亦甚精審,爲藏家所珍視。康熙五十一年壬辰(1712年)七月二十三日辰時,患瘧不治死亡。計管江寧織造二十餘年,四差鹽務。

清聖祖五次南巡,都以江寧織造署爲行宮,後四次都在曹寅任內。

曹寅之爲織造,網羅明遺民,"一隊夷齊下首陽",起到"鴻博"所不能起的作用;而恭迎南巡,糜費驚人,《紅樓夢》中所謂左不過以皇上的銀子爲皇上辦事。實際上廣搜民脂民膏,奇貨珍寶,以奉一人之淫樂耳。

獨子:曹顒。

女曹佳氏。出嫁與羅平悼郡王納爾福第一子郡王納爾蘇爲嫡福晉。生四子:納爾蘇第一子多羅平敏郡王福彭,第四子固山貝子品級福秀,第六子三等侍衛奉國將軍福靖,第七子福端。

曹荃,原名曹宣,字子猷,號筠石。命名之義:《詩經·大雅》"秉心宣猷(獸)"。官蔭生。工詩,善畫。清世祖福臨順治十七年庚子(1660年)二月十二日生。四子:其第四子曹頫,最有名。承襲江寧織造。其餘三子,據《江寧織造曹家檔案史料》P68摺內,有"據曹寅弟弟之子曹順呈稱,云云"。同書P84摺內,有"原任物林達曹荃之子桑額、郎中曹寅之子連生,曾奉旨:著具奏引見。""奉旨：曹荃之子桑額，録取在寧壽宮茶房。"這是其餘三子中的二人。

又同書 P103、連生摺内："奴才堂兄曹頫來南。"P139—140康熙五十五年補放茶房總領摺内："奉旨：曹寅之子茶上人曹頫比以上這些人都能幹，著以曹頫補放茶房總領。"又 P152、康熙五十八年己亥(1719 年)，以茶房做茶，給主子、阿哥們所吃之奶子茶，未與皇上所吃之茶同樣製做，甚爲不合。將茶房總領"法通、佛倫、曹頫等各降三級，俱罰俸一年。"又 P167、雍正三年，内務府奉旨，賞給茶房總領曹頫五六間房。准將入官之房——所計九間，又二間賞給。又雍正五年、六年，各賜曹頫御筆"福"字一張。又 P191、雍正十一年，内務府呈報，曹頫摺内"旗鼓佐領曹頫、桑格等六人身故。"

曹寅祇有一子連生即曹顒，何以又有此曹頫？有說是庶出，以在當時條件下，賤視庶出，不見於文字者，往往有之。這個曹頫，絶非曹顒，亦非曹頫，因爲他所任職務與任職歲月都與他兩人不同。待得到有力的歷史證據，纔得確切寫明。

曹顒原名連生，字孚若。命名之義，從《易·觀卦》："觀，盥而不薦，有孚顒若。"其父曹寅於康熙五十一年壬辰(1712 年)七月病死後，十月，補放爲織造郎中。次年，放爲主事，掌職造關防，赴京，尋卒。子二：曹霑(芹圃)、曹×(寅圃)。

曹頫，字昂友。命名之義，從《易·繫辭》："仰以觀於天文，俯以察於地理。"頫爲俯之異體字，仰即昂。曹頫在顒死後，過繼與曹寅之妻李氏即李煦之妹爲嗣，承襲爲江寧織造，亦給主事職銜。自康熙五十四年乙未(1715 年)起，任江寧織造共十三年。清世宗胤禛雍正五年丁未(1727 年)十二月抄家。從此曹家中落。祇有在京房屋"酌量撥給"，其家眷遷北京居住。其生卒年俟考。

《關於江寧織造曹家檔案史料》P185，雍正五年十二月二十四日，《上諭：著江南總督范時繹查封曹頫家產》：“奉旨：江寧織造曹頫行爲不端，織造款項虧空甚多，……然伊不但不感恩圖報，反而將家中財物暗移他處，企圖隱蔽，有違朕恩，甚屬可惡！著行文江南總督范時繹，將曹頫家中財物，固封看守，並將重要家人，立即嚴拿。家人之財產，亦著固封看守，俟新任織造官員綏赫德（按即隋赫德）到彼之後辦理。……”乾隆年間，又抄家一次，就更爲衰落。

雍正六年，查出：康熙五十五年，“塞思黑”，有鍍金獅子一對，交曹頫安頓在織造衙門左側萬壽庵内，隱匿不報，實屬欺騙，不法之至。

又雍正五年，查出：李煦於康熙五十二年，爲“阿其那”用銀萬兩，買蘇州女子，並供給銀兩等情，“大逆極惡”，於國法斷不可容。奉旨：李煦着寬免處斬，發往打牲烏拉。後來，受盡凍餓折磨而死。雖未處斬，卻是慢慢地叫他死去，這是雍正的刑罰。

曹霑字夢阮，號芹溪居士（此字、號，見張宜泉詩注）。又字雪芹，號芹圃（見張宜泉《題芹溪居士》）。曹霑之生年，離曹寅之死，首尾三年。雍正五年抄家時，雪芹十三歲。抄家前久居南京，抄家後隨着家眷北遷居京。一說約生於清聖祖玄燁康熙五十四年乙未（1715年），卒於清高宗弘曆乾隆二十八年癸未（1763年）除夕；一說死於二十七年除夕，年四十九歲或五十歲。據脂評“壬午除夕，書未成，芹爲淚盡而逝。”似當以二十七年除夕爲是。

曹家多少代都是清室的奴才，而雪芹卻是對這個封建統治集團，有他自己的看法。所以這個大變化，對於曹雪芹卻是個大解放，這是個辯證的過程。這對於閱讀、理解、研究、分析《紅樓夢》方面，不可不深切注意到的事。說是“秦淮舊夢憶繁華”，僅從表象看問題，要曉得他還有"苑召難忘立本羞"這一方面，他是有拂袖而去的情懷。若説"憶"，不是留戀往昔"繁華"的憶，這正是曹雪芹將脱胎換骨的過程吧。書中很多方面有此反映：鴛鴦、司棋、晴雯、妙玉、黛玉、尤三姐這些極有骨氣的人物形象，豈是偶爾寫出。寶玉的叛逆，惜春的二心，亦非無端而生。還寫了那些荒淫無恥的生涯，是個極其複雜的畫卷，又難爲他是在歌頌這群寄生蟲。

據説，乾隆二十四、二十五年（1759年、1760年）曹雪芹一度在兩江總督尹繼善幕中。這個尹繼善"尹相國"就是袁枚以和詩得寵，乃賴以嘯傲山林，成爲"飛來飛去宰相家"的名士。

當時不得志的名士，原多就幕以自活。曹雪芹之在尹幕，當亦行蹤如此。但與袁枚迥不相同。林孝箕吊詩有云："依人左計紅蓮幕，託命窮途白木鑱。"大概雪芹之在尹幕，爲時至暫，該是過不慣"縛了手足"的官僚幕賓生涯，亦看不慣那些"同寅"的尊容，浩然歸去，深悔此行的。

雪芹死後十餘年，山東王倫大起義爆發。這個歷史事件，頗足説明時代的特徵。據説：雪芹後人，曾參與其役，遭到殘害，（當時以爲這是雪芹撰寫《紅樓夢》的報應）當亦頗足深思的事。雪芹生存的時期，是清代階級矛盾與階級鬥爭更其激烈、尖鋭、曲折、複雜的時期，亦是階級分化變動的更其深刻的時期。中國封建社會已瀕於滅亡邊緣了，並非一朝一代的更換。《紅樓夢》書中必然反映這個存在。

附注：

一、凡"做"家譜，撰寫傳、誌，總得找個歷史上有名的大人物，作爲遠祖。即使姓氏不符，亦要考證出古時某氏即某氏得姓之始云云。《遼東曹氏宗譜》内自彬傳九代而至曹世選,記得世系分明。但這個慣技,如果不説得這麽分明,還會有人相信嗎?從哪裏去找死人作對證呢?又有啥人會做這個煞風景的戇大呢?本表仍據《曹霑傳》及《曹譜》,加了這個遠祖,以示源遠流長,確實來頭不大,其實於曹雪芹有什麽影響呢?

二、曹雪芹晚年生涯,已有人闡述,故本表不贅。

參考資料:

一、故宫博物院明清檔案 P 編:《關於江寧織造曹家檔案史料》,中華書局 1975 年版。

二、吴世昌:《曹雪芹與〈紅樓夢〉》《曹雪芹》。

三、吴恩裕:《〈紅樓夢〉和〈廢藝齋集稿〉殘篇的反儒家思想》,《文物》1974 年第 5 期。

四、馮其庸:《曹雪芹的時代、家世和創作》,《文物》1974 年第 9 期。

五、文雷:《紅樓夢版本淺説》,《文物》1974 年第 9 期。

六、吴新雷:《談〈紅樓夢〉研究中的兩個問題》,《南京大學學報》1975 年第 3 期;《關於曹雪芹家世史料的新資料》,《南京大學學報》1976 年第 2 期。

七、馮其庸:《曹雪芹家世史料的新發現》,《文物》1976 年第 3 期。

八、文雷:《程偉元與〈紅樓夢〉》,《文物》1976 年第 10 期。

九、程偉元的一幅畫,《參考消息》1977 年 4 月 10 日轉載臺灣《聯合報》1977 年 3 月 28 日刊文。

十、馮其庸:《論庚辰本》,上海文藝出版社 1978 年版。

編者説明:本文據代抄稿録編,原題《曹霑(雪芹)家世史》,今題爲編者酌擬。

高鶚、程偉元簡史

一、高鶚

高鶚，字蘭墅，又字云士，別號紅樓外史。隸內務府鑲黃旗漢軍，原籍奉天鐵嶺，生於清乾隆二十三年戊寅(1758)。

清乾隆四十六年辛丑(1781年)，鶚父病死。八月，妻病亡。乾隆五十年乙巳(1785年)續張問陶船山之妹張筠，越二年丁未(1787年)筠卒於北京，時年二十歲。(問陶長四歲)

張問陶吊以詩，有云："似聞垂死尚吞聲，二十年人了一生。""死戀家山難瞑目，生逢羅刹早低眉。""窮愁嫁女難爲禮，宛轉從夫亦可傷。"(《船山詩鈔》卷五《松筠集》)筠之慘死，船山之悲傷，羅刹之逞凶，都緣於"窮愁難爲禮"而來。

乾隆五十三年戊申(1788年)高中順天鄉試舉人，張問陶亦其同年。中舉之前，曾授徒多年。秋雋後，有《荷葉杯》詞，中云："盼斷嫦娥佳信，更盡。小玉忽驚人，門外傳來一紙新。真麼？真！真麼？真！"真是驚喜得幾乎發狂了。范進中舉，業已描敘夠深了。

乾隆六十年(1795年)成進士，三甲第一名，即傳臚。嘉慶六年辛酉(1801年)任順天鄉試同考官，張問陶同入闈。嘉慶十四年己巳(1809年)由內閣侍讀，考選江南道御史、刑科給事中。

十八年癸酉（1813年）由掌江南道御史，升刑科給事中。三年即卒。其生年大抵：生於乾隆二十三年戊寅（1758年）或略早，卒於嘉慶二十年，乙亥或前一年（1815年或1814年）有年約五十七歲。

著有《蘭墅十藝》《蘭墅文存》，共收八股文二十七篇，自乾隆五十三年至嘉慶十二年止。又有滿、漢、蒙三體《吏治輯要》，不分卷。選《唐陸（龜蒙）魯望詩稿選鈔》，分《蘭墅摘鈔古體》《蘭墅摘鈔今體》二部分，共三卷。封面自題《蘭墅手選詩》。首頁，據傳係其小女所寫。文學古籍出版社本《高蘭墅集》，似即《月小山房遺稿》，原爲其弟子覺羅華齡所輯。（華齡字少峰，其兄增齡、字松崖。）

乾隆五十六年辛亥（1791年）活字本《紅樓夢》高序，尾署“時乾隆辛亥冬至後五日”。是續書當成於乾隆五十四年——五十五年前，因從“閒且煮茗”一語推斷，續書若不成於成進士之前，既不“閒”又不“煮”了。

周春《閱紅樓夢筆記》：乾隆庚戌（五十五年，1790年）秋，楊畹耕語余云：雁隅以重價購抄本兩部：一爲《石頭記》八十回，一爲《紅樓夢》一百二十回，微有不同。……壬子（乾隆五十七年，1792年）冬，知吳門坊間已開雕矣，茲書賈以新書至，方閱其全。是高本刻前，已有抄本行世。

乾隆五十七年壬子（1792年），作程乙本序，同年，作《重訂〈紅樓夢〉小說既竣題》：“老去風情減昔年，萬花叢裏日高眠。昨宵偶抱嫦娥月，悟得光明自在禪。”

又《北大學生》第一卷第四期（1931年）：秦寬：最近內務府老友張博儒、尹文厚談：其同事恒泰君（姓高氏，內務府鑲黃旗籍，官護軍參領，寓地安門東拐棒胡同。）家貧，歲底結棚，鬻年糕於橋頭，人呼“橋高”。今已物故。尚自言《紅樓夢》乃其先人所作，蓋高蘭墅後人也。

二、程偉元

程偉元，字小泉，蘇州長洲人。出身於封建書香家庭。約生於乾隆十年乙丑（1745年）左右，約卒於嘉慶二十三年戊寅或二十四年乙卯（1818年或1819年），存年約七十四歲。

乾隆五十六年辛亥（1791年）在北京與高鶚相識，程偉元發起並主持校印《紅樓夢》（程甲本）。高鶚參與其事。次年壬子（1792年）程乙本印行。

“擅長書畫。”有《程小泉先生畫册》，已佚。周世昌先生藏有扇面。又《羅漢册》，畫贈晉昌祝壽。《柳蔭垂釣圖》爲晉昌作的小像。

關於程偉元的歷史資料不多見，《文物》1976年第十期，有文雷《程偉元與〈紅樓夢〉》一文，上面所敘簡史，出於此文，茲復將其交遊撮録於下：

（一）同學李葇，字滄雲，蘇州長洲人。乾隆三十六年辛卯（1771年）長洲舉人，次年壬辰（1772年）進士。嘉慶五年庚申（1800年）二月，授奉天府府丞。同年三月，盛京將軍錫昌延入幕中；程與李重逢，爲詩友。有《惜分陰齋詩鈔》十六卷，嘉慶十四年刊。起自乾隆十六年辛未（1751年），終於嘉慶三年戊午（1798年）。

（二）劉大觀，字松嵐，山東邱縣人。乾隆拔貢。工詩，曾爲敦誠《四松堂集》稿本作跋，與張問陶訂交，與程偉元爲“吟友”，爲《紅樓夢傳奇》作序的吳雲是其至交。乾隆五十九年甲寅（1794年）爲開原縣知縣。嘉慶元年丙辰（1796年）至八年癸亥（1803年）一直爲寧遠州知州。嘉慶五年後，程、劉交遊頗密，吟唱甚歡。

（三）宗室善廉，字怡庵，是程友。高鶚弟子增齡、華齡的父

親。生於乾隆二十九年甲申（1764 年），四十七年壬寅（1782
年），考取候補中書。六十年乙卯（1795 年）實授。嘉慶四年己
未（1799 年）補授侍讀。嘉慶九年甲子（1804 年）補授盛京錦州
府知府，次年降爲寧遠州知州。程偉元爲其作《柳蔭垂釣圖》。
後罷去，寓懷州。

（四）孫錫，字備衷，號雪帷，浙江杭州人。乾隆五十八年癸
丑（1793 年）進士。嘉慶七年壬戌（1802 年）任奉天開原縣知縣。
嘉慶二十二年丁丑（1817 年）升寧遠州知州。道光二年壬午
（1822 年）被議，罷官回籍。"工倚聲，有《韻竹詞》四卷"；又《韻
竹山房集》四卷。

（五）學生金朝覲，字午亭，錦州鑲黃旗漢軍。爲程偉元瀋陽
書院的及門。嘉慶十六年辛未（1811 年）仕至崇慶直隸州知州。

（六）東翁晉昌：盛京將軍晉昌，字戩齋，號紅梨主人，正藍旗
籍。任三年盛京將軍。其初任時，程偉元即爲其兩個主要幕友
之一，專主章奏，是個"顯幕"。幕友是胥吏之外又一層的封建統
治階級所豢養的高級奴才。慣於文字遊戲，混淆黑白，顛倒是
非，往往以一二字殺人媚人，關係到"東翁"的前程。當時老百姓
稱之爲"師爺"，是頗爲人所敬畏的人物。程偉元雖未取得舉人、
進士地位，從而未能做官。從其交遊人物看來，大概是個"讀書
不成"，學幕、就幕的"書香人物"，也並非冷士。其爲晉昌編《且
住草堂詩稿》並爲跋，捧得十分肉麻，閱之令人汗毛直豎。

當時社會上，顯官而搜輯古籍、孤本，校輯印行，爲人珍愛，
是個不設鋪子的書商。亦有評選印行墨卷的選家，爲未如流的
童生，提供揣摩的資料。例如與黃梨洲爭買藏書，破門而出的呂
晚村，就是這類人物。所以程偉元是"書商"，並未辱沒於他，因
爲當時原有這一派人物。特別在重士輕商的人看來，自然是個
大問題，不可不辨別明白的。

用階級和階級分析來看待歷史人物，必須實事求是，容不得有主觀上的愛憎，其結果大抵如此。

三、千秋功罪憑誰説

國人對於故事、小説，總是喜愛有頭有尾。倘然截取核心，寫個短篇，一看就完，感得不夠過癮。這本源於宋朝説書人，總要擺個噱頭。"欲知後事如何，且聽下回分解。"驚堂木一拍，悠然而去；滿堂聽衆，如夢初醒，伸個懶腰，呷口淡茶，茫然離去。茶博士來收茶壺，這是張三的，那是李四的，認得清清楚楚，明日沏茶送上，決無差誤。武松跳樓殺慶，一隻腳踏在窗檻上，四顧市街，説了幾日幾夜，那隻腳還是踏在原處未動，贏得觀衆極爲贊賞：説書説到如此地步，真夠味兒！程、高續書，完成一百二十回，有頭有尾，符合人民喜聞樂見的習慣，使《紅樓夢》的流傳更廣，這兩公不無微功。縱然後四十回與前八十回截然兩橛也罷。

續書一開頭，就來個"占旺相四美釣游魚"，連寶玉也接過釣竿，要來問問運氣。試看前八十回，寶玉幾曾有過這種描寫：破壞形象，小小初試了一下。

"占旺相"與第七十回"放風箏"，似乎同是迷信的遊戲，可是實質上卻大有區別。這些姐兒、哥兒們，生活於隔世的塵世，對於未來歲月，總覺得荒漠無垠，所以逢時逢事，總要占卜一下，實在空虛渺茫得很。而第七十回放風箏，作者曹雪芹以生花妙筆，歌頌這種手工藝品的高超精湛。試看他的《南鷂北鳶考工誌》所載，總結了藝人們累代積年，不斷創新，精益求精那種勞動精神，同時又發揮了他自己的巧思，並且還支援了窮無所歸的鰥寡孤獨、老弱病殘，得以渡過年關。這是玩物喪志的嗎？固然，這些玩藝，原是有閒的剥削階級挖空心思想出來的所需要的娛樂。

但藝人們發揮其聰明才智,出乎意料的,有所增新,有所精進,有所創造。出土的幾千年前的寶劍,毫無土花、缺蝕,依然青光四射,寒氣逼人。這是鑄劍人,鍛而又鍛,鑄而還鑄,窮年累月,以畢生精力所灌注的成果。再看,諸如絲綢、服飾、器具、擺設、玉石牙雕、陶瓷精品、醫藥寶庫、天象曆算、火藥指南、紙張印刷,還有那個古月軒工藝品,薄如蛋殼,粉飾五彩、絢麗多姿。瓷的上色,比繪畫施彩,更其不易,非有累代積年的功夫,不易臻於極品。凡此種種,哪一樣不是無名藝人吃糠咽菜中的心血結晶?無怪乎迄今仍爲世界所珍惜。

放風箏,是民間的一種傳統的娛樂,藍天作紙,各式鷗鳶,錯落其間,多變的青鳳,放懸於天上,搖曳生姿;可以給個信息,放出歌音,天晚了,又附個燈彩,與天際星星爭耀,萬人仰看,稚童歡躍。

八十一回下半回,就是"奉嚴詞兩番入家塾"。煞費心機,就爲寶玉中舉埋了根。臨上家塾,到瀟湘館告別,而黛玉欣然答說:"況且你要取功名,這個也清貴些。"(第八十二回)把這個林姑娘從來不說那種混賬話,"不然我也和他生分了"。那些語言,改得乾乾淨淨。

以後,就有"老學究講義警頑心"一回,師徒父子娓娓而談八股的心得,真已水乳交融的了。"評女傳巧姐慕賢良"一回,寶玉現身説法,爲這個慕賢良的侄女,細釋一番,勖勉一番,直至寫到"中鄉魁""沐皇恩",方纔把篡改的特色全部用罄了,自然還有説到前八十回的篡改。

賈母病了,妙玉親爲扶乩占卜,虔叩休咎。並且翩然而至,親來問疾。妙玉對於這個東道主老太君不屑一顧的神情,續書者覺得是個缺陷,必須補上一筆,方纔舒心滿意。奴性極深難改的人,感得那些啃不動的硬骨頭,痛心疾首,總是要張口狠狠咬一下,即使牙齒碎裂也所甘心,這是一種世界觀的反映。

　《芙蓉女兒誄》是篇極其深刻的檄文，全面體現了作者的不世文才。而"公子填詞"在這一回中，偏有這許多做作，無非是爲了塞進這詞人的那首妙詞。還説："從没有彈琴裏彈出富貴壽考來的。祇有彈出憂思怨亂來的。"（第八十九回）重入家塾，又回憶昔年同窗以及見了鳧靨裘（雀金裘）不願再穿，作爲渲染，實在亦是"技止此耳"。媢母效顰，原有這些厚顏的才子。怪不得，此後，續而又續，圖而更圖，連篇累牘，不能自休。現在有幾人能舉出它的書名來呢？

　妙乎哉，其續書也！

　編者説明：本文據代抄稿録編，劉録稿附記云："代抄稿錯誤太多，撰於‘文革’後期。"

《紅樓夢》版本考略

一、脂本系統

(一)脂京本

原稱"庚辰本"，即七十八回本。《脂硯齋重評石頭記》中缺六十四、六十七兩回，當是沿用乾隆十九年甲戌脂硯齋重評時的題名。

1955年影印時，所缺這兩回，據"脂怡本"補入。1975年人民文學出版社重印(縮印)時，摻用"脂蒙本"(蒙府本)文字補入，書名題《脂硯齋重評石頭記》。在原書八冊中，每冊卷首都標明"脂硯齋凡四閱評過"，自第五冊起，兼有"庚辰秋月定本"字樣。

庚辰爲乾隆二十五年(1760年)，其時曹雪芹當健在，此本批語保留着作者與整理評過者自存本的不少痕跡。

內容概述：第十七、十八回尚未分開。第十九回無回目。第二十二回末，惜春謎語後缺文，並記曰："此後破失，俟再補。"另頁寫明："暫記寶釵製謎云：'朝罷誰攜兩袖煙……'""此回未成，而芹逝矣。歎歎！丁亥夏，畸笏叟"等文字。第七十五回前單頁記云："乾隆二十一年五月初七日對清，缺中秋詩，俟雪芹。"且批語存原來面目的，如署年月、名字者，也遠遠比其他本子爲多。

現已發現的脂本，有的殘缺過甚，有的年代較晚，文字未必全出作者。從兼具比較完整的面貌和比較可信的文字兩方面來衡量，此本優點是突出的。

此本原七十八回，乃據四種底本抄配而成。十一回之前，除偶將回前總評與正文抄在一起外，都沒有評注，基本上是白文本。全書抄寫，非出一人之手，抄手水平不高，最後一冊，質量尤差，訛文脱字，觸目皆是，這些是本書的缺點。

按上海文藝出版社 1978 年 4 月第一版，馮其庸《論庚辰本》的出版説明中有云："作者通過所掌握的大量材料，對庚辰本和乙卯本之間的關係，進行了詳盡的分析和研究，提出新的見解，論證庚辰本是曹雪芹生前的最後一個改定本，也是僅次於曹雪芹手稿的一個完整抄本。"全書分五節説明，原書具在，此處不再撮抄了。

現藏何處：北京大學。

（二）脂殘本

原稱"甲戌本"。又稱"脂銓本"。原同治間大興劉銓福藏十六回《脂硯齋重評石頭記》存一至八、十三至十六、二十五至二十八回，共計十六回。

内容概述：第一回正文"出則既明，且看石上是何故事"一句上比它本多出"至脂硯齋甲戌抄閲再評，仍用石頭記"十五字。胡適曾據此定其名的。甲戌本並稱"此本是海内最古的《石頭記》抄本。"這是非常無知的。因爲，那話祇説明脂硯齋抄閲再評在甲戌年（1754 年），並不能説明此本即是那一年的抄本。這個抄本明明把署有丁亥年（1707 年）和甲午年（1774 年）的脂批都抄進去了，怎麼可能是甲戌年的抄本呢？從脂批的文字看，有不少明顯是過録"脂京本"的底本而加以刪改的。以二十六回爲例，"脂京本"眉批："《嶽神廟》有茜雪、紅玉一大回文字，惜迷失無稿，歎歎！丁亥夏，畸笏叟。"此本已抄至"無稿"爲止，刪去後面的八個字。"脂京本"又一條眉批中有"非純化功夫之筆不能，可見行文之難"的話，此本在過錄這條眉批時，把兩句簡化爲"俱純化功夫之筆"一句。又"脂京本"在寫馮紫英一段上，有兩條眉批說："寫倪二、紫英、湘蓮、玉菡諸俠文，皆各得傳真寫照之筆。丁亥夏，畸笏叟。""惜衞若蘭射圃文字迷失無稿，歎歎！丁亥夏，畸笏叟。"在此本中也都把年月署名刪去，且把這兩條連抄，併作一條，移刻回末，充作總批。如此等等，都是此本遲於"脂京本"的明證。這些，早有人指出過，可惜直到最近，還有說："在目前已發現的抄本中，它是最早的一本。"（見上海人民出版社《脂硯齋重評石頭記》1977 年 12 月出版說明）

當然，此本的價值，是不容低估的。如前所述"脂京本"的十一回基本上是白文本，沒有批。而此本早期批語卻特別多，填補了這個空白。第一回正文之前，有"凡例"五條、題詩一首，爲它本所無。可見其底本又比"脂京本"的十一回之前抄配的底本爲早。有人曾懷疑"凡例"係後人改小說首段引言而成，是故意用了迷惑讀者的。這話不對。別的且不說，祇看"凡例"末段開頭："此書開卷第一回也，作者自云……"意思是"在這部小說第一回中作者自己說……"這正是統攝全書的"凡例"的寫法。後來的本子，刪去"凡例"其他文字，獨有此段作爲引言，（抄寫時又與正文格式混同，遂難於分辨）卻漏脱了或有意刪掉了一個"書"字，寫作"此開卷第一回也"。這樣，便成了獨立的句子，意思不全了，變成了"這是小說開卷的第一回"。而且，抄在回目之後。試想，回目上既已赫然標出"第一回"三個字，還有哪一位讀者不知道他開卷的是"開卷第一回"呢？這部偉大的小說，豈有以這樣廢話作爲全書的開頭的？可見，正是現在的多數本子中所見的第一段話由"凡例"改成而不是相反。"凡例"絕非後人僞造，當爲熟知曹雪芹創作情況並幫着他在政治隱寓上打掩護的脂硯齋寫的。

此外,正文和回目與它本亦有異文,對我們研究《紅樓夢》都提供了有用的資料。

現藏何處:上海博物館

(三)戚序本

原稱"有正本",亦稱"戚本",即原乾隆時德清戚蓼生所藏並序,由有正書局石印,初版於民國元年的八十回《石頭記》,原題《國初鈔本原本紅樓夢》。其所據以石印的底本已遭火毀。人民文學出版社1975年據有正石印大字本影印出版時,改題爲《戚蓼生序本石頭記》。

内容概述:此本抄録,是整理得清楚又便於閲讀的一種脂評系統的流傳本。完整的底本,可能不止一種。因此,別本殘缺之處,皆已補齊,彙集的批語亦比較多,有不少是它本所缺的。如第四回之前,批者"請君着眼護官符"一詩,即此本獨有。此外,在正文回目上,也時有特色,值得研究。魯迅在《中國小説史略》有關章節所引前八十回文字,全用此本。(按:當時祇能見到這一種脂本。)而不取高鶚本,已表明了他在《紅樓夢》版本問題上的態度。

此本的缺點,是經過整理後,文字上不免有改動和失真之處,批語也有不少移動了原來的位置。譬如把眉批、旁批都改爲雙行夾批或回前、回後批,並删去了原署年月名號,失卻了本來面目。書是有正書局老闆(狄保賢)雇人抄寫的,雖然楷書整齊,但看來抄手的語文水平不高,音訛字誤的錯別字也時有所見。

(四)脂稿本

1959年春在北京發現,後由中華書局影印出版:《乾隆抄本百廿回紅樓夢稿》,簡稱《紅樓夢稿》、夢稿本、楊藏本。

内容概述:原收藏者楊繼振於卷首題云:"蘭墅太史手定紅樓夢稿百廿卷,内闕四十一至五十卷,據擺字本抄足。繼振記。"其實抄配的還不止此,抄配者不止楊氏一人。所以八十回中,就

有十五回多是根據程甲本、程乙本先後抄配的。非抄配的六十
餘回，未塗改之前的文字根據脂本過錄的七十八回末有朱筆寫
的"蘭墅閱過"四字，有人認爲此是高鶚在續補《紅樓夢》時所用
的稿本，或認爲被高氏所採用的另一人續補《紅樓夢》的稿本。
這些看法，都很成問題。比較可能的倒是收藏者據高鶚本（刻本
或稿本）以塗改原抄的脂本稿。

此本的重要價值，除了研究續補問題外，還在於它原抄所據
的底本是相當早的脂本，不少異文，可以訂正它文之訛誤，或提
供新的研究綫索。如七十八回《芙蓉女兒誄》："苟非其人，惡乃
濫乎其位"句，各本皆脫"其位"二字，文義不完整。又"遠陟芳
園，近抛孤柩"，各本誤"近"字爲"遣"或"遽"，皆不妥。又如第五
回警幻册子中賈元春判詞"虎兔相逢大夢歸"句，各本同，此本作
"虎兜"。若所存是原文，則曹雪芹的隱義，或與政治鬥爭有關。

現藏何處：中國社會科學院文學研究所。

（五）脂怡本

原稱"己卯本"，亦稱"脂改本"。清怡親王府的原抄本《脂硯
齋重評石頭記》。原存三十八回，即一至二十、三十一至四十、六
十一至七十回。（内缺六十四、六十七兩回，係後來據程、高系統
本抄配）第一回缺三分之一回。

内容概述：據研究者認爲，這抄本是第二代怡親王弘曉，室
號訥齋（1722—1778）時的東西。弘曉與曹雪芹同時代人，他父
親胤祥爲康熙的第十三子，與曹家關係甚好。故此本的底本，很
可能直接來自曹家或脂硯齋之手。（條見吳恩裕、馮其庸：《"己
卯本"（石頭記）散失部分的發現及其意義》，1975 年 3 月 24 日
《光明日報》）。

此本的底本，大概是脂評本中最早的一個。它不僅比"脂殘
本"即所説"甲戌本"早得多，也早於"脂京本"。其所標之處，如

第四回馮淵家人告薛蟠行凶殺人時説:"望大老爺拘拿凶犯,剪惡除凶,以救孤寡。"在"脂京本"中無"剪惡除凶"四字,可能因爲它的批判鋒芒太露,而後來被删去了。

現藏何處:北京圖書館。

最近又發現了三回和二個半回。書内有"己卯冬月定本""脂硯齋凡四閲評過"字樣。第六十七回後題云:"《石頭記》第六十七回終,按乾隆年間抄本武裕庵補鈔。"

現藏何處:歷史博物館。

(六)脂夢本

原稱"甲辰本",又稱"脂晉本"。乾隆四十九年甲辰(1784年)夢覺主人序,故名夢覺本。存八十回《紅樓夢》。

内容概述:此本底本,接近"脂殘本",但正文作了大量删改,出現了大批異文,有的已同於程甲本。這是程、高沿襲此本,還是此據高氏初改本過稿的,尚待進一步研究。十九回前總評中説:"原本評注過多,未免龐雜,反擾正文,今删去,以俟觀者凝思入妙,愈顯作者之靈機耳。"這樣,所據的底本的脂批,就被大量删去了。

發現於何時何地:1953年在山西發現。

現藏何處:北京圖書館。

(七)脂寧本

亦稱"脂靖本"。揚州靖氏所藏,乾隆時抄本《石頭記》。

内容概述:全書缺第二十八、二十九回,第三十回殘缺三頁,實存七十七回餘。原書有三十五回全無批語,其他各回,則附大量朱墨批語。可見是經過抄配的本子。書的封面下原有"夕葵書屋《石頭記》卷一"字樣的紙條。夕葵書屋是《熙朝雅頌集》的主編者乾嘉時著名文士吳鼐的書齋名,可見此本亦非一般藏本。按:《熙朝雅頌集》錄有敦誠等有關曹雪芹的詩。

本書發現之初,毛國瑶先生曾將此本與"脂戚本"作了對勘,摘録戚本所無的批語一百五十條。後來,將它發表在南京師範學院《文教資料簡報》1973 年 3 月號上,並撰文介紹。此外《文物》1973 年第二期,周汝昌《〈紅樓夢〉及曹雪芹有關文物敘録一束》中,也曾介紹這個抄本,並校讀解釋了其中部分批語。

此本保存了很多不見於它本的朱墨批,其中有些極爲重要。如第二十二回畸笏叟所加的"不數年,芹溪、脂硯、杏齋諸子皆相繼別去"的批語,廓清了脂硯齋就是曹雪芹自己,脂硯齋與畸笏叟同是一人,脂硯齋即小説中的史湘雲等等錯誤説法。十三回批語,使我們知道那個命作者把初稿中寫秦可卿醜事的文字删去的人就是畸笏叟,被删去了"遺簪""更衣"等情節。此外,批語提供了許多以前不知道的八十回之後的佚稿情節。如妙玉流落在瓜洲渡口,屈從於人;劉姥姥與囚繫在獄神廟的鳳姐相逢,巧姐因而得以"遇難成祥",逢凶化吉;賈芸仗義探庵;黛玉之死回目叫"證前緣",後來寶玉曾寫過像《芙蓉誄》那樣的"諸文",來悼念黛玉等等,對研究曹雪芹創作思想都極有價值。祇是這些批語,文字錯亂訛誤較甚,有些竟難以尋讀。

發現於何時何地:1959 年在南京發現。1964 年尚在,幾年後,迷失不知下落,現正在設法追尋中。

(八)脂南本

也稱"脂寧本"。戚蓼生序本《石頭記》存八十回。

現藏何處:南京圖書館。

(九)脂蒙本

原稱"王府本",也稱"脂府本",即清蒙古王府抄本《石頭記》。

內容概述:一百二十回,前八十回大體同"脂戚本"。

現藏何處:北京圖書館。

(十)脂舒本

原稱"己酉本",又稱"舒序本"。即舒元煒乾隆五十四年己酉(1789年)序本《紅樓夢》。

    内容概述：原本八十回，存一至四十回。

    現藏何處：中國社會科學院文學研究所吳曉鈴藏。

(十一)脂鄭本

原鄭振鐸藏殘抄本《紅樓夢》，故稱"鄭藏本"。

    内容概述：存二十三、二十四兩回。

    現藏何處：北京圖書館。

(十二)脂亞本

又稱"列藏本"。抄本《石頭記》。

    抄本無書前題頁，各回所題書名作《石頭記》，當是正名；另有一些回的回首或回末則題作《紅樓夢》，可見此名當時亦已通用。

    存七十八回，中缺第五、第六兩回。抄本用薄竹紙抄寫。

    内容概述：此書，原收藏者在修補裝訂時，將清高宗《御製詩》反折起來，作爲頁間襯紙，説明原收藏者頗有蔑視封建朝廷的勇氣。

    當是四種不同的筆跡抄寫的。從所見的幾頁書影來看，還抄寫得相當不錯。

    第一回背面有"Ⅱ、庫爾契梁德采夫"褪色的墨水字跡，並有兩個寫得拙劣的漢字"洪"，當係其所用之"中國姓"。

    蘇聯《亞非人民》雜誌1964年第五期曾載緬希科夫和里弗京合著的《長篇小説〈紅樓夢〉的無名抄本》一文，介紹此本。但識見甚淺，謬誤不少。如以爲《石頭記》"凡例"乃表明材料安排的總原則；提至"脂殘本"時，亦拾胡適之唾餘，稱之爲"現有的最早抄本——1754年的抄本"等等。而對於這個"無名抄本"的真正特色，則語焉不詳。

    香港中文學者潘重規，1973年曾去蘇聯，校讀此本，據見聞，寫成《讀列寧格勒〈紅樓夢〉抄本記》一文，介紹此本，載於同年香港《明報月刊》第九十五期。

此本有眉批 111 條，夾批 83 條，雙行批 88 條。據介紹，將近兩百條眉批、夾批與別本脂批相同的竟没有一條；但雙行批幾乎全部與"脂京本"相同。另有一種比較特色的批語是接着正文寫的。字體也相同，在批語起訖處加方括號，批語開頭右側空行，用小字寫有"注"字。這類批語，在十六、六十三、七十五回裏均有，當是過録時將批語誤抄作正文，以後校對時發現予以標明的。

第十七、十八回僅有一共同回目，但兩回文字已分明。"脂怡本""脂京本"的此回目與回首詩皆同於此本，而兩回文字未分開。可見此本的部分底本，遲於"怡""京"二本，而早於其他已完成分回的本子。但因爲有先後抄配的複雜情況，此本的底本，也另有早於"脂京本"的部分。如末回七十八回，回目同於"脂京本"該回，而實際内容卻包括"脂京本"八十回在内。文氣一貫到底。應分回幾處，此本作"連我們姨老爺時常還誇呢！金桂聽了，將脖項一扭。"語氣緊緊銜接。"脂京本"則在"姨老爺時常還誇呢！"下加"欲明後事，且見下回"兩句尾語，又在"金桂聽了"上加"話説"兩字，將兩回分開。比較之下，可以看出原稿未分回時到後來分回的蜕變痕跡。第六十四回在"脂京本"中原是缺的，有人曾疑別本中這一回文字是後人所補。現在此本這一回目後，正文前有一首五言絶詩，爲別本所無，回末有一聯對句，仍保留着早期抄本的形象；推究詩的内容，更可證此回亦出於曹雪芹之手無疑。

總之，這是一部極有價值的，其完整與可信性不亞於"脂京本"的《石頭記》早期抄本。可是，我們現在能知道的僅僅是有關介紹文章所提供的一鱗半爪。

發現於何時何地：Ⅱ、庫爾契梁德采夫，1830 年至 1832 年，隨侵華沙俄宗教使團來我國，此抄本被其掠奪，於回俄時攜去。至今未公布於世。

現藏何處：蘇聯亞洲人民研究所列寧格勒分所。

二、高鶚續書

（一）程甲本

即乾隆五十六年辛亥（1791 年）萃文書屋木活字本一百二十回《新鐫全部繡像紅樓夢》。

內容概述：首程偉元（小泉）序，次高鶚（蘭墅）序。高序所署爲該年"冬至後五日"。

自程乙本出後，此本不再印行，現在已比較難以得到。

（二）程乙本

即乾隆五十七年壬子（1792 年）所印同名書。

此本將"程甲本"文字作了很多改動。

從辛亥冬至至壬子花朝，不過兩個多月而在一百二十回中，改動的文字竟達 21506 字之多，還不包括移動位置的文字在內。後四十回改得較少，也改了 5967 字。

（三）王評本

即道光十二年（1832 年）初刊，光緒間又幾次再刊的王希廉（雪香）（護花主人）評一百二十回《新評繡像紅樓夢全傳》。

內容概述：此本舊時流傳最廣，影響很大。

（四）張評本

即道光三十年庚戌（1850 年）抄行。光緒七年辛巳（1881年）初刊，張新之（太平閒人，妙復軒）評一百二十回《繡像石頭記紅樓夢》。

（五）姚評本

即光緒間鉛印的王希廉、姚燮（梅伯、號大某山民）評一百二十回《增評補圖石頭記》。

以上三種，都曾多次印行，書名也常常變換。

解放後，重印商務舊版一百二十回《石頭記》，即將王、張、姚三家評注合在一起印行。

編者説明：本文據代抄稿録編，劉録稿附記云："代抄稿錯誤太多，撰於'文革'後期。"文中所提的北京圖書館 1998 年 12 月經國務院批准，更名爲國家圖書館。蘇聯亞洲人民研究所列寧格勒分所現爲俄羅斯聖彼德堡東方學研究所。

圖書在版編目(CIP)數據

小説論叢 / 劉操南著. —杭州:浙江大學出版社,
2021.8
(劉操南全集)
ISBN 978-7-308-19719-9

Ⅰ.①小… Ⅱ.①劉… Ⅲ.①章回小説—小説研究—
中國—明清時代 Ⅳ.①I207.41

中國版本圖書館 CIP 數據核字(2019)第 259422 號

小説論叢
劉操南　著

出 版 人	褚超孚
總 編 輯	袁亞春
策　　劃	黃寶忠　陳麗霞
項目統籌	宋旭華　王榮鑫
責任編輯	宋旭華　吳　慶
責任校對	王榮鑫
封面設計	項夢怡
出版發行	浙江大學出版社
	(杭州市天目山路 148 號　郵政編碼 310007)
	(網址:http://www.zjupress.com)
排　　版	浙江時代出版服務有限公司
印　　刷	紹興市越生彩印有限公司
開　　本	880mm×1230mm　1/32
印　　張	19.5
插　　頁	2
字　　數	472 千
版 印 次	2021 年 8 月第 1 版　2021 年 8 月第 1 次印刷
書　　號	ISBN 978-7-308-19719-9
定　　價	148.00 圓